地隐时移

上

鲜于冶鉎 著

上海社会科学院出版社
SHANGHAI ACADEMY OF SOCIAL SCIENCES PRESS

目录

五十一、梦奇幻真　001

五十二、冰若洞玄　019

五十三、拳甲残剑　036

五十四、困魔魔困　053

五十五、重聚难欢　070

五十六、土行一族　087

五十七、罗刹杀阵　104

五十八、金甲人骑　121

五十九、迷障空间　137

六　十、洞彻之瞳　154

六十一、上古隐民　170

六十二、奇异秘境　186

六十三、帝起溯源　203

六十四、承袭传承　218

六十五、分合不休　234

六十六、上古之战　250

六十七、血星恶兆　265

六十八、斩妖除魔　281

六十九、烈土安魂　297

七　十、神殿孤龙　313

七十一、悲为羊牯　330

七十二、情离地裂　345

七十三、虽远必诛　362

七十四、一日三秋　379

七十五、脱困在天　395

五十一、梦奇幻真

（一）

洞内无岁月，风澜不惊处。

此刻一片黑暗的山洞中，一点幽青的萤光照着两个人影。这影子一动不动，仿若两尊雕塑，在时间的脉脉流动中保持着静止般的永恒。

这世上有什么是永恒的？似乎没有。任何实质的事物，都会在时间不歇的流转中被摧枯拉朽。

那时间呢？它更像是为了证明永恒不存而存在的。它既能验真也能试伪，多少挚情假意在它的面前都有本原显现的一刻。

只要有时间就够了。

"星儿闪，天儿广，引梦仙子，轻抚面庞。
云儿轻，风儿荡，萤火作伴，星河徜徉。
玉兔月宫招招手，轻唤我儿游仙疆。
泪滴要在睡前拭，笑容全在梦中扬。
愿我儿呀，天天无烦恼，梦里枕故乡。
……"

这低缓清冽的童音，低低幽幽地回荡在一览无遗的静谧当中，慢慢地在封闭的空间里来回轻撞着，渗入每个触到的物体中。

盛思蕊之前彻底失去知觉时，只是模糊听到"不能死""陪你"这样恍惚的话，之后就感觉整个意识不受控制地上升，慢慢地脱离了黑暗，来到了一个光明却略有些混沌的地方。

在这里光线都是如连绵的水波一样，层层溢出，光芒眩晕。

她隐约记得明墉痛哭，她暗暗心酸难过想哭。她忍住了默念着：明墉，你别难过啦！我没事啦！好好活着吧！

透过向下的一片迷雾，她看不见明墉。

这时她只想伸手去抚摸他的头，拭掉他的泪，可是她做不到。

这就是死了吗？她突然摇头自讽：没保护的地方受了祁主使的一掌，还有命在吗?

她觉得自己在这地方飘飘忽忽的,可是周围什么也看不到,也听不到动静。

她心下凄然起来:哪里想到死了是这般寂寞冷清,唉,不该呀!

她努力想飞到上面去看看,却发现自己一用力,身体就会向风中断线的风筝一般不受控制。她飘飘摇摇间刚隐隐看到前面远处好像有什么事物,正想着怎样飘过去,谁知脚下突然一沉,整个身子就跌了下去。

她跌得很急很快,身边只是迷雾不断穿过,眼前有无数画面一闪而过,让她没一张能看得清楚。

终于跌落停止了,她感觉自己正处在一个明黄色的大球里。这球的外壁仿佛是流动着的岩浆,慢慢地,她感觉浑身着火了!

可这火很是奇怪,竟是从身体内部燃起来的。先是腹部,而后内脏,接着是四肢百骸,皮肤毛发,仿佛都要烧着了一般。

最令她疑惑的是这火不但没有灼伤她,也没觉得滚烫,倒是全身上下每一寸地方、每一个毛孔都觉得温暖惬意。

在这团火焰外面,她依稀看见大量红色液体的包裹,而红色的液体就像是往火堆里添柴一般被火球快速吸收着。

她突然觉得肋下腰侧那仿似断了的感觉没了,而后周身的无力感也在迅速消失,而这时她听到了外面传来一阵儿歌声。

那儿歌她在记忆中无比熟悉,甚至能跟着轻轻地哼起来。她疑惑至极,这是谁在外面唱歌?明墉吗?可他的声音粗多了,那是谁?

想着想着火球慢慢地消失了,而她活动一下手脚竟灵活自如了!她兴奋地大叫一声,猛地向上一纵身……

透过一层黑暗,她睁眼就见到了黑黝黝的山洞和旁边那幽蓝的萤光。还有她正躺在谁的怀里,是明墉!可他为什么一动也不动了?

(二)

她轻轻转身,看到明墉的手正放在她嘴边,手腕处有条被血糊上的伤口,伤口周围血液已经凝结。再看明墉紧闭双眼,动也不动。

她忙轻唤着:"明墉,明墉,明哥哥,你醒醒!"可明墉还是僵住般一动不动。

这时她才发现他只穿着贴身的单衣,再摸自己,全身的衣服都已被烘干,还隐隐冒着微微的热气。

她摸上他的颈脉,脉搏微弱至极,而且身上冰冷,于是忙把外衣脱下罩在他身上。看着他手上的伤口,回想自己如在迷离梦中看到的红色液体,她似乎都明白了,可那团黄火球是怎么回事?

她见明墉没有反应,焦急万分不住地叫道:"明哥哥,你怎么这么傻!为了救我你不要命了吗?"

她感觉明墉身上依旧冰凉,忙用手去搓他的胸口四肢,可这作用十分有限。

她当即想起生火,可看到一边一排燃尽的火折子,她又恍惚记得在自己弥留之际,他已把火种用完。要是找得到火,他至于这么干吗?

她焦虑之际猛地想起晋师父给自己的东西,忙翻看随身皮囊,从中拿出三个密封的小木筒。

这叫"火信子",是师父研究的点火装置,可没有生火用物,这东西只能燃烧一会儿呀!

这时一段儿歌又传了过来,在空洞里游荡,正是自己在醒前听过的那样!

这是谁在唱?他在哪?不过此时她已来不及想这些,心中的念头是这里只要有人,就一定能找到火源!

她顺声而寻,声音是从一侧洞壁传过来的,洞壁上有个孔洞。

她回身取了匕首,一跃就入了孔洞,可这洞并没有出口。想了一下,她过去用匕首敲击洞中内壁,却听到了空空的回声,这侧后面是空的!

她扬起匕首左划右捅,那侧墙壁就像破衣服一样不久就被她掏出了个洞口。她见从洞口透出了光亮,心中一亮,忙回去抱了不省人事的明墉就钻了进去。

这个洞比之前他们待的那个还要宽大很多,洞中由上垂下不少万年钟乳石,而洞壁上有很多莹莹点点的亮光。

盛思蕊见这洞里比上一个要暖上不少,忙把明墉放在地上,自己四下去找生火之物。可惜她遍寻四周,什么能生火的都没找到。等她悻悻回转,发现明墉在这亮度高些的洞里看起来已是面如死色。

她忙抱起明墉摇着:"你可千万别睡着!我还等着你和我行遍长河古道,看尽人间繁华呢?你绝不能睡着!你要是走了,我……怎么办呢?"

明墉在她怀里被摇得浑身乱摆,却仍没有醒来的迹象。

盛思蕊再摸他的身体,感觉更加凉了!她手足无措,找不到东西生火可怎么为他暖身?

(三)

这时她脑海中忽然回忆起一个画面,那是她幼时和族长生活在一起的时候。

有一次她冬天调皮,去大宅后面结冰的莲池玩。谁想冰面并未冻实,她走到中央就掉到冰窟窿里去了。等她被救上来已经被冻得浑身青紫,当时救她的是陪伴自己的老嬷。老嬷知道就这样把她抱回去医治,她会被冻死在路上。老嬷爱她心切,索性一横心,把她剥光了,贴身抱在怀里,用自己的体温为她取暖,这才让她捡了命回来。

想到这里,她看看明墉那垂死的样子,又四下再看一圈,直到确认再无生火之物才又回来。

她盯着明墉，心下翻滚：他是为了救我才弄得垂死，我无论如何也要把他救回来！可我毕竟……我这……怎么……

别看盛思蕊总是咋咋呼呼、吆五喝六、面上大大咧咧的，可她长到这么大从未在外人面前裸露过四肢，在西方花花世界都不屑看那些裸画裸塑什么的，更别提……

她看着明墉，闭紧双眼猛吸几口气道："只能这么办了！你，你可要一生都陪着我！"

说罢她开始解衣裳，几下就除掉了外衣，露出里面一件黄灿灿软绵绵的贴身短甲。

这是老族主疼惜她，在她小时就为她穿上的族传至宝"随意金甲"。这甲十分神奇，虽是金光闪闪的，却不是黄金做的，具体材质无人可知，但却十分轻薄。此甲遇体合身，有着自我感知一般的外形调节。

她七岁时穿着正好合身，现在长大了还是正好合身，着实是随人体型一般变化，十分奇妙。

这甲遇水不浸，遇火不燃，一般的刀枪都没法伤它分毫，实在是护身宝器。盛思蕊自从有了它，除了极放心的洗浴外，都是甲不离身。

此刻她见着垂死的明墉，咬咬牙将宝甲褪了下来，放在身边。而后她十分害羞地扒开明墉的外衣，脸一侧躺了上去，而后把所有衣衫都罩在了他们的身上。

她一直侧着头，不去看明墉。感觉脸上滚烫，心口狂跳。甚至她都没心思感觉明墉身上的冰冷，只是盼着他别突然醒来向身上偷看一眼。

想到此节，她将明墉又抱紧了些，暗想这样他就算想看也看不见了吧？可转念一想，就算看不见，那也能感觉得出呀？又不是木头人！

越想她越是懊恼，直悔自己怎么没有再仔细想想其他解救之法，就这么轻易地用了此招。

这可是自己的名节呀！这倘若让人知道，自己还……哎呀……

就这样胡思乱想着，她竟然有些犯困了，毕竟之前亡命逃窜，现在感到十分疲惫。她一边提醒着自己一定要在他醒来前离身，绝不能睡去，一边却迷迷糊糊地睡着了。

（四）

情真暖心伴，何愁岁月长。

盛思蕊真的是睡着了，她实在是太累了，而这样躺着也是让她太安心了，仿佛世间所有的危险都不存在了。

在踏踏实实的睡眠里，她恍恍惚惚又做了一个梦。

梦里的天是绚烂七色的，地是花草遍布的。她听见远处一个女人在唱着儿歌，就是她熟悉的那首。她想走过去看看，没承想一动视线竟是一蹦一蹦的。

她远远能看见唱歌的人了,一个妇人背着她,腿上枕着一个孩儿,她在动情地唱,孩子在安详地睡。

这画面让她心中一揪,想起了自己早已离去的母亲。这时孩子动了一下,身子露了出来,身上竟是发光透明的!

她正惊诧,视线突然猛地上升,她面前竟出现了一只硕大的蜻蜓,而自己眼下有一物正向蜻蜓卷去!

她猛地醒了,这才发现自己睡着了,忙惶恐地侧脸看看明墉。见他依然双目紧闭,才略略放心。

可这时她突然感觉明墉小腹下动了一下,她摸摸明墉额头已有温热感觉。见明墉还闭着眼,不放心,扔件衣服盖了他的头,才飞速转过身匆忙慌乱地穿好衣裳。

她再回头,见那衣服纹丝未动,心下大安暗道:这事可绝不能让他知道!要不……要不……我的清誉……

稍稍安神,她把明墉罩头的衣服拿下,随手给明墉合上衣服,正要再给他搓搓取暖,突然看见明墉的眼皮跳了一下。

盛思蕊何等敏锐,马上拍了他一下道:"是不是早醒了,还在装睡!"

见明墉没反应,她略有安心又很是不安,眼珠一转,伸手指在他腋下出其不意捅了一下道:"还不醒啊?那我可用匕首了!"

见明墉只是微动一下却并未醒转,她这才放下心来。转手把羊皮袄盖在他身上,自己则继续整理衣衫,暗想:幸亏没让他发现,我可得拾掇整齐了,别让他看出什么破绽!

水囊在忙乱中都丢了,可明墉失了那么多血要喝水呀?

她正四下寻思着给明墉拿什么弄点儿水喝,就听明墉一声轻呼:"盛姑娘,你可千万不能离我而去!"

盛思蕊一听,心里有点儿乐了:看来睡得是真踏实,还当在那个洞里的事呢!这回她更安心了,看来自己不顾清白舍身为他取暖这事是断然不会有人知道了!

她俯身去看明墉,就见他正迷离地睁开双眼,看到盛思蕊就在眼前时,兴奋地叫道:"姑娘,你终于活了!太好了!"

盛思蕊心中满满的都是对他舍命救己的感念,本欲好好说些体己话,可一瞥之下却发现他双颊通红,眼色有些犹疑。哪个刚恢复体温知觉的会是这样子?

她立刻疑惑道:"你实话说,是不是刚醒?不许说谎!看着我的眼睛说!"

只见明墉正色地盯着他的双眼诚恳地说:"姑娘,我确实是失血过多晕厥过去!也确实是心力交瘁昏死过去!更是刚刚看到你的脸才醒来!"

盛思蕊表情严肃地直视他双眼,突然将手掌放在他心口问道:"你再说一遍!"

明墉忙镇定地复述了一遍,盛思蕊察觉他心跳无异,这才放心地收回手来。

盛思蕊的手刚收回去,明墉就觉得自己的心开始扑扑乱跳,暗道幸亏自己定力高,要不就露馅儿了!

他说的话前两段儿都是真的,可后一段嘛……

（五）

　　明墉醒了一段时间了，他只是失血过多造成身体虚弱，体温下降过快就晕厥了过去。可盛思蕊却是被金蟾内丹救活的，醒来后她自己感觉不出，但气血经补益极其旺盛，体温较平时高出不少，摸什么自然都是凉的。

　　可她并不知自己服了金丹，这时她如果能得高人点拨，调气归息，金丹不仅单单能治好她的伤，还会对她的功力增益不少。再加之她见明墉状若濒死，气急攻心，此刻若不是即刻想办法为自己降温，恐怕身子还要受损。也幸亏她奋不顾身、舍却颜面清白为明墉暖身，才将产生的爆热给过渡出去。而就算如此，她还是被烧得糊里糊涂地睡着了。

　　而明墉在她身下就像抱了个火炉，没过多久全身就都被熨开了。直到丝丝热气传到他的手指足尖，全身寒气尽褪，自然就醒了。

　　不过他醒时就感觉身上有什么软软热热的东西罩着，出于谨慎没敢动，只是微睁双眼向下瞄了一眼。

　　这一看可是把他震得惊喜交加，头脑一阵眩晕。

　　盛姑娘竟在用身子为自己取暖，这样自己在幻想中都没敢想的事竟真真切切地发生了！

　　他心中似有万道暖流通过，直想着就算让我为你死了也是值得！

　　本来他想动一动叫醒盛思蕊，可转念就想到了姑娘的清白名节。他通过这段时间相处了解到盛思蕊此人看似满不在乎，实际对这些事极其在乎。如果让她知道自己先醒了看见了她的身子，那后果……

　　明墉瞥了一眼旁边寒光森森的匕首，立刻就不做此想了。

　　现在他只能等盛思蕊自己醒来，而后自己再装作刚醒。就这样他静静地躺着，一动也不敢动，感受着温香满怀。

　　那是怎样一种如羊脂白玉般的滑腻，那是怎样一种如剥壳鸡蛋般的软弹，那是怎样一种沁人心脾的暗香，那是……

　　想着想着，心思飘忽，小腹中一股狂躁的热流直贯而下，就那么地弹起了一下。

　　事到此时，他直想抽自己两个耳光，怎么就这么有亵渎的心思了！难怪被骂成小贼，真是名副其实的贼骨头！

　　他马上收敛心性继续装睡，再也不敢睁眼，连腋下中招都强行忍住，直到听盛思蕊说要用匕首，才假意说了句梦话慢慢转醒。

　　直到现在蒙混过关了盛思蕊的盘问，他才松了口气。正欲起身，却见盛思蕊突然对他道："慢着！"

　　明墉的小心肝吓得扑通乱跳，可脸上却保持着关切和镇定问道："怎么了？"

　　"你现在虚得很，我先去为你弄点儿水喝！"

　　明墉一听她竟如此关心自己，真是感动得无以复加，直想着为她死了也甘愿了。

　　他自打父母死后，经历逃难九死一生，然后遇到师父。

可没多久师父就无影无踪了，他那时还是个十岁出头的孩子，却要在江湖中摸爬滚打生存下去，就算有一手开锁秘技，生存之艰难也可以想象。

而他见识的人间丑恶、人情冷暖就数不胜数了。数年下来，身边没一个真正关心他的。他遇到的无论男女跟他都是利益往来，谈不上任何感情，所以也造就了他性格的外冷。

就在他心也变冷之前，机缘巧合认识了盛思蕊，打从第一眼他就认定这是他一直苦苦追寻的等待的。他仿佛从盛思蕊的冷嘲热讽中发现了能跟自己心意相通的地方。这只是一种感觉，但他愿意为这种感觉不顾一切付出，直到此刻他清楚自己的感觉是对的！自己没有做错！自己此生定要伴她左右，一路相随！

（六）

他见这里根本没有盛水的容器就道："你别忙，我自己去喝！"

说罢就起了身，可一起之下脚下却一个踉跄。

盛思蕊见状忙过来扶着他埋怨道："还这么弱，干吗逞强要起！"

明墉这下并不是装的，而是长时间被压得腿麻了。可他绝对不会再提这事，只是顺从地由盛思蕊扶着。

这洞里有很多钟乳石，这石头是千万年水滴沉积而成的，一般下端都会有水滴落。

二人看见一个下面竟然已经滴水形成了个小水池，就都过去掬水大饮了几口。

盛思蕊就觉得特别渴，一口气喝了不少才止住。

明墉道："看姑娘大好了！我就心安了！"

盛思蕊微微一笑报以感激的目光："多亏了你几乎舍命救我！流了那么多血……"

"其实那是次要的，关键是……"

"是什么？"盛思蕊疑惑道。

明墉把刚要脱口的金蟾内丹给咽了回去，他想到盛思蕊要是知道自己是被那可怖的大蛤蟆体内的丹给救活的，还不知要怎么样呢！于是他微笑道："关键是以前有人送了我一颗珍奇的丹药，可治各种内伤。我一直藏在袴子里，情急之下拿出来给姑娘服了，没想到还真是灵丹妙药了！"

"噢！"盛思蕊恍然道，"那我师娘伤重的时候你为何不拿出来？舍不得？"

明墉见自己给自己设的套越来越深，忙道："那只有一颗！李夫人当时缺的不是一颗药，而是奇绝的神药，你说我这一颗怎么够？也幸亏是你被治好了，要不然我再也找不到药了，更不知怎么办好了！"

"噢！"盛思蕊接受这一解释，但她转念道，"当时在梦里我就像被个大火球罩着烤，而你的血就像在一边加热添柴，反正缺一不可啦！不过我刚才怎么又梦到自己蹦着去追昆虫了，真不知是怎么回事！"

明墉在一旁听着，心下暴汗。金蟾可不是吃虫嘛，这是金丹的副作用吧，希望慢慢好吧！

二人围着这洞绕了起来，见前方有一高台，盛思蕊想也没想竟然一下蹦了上去。到了顶上她奇怪道："真是怪了！刚才我并未运功，这台子怎么一下子就蹦上来了？"

明墉在下面听得不敢抬头，暗暗赌咒：喂她吃了金蟾内丹一事自己必须烂在肚子里！这辈子都不能说出来！

不过对这项新技能盛思蕊的欣喜是高于疑惑，她左右上下一顿乱蹦，到处去看，玩得不亦乐乎。

明墉却在下面暗暗摇头，如果她真的变得特别想吃昆虫，那该怎么办？

还好盛思蕊玩累了，下来道："这洞挺大！我们一时也不忙找出口。你损耗过多，需要调气归息运行周天来补充一下。我不知义父传了你多少功夫，你和我一起坐下，按我说的去练，准有好处！也看你学全了没有！"

明墉心下又是一阵感动，便依葫芦画瓢随她运功。

几周天之后，两人都觉得全身通泰，阻滞全消。

盛思蕊站起来道："我们去找点儿吃的吧！"说罢拉着明墉的胳膊就走。

明墉被盛思蕊的举动一下子弄得有些手足无措，迟疑了一下。

盛思蕊发觉问道："怎么了？"

"没什么，姑娘对我这般好，一下子有些受宠若惊！"

"那你就慢慢受宠慢慢若惊吧！我自己去了。"

"哎，可别！等等我！"

二人在这溶洞里追来逐去，上下翻飞，在洞中到处分布的放光石头的照映下，显得流光逸影。

不过二人确实期待大了，这洞里除了发光的和不发光的石头，什么能吃的都没有。

盛思蕊似乎发泄掉了身上的精力一般，落回地下。这可苦了一直相随的明墉，他可没吃内丹，身体刚刚开始恢复，又经此一折腾，显得十分吃力。

盛思蕊看看她，马上大悟道："忘了你刚刚才失了元气！哎呀，你怎么也不叫我一声？"

"姑娘喜欢，我自跟着！"

盛思蕊似乎有点儿娇羞，微微低下头，而后笑言道："你别叫我姑娘了！就叫思蕊吧！"

明墉是心下大欢，可还是口上含蓄道："那可怎么好呢？"

"不喜欢就叫姑娘！"

"思蕊我喜欢！"

盛思蕊呵呵一笑，明墉只觉得这洞中的石头瞬间迸发出绚烂夺目的光芒。

却听她道："我呢，怎么叫你呢？"

明墉心中不停叨咕：叫哥哥！叫哥哥！叫哥哥！……

"就叫你吧！"

"啊?"明墉没得到想要的答案,心中懊丧,早知道就自己先开口提好了,也不会失了先机。

"那人多时你一叫岂不是很多人答应?不知叫谁?"明墉小小争取。

"哪里会呀!我认识的人里,像师父们、义父母,我不会叫'你'吧?师兄师姐也不会叫'你'啊。族中人都各有称谓,那这个'你'字岂不是独一无二?"

明墉本想接着反驳,但听到"独一无二"心中还是一飘,不再多说了。

(七)

二人在嬉闹间把这间石洞给看了个遍,这洞里除了四处生在墙里露在外面的石头就是钟乳石了,其他都乏善可陈。

盛思蕊对地质学不感兴趣,所以闹不清这颜色各异闪闪发光的石头是什么。问明墉他也说不清,虽然在古玩行里浸染有年,但这石头颜色多样,出于同一洞里绝非是玉,花色较多却又闪闪发亮也不似玛瑙,形状各异又不是单晶的水晶。实在说不出个所以然来。

倒是盛思蕊道:"这倒好像与离冰她娘亲那串手链的石头材质类似!"

"这么说倒有些像,可惜东西不在我们手上,没法对比!"

一提起手链,二人马上想起了祁主使。一想到此人,二人都是平地生寒,后背发凉。尤其一想到他此刻还在外面候着他们,就更加惊悚。

明墉道:"咱们还是快些往前走寻找出路才是上上策!"

盛思蕊表示赞同,但随即回想起什么道:"我之前在昏迷的时候好像听见有人唱儿歌,在你人事不省时也听到了儿歌。这才引我发现了一墙之隔的这个石洞,你听见过没有?"

明墉马上摇头表示不知,对于自己晕倒发生的还是属于自己最甜蜜的这段回忆,为防露馅最好越少提越好。

"那可就奇了!那声音仿佛是孩童发出的,儿歌的内容我又十分熟悉,难道是我的幻觉?"

"这也说不准!"明墉解释道,"以前我和那些土夫子在古墓里,他们待得久了不少人都说见了鬼影、听见鬼号什么的,更有甚者还疯了似的乱跑,说有僵尸追他!可我什么也没见到过。说到底,幻觉无非是自己内心的恐惧被物化了。下墓的知道干的是缺德事,心中在下去前就揣着鬼,进去了封闭了呼吸不畅了,自己就把鬼放出来了!"

他见盛思蕊听到盗墓,脸上有不悦之色。他知道她虽然看似顽皮开朗,但内心对传统是极为尊崇的,像盗墓这种损阴德的事最好别提。自己刚才一没过脑,跑岔路了。

明墉马上转口道:"可能是你当时想着小时候那些温暖难忘的事,在希望中这儿歌画面一直都在，所以就会出现了！你说对不对？"

盛思蕊轻轻点点头，可转口道："不过为何连方位都那么准确？还出现了两次呢？还有一次在我醒着的时候呀？"

"思蕊你呢之前受了重伤，刚被灵药医好，那灵丹的劲力一般都不小，配方中难免会有些让人乐而忘痛的成分。你刚醒，药劲儿没过，出现些让人难忘的幻觉在所难免的！"说完这一通，明墉被自己的逻辑机变有些折服，轻轻呼了口气。

盛思蕊也不知他说得对也不对，但似乎有些歪理，也就不再追问了。

（八）

明墉搜索身上的大裈百宝囊，试图找些能吃的来。

盛思蕊笑道："算了吧？就这裈子风吹日晒这么脏，找到吃的我也不敢碰！"

却听明墉哎呀叫了一声。

盛思蕊忙过去一看，却见他从衣服腋下翻出个油布包来。

中华民间自古就是创意无穷，总能在极为简陋的条件下制作出看似不可能的物事。这油就是一例，它是用棉布刷上桐油制成。好的油布是先用棉布浸在桐油中几日夜，彻底晾晒干，再反复刷桐油晒干才能使用。完成后再用同样制作的麻绳编成口袋，防水性奇佳。

明墉用的当然就是此类，只见他从包里掏出一用油布包裹的物事，一层层打开，里面赫然露出一大块牛肉干来。

明墉笑道："看来我们有口福了！"

盛思蕊也是笑着，不过尴尬道："你放在胳肢窝里，每日穿着，不早就成臭牛肉了！我才不要吃！"

"那思蕊你可错了！我这油布包可是秘制的，滴水不侵！你看这牛肉上还有盐花呢！况且，这可是严老大他们用重盐熏制的，怎么都坏不了！来尝尝！"

"不要，不要，哎呀……你呀……"

盛思蕊实在拗不过明墉，嘴里被塞了一块，果然十分干硬，用力嚼了几下盐香和肉香就塞了满嘴，也就放心吃了起来。

她看着明墉精细地一条条撕着牛肉慢慢地嚼着，不禁问道："你难道什么东西都备着些？还总是吃得这么仔细？"

"唉，那是我苦日子过下来的习惯。在吃了上顿没下顿的时候，不备着点能成吗？而有了吃的，我也格外珍惜，总要小心品尝，细嚼慢咽，绝不浪费！"

盛思蕊本想夸他几句，但听他虽说得轻描淡写，却吐露着曾经的无比坎坷，嚼着嚼着就觉得有股酸楚感直冲鼻翼。

她抽了几下鼻子，明墉发现问道："怎么？有怪味道？还是塞了鼻子？"

盛思蕊使劲咽下了干牛肉，又抽了几下鼻子，使劲眨眨眼勉强把泛上的那种酸苦情绪压了下去。而后她看着明墉的眼睛问道:"你有没有想过这件事之后,你想做些什么?"

"我说过思蕊你到哪里,我就跟到哪里!"

"不许油嘴滑舌!说你真的想做什么?"

明墉低头微思了一下坦然道:"我听李大侠和你师兄他们谈什么革命的,这我一点儿也不稀罕。革命了又能怎样?还不是千万民众水深火热、流离失所?最后还不是该当权的当权,该受苦的受苦?"

"可毕竟能推翻个腐朽透顶的王朝,对百姓对后代也是好事呀!"

"那我没想过,我也做不到。我只是个草民,也不羡慕什么英雄!只想用我的本事让我喜欢的人开心,只想用我的余生陪我喜欢的人做她喜欢的事情!"说到这儿,他双目闪闪地盯着盛思蕊的眼睛道,"就是不知道我这愿望能不能实现。"

盛思蕊脸上一红,微微躲避着,稍歇道:"可如果你喜欢的人让你做些你不喜欢的事怎么办?"

"只要她要做,那我就陪她做!"明墉的眼神一点儿都没变。

"有人好像说过要一直跟着我……"

"赴汤蹈火在所不辞!"

"那我要是迷了路,走丢了呢?"

"那我就走遍天涯海角找到你!"

二人都没再说什么,钟乳石的滴水落入小池当中,激起圈圈涟漪,映动着折射的光线照在二人身上,如书写着流动的光华一般,更像是把这一刻映记在这空宁悠远的石洞里一般。

(九)

还是明墉打破了宁静道:"吃好了,我们该去找路了!要不就真要相伴过洞中岁月了!"

"胡说!什么相伴洞中……"盛思蕊口上说着不,脸上却现出一丝甜蜜。

二人之前发现侧壁有一个通路,似乎可以继续走出这间石洞,不过洞口稍小,要猫身才能过去。

盛思蕊起身就要去用匕首把它拓宽,就在这时一对硕大的触须从里面露了出来。

二人俱是大惊,之前见过一只,可那哪里是虫子呀?简直是虫精!

明墉更是大骇,之前那只被斩成两截还能进攻呢,要不是怪鱼,不知要有多难对付!这又冒出来一只!

可就在二人摆开架势,准备全力以赴迎敌之时,那大蚰蜒刚刚露出了个头,四下嗅了嗅,而后就仿佛是遇到了什么天敌一般瞬间缩了回去。

盛思蕊举着匕首愣了,之前那只她昏迷前见过,虽不知明墉如何对付的,但至少不怕人，可这只怎么直接就退了？

明墉却忽地明白了：盛思蕊服了金蟾内丹，这蟾蜍青蛙可是虫子的克星！难怪它闻到盛思蕊身上散发的气味赶忙开溜了！

盛思蕊道："你说怪不怪！之前那只那么凶，这只却溜得飞快！难道是看我们有了两个人，害怕了？"

明墉当然不能以实情相告，只能含含糊糊支支吾吾。

所幸盛思蕊也没留意，而是兴致盎然道："我们也去看个究竟！"说罢，一蹦就上了那洞口。

她还莫名其妙地道："真是怪了！我都没用功，这么高一下就上来了？"

明墉只得跟着，暗想着你只要不往青蛙善跳那边儿想，怎么想都成。

二人过了通道，迎面见到一个大石洞，透过洞口看简直是五彩斑斓。

等二人一落地，立刻就四下传来哗啦哗啦的声音。他们定睛一看，都是吓得倒抽凉气。

原来此间地下正趴伏着十来条大小不一的巨型蚰蜒，听见他们落地，都是顶着触角向这边看来。

等明墉觉得腿软，刚要拉盛思蕊退回去再说，就见那些巨虫无不惊恐地向一个洞口方向涌去。那些触须巨足挤挤擦擦在一起，让人看得是既心惊肉跳又阵阵犯呕。

望着此刻洞里已经空无一物，盛思蕊突然道："看样子它们都逃回窝里了！我们不如……"

她侧脸盯着明墉嘴角一翘道："不如跟到虫子窝，把这些害人虫全铲除了怎么样？"

明墉惊异地看着她，还记得盛思蕊是怕虫子的，可现在却要成了铲虫急先锋，那内丹真有这么猛吗？

盛思蕊见他神色有异，忙解释道："我也不知怎么了，自打醒了后就精力无穷。见到这巨虫，不但不心惊，还有上前除掉的感觉！"

明墉心头一惊，可别到时离大蚰蜒近了，再有一口吞掉的冲动，那可就不妙了！

他忙跟盛思蕊说些什么虫不犯我、我不犯虫，既然人家避让三舍，咱们何必苦苦纠缠。再者人家长这么大个，那也是自然造化，得需要多少年呀？万物年久皆有灵，何必非要害这些潜居于此的生灵呢？佛语……

盛思蕊听他噼里啪啦说了一大通，这次不觉他啰唆，只觉得可笑。她打断道："行了！别捎上佛祖了！只要虫子不害我们，我们就相安无事，好吧？"

明墉深深呼了口气，能避免一场人虫大战对谁来说都是功德无量。

二人接着在这间石洞里察看，只见这洞足有十丈余高，二十丈余阔。对于进过紫禁城的二位来说，这已足够宏伟。里面但凡是露出外缘的石头都是色彩斑斓，映得石洞如同幻境一样。

可寻了半天，除了那群大蚰蜒逃出的洞口，再无通路。

盛思蕊摇摇头道："看来只有一条路，那我们只得过去了。希望那些虫子有些眼色，让出路来，要不我可……"

说着举着匕首道："我可要把它们生吞了！不，全宰了！"

话一落地她又捂着嘴喃喃道："我怎么说出个吞字？"

明埔在一旁是暴汗不已，只希望前面千万别再出现什么大小虫子了，要不后果实难想象。

二人进了通道，这条通道弯弯曲曲奇长无比，只是相当宽阔，二人并行都是毫无阻滞。

开始盛思蕊还看通道蜿蜒曲折，防着拐角会突然出来巨虫，一路警惕。可全程那叫一个清净，他们顺顺利利地就来到了下一间石洞。

这条通道进洞是平行的，两人进去就如从山洞中出去见到神殿穹顶一般。

这洞高足有几十丈，上面隐隐还有不少钟乳石垂在空中，真不知还有多高。

洞里蜿蜒有一条溪流，溪水默默地平稳流动。

这洞里并没有什么突出的石块，周围四壁十分光滑，各处也没什么炫目的石头，但都被洞里正中光源映照得一片淡蓝。

他们进来就感觉这洞温度偏低，而这汪蓝色更映出清冷。

二人慢慢靠近正中，就见中间有一巨大圆石，石头四射着绚烂的光芒。

再接近些，才猛地发现石头上似乎坐着的是一个人！他们看过去的是背影，只见这人裸着后背，十分瘦弱，但周身同样也迸发着蓝色的光芒。

二人都是吃惊不少，对望一眼，向前慢慢靠过去。越接近就越能确定这是个人，因为在光晕下，二人甚至能模糊地看出骨骼的轮廓。

这不免让他们更为吃惊，这是什么人？死人活人？为什么这般形态？

二人越来越近，直到距离接近一丈了。盛思蕊慢慢伸出手去，想感受一下那迷蓝色的光芒。

那人突然回过头来，盛思蕊登时被惊得定在了当场。

（十）

只见这人长着一张稚嫩的脸，身型也不过十来岁孩子一般。可让人惊讶的是他全身上下好像是蓝得透明般。

在这个距离，两人可清晰地看到此人的头骨、牙床牙齿、浑身的骨骼内脏。而最令人惊恐的是他那双眼球就像是悬浮在脸上的一对活动的肉球，而在眼周骨骼的映衬下就显得格外可怖。

盛思蕊咧着嘴看了明埔一眼，二人好像想到了什么刚要开口说话，就感觉身后一阵风声正在接近，而伴随着的是一阵让人浑身汗毛倒竖密集的嘎啦嘎啦声。

他们忙回头，就见一只体型无比庞大的蚰蜒已出现在他们身后。那两只粗如马腿的触角正向着他们摇来动去，那一对如脸盆大的暗褐眼珠也是转来转去，最为惊人的是它口前的那对鳌牙足有螺旋桨的桨叶大小。

这般巨虫出现在二人面前，他们所感到的已不是惊吓，而是震撼，这得是生长了多少年才能有这般尺寸啊！

可还没等他们拉开架势，那巨虫却停住不动了，就这么摆动着如椽触须对着二人。

明墉知道就是那还活着的金蟾精也没这般尺寸，盛思蕊吞下的那颗内丹的原主身量可能更小。此刻面对如此巨型天敌还不知胜负如何，她总不会在内丹的驱使下再那么冲动了吧？

果不其然，盛思蕊虽面无惧色，但也是紧握匕首并未上前一步。

明墉呼口气道："思蕊，我看如果它无伤我们之意，我们也就不必和它纠缠了！"

"这只是个大虫子，谁知道它没有伤我们之意？"盛思蕊不肯丝毫气馁。

那巨虫听及此言却像是懂了一般，来回挥动着大触角，眼珠滚来转去。

"你看虫子听懂了，表示没有恶意！咱们还是相安为上，走为上策吧！"边说着明墉就想拉着盛思蕊往后退。

谁知盛思蕊却寸步不让哼道："你懂虫语？"

"这个嘛……"

"要是会说，你让它退后给我们让出通道来！"

"这个怎么说！"

"那就别废话了！防人之心不可无还是你总教育我的，怎么忘了？放到这儿就是防虫之心不可无！"

明墉接着无语，看来自己以前的确是说得太多了。

这时巨虫仿佛要表达什么，突然头一低触须一挺，就对向二人。

盛思蕊立刻警戒，握牢匕首就前冲一步。

此刻一人一虫相距不过三丈，触尖对匕芒两不相让。

明墉看着对面那都不足以用巨大来形容的体型，大蚰蜒的每条腿都像关公大刀般，如果真的是硬扛上了，那可是千凶万险。

他忙拉着盛思蕊道："咱们没必要跟个虫子置气，对吧？大人咱有大人量，不跟它一般计较！"

"不行！它像楼那么大个儿，怎么不能先退一步？"

"那我不是不能沟通吗？"

"你不是挺懂虫语的吗？"

"你……"

这时二人身后突然有个童音传来："大个子，你先退去吧！他们不会伤害我的！"

（十一）

二人猛地回头，见那个孩子已经站了起来，正用那对如浮在空中的眼珠看着巨型蚰蜒。

显然刚才说话的就是他！这时见他向后面挥了挥手，那在蓝光下都十分清晰的手骨在空中舞动着，不知若在白日下看会是什么惊悚效果。

盛明二人就听见身后一阵如上百磨刀师傅一齐磨动刀片的声音快速远离。那感觉像是先把他们激起了一身鸡皮疙瘩，而后又把鸡皮疙瘩全震掉一般。

盛思蕊看着这孩子，惊疑地问道："你是……离冰！可你娘说你只是个六岁的孩子，怎么这般大？"

那孩子一听这话，激动得眼珠又向前努了努，兴奋地问道："你们见过我娘！她怎样了？有没有逃出来？是不是你们把她救了？"

盛思蕊虽然对这孩子的怪异外形有些震惊，但想到这只是个没了娘的可怜孩子，心刹时就软了。

她拉着离冰坐下，将她母亲去世的前后经历一一给他柔声说了。

离冰是边听边哭，那眼泪如同一颗颗亮蓝色的水珠凭空出现一般，点点溅落。

等盛思蕊说完了，离冰突然起身，向两人跪倒下拜道："两位恩人！如果不是你们搭救，我娘肯定要被那些人折磨死，我多谢二位哥哥姐姐！"

盛明忙上前扶起他，又是一阵好言安慰。

明埔遗憾道："你娘留给你一串手链，还有你父亲的一本遗书，那个就放在你家石洞里床上枕下。至于那串链子，我们途中遇一恶人，被他抢去了，可惜没法给你了！"

离冰擦擦眼泪道："多谢哥哥还记着。不过那串链子丢了也罢，我就是因为那些炫彩的石头才变成今天这般样子，才让母亲惨死的！"

盛思蕊有很多疑惑，问道："你不是才六岁吗？怎么会长这么高？说话条理也清楚得很，这是怎么回事？"

离冰擦去眼角的泪水道："其实我娘当时是快气绝了，很多事都没给你们说清，你们不理解也属常事。"说罢他就一五一十地把自己一家的遭遇说出来。

（十二）

他娘在怀上他时坚持要去百里外的观音庙上香为他祈福，回来时支撑不住就进了一个满是流光石头的山洞。

其实当时她已有身孕八个月了，由于他爹爹忙着在家里修新的石屋没同往，他娘独身一人怕赶夜路危险才进了那山洞，而那也是他厄运开始的地方。

在山洞里他娘被难遇的山洪阻住，在里面足足困了两天。等他娘觉得水小了，想要匆匆回返，结果出洞不远就摔了一跤，不慎动了胎气，马上就要临盆。

他娘迫不得已爬回山洞就在那洞里艰难地生了离冰。

据他娘讲，他一生出来被他娘抱着吃奶时，他娘亲就因痛累交加昏睡过去了。等她再醒来，就发现他浑身蓝汪汪的。

不过当时孩子出生的喜悦盖过了一切，他娘也就当是被洞内各种光线给晃耀的，并没当回事。

当他娘终于缓过来点儿，就抱着他回家，路上就遇到了出来寻找的他爹。

他爹见了孩子，当时吓了一跳，还以为抱了个妖祟。

等他娘把经过一说，他爹才微微相信。不过那时也没时间再回洞里查个究竟了，就先行回到家中。

也亏得他爹爹日夜赶工，做好了新的洞屋，他和他娘从此就住在了里面，从此他直到这次就再没出来过。

可打从他到家开始，双亲就觉察出了他的与众不同。他生长得很快，一个月就可站立，百日就能自由走动，半岁就可开口说话。

而最让家人震惊的是他身上的蓝光不仅没消失，反而慢慢的身体的皮肉都开始变得蓝得透明，血液也慢慢与皮肉混为一色，透明起来，只有骨骼内脏渐渐清晰可见。

他爹妈先是恐慌，后是恐惧，然后是害怕，更怕这孩子被外人看见当成妖怪。所以此后，他就没被允许出去过。

他爹爹非常头疼，听他娘讲了那离奇的山洞，就执意去那洞里找寻原因，说不定还有能将孩子变正常的方法呢？

他先去了十来天，回来时虽疲惫但很是兴奋，带回了几块色彩斑斓的石头。他发现用这些石头就能控制自己精心设计的石屋开门机关。

他就用能工巧手将石头做成了一串项链给他挂着以及手链一条给她娘亲带着。

眨眼就到了他两周岁，他已经高过三尺，且能流利说话并看书了。

他爹觉得这实在是太神奇了，决定要去那山洞好好研究一番，于是不顾她母亲百般劝阻，愣是离家去了，从此再未回来。

至此他就和母亲生活在石屋里，每日都是与他爹以前做的石雕木雕玩具为伴，时间枯燥漫长一过又是四年。

他每日看见母亲在外辛劳，回来时疲惫不堪，他也想为母亲分忧。

可他娘坚决不许，说是到了外面会被人当怪物看，说不准就会引来杀身之祸。她已经没了丈夫，可绝不能再失去孩子。

不过哪个孩子能抵挡外面世界的吸引力呢？他现在已经快五尺高了，却从未见过除父母外的一个人。

他只是在石屋里偷偷看过蓝天，觉得天还没他身上蓝。也从母亲带回的花草中闻到过大地的气味，可从未亲手触碰过。

这样的日子，对一个日渐长大对什么都新鲜的孩子来说怎么受得了？

就这样在百蚁挠心的忍耐中，他到了六岁生日。她母亲说要去给他爹上个坟，说说这段孩子的事，就出门了。

那天在母亲关上石门机关的一瞬，他看见外面是个晴天。

他在门旁静静地听着，远处好像有马蹄声、人的说笑声、孩子的叫喊声。

他再也忍不住了，就想看看外面的世界到底是个什么样子！

他把母亲的千叮万嘱丢到了脑后,没什么再能阻挡他的好奇心!

不过他还是很小心,用家里的大布单把自己围了个严实,这才小心翼翼地用项链打开了石板门。

(十三)

那是他第一次完全站在天的下面,踏在地的上面。他兴奋极了,跑向远处,山坡上还有尚未完全枯黄的野草野花,和那些被风吹得漫天飘舞的蒲公英。

他高兴地大喊大叫,发腿狂奔,想着法地在草地上狂奔。也不知跑了多久,慢慢的他跑累了,躺在草地上望着高高的天、片片的云,感受着清凉的风、秋虫的鸣。可他忽略了他的布单此刻已从头上手臂上脱落了。

没多久,他的眼前出现了两个人头,那两人的表情先是好奇而后瞬间转为惊恐,大叫着就向远处跑去。

他们叫的什么离冰都听不懂,但他知道这回自己是闯祸了!

他飞也似的溜回家里,不久母亲回来了。他战战兢兢地把出去的经过说了一遍,母亲当时吓得瘫软在地。她举起扫帚想教训他一顿,可刚举起来就手软了。而后抱着他放声大哭,一个劲儿地说对不起我的儿呀,这回可再没安生了。

之后他再也不敢出去了,母亲每天都早出晚归去外面探听,但每次回来脸色都很阴沉。

她说镇里蒙古包里都传遍了,这边山里有个妖怪。越传越厉害,已经有人找法师要来捉妖啦。她怕真的到了那一天躲也躲不掉,就决定先带着他逃跑,往北跑,跑得越远越好。

就在她母亲打点行装的那两天,外面天天都有人接近,吵吵嚷嚷些听不懂的,每次都把母亲吓得紧紧搂住他不敢出声。还好他父亲这机关石屋造得极为隐秘精巧,根本没人能发现。

终于到了要走的那天夜里,他和母亲趁黑就离了家,翻过几条岭,向北而去。

可到了半路她才发现自己忘了父亲的重要遗物,她犹豫再三,终于还是舍不得,于是掉头回去取。

就在回去的路上,他们就远远看见一队人吹拉弹唱着举个东西在路上行走。那伙人一见到他们就大喊大叫,快速向他们冲来。

母亲一看不妙,忙推着他叫他赶快向北跑,千万不要回头,说完自己就冲着那伙人去了。

他哭着喊着跑着,可远远看到那群人已经把母亲按倒在地,就再不敢停留了,只得拼了命地向北跑去。

盛思蕊听到此时,叹了口气道:"哎,可怜的孩子! 之后你母亲就被他们抓住啦! 就……"她喉头一哽,说不下去了。

离冰也是又哭了起来，盛思蕊见状心疼地为他拭泪，那泪水就像在空中被她拭走一般。

　　明埔也叹口气，就这离冰的样子，自己如果不是提前从他娘嘴里听过，乍一见也会被吓一跳。愚衣虽然做法可恨，但毕竟人的见识有限，谁能对一个这般蓝色透明的人不恐惧呢？

　　不过他疑惑道："然后你就自己跑到这洞里来了，我们可是吃尽苦头走了五六天，才能到达呀！你只是个没什么在身的孩子……"

　　"当然一点儿也不简单！"

五十二、冰若洞玄

（一）

离冰接着讲道："当日我哭着离开娘，就向着远处走去。娘曾经给我指过方向，只要一直向着北边走，就不会错！"

"可你总不能一直保持方向呀？你还只是个孩子！"明墉疑惑道。

"对呀！当时是晚上，我看天上正好有一颗特别亮的星就在那边，就沿着一直走了！"

明墉点点头心道这孩子还有些聪明，可旋即又问道："可是白天呢？白天怎么办？"

"太阳的对面就是北面了！"

"可太阳是东升西落，一直在移动着呀？"

"东升西落我也从书上看到过。白天呢就往影子的右侧走，下午呢就往影子的左侧走就对了嘛！"

"人家在那儿说，你偏要问三问四的。人家离冰能走出来就是奇迹，你别插嘴了！"盛思蕊是在责怪明墉刁难小孩。

明墉闭了嘴，心道这孩子可比一般十来岁的都聪明。

离冰接着道："我走了差不多两天，实在是累了……"

"抱歉，还得插个嘴，这两天你可吃什么喝什么呢？"这一路明墉可是费尽艰难从大沙暴里走过来的，哪里见到水了？

"我娘亲都给我备好干粮饮水了，不过也的确只撑了两天！"离冰接着道，"两天后我是又累又饿又渴，心里就想着天怎么不下雨呢？"

"然后雨就来了？"明墉有些不可思议。

"叫你别插嘴，听着！"盛思蕊使劲剜了他一眼。

明墉感觉到她话语和行动对自己已迥然不同，这要是换作以前，早就恶语相向拳脚相加了。

"哪里下雨了？下的是大块的冰！"说罢他用手比画了一下，看大小比鸡蛋还大，"最小的都这么大，"说罢又比画了个饼的大小，"一般的都这么大，"而后又用手在自己身周画了个圈，"最大的这么大！"

明墉惊讶了，刚想问那你不早被砸死了，想想又闭了嘴。

可盛思蕊问道:"那你还不被砸扁了?"她也很想知道下那么大的冰雹离冰会怎么样!

"当时冰下得急,越来越大,我都怕死了!想找个地方躲都找不到,我都急哭了!这时一块这么大的冰一下就砸到了我身上……"他用手比画了一下饼的大小。

盛思蕊颤声问道:"然后呢?"

"它直接砸到了我的胳膊上,我根本就没觉得疼!然后它就一下裹住了我的胳膊!"离冰讲述的语气还是充满了惊诧。

盛思蕊疑惑地瞪大眼。

"我正奇怪呢,比我身子还大的一块儿就整个罩头砸下来,把我全身给裹了进去!"

盛思蕊疑惑地睁大眼看看明墉,他也是摊摊手表示不能理解。

"然后我就感觉身体被冰裹着,但我并不感觉到冷,而这冰和我身子中间还有一点距离,我手脚头还能动!"

"然后呢?"盛思蕊问道。

"然后我就觉得身子好像一下子腾空了,之后就在冰里滚来转去,我都快晕死了,要不是肚里没东西,早就吐啦!"

明盛二人只是目不转睛地盯着他,等着他接着讲。

"再然后我就彻底晕了!"

二人遗憾地叹口气。

"等我醒了,冰也没了,我在一个湖边,就是外面那个大湖的湖边!"

盛思蕊有点张口结舌说不出话来,他们可是在大沙暴里连骑马带走足足用了五六天,才到了这里。这孩子怎么被冰一裹再一顿转就到了?

"莫非你遇到了旱龙卷?"明墉道。

"什么是旱龙卷?"盛思蕊没见识过,自然不清楚。

明墉也没见过,他只在闽浙沿海见过水龙卷,那威力都可把渔船卷上天。而这旱龙卷他是听阿克金说的,说是在草原深处戈壁黄沙中,有一种旱龙卷,能把成群的牛羊蒙古包直接卷上天无影无踪。而后多日后,有人在几百里远处找到过破碎不堪的蒙古包。

他当时还笑阿克金,水里有龙王,叫个龙卷当然没问题,可戈壁沙漠?阿克金却振振有词道:"小子,没听说过旱海龙王吗?几百里沙海也是海!怎么没龙王?"

如今盛思蕊听了他的讲述,觉得无比不可思议。可明墉却道:"老天的神奇威力,我们又能窥见几个,这不是没可能!"

(二)

离冰听他们说着什么龙卷,完全不懂,只是摇着头继续道:"这还不算什么,更奇怪的还在后头！"

二人一听还有更厉害的，立刻住嘴听他说下去。

"我一看身上上衣也没了，裤子也破了，鞋子也不知给丢到哪里去了。心下很是害怕，但四处一看一个人都没有，也就慢慢定心了。"

盛思蕊心道这是给人的凶恶吓怕了，见到没人反而安心。可转念又一想不对呀？他是在听到我叫他名字之前就知道我们来了，怎么不怕我们？

离冰接着道："我感觉好渴，就想到水边喝口水。可我刚弯腰，手一碰水边，那水竟然一下就结冰了！"

盛明二人听得是大气也不出。

"我好奇怪，就向里走了一步，想进水里掬水。可脚却没踩在水里，而是踩在冰面上！"

二人更是聚精会神。

"我四下一看，周围的湖水都没结冰啊？于是就继续向前走，可是我每落步一下，那水面立刻就结了冰！就这样，我一路走到了对岸，都没能喝成水！"

盛明二人这回真的是瞪大了眼，这孩子能瞬间让接触自己的水结冰？这是个什么情况？

"最后我都快急哭了，只得在对岸掰起块冰放到嘴里想嚼嚼解解渴就算了。可没想到那冰一到嘴里立刻就成了水！害得我差点儿呛到。"

明盛二人只剩下惊讶的份儿了。

"就在我站在岸边怎么想也想不明白的时候，水里突然蹦出好大一条鱼，冲着我就咬了过来！"

盛思蕊揪着衣襟，紧张地听着。

"我当时都吓傻了！根本来不及反应。就这时一条大龙噌地从我身后蹿出，一下就咬住了大鱼。没几下就把大鱼给咬死了！"

"大龙？"盛思蕊迷惑道。

"就是大个儿呀！它那么大，那么长，不是龙是什么？"

盛明想起那巨蚰蜒的体型，心道难怪让孩子误解。

"之后大个儿就到我身边转，我看它好像示意我到它背上去，我就照做了。我抓着它背后的甲壳，它就一溜烟把我带进这个洞里了！"

"可它那么丑陋，还那么大，你不怕它吗？"盛思蕊疑惑。

"开始有点儿怕，可我见它帮我杀鱼，还对我好，可比那些人好多啦！我为什么要怕呀！"

盛思蕊这才想起刚才的问题道："可你见到我们时，不知道我们救了你娘亲，为什么不怕我们？"

明墡也支起耳朵，这问题也是他想知道的。

"其实从你们一进最外面水边那个洞我就知道啦！我还偷偷穿过通道去看你们，听见你们说话，听见你们哭，还看到姐姐脱……"

盛思蕊马上就把他打断道："好好好，我们知道了！你就确定了我不是坏人！"她可绝不想让明墉知道裸身送暖的事。

"当然啦,哥哥也不是坏人,我看到他为了让姐姐多睡一会儿,然……"

"好了好了!哥哥当然也不是坏人!"他更是立即打断,他提前醒了这事怎么能让盛思蕊知道呢?

他偷瞄盛思蕊,幸好她正在暗自庆幸没被小孩说出来,没太在意下边的话。他暗嘘口气心道:看来这小鬼是万事收于眼底,自己可要当心,别让他说漏嘴。

离冰似乎对二人急匆匆地打断自己很是不解,不过也没再多想,只是摇摇头。

(三)

盛思蕊为缓和尴尬接着问道:"那你进了洞就没出去过?"

"每天大个儿都带我出去采松子吃,有它在一旁我就安心多了!"

"那你天天就吃松子?"盛思蕊心下又是不忍。

"当然不是啦!你看那小溪,那里有鱼!"

明墉四下仔细看了一圈,这洞虽被闪光石头照得挺亮,可根本看不到火种的影子,就问道:"那你怎么抓鱼,又怎么吃呢?这里没见到火呀?"

"对呀!刚开始我也不知道怎么办,可慢慢地我发现我还新添了一手本事,你们瞧!"说罢他起身向溪边走去。

二人跟在他身后想看看有何办法。

只见他低头看着溪面,正好一条鱼游过。他手一伸,那条鱼就像是顿时被冻成冰块一般浮出水面。离冰用手拿起,闭上眼,只见那冻得硬邦邦的鱼身体慢慢地干瘪下去,而身外不住地冒着寒气,就像是体内的水被冻结出了体外一般。

二人就这么惊讶地张着嘴,见那鱼竟然变成了鱼干的模样,而且是冻干,那种惊讶实在没法形容。

离冰把鱼身覆霜拍一拍,随手就把鱼干撕成两半,一手一个递给他们道:"我刚吃过了,哥哥姐姐你们吃吧!"

盛明二人见到这白花花的冻干鱼肉,虽然谈不上恶心,但的确是有够惊悚。

明墉架不住孩子的眼光,加之刚才那点牛肉干大半都给了盛思蕊,自己正是饥肠辘辘。再加之自己之前什么苦没吃过,茹毛饮血都干过!也就道了声谢,顺手接过,撕了块肉,放到嘴里嚼了起来。

他嚼了几下觉得肉质很是新鲜,冻鱼干除了有点儿冰牙,口味还不错,他也就示意盛思蕊尝尝。

盛思蕊见状也不想拂了孩子的心意,就接过吃了起来。

她边吃还边说:"等下我们给你做个火种,你只要按我们说的压好保存,就不用吃生的了!"

谁知离冰却摇头道:"不要!大个儿他们怕火,我不用生火。"

盛思蕊这才想起离冰还裸着上身,这洞里虽然不太寒,可也是冰冷的,忙叫明墉把皮袄给他。

这回离冰又是摇头道:"我用不着的,我根本不觉得冷!"

盛思蕊看到他能点水成冰,可能真不怕冷。可是自己在拉着他的时候没觉得他冰冰凉啊?

离冰笑道:"其实在洞里几天我学会怎么控制自己了,只要我脑袋里想着水呀冰呀就能变冰,只要我不想就没事了。要不我怎么跟大个儿它们相处呀!刚开始两天都把大个儿给冻坏了!"

明墉皱眉道:"你和它们相处?怎么个相处法呢?"他实在不明白人和虫子怎么能待在一起,还很有爱的样子呢!

"其实呀!它们可简单好懂了,这两天我都能和它们说话了,它们虽然不会说,可是都懂!大个儿他们就是喜欢我身上冷冷的光,还很喜欢我链子上的石头……"

盛思蕊这才发现孩子身上并没有那条材质绚烂的链子,忙问道:"那链子呢?"

"我刚进来时在外面那个洞,见这洞里太暗了,它又喜欢我的石头链子,就把链子给它套触角上了!结果它带着满洞爬,谁知那些石头就都粘在墙上啦!最大的两块没粘上,我就给它们在这个洞和下一个洞里各放了一块儿照亮,别提多好啦!"

盛思蕊这才明白为何之前洞里见到的壁上石头隐约像之前手链上的材质,原来都是离冰链子上的。

她见那发着光芒的巨石问道:"有一块在这里?"

"对呀!姐姐你来看,"说罢走近一指石上的一个小洞道,"就放在里面啦!"

明盛二人探头看去,见一块鹌鹑蛋大的莹蓝色石头正躺在里面,光线之强把整块巨石都仿佛照透明了一般。

离冰接着说:"我在这里也没人打扰,大个儿它们也喜欢我,喜欢我的石头,这里又够大,又能经常出去看看外面的风景,这不就是妈妈教我儿歌里唱的神仙疆域吗?我在这里真不想出去了!要是妈妈也在就好了!"说罢他神色黯然,又落下泪来。

盛思蕊心里也是十分难过,但不知该如何安慰。

可明墉突然说:"你说能出去,在哪里出去?"他总是能走回问题的关键。

"出口就在下一个洞里,可那个洞就算有石头照亮,我也不太敢一个人进去!"

"为什么?"

"因为那里有个可怕的人!"

(四)

盛明二人之前还听他说没人,此刻又听他说那间洞有个可怕的人,都是满脸狐疑。

幸亏二人一路听他讲下来,都是些匪夷所思的事,所以也没多大诧异。也对呀,毕竟还有什么能比亲眼看见点水成冰的人更离奇的呢？

离冰接着道："那个人可是先来好久啦！大个儿说它们很小的时候就见他来这里了！"

"它……告诉你的？"盛思蕊吃惊地不敢相信。

"它当然说不了话了，是它每次带我去见那人时我感觉到的！"

盛思蕊有些无语。

明堉道："那他就一直在那个洞里不出来吗？"

"他又不能动，怎么出来？"

"那怎么不能动呢？是个残疾？"

"不是，他死了很久啦，当然就动不了了！"

明盛二人都无奈地叹了口气，这跟孩子说话就是费劲，直接说是个死人不就得了？不过盛思蕊想想却又黯然，这么个孩子，从未见过人，被人群的丑恶突然一惊一吓，又知道母亲也死在人的手里，以后对人说不准就更恐惧了，在这里待久了估计就真不想再见人了。

"那死人你有什么好怕的？死相很恐怖？"问到这儿，明堉觉得甚是无聊，一个死了很久的人都成白骨了，在这地方这么潮湿，也不可能成为干尸，还有什么可怕的？怕是这孩子少见多怪了！

"哎呀，我可说不清！带你们看看就知道啦！不过我要在你们身后，我可不敢直接看他！"

二人都很奇怪这孩子到底怕些什么，不过总归是要去那个洞，现在就去了也是顺理成章。

就这样，盛明二人沿着离冰指示的通道在前，离冰就躲在他俩身后。而令二人不安的是，那"大个儿"也哗里哗啦、亦步亦趋地跟着离冰。

明堉心中颇为不安，让这么一个巨虫跟在他们身后，的确是让人感到如芒在背。况且他听说这蚰蜒可是毒虫，这么大一个能毒死多少人可真不好说。

所以他边走就便往身后看，离冰却好像发现了他的不安，安慰道："没事，大个儿只是每次见我到他身边都怕，跟习惯了。"

这一路有身后的活动发光体跟着，很是明亮。这两洞之间的通道尤其长，可是越往前越开阔，而且渐渐有橘红光亮扑面而来。

明堉问道："是不是这洞里有阳光能射进来？"

"当然不是！这是我链子上那块石头的光。"

等眼看通道到了尽头，离冰突然叫住他们道："哥哥姐姐，可说好了，里面的人我是真害怕，只能远远地看着。你们也别靠近，尤其是姐姐，你那么漂亮，可别被吓得哭鼻子！我第一次见到都吓哭了！"

盛思蕊回身摸摸他的头道："没事！姐姐什么没见过！"这一摸他的头，身后的巨型蚰蜒明显提高了警惕，仿佛是离冰忠诚的近身侍卫一般。

盛思蕊朝它瞪了一眼，一转头，明堉却已经进去了。她忙叫："你就是性急，等等我！"

（五）

等盛思蕊跟进了这个石洞，眼前的景象却又与前两间完全不同。

这洞比前一间还要高阔，只见从洞顶到底有一巨大的石柱直立其间，仿佛是擎天巨柱般支撑着整个山洞。

之所以说它是柱，因为它极其地圆整光滑，在顶端又扩散得像倒转的巨大伞盖般与洞顶紧连，浑然一体。到了洞底则又像宏伟奇特的树根般遒劲扭转，扩散着深深探入地下。

左侧洞壁上都被巨根状藤蔓挂满，而右侧洞壁中间则有一团红光四射，将淡红色光线洒满洞里。

明墉此时正站在那面藤蔓壁边，见盛思蕊走过来就道："这边已经有植物了，看这尺寸可比我们在那百丈深洞里见的还要巨大，真不知长了多少年了！"

盛思蕊也边看边说："对呀，那个千禅寺沉到地里也快千年了，这个估计更久远啦！"

"不过，"她侧脸朝明墉笑笑道，"植物必须经过光合作用才能生长，也就是说它的根茎一定在洞外能见到阳光！"

"思蕊说得对！"明墉回之一笑，"我一直在看它们的根伸向何处，可是看了半天，不但一点透光的地方都没见到，这些根也像是从石头里凭空生出来一样，你说奇不奇怪？"

盛思蕊也仔细看，果然如他所说，所有的根茎都像是从洞顶边缘直接生出。她跃跃欲试道："想弄明白这还不简单，我上去看看扯一条下来不就知道了！"

明墉忙拦着她道："思蕊，离冰都说了有出去的路，我们何必多此一举！况且这植物生长千年以上也有灵气，咱们何必破坏这默默修行的生灵！"

盛思蕊轻笑道："怎么，你还摆起和尚脸孔，口念慈悲心肠啦？"

明墉摇摇头道："也不是，只是我想我们这一路来，都是九死一生，现在还能活生生站在这儿，那还不是上苍庇佑？那么多巧合侥幸，实际也都是天地的慈悲，那我们何苦伤及无害的生灵呢？"

他还确实是如是想，他自打盛思蕊醒了就总是不时跳出一个念头。他们这番屡次从祁主使魔爪逃生，不是他们真的计策胜了，也并非他们布局巧妙。一次次歪打正着逃出生大，似乎全是上苍的冥冥女排！加之一路上所见所闻皆是远超想象、匪夷所思，于是他不禁渐渐对老天多了几分敬畏。

盛思蕊略有奇怪地看看他，莞尔道："好嘛，这来了个要皈依的，那我是不是要跟着你一路吃素呀？"

刚说完她就后悔了，这叫什么话，一点儿都不走脑，这意思不就是自己会一路跟着他？

不过明墉却道："那倒不必，天生万物以养人，该吃什么是随遇而安，可这没犯着我们的生灵能不伤害就不伤害了！"

说完他突然反应过来道："也不对！思蕊若是跟着我，你就是要吃天上的凤凰我也要想尽办法给你抓到！"

盛思蕊一咬嘴唇嗔道："我有那么贪得无厌吗？况且谁要跟你走了？"

（六）

二人还要接着闹闹嘴，却听身后离冰的童音传到："哥哥姐姐们，你们等下再说吧！先看看那人你们怕不怕，要是不怕我就下去陪你们啦！"

离冰虽不懂二人究竟在话中要传达什么信息，只是这二人都不去看一眼那吓人的死人，他在洞口进退都不是，故有此一说。

盛明二人这才回头，就见离冰向那石柱方向指了指，他们这才点头走了过去。

慢慢走近他们发现在石柱面向藤蔓边缘的底下，有一块高高的隆起。转过一点才看出那隆起有两个，看过去就像一个没腿的石椅长在石柱底部。

这石椅被遍布的淡红色光芒照得有些半透明，而透过光线隐隐看见椅中躺坐着一个人形。

再走近，那人形渐渐收于眼底。不过不知是年代过于久远还是其他原因，那人似乎与石椅渐渐融合到了一体。

只见他搭在石椅上的双臂都已经和两边的隆起石头贴合在了一起，而那人的血肉并没有腐化掉，而是如被抽干一般，牢牢地把住骨头缩成暗褐色。

接着看头部，那人头上的头发已经干枯成柴状，但上面挽着发髻的发簪还在。他的脸也已经像是被抽干了血肉般，干枯得只剩下枯皮包着颅骨，但并未见因临死前的挣扎造成的扭曲。

再往下看，他的衣服已经因时间的打磨残碎不堪，看上去一碰就会片片散落，但却并未散落在地，可见此人死后并没有人碰过。

再向下看，直至看到了胸腹，盛思蕊突然叫了一声，转过脸去道："怪不得那孩子害怕，这可比千禅寺里那些尸仙吓人多了！"

在千禅寺底，盛思蕊就被千年前制成的明仙尸惊得直呕，也幸亏有了之前的经验，她才能看到现在，而且没当场呕出来。

明墉拍拍她的背，自己注目看去。只见此人的胸腹像是被什么怪力给刨开了，肋骨十不存一，都已成了干褐色。

而里面的内脏更是被掏了个七零八落，肺只剩了一半，左肺下露着残缺的心脏，而腹部的脏器基本都被掏光，整个胸腹都是一片干涸的褐色。

也难怪小孩子害怕，这死尸可跟那制作精良的明仙尸有极大不同，完全是一副惨死残躯，又经过不知多少年干化的样子。

盛思蕊这时才悄悄侧着脸，斜着眼偷瞄。毕竟经过了这许多事，她胆色也强了不少。她见明墉看得出神，心下想着这看看就得了呗，知道孩子说的没假就行了，怎么还看上没够了？

她捅捅明墉道："差不多就行了！怎么还和尸体较上劲了？还是慈悲心大发想给他安葬做个法事？算了！人家在这里也不知多少年了，你何苦扰他安息？要我看这洞里挺好，够大，现在都够亮了，还没外人能轻易打扰！帝王的陵寝能这么着也就不错了！"

（七）

谁知明墉却转头皱眉道："这尸体十分奇怪，我见过不少尸体，就属这具最奇怪！"

盛思蕊本想说你这小贼又想起下墓那些见不得人的勾当了？可她念头微转想想这洞确实奇妙，这么多巨虫在，竟然还有个人死在这里，尸体保存得还完好，确实奇怪。

于是她改口道："怎么个怪法，尸体专家？"

明墉道："思蕊别嘲笑我！你想，这样离奇的事偏偏被我们遇到，那是不是也是天意让我们探寻出个究竟呢？所以我得好好琢磨琢磨！"

盛思蕊还是不愿正视尸体，仍是侧着脸道："那你看出什么没有？"

"这太奇怪了！你看这人的伤口，像是被利爪从上至下一抓造成的！不信你看看肋骨上方的爪痕……"说着他把手放在自己胸前比画着，"你看就这样从胸部偏右一爪下来，连肋骨，带肺肝胃肠等全抓没了……"

盛思蕊见他比画着说得恶心，忙道："别说得那么细致！就事论事！"

"我听阿克金说兴安岭一带有人熊，也就是罴，一爪能把人抓得肠穿肚烂。可什么样的利爪能把肋骨全部抓穿抓断，是抓断！不是扯！你看这边还残存着一小半肋骨呢？"

"你是说这爪子得像利刃一样锋利？"盛思蕊想起自己拿猪肋排偷偷实验匕首的场景。

"何止锋利！还要速度奇快无比，才能有这样的效果！"

盛思蕊想了一下打了个寒战。

"他这伤是被一抓造成的，只一抓不但连皮带骨，就是内脏也被掏了去！你想这爪子得有多大？"边说又拿自己的胸腹比画。

盛思蕊皱眉拍了他一下道："又不是什么好事，总拿自己示范干什么？"

"抱歉，思蕊！"明墉忙放下手接着说，"就算人熊有这么大爪子吗？有这么锋利吗？有这样快吗？"

"那说不准就是超出想象的大人熊呗！"

"没错！只要够大也能！"明墉走到石椅旁说，"不过你看这人的坐姿，他是放松后躺坐在这儿的，双手还搭到了石头上。就说明他坐在这里的时候不仅从容，时间还很充裕！"

盛思蕊听他说从容，不禁问道："你是说他被抓了以后是有时间慢慢地坐回去，从容地死去的？"

"对！假设此人有无比的轻功，能在被巨兽重伤之后逃脱，也有无比的耐力，可毕竟内脏都没了，心也剩一半了，那怎么能坚持这么久？"

"洞口离得近呗！"盛思蕊想到了最简答案。

"姐姐，出洞可是还要很远呢！每次大个儿背着我都要爬半天呢！"

离冰不知什么时候出现在盛思蕊背后，他见这二人不怕也就大着胆子好奇靠近。

"你说洞口离得远？"盛思蕊道。

"对呀！还很绕呢！"离冰道。

"那他除非是个神人，才能受伤后从容不迫坐回等死！可是如果他是个神人，又怎么会受伤呢？还是被畜生伤了呢？"

这倒的确是问题的关键了。人死去已经久了，没法推断此人生前是功夫绝顶还是碌碌草芥，那他这般死在这儿就蹊跷了。

盛思蕊判断道："那会不会是被洞中的巨虫伤的？"

她看了看在洞口处探头探脑的巨蚰蜒，想想那螺旋桨叶大小的巨型鳌牙，又摇摇头道："不会，那会被撕碎的！"

（八）

就在二人百思不得其解之时，就听离冰道："那边墙壁有字，我很多都不认识，你们去看看不就明白了！"

二人一听，顺着他蓝光手指一看，在藤蔓边上确实露出了些刻字的痕迹，只不过基本都被藤蔓盖住了，所以一直没留意。

二人过去，扒开藤蔓，见上面果然龙飞凤舞地刻着几行字。

盛思蕊道："写字常见到写行草的，刻字可怎么刻上去呀？这得多费工夫呀？"

明埔看了看，又沿笔势摸了摸道："这不是刻上去的，而是用手指写上去的！"

"写？"盛思蕊诧异道，"就这么写？"

她劲运指端，试着在石壁上划，可连个道道都划不出，她摇头道："这不可能吧！手指写？别说我，我的师父们一个都办不到！要说……"

她本想说祁主使没准能写个一个两个，但一想此人就后背生寒，忙闭嘴。

明埔道："就是他也不一定写得出！这可是标准的王氏行草，你看这笔式飘逸流畅，劲透石骨，而且所有的字用势不断，显然是一蹴而就的。写字之人无论是书法还是功夫，都已达到登峰造极的化境！"明埔又来了在古玩行学到的那套。

"知道你能了，说说写的什么？"盛思蕊根本就没学过行草，当然也是认不全。

"噢，抱歉，抱歉！光顾感慨了！"明埔仔细看着全文。

"可别不懂胡说！像千禅寺那碑文，顺嘴胡编，差点儿让我们出不来！"盛思蕊插了一嘴，她知道此人小聪明不少，上次那碑文他就编了个同字数不重字还说得通的出来，故此先行提醒。

"不会，不会！我为了学古玩鉴赏，在古董铺里可是做了几个月学徒，最后都当上二柜了，这当然认得出！"

他一路看下去，眼神却越来越凝重，直至看完才叹口气道："看来死在这儿的这位先贤是个奇男子真英雄啊！"

"快说快说！"

明墉清清嗓子，缓缓读道："兄云裳子记：师兄云裳，师从静云观至元道长。德修深邃，盖冠群徒，为道学垂范，实吾辈楷模。尤武功一道，已登峰造极。然不为名利，只心系黎民。得闻凶祟，远赴深莽。倾其真元，力保玄壁断妖截魔，怎奈成仁。古有伯牙断弦，今有黄冠悲兄。夫天不假英杰寿，地偏纵恶魅期！望兄离尘得仙顾，莫把苍生苦难系。弟黄冠子泣拜。"

念完后明墉摇头叹气，回头看向盛思蕊和跟在后面的离冰。

只见离冰脑袋摇得像个鼓，完全不懂。

盛思蕊也是一脸疑惑道："这也没个年代，这云裳子、黄冠子都是谁呀？完全不知道呀？"

明墉摇头道："你们的那幅图就是黄冠子画的！"

"他，不是李淳风吗？这怎么……"

"李淳风就是道士，道号黄冠子。我在行里见过他的书，题的就是黄冠子！"

"那这个人是唐代的，离现在一千三百年啦？"盛思蕊吃惊道。

"我看差不了！还记得密道里那个死了九百年的肖叙吗？当时开密道时他的衣服就损了，可没这云裳子损得严重，这个碰一下估计就成碎片了！"

"这里写的是道人因为斩妖除魔死的？"盛思蕊不安道。

"的确是！"

"一千多年前的人都是这样说话吗？"离冰冷不丁问道。

"也不是，说话应该和我们差不多。但咱们中华人讲究写文章遣词造句，以显示学问和尊重。说话就不用这么讲究了！"盛思蕊和颜答道。

（九）

她一扭眼却看见明墉在四处看着什么，就道："按这上所记这先人想必是个为民除害的英雄，你想找个地方把他安葬了吗？我看不必吧！他师弟都没想把他安葬，就是让他这么保持死状，想必这就是他们的规矩风俗！咱们可别去画蛇添足了！"

却听明墉说道："这才真是奇怪的地方呢！李淳风那可是御用道士，那幅《撼帝四舆图》都是他献给当时的唐太宗的，怎么会不懂古人入土为安的道理？况且我也没听说过道士要让他这么露天葬着,就是那些传说中羽化成仙的也都有坟冢吧?那他为何就任师兄露尸于外呢?"

盛思蕊一听有些道理,就问:"那是这云裳子的遗言要这么做的?"

明墉啪地拍了一下掌道:"思蕊冰雪聪明!想必肯定是云裳子死时,黄冠子就在场,因为不明什么原因,就将他陈尸于此了!"

"可能是什么原因呢?况且这看起来跟我们有什么关系呢?"盛思蕊道,她虽说已不甚害怕,但还是不想在死人的地界多逗留。

"可能关系就大了!"明墉转头正色道。

"那个李淳风献的那幅图,说是汉武帝时做的,他还带人作了考证,并告诉李世民,多半都找不到了。难道这就是实情?"明墉眯起眼。

"难不成他还要骗皇帝不成?"盛思蕊有些不信。

"也不一定是骗,可能他到了一看过于凶险,或里面可能放出什么大灾祸,怕后人来寻,所以故意说找不到了呢?"

"你的意思是他和他师兄就发现了最北边这一舆,但发现了里面藏着什么妖魔鬼怪,他师兄还因为斩妖除魔被杀死了。所以他也不敢违背皇命,虽然把图交了上去,但说这地方已经不可找了,防止后人再过来。是不是这个意思?"

盛思蕊把前后一理,脉络似乎说得清了。

但她转念一想又道:"可明知可能有妖魔,你在那儿找什么呢?"

明墉走回来看着盛思蕊道:"我们此行向北是干什么?"

"为师娘寻灵药的配方龙肝啊?"

"那据太医口传能找到的地方是不是就和四舆图北边那点接近?"

"他是那么一说,又是听别人随口说的,不太确信吧?"

"可那毕竟是李伯母最后的希望,是不是?"

盛思蕊这回倒是没话了,按照现在的态势,虽然不知义父师父他们如何,但也一定在急着找地方。

"你看,按路程算,我们也应该接近霍勒金布拉格了!那这两人都与那四舆之一有关,这道长死时还不让下葬,种种线索联系在一起,我们能从这里找到到达那个所谓有龙存在地方的方法!"明墉有些兴奋。

盛思蕊其实隐隐也想到了这一点,但是因为提及妖魔,觉得过于凶险,所以想先去找队伍会合,商量后再决定。她历经磋磨,已经没了之前的目中无人,也少了行事莽撞,凡事开始三思了。

"可我们要是找到了地方,不小心把妖魔给放了出来,那可怎么是好?"她有些犹豫。

"不,我们只是找线索!你忘了我可是常年出入九死一生之地的人,怎么能这点儿分寸都没有?"

"那也好!问问离冰,这里还有其他去处没有?"

（十）

却见孩子已经一摇三晃地向洞口走去，显然他们在这里的对话太枯燥深奥，让他听不下去了。

不过一问之下，离冰也说不上什么，要去问问大个儿。问完后，说大个儿只去过它们能去的地方，其他也不知道。

盛思蕊却直是暗暗摇头，这孩子失去了唯一亲人，又对人产生了恐惧，显然已经把个巨型蚰蜒当成密友了。可一个小孩和一个巨虫又能谈出什么？

这时她看明墉正在地上看着下面的溪流。

这溪流肯定也是经千年流淌，水滴石穿，竟在地上的石面上形成如沟状的水渠。

盛思蕊道："这水有什么好看的？"

"你们发现这间石洞水流比上一间要快不少吗？"

"那有什么，兴许这是上游……"说到这儿，她也怔了一下。记得离冰说再往前没什么石洞了，那这水是从哪里流过来的呢？

明墉见她也似想到，就沿着水流一直向上走，直到来到一处石壁前停住。

只见那水流是从石壁下面的缝里汩汩流出，速度还真的是颇为湍急。

二人眼前这块石壁，就是被巨型藤蔓遮住的这一边。

明墉看着道："这洞里其他地方都没有植物，偏偏这里却有，难保不是要遮盖什么！"

说罢他掀开藤蔓，沿着石壁一点点寻找起来。

盛思蕊道："你省省吧！这可是一块巨石！你以为还会是道士们的机关不成？倘若真有，谁还能用这么巨大的石头来布置啊？"

"思蕊你这就不明白了，"明墉头也不回边摸索边说，"最早的机关都是从奇门遁甲里变化出来的，那可是道家玄学的一部分！就不说远的，我们极关门就研究各种机关，我虽然没看过秘籍，但也从我这本中得知……"

正说着间，就听见他大叫："果然有机关！"

盛思蕊走到近前一看，只见在藤蔓后，明墉摸着的地方，果然两边岩石之间有不甚明显的缝隙，如果不是像他那样用心摸索，恐怕是发现不了。

她见明墉循着缝隙开始上下摸索，时而跳跃观看忙活了一阵子，这才站定了抱着手凝神思考。

她问道："找不到吧？那就算了！还是赶紧去会合才是正事！"

她其实恐惧的是在这里待得过久，那祁主使已经摸出了这水下洞口的门道，灵窍突开习了水性，直接潜进洞里来找人！以他那样执着的奇才不是没有可能。又或者他索性站在外面高处守株待兔，等他们现身，来个以逸待劳。

总之他们又不是要待在里面不出去了，要想出去可是越快越好。

可明墉却表情专注喃喃道："不该呀！明明是有机关，打不开也就罢了，找不到却是不该呀？"

这是专业偏执的一种典型表现，一个人越觉得自己在某领域已尽窥堂奥，在遇到难以解决的问题时就越要探寻个究竟。

明墉此刻的表现就属此类。虽然他的专长不是机关，但身负先师使命，对解不开的机关极为上心。他此刻的动机已从找到所隐藏的秘密，转移到破解机关上来。甚至机关背后到底藏着何等凶险恶境，他反而不在乎了。

盛思蕊见他来来回回似是沉浸其中，不由得想歪了他的心思道："哎呀，知道你能了！你的本事我知道，但现在这不是紧要的事情！咱们以后有了空闲再回来慢慢破解好不好？哎，明墉，听见我说话没？好了好了，叫你哥哥还不行……"

见明墉依旧是没听到般我行我素地钻研，她可有点儿动气了。呵！叫了哥还不理会，这是要逼我给脸子看呢？

她上前一把拉住明墉道："够了！别折腾了！你听见没有？"

"再给我一会儿，就一会儿，我定能看出此间的奥妙！"明墉挣扎着，一把竟将她的手拨开了。

盛思蕊这回真是有点儿生气了，此前念及他一路对自己的好，加上舍身相救，自己不但做出自己认为的此生最大舍弃，还一直对他处处顺遂，可这小贼还蹬鼻子上脸了！怪不得以前听张妈她们几个婆子私下里扯闲篇总说，这男人啊就像淘气的狗不能惯着，要时不时教训一下才能听话！看来自己这段时间是把他惯坏了，好言好语不但不回话，竟然还敢还手了！

她也不知哪里来的这些歪理在脑中一堵，顿时火气噌噌上冒。看着明墉正对着那干尸在抱臂沉思，全然是没把她当回事一样，她立刻火烧顶门，气灌足下，起脚就把明墉踢了出去。

明墉也没防备，再加上她这脚是势大力沉，一下就被踢得直朝前飞了出去，再被前面石椅挡住，一把就和死尸抱了个满怀。

（十一）

盛思蕊起脚后就有些后悔了，这一下恐怕是太重了！这小贼虽练过几天微末武功，但毕竟没有实底，怎么经得住？

她被明墉气得情绪欠佳，心中的称谓直接退回了小贼，但却还是不自然地有着关怀之心。

盛思蕊忙走过去看着趴在石椅上的明墉，说道："没把你踢坏吧？"

明墉此刻已与云裳子脸对脸，幸亏他还是受了李白安的传授，加上盛思蕊教了他正确的理气法门，这一脚中上之后，忙运气控制，才没被踢伤或直接嵌进石椅里与尸身融成一体。

他一边活动着嘎嘎作响的骨架，一边有气无力道："思蕊，你这一脚是想直接要了我的命吗？你可是吃了内……灵药的，我可还是肉体凡胎呀！"

"谁叫你给脸不要,偏偏和我对着干呢?"盛思蕊话里虽硬,但已经上前去扶他了。

明塸双腿跨开骑在石椅上,用不得力。他一条臂膀被盛思蕊拉住,另一条胳膊没处着力,只好伸手对着古尸脑后的椅背扶去。

他嘴里还念叨着:"云裳子前辈,有怪莫怪,小辈唐突,造次了……"

谁知他手刚刚往椅背一用力,就觉得整个手臂都往前栽去。

明塸脑中是顿时一亮,心里是又惊又喜。喜的是这机关竟在椅背,而惊的是他来不及反应,直接就和古尸的面门来了个亲密接触。

他也顾不得了,忙爬下椅背,继续去推那椅背,那椅背本背靠石柱和石柱连成一体,一推之下竟在石柱上开了个口子。直到椅背被推到四十五度左右,才听到哐当一声巨大沉闷的响声,随后就是咣啷咣啷的一阵声音。

盛明二人齐齐回头去看,只见那被藤蔓遮挡的石壁竟向一侧滑开了!

明塸一见马上想起那文中困住妖魔之说,看见石壁开了马上拉着盛思蕊躲到了巨型石柱的后面。

盛思蕊还不忘了叫离冰他们退回去,离冰的小脑袋一点头,立刻和头上那个巨型蚰蜒头退回了通道里,只留着一对触须尖在外微微颤动,活像两条鬼手招来飘去一般。

明塸心里是扑扑乱跳,他本想的就是发现机关的打开之法,没承想一下子就全开了!

这石壁洞开就没再给他们留退身之路,万一里面真有什么妖魔鬼怪冲将出来,那这里的几人小命可就难保了!

不过他心里始终揣着一个疑问:既然里面或囚困或镇压着什么妖物,直接困死不留出路不就完了,干吗还设个打开的机关呢?

盛思蕊心里也是七上八下翻滚出阵阵苦水:唉!自己这一路可真是倒了霉了!净是碰上些自己害怕不愿遇到的奇奇怪怪的物事!那祁主使、金蟾精、活死尸,再加上这个什么镇妖洞府,对了还有那个离奇的离冰,那个说出去不和妖魔鬼怪差不多?还好前几次顺利脱险,要是这一次逃不出去呢?那都怪这个净想着破机关的小贼!不过想想自己要是死了,他也多半活不了。

一想着之前在孤寂的幻境里能有人作伴,她长呼了口气。

看看明塸紧张地把自己护在身后,又是暗暗一阵轻松道:那也不算太差吧!

(十二)

明塸他们可是着实等了好久,直到巨蚰蜒车厢般大的头颅和离冰放着蓝光的小脑袋都从通道里探出时,密集的藤蔓后洞开的石壁里还是没有动静。

盛思蕊捅捅明塸道:"还好没事,别再闯祸啦!快出去把机关给关上,这太让人提心吊胆了！"

明塽转身出去，看了石壁一阵后，又回到了石椅旁，抱着膀子在那沉思。

盛思蕊出来见石椅上的古尸虽然仍然保持着原姿不动，但经此一折腾衣服都已化作碎片落尽，身上已经荡然无存。

她皱眉气道："你还琢磨什么呢？是不是又等着……"说罢又要伸脚。

明塽突然伸掌一立道："等等！思蕊你有没有想过，既然那刻字上他写'倾其真元，力保玄壁，断妖截魔'，可奇了怪了！如果他想通过这石壁把妖魔关在里面，那为何要设个打开的机关？这根本说不通啊？"

盛思蕊一想也是，但马上说道："这与我们又有何干，快找办法关了石壁，不就了百了、万事大吉了？"

"不然！云裳子前辈如果是力保玄壁，断妖截魔，这石壁就必用全力把它封死，绝不会再设个能打开的机关！"

"那你的意思是这机关里没有妖魔？"

"这还只是其一。你看他机关的设计，是在自己的石椅椅背，而自己的死尸又坐在石椅上。思蕊你想，一般人进来看见这情况会怎样？"

"要是胆小的，就像离冰小孩那样，待在旁边洞里都不敢过来看。胆大些的嘛，一看也就走了。"盛思蕊不假思索，这是人之常情。

"可要是有武功有胆色的呢？就像我们？"

"那就像咱们刚才那般，看看刻字感慨感慨，有心的鞠个躬，后辈磕个头，而后看看没什么异样，也就走了。"盛思蕊继续以常情推论。

"对了！常情！你看就连思蕊你也没想动那死尸对吧？"

"谁没事动他，就算他是令人尊敬的先贤，一般也没人动，多晦气呀！"盛思蕊说的都是人之常情。

"你还记得我疑惑过，既然他师弟李淳风那么悲痛，用功力刻字做记纪念他却不给他安葬吗？"

"对呀！这却是说不通！"盛思蕊也思考了起来。

"现在看起来，那是要等世上有能力的有心人！"明塽突然眼中放光，似是打通关节一般。

"这怎么讲？"

"只有有能力者才能进到这极隐蔽的石洞里，也只有有心之人看了云裳子前辈的事迹，动了钦仰之心、恻隐之情，才会想给他入土为安，才会碰他的尸体，动那张石椅！"

"你是说这机关实际是给有心人留的？可如果有个普通人误打误撞进来了，偏偏还是个热心肠，也想给他安葬，那不就白费了他的安排？"盛思蕊存疑。

"你说的只是万中无一的事情，你记得离冰说洞口要蚰蜒背着他穿行好久吗？还有咱们进来的地方，那湖中恶鱼可不是一般人能对付的！"

"就算你说得通，可盗墓贼呢？就像你曾经那样，还有点本事？"盛思蕊笑着揶揄。

"我的思蕊呀！这就是你常年在外对华夏历史不了解了！此处自古在各朝都属极北边疆，好像汉朝时武帝曾派兵远征过漠北，最后也收缩回去了。此后各朝此处都是少数游牧民族的居所，哪里有过王朝都城繁华文明？盗墓贼都是无宝不去，哪个瞎了眼到这北境边荒的地方来？退一万步讲，就算费尽千辛万苦进来了，这道士可谓身无长物，头上就个簪子，也是不值钱的普通货，根本就没法下手。就算他干脆想来个贼不走空，顺手拿了，一般也是讲规矩不动尸身的！你不知道这行里的确是有人抠死人身上的随葬，像两窍填玉什么的，但都是大富巨贵的墓里才有！况且这类人因为糟蹋尸身惹得神憎鬼厌，往往干不了多久就要死于非命，所以平时惜命着呢！从不远赴艰难之境！行话里不有吗：王侯富贵多不义，穷山险地恶灵多。谁放着好到的富墓不去，偏选这远道的凶地下手呢？"

"两窍填玉？什么意思？"

"啊……这个你不知道也好！反正啊不是这位前辈想要等到的人，这机关是打不开的！"

"噢！"盛思蕊眨眨眼道，"你啰里吧唆一大套，就是想证明这机关是专门等在机缘巧合下，某个良善的能人来打开呗！"

"只有这样解释才通啊！你是不知道，有时一个墓底机关可是要考证好久才能试图破解，揣摩不出意图很容易全军覆没的……"

明墉话一下讲顺嘴了，就想往下延伸，但一见盛思蕊眼神变化，当即打住。

"好了，我听你说都累了，那云裳子究竟想留什么给这个有心的有缘人呢？"

"那我们进去看看不就知道了……"

"啊，就那里，黑咕隆咚的，虽然没什么动静，可还是……"盛思蕊真是犯难。她最怕这环境，虽一路熏陶，但内心的恐惧始终都在。

"啊……要不这样，我们请离冰那大个儿帮个忙！"

"什么？请它……干什么？"盛思蕊体内残余内丹对虫子的敌意尚存。

"等我一下！"明墉转身去跟离冰说了些什么，离冰点点头，带着巨蚰蜒就去了那洞口。

只见大蚰蜒伸出触须进去探了半天，脑袋动了动，而后又抽出触须对着离冰仿似点点头。

离冰点头叫道："大个儿说了！里边没有活物！"然后一人一虫就走了。

明墉谢过他，掏出冷莹流石和盛思蕊向石壁内走去。

盛思蕊跟在他身后，就是忄住地想着离冰到底是怎么和大虫子说话交流的呢？

这时听明墉在里面叫道："思蕊你快进来看这是什么！"

五十三、拳甲残剑

（一）

盛思蕊不明就里，只是暗想他又发现了什么？大惊小怪的。

等她进去借助流石的光线向两边一看，也是吃了一惊。

只见这里是个丈宽的通道，通道两边的石壁上净是些横七竖八的痕迹。这些如刀劈斧砍、深浅不一的斫痕遍布两边，看上去就仿似曾经有两派高手用着锋利的兵器在此惨烈厮杀过一般。

再向顶上看，只见高逾三丈的壁顶也是遍布这种深痕浅印。

盛思蕊看着吸口凉气道："这里曾交手的人都是绝顶轻功高手啊！看这痕迹，两方必在空中搏杀才能办到！"

"那你义父李大侠那样的功夫呢？"

"他是有宝刀在手，可怎么能在空中搏杀呢？不信你看这……"

说着她掏出匕首，在墙面上快速左抢右砍一番后，收起匕首道："你看！"

明埔就看见一阵金石相触的火花后，墙上确实添了一些新痕。不过比起原有的那些痕迹，这些刚刚砍出的刀痕简直就如同挠痒划出的道道一般，根本不值一提。

"这可是高密度的花岗岩，我的匕首的确是锋利无匹，可以扎进去，不过要连续砍出那么多深痕，是绝对做不到的！义父的宝刀也做不到！"

"看来这云裳子确实如同李淳风的记载般武功登峰造极，可没见他有兵器呀？还有跟他对阵的就是那些妖魔喽，这兵器也这般厉害？"明埔骇然。

"管他们到底多厉害，我看这里可不是什么祥瑞福地，早走早踏实！"盛思蕊开始打起退堂鼓。

"都已经到这儿了，思蕊你就真不想再往里走走，看看到底有什么惊世绝伦的东西留下？"

要是换了刚回大清的盛思蕊，她不用别人说早就一马当先了。可受了这么多磨难，她是渐渐明白了江湖之深的道理。一个在武林上都没名号的祁主使就把他们折磨得死去活来，更别提这千年前的绝世高人了！

不过说一点儿也不动心那也是不见得的，毕竟是青春少艾，谁还没个好奇心？况且她自己还不知吃了什么大补丹，只要一会儿不折腾，就感觉浑身血脉上涌，燥热异常。

她只得说:"那我们再往前走走看看,碰到不对劲儿的可得赶紧出来!"

二人向前边看边走了差不多半里地,才看见前面又竖着一道石门。

明墉上前试了一阵无法直接推开,他仔细摸索寻找,终于找到了个暗孔。他略一琢磨,眼前一亮,迅速回返,不久后回来时手上就多了个簪子。

"我还想这前辈怎么会弄个普通的石簪子,那也太寒酸了吧?原来是打开这道石门的钥匙!"

说罢他把簪身往孔里一插,叫声:"思蕊你退后些!"而后就扭动了簪头。

只听又是一阵咔咔啦啦的声响,那声音简直就像是开启了尘封千年的宝库大门一般。声响过后,大门轰地往左右对开。

两人顿时被耀得瞪直了眼。

(二)

只见这又是一间大石洞,只是这洞里被翠绿淡黄色覆盖。

在洞顶悬挂着一颗间或发出黄绿光芒的大石!这石头已被打磨得浑圆,就如壁顶吊灯一般将四周照得透亮。

盛思蕊惊道:"这里竟然有这么大颗发光石,竟然还是变色的!看模样可是被打磨过的!哎,记得离冰说大蚰蜒喜欢他身上的石头,是不是那个大家伙以前就来过这洞里,或者就和老道曾经一起在这洞里待过!"

"当然可能了!可是时过千年,当年这大家伙不过就是个小爬虫,也没被时光浸润出灵性。它和云裳子前辈肯定是各行其是、两不相干。不过在这幽暗的洞里,这闪亮的大石实在会让任何生物都产生强烈的印象!"

二人边说边往里进,只见这洞内部也是十分阔大,洞壁上看过去也都是些划痕深浅的印记,不过显然比通道里那些看上去要规则不少。

盛思蕊走进了沿着洞壁细看,可是看着看着,她的精神仿佛都被吸过去一般,聚精会神,目不转睛。

明墉看她竟然看呆了,也走过去想问问究竟。

可谁知盛思蕊突然掏出短匕,按着墙上的划痕比画起来,转眼间就成了舞动的态势,而且是越舞越快。

明墉赶忙抽身后退,他见过武疯子耍功夫上起劲儿来,那可真是活得都不放过。按那人讲就是:我兴致起来连自己都砍!

可是等了一阵,并没见盛思蕊大开大阖、上蹿下跳、匕影翻飞,而是慢慢地停了下来。

就听她喃喃道:"不应该呀!这不可能呀!……"

明墉忙问,盛思蕊回过神来解释道:"刚开始我看这些痕迹似乎像我练过的一些剑谱、钩谱什么的,而且细看招式都是精妙至极,就跟着舞了起来,可是……"

"可是什么，怎么了……"明墉对于武学是半个外行。

"可是这些招式根本就不可能办到！"

见明墉仍是不解，她解释道："你看这连续的五处都是下劈在先，因为痕迹都在下边，而接下来这五处是连续横削。这些痕迹的间距都十分齐整，而且深度几乎整齐划一。可刚才我试了试，如果连续下劈五次，且不说能不能劈成一样深度，五次劈下气势已竭，而去势竭时，根本没法完成五次连续横削！"

"那人家是绝顶高手啊！"

"那也根本没这个必要！什么功夫要像鸡啄米一般，连续一个招式呢？"

"哎！"他常年混迹九流，见识不少，"你说是不是什么奇异兵器？就像猪八戒的钉耙，九个齿。还有爪，哎，我就见过用爪的……"

盛思蕊无奈地白了他一眼道："你这知道的都是些什么呀？你根本就不懂，越是高手兵刃越简单，摘叶飞花就可杀人，你看祁主使什么时候用过兵器了？就算这里的高人有兵器，也不应该是什么怪的邪的……"

（三）

明墉信步沿着洞壁走着，眼前见到一个大铜鼎，看上去幽暗古朴，上面布满苍劲的纹饰，下边四只脚都是走兽模样，上边两耳也做成了兽口状。一看便是年代久远的庙堂重器。

他走近看，只见鼎侧一边还刻着不少文字，只不过那应该比大篆都要久远，他在古玩铺从没见过，一个字也识不得。

他又绕到鼎的背面，这边上倒是刻着两个小篆大字，像是成鼎很久后刻上去的。

正在借助光线仔细分辨间，盛思蕊终于放下那个解不开的结，走过来说道："看什么呢？这么入迷？"

"在看这两个字，那边的字太为久远，根本认不出。这两个倒是恍惚可以，第一个应该念冶金的冶，第二个嘛……重任的任加个金字边念什么？"

"念钎！"盛思蕊虽古文化懂得没有明墉多，但在钱先生夹着本《康熙字典》的督导下，字倒是认全了。

"什么意思？"

"就是损了刃口或卷了刃口的刀剑！"

"那这个合起来就是……"

"哎！这鼎里还有把剑！"盛思蕊像是发现了新大陆，探手进鼎内拿出一把几乎已经看不出原始样貌的剑来。

只见这剑有三尺多长，没有剑首，剑柄剑格剑刃直至剑尖仿佛是一体铸造般浑然，剑身上遍布各种暗色锈迹，斑斑驳驳，根本看不出本色。再看这剑尖几乎已经磨成钝圆，而剑刃上则间次有着大小不一的破损缺口。

明墉一见这剑眼睛一圆道:"从这造型看可是把先秦的古剑啊!可惜这般残破了!要不然……"

他顿觉不妥,马上闭了嘴。

这回盛思蕊倒是没留意,只是微感怪异道:"这可真是奇怪了!大费周章、机关算尽设之只有有缘能者才能进来的局,里面却只有一墙看不出所以的痕迹,还有把古董破剑,到底是什么意思?"

"哎,你看这鼎里还有个椭圆形的孔,看样子能把剑插进去的样子!"

明墉刚要动手,却见盛思蕊的目光已转向了石洞正中,静静凝视。

(四)

二人一进来就先被耀光晃了眼,而后根据通道发现深痕的惯势,一路看着石壁,竟没向中间看,此刻一见之下,都被吸引了。

只见正中有个五尺左右高的石台,台子是立在那的长方体,不是很大,也就两尺见方。这在见识惯了洞里巨大事物的二人眼里,并不算什么。

但台上摆着个东西,那物在黄绿光线正当头的交互照耀下,几乎是映和着恰恰相反的光。上面变成黄光,那东西就转绿,如此往复倒是很神奇。

明墉放回手中残剑,和盛思蕊慢慢走近,这才看清,原来那是个由不知是何材质的、大小不一的亮片钩穿在一起的东西。

看大小不可能是护甲类,但有五个突出的端口,倒像是手指分布。不过由于是摊开的,看着比手要大上许多,而且在所有边缘并未看到任何挂钩、丝扣等勾连物。

明墉很是好奇,到跟前把右手伸了过去放在这物体上,只觉得触手滑凉,其他并无感觉。几个手指位置倒能对上,只是太过庞大。

盛思蕊道:"哼哼!平时总是叫别人小心啊、谨慎啊、江湖凶险啊、提防有毒啊……这回怎么转了性,不先验验,就直接上手了?"

"哎,思蕊,你没听过古人诚不我欺吗?千年前的人可淳朴多了!尤其是这种江湖高人,犯不上坑害我们!"

他试了一阵见毫无反应,就叫道:"思蕊,你也来试试,这东西凉凉的,但不冰,还挺滑手!"

盛思蕊微微摇头无奈道:"你试着都大那么许多,何况我?"

她看着明墉不依不饶的样子,叹道:"也罢,试就试一下!"

说罢她过去把右手慢慢放在了亮片上,边把五指对齐边说:"看到没有,给我改成面盔……"

明墉见她柔若无骨的嫩手在那比来比去,不禁遐想:这可真是天造地设!是个习武的,手却保持得这般白嫩圆润,可真是人比人……

这时盛思蕊话音突断,转而尖厉地大叫一声。

他忙从遐想中抽思，一步就蹿过去细看，只见那手套状的连接亮片仿若活了一般，正在四下卷起，紧紧裹住了盛思蕊的手！

盛思蕊拼命挣扎，用左手去拉扯，可怎么拉扯得掉？

明墉也忙用双手去猛掰，直掰得盛思蕊叫痛，那亮片手套都是不动分毫。

他眼见着手套边缘的亮片仿似活了一般，正在两两相互对齐互相咬合，仿佛要黏合在一起一般，吓得登时是面如土灰。

盛思蕊都快哭了骂道："都是你，好不好让我试这个！谁知它是活的！这不是要……"她急得话都要说不出来了。

明墉急得六神无主道："可我先试的，一点儿事都没有，这怎么……"

他猛然想起了大鼎内那把残剑，一个飞身回去就拿了回来。

举着剑他咬牙道："思蕊，你伸手，忍着点儿，我把它斩下来！"

盛思蕊忙抽手道："你疯啦！那我的手不也……"

"没时间了！谁知道这东西下一步要干什么！要是有毒或其他就要了命啦！"

"可我没了右手……"

"没事，我喂你吃饭，你要干什么我都帮你干！我就是你的右手！"

盛思蕊又哭又怒道："你是不是早就想这样了！"

"思蕊，没时间了！伸手忍着，就一下的事！没手总比没命好！"

盛思蕊哭着："你，你……我，我……"

"快点伸手！"

"那你也得用把快刀呀！那剑都损成什么样子了！"盛思蕊仿似要接受现实了，伸左手入怀将匕首。

"你这混蛋！你记住了！是你把我害成这样子的！"盛思蕊抽抽搭搭地说道。

"放心！把你救活，你杀了我都行！你要放过我，我一辈子给你做牛做马！"

"谁要你这蠢牛臭马……哎……"

盛思蕊突然住了嘴停了手，呆呆地望着右手道："它不动了！"

"那你觉得很紧吗？手有没有被勒断？"

"还好！刚刚感觉紧，现在倒正好了……哎呀……"

盛思蕊突然一声大叫，只见她右手突然高举过头，直直地对着洞顶的大石球。

"思蕊你这是怎么了？"

"我怎么知道怎么了？是它带着我的手举的！我放不下来！"盛思蕊刚刚平静一点儿的心脏又开始激动。

"这可……你还是忍着，我动手了！哎……"

明墉举起残剑向上看时，在这亮片手套的指掌相连五个骨突部位各镶嵌有一个闪动着绿光的石块。

之前这部分一直在下面没有看到，而刚才二人光顾着忙活砍手了，也没留意，到现在才注意到。

就在他要动心思的时候，突然那手套带着盛思蕊握指成拳，而后在那五个石块里各射出一道光束直奔洞顶大球。

那大球被光线激射,慢慢地转了起来,接着越转越快。

再看整个石洞内的光线慢慢变暗,最后洞里接近了灰色。

(五)

就在二人目瞪口呆摸不着头脑之时,手套上射出的光线突然停了。

随后一个低沉洪亮的声音在耳边响起。

"能被这除魔拳甲选中,足以证明你不是个凡俗之人了!"

二人都是一惊,谁在说话,是那个已经死了的云裳子还是其他?他们左顾右盼,可洞里空荡荡的,哪里还有其他人?

"这拳甲是我机缘所得上古之物,材质我也参详不出,但是只有能有缘人才能被它看上!"

盛思蕊一听忙大叫:"我不是什么有能之人,叫它把我放了吧!"

"但凡缘能兼具者,必有着非常的造化!但能得此机缘造化之人,也必将肩负护佑黎民、降妖除魔的使命!"

盛思蕊一听还有什么拯救万民于魔掌的使命给她,魂儿都快飞了。

她立时哭着大叫道:"我不过就是个冒失的小丫头,无故得罪了前辈,你让它放开我好吗?我下来一定给你磕响头!"

明埔也急着跟着喊道:"前辈!您可能看不到,她只是个女孩家,担不起您的这份嘱托!要不……您把她放下来,换我来!"

说罢他就想上去帮着盛思蕊把臂膀放下来,可二人无论如何努力都抵御不住那股凭空而生的怪力。

可那声音根本不理会他们的话和小动作,继续苍凉地说着:"我得此甲斩妖除魔,贯通毕生所学招式精髓,创了一套无坚不摧的'斩魔九式'!招数虽少,但配合奇妙无双的拳甲,斩妖除魔摧枯拉朽,威力无边!奈何魔界玄壁洞开,纵我倾尽全力,仍未能除尽妖魔!虽合一派之力将出口加封,但贫道穷极所思都未知封困是否有效,是以妖魔破茧而出也只是时日问题!"

盛思蕊哭着喊道:"前辈,都过了一千多年了!要出来早出来了!你就别为难我这无知后辈了好吗?"

"据说头次妖魔出关是在商周之交,致使生灵涂炭,血流成河。秦汉之时也有重出,虽未酿大灾,但也致哀号遍地。此番虽经我斩杀封困,但难保千年之后世间不会成为妖鬼屠场,人间地狱!百姓也难免尸骨如山,悔不当生!"

盛思蕊只在这里挣扎乞求,但手臂却如被拳甲定住了般保持不动,任明埔如何想办法都挣不开。

而那苍凉的声音却仿佛知道这初戴了拳甲的人会被吓傻般,不住地陈明着利害、责任、解救苍生等,这般耐心也是没谁了。

那声音一顿道:"话我也不多讲了!这除魔拳甲就是要在你内力充沛之时调动内力才能发挥威力,而这拳甲也必将伴你直至你力尽气竭之时!下面我就将这'斩魔九式'传授给你,由于只能一遍,所以你务必留神悟仔细了!"

盛思蕊听到气竭好像这拳甲就能脱手,正寻思着怎样才能力尽气竭呢,突然她的手臂被放了下来,凭空摆了一个握拳的姿势。

她被像木偶一样牵引着正不知所谓呢,就觉得自己的内力开始如泄洪般,不受控制地涌向了右拳!而后头顶上转动的大石球突然射出一道光,自上而下打在了盛思蕊头上!

明埔就见那道光绿汪汪的,直中盛思蕊顶门,而一直在挣扎着极不配合的盛思蕊却一动不动了。

他大惊想上前去拖拽盛思蕊,可此刻盛思蕊身遭似乎被巨大的气团包裹着,自己根本就靠不过去!

就见盛思蕊的衣裾袖角渐渐飘起,就连厚重的羊皮袄都鼓起来,她头发向后飞舞着,远看就像天上战神临世般。

正在明埔张着大嘴瞪眼发呆时,那道向下的光突然停了。

而球体突然停住转动,向前方石壁射出了多束光芒,在本来灰暗的墙面上似乎看到了有个影子在动!

再看盛思蕊端起的右拳拳甲上,猛地激射出五道三尺左右的绿光,那光绿得耀眼。

随后就见墙上那影子好像上下舞动起来,而盛思蕊则木然地随着影子一起舞动。但见光影流动,绿光飞舞,石洞中的空寂仿佛刹时被五道强劲的绿光一下下撕破。

随着招式越来越凌厉,到了后来,明埔只看到盛思蕊身前,有一环环绿色的光圈,完全看不清变化!

他转眼去看墙壁,好像那影子一下下挥舞着手臂,而那些光线随着他的步伐一点点向前。

明埔恍然大悟,这套招式虽然上下翻飞,却全然没有一个退守的步伐,也没有一个回守的手势,整个招式全是惊涛骇浪、排山倒海般的进攻!

他突然有了疑惑,如果面前只有一侧有那些妖魔也就罢了,可这拳甲只有一只右手,如果大量妖怪左右夹击,那这种一味进攻的招式可怎么御敌呢?

再仔细看却发现这说是九式,可却远不止九招。就连他这个没拜过师学过武,只是个蹭学半吊子的都看得出,每一式中蕴含着数招很多变化。难怪云裳子一直强调要有被认可的能力!这个要是换了自己看一遍根本就记不住!

这时他看到盛思蕊突然停住了,只是站到了石壁边身子微微抖动,像是在不住喘息。

他忙奔过去看盛思蕊不似呆傻,小心问道:"你没事吧?"

盛思蕊却没说话,只是看着还在冒着五道绿光的拳甲,喃喃道:"这招式果然凌厉刚猛至极,像是无坚不摧!"

（六）

　　这时那苍劲的声音又出现了："招式学完，'斩魔九式'配合除魔拳甲威力无穷！幸得石洞中无人，现在你该练习一遍了！"
　　就见盛思蕊本已放下的右臂猛地举起，拳甲上的绿光一盛，她身形猛地一转，举拳从右上直挥而下！她这一下并非是对着墙面而去，却是奔着明墉的方向而来。
　　明墉前面见过这套功夫的厉害，顿时吓得魂不附体，身子一扭向后急撤。
　　他这一下，可是调动了跟李白安和盛思蕊所学到的全部轻身功夫，完全是用尽全力，只听刺啦一声，他躲闪不及，衣袖被一道绿光扫到，顿时掉了一截。
　　他吓得立刻三魂离位，这简直是太厉害了，这要是臂膀被扫到，那还不……
　　他马上边全力后退边大叫道："思蕊，你醒醒，看清了，是我！"
　　谁知盛思蕊也焦急叫道："我控制不住它，你快躲！"
　　明墉哪敢怠慢，全力后退躲避。可他的轻功本就不如盛思蕊，只是依仗着常年的锻炼闪转灵活，在平时还勉强应付，但到了对阵还哪里管用。他只是退出两步就被盛思蕊赶上，拳甲带着五道劲光横向削来。
　　明墉又一次差点儿魂离体外，立刻凭空躺下脚往后猛蹬，在地上滑出，避过了一击。
　　还没等他起身，就见盛思蕊已跃身而起，五道绿光就如巨型鬼爪般向他劈来！
　　他心想这回魂魄是回不来了，可此时就听空中的盛思蕊大叫："用你手里的剑招架！"
　　他这才猛然回神，自从为了卸掉拳甲出下策要砍她手掌以来，那把残剑还一直在他手里握着！他根本就不会什么正经武功，当然没学过这高妙的剑术了，拿在手里只是一种惯性，所以经此一提醒他才想起来。
　　他忙举起残剑招架，叹气闭眼心道：看这剑的模样，如果不是古董跟废铁也没什么两样了，怎能挡住思蕊拳甲绿光的凌厉攻势？也罢，管他死马活马试他一下，如果我真被斩成几截了，也就当还了让她误带拳甲的愧意了！
　　可就听呛啷一声，明墉觉得胳膊一麻，但仿佛身上没事。
　　他忙睁眼，就见那五道绿光正被残剑架住隔在了身体之外。
　　明墉极其诧异，没承想这么一把都看不出原样的残破古剑，竟然顶住了拳甲光刃的致命一击。
　　他还在愣神，就听盛思蕊喊道："你快用剑把光刃拨到一边去！"
　　明墉领会，忙用力一顶一带，光刃擦的一声就被拨向了石壁。
　　就见一阵火花石屑飞过，石壁又添了五道新痕。
　　明墉还在胆寒，这刚才要不是盛思蕊提醒，这一下要落在自己身上，那可……
　　"还想什么呢？下一招又来了！"盛思蕊厉喝。
　　明墉就见拳甲光刃带着盛思蕊，直冲他扫来。
　　他再也不敢怠慢，几个翻身过了出去，刚一起身，五道绿色光刃就已逼近眼前。

他忙用残剑格挡住，可这一下光刃来势太凶，他手一松剑差点儿飞了出去。

"快用双手握剑！"盛思蕊大声提醒。

明墉忙双手紧握剑柄，格开这一击。

可不等他想运用轻功脱身，光刃再次袭来，他只得继续用残剑全力招架。

如此又几个往复，拳甲激射光刃全无退怯之意，大开大阖，势如雷霆，全速进攻。

明墉只得举着剑，左支右绌，仗着古剑一次次勉强挡住进攻。

不过这几次下来，他也看出些门道。拳甲光刃虽凶悍无匹，但自己手中这把剑确实不是吃素的，只要残剑在手，就可以接住汹涌而来的进攻。

而且他有两次试着将光刃格挡之下顺势带开，都把光刃带到了墙壁边，在石壁上多划出几道新痕。这套"斩魔九式"似乎并不在意对方有没有兵刃，会不会格挡，只是用其强悍无比、锋利无匹的光刃攻势，杀对方个措手不及、防无可防。

而自己也是在盛思蕊每次出招的大声提点下，才能准确地招架住，要不也断无生还的道理。

如此这般十多招下来，明墉已经觉得体力完全透支了。

他举剑的双手已经在不住地发抖，腿也不听话地颤抖起来，像是要随时摔倒的模样。

盛思蕊看在眼中，心下大急，这拳甲的攻势她根本控制不了，可眼见明墉已经顶不住几招了。

她看明墉已经快退到古鼎的边上，突然心念一动，叫道："你快扶着那鼎绕圈跑！"

明墉都已经快上气不接下气了，听闻此言，忙跟跟跄跄地躲到大鼎后面。

果然盛思蕊跃起身当头击拳，光刃奔着大鼎就压了下来。就见一阵火花仓啷声过后，鼎身竟未被斩破。

明墉这才像捡到救命稻草一般，绕着大鼎就开始转圈，见到光刃过来，就把残剑往上一格，缩身躲在鼎后。

（七）

如此一阵刺刺啦啦的声音伴随着激射的火花过后，明墉突然觉得外面安静了，似乎什么动静都没了。

他探出头见盛思蕊拳甲上的绿色光刃消失了，本来被真气激荡的衣服也平复了。而再看大球上射出的光束突然没了，墙上的影子也消失了，洞中又回复了之前黄绿光交互的模样。可不知是不是之前的光线太强，被晃了眼，现在洞里的光线明显地暗了下来。

他战战兢兢地钻了出来，见到对面的盛思蕊正喘着粗气，显然也是筋疲力尽的样子。

他还是有点儿不放心，把剑竖举在身前，慢慢地向盛思蕊靠了过去，口中结结巴巴地问着："思蕊，你没事了吧？这拳甲的进攻停了吗？"

却见盛思蕊猛烈地喘息平复着，突然又举起了拳甲！

明墉吓得一屁股坐倒，举着剑连滚带爬地向后退去。

谁知盛思蕊却看着拳甲，又用左手用力地脱了脱，而后又将手颓然放下，有气无力喘息道："这老道是不是骗我？明明我已经都累得没力气了，这鬼拳甲还是卸不下来。"

明墉一听这话，快蹦出来的心脏才算落回肚子里，他也颓然往地上一瘫，努力地平复着呼吸。

刚才可是在鬼门关前转了几十遭，每次都险象环生！如果是栽在别人手里也就罢了，可要是死在了盛思蕊的光刃之下，简直是自相残杀，千古奇冤！

盛思蕊也是跟跟跄跄地踱到古鼎边，坐下靠着鼎身不住地喘息。

明墉等到魂魄安踏实了，这才咧咧趔趄地坐倒了盛思蕊的身边。

回复了平寂的洞中此时只剩下了二人的喘息之声。

明墉气稍微有点儿顺了，想到刚才的种种险象，都是自己好胜心重，不慎将盛思蕊引入不归途的。心下分外歉疚，刚想说些什么以死谢罪、做牛做马的话，却见缓过气来的盛思蕊突然直起身子道："不行！这样可不行！"

明墉被这突然一句说得一愣问道："怎么了，思蕊？"

盛思蕊恨恨地瞪了他一眼，明墉只道这是责怪自己把她推进了火坑，气极了，忙作揖道："思蕊，我真是无心的，就是把我千刀万剐……"

"本就知道你功夫差，没承想这么差！"盛思蕊严厉道。

"嗯？"明墉被这突然逆转给转懵了。

"你就这点儿微末功夫，要不是我处处提醒，再加上你的宝剑护身，恐怕早就死成人块了！"

明墉一听她竟然没提害她入了深坑这回事，反而关心起他的武功来，顿时心花怒放。但他仍做难为情道："思蕊，你也知道，我刚拜了师，师父就消失了。而后上哪里找人教啊？"

"别说这套了，现在的关键是这拳甲光刃威力巨大，而且还不受我控制！万一什么时候它突然发作起来，你又离我最近，那不是眨眼间就被切碎了！"

明墉一听原来她是在关心自己的安危，心中暖流滚滚，刚想开口说些什么你对我的恩情，虽百死不足为报，愿为你蹚刀山滚油锅什么的表忠心的话。却听盛思蕊马上接着道："你功夫弱，但为求速成，只能从那把宝剑上想想文章了！去把剑拿来！"

（八）

明墉这才想起危险一解除，他就自然地把宝剑扔在地上。毕竟他不是武学之人，以前学些轻功搏击的手段不过是防身之用。也根本没有武林人士的习惯,诸如刀剑不离身什么的。

他捡起剑就见这剑竟早已不是初见时的模样,剑身上原本的斑驳锈迹都像被重新锻造过一般,除了个精光。剑身此刻散发着青幽幽的光芒,而剑刃上的缺口似乎也不那么明显了。剑被拿起时划过岩石,整剑微微发颤,发出如低鸣般的声音。

盛思蕊接过这把剑翻来覆去端详了半晌,才叹道:"真是'宝剑蒙尘险遭弃'呀!如果不是被光刃重新打磨了一遍,还真看不出这是把真正的宝器!"

明墉来了精神道:"那比起你义父那把刀如何?"

"他那也是宝器!只不过那刀太沉了,换了是你用根本就使不了几招。可这把剑就不一样了。你看剑身不足三尺重不逾十斤,长短分量正好,又没什么花哨的装饰,看上去就是一把古代侠士仗剑江湖的宝器!"

她又翻看了一番,才遗憾道:"可惜找不到一个落款或名字!看来铸造此剑和使用此剑的都是不为名利的真隐士!"

明墉听她赞不绝口,心中却想的是,这剑按风格来看应该是先秦的,但那时不是青铜剑为主吗?偶有铁铸的也是相当脆,根本就抵不住盛思蕊刚才随便一招攻击!那这剑之前为何锈迹满身呢?这些锈是什么造成的呢?

盛思蕊思索道:"你呢没有武学底子,现在一招一式的学,根本就没那时间,要想个什么法子呢?"

明墉却突然灵光一现道:"思蕊,你的那套'斩魔九式'……"

盛思蕊打断:"说是九式其实每式都有三招,每招还有变化。说实在的,只有两遍,那些变化我都没记全……"

说到这儿,她突然捂住了嘴,惊恐地向上空四下环顾,仿佛是怕被云裳子听到,再让她来一遍一般。

明墉也警惕地四下看了半天才接着道:"刚刚说到……对!你那套拳法确是刚猛无比、无坚不摧的路数,可却没有一招守势,甚至半分对势都没有!你不觉得奇怪吗?"

"这有什么好奇怪的?如果我刚才不提醒你,你就算有宝剑又能接住一招吗?"

"确实接不住,可如果对手也很强大……"

"那也挡不住!这位云裳子确是当时奇人,这九式使出来当真是雷霆万钧,能全部接完就已是绝顶高手了!我看等我明白怎么用之后,就再也不用怕祁主使了!"

"我没说清楚,如果对方也趁隙攻你的要害,你还在进攻,却没法防守,怎么办?"

"也不可能!我仔细重温,这九式虽全是攻招,却也将对手可能的来路攻击全封死了,都没给对面敌手同归于尽的机会!这前辈于武学的确是登峰造极!"

"可如果对方是几个甚至一群高手围攻呢?你这拳甲可只有一个,只能罩住右路和中路,那左路岂不全是空当暴露在别人眼下!"

"那也不可能!这前辈功夫之高难以想象,就算一群人,他只用右路攻击,左路用掌风护上一护,不就行了?他索性还可以像个陀螺一样,转圈攻击,那谁还有下手的机会?"盛思蕊眼中突现一阵神往。

"可那是他呀!换作是你能把拳甲使得像个光球一般吗?"

"嗯……这个……"

见盛思蕊还在苦思着招数的变化,明墉提醒道:"其实只要你除魔的时候,左路有个人护着就行了嘛!"

盛思蕊惊奇地看着明墉,突然笑道:"你不是说你吧?可你的功夫太差,怎么能护住我的左路……"

她笑了一下,又觉此言对明墉伤害太大,收起笑容解释道:"我不是存心轻慢你,只是这实在是太危险了……"

"正因为危险,我才不能让思蕊你单身涉险!"

盛思蕊眼光中眼波流动,像是被这话感动了一般。

"我功夫不济这是事实,但我有宝剑在手!有了它我便可以不惧外来进攻,专司防守!这样一来你不就补上了这防守的缺口吗?"

见盛思蕊还似在犹豫,他索性举剑道:"思蕊,你那匕首也是个宝器,不如你就拿它往我剑上攻击,试试不就知道了?"

谁知盛思蕊连忙摇头道:"这可使不得!老族主说过'如果不是生死关头,不要与别人的宝器互拼,须知两虎相争,必有一伤'!"

"那就好了,既然我这把宝剑是把猛虎,那就算我不会驱使它伤人,但只要控制它挥挥利爪至少也不会被他人所伤吧?"

盛思蕊沉思一下道:"道理倒是说得通,可这一味地防守……"

明墉随即笑道:"其实我用宝剑练会防守,也可在你突然控制不住拳甲光刃时,用来防身嘛!这不是一举两得!"

盛思蕊眼光定定地看着他道:"你可想好了!我被这拳甲拖入深坑,已经身不由己。我不想一辈子戴着它,就得完成云裳子的嘱托,等我力尽气竭之时才能解脱。你呢,可没必要蹚这般凶险!"

"我早说过了,思蕊,你到哪里我定会跟到哪里!管他何等凶险绝地,都会不离不弃!"

盛思蕊看着他炽热的眼神,似笑非笑地咬咬嘴唇轻声道:"那你可别后悔!"

"九死不悔!'亦余心之所善兮,虽九死其犹未悔'!"明墉背了句词笑道,"虽然我也没读过多少书,但楚辞名句还是会的!"

这一下倒把盛思蕊逗笑了,她道:"就你拽!好了!让我想想有什么剑术武功路子能让你快速学会防守!"

明墉举剑在手道:"但凭思蕊吩咐!"

(九)

盛思蕊却突然正色道:"我们刚才一番恶斗,内力都消耗不少,须得赶快坐定运行周天补益。不过我现在肚子咕咕叫，你呢？"

明墉体力早已耗尽，更是饿得前胸贴后背了，就要出去找些吃的。刚到进来时的通道口，就见已有两条冻鱼干摆在那里，再看却不见离冰和巨蚰蜒的身影。

他把鱼干拿回去和盛思蕊分食，盛思蕊叹道："这孩子虽然遭受了这般离苦和这些残酷的对待，心却还如此良善，竟想着为我们备吃的！"明墉也跟着赞了几句，直说这份心地可千万别让外面的坏人给沾染了。

这鱼别看不大，却因为肉质肥厚，又是冰干的，十分管饱。

二人吃完，明墉就在盛思蕊的指导下与她一起做起周天来，刚等他完成五个周天，正觉周身走遍了真气浑身发热之时，却听盛思蕊叫了声："不好！"

明墉吓了一跳，忙睁眼，只见盛思蕊拳甲上的绿色光刃又开始冒头了。

他吓得一下跳到一边，捡起宝剑。

只见盛思蕊努力做了几个平稳的收势，那光头又缓缓地退了回去。

她起身道："好险好险！刚才我只运行了五个周天，就觉得气海仿似已被填满，而后真气就不受控制地向右手涌去！幸好我及时收功，要不这鬼家伙又要激活了！"

明墉这才松口气，擦擦头上被吓出的汗珠。

"下回可得记住，打坐运功绝不能超过五个周天！你也要记得提醒我！"

明墉只觉得这话让自己心里被糖填满。

"不过我倒确实想到了个用宝剑只防守的法子！以前呀，小的时候我在族里，那些大人长老都爱教我武功，陪我玩。可那时我太小了，根本就不能跟他们练招。一位闻长老见我着急，就用木头雕把小剑，教了我一套简单的剑法。那剑法叫'荡叶剑'，就是把自己面前舞得密不透风，让落叶都进不得身前。现在想起来却是极为简单有效，名字么马马虎虎，可是招式不那么美观。"

"思蕊，你可想多了，只要能让我在你身边保住命，我就算拜菩萨啦！"

盛思蕊扑哧一笑道："这套剑法很简单，你可跟着学好了……"她说着从怀里掏出短匕，做剑状，一招一式舞了起来。

明墉在一旁握剑跟着练习，把每招每式都记在心里。

这套剑法确实简单，也不过就是二十来招，也没有盛思蕊说得那么不堪，只是有几招的起手颇像撩阴、抚胸和扭臀，而且都是冲着自身。

可能她是青春少女，觉得看着不雅。可明墉确确实实是出自市井，别说这些，他在时运不济时捏裆、袭胸、揪耳哪样少干了？所以这套剑法对他来说那是幼功重开，很快就轻车熟路，融会贯通，舞得是呼呼带风、流畅至极。

盛思蕊也是十分满意，直赞他是个学武的胚子，连她练了那么久的撩阴起手式他都能一学就会。

明墉心道这就是碰巧了！要不以他一点儿剑法底子都没有，你教他速成太极剑什么的正统剑法，一准儿没戏。

而盛思蕊也在不断地揣摩熟练着"斩魔九式"，练到兴奋时拳甲里的光刃还是会不时冒出一下，但幸好她及时收手，慢慢控制得当，才没形成大杀四方的阵势。

不过这也把明墉吓出一身冷汗，只得拼命用功，把剑法练得纯熟无比，以防意外。

二人在洞里，光线不变，环境也不变，根本就没法推算到底过了多少时间。

只是其间离冰又和巨蚰蜓给他们送了次冻鱼干，二人都对这孩子的懂事深怀感激。

（十）

等二人再次运行周天结束之后，明墉只觉得周身真气充沛，浑身都恢复了气力。却见盛思蕊有些忧色，他就问道："思蕊，你在担心什么呢？"

盛思蕊道："这拳甲虽厉，可也不能一直戴着呀？我虽然不想干什么拯救万民的事，但看这意思，不把妖魔除了，这甲就脱不下来！可真让人心烦！"

明墉回想了一下进洞以来的种种，沉思半晌才道："我有一个很大胆的推论，也许能解决这个问题。"

"说说看！"盛思蕊一听要是能把这劳什子拳甲脱下那可是万事大吉呀，赶忙催促。

"首先，这把剑应该就是云裳子以前的佩剑，他是在得了拳甲后发现其威力更甚才弃置不用的！"

"何以见得？"

"我们发现这剑时它可是满身锈迹，都看不出本原，剑身也到处是残损。显然云裳子之前用它来搏杀过妖魔，剑才损得那般模样。你看这剑经你光刃一打磨上面的锈污全都没了，所以这些锈迹显然不是材质生锈，而是沾满了妖魔的血！再有那边的古鼎就叫'冶铤'，那不就是他备来补剑的吗？可是剑却残损丢在里面。可以说云裳子在一次恶斗中损了剑，却无意间得到了拳甲。他回来都无意再锻打宝剑，甚至没空擦拭，而是直接研究拳甲去了！"

"这倒是可能，我听说有的真正绝顶高手，对功夫痴迷得连吃饭睡觉都顾不上，就别说擦剑了！"盛思蕊表示赞同。

"而后云裳子就根据毕生所学，配合拳甲光刃创出一套攻势刚猛的功夫，并在洞里反复验证调整，终于有了这无坚不摧的'斩魔九式'！而且他在功夫创成后，还戴着它去斩妖除魔，可能因对方太多，他只能在力竭时返回。而不知是何种原因，他自感已经命不久矣，就在这洞里利用这里原来的巨大萤石，不知用了什么原理和手段，将自己的声音和演示的功夫记录下来，等着他所谓的有能有缘人出现戴上拳甲自动演示！"

明墉眨眨眼道："刚开始我也觉得太过神奇了，可在租界我也见过留声机，听过唱片，听说西方列强都有能看影像的地方？"

"对！那是电影院，我们在英国的宅子里也有一部留声机，电影也看过。不过他这里又没有机器设备，又是在一千多年前，是怎么做到的？"

"确切地说应该是一千三百多年前了！我也想不明白，可是我们先祖的智慧可是我辈至今都没法企及的！我们可是在黄帝时就有了月相历法皇历，就算有人说皇历是夏朝发明的应该叫夏历，可那也是四千年前的事情了！我去过不少的秘境古墓，里面不知有多少不可思议的东西，所以云裳子在那时用他的神功加上这奇妙的石头办到这些也并非全无可能！"

"对呀！要不怎么解释你我都亲眼见到、亲耳听到的那些呢？"

"没错！云裳子前辈在安顿好这些后，仿佛突然受了一次重击！就成了我们在外面看到的那样，直接就死在了外边，而至于机关什么的，可能是黄冠子为他做的！"

"那黄冠子按理说武功也应该不差，就这么让他死了？"

"他定是还没到能被拳甲选中的程度，也就没法继承他师兄的遗愿！又或者……"

"或者怎样？"盛思蕊问。

"或者他知道戴上这拳甲可是干系重大，脱不了身，所以就干脆选择不戴，而后去侍奉皇帝了！"

"那他可太没良心了！这等关乎黎民的大事不比伺候皇上重要？"

"思蕊，你是不了解中华的学文练武之人，没听过'学得文武艺，货卖帝王家'吗？大多数人勤学苦练的目的就是为了能为帝王效命，能有权有势，能光宗耀祖！"明塘叹道。

"这帮人太没出息了！且不说什么拯救黎民百姓，挽救民族危亡，就连基本的骨气都没有！"盛思蕊气道。

"也不能怪他们，毕竟帝制几千年，在多少百姓眼里能伺候皇上那是无上的荣光呀！"

"你不会也这么想吧？"

"你就这么看我？我可是傲骨一身，当然认识你前也是孑然一身！"他故意把认识你前说的很重。

"那还差不多，姑娘我可最恨那些奴颜婢膝的了！想我连地位尊崇的圣女都逃着不想当，还去伺候皇上，没门！"

"这也是我愿意跟姑娘一世的原因了！"明塘涎着脸道。

盛思蕊咬着嘴唇，掐了他一把道："又油嘴滑舌！说正经的！"

"对了，这李淳风本是奉了皇命来寻找四舆之一的，可能他找到了，在这里碰到了师兄，但觉得师兄做的太过凶险，就回去侍奉皇上了，顺便告知这四舆都找不着了，别费心了。实际上也是怕有些不知天高地厚的后人，为了博取皇上的青睐，带着些不知死活的后人来寻找，结果地方找不到，还无意放出了妖魔！"

"那他为什么不直说这里有妖魔呢？"盛思蕊不解。

"其实自古那么多皇帝都说自己是奉天承运，是真龙之身，可真没几个相信神仙鬼怪、因果报应的！"

"那又是为何？"

"你想哪个皇帝或他的祖上不是靠尸骨打回的江山，哪个手上不是血债累累，哪个不是让百姓苦不堪言，若真是神龙转世，用这样吗？如果真是报应循环，敢这样吗？说穿了他们都是最明白不过的，只要有生杀大权，只要能脚踏苍生，哪里来的什么因果报应？"明墉重重喘口气道。

盛思蕊争了一会儿眼光闪闪微笑道："你这话倒是越来越像钱先生般有哲理啦！还真看不出你有这般能耐！"

明墉苦笑道："惭愧呀！我只是底层待得久了，见识了太多天不开眼，才有此一说！说回来，如果告诉皇上这里有妖魔，那皇帝势必以为他有隐情不报，故意隐瞒，反而较起真来，那不是更麻烦？"

"这么说李淳风还算是个有心之人！他不是还编了个什么《推背图》，预测天下走势？据说还挺灵验？"

"这你也听说过？"

"对呀！钱先生博学古今，无所不知！"

"那他怎么评价这《推背图》呀？"

"完全是后世穿凿附会，故弄玄虚，说些故作深奥莫测的话，又假意打乱顺序讲天下走势。作者只不过是暗透了王朝，兴亡之道，哪一姓皇朝能长久？改朝换代大势必然！再在每个变化节点故意映射些若有若无的，都是些蒙人的把式罢了！只是这个借典讨巧而已！"盛思蕊故作钱千金语状。

她一贯过目不忘，一番说下来倒是八九不离十，却把明墉逗得笑作一团。

盛思蕊也跟着大笑，要说二人连日来倒是没有这般轻松放肆地笑过了。

（十一）

二人笑过，明墉收敛继续道："这李淳风走了，可这妖魔还在！现在看来，妖魔应是被两师徒用尽功力和法门封印在玄壁里了！"

"那是封在哪里呀？"

"我看就在这洞里！"

盛思蕊惊得四下观看半晌，才吐口气捶了明墉一把道："你就是爱胡说！我们都在这里这么久了，哪里看见了？"

明墉却道："思蕊，你想想，就算这云裳子功夫绝顶，可离冰说的那出口和我们进来的水下出口离这里都是很远，他不可能受了那么重的伤还能返回就死啊！"

"你说，他就是在洞里被妖魔伤的？"盛思蕊有点紧张。

"再有他设这一套复杂布置就是为了让有能有缘人继承了他除魔的拳甲和武功，可是却根本没有给出提示，妖魔到底在哪里呀！"

盛思蕊这才反应过来，头脑飞转，仔细过滤听过见过的一切，确实没有任何地方提到妖魔的所在！这是让人上哪里找呢？

见她思考入神，明墉接着提醒道："这就是我说的，你的麻烦或许可以就在这里解决掉，不必整天提心吊胆！"

盛思蕊见明墉接着笃定说道："我可以肯定,这寻找妖魔的入口就在这洞里的某个机关后面！而且也能打开,思蕊你愿不愿意再冒把险,索性把问题解决了！"

明墉本是个不轻易涉险的人,但是盛思蕊就像个不知何时会爆发的大杀器一般危险,如果以后跟她上路,是随时随地都可能有危险的。

而此刻他心中有了一个设想,如果现在就能实现了,就算除不了妖魔,也可以让他们永绝后患！

"你是说我们打开那个机关,进去铲除妖魔？"盛思蕊话音有点儿发抖。

"不一定非要铲除妖魔,只要我们跟妖魔对敌,等你内力耗尽拳甲脱落,我们全身而退就完工大吉！"

"你这是什么损主意！万一我们不敌,死在里面可怎么办？"

"不会的！你忘了我刚学的防守剑法,可保我们全身而退！"

"可我们退出了,那封困被破坏了,而机关又关不上,妖魔被放出来可怎么办？"

"绝不会关不上的！"明墉突然笃定道。

五十四、困魔魔困

（一）

　　盛思蕊听着他这胆大包天的计划，又听他说得如此笃定，眼神尽是狐疑。
　　明墉正色道："我这么说是在于云裳子所受的最后一击上！"
　　"那致命一击？"
　　"对了！那一定是他在布置完封困后受的！而这袭击者只能是他口中的妖魔！也就是说……"他咽了咽口水道，"在封困之后他又进去过，而且受伤身残退了出来。但是，妖魔并未破开封困冲出来！"
　　盛思蕊明白了他的意思："就是说那封困人可以进出，可妖魔却出不来！"
　　"对了！所以只要我们就在那封困门口斩杀妖魔，等你拳甲脱落，我们立刻撤出，不就把麻烦全解了吗？"
　　盛思蕊还是觉得十分不靠谱："可怎么就能一定保证成功呢？"
　　明墉轻松道："反正都在这了，我们先查看一番，有戏我们就不惜冒点险，要是实在没戏就不去碰呗！"
　　盛思蕊想想道："也罢！先看看！如果靠谱就试一下，实在觉得危险就只得将就戴着了。机关在哪？"
　　明墉看着古鼎道："就在里面！"
　　"怎么可能？"
　　"这家伙看起来足有上千斤！不会平白无故摆在这里的，不信你看！"
　　说完他就俯身指向鼎下，盛思蕊也顺指弯腰看去，只见鼎底确有一个石柱状物连着鼎和地面。
　　"这你是怎么发现的？"
　　"被你那光刃砍得抱头鼠窜时，就想找个封闭的地方钻进去！到了鼎这儿一试，根本就进不去！所以就知道了！"明墉后怕道。
　　"那机关？"
　　"就是鼎里那椭圆长条的孔洞！"
　　说罢他举剑说道："你看这宽窄，就是剑身的模样！如果我猜得没错，把剑插进去，机关就开了！"说罢他作势就要插剑。
　　盛思蕊突然道："慢着！"

明墉一迟疑，就见她从怀中把短匕抽出道："用它来！要是打开进去，你没宝剑在手，那不是找死！"

明墉点头深表谢意，说着看来以后必须养成剑不离身的习惯，接过短匕一把插了进去。

这一下倒仿似按了按钮般立竿见影，前面洞壁立时就向边上一开，露出了个一丈余高阔的洞口。

二人对视一眼，明墉握紧剑道："咱们这就进去吧！"

盛思蕊咬咬牙，心一横，向前迈出一步。

明墉正待跟上，就听她突然道："等等！"

明墉不明就里，看向她。盛思蕊蹙着眉道："等我再运两个周天，等光刃出现了就提醒我！"

明墉点头称是，暗暗道：思蕊经了风浪，已经谨慎多了！

就这样，直等到盛思蕊的光刃冒了头，二人才开动步伐。

到了洞口，里面却并不黑暗，远远的就看到尽头有一处幻彩流动的墙壁。

二人仔细看看周围环境，并无异样，明墉还唯恐有失，出去仔细按紧了开关的宝匕，又将一块流石拿出补充照明，才和她并肩小心翼翼地踱了进去。

（二）

这石洞一丈余宽高，整体形制近圆。

洞壁到处都是横竖交错的砍斫深痕，而且还到处是各种形状的锈污，如果这些是妖魔血喷溅出的，那这里一定发生过惨烈无比的血战。

可怪就怪在这儿了，既然是斩杀了不少妖魔，为何一点骸骨都看不到呢？难道都凭空蒸发掉了？还是……

二人越走就见墙上的砍痕越来越多，密密麻麻的，让人看了都满头发麻，可见越往里与众魔的交战就越惨烈。可四处还是看不见一处骨殖。

这时明墉站住不动了，盛思蕊见状问道："怎么，你先打退堂鼓了？"

"这不对呀！"明墉皱眉道，"就算是过了上千年，骨头也该剩个渣吧？就算都碎成粉了，这地上也应该有粉尘呀？可这里怎么这么干净？"

盛思蕊冷哼道："你呀！总是时而冒进、时而谨慎，可在紧要关头用错劲几次了！都是后患无穷！"

听她一提这茬，明墉立刻就蔫了，马上低声下气道："思蕊教训的是，只不过我觉得这太不寻常了！"

"那有什么呀！要么被妖魔同伴拖回去了，要么索性被老道士带出去给烧了，这不正常嘛！"

明墉口中称是，是自己多虑了。但心中打鼓：要是带到外面在鼎里烧了，为何连个灰都没有？要是被同伙就走了，那也不至于在交战生死关头，连残肢断臂也一并带走吧？总之一定要留神各种线索！"

盛思蕊进来后并未发现有什么妖怪冲出来，此时心已经放下不少，只想着赶快到那个五光十色的尽头看看到底是什么。她心一收，光刃就缩了回去。她看着也是欣慰，看来自己倒是慢慢可以控制拳甲光刃了。

且不管明堉怎样琢磨狐疑，二人还是无惊无险地来到了炫影壁前。

他们几乎都被这流动的炫彩给吸引了，这些光彩就像是正在缓缓调色的颜料一样，按各种流向，或旋转或激荡地汇流着，但各种颜色却近而不合，始终保持着缤纷的色彩流动。

盛思蕊叹道："这就是妖魔的出口，可光看这绚丽的光墙，怎么也难相信这里住着妖魔呀？"

明堉却道："那都是被神话传说给害的！在那里面仙境都是光彩亮丽、窗明几净的，而妖魔就住在黑暗阴森、脏污腐臭的地方！却不知呀，多少光鲜华丽的壳子里藏着的却是阴毒狠辣的心肠！又有多少破烂肮脏的外表下住着的却是善良纯真的心地呀！"

盛思蕊瞧瞧他笑道："看不出你是越来越有见地啦！"

"那都是思蕊你带得好，'近朱者赤，近墨者黑'！不过我们都是表里如一的，就好比思蕊你，就是表里如一，都是那么美！"

这个马屁拍得有点儿不合时宜，但却有效果，盛思蕊笑着看了他一眼，没多说什么。

这时明堉道："思蕊你看这光墙四周！"

盛思蕊的眼神这才从光墙上移开，四下一看不禁叹道："天哪！这些道士前辈可真是舍足了血本！"

（三）

只见光墙四周贴满了层层叠叠的各式道家符箓，虽然都看不出画的是什么，但内容定是各色镇妖除魔的凶猛灵符。

这些道符贴在这里上千年，又被一直封闭着，此刻空气渐渐流通进来，最外面有一些已经开始变色，逐渐分解成纸屑。

盛思蕊一看已有不少纸屑飘落下来，忙道："不好！我们打开机关，空气流通，把这些道长前辈布好的符纸封印给破坏了！咱们要不赶快出去吧！"

"已经晚啦！我下过几回墓给人开机关，这千年前密封的东西遇空气就腐化，再封回去就来不及啦！"

"都是你乱出主意！等下我们没法斩妖除魔，把自己性命丢了也倒罢了，到时把妖魔放出去危害人间不就罪过大了？"

明埔长出口气道:"云裳子前辈说了,这妖魔至今只出现过三回,他是最后一回,那之前两回有没有被人封印呢?那既然封住了,妖魔为何还会出来呢?"

盛思蕊一听仿佛有些道理。

"那就是说这些符箓封印实际只是道长们的一种自我确认方式,至于有没有效谁知道?要我说这里的妖魔一定是在等什么天时,天时一到就破关而出,天时未到就蛰伏其中。与封不封困没什么关系!"

盛思蕊一听这话倒是透着些玄机,就听明埔道:"道长说据传第一次破封是在商周时期,第二次是在秦汉之交,而他赶上的是第三次,也就是隋唐之交。听到没,三次都是天下大乱,神州巨变的时候!可现在呢?咱们还是大清,也没有外族入侵,也没有天下狼烟,老百姓虽然穷困潦倒,可也并没有多少造反的呀?之前太平天国不也是给灭了!所以说呀,不必担心,这封印看来就是个美好的愿景、希望,但并非真的奏效,所以你别担心这个了!"

盛思蕊听罢,眨眼瞧瞧他笑道:"好嘛!说话突然一套一套的,还颇有深意,我看你是开了窍子!"

明埔马上作揖道:"岂敢!都是思蕊引导的好!"

"少来那套油嘴滑舌!那现在按你所说,这个不是封得住的,要到时候自己打开,那我们是进还是不进呢?"

"其实这和我之前的预料一致,甚至更好!你想妖魔不会追出封印,那我们进去,等你耗尽内力,拳甲脱落,我们全身而退,这些妖魔也不会追出来,那不是更没有后顾之忧了嘛!"

盛思蕊皱眉道:"可这连里面情况都看不到,根本就不知有多少妖魔呀?"

"当然不能贸然进去,怎么也得试一试吧!"说罢他就要把宝剑探进去。

盛思蕊却摆手道:"就你要是看不见,连对方一击都接不住!还不如我的拳甲呢?"

说罢她把冒出一点光刃的拳甲慢慢探到光墙的边上,慢慢往里送着,口上还道:"要一点点试探,感觉不对,马上……"

就在她快把整个拳头送进光墙之时,就听到"哎呀"一声怪叫,盛思蕊立即就把手缩了回来,捂着手惊恐地看向里面。

明埔马上担心问道:"怎么了?被伤到了吗?"

盛思蕊瞪大眼惊遽地道:"手刚进里面,就感觉……就感觉……"

"怎么回事?"明埔急道。

"就感觉……里面有股热气在喷着我的手!"

明埔先是一惊,随即却扑哧一声笑了出来。

"你笑什么?"盛思蕊惊怒道。

"思蕊,你太小心了!我们在这洞里空气流速慢,进了一个封闭的洞口必然感觉到空气加速流动。这道理我都懂,你留洋回来的能不明白?肯定是你心理负担太重,所以杯弓蛇影啦!"

盛思蕊狐疑道:"胡扯!这道理我能不懂?可那确实是喷出的热气,在地下潮冷,怎会有热气喷出？"

明墉摇头道："我去过几次地下，同伙中疑心生暗鬼的不在少数，其实都是把自己想象的情节加诸现实中了！这没什么，我也经历过，自己还把自己吓得不轻！但我坚决不碰随葬尸身，只开机关，就算有鬼也算不到我头上，慢慢也就不怕了！这样！我来探一探！如果没事你再接着！"说罢，他就要把残剑送进去。

"我说你怎么不撞南墙不回头呢？非要到了黄河心才死对吧？好话说了你不听，非要寻死可没人管你！"

不过她见明墉已经把剑尖伸进光壁还是急切叫道："你快收回来！告诉你，你要是缺胳膊断腿的，别指望本姑娘照顾你！"

她见明墉仍是满不在乎地继续向里伸，跺脚叫道："你再不收回来，我可转身就走啦！你听到没有！"她心急之下就要伸手去拉。

（四）

这时突然从光壁里传来一阵轰隆隆的低沉响声，那声音如连绵闷雷，也像低声咆哮，直透光壁而出，沉闷的低声回荡，震得二人心胆俱寒。

明墉噌地收回剑，旋即后撤两步，举剑直指前方颤声道："思蕊，你听到了吗？"

盛思蕊被这低音震得是耳膜发颤，她边揉耳朵边道："聋子都能给震得听见话了！你说我听到没？"

明墉这回是再也说不出话来了。他之前想的极为理想：妖魔沉寂了千年，肯定是要找个地方打盹沉睡，或者去远处解闷，怎么可能会千年如一日地守在这光壁洞口边缘呢？那只要他们趁其不备杀进去，待盛思蕊内力耗尽拳甲脱下，他们就全身而退。

这计划他虽然没演练过，但他看传记演义里不都是这么说的吗？趁其多日围困，心中懈怠，防守松懈，而后奇兵夜袭一举击溃。

这演义什么虽然有所夸张，但时间一长防备松弛这是人之常情，总错不了吧？更何况这还过了上千年！估计是该睡觉的睡觉，该放羊的放羊，早就各干各的去了。然后等着时候一到，一声召唤，再倾巢而出啊！

谁承想这妖魔是不按常理出牌呀！

刚才那阵声音，显然是几个恐怖的生物的低吼声。

连个吼声都这么让人心惧胆寒，更别提照面了！

他在心中设想过不少跟妖魔对阵的场景，甚至还包括像西游记那样互相叫阵的情景，特别戏剧化。可唯独没想到，对方只是隔着墙，不见其面，一声低吼就把他惊得心扑扑乱跳。

这种始料未及让他更加感慨，江湖上招摇撞骗的虚假高手他见过不少，如祁主使般深藏不露的绝顶高手他也见识了，可就没见过只听声音就把他吓得几欲两股战战的。

他此刻心中已经是打定了退堂鼓,慢慢看向盛思蕊,却发现她在戏谑般微笑地看着自己。

盛思蕊见他一下就被吓到了,心中是又好气又好笑。

此人呀!还总是改不掉江湖九流染回来的习气!刚刚有了点底气就敢单挑武林盟主,给了三两染料就敢开张染坊!结果呢?还没见面,听到一声都快被吓破胆了!可是说他什么好呢?看来他除了救自己时确实是奋不顾身,其他时候啊还是一见危险就想脚底抹油啊!

一想到他救自己时的奋不顾身,盛思蕊也放下了奚落他的念头,见他看过来就道:"行了,我们也知道你这办法行不通,人家就在墙后面守着呢?咱们别偷袭不行反陷重围,赶紧撤吧!"

(五)

明埔听盛思蕊口中并没有什么埋怨,心下很是感激,看看墙却道:"思蕊,你稍等一下!"说罢就往墙边层层叠叠的符箓里面搜去。

盛思蕊奇道:"你干吗?"

"你不知道,我听说现在不管什么正一、茅山,也不论什么凌霄、净明,道教各派里经过南宋被灭后,这种千年以上的符箓大多已经失传了!可你看,这里却有着许多!这些可都是正宗的镇压灵符!反正贴在这里也没多大用处,不如我带上一两张出去让人见见世面!"

"你不是说这些很快就会化为灰烬吗?"

"外面的当然啦!可最里面的可是被层层叠叠用糯米浆粘压着,早就都被浆水覆上了厚厚的一层膜,不会损毁啦!所以呢我要找出一两张完整的,也算不虚此行……哎,思蕊你干吗?等等我呀!"

盛思蕊头也不回地向前走着,直到被明埔拉住,这才回头正色道:"你可听好了!我们师徒都不齿鸡鸣狗盗之徒,尤其是徐师父,最恨不光明正大!你若是想跟我一路,以后这顺手就想牵羊的毛病可不能再有了!要不咱们最好趁早拆伙!"

明埔一听这怎么还扯上拆伙了,忙赔不是道:"哎呀,思蕊,我错了!我这次不是为了钱,是光看这东西稀罕了!你若不高兴,我再也不动了还不成?"

盛思蕊正色道:"那你发个毒誓,要是在干这小偷小摸的勾当,就让……就让你被里面的妖魔给吞了!"

明埔一听怎么这般歹毒,顺手牵点儿东西不至于如此吧?但看她态度强硬,如不答应,她似乎真要拂袖而去。

于是明埔咬咬牙并三指朝天正色道:"我明埔发誓,要是再做小偷小摸的勾当,就让我被妖魔吞了!"

盛思蕊见他说得严肃,这才松下脸来缓和道:"这就对了!要不以后让我的脸往哪里放呢?"

明塘马上追问道:"什么以后……脸面的……"

盛思蕊回头不再搭腔,继续走着道:"总之以后再犯,可别怪我丢下你不管!"

明塘追着道:"可思蕊,我就是练这功夫的,其他的也不会。那不让我做这个,我还能干什么?"

"你和我一路,难道还愁没事情做吗?"

"可我个大男人,总不能寄人篱下吧?"

盛思蕊又停下脚步,谆谆道:"怎么就不能干些别的?难道你的师父锁王老人家是靠偷过日子的?他那是为了惩戒恶人、救济百姓!再说你,你有一套绝伦的开锁本事,又懂得机关,哪里不能派上用场!最不济,你也能是个远近闻名的锁匠!"

"不过,"明塘为难道,"那可怎么配得上思蕊你呢?"

盛思蕊微一瞪眼皱鼻呸道:"谁稀罕你来配我了?"

明塘马上道:"思蕊,这可不能赖皮!我重誓都发了。你可不能丢我而去,可别忘了说过的……"

"我说过什么?那是你说的!"盛思蕊故作顽皮地边踢脚边走。

"思蕊,可不带这样的……"明塘这回倒真是急了。

"好啦!好啦!看你那傻样,本姑娘准你跟着我,但要时刻留意你的举动!要是再想退回老路,那可别怪……"

"好好好,一定!"明塘忙应承。

不过他却转而又道:"可是如果弃了这份手艺,我可就真的平庸了!也难再做些惊天动地的功业,更不可能成为英雄了!"

盛思蕊站住回头正色道:"什么英雄不英雄的?经这一路,我倒是看出来了,什么功业什么英雄就是个深不见底的火坑!你看义父,被个英雄的名拖累着,现在都没法和义母圆满!再说祁主使,一身高深武功,非要做什么振兴圣族的功业,这枷锁还不是把他拷得不人不鬼的!所以什么是英雄,什么叫伟业,在我眼里都像云烟一样啦!还有什么能比快乐坦荡地过完一生更好的呢?"

明塘听她这么一说深为动容,没想到她在如此应该追求浮华的年纪,却偏偏说出这样一番彻悟的话来,怎不能让人侧目而止?

他见盛思蕊仍是一脸认真,就微笑着坦然道:"好!我明白了!从今以后,我就跟着你,做你想要做的事,也就唯愿足矣!"

盛思蕊见他也正经起来,不禁笑道:"行百步而悔九十,人生呀坚持不住的事情我看多着呢!你可别让我发现破了誓啊!"

明塘道:"怎么会!君子一言,驷马难追!"

"那我就看看你怎么做君子!"二人说着笑着就心无旁骛地出了通道,一路直奔古鼎而去。

反正看来眼前是除不了妖魔了,那就赶快把通道关了了事。

（六）

而就在二人接近古鼎时，身后突然传出一阵笑声，那笑声是如此刺耳熟悉，如此尖利破胆。

二人都惊遽回头，见祁主使正背着手站在中央石柱旁定定地看着他们。

他们饶是被练出了不少胆色，这一下还是被吓得不轻。他二人以为洞中无人，出来就光顾说话，根本就没留意祁主使是何时进来的。而在他们眼里，这鬼魅般的人实在不亚于里面被困住的妖魔！

祁主使缓缓道："你们两个小鬼，在里面一待就是七天，可是让我好找！怎么着，还玩起过家家来了？"

盛明二人都是疑惑地对望了一眼，俱是心道：怎么待了七天了？才在洞里吃了三回离冰送的冻鱼干，他们也没觉得太饿。这洞里虽不见天日，不知时辰，可他们也没觉得困得要睡觉呀，怎么就过了七天了？

祁主使不屑骗他们，或者说他自负已极，根本不屑骗人，他的确是等了足足七天。

他被凶猛的怪鱼困住之时，恰巧看到了二人在水底往山体里游去。而且恍惚间盛思蕊似乎被他的掌力所伤，这倒让他很是担心。

他这一路吃苦受累不说，不就是奔着这小鬼来的吗？要是人没了，他岂不是竹篮打水一场空？

他这时倒是怪自己没留意功夫增进神速，没控制好掌力，怎么丫头穿着族主的宝甲还是不堪一击呢？

不过后悔也没用，他迅速毙了眼前一批嗜血怪鱼，就想着是不是下水看看。以他的内力深厚，就算是不会水性，在水下闭气也不会有溺水之虞。可他练寒功已伤及五脏，名医告知若是入冷水容易伤及奇经八脉。这可就让他犯了难，毁了身子和得到丫头身上的秘密究竟哪个重要？

不过现实可没容他多想，很快又一批怪鱼杀到开始争相啃噬同伴的尸体。他看着也觉得恶心，就上了岸再仔细观瞧。

等水面平静了，他也确认两个小鬼的尸体并没有浮上来被吃掉。可水也下不去，情况也不清楚，接下来怎么办就又成了问题。

可没什么能难得住睿智无双的祁主使，他先在整个这片山脉外迅速排查，并未发现洞穴出口。于是他确认就算水下有洞，那出口就一定在这湖边的山里！

这对别人来说仍是个难事，可怎么难得到睿智超群的他呢？这山势看似连绵，在他眼里也不算大。

他索性以最高处为据点，而后在四下密林的顶端用枝叶连起一张巨大的触动机关。不论二人从哪里出现，只要碰到树木，这树枝只要一晃动，凭借他的眼力耳力都能马上发现，而后一举擒拿。

这些工作足花了他两天时间，可是结果却很令人满意。不过让他一直有隐忧却微感诧异的是，这山里并没有鸟兽来误碰他的机关。

这问题刚开始他解释为兽已冬眠、鸟已南迁，直到他要打些鸟兽充饥时才发现这漫漫大山里似乎一只鸟兽都没有。

头两天他飞掌直接拍上来一条巨鱼，开膛破肚准备生火烧烤时才发现没火种。

不过他也能释怀，毕竟像他这般登峰造极的武林人物，出门怎么会带着火折子火石呢？当然两手空空、两袖飘飘啦！作为高人岂有不知钻木取火的道理？可惜现在是冬季，此地又靠水潮湿，没有干木。任凭他能用圆枝一下就把粗干钻穿，愣是只能冒点儿烟却见不到一丝火苗。再加上他练的是寒功，就算有个一丁半点儿的火星也被他的功力直接熄灭。

但这还是难不倒他。茹毛饮血又怎么了？古人不都这样过来的？

就这样他吃了两天腥苦的生鱼后，终于转而吃素啃起了松子。倒是这漫山的松树，解了他的饥饿之忧。

不过他倒是颇能自我安慰，他有些自得地心道：这两个小鬼恐怕已经在里面饿得啃苔藓了吧？等到饿得实在受不了了，那就自然现身了。

就在他像野人一般生活了五天之后，一场暴风雪不期而至。

鹅毛般的大雪片伴随着强风，几乎瞬间就摧毁了他精心布置的触动机关。

这开始令他十分恼火又无可奈何，毕竟哪怕是有通天的本事也没法跟老天爷斗！

正在他嗟叹天本无情、英雄无用时，雪慢慢停了，而雪停后的结果却又让他喜出望外。

这群山松柏都被厚厚的积雪覆盖，那这两个小鬼只要一现身不还马上就被发现啦？

可他又没兴奋多久，问题又来了。随暴风雪而来的是气温骤降，他身着单衣，就算寒功御体，也毕竟是血肉之躯，总得想办法御寒吧？

他在山里找来找去，终于发现了一处洞内瀑布。

这瀑布很奇怪，是挂在一处开放的山洞内向下倾泻的。

不过他也没管这么多，有个地方挡点风挡挡寒气总是好的。

他也不愿靠近瀑布，更不想错过两小鬼的行踪，所以就整日委顿在洞口，留意着外面的一举一动。

<h2 style="text-align:center">（七）</h2>

直到今天，他听到了瀑布里隐隐传来呼叫之声，靠过去听了半晌又隐隐有笑声，而粗略分辨竟是一男一女！

他吃惊，难道这山里的山洞入口在这瀑布后面，可这里距离湖边可有两里多远了！难不成有这么大的山洞藏在山里？那山不都空了？

不过祁主使就是永不言弃的祁主使，他心想不论如何有点儿眉目也比没有强。索性心一横，飞身穿过瀑布。可他还没来得及再歇脚，就直接冲进了一个下滑的洞里。他运功一路控制速度，终于稳稳地降落进了一个山洞。

到了里面他先是被里面的淡红光线晃了一下，而后他看清了光源是来自洞壁的萤石，还没来得及觉得怪，他就看到了具死尸坐躺在石柱下。也没等他细看，就听见前方通道里传来隐隐的说话声。

他忙飞身而去，到了下一间石洞，就看见洞顶挂着个大石球发出黄绿相间的光，而正下方却是个石柱。他走过去看上面空无一物，正感奇怪，就看到盛明二人正有说有笑地从前方通道出来。

他就站在石柱旁，原想着二人只要一抬头看到他还不吓得屁滚尿流，可他们竟根本就没向这边看上一眼，而是直接往边上去了。

此举令祁主使十分气愤，他可以容忍别人算计他，可绝不容忍别人无视他。

他气恼之下不再看二人接下去要做什么了，直接开口说话，这一开口造成的效果倒是令他满意。

他见二人似乎惊傻了，就又问道："七日不见，看来你们都恢复得不错嘛！"

盛思蕊马上反应过来，担心问道："离冰……那孩子呢？你把他怎么样了？"

祁主使纳闷道："孩子？你们七天还能造个娃娃出来不成？哈哈哈……"

听祁主使笑得尖利刺耳充满嘲讽，盛思蕊怒道："你别胡说！什么七天……"

可明墉却马上打断她道："我说祁主使，您都追了我们多少天了？我们躲到这里你还不放过我们！你倒是说说，你想怎样才罢休？"

祁主使哼道："你们都是砧板上的鱼肉了，还妄想着讲条件？也罢！看在你们还算聪明的份上，我也积点儿好生之德！跟你们说说，省得再无谓抵抗！本来呢以前在英伦鸟国，姒瑞把东西乖乖交出来，我定不会再纠缠了！可现在不同了，桓祭司和长老他们都见到姒瑞了，那你就得跟我回去，帮我选上族主之位，再取了东西，过不了几年我就放你自由！至于你嘛……"

他看看明墉哼道："本来于我如蝼蚁一般，但见你们感情不错，我也下不了杀手了。你就做几年苦工，等我族主坐稳了，就一道放了你们逍遥去！"

盛思蕊刚要发怒，就听明墉打断假意道："那她要怎么帮你坐稳族主的位子呢？"

"她是圣女，当然是嫁给我，族中人才会服气我呀！"

盛思蕊再也忍不住了，骂道："呸，你还妄想我嫁给你，也不瞧瞧你那阴惨惨的样子！还有，东西你也别想指望，老族主说了你心术不正，迟早会给族里带来灭顶之灾，我怎么能交给你！"

祁主使也不生气，只是慢慢地沿着另一边石壁转着，边看壁上斫痕口中边赞道："这武功可是刚猛无双！可惜不是我的路数，否则非要练上一练！"

他转头看向盛思蕊道："你们这几天不会是在这里发现这套功夫，琢磨着练会对付我吧？哈哈哈，别做梦了，除非亲创此功之人来了，否则就凭你们……"

他慢慢地走着，身体开始向镇魔洞口方向移动。

盛思蕊捅了明墉一下悄声道："他在干什么？这般慢悠悠，是想着怎么折磨我们吗？"

可祁主使是何等耳力,当即答道:"这根本不用想!你们没见过猫抓老鼠吗?一旦老鼠逃不了了,老猫也就不忙着抓,而会慢慢地看着老鼠惊惶绝望。怎么样,现在有这感觉了吗?"

盛思蕊一气刚要骂,明墉却悄着透过袖子在她手心握了一下,正是那套着拳甲的右手。盛思蕊立时明白,他是在拖时间等我调动内力用拳甲光刃啊!

再看明墉此刻已经紧握剑柄,慢慢地开始往她上边移动,遮住拳甲。

盛思蕊立时收敛心神,凝神运功,可是拳甲却像是失灵了一般,毫无动静。

就听明墉接着问道:"那我们要是答应你的条件,你会不会食言呢?"

祁主使哼了一声道:"我祁凌宙是何人?岂会和你们小鬼般用奸耍滑!"

盛思蕊一听祁主使竟说了自己的大名,她在族里就认识他,可是从不知全名。此刻由他本人说出,显然颇显郑重意味。

她有些犹豫了,就算她见识了拳甲光刃的刚猛,可毕竟没跟高手照应过,尤其是祁凌宙这般身影如鬼魅般的。她心里实在没底,要是一交手就被制住,那后果就可能尴尬甚至凄惨了。

要不跟他谈谈条件,我帮他选上族主,别让我嫁他。还有他想要的,我留着也没用,反正要是能用在族里,也是好事……她心中盘算迟疑着。

却听明墉道:"祁主使的大名原来叫凌宙啊?是灵妙咒语的意思吗?"

祁凌宙怒道:"小鬼胡言!我这是凌驾宇……"

他旋即一想,自己是何等身份武功,何必跟他解释这些,简直有失大人之尊。于是他改口道:"本尊不跟你无知小辈计较!你也少跟我绕圈,答不答应痛快一些!"

盛思蕊本想说要不我们商量一下,我不嫁给你行不行。却见明墉背着左手在身后不停地向她一张一收,像是提醒她赶快运出光刃的意思。

她不明白难道他有了什么破敌之策?他虽说每次冒险都不太靠谱,可大多还能化险为夷。自己索性再由着他一回,毕竟跟这老鬼在一起,每时每刻都要胆战心惊。

于是她开始专注心神,全力调动真气,往右臂游走。

(八)

明墉又道:"祁主使说自己言出必践,我看不一定吧?比如你说过不杀女人,可你不还是杀了?"

祁主使虽然知道这小子惯于使诈,但听了此言仍是心潮暗涌。

哪个登峰造极的男人脚下不是血路铺出来的,又有哪个功成名就的男人没有负过伤过几个女人?

明墉之前就听某奇人说过此话,觉得甚有道理,于是牢记于心。

没错,成功男人背后不是自己的血腥史就是女人的血泪史,但凡谁能掌握那么一星半点,遇到纠缠不休的强人时,抛出来可比暗器好用。没听过陈世美为富贵抛弃秦香莲，最后还被铡了吗？自古负心薄情郎，就连没啥感情的包龙图都看不过眼！

他这次纯粹是瞎猜，这等世人不齿的事，对高高在上的祁主使来说，要是没杀过，对方一定立即反驳。可要是真的有过，那文章就可以做了。

这一招盲拳确确实实打在了祁主使的软肋上。

他当时初练奇功，受了难以想象的自我摧残。但由于少人指点，还是在第一次破关之时出了岔子，受了内伤，藏在个山洞里强行打通关节。

说巧不巧，此时来了个进山寻找孩子的村妇，误进山洞，闯了他的修炼场，被当时已经接近走火入魔的祁凌宙一掌给毙了！

此后他涉险通关，神功得以精进，但对此事一直耿耿于怀。

他不是个滥杀无辜的人，而是个自视甚高的人，甚至是个自认站在道德制高点的人。他只是一直梦想着能重振圣族伟业，成就自己的千古功业，这想法从小根植心中，等他神功初成就慢慢融入血液。

他一贯看不起那些为了成就抛妻弃子的，更恨那些手沾妇孺鲜血的。他少年时甚至为此还立誓宏图不成誓不成家，虽然现在娶妻生子对他来说不过泡影，但误杀妇人这种事可是他一生的污点。他甚至都没想想对面这孩子当时还在穿开裆裤，怎么可能知道这种事？他只是陷入了自我的道德纠缠之中，一时说不出话来。

明墉确实是走了狗屎运，天怜他没碰上个真正的奸佞之辈，否则以祁主使的功夫，此刻他焉有命在？

明墉瞟了一眼向外的通道，顿时眼前一亮。随后转了几下眼珠，又向左让开一点，盯着祁主使的反应。

见对方略一抬头，他马上接口道："你不止杀了个妇人……"

"你别说了！那只是本尊一时无意……"

"对呀！哪个杀人放火的不是说自己是无意的？那些帝王们滥杀无辜还说自己是解救天下苍生呢？"

"你够了，我已经……"

"已经什么？悔过了？还是从此戒杀，不再杀人了？那你对我们苦苦相逼又是为何？"

"你再胡说……"

"我说的都是实情！就说你杀的妇人，那妇人有孩子你知不知道？"

祁主使一愣，他之后发现死尸是个中年村妇，但一般这样的村妇怎能没有孩子？

见他发愣，明墉继续添柴加薪道："你可知那孩子失去了唯一的母亲，从此孤苦无依？"

"难道那孩子没有爹吗？"祁主使已经进入思维的旋涡，被他的逻辑带走了。

"何止啊！那孩子连一个亲人都没有！从此孤孤零零，连个朋友都没有，外人都不敢见，只能整天窝在个洞里，与虫为伍，你知不知道？"

祁主使一听怎么还会有这般可怜的孩子，那自己这一失误，岂不是酿成两代人的惨剧，辱了自己的清誉？

他正悔恨遗憾交加，突然灵光一闪猛地警醒：这小混球不过才十几岁，难道他十岁就能云游四方，收获如此见闻了？他定是在唬我！

想及此处，祁凌宙突然厉声一笑道："小鬼，还想耍我？你就是那孩子又怎样？来找我报仇啊？"

说罢他向着对面两人走去，明墉忙边挡着盛思蕊后退边道："可那母亲被你杀了的孩子一定要找你报仇！杀母之仇，不共戴天！"

祁主使刚刚露出狠厉笑容，突然就觉得右侧有异，急转头，眼前情景立时就让他呆住了。

（九）

他看见一个全身透蓝的小孩和一个巨如船舱的虫头出现在那侧通道口，而那虫头上的两根如橼触角正挺立着。

他正惊惑间，就听那孩子叫道："你这坏人，还我娘亲的命来！"

就见小孩一挥手，那巨虫口里喷出一条桶粗的水柱，直向自己袭来。

而更令他惊讶的是，那孩子伸手触摸水柱边缘，那水柱瞬间化作一条锋锐巨大的冰柱直扑向他。

祁主使见此突变大惊，忙向后猛退。

可还没等那冰柱落空，就见那透蓝孩子手一挥，冰柱未及落地，一转就向他再次袭来。

祁主使可是见过大世面的，自认神功无敌，可是这般邪门狠辣的功夫却见所未见。

他忙提气向空中猛蹿，这时就听明墉叫道："机不可失，还不出手？"

他身形刚在空中，就见五道凌厉无比的绿色光柱迎头向自己劈来！

他忙出掌相迎，他出掌的目的不是抵住光柱，而是通过至寒掌力直袭来犯之人。他的掌风已修炼到可直击数丈之遥，高手能不避让的绝无仅有。

可这五道光柱却停也不停，直接切下，而自己的掌风仿似被切断一般没了动静。

他正感疑惑怎会这样，那五道光柱旋即又起，自下而上向他掏来。

这进招变数之快他从未见过，忙猛地提气再向空中急升，而这时那道冰柱紧接着破风在空中向他直刺。

祁主使身体面对两向夹击看似避无可避、升无可升，可祁主使毕竟是祁主使。他挥掌猛击前面冰柱，身体顺势向后弹出，抵住了尽头石壁。

他那一掌将那条冰柱击得粉碎，而自下而上的光柱袭击也已落空。

他这才看清那光柱是从盛思蕊的右拳上发出的，可还没来得及细想，那五道光柱再次横向向他抓来。

祁主使本想再提气上升在空中一转，就可到盛思蕊身后制住她。可没承想，那些碎成一地的冰渣子却再次聚合起来成为冰柱，自上而下向他扎来。

祁主使只得松气下坠，可脚刚沾到地面，就见面前一阵剑影，明墉如同佝偻的大虾般把剑舞得密不透风向自己靠来。

祁主使心中暗气，这小鬼也想插上一脚！他随手挥出一掌，按他的经验，如此近距离对方一定被掌风掀翻在地。

可邪门的是，掌风却好像被他漫身乱舞的宝剑给切断了一般，再无下文。

他心中这回可是惊诧了：怎么自己的掌力失效了吗？怎么连连失灵？可刚才明明还劈碎过冰柱啊？

可根本由不得他细想，盛思蕊手上的五道光柱如刀刃般，自上而下再次盖顶劈来。

祁主使都来不及吃惊了，身形猛地向旁边一错，躲开了两方夹击，这时面前又有冰柱袭到，他只得再次向旁错身躲开。

这时他就感觉后身一空，当即反应过来，这是之前两个小鬼出来的洞口。

在外面你们两个上蹿下跳加上个飘忽不定的冰柱，逼得我无法还手，在这里面，我就不信那冰柱还能进来！想及此处，他退身进了洞口，果然那冰柱失去了追踪方向进不来了。

（十）

可没等祁主使细看环境，就见五道光刃和一团剑花一左一右杀了进来。

那光刃是凶猛异常，几乎不留缝隙地向他猛攻，而那团剑花则是紧紧靠着光刃的左路，也不进攻只是舞得开花。

祁主使何等人也，马上看出盛思蕊这光刃攻击虽强，但却只有右路，那团剑花的作用就是保护她左路用的！

这石头通道不高，任凭祁主使上蹿下跳，在这高度有限的环境都影响他鬼魅轻功的发挥，每每身形一动就被罩在光刃的凌厉攻势下。

他也纳了闷了，这小丫头这是搞到了什么邪门兵刃！几次光刃碰到墙上，都是一阵火花几条深沟，这比那些神兵宝器都不遑多让！

还有她的招式，这是何人所授？怎的如此凶猛，招招要命而且毫不回防！要是易地而处，自己使这功夫，对方绝接不了一招！可也幸亏是盛思蕊功夫嫩，他也才能支应这半天。

更令他气愤的是像个大虾般佝偻着把剑舞得密不透风的明墉。

这小子功夫明明不济，剑法说不出的幼稚拙劣，在他眼里就像小孩过家家般。可他就是为了防守盛思蕊的左路，任凭你如何进攻，他就是把剑舞得滴水不漏。

可恨的是他这剑法虽连个攻招都没有，也看似极其简单，但毕竟他只有一套剑法，反反复复总有破绽，可祁主使却要一门心思防备盛思蕊无坚不摧的进攻，根本没时间近身去破他的剑！

祁主使这时想，哪怕自己只有一件还可以的兵刃，就算掷过去，也能把这小子的剑法给破了，可他偏偏没有，只能用掌风攻击。

而这才是最令他不解的，自己锋锐如刃的掌风，怎么能被这两个小鬼频频切断呢？明明掌风是无形的呀？

这既是他的自负，也是他的无知。他的掌风虽无形，却早已练出了有质，要不怎能一下击碎几丈远的东西？而只要是有质的东西都可以被斩断，就看对方斩不斩得到。盛思蕊的"斩魔九式"是千年前就已登峰造极的云裳子所创。不仅是攻其不备，还是倚仗拳甲光刃无坚不摧的质地，专门迎攻对方的攻招。要不是盛思蕊武功低微，祁主使早无还手之力了。

而明埔的招式看似简单稚嫩，却如打盲拳一样，只是填补盛思蕊的攻击漏洞。一旦对方袭来，多数都让她的光刃给接了。再者二人的兵器都是神兵一级，近身交战但凡有质之物只要出手够快都可切断。

祁主使并不知道古时武功中，尚有可用全身气劲攻击的如同"震云掌"等，可一掌挥出如排山倒海，那对方根本就近不得身就被卷得七零八落了。

双方恶斗了一二十回合，明埔先到了强弩之末，舞剑明显慢了下来。

他这剑法是给小孩练的，所以防备都是按小孩身形设计的。他用起来只能像个大龙虾般弯着，十分消耗体力。

祁主使也看到了这点，开始加快向他用掌，企图先把他撂倒再说。可盛思蕊的攻势却没有什么迟缓，加上她的攻势过厉，他只能一路避让后退。

慢慢的祁主使就接近了流动光墙的边缘，到了现在明埔的设计意图看似已经达到了，可他几乎已经耗尽了体力。

盛思蕊抽冷子又是连攻祁主使三招，逼得祁主使退到光墙边缘。

而她的"斩魔九式"整个一套正好用完，也是累得呼哧带喘，拳甲上的光刃在慢慢地减退消失。

祁主使在一开始被三方夹击逼得进了通道，而后又在狭窄的洞里不能尽施轻功，又在仓促间想不出破解之法，这才被逼得一路退到墙边。

他此时见二人累得如同脱力的小马，都开始摇摇晃晃了。心道：你们再有什么邪门歪道，也不就这点儿本事？可我连大气还都没喘呢？

他冷笑道："还有什么本事，尽管放马过来，要不我可要出手了！"

明埔本来的设计是凭借二人之功，把妖魅祁主使逼进光墙里。他功夫不也快接近妖魅了吗？跟妖魔待在一块儿，不是就当回家？

可眼见着就差那么一两步，大计就可实现。谁承想，也就差那么一两步，他们就都累垮了。

这才叫人算不如天算！老天可真不开眼！就这么着又让祁主使占了上风！

他看看盛思蕊，见她双手挂着膝，不住地喘气，可是那拳甲却没有脱落。

难道思蕊还留了一手？他转念一想随即摇摇头，就她那性格忍劲儿，绝无可能！

那就这么认输了吗？明埔多年底层摸爬，多少次艰难险阻都咬牙闯过来了，在他心里但凡还有一丝希望就绝不能认输投降。

他见祁主使正要开步走过来，忙叫道："等一会儿！"

祁主使把刚迈出的脚又收了回来冷笑道："怎么着，又有辙了？"

明塘呼哧带喘道："你……等一会儿，等……我们缓一缓，咱们……再较量个二十回合！要不……要不，我心中……不服！"

祁主使哈哈大笑道："蚂蚁撼象也道自己不服，可是蚂蚁怎么能撼动大象呢？你们呀，还是老老实实地接受我的条件，跟我走吧！"说完他又要动腿。

"等一下！"盛思蕊缓过气来道，"你说要我嫁给你，可强扭的瓜不甜，我是绝不会嫁给你的！你换个条件……"

祁主使又哈哈笑道："姒瑞，我那只是为了得到族主之位的不得已之策！我们只是假的，我对你没兴趣，不信吗？你以前见我碰……"

他正说着，就见光壁里突然伸出两只蒲扇状的巨手，把住他的肩头，一把就将他拖了进去。

（十一）

盛明二人都在外面看得真切，那可哪里是手呀？简直就是巨爪！指甲尖利，表面上似乎附着一层鳞片，就跟婆罗猪的后爪类似，只不过要大上许多。

二人都是满面惊悚地互望了一眼，都震惊得说不出话来。这莫非是天意相助？

正在这时，祁主使的脑袋和一只手痒地探了出来，口中大叫："别……"

二人又是惊得差点儿一蹦，随后就见又有几只形态各异的巨爪探了出来，七手八脚地把祁主使拖了进去。

两人耳畔只听着祁主使的呼叫声渐渐远离，伴随着的还有那令人汗毛发炸的低沉吼声。

"这算是怎么一回事儿呀？"盛思蕊声音发颤道。

"别管怎么回事了，赶快跑吧！"明塘震惊无比道。

二人搀扶着跟跟跄跄地出了通道，明塘赶快扑到古鼎上，一把就把宝匕抽出，只见那通道石门哐啷就关上了。

明塘颤声道："我得找点儿东西把这个机关口给封上，别哪个不开眼的再给打开了！"

盛思蕊见明塘在那边乱忙乎，就道："哎呀，这里除了我们就是离冰，我们不打开，还有谁会？"

明塘这才住了手，盛思蕊却道："离冰呢？"

就听一声清脆的声音："姐姐，我在这儿！"

二人一看，离冰正和巨蚰蜒在通道口缩头缩脑看着。

她招手叫离冰过来问起刚才经过，离冰道："我听到这洞里进了外人，就和大个儿悄悄接近想看看。谁知刚探头，就听见哥哥说那坏人杀了娘亲，所以就忍不住出手了!"

"那你是怎么学会这冰柱把戏的?"盛思蕊奇道。

"噢!我们出去的洞口就在一个瀑布的后面,有一次我说'这些水都是向下流,看着好闷,就没有喷出去的吗'。大个儿听了,喝了一大口,就喷出了个水柱,我就把它冻住,而后发现还能让它动来动去的!以后我们出去就会玩一次这把戏!"

"那刚才事发突然,大个儿上哪里喝水去呢?"明墉好奇,出于刚才相助之恩,他也叫起了大个儿。

"那是它的口水,它口水好多呢!"

这时二人才嗅到这洞里水汪之中是腥臭异常,忙扇着鼻子。

"对了!哥哥姐姐,那恶人就是害死我母亲的吗?"

盛思蕊已经明白,那时明墉肯定是偷眼看到离冰他们躲在通道口,故意那么说的。可为何一提到伤害女人祁主使却不反驳,还有明墉为何提到伤害女人,她就不得而知了。

明墉赶忙道:"那恶人是伤害了母亲!把他困住也是天理昭彰,你也算报仇啦!"

见离冰神色又是黯然,他马上道:"你不想恶人再出来吧?"

"当然不想!"

"那就让大个儿喷口水,把那洞口外面给冻结实了!"

五十五、重聚难欢

（一）

　　明盛二人出了洞，到了外面的天地，顿时眼前雪亮。什么叫千里冰封，银装素裹，他们可是见识了。
　　二人都是少见雪的，见了如此萧杀满天地、世间无他色的大雪，岂有不惊喜的道理？
　　两人互相泼雪嬉闹了一阵，盛思蕊才叹口气道："可惜离冰还是不敢出来！看这大雪也没法玩个尽兴！"
　　明墉道："不过他至少还活得挺安静的，没人打扰！"
　　"要不是我们前路未卜，我还真想带着他，至少不会让他一个人在那深邃山洞那么可怜！"
　　"其实至少他觉得不孤单，你看他和大个儿多好！"
　　"你呀，也太轻描淡写了！再大那也是条虫子，还能真的知冷知热了？"
　　"要是把他带出来，周围人还不得当怪物看他，反而让他留在深山里更安全！"
　　盛思蕊的确是可怜这没娘的孩子，到现在心里还是惴惴不安。
　　在洞中离冰帮他们用大蚰蜒的口水封住洞口之后，三人一虫出了这间石洞，明墉又把最外面的机关合上，从此这两个洞和洞里的秘密就被彻底封闭了。
　　盛思蕊叫明墉把云裳子的尸身葬了，顺便把机关给毁了，省得以后有自作聪明的人误闯进去，那里面可没什么抵御妖魔的兵器了，真要是进去那不是九死一生？
　　不过明墉起初不大同意，经过光壁前那一幕后，他倒是颇有点儿相信一切都是天意安排。别的不说，就说在他们都已经无力还手，等着束手就擒的时候，妖魔们的怪手出其不意地竟把祁主使给拖走了。在那之前，明墉还对老天有所怨咒，可经此一事，他是感谢都来不及，更别提再心存不敬了。
　　他的意思是，他们整个的遭遇经历看下来就是天意安排，既是天意，那就不要忤逆。云裳子这番安排就是为了等有缘人，把它毁了。那即使来了有缘人，也打不开找不到了，这就是违逆先人的意愿和天意。
　　不过盛思蕊和他争论半天还是想了个折中的办法，将那石柱下的石椅改作云裳子的棺椁，让云裳子彻底安息。而后由明墉做块石碑立在棺前，将原来的机关改成了石碑前跪拜的地方和碑身联动，并做了掩饰。后人如果想要表示尊重，跪拜先人为先人打扫碑身方才能启动机关。而明墉又将云裳子的石簪子妥善藏于石碑下,只要机关启动就能找到。

这番工程耗费了二人不少工夫,由于不见天日,他们也算不准时间。只是觉得并无困意,由于体力消耗大,于是又吃了离冰的一顿冻鱼干。

等到和离冰分别之时,盛思蕊就差饱含热泪了。

可离冰却坚决不想出去了,说在这儿又能经常看看外面的天地、花草树木,还有大个儿作伴,最重要的是还没有外人骚扰,出去干吗?

两人在与祁主使一役中充分见识了离冰和巨蚰蜒合作的亲密无间,而且这种攻击只怕是除了祁主使那样武功绝顶的高手,谁也承受不住,于是便放心走了。

(二)

此时外面白炽的太阳晃得一望无际的雪野有些刺眼,二人再次陷入了举目茫茫的境地。

盛思蕊突然问道:"咱们在洞里待了多久?咱们进去时还是狂风刚止,为何外面现在已经大雪封山了呢?"

明墉道:"这可不好说了!里面根本就分辨不出时间变化!"

"可记得祁主使说,他在外面等了七天才进来!"

"这不可能吧?咱们加在一起吃了离冰的四顿鱼干。虽然我们因紧张感觉不出困意,但也不能七天不睡吧?要我看最多两天!"

"我也觉得很奇怪,在洞里自打醒了以后绝没觉得困,而且浑身内力充沛,就算是围斗祁主使把内力耗尽了,可没多久好像自己又补回来了!"

明墉还是不敢说她服食了金蟾内丹的事,之前一直没说,她也没要吃虫,更没有什么异状,那这秘密最好一直守着。

他赶快转移道:"我看那祁主使准是在外面等着等着,突然下起了大雪,雪太大他只好躲进山洞里,等出来还是大雪纷飞,他就犯糊涂了。我可听说,这大雪不仅能让人致盲,还能让人致幻,长时间待在一望无际的雪地里能让人产生幻觉。对了,就跟长时间在沙漠里一样!"

"沙漠里我是知道的,那叫海市蜃楼!因为缺水干燥闷热,外加黄茫一片,人就容易致幻!可雪里,这你是听谁说的?"

"阿克金啊!他说有一次走到极北,到了霍勒金布拉格外,正好赶上十年难遇的暴雪,那次他还在雪里见到了浑身金甲骑着僵尸马的骑兵了呢?"

"这么神奇,要我看够鬼扯!这倒是很幻觉的!那你说祁主使也是产生了幻觉,所以记不准时间了吗?"

"谁知道,他可能也像我们一样,进了某个不见天日的山洞。可没我们运气好,他什么吃喝都没有,饿得连树皮都没得啃,迷糊了就记错了呗!"

"那他见我们的时候还挺精神的？"

"他见到我们，主要是你，哪次不比猫见了老鼠还精神？"

"那倒也是！我也觉得没过那么久！毕竟七天不睡觉，我们谁能撑得住？就是出来前我们不还是小睡了一会儿吗？"

"对嘛！还有离冰那冻鱼干虽然还挺管饱，可也不可能七天只吃四顿就够了？"

"唉，离冰这孩子也没时间概念，不过你感觉到没有，临走时的他比刚见时好像长大了一些？"

"哎，小孩长得快嘛！不是说什么'三个月蹿个头'吗？"

"那也没那么快吧？"

"你是一直太紧张了，所以出现了种种怪念头，这都没什么，千万别往心里去！"

盛思蕊想想，点点头突然又道："那现在是什么时候了？我们要往哪里走？"

"至于说什么时候嘛，我们和严老大他们分开是十月十五，在飓风沙暴里走了六天才出来，满打满算就算在洞里待了两天，今天也不过才十月二十三四，离约定时间可还早呢！"

"没想到你还记得清楚！"

"像我这般在江湖上打拼的人物，时间观念可是要紧的很！"

盛思蕊哈哈大笑道："还什么江湖打拼的人物？笑死人了！"

"思蕊你可别笑！我们这类人是最在乎时间的了！你想我要开哪一个暗锁，一定要掐算好时间，否则……"

明墉说到兴起，又提起了自己的江湖往事，但见到盛思蕊脸色又沉了下来，只得闭嘴。

"你呀！你呀！怎么总改不了？这话要是让徐师父听见了，准瞧不起你！那我的脸往哪儿放？"

"罪过！罪过！我一定痛改前非，让旧事都成过眼云烟！"

（三）

盛思蕊这才叹口气道："其实呀谁还没点儿难以启齿的过往，可过去了就当过去了，日后别走回头路也就罢了。不是说'知错能改，善莫大焉'吗？"

明墉知道她又联想起自己的往事，在那里感慨。

他迟疑说道："那等你和大伙儿见面了，该怎么说我们这段单独行进的经历呢？"

"你说呢？"

"我听你的！"

盛思蕊看着一望无际的皑皑白雪，哈出一串长长的气道："自从老族主亡故，我从族里逃出，这六年来每日与他们朝夕相处，不是亲人却胜似亲人了！义父母和几个师父对我都是极其偏爱，义母呢处处宠着我，感觉比亲娘对我都要好！同门两个师兄和师姐，我们可都像是两小无猜般，每日毫无离隙地学习嬉闹，一起长大，我是真心爱这个大家呀！可如果他们知道打从一开始我就是在骗他们，还差点儿把他们陷入危险之中，他们会不会责怪我，会不会嫌弃我，会不会就不再理我？一想起这个我就怕！我小时候娘走了，虽然在族里也有很多人关照我，还有老嬷嬷照顾我，可他们只是对我如对族里一件重要的器物般，小心照看，可除了老族主我并未觉得谁是真心在乎我的！你没听祁主使在里面说过的吗？我对他根本就什么也不是！他图的就是我身上的东西和我的地位！呵，你说我会愿意当个牌位吗？"

见明墉坚定摇头，她接着道："所以我绝不会离了这个温暖的大家庭而去！我更不想让他们嫌恶我！那关于我们这段经历也就只能放在我们心里吧！"

明墉却踯躅道："可我觉得李大侠和那三位师父不是心胸偏狭之人，你义母就更不是了！你把实情告诉他们，未必会像你想的那样！"

盛思蕊用力摇摇头道："我在他们心里就是小机灵、小捣蛋、顽皮聪明、招人疼爱的样子！我永远都不希望他们改变对我的看法！"

"可我听说毕竟在英吉利你们就遭到过祁主使的袭击，这种大事他们就不会怀疑到你的身上吗？"

盛思蕊叹道："当然会！钱先生早想跟我谈了，可被这一串出乎意料的事给打断了！不过怀疑是怀疑，我自己招认是招认，这可两不相干！"

明墉道："这怎么说？"

"未经证实他们只是猜测，但不会少了对我的爱护！可一旦他们知道还有残存的圣族圣女什么的，那他们就会权衡了！毕竟他们要面对的是祁主使这样的人物不停的骚扰！"

"我觉得没你想的那么严重！"明墉也自小就没了家，也不知家庭里到底会出现什么情况，只是一厢情愿的猜测。

"不管会出现什么，现在祁主使被困进那妖魔光洞里，可能早就没命啦！那我的所有隐患都排除了，再也没有后顾之忧，那我还为什么要再提这些往事呢？"

明墉见她主意已定，也就不好再劝，只道："你说什么我答应就是，在他们面前我一定不多嘴！"

盛思蕊灿烂一笑道："就知道你不会多嘴的！"

"不过……"

"什么？"

"你这拳甲可是脱不掉的，该怎么解释？还有我这把剑！那几位可都是行家，一眼就能看出不是俗物！"

"在洞里这段我们隐掉祁主使就是了，到时你听我的！别看你四处游历，讲故事可真不如我在行！"

明墉笑笑道："你讲故事可是口吐莲花、余音绕梁，我当然不及了！"

谁知盛思蕊却忽地黯然一下道："其实祁主使他还是挺冤枉的！好不容易练成绝世武功，为了追我也是受尽了折磨，最后还落在魔掌之中！他可是真的进了魔窟落入魔掌中了！一位本可以震慑武林的高手，因为缥缈荒诞的复族梦，竟然落了个这样的结局！也挺令人惋惜的！"

明埔叹道："其实从古至今，这样怀揣虚幻大抱负的也是大有人在！可有几个结局不是凄凉的！远的不说，就说红花会，还要反清复明，里面那么多好手，结果呢？现在分崩离析成好多个大小帮会，早就没什么理想了！要说陈近南泉下有知，还不得再气死一回！所以祁主使这回看似死得冤枉，实际总比他等到了那一天，所有抱负努力全成了泡影来得要好！"

"其实很多事只有他不明白，也不愿意明白，族里就包括那些长老族众，哪个不想过安稳日子？谁愿意跟他折腾春秋大梦？"盛思蕊叹道。

"你是说你们族里千年过去，就没人像他这样想过？"

"那我就不知道了！只是我在族里那几年，见大家都有各自忙活的营生，日子也过得不错，也都太太平平的！可能也是我的出现吧，让他燃起了心中那点希望？"盛思蕊倒是话中带着些自责。

"你不必如此说！有野心的总会找到各种由头来实现自己的野心！没你出现，他照样会找到其他途径，这可跟你一点关系都没有！你在他眼里不过是个有利的工具罢了！"

（四）

明埔发现经历了许多事后，盛思蕊竟然变得愿意自省了！这对于一个曾经清高的、只有十几岁的花季少女来说是难能可贵。

他见盛思蕊有些沉重，转口道："不过你这拳甲看着太过显眼招摇，得想个法子遮掩一下才好！"

盛思蕊抬起手看看道："唉！这东西说是个无往不胜的利器吧，又不能随心所欲！不用的时候又脱不下来，可真是愁人！"

明埔见这拳甲在她的小手上，各个光片已经紧密地贴合在一起，在外面都看不到有连接的痕迹，简直浑然天成！

他曾试图找到连接的勾丝把它硬性拆下来，可他用盛思蕊的宝匕试了一下，却发现这家伙好像活的一样，你试图动它一下，它就勾得越紧、藏得越深，根本没法下手。幸亏盛思蕊的手小，否则几次试下来非把她勒疼不可。

他看着这个如同长在盛思蕊手上拳甲，突然灵机一动道："哎，我这儿有点儿材料，不如给你编个手套戴戴！"

说罢他就在百宝囊大褂里搜找，最后拽出一长团五彩丝线。

"这是……"

"这就是那莫姑娘过燕山编绳子用的！我见这东西结实，多留了一些，当时跳崖只用了一点儿，你看还剩这么多，足够给你做个手套了！"

"亏你像个破烂王一样，什么都收着！可我也不会做呀？"

"什么叫破烂王？我只收有用的东西以备不时之需！要不一件褂子岂能够用？"他

边动手理着丝线边道,"还有,你不会编我会呀!"

"你还会干这个?这可是女孩子家干的?"

"我常年孤身漂流,什么缝缝补补都会一些的!你看我这随身还有针线呢?"

盛思蕊惊讶地看着他下手如飞,很快就编成了一个口袋形状的物事,往她手上一套,再拿针线一收边,一个五颜六色、做工拙劣的五指手套就算做好了。

盛思蕊举手看着这个虽然不会掉,但也实在不像手套的东西,微微摇头道:"拳甲倒是遮住了,可也太难看了吧?"

"哎,能用就行!我们身在荒芜,只能这样将就了!"他说着手却未停,麻利的编出了第二只,套在她左手上。只不过这只因为线不够,还短了一截,五指几乎全露在外,看着相当怪异。

盛思蕊有些嫌弃撇撇嘴道:"这不伦不类的!看上去就是个花哨的小口袋套在手上,我还是不要戴了!"

"别介!"明墉阻止道,"江湖人士最讲个实用,你看看这手套在这冰天雪地里又能御些寒,又不妨碍手指灵活使用,简直是一举两得!要我看,干脆给它起个名吧,就叫……就叫'露指套'!此物以后定大行于世!到时思蕊你就是第一代使用的鼻祖!"

盛思蕊倒是被他这番话逗乐了:"还'露指套',你怎么不弄个'露指鞋'呢?好吧,看你一番心意,又说得口吐白沫,本姑娘就笑纳了!"

她话虽这样说,可戴着明墉编好的手套心中却是泛起阵阵暖意。

明墉见她收下了,心下也是大乐,畅快道:"你要是实在觉得难看,等会合了大伙儿,叫那莫姑娘帮你改改就成了!"

话一说完他就觉得造次了,之前大家在一起时盛思蕊对莫沁然那暗中的敌意他是看得出的。自己好死不死怎么提起这个来了?他直想抽自己嘴巴:真是得意就忘形!他们的关系才刚刚开始融洽,自己怎么又勾起旧事来了!

可见盛思蕊却没什么明显的反应,只是道:"那倒不用,我还是觉得你编的这个粗犷有趣!"

她真的当旧事都过眼云烟了?明墉暗忖。可他也不敢再提,只是琢磨怎么换个话头。

(五)

盛思蕊却道:"我们出来半响,山都下了,可该往哪里走呢?"

对!二人此刻面对无垠的茫茫白雪,就算背对着太阳,此刻也是犯了难。

按以前阿克金说的路程,他们应该离目的地霍勒金布拉格不远,可是四顾同色,光靠方向显然是很难判断的。

就见明墉拿出了他那个微型罗盘,看了半天,嘀嘀咕咕道:"我们进山洞时,位置偏了东……现在出来了,位置照之前好像又偏东了一点儿,那这样算……"

念叨了一阵,他抬头远望一指道:"现在呢我们应该向东北方继续走!"

盛思蕊哂笑道:"你玄玄乎乎这么一套,就这么一指,远方可能看见什么呀?能对吗?"

"所以我们要往东北边走边看啊!反正西边又进了戈壁,你总不想回去吧?"

盛思蕊当然也不想,二人只能在快齐膝的雪里深一脚浅一脚向前蹚着,走得很是辛苦。而就算是用轻功,雪地看似结实,实则一点下去稍用力就会陷进去,再提气很别扭。而且一望无际找不到其他借力支撑点,运功也很辛苦。

走了一阵,盛思蕊却道:"我怎么觉得这动一动浑身热得就要出汗了,你呢?"说罢就要脱羊皮袄。

明墉当然知道她体内内力汹涌不绝和浑身发热都是金蟾内丹的后劲哪,他可是被寒风都吹到了骨头里。

不过明墉当时没有如实相告,最好以后就一瞒到底。所以他只是道:"我也有些热!不过皮袄可千万不能脱!我听阿克金说,在极北之地衣服穿得厚实是御寒的,身上就是被捂出汗了,也千万不能脱,否则会寒气入体,非常麻烦的!"

盛思蕊只得放下念头叹道:"以前总听说什么'塞北雪原,轻裘烈马',现在咱们可是只占了前半段,后边一点儿都不搭界!你说严老大他车上也有貂裘狐裘什么的,那些穿着会不会比这老羊皮更轻巧呢?"

"那是一定的呀!不过现在咱们这里什么都没有!等到了镇子上我给你淘弄一件好的!"

"哈哈,说得轻巧,你还有银子吗?那老妪严可说了,一件好点儿的貂裘差不多一二百两,狐裘更贵!"

"那还不容易……"

"你可别又要犯老毛病……"

"好,思蕊,不提了!哎,你看那边好像有一白一红两个影子再动!"

(六)

盛思蕊顺着望了过去,果然远处一白一红两个影子慢慢出现在视线之内。

那红色是暗红,而白色是如雪般纯白,要不是在动着加上旁边的暗红色相衬,几乎和白雪一般看不出来。

二人再仔细看,等两个影子慢慢出全了、变大了,才发现原来这两个都是骑在马上的。

等再走近一些,盛思蕊却惊呼一声:"是师兄和莫姑娘!"

两个马上人显然也是发现了他们,开始往这边策马狂奔。

等要接近眼前了，暗红人影侧身下马，飞奔过来道："思蕊，可算把你们给等到了！"

　　两人看着眼前的秦潇，只见他身罩一袭暗红色的狐裘，皮色光泽，轻柔的狐毛被清风吹拂着，显得是华贵飘逸。

　　再看看后面下马笑着走来的莫沁然，身罩雪白狐裘，细腻柔滑，无论是毛色还是亮度都是一等一的好毛皮。

　　盛明二人跟着严老大的皮货队伍一道倒是长了不少毛皮鉴赏的知识。他们知道秦潇身上的那件是红狐皮，而莫沁然身上这件是白狐皮，这般成色的在严老大的货里是没有的，价值是相当不菲。

　　二人再看看自己身上，都是一身被打磨得略有破损的旧衣，裹着脏兮兮的羊皮袄，幸亏二人在洞里还算是梳洗干净了，但此时一对比还是相形见绌。

　　秦潇先奔过来道："思蕊，明兄，你们可让大家急死了！总算找到你们了！"

　　盛思蕊听他开口叫自己思蕊而不是蕊妹，就明白远近已分，心下一阵黯然，但奇怪的是，她并没觉得难过，也不觉得见着莫沁然有什么怒气，心态除了有些失落还真没其他什么。

　　她微笑着招呼了一下莫沁然，转头道："师兄，你说什么呢？我们这可还没到约定的日子呢？怎么就让大家急死了？还有这么大雪，天寒地冻的，你也好意思折腾莫姑娘陪你一起出来？"

　　明墉在一旁并未开口，先是听秦潇叫声"思蕊"，他本以为盛思蕊会动气，可没承想她竟然仿似无动于衷一般。而后听到她招呼莫姑娘，话里又没有任何带刺带醋的意味，可是有点儿心花怒放的感觉。

　　看起来思蕊对她师兄是真的放下啦！他由衷地为自己庆幸。

　　自从重新上路离目的地越来越近，他心中就一直担忧这件事。他不停地祈祷上苍，最不希望见到的情况可千万不要发生，结果果然是向最好的方向发展！

　　他心里暗乐，想着以后可千万不能再指天咒地了，老天待自己不薄了！

　　却听莫沁然沁人心脾的声音道："思蕊姐姐，都急坏妹妹了！你师兄这两天不停地念叨担心，我也跟着寻出来了。天可见，好人一定平安！咱们总算见到了！"

　　说着她走过来递过两件皮袄道："这是我们在路上为大家准备的，一出来就为你们带着！来，姐姐，明少侠，赶快换上吧！"

　　明墉一看她手里的是一件紫貂裘和一件棕貂裘，虽然不及他二人身上的，但也是相当名贵了。

　　谁知盛思蕊看看明墉，再看看秦潇，转而对莫沁然道："谢谢沁然想得周到，一番好意。可是呢，我们这两身羊皮都穿出感情了，实在舍不得脱掉！真是浪费你一番心思了！还有咱们不必姐姐妹妹叫的那么生分，我叫你沁然，你叫我思蕊，好吗？"

　　这再一次出乎明墉的意料，而听到都穿出感情了，心中那是跟百鸟齐鸣一般，说不出的顺畅。

　　他也赶快表态道："莫姑娘，谢你一番好意！只是这羊皮袄对我们确是有独特的含义，我们还是穿着吧！"

莫沁然根本就没任何动气的样子，依然微笑道："那也罢！我先替你们收着，等到了地方换洗时再用！"

秦潇可能也没料到事情会是这样发展，愣了半晌，还是莫沁然道："秦少侠，咱们可得加快回去了，师父们都等着报信呢！"

秦潇这才反应过来道："对对对，你们这一路没马辛苦，思蕊你去骑我那匹，我陪明兄在下边走走，明兄没意见吧？"

明墉笑着摇头，盛思蕊这回却没推辞，上马问道："师兄你说什么我们晚了，可现在也就是十月二十三四，离约定还有日子，怎么晚了？"

"嗯？你们不会不知道日子了吧？也难怪，你们那一路偏僻，混了也不奇怪！现在可是十一月初一啦，我们都到了五天了，而义父他们都等了七天了，能不着急？"

"什么？十一月初一了？"明墉和盛思蕊几乎异口同声道。

盛思蕊虽然没明墉记得那么仔细，但怎么也想不到有那么大差距。

明墉自认自己常年漂泊，心记颇准，怎么会出现这么大差距？

二人都是摸不着头脑，难道祁主使说的是真的？可自己在洞里怎么可能待了那么久呢？

秦潇道："思蕊你先和沁然回去，我和明少侠地下走，晚不了多少！"

盛思蕊只得和莫沁然骑马先行，临走前她回头对明墉一笑道："你记得我们说过什么，是吧？"

明墉马上回道："思蕊放心，我说到做到！"

（七）

看着二人身影渐渐远去，秦潇不禁暗揣，这二人难道还能有什么不能说的秘密吗？

不过明墉却先说道："这日子我们确实是有点儿搞糊涂了，路上我们遇到了大沙暴，连着多少天，吹得天昏地暗的，断水断粮，随后都迫不得已吃了马肉！你师妹那脾气你还不懂，不能让别人见她出糗，是以就不愿意让人知道这事儿！所以呢，我跟你悄悄讲了，你可别让他人知道！"

秦潇一听原来是这么回事，心下一松，笑道："这个师妹呀，从小就争强好胜，凡是都看不得别人赢她，到了现在还是这样！明兄见笑了！"

"哎，咱们也别兄弟那样称呼的让人头皮发麻，就直呼其名好了！"

"那就听老兄你的！"

"又来！"

"唉！这一路习惯了！"秦潇略有些言不由衷。

明墉笑着问道："怎么？这一路来和莫姑娘兄兄妹妹的、腻腻歪歪的，一路习惯了？"

"别取笑我！我是到处跟人称兄道弟习惯了！"

原来自打秦潇和莫沁然离开长白山后，莫沁然就渐渐发挥出了让秦潇目瞪口呆的能力。

凡到一处强人出没的地方，莫沁然总能让他不经意地显露功夫，惊煞群莽。而后晓之以理，动之以情，让一众草莽欣然折服。

之后就怂恿秦潇跟一些江湖好汉拜把子称兄弟，让他在各路豪杰中都留下名号。

东北的绿林草莽本就性情极为豪爽，喜欢结交。看到这一对人物郎才女貌的，也女才郎貌的，都是欣然愿意好好亲近亲近。

不过可苦了秦潇，他是那种有功夫在身，却有一定书生情怀的，虽然对这一套谈不上反感，可每到一地就与从未谋面的人物拜把子称兄弟还是不适应。

可这一切都是在莫沁然的潜移默化下，看似顺水推舟地完成的，虽然感觉别扭，但看上去却十分自然，让他没法推脱。

就这样一路下来，秦潇至少和十几拨各路英豪成了把兄弟，而莫沁然却乐此不疲，致力于将他塑造成结交满天下的新一代英雄豪侠。

开始时他对此是挺有不解的，如果光是向张聚霖那样的也就罢了，至少他还有份爱民之心。可是有的明显就是一群绿林响马，干的坏事绝对不在少数，为何也让自己结交？

莫沁然对此的解释是，英雄都不是一人就能成就事业的，身边必须有大量的帮手，而且名声更要遍布天下。那些人看似有些下作之举，但谁也保不齐以后会不会用到。现在不费力气就先成就了江湖情义，以后好慢慢筹谋。

秦潇更不懂了，筹谋什么，想自己打天下吗？他可从没这份野心和图谋。

可莫沁然一路却在不停地给他灌输着英雄观，什么乱世当头，英雄当立，什么风雨际会，放手一搏，他听着慢慢也就晕乎了。虽然他骨子里还有些抗拒的火苗，却被莫沁然的软磨硬泡全部扑灭了，心甘情愿地做起了结交天下的面上好汉，气吞山宇的空壳英雄。

而莫沁然厉害的还不止这些，拿着张聚霖塞给他们的两三百银元，加上两套鱼皮衣，愣是让她如变戏法般，多次转手置换了远超十倍不止的大量物品。

就说他们身上的皮裘，加上其他八件，总价远超几千两，可愣是让她用各种手法还光明正大地换到了。

提及此，秦潇像见了分别很久的老友般叹道："我总觉得自己好像浑浑噩噩地跟着她就这么到了目的地，可仔细想来自从救了一众闯关东的难民后，就没干过什么自己真心想做的！"

（八）

明埔笑道："那还不好？一路有吃有喝，有人奉承，又有仙女相伴，你这跟我比过的是神仙日子！还有什么好叹气的！"

秦潇脸现愁色道："你可不知道，每天做着自己不想干的事，那是何等压抑呀？我倒是真的想和你换换，至少还能领略一番自然的肃杀！"

明墉心道可别，就算给我一百个莫姑娘和江湖大哥我都不换！

可他还是说："以前看你的作为，不是很想做个英雄吗？怎么真做起来反而唉声叹气了？"

秦潇叹道："我想做的是义父那样的英雄！快意恩仇，为真情恩义可舍却一切！为了苦难百姓可不假犹豫地出手相助！"

"可你不是也干了拯救百姓的事吗？"明墉说。

"不过在此之后我就几乎变成了个招牌，变成了个旗号！每天都是听着一帮人在海阔天空胡侃，我真不明白这有什么意义？"

"多少人想有这样的招牌旗号，你不知道吗？我想莫姑娘是想趁此机会让年纪轻轻的你在绿林上扬名立万！那以后你要是一声招呼不是响应者无数？"

明墉看他还是一脸愁容，接着说："你看梁山泊里头宋江可是什么真本事都没有，但就是在江湖上有个好名号！结果怎样，还不是振臂一呼从者如云？你可要理解莫姑娘这份苦心！"

他是变着法地替莫沁然说好话，不是他对这仙女一般神秘遥远的姑娘有什么好感，而是他隐隐听出了秦潇心中对莫沁然的抵触。要不是莫姑娘出现，勾走了秦潇的魂，现在盛思蕊还整天和她宝贝师兄腻在一起呢！哪里还有他明墉的事？

不过秦潇却道："沁然这份情我当然是领的，我怎么会不知她处处为我着想？那些结交拜把她都是引导，实际受益者不还是我？"

"那就得了！以后我到东北道上提你秦潇的名号，那可也是有面子的！"明墉顺势开玩笑道。

他听秦潇并没有对莫姑娘产生离隙，称呼也改成了更亲近的"沁然"了！他心慢慢地就放下来了，话语中也露着轻松。

"话是这么说，可我们才十几岁，对真正的世界、真实的江湖还都茫然无知呢，却愣要和一帮草莽混迹在一起，这算什么事呀？"

"况且，"他补充着，"你是不知道这帮人有多庞杂，其中还有一伙常年盘踞在牡丹江一带的真绺子，看样子也快发展成山头了！那可是无恶不作，定是让百姓恨之入骨的！可我还成了里面的九爷！你说这让我情何以堪！"

"那莫姑娘怎么说？"

"她说想成就一番大业，对人就不能太挑剔。总之是但凡以后能为我所用的，都不妨结交！哪个大英豪还没几个三教九流的朋友，何况就是伙土匪呢？再说了信陵君窃符救赵，用的人还是屠狗的朱亥呢？所以不要看人的出身过去，只要能人尽其用就好！"

明墉听这话心里不禁有些微微泛凉，他曾听人说过帝王心术还有什么用人之道等，莫沁然这话倒是隐含了很多阴险的谋略和企图啊！

他试着问秦潇道："那你没把这段经历告诉李大侠他们？"

"当然没有了！沁然说过我义父虽然侠胆义肝，但眼里不揉沙子，这样的事他是断不会允许的！所以必须瞒着他们！"

明墉一听倒是心里轻松：原来这女孩都愿意藏着掖着，也不怪盛思蕊不愿交代过往！跟莫姑娘的心机比起来，她那一套就算是做过错事怕被家里的大人发现一般小儿科了！

不过明墉还是说："那你到了已经几天了，一直都没想过要坦白？"

"我心里也是翻江倒海，几次都憋不住，但想到沁然的嘱咐，终究还是没开口！"

"那长辈不行，你就没和你师弟说说心里话？"

"周炯啊？这一路可能让他闷坏了，都变得沉默寡言了！我都不知该怎么说！"

明墉有点儿惊讶：周炯可是队伍里的直心肠，一向有话便说，他这是怎么了……

不过他想到另一件事，忙问："我们满打满算也就认识了四个月，相处也不过几十天，那你跟我吐了真言又是为何？"

"我也不知道！可能我这些天憋闷坏了，你又是局外人，我就索性都抖了，也轻松轻松！还有就是……也不知为什么，我和你当时就有一见如故的感觉，想和你多说说！"

明墉心头苦笑，要是真和你绑在一起，自己每天不要被烦死！

不过他却说："行了，你也不用想那么多，船到桥头自然直，现在你怎样想都是胡猜，不如等一切明朗后再想不迟！"

秦潇得他似是而非的安慰，虽然还是没法对内心的疑惑找到答案，但说出来的确轻松不少。

他问道："你和师妹两个路上没发生什么离奇的事？"

"还离奇呢？每天过得那叫一个苦哈哈，能囫囵地到达都是运气了！"

"唉！师妹也没吃过这般苦，这次还真是难为她了！"

明墉一听这话，心里不禁泛起气道：你这小子还真是吃着碗里望着锅里啊！之前就听说你还和个洋妞纠缠不清，怎么着折腾了一番，又对思蕊有些不舍了？

他忙道："受罪的都是我！她都快被我供起来背着走了！不信你瞧……"

说罢他袖口一拉，露出手腕处深深的刀伤道："在沙暴里她渴得都快死了，是我用自己的血给她支撑住的！"

这话虽然移换了场景和情境，但过程结果却是没假，所以明墉说得是泰然自若。

秦潇也是一惊，随即叹道："明兄你的这份大恩，师妹必定会感激不尽！"

明墉暗暗摇头心道：这人怎么一点儿都没变，还是有股酸腐的书生气！你说你一江湖人物，有必要这么酸文假醋、婆婆妈妈的吗？

他马上插口道："这个不提了！李夫人情况怎样？几位大侠可还好吧？"

谁知秦潇又叹道："一言难尽啊……"

（九）

李白安他们已经到了七天，还没等他们进入霍勒金布拉格，就见到了大量逃难的当地百姓。

一问才知道，沙俄已经派军队开进了镇里，一番烧杀抢掠后，留下一支军队在此镇守，大部队就向东开拔南下了。

其实霍勒金布拉格以北也在大清的国境内，此处也有驻防旗营。可这些年边境驻防已经名存实亡，沙俄人往来此间甚是自由，霍勒金布拉格就成了个边贸繁荣的小镇，本地也就留着一些税吏和少量驻防军。

而直到庚子这年，清朝宣布与列强全面开战后，黑龙江将军还真派了一营人马来此增防。可东北平原与接近的西伯利亚平原之间，全是一望无际的林海平原，是无险可守的。当营军遇到了装备精良、恶如虎狼的罗刹兵后，是立刻丢盔弃甲、夺路而逃。

在镇里做边贸生意的多和沙俄人打交道，罗刹恶兵看在沙俄商人的面上多少手下留情，除了钱财货物不要性命。但可苦了当地的农耕百姓，罗刹兵对他们是无恶不作，在周围一个村接一个村地扫荡。

李白安早在金殿上就曾偷听过沙俄的密谋，可没想到来得这样快！也没想到一直被朝廷视为祖宗福地的东北竟然说弃就弃！不过他们之前也只不过存有的是幻想，毕竟连皇上的紫禁城都说弃就弃了，更何况别的？

他们没法进镇，也不能去人烟聚集的地方，只得沿北一直找，终于在一处小林子里寻得一处被遗弃的木屋暂时安顿。之后呢他们就分为两拨向东西方向，去接应寻找这两队离散的少男少女。而秦潇他们赶到之后，寻找方向就扩展到了东西南三方。

莫沁然一到虽然给诸位都带了名贵的皮袄，还给心月淘弄了几只老山参，可大家对她的反应却是甚为冷漠，基本都是以礼相待，但看不出热情融洽。

而几位师父整天念叨着蕊儿怎么还不到呀？是不是路上遇到什么凶险了等，挂念之情溢于言表。

除了李白安、钱千金礼节上询问感谢一番，甚至都没什么人想着问问秦潇和莫沁然一道是怎么过来的，发生过什么事。

而周炯却跟犯了呆傻症一般，只要是寻找返回来，就是一个人默默地发呆。秦潇私下想和他热乎热乎，对方却好似毫无兴趣般爱答不理。

大家躲在林中木屋里，日子过得很简陋。他们归队前一路都是晋师父做饭，加上材料有限，虽说不上难吃，但也绝谈不上可口。不过莫沁然到了主动接了烹饪一职，将些普普通通的干蘑菇、野菜干都烹调得有滋有味，可大家就是吃得食不甘味，就连一贯好吃的徐师父都是吃得无精打采。

秦潇对此有些愤懑，沁然如此贤惠勤恳，大家不谢一声倒也罢了，至少得吃的开心些吧？

他没明说，而是每天变着法去寻些山间野味，他们到的那一天已经是大雪纷纷了，野兽多都冬眠了，寻些野味何其困难？

可就算他再怎么努力沁然再怎么用心，大家仍是每日情绪低落。

（十）

听到，明墉笑道："这没什么！几个月的奔波，又前途未卜，再遇上外敌入侵，谁的心情能好？"

"可这样未免伤了沁然的一份热心哪！"

"哎，可是她自己硬要跟着来的！"

"可也不能……"

"我看你就是多心了！大家忧虑都很正常，不必多想！你怎么变得这么敏感了？"

"我……我也不知到底怎么了！"秦潇眼现迷离。

"行了，这回思蕊到了，保准大家都能乐呵乐呵！"

"她呀！以前可是专惹师父们生气的！"

"这你就不懂了！淘气乖张的孩子最惹长辈疼爱，而思蕊才是你们中的开心果！不信你就瞧瞧！"

二人说着快步走着，不久就接近了一处密林，而林中隐隐看到马匹的影子。

"哎呀，他们怎么这么大意，义父可说了每次都要把马藏好！这么明显，被沙俄兵发现了可不得了！"

"咱们快走几步，把事情办了不就得了！"

等二人进入林中深处，就看见里面藏着几间被雪盖得严实的木屋。

二人刚牵马要往树后藏，就听屋里传来阵阵笑声。秦潇吃惊地看了明墉一眼，明墉却做了个我都说过了的表情。

等二人进屋，就见徐三豹、晋先予和钱千金都坐在木墩子上，而一旁本躺着的心月也被垫了皮袭微倚着身子，屋中盛思蕊正声情并茂地讲着什么，逗得大家开怀大笑。

秦潇一看，莫沁然已经到侧屋准备做饭去了，他定了一下，也跟了进去。

徐三豹一看明墉进来了，指着他哈哈笑道："我就寻思着，我的蕊儿要是少了根汗毛，我就劈了你当柴烧，现在看你这小子还靠得住！"

晋先予道："你可真是胆大，在沙暴里竟然敢放血救蕊儿！你要知道，那要是伤口感染不愈你们谁都别想活着！你们可真是走运了！"

明墉一听盛思蕊跟大家讲的，竟然和自己忽悠秦潇的如出一辙，深感心有灵犀，而她这般说，无疑是增加大家对他的好感。

他心下一热，看向盛思蕊，没料钱千金突然道："你这般奋不顾身，可是有所企图？告诉你，蕊儿可是我的心头宝，别想这么着就捡个天大的便宜！"

明墉不知如何对答，忙看盛思蕊。却见盛思蕊根本没瞧他，而是笑眯眯地不作声。

这时心月轻咳了两声，盛思蕊忙过去把心月放躺，给她拽好被子，关切道："义母，您可好好躺着！都是我不好，带了寒风进来，还害您咳了！"

心月却轻轻探出手来，抚摸着她的脸庞道："我的蕊儿长大了！这些天没少受罪，人都瘦了！"

盛思蕊忙把她手放回说："我没事！只要您能好起来，我们做什么都值！"

明墉看着这满屋如一家人般和睦友爱，心中感动完全不知怎么开口。他环视一圈这才问道："李大侠和周焖呢？"

正此时，一个敦实的身影推门而入，口上叫道："哎呀，今天大家可有口福了！我和义父打了只狍子！……哎！你回来啦！四妹呢？"

盛思蕊听声回过头来嘴上不停道："二师兄，就你爱咋咋呼呼，多大个事儿呀，别激到义母！你呀，总是这么冒冒失失，师父们，你们一路也不好好管管教教他？"

钱千金笑道："最爱冒失的反说别人冒失！你二师兄一路不知多尽心尽责！倒是你，让我们好一顿担心！"

徐三豹却道："焖小子，你坐火炉边暖暖，我去拾掇狍子！"

晋先予却问："你义父呢？"

"他说北边一块一直没探过，今天又恰巧赶上了个傻狍子，就让我先回来，他自己去了！"

"哎呀！那边有罗刹兵营，他不会是要去报复吧……"

"哎，老晋，别说不吉利的！白安的手段我们知道，不会有大碍的！"钱千金道。

而后他看着心月道："心月你别急！白安定很快赶回！现在人齐了，我们商量商量，明早就出发！"

心月在被中微微点点头，慢慢合上了眼睛。

（十一）

盛思蕊见如此，悄悄走到钱千金身边问道："钱先生，义母这一路没大好吗？"

"唉！"钱千金起身和盛思蕊到了侧间屋，明墉也悄然跟着。

钱千金看他跟着，并未阻拦，而是进了屋后对他二人说："没更坏就已经是奇迹了！北方严寒一到，她身子更吃不消了，每天白安都得为她续气撑着！我们在此等你们七天，真是都快急得火烧眉毛了！走了又怕你们找不到，留着又怕心月撑不住，真是进退维谷啊！幸好你们回来了！咱们得赶紧上路！"

"李伯母的药还剩几颗？"

"只有五颗了……"

盛思蕊情绪激动，本想说要不是自己服了明墉的一颗灵药续命，还会多出一颗药，但看明墉眼神示意，也忍住没说。

明墉道："那到底去哪里，怎么走，探出来没有？"

"这几天我们东南西三方都探了，你义父哪一方都走了，还走得很深很远，都没有发现那所谓神山的踪迹呀！"

"那是不是传说有误，根本就没有呢？"

"也不尽然，有次我问过一个当地药农，他说传说是有这么一座神山，山上住的都是神仙，可千年来没听说谁找到过，上去过！"

明墉皱皱眉，传说这种东西基本都是捕风捉影，但也是无风不起浪。要不他们走的一路戈壁沙漠荒山怎么都没有神山的传说呢？还有就像他们进的那山洞，别说多神奇了！所以世外还是有奇地存在的。

要不就索性让他们去他们出来的那洞里？那里可是神奇得很，尤其是离冰的那些奇异晶石，说不准也能对治伤有什么效果呢？或者那大蚰蜒按推算也有一千两三百岁了，也算个天精地华的灵物，是不是也有内丹呢？那内丹是否和思蕊吃的一般，有起死回生的功效呢？要是过去，仗着大家之力杀虫取丹不是问题，可离冰就要失去唯一的伙伴了，这可怜的孩子该如何是好？

这许多问题一时从头脑中涌现，他不知该如何是好，就看向盛思蕊。

只见盛思蕊也在看着他，眼光中也像是在询问。

莫非我们心意相通到想到一起去了？明墉暗奇。莫非她喝了我的血还真和我有心灵互通？想到这儿，明墉感觉心跳加速。

可他却见盛思蕊给了他一个像是禁止的眼神。他便不再多想，而是试探地问道："先生这么说，是不是那神山应该在北方了？"

钱千金捋捋胡子叹道："那里其实也是大清国境，可现在被罗刹兵占着，我们带着心月，如何前去呢？白安此番去探，定是要确认个想法。总之不论如何，我们也不能在此坐以待毙了！"

明墉一听最谨慎足智的钱千金都有了下定决心一试的念头，可见这想法在他们几个长辈里已经商量了许久，就等他们来就动身了。

罗刹兵在京城他也见过，并不像罗刹鬼那样三头六臂，试试又何妨呢？难不成对方有……

这时听外面晋先予叫道："白安回来啦！"

几人出去一看，李白安风尘仆仆地进屋，看见盛思蕊也是由衷的高兴，任凭她跟自己叽叽喳喳半天，这才转而对明墉道："明少侠，这一路辛苦你了！"

明墉知道李白安做过漕帮的堂主，还做过官道的将军，一贯以礼待人。

他忙抱拳道："李大侠，您别折煞我了，叫我名字就行！还有这一路还是靠着您传的功夫才能侥幸脱困，我叫您恩师都不为过！"

说罢他就要单腿下跪，李白安忙把住他道："那倒不必！你我都是江湖中人，你的恩师我很是敬重，你不要再拜！你就叫我声李叔好了！"

盛思蕊一听却是高兴了，这下子大家都不把明墉当外人了，她悬着的心也就算放下来了。

其实这些人的确是最担心她，跟着个外人走着茫茫几千里，出了点事情可如何是好？

不过李白安却一力保着明墉，说他无论人品能力都没问题，值得信任。别人虽还有猜测，但既然李白安这么说，也就不好反驳。

此时二人平安到达，又加上舍命相救盛思蕊一事，大家对明墉已经完全当一家人看待了。

他先去看看心月的情况，而后跟众人聚到一起，围坐在木墩上。

大家问着李白安情况，他说北面三十里外的确有罗刹军营，里面只有几十人。但麻烦的是有门炮，而且弹药不少，防备很是森严，又卡着路口，实在不容易过去。

众人一听，李白安是这里唯一打过仗的，他说不容易，那就是很难。大家顿时又陷入沉默。

不过李白安转口道："不过，我在一树顶高处却发现北边却是有点儿奇怪……"

五十六、土行一族

（一）

　　李白安说着捡起地上用于柴火的树枝，给大家做着解释："我在罗刹军营最近处，为看得清楚上了最高的一棵树顶……"

　　东北地域辽阔，四季显著，冬日严寒，一些不耐寒的乔木根本没法生长。而常见的则是杨柳松柏、枫桦榆槐等几种高大乔木。但有一种杉树生长得异常挺拔笔直，虽不太多见，但却往往有高达十几二十丈的高健身影。

　　李白安上的那棵虽然前面有一片古松林，但却如鹤立鸡群般将枯树枝竖向天际。

　　他在顶端将罗刹军营看了个真切，虽然这些洋鬼兵将大清军民视若无物，疏于防范，但光是里面的火力配置就绝不容小觑。

　　就在他用心看军营有何布局疏漏时，时间已过午时，太阳渐向西斜，光芒开始逐渐由西向东射来。

　　这时他感觉眼睛被西北上方刺了一下，他原以为是对方用望远镜将他发现了，正准备下探躲藏。但猛地想起，此处高出军营不下几十米，又在偏东位置，望远镜的镜片反光怎能射倒自己的西北上方？

　　他眯起眼向西北远方看去，可看了许久除了一望无垠的皑皑白雪，却什么都没有发现。远处是一片平原，都没有成林的树木，再远处隐隐好像是有一片下陷，不过也可能是地势的突然陡降。

　　他此刻面对根本没有明显标记物的远方，很难判断距离。这就像在海上一样，茫茫碧海中一望无际，只能靠速度判断距离。而此刻是一片微澜不惊的白色海洋，更加难以判断，只是觉得又深又远。

　　他看着一片纯白，眼睛慢慢都有些酸痛了。这在北方雪原很常见，长时间盯着白色容易造成"雪盲症"。

　　李白安正觉得是自己之前花了眼，刚要下树，一片刺眼的光芒又射到了眼中。

　　他这回可以确认是光线的折射没错！忙手搭凉棚再仔细看。

　　只见这光在西北方的空中猛地晃了一下，之后又闪了几下，接着又消失了。

　　他在英国也算学过科学，所以见此并未大惊小怪地以鬼神莫测直接判断，而是观察着思索起来。

　　白日在自然光下，我们看到的都是由阳光折射造成的。那这空中发出的光又是如何产生的呢？看过去，那发光点在空中高处，四周一片空茫，就算是有个发光体也不可能平白无故地在空中悬浮着闪了一下光，而后就消失了吧？

他再一次看得是双眼刺痛，就在他无法想通，要再次下树之时，那光又猛地晃了一下，接着又是几闪即逝。

他这次可真是吃惊不小，如果一次两次还可以说是错觉，但接连三次总不能都是看走眼吧？

他接着又盯了一阵，这时未时已过，他直到看得双眼都是一片茫白，却再也没看到什么，这才下树潜回了树屋。

（二）

众人听着他奇怪的发现，徐三豹是个武学粗人，对此是全然不在乎；晋先予有心琢磨一下，可确实说不出个所以然；而钱千金却是仿佛陷入沉思一般。

见没人出声，盛思蕊忍不住道："义父，如果确认不是看花了眼，那可就是怪了！凭空出现'几'闪而逝的发光体，还只能看到光闪，而后就消失了！接连三次，这可真的很难用科学解释！你说呢？"

明墉见她望向自己，忙道："李叔和几位师父在，哪里轮得到我信口开河？"

自从众人将他当自己人，而李白安又以叔侄相称后，他就决定要在众人面前表现的尊礼懂事一点。

"想到什么就说！婆婆妈妈的老徐我可看不惯！"徐三豹不满道。

"那我就说说以前的一次经历，或许能给各位长辈一点启发！不过，思蕊，这可是在地下的事儿，你可不要介意！"

盛思蕊想也没想道："这是说正事！赶快！"

明墉接着就仔细回忆详细道来。

那是他跟一伙人下到湘西的一处悬崖里，崖里有一深不见底的深渊。

领头的遮大哥据说是什么探渊道士的嫡系传人，有世代相传的灵符在身，据说能化险为夷极为神奇。

他断定在这深渊里有一处南明朱姓王的陵墓，对此同行不少人是不太信的，南明总共才不到三十年，就有同姓王有闲钱闲工夫，大兴土木造陵了？

不过遮大哥说他考证过，这里本是一个湘西土司备好的安葬处，这朱姓王带明朝残部撤过来后，就灭了土司一族，抢了人家的吉穴，作为自己安葬所在。

有人觉得这说法太牵强，可遮大哥在倒斗行里地位非凡，此次跟着他来的也都是想讨个头彩。

试想现今还有几个没被盗过的诸侯王墓啊？或者说还有几个不是千疮百孔的王侯陵墓啊？如果此番下去真能有所发现，那同行人以后在行里都可以行尊自称了。

明墉反正是被请来破解机关的，他也不太懂这些历史考据。反正打开机关他就收钱走人，至于里面到底是王侯还是马猴就和他无关了。

众人用寻龙绞索将探龙绳设置好，先派两人套上绳索下去试探了一下。

等了约莫两炷香的工夫，就见两根绞索同时动了两下。

这是他们之前约定好的，要是下面太深，在上面根本就听不到呼叫，只要拉动绳索两下就表示平安，而后上面人就把绳索顺上，换后续人马继续了。

这计划很是保险，可谓是有承有接、前后有顾，明墉也从心里暗服这遮大哥，不愧是倒斗界的传奇人物。

可接下来就轮到了明墉和遮大哥，他呢本想在后面下去，那样更加安全。

不过遮大哥说既是前土司修好的墓，又是朱姓王墓，里面可能在墓道开始就有机关或暗锁。尤其是湘西土著的神秘能力一直难为外人所窥，是以要他先下去。

遮大哥看他不情不愿的模样，索性就亲自陪同，给他吃定心丸。

明墉见推辞不过，只得硬着头皮和遮大哥，慢慢沉入漆黑如墨深不见底的洞穴之中。

（三）

二人下去没多久就打开了火折子，只是越往下沉降底下的阴风就越盛，他们收缓了速度，火折子才能摇摇曳曳地保持着。

遮大哥一路呼叫下面，可是一点儿回答都听不见，甚至在这样空旷的空间里连回声都没有。

明墉心里开始发毛，这之前的两个到底下去了没有？是不是还活着？这地下别有什么……

他越想心里越是蹭蹭长毛，甚至感觉浑身冷飕飕的。

就这时，一阵阴风从下面猛地喷了上来，他们二人本还在苟延残喘的火折子都被突然扑灭了。

遮大哥大叫一声莫慌，就掏出另一个火折子要打开，可这风却是又冷又急，他打了几下都是只冒出一溜火星子。

这时明墉掏出了冷莹流石，有了稳定幽暗的光源，二人这才定下神来。

可是四周一照一看，他们却又是浑身发寒。

只见在幽蓝荧光的照射下，四周的洞壁离他们都不是很远。但洞壁上却排着一圈几个大张的巨口。之所以说是巨口，因为都是雕成口的形状，口里面空空如也，黑暗仿佛看不到尽头。再往下看，隐隐约约四壁上到处分布着这种巨口，让人看起来有随时被吞噬的感觉。

遮大哥见明墉害怕，就劝慰他整天在下面倒斗，什么稀奇古怪的没见过，都是一些用来吓人的手法罢了。

不过明墉听他的声音里也是微微发抖，心中不免打起了退堂鼓。

就在此时，明墉看见在自己一侧的巨口中突然探出了一点幽红的光亮。

那光亮就像是巨口里一条只能看见一点的舌头一般，慢慢地探到他的身前。

他大骇，连忙举着萤石用手去拨弄，他的手仿佛碰到了什么冰凉粘腻的东西，可是在萤光的照射下，除了那点光亮，明明什么都看不到啊！

而那光亮好像受惊一般，迅速地黯淡而后退回巨口之中。

这一下把明墉吓得是浑身发颤，遮大哥还要鼓励他两句，可边上一个巨口中也探出了一点光亮！

明墉可是吓坏了，忙抽出随身的钢爪索抛了过去，那爪头明明是碰到了什么，改变了方向，可明墉在荧光下，除了那点像是悬浮在空中的幽光，还是什么也看不到！

他可不管旁边的遮大哥怎么说了，一溜烟就顺着绳索爬到洞外，之后再飞猴似的爬上悬崖跑了，再也没敢回头。

盛思蕊刚听到惊吓处紧抱着双臂，一听这就完了，难免在惊恐之余有些失落地问道："这就完了？"

"都见了活鬼，还不完？"

"那那个什么遮大哥和那群人以后呢？"

"我之后是再也没见过他们！不过听说遮大哥那次是用尽浑身解数，九死一生才脱险，可跟去的那群就全葬在里面了！"

"不过听说遮大哥也失了条手臂，从此意兴寥然，最后竟出家了！"

盛思蕊出了口气道："这叫什么没头没尾的，你到底要说什么，是下墓没有好下场吗？"

（四）

这时一直沉默思索的钱千金突然道："你是说你遇到的东西，除了那点光外，能碰到却看不到？"

"就是这样！"

"这是说正事，你可别满嘴跑马车！"盛思蕊道。

"怎么会？我以前有些经历过于惊骇也不那么光彩，要不是事出紧急，我都不会跟思蕊你说，怎么还会讲假的？"

"这还差不多，以后定要迷途知返，浪子回头，你也看了，这倒斗的就算是什么嫡系正宗也落不下好下场！"她边说还边拍拍明墉的手臂。

明墉心头一暖，正要回些暖情的话，就听钱千金突然道："对了！我在英国看书里说过海中有一种鱼类的身体几乎是透明的，在光线下只能看到脊椎骨骼，甚是神奇！还有个名叫'骨殖鱼'！白安你看到的空中光点可能也是这样，只不过那在空中的物体是透明的！"

透明的？众人都是张口结舌，李白安道："如果一条鱼是透明的倒也可能，但那光悬浮的高度可如山般，难道山也是透明的？"

众人又是一阵议论，可谁也没办法说出个让人信服的理由。

这时钱千金突然道："怎么忘了重要的！"

他起身去另间屋，不多时就把那拼好的丝帛舆图和大清疆域图给端了出来，腋下还夹着一卷纸。

他把两幅图摊好，打开腋下的卷纸。只见上面画的是更为细致的河流山川城镇，仔细看，外面勾勒的竟是东北疆域的模样。

他边用手指边道："那幅舆图年代过于久远，只是标了个大概方位。我按大清域图加以对比，看出最北点一舆应该就在霍勒金布拉格左近！可是舆图标志过于笼统，到底是在霍勒金布拉格的哪个方位实在不知！这一路我沿线将河流山川市镇都记录下来，连续画了详图，再和上两张图一一对照……直到了这里，我有个疑问越来越强。这舆图上明明到这里左上应该有一处山脉的余脉，可大清域图上却没有！而我们一路查看过来，却发现之前的确是有条断头山脉，就在几十里的远处像是被突然切断了，而再北一端就消失了！"

"你们看，"他手指大清域图霍勒金布拉格以北一处虚圈起的地方道："这里有个湖，蒙语叫额仁诺尔，翻译过来就是梦幻之湖！不过这湖并没有什么人见过！"

"什么意思？"众人不解。

"据牧民说族传这里有个神湖，就在缥缈的仙境之下。可是任湖水再美再蓝，任凭你费力寻找，除了被神仙选中，都不会看到！所以才叫它额仁，就是梦幻的意思！"

"别扯了！你都快变老柴火棍了，还能鬼扯！那牧民骑马赶牛羊过去不就一看便知了！"徐三豹讥笑道。

"可怪就怪在这儿，也有很多好事的想去看个究竟，可是都快走出国境了，都连个水影子都没发现，只得讪讪而回！"

"这些人可真够死心眼的，那就不兴换个方向？"徐三豹嗤道。

"可传说就在这一带啊！再往西可就是巨大的贝加尔湖了，那就出了大清国境啦！"

"哎？你这疆域图不是把它扩进来了吗？"晋先予发现问题。

"哎呀，这是康熙五年版，还是鳌拜主持修订的呢！"钱千金道，"康熙二十八年后，贝加尔湖就是沙俄领土啦！坊间都认为版图小了，不符泱泱大国之势、万民心态，所以最流行是这康熙五年版！"

"那你的意思到底是啥？老柴火棍！"徐二豹索性直接这样称呼了。

"哎呀！你们看，这看不见的梦幻之湖是不是和消失掉的山脉最北端在差不多的位置？"

几人恍然，李白安道："难道这传说是真的？还真有实际存在却看不到的东西？这也太不可思议了！"

明埔见几个长辈说话没敢插嘴，他现在可是谨守规矩，不过他心道：李叔，你就别不信了！我之前见过的之前我哪样信过？

他看看盛思蕊，却发现盛思蕊也在看他，二人双目一对，都是些尽在不言中的味道。

"要我看,那有龙的神山,梦幻湖,和四舆之一就在一个地方!你想龙要有水才能存吧?四舆又是上古神地,怎么就不能同出一处呢?"钱千金略微兴奋地一拍手掌。

"不过我听说过旱海龙王!"盛思蕊突然想起了明埔讲过的,脱口而出。

"那都是唬小孩子的把戏!也顺便愚愚民!战国时西门豹治邺就已经痛批了所谓的龙王水神,你们也读过书还信这个?"

盛思蕊瞪了明埔一眼,见他在偷笑,掐了他一把。

"既然目的地就在那里,那我们事不宜迟,赶快收拾动身!"李白安雷厉风行道。

他看了一眼床榻上气息虚弱的爱妻,真是恨不得早日得到龙肝根治了她的内伤。

"这可着急不得!前面还有罗刹兵挡着呢?我们须得好好谋划!"钱千金谨慎道。

"还谋划个什么!前些天听说这帮洋鬼子残害百姓,我真恨不得把他们全大卸八块了!这些天要不是你们拦着,我早找他们算账去了!怎么着,都知道要过那里了,那就直接杀将过去!保管让他们人头翻飞!"徐三豹狠狠地把拳头握得嘎嘣乱响。

"你这蛮货的劲头总是改不了!咱们中就白安真和鬼子打过仗,他得给咱们制订个计划出来!别忘了,咱们还有行动不便的人!咱们跑了几千里,是干吗来了?还真是奔那舆图北地啊?当然是求灵药!可千万别头脑一热,因小失大,坏了大事!"钱千金严厉道。

徐三豹看看心月,没脾气了。

晋先予却道:"我去检查一下枪支弹药!还有各种武器!"话毕人已在外面。

钱千金见李白安也要出去,忙叫住道:"白安,你说你看见那亮光是在午时后未时前?"

"没错呀!"

"这个可需要好好琢磨琢磨了……"

(五)

这时厨间方向门一响,秦潇端着盘子出来叫道:"义父义母师父们,思蕊周炯明埔,咱们开饭啦!"

明埔这才回过劲儿来,难怪刚才一直没听到他说话,原来去帮厨了。

再看盛思蕊却只是微微摇头,没说什么。

接着周炯端口锅出来了,而莫沁然却端了个缺了口的小碗最后出来。

她端着碗走到心月榻前,俯身道:"李夫人,我用狍子蹄筋心肝给您熬了碗汤,您先喝着!"

心月使力略动道:"莫小姐,你可真是费心了,这蹄筋多耗工夫啊!"

见心月难以坐起,盛思蕊忙一个箭步过去,将她扶起道:"义母,我抱着你,让莫姑娘喂你吧!"

莫沁然也不知从哪里淘弄的碗勺，都是粗陶破口的。她小心地吹着汤喂着，一边端着盘子的秦潇却像是看傻眼了。

盛思蕊却瞥见了道："师兄小心点儿，别掀了盘子，浪费了莫姑娘一番心血。你等会儿再看也不迟！"

秦潇被她一说，很是尴尬，忙乱地摆着盘子。后面的周炯将锅一放道："蕊妹，明塝，你们可是有口福了！之前两天大雪覆地，连个野兔都打不到！这下好了！这袍子够我们吃两三天了！"

"可我们明天就要走了！"盛思蕊道。

"去哪儿？"

"当然是目的地喽！"

周炯一听先是一怔，而后马上喜上眉梢道："哎呀！是吗？那太好了！我……我赶快将剩下的袍子肉再拾掇拾掇，加点儿烤肉上来！"

他边走边嘟囔道："这太好了！终于要到了！都快憋死了！就快回去了！三妹……"

明塝听着他一路自言自语而去，心里为他也是一阵凄凉。几个月，只有长辈跟他一起，连个伙伴都没有，可真够苦的。想想自己一路七灾八难的虽比不上秦潇逍遥，可比起周炯来又是天差地别。

这时李白安却把他叫到一旁小声问道："你跟李叔实说，你刚才说的看不到却存在的东西是真的？"

"李叔，我跟思蕊起过誓，绝不胡言乱语！"

"难道还真有这种事情……"李白安有些茫然不解道。

"李叔，我还跟您说，我还见过更匪夷所思的事，但都是实实在在发生的，绝对真实！蓝汪汪透明的人您见过吗？会照射出活动影子的石头您见过吗？我可真的都见过！跟您说，要不是亲眼所见，我绝对不会相信！"

"说什么呢？"这时盛思蕊走了过来，喂心月喝了碗汤，她想等她缓一阵再喂她吃点东西，就见明塝和李白安在窃窃私语就走了过来。

她接着道："你呀又在说什么？"

明塝连忙道："放心！绝不胡说八道！"

盛思蕊看看他，微微一笑，撇头而去。

明塝看她背影，暗叹口气，李白安却意味深长地来回看了他们几眼。

这时就听秦潇叫道："开饭啦！大家赶快来吃吧！"

（六）

饭后，几个长辈在一起商议每日的行动，几个年轻人却有一搭没一搭地听着，仿佛都在想着各自的心事。

不久就入夜了，极北天黑得很早，酉时过半外面就已透黑。

大家相继睡去，屋中挂张帘子，将李白安夫妻隔开，靠着炉火。三位师父靠向门口一侧，而门内一侧则安置着两个少女。至于三个少年嘛，则被安排到边屋与大家隔开。

这种将心月层层保护起来，将两个少女置于眼皮底下，又将少男少女分开的办法定是钱千金想出来的，照顾到了方方面面的隐患，的确老谋深算。

明墉听着一旁的周炯先是唉声叹气了一阵，而后蒙头睡去。又见对面的秦潇顺着房檐缝看了会儿月光，也叹了几口长气，倒头睡了。

他却怎么也睡不着了。这一是没想到在他之前看来，几位师长总是对盛思蕊有些严苛，但她却在长辈心中有这样浓厚的牵挂。再者就是今天这几位长辈显然是已经接纳了自己，当成了一家人。甚至李大侠还主动要自己叫他李叔，这完全出乎他的意料。最后他怎么也猜不透，大家为何对莫姑娘如此疏远。按理说她做了顿可口的饭菜，又勤劳忙碌地抢着为大家做事，怎么说也该赢得大家好感。可是每个却都像是不领情，都是一味地口中客气地谢着"莫小姐"，半分没有什么亲热的成分在里面。

难不成是因为她身份显赫，众人觉得有隔阂？可莫姑娘却是放尽了身段，一副卖力讨好的样子。而且看得出秦潇也在努力为莫姑娘争取，竟然跑过去给她帮厨！这份心意几位长辈不会看不出吧？难不成是因为她身上有诸多疑点，以至于众人不放心？可就从现在看，莫姑娘肯定是向着大家一路的，怎么也不像有外心的样子。

要说疑点，那思蕊的疑点更大。他和秦潇后进来，没听到盛思蕊是怎样和师长说及这段经历的。可他也明白不管怎么说，肯定是漏洞百出，就凭钱千金的睿智洞察，没有拆不穿的道理，可大家就是一味地替她高兴。而且盛思蕊回来后，又是一通卖乖，可大家显然是极吃这套，让她显得犹如万千宠爱在一身。

明墉不禁暗叹：一个是心灵手巧着力逢迎，一个是溜尖耍滑鬼灵精怪，可前者却是不招待见，而后者反而人见人疼。这可叫什么事儿啊？莫非淘气的老幺真的在家里就是这样？平时经常打碎碗碟，到处打架没少让家人斥责，而出去野了几天没消息却让人人都无比牵挂。

他对家的印象已经渐渐模糊，自己也没个兄弟姐妹体会不出，但大家因为对盛思蕊的偏爱，而快速地接纳他这也是不争的事实。

这就是所谓的"爱屋及乌"吧？明墉感到温暖的同时也是倍感压力。自己如能有所贡献也就罢了，可要是拖了思蕊的后腿，那眼前刚刚得到的一份大家庭的温暖可能转眼就会失去。

他想着想着就迷迷糊糊睡去了。

外面的鸦雀仿佛都被这冰天雪地冻住了嘴，整个林子里都是寂静无声。可明墉却忽地睁开眼，不是他听到了什么，而是他常年独身在外养成的习惯，日睡不过三个时辰准醒。

这已经像是他的生物钟了，不管外面的环境是嘈杂还是宁静，都是雷打不变。

他悄悄穿好衣服，蹑手蹑脚地从侧门来到了外面。

此时应该是丑时未到，虽说天黑，但漫天盖地的白雪在月光的映衬下，却将林子里照得如同一幅水墨，万物依稀可辨。

他向林子里边走去，离得木屋远了，这才从背后解下那柄残剑。

剑身刚从包裹中露出，立刻就被映射出摄人心魄的寒光。

在山洞里盛思蕊曾叫他给这口天赐的神兵起个名字，那鼎上不是刻着"冶鈝"吗？那这剑也叫这名算了。

不过他认为那是那口古鼎专属的名字，都由先人刻在上面了，可不能掠美。再说残剑这名也挺好，不显山不露水，剑锋一出却能叫神鬼变色。

他握着宝剑脑中默想着"荡叶剑"的一招一式，整个的套路间隙，想着其中的变化节点。

他在这大家里面武功最弱，现在必须得把这套配合思蕊拳甲的剑法练得纯熟，才不至于成为累赘。

这些年他一直独身一人，并不是没人邀他入伙。而是他既不想成为别人的累赘，也不想他人成为自己的累赘。可是在一个强人堆里，就要不断地提高自己，才能长久地和大家相处。

他想了几遍剑法变化，琢磨了自己还有哪里不顺畅连贯，哪里尚有破绽空门。

（七）

想毕他端起剑就要练将起来，可就这时他听到不远处的雪地里有什么动静。他侧耳去听，那声音是从下至上传来，而且是越来越接近地面。

那是在地下向上刨土的声音！作为对盗墓群贼十分了解的他来说，这声音也是相当熟悉。

等确认无误了这声音后，他踩着雪悄悄地走了过去。心中却很诧异：难道这里会有什么古墓，而且正好有伙盗墓贼在下面开工？

这可是奇了千古大怪了！自己在中原华东游走，从未听说过有哪个专门倒斗的贼伙会盯上关外，尤其是这极北的国境之地！

这原因也很明显，辽金之时虽也有帝王陵墓在盛京吉林境内，就像他和思蕊碰巧在地底遇到的那个。可毕竟这边都是以游牧民族开创的朝代为主，文物远远及不得泱泱中华，就算是穷极身家实力真的挖到了，所得并不见得比付出更丰厚。再者宋朝之后，无论元明清，这里都是游牧族裔政权实际控制，对中原汉人入境掌控极严，是以没什么人愿意冒巨大风险深入东北。

据说在长白山对汉人开禁后的几十年间，有些盗墓贼盯上了这大清龙脉，对传说中努尔哈赤的陵墓有过觊觎。可清朝在盛京还有个东陵，那可是真正明修的皇陵，值钱的宝贝都应该在那里才对。至于盛传中长白山里藏着什么龙脉至宝，阴阳宝鉴什么的，就算九死一生侥幸拿了出来，又怎么出手？

内行都知道所谓的大玄妙、通天宝，一般都是当时的方术师们糊弄帝王的。至于那些能保江山永固的至宝，更是纯粹的笑话，要不中华哪来的朝代更迭？所以有些想不通的蠢贼进了长白山，却是折戟沉沙，再无踪影。不是因为下面真有什么玄奇绝杀的古墓，而是那里几十年一直处在大清和由东瀛支持的朝鲜的边境争端中，一不留神就挖进了别人领土，死得不明不白。

那可能藏有宝贝的古墓大多在盛京吉林一带，而进了黑龙江道上可就真没听说还有人惦记地下的勾当。

那眼下这些挖坑的又是什么人呢？明塘觉得心中突然紧张，自己仅是一人一剑，如果对方有一群高手，对付不对付得来？

不过他还是握紧剑慢慢靠了过去，正此时身后突然有了轻微地响动。

他一惊猛回头，嘴却被来人一把捂住，他定睛一看，原来是李白安！

只见李白安对自己做了个嘘声的手势，而后松开手。

明塘立刻小声道："李叔，那下面……"

李白安打断道："听到了！咱们别叫，过去看个究竟！"

就见李白安足尖轻踏人就到了响动上方的树上，明塘暗叹这份轻功，就算思蕊吃了金蟾内丹，也没有这般行云流水。

他也上了树，不过压得树杈有了响动，而且枝叶上的一大块积雪正砸落在发出动静的地面上。地下的挖刨之声顿时停了，过了好一阵才接着开始。

明塘忙向李白安投出抱歉的动作，李白安却轻轻摇头指指下面。

这时下面的动静是越来越近，也越来越清晰。就听到吭嘟嘟几声闷响，声音似乎是铁锹挖到了木头一般的声音。

就听雪下面有说话声传来："格老子的，总算是挖到喽！"

另一个声音道："你个先人板板，这么大声，吵到人咋算！"

"离木屋好远的嘛，吵个粪球啊！"

"那也不能临门摔跤撒！"

"哎呀！你们莫吵喽，跟两个毛须碰到一块，粘着就斗！"有一个声音传来。

明塘在上面听下面的三个声音，好像是两湖四川一带的，但这些人是怎么聚到一起，他就想不明白了。

其实在明末由于张献忠占据四川，对川人采取了种族灭绝似的大屠杀，使得四川城镇人口十去八九，一些府县几乎变成鬼城。为此他还立了"七杀碑"炫耀这些丰功伟绩，此人算是中华历史上最残暴的草头王之一。

清初朝廷为了恢复天府之国的人丁，就从长江下游的湖北、湖南迁徙了大量人口入川，并在四川世代繁衍。因此四川话中也夹杂了不少两湖方言，甚至不少人还是三种方言混着说，是以不少人都觉得听着混杂。而四川还有不少从陕西关中迁来的百姓，所以四川话除了语音语调和方言俚语外，相比两广、两湖、两江等地，算是最靠近官话的方言了。

就听第四个声音道："好了，你们挨间休息一下，这么个大东西，一路扩洞挖过来，老子可膝帮都打转转了！"

"你这砍脑壳的算个球,老子净看你钩子了!"第五个声音传出。

"你个锤子,回去就能讨婆娘喽!还弯酸!"第六个声音道。

"一路扑爬跟头,终于要出去喽!"

"捡了个这大相因,还紧到说!"

"要不是木屋被占喽!两天前就见到光喽!"

"莫扯,龟儿子们出去再摆龙门正算逑……"

二人在树上听了个杂七杂八,但大概是这伙儿人在下面运了个大东西,本来要从木屋出去,但发现被占了,只得继续打洞直到这里。

明墉请示看看李白安,李白安指着下面微微颔首。

他明白这是要等到这群人出来时一举拿下,他便继续等着。

(八)

再一会儿,只见下面雪地一动,随即积雪向上猛地一掀,一块大木板被推开,两颗人脑袋就出现在个黑洞洞的洞口外。

明墉见李白安一动,立刻也提剑跳了下去。

李白安出手如电,马上制住一人,而明墉随后也将剑架在一人的脖子上。

"哎哟,遇上棒老二喽!"被李白安制住的颤声道。

李白安小声道:"下去!"那人怎敢不从,被李白安逼了进去,明墉忙架着另一个跟着。

此刻洞里剩下四人见情形突变,都是不知所措,却听李白安道:"有会说官话的出来!"

明墉奇怪身为前漕帮堂主,游走五湖四海,怎会听不懂相对容易理解的四川话。

可他不知李白安曾在四川办帮务时,有过一场惨然堵心的经历,最是听不得四川话。

明墉押着的那个举起手,而对面也有一人举起手道:"大哥,有话好说嘛!不要弄个刀刀片片的嘛!"

李白安出手一掌将押住之人击晕,而后身形如电,在狭窄低矮的土洞中瞬间穿梭,将其他三人击晕。

那两个见到对方竟是如此身手,顿时膝盖一软,扑通跪倒哀求道:"大侠,饶命啊……"

"我且问你们,干没干过杀人放火、残害妇孺的勾当?"

那两人头摇得都快甩下来了,连带将手摆得翻飞指天咒地。

"别想瞒我,要是等我自己知道,你们的下场……"

说罢他抽出宝刀,一刀插进旁边的土里,直没至刀柄。

两人顿时吓傻了,要知道这是数九寒天,土地都冻得冰块一样,十分坚硬,这人看似不费力气就一刀插了进去，可见手段之狠辣。

一个哆哆嗦嗦道："大侠！咱们……咱们……"

"干没干过？"

"杀过人！但那都是土里刨活的，没一个正经好东西，都是该杀的！"

"对呀！大侠！真的除了下洞的，别的真没有！我发誓……"

"你刚发过誓！"

"这次是真的，绝不敢骗您！"

"那你们把来龙去脉仔细说清楚了，要是我听到一丝隐瞒，小心你们的脑袋！"

一边的明墉佩服得是五体投地，李叔这般问询手法，干净利索，直接有效。一般人早被震得心胆俱寒，就算是诡计多端的怕也逃不过他的法眼。

他见地洞边上斜斜地插着两根火把，再往地上一看，只见是个四四方方的极为巨大的物体，被洋人常用的油布蒙着，倒是一时看不出什么。

那两人已经开始陆陆续续招认了，还不时互作补充。

（九）

这六个都姓孙，其实是一族人，自祖上就一直在四川两湖一带盗墓。

不过他们的手法十分特别，不像别人那般寻位打洞，而是擅长长途挖洞，对看上的地方来个地下的长驱而入。

这其实与他们族传的规矩有关，别人是只盗值钱的，而他们却是什么都盗，包括尸体棺材无一放过。

要不他们打那么大的洞岂不是浪费，由于这种干法类似于老鼠搬仓，所以道上叫他们"土行鼠"。

明墉奇怪道："我也听说过你们这行不少行家，怎么没你们？"

那年纪最大的道："那些个有钱日子过得巴适，到处搞浪，我们只是老老实实搬运，知道的就少些！"

年轻的一看李白安目中露出的杀气，忙道："大侠！我大哥年纪大了，离不了乡音，您别生气！我们可真没那些混蛋那么缺德，真的干的都是脏活累活。我们家在巴山里，连地都没得，迫不得已才干这行，我小五现在还没讨上婆娘呢？"

"别废话，接着说！"

"啊，是是！"

就在一年前，他们哥们几个就接待了一批湖南来的土夫子，张口就要向他们收保存完好的古男尸。

明墉一听到这儿，疑惑顿起，他和思蕊之前在倭寇营地见过湖南去卖尸体的，莫不是他们？

他忙问道："那领头的是不是姓吴？"

孙五吃惊道:"少侠果然厉害,我都没说您就知道了!就是吴继宗那个生娃没屁眼的!"

李白安颇有疑惑地看了明墉一眼,但没说什么,只叫二人继续。

他们一听一百两收一个,觉得太便宜了,哥几个刨土半个月也不见得找出一具像样的,本不想答应。

可吴继宗涨价到了二百两,而且还有多少收多少。

他们一听做得来,毕竟巴蜀之地阴瘴盘踞之地甚多,而川蜀自古就是尸骨堆积如山的地方,也是富贾王侯频出的地界,所以搞些保存完好的古男尸应该不是问题。

这一族兄弟齐力奋进,甩开膀子干了大半年,终于在四月凑齐了两千两银子的量。

这点儿钱在大贼眼里实在算不得什么,可对穷山沟里的小贼来说可是不少。不但够了家里几年的用度,也足够给孙五讨个媳妇。

他们联系吴继宗,可吴继宗却叫他们过山海关,在兴城海边交货。

这哥几个产生了巨大的分歧,他们哪里去过关外呀,想想凶神恶煞的官兵就怕,到那里别再把命丢了。可这十具男尸可是辛辛苦苦挖回来的,出不了手那可就白忙乎了。

最后他们和吴继宗商定,由他出船,他们押送到地钱货两清。

他们五月出发,这一路足折腾了三个月,其间还遇到为了躲避鬼子的跑船,把放尸首的棺材掉到海里的事。

明墉问:"十具尸体在大夏天里运了三个月,那不早就臭腐了?"

孙五道:"我们兄弟也是担心这个,出发前用石灰都覆了尸体。可没承想在天津外面掉到海里了!我们还想,这下两千两可毁了!凭着侥幸捞上来一看,石灰都被泡没了,可尸体却还是完好的!"

明墉这就又觉得奇怪了,以前他在古墓里见过死而不腐的尸体,但基本都是因为环境造成的,环境变了,死尸是断然不会保持不腐这般长的。

他问道:"你们这些尸体是从哪里挖出来的?"

"在绵阳的西充盐亭一带的山里,好像上面有个叫个凤凰山!"

啊?那不是传说张献忠死的地方吗?明墉又问:"你们去挖这尸体时,上面可有盔甲,兵刃?"

"有个毛噻,要是有那些值钱的也犯不着大老远卖尸体噻!"

"那你们挖出尸体的墓是什么样子的?"

"墓?不是墓里!在地下一个大洞里,里面有个八角形的石盘,好大的!这些尸体有八个被放在石盘周围,两个是站着的。"

"那中间呢?"

"空的噻!"

"除此之外还有什么?"

"这洞顶上还有个大洞,里面骨头棒棒,骷髅盖盖多得不得了!"

"那你们挖这里之前是知道里面有什么吗?"
"就是听说以前有个啥王好像埋在那,还有好多人陪葬!"
"那到底是哪个?"
"谁个知道了!噢,那山上还有个庙……"
"叫什么?"
"哪里知道?我们又不识字噻!就是庙里供着个泥胎神像,穿着好像是个将军!"
明墉奇了怪了,莫非这群人挖到了张献忠的墓吗?而这群死而不朽的就是他的贴身卫士?那个八角形石盘就是布了个大阵,难道这些人是因为这阵才死而不朽的?可阵中不见的又是谁?难道是张献忠本尊?
明墉本就对墓里的情况一直抱着好奇,一听觉得有阵就更来了兴趣。现在思蕊又不在,就想问个究竟。
"那你们进去出来都遇到什么奇怪的事?有没有受伤?"
"奇怪?那倒没有,可是我们穿山进可是花了好几个月哦!"
明墉觉得更加奇怪,要是真的什么神鬼奇局、风水大阵,怎么会轻易让几个字都不认得的土耗子轻易就给破了,还带走了尸体?
他正想继续就兴趣问下去,就听李白安咳了一声道:"继续说以后的!"
明墉这才想起这些都与眼前的无关,忙收起心神,继续听下去。
"而后,我们千辛万苦到了兴城下船,没想到,没想到,却被吴继宗那生娃没屁眼的给坑喽!"

(十)

"别啰唆!"李白安沉声斥道。
"好好好,那姓吴的愣说我们的尸首湿了,不值那么多钱了,要只给一百两一具,爱卖不卖!娘个龟孙儿!一路雨里浪里,能干着来才叫见鬼喽!可是他摆着一副不卖拉倒的架势。我们兄弟一商量,费了大劲运到这里,难道还能运回去不成?只好一咬牙一千两全卖了球去!"
"你们这是被骗了!他早就存心要杀你们价,把你们唬过来,断你们后路,让你们进退两难,不得不答应!"明墉道。
"是喽!我们想了一天就想明白了噻!越想越气,就想一起去找那姓吴的龟孙算账!"
"都过了一天,你们上哪里找?"明墉有点好奇。
"顺着味儿噻!那些古尸的味儿我们土行族人可是最能分辨!"
明墉也是暗暗称奇,这几位加一块都算不上聪明,可异能倒是不俗。
"我们找了六天,终于找到了!不过古尸也没了!想必那生娃没屁眼的龟孙儿给卖了!我们生气!暗想这账一定要找回来!晚上,我们就打洞进入他的客房,将他的行李包袱一起拿了算述!"

"那你们就找到钱了?"

"有个毛!只有个弯弯绕绕的地图,上面标注了啥子也看不懂!还有封信也是看不懂!"

明塽心道这就对了,老跑江湖的尤其是像吴继宗那样做脏活的,哪里有将钱露外的道理?肯定贴身放着的。

"这龟孙是下墓刨财的,那信我们可不敢找人看,直接给烧了。但那图我们认为可能是个啥藏宝图或者古墓图,这生娃儿没屁眼的还能有啥子别的图!然后啊,我们就把标注点给遮了,花钱找了个算命的风水先生给看了,他就告诉了我们地方在这个霍勒金布啥子旁边!"

"然后你们就过来了?"

"对嘞!平白无故白跑一趟少赚一千两,怎么说也得赚回去!手里有了藏宝图还不去看个究竟?"

"那你们到了之后,就直接在这木屋里打洞?"明塽继续问。

"那么痛快就好了嘞!那个图最后标注的地方不在这里,而是几十里外,就是现在被洋鬼子占着的那块!"

明塽一听很是愕然,回看李白安也是不解。

明塽接着问:"你们一来就看见罗刹鬼子把那里占了?"

"那时还没有鬼子,不过却叫好几伙人给占了!"

"什么叫好几伙人占了?"明塽疑惑。

"就是几伙儿大清人呗!我们远远地看着那些人的家伙儿,带的工具,一看都是刨坟掘墓的!"

"呵!"明塽奇道,"看来这图还有不少人知道呀?"

"我们兄弟当时也纳闷,那姓吴的虽是个狗东西,可在华中一带可是有大字号的,他要是看中的东西应该知道的不多才对,怎么来了这么多人,还是好几伙的?"

明塽微思一下,问道:"当时你们拿着那幅图为何要找风水先生看?"

"那搞风水的不是对图熟嘛!还能辨个仔细方位,我们就找了!"

"那他是当时就给你解出了地方吗?"

"哪里!他说要进后堂找古书参详一哈,我们见那里也没别的出口,不怕他跑了,就随他嘞!"

"那他参详了多久?"

"我们都喝了好几杯茶水,他才出来的!"

明塽笑道:"你们也被他骗了!他进去把图给临摹了一份,才出来告诉你们的!"

"啥?你说那龟儿子看风水的也骗我们?"

明塽点点头。他知道江湖中不少看风水的多与盗墓群贼有往来,这也是千古行规。就像是郭璞的《藏经》一样,表面上是给人选风水宝地下葬的,实际上则是详尽的盗墓倒斗指南。也像算命的多与入室窃匪勾结一样,看风水的实际更像是盗墓贼的师爷一般。这种勾结是珠联璧合,堪称完美的行业合作。所以他们这幅图定是被风水先生给复制了，然后卖给了各路盗墓贼。"

明塘问道："你们不信，我问你们，那几伙人是不是都是关东口音？"

孙五琢磨一下道："关不关东哪个晓得？总之比标准官话要干脆些！"

"那就对了！你们的图让风水先生卖给了关东盗客，他们比你们路熟，捷足先登了！"

孙五哭丧脸道："我们还道是吴孙子得了重复的消息，原来这样！这人心可是坏透喽！"

一直没吭声的孙大突然道："都是一群生娃儿没屁眼的贼孙子！"

明塘也不理会二人抱怨，继续追问。

他们几个到了地方一看，目的地已被人占了，而且对方人多势众，就算不是一伙儿的，但看着也比他们关系近。

几人都是悻悻然，要说斗斗不过，回去又不甘心，于是就先往回走走看看，找个落脚的地方再说。

（十一）

这么着，他们就找到了这片林子，发现里面竟有个空木屋，就先住了下来。

当时是不到一个月前，天气还未冰天雪地，他们就开始商量。

既然是宝贝东西，那就一定不在地上，而这图表示的范围挺大，那些人一时也不容易找到。

索性一不做二不休，操上本家行当，直接打条地道通过去。

明塘傻了："你们要打条地道，到几十里外？可不到一个月你们……"

"那有啥子？我们刨那几具尸体可是挖了上百里？'土行鼠'可不是白叫的！"

明塘盯着扬扬自得的孙五，实在是不知该说什么好。

要说这工程，对于别人来说，当时就怂了，可绝难不倒孙氏兄弟。

他们迸发出无比的干劲儿，先在屋中到林中打了条通道，一为试手，二是留足后路，多准备个出口以备不时之需。

结果让他们还挺满意，东北的黑土地树林下山脉岩石少，动起手来极为顺畅，于是他们就鼓足精神开始了三十里地道的征程。

可是他们忽略了天气变化，没多久寒潮来临，土地开始越冻越实，工程推进日渐艰难。

他们途中多次前往目的地查看，却发现那些人只是来来回回打些小洞，而后不断地勘测争论，反正多少天过去了，仍没有多大进展。

这结果倒是又给了他们干劲儿，他们倒是常常讥笑那路人马，什么寻龙定穴、直捣黄龙，都是扯蛋。整天一伙人在那儿瞎分析，乱嚷嚷，哪个都没有多大进展，哪里比得了他们土行族人实干？什么吉穴巨墓不都是在地下？地上说的再天花乱坠最后还不是要在地下见真章?

他们兄弟几个齐心,其利断金,就不相信能比那帮龟孙子后找到!

如此干了十来天,真正的麻烦出现了,他们挖到了一堵连绵的石墙,再也挖不动了。

说是石墙,因为这些石块都是整齐有规则地夯实建成,不像乱石堆般松松散散。

可是这石墙左右各挖了一里都像见不到头,而如果挖出地面绕过去,那外面可是平原,不一下就被发现了?而且土行族人竟然要在地上露光干活,那可是奇耻大辱。于是众兄弟只得试着向下挖,想继续挖到墙根,从下边过去。可是向下又挖了十几丈,墙身还是见不到头,就像是从土里长出来的一般。

他们顿时懵了,要说埋在地下的古巴国城墙他们都挖过,最多也不过十丈深就见到土基了,可这个怎么像没头一般?

明墉听着也是惊诧,地下几十丈深的地方竟然有这么大的城墙?在这东北边陲?怎么可能?自己从未听说过这边有什么古城啊?而且按他们的说法这城墙还极是坚固深邃?那可是个什么情况?

这几兄弟左右下都试了一遍,又不想向上,那只能硬着头皮向前了。

他们填了下面的坑,开始抠城墙石,可是这石头缝隙间不知原来是被什么黏合的,这么久过去了,竟极为牢固,一块石头都分不下来。

明墉问:"石缝里不是用糯米、石灰混合抹的吧?你们总进古墓这个不会不知道?"

孙五坚决表明那个他还看不出?绝对不是,比那个还坚固。

不过他们也没放弃,而是最后想到了自家绝招"封门炸"。

这种民间的土制炸药实际上已经流传已久,而且各家的使用方法不同,效果也是千差万别。孙家这种是专门针对古墓封门的,所以直接以此为名。

等他们埋伏好炸药,设好引线,全员撤到安全处后开始点火。

没多久洞里一阵轰隆之声,他们等烟尘慢慢散去,刨掉被炸落的浮土后,再来到石墙跟前,全都呆了。

"没炸开?"明墉问道,他知道这民间土炸药威力有限,往往都是把旁边炸烂,而主口却毫无损伤。

"怎么会!那可是我们开山钻洞的至宝!从未失手!我们呆住,呆住是因为……怎么说哩……"

"快点儿说!"李白安是根本不想听这打洞盗墓的经历,催促着。

"是是是,那缺口里竟然是空的,而我们把周围石块清开,好家伙,里面有好多条通道!"

五十七、罗刹杀阵

（一）

明墉闻言也是一愣，怎么着这一下还打开了迷宫地道了？怎么还好多条？

孙五接着说他们炸开了墙体，挖开破洞，发现他们置身在一条横向通道里，而这条通道还有出口连着多条通道。

明墉问他这些都是挖的吗？他坚决说肯定不是一般人挖的，要不不可能有那么大，那么多，但具体的孙五嘴拙也说不出。

李白安有些不耐烦了，听他啰里吧唆说了一堆，还是不知情况到底怎样。

他叫明墉把晕了的几个都给绑了，而后叫孙大、孙五带路进去看个究竟。

其实这条通道是意外之喜，如果真能通到罗刹军营上面，那他们倒是可以真的直捣黄龙，省下不少力气。

临行前明墉看着油布盖着的巨大物体问："这是从哪里挖出来的？"

"就是那些通道里放着的噻！"

明墉掀开油布，顿时呆住了。这家伙和他在山洞里看到的一样，是个巨型古鼎，而且看雕饰纹路和那口鼎是如出一辙。

李白安见他发愣，就问怎么回事，他说这个有点儿复杂，等办完了正事再向他一一相告。

他们把几个绑结实的扔到鼎里，用油布盖好，又合上地道口，就跟着孙家二人一起向里走。

孙五说要不是为了运这大家伙，他们早出去了。因为这个太大，只能费时间拓宽地道。

明墉暗嘲这些人真是一根筋，这么大的家伙且不说他们怎么运出去，就是运到了人烟稠密的地方怎么亮相，怎么卖？

不过他想起那洋人油布，就问怎么回事。

孙五解释说这是在洋人占据营地后，他们从地底进入偷拿的。

二人一听他们已经打通到罗刹营寨了，登时精神大振，跟着去看个究竟。

路过木屋上方时，孙五把通道入口指给他们看，那应该就在厨间下方，可是他们进去几天竟未发现，这些土行鼠也真是够本事。

再走了几里，就到了他们所说的石墙边缘了。

从他们挖开的空间看，那可真是一道巨大的石墙。每块大石都有桌面大小，看来他们的"封门炸"还是有些威力，竟能炸开。

不过明墉看来这也是因为石墙修造的时间过久，土腐水蚀才造成的，要不然绝无可能。

可这般大的石墙是哪个朝代哪个城池造的呢？就光说用这么大的石块，这怎么是一般人力能完成的工程呢？可既然是巨型工程，为何世人却全然不知呢？

等他们进了通道，包括李白安都是惊诧不已。这哪里是什么通道啊？简直是地下甬道！

甬道从顶至下近三丈高，两张阔，虽然并不是石砌的，但周围都很光滑，从工艺的精度看不下任何王公大墓。

明墉还在心里考证，却听李白安问道："这里哪个通道通往洋鬼子营寨？"

"其实那三条都能到，我们都走过嘞！不过左边那条最近！"

"那怎么进洋鬼子营寨？"

"我们打通了上面人挖的一个浅洞，用块石板把出口给封上了，打开就是洋鬼子营寨下。"

（二）

明墉还有许多问题，诸如那大鼎到底是哪里来的，他们什么时候进去的，原来上面那几伙人都怎样了……

还没等他问，就见李白安出手两掌，将二人击晕，而后叫明墉把他们捆了起来。

李白安道："我们此行的目的是赶快通过此地，赶往目的地！不宜在此多作停留！你若是感兴趣，等回来再问不迟！"

"还有你把他们捆得结不结实？"

"那是当然！专捆大牲口的四蹄扣，就算他们有家伙，半天也解不开！这些人就算没杀人放火，也是缺德到家的！本来想严惩一下，但心月有伤在身，我想为她积点儿德行！这些地老鼠就看他们的造化吧！"

明墉心道这扣要多结实有多结实，如果想脱困，除非连渴带饿脱了形。又见李白安果然是做事雷厉风行，毫不拖泥带水，心下肃然，跟着他一起去探那左边通道。

刚刚的火把已经熄了，明墉就掏出冷莹流石一马当先，照亮引路。

他走着走着突然见到前方墙壁上好像有五彩萤光照出，那样子就跟他在洞里见到过的光壁十分类似。

他大惊，连忙手握残剑将身体窝成个大龙虾状，使出了"荡叶剑法"。

他舞得虎虎生风，却没见任何动静。等他收剑停下来，却见李白安正一脸不解地看着他。

他知道自己是有些唐突了，让李白安看了个笑话。他心想自己和思蕊的遭遇竟与此间有些类似,那大鼎,还有前方的光壁,此刻莫不如把这些跟李叔说了,也好让他有个防备。

于是他就把在山洞里的遭遇一五一十告诉了李白安,可是省去了金蟾内丹救思蕊、偶遇蓝光小孩离冰、祁主使一路紧追却深陷魔窟等细节。

他最后强调道:"思蕊那拳甲威力惊人,但左路缺乏防守,这套剑法是她教的'荡叶剑',专为自己防身和防住她左路的。我们也试过一次,效果的确不错。就是这身法实在是太累人,只舞完一套就力竭了!"

李白安听完他的讲述,半晌未说出话来,他实在是难以想象这对少年一路竟有这样的奇遇!

要知道江湖武林中人都梦想着能有机会一窥神功秘籍,或者偶得什么上古神兵,可这两个小家伙不知什么机缘造化竟都占了!尤其听到盛思蕊竟然百般拒绝无数人渴求的奇兵利器,而且明墉竟用这无匹宝器耍这大虾般的自保剑法时,更是不知该说此二人是天真好,还是可爱好。

他先去和明墉小心地接近那五彩光圈,等到了近前才发现,那墙上不是光壁,炫彩的流光充其量只有锅盖大小。

明墉长松口气道:"哎哟,看这大小,妖魔的手臂也就刚刚够伸出来,可担心死我了!"

李白安道:"你还看到了妖魔的手臂?"

因为明墉略去了祁主使的一段,自然就没提到怪手伸出将祁主使掳走的事。

此时他见说漏了嘴,忙补充道:"我们靠得近了,的确有怪手从光壁里伸出抓向我们,可被我们避开了!之后我们就赶快溜了!"

明墉不知怎么的,跟李白安说假话时心总是扑通扑通的,甚至觉得有一点歉疚。他也很难解释,莫不是自己真的把他当作师长一般看待了?

可李白安也没做深究,而是和他二人运功,快速在通道里前行。

明墉在用轻功跑动同时,还不忘观察四壁环境。可他越看越是诧异,这通道不但修得十分齐整,竟然还如同管道一般是微微弯曲的!要知道人工挖洞,挖个溜直的还能理解,可挖个以整齐的弧度弯着的可实在是太难了!

他不禁十分惊诧,越看越觉得这通道根本不是普通人挖出来的,倒更像是什么巨型的东西钻出来的!当时清朝根本就没有钻头挖掘技术,那如此古老的通道可能是什么挖的呢?

他不禁想起了山洞中的大蚰蜒,还有洞中十分光滑的洞内通道。可是就算是大个儿比这阔度都差了不少,要是什么巨型生物挖的,那得有多大个头?

他狐疑着,脚上却未停,和李白安两人极为迅速地就来到了通道尽头。

其实这也不算尽头,只是前方还有个横切的大石垒成的墙面。顺着向上看,墙上已经凿出了一些大小孔洞,应该就是孙家兄弟准备用来向上爬的。可这二人却是用不着,几次点脚就已经上到了上面的盖板下。

那盖板是石头的,严丝合缝,从下面看不到一点儿光亮,也漏不进寒气。

李白安拿宝刀沿着边缘轻捅了进去,用力将石板分出一道缝,冷风顿时就钻了进来，再看，却不见外面有一丝光亮。

这时听到远处有嘟嘟囔囔的咒骂声，接着就是一阵刺啦啦的水声。

李白安示意明塘一起又把石板推回，两人下到地面，李白安道："此时外面正是黎明之前，没有一丝光。不过外面刚才是有罗刹兵起夜放水，上面定是罗刹营寨无疑了！"

明塘也很兴奋道："这可好了，李叔，等会儿我们回去，就可以从下面给鬼子兵直接来个腹中开花，可是省了不少力气！"

（三）

李白安叫着他向回走，没走多远突然停下道："塘儿，思蕊教你的这套剑法就是这样佝偻着舞的吗？"

明塘皱眉道："思蕊说那是她小时候学的，所以招数都是短而近身。而且我没有剑法底子，根本就舞不起来，只能那样！"

李白安微点头道："你的确没有兵器的底子，从你用剑就可以看出来，你那是在用傻力气，而不是活劲道！"

明塘一听这是李叔在指点自己剑法，有点喜不自胜，聚精会神地听着。

谁料李白安抽出自己的宝刀，递给他道："你把剑先给我，试试我这把刀！"

明塘不明就里只得照办，他接过刀只觉得入手比自己的残剑要重上一倍，刀身比剑身厚出不少，同样是寒芒刺骨。而半尺多长的刀柄竟全是黄金打造，而且还镶有各式宝珠。

就听李白安道："这刀本来打造是为御用，极近奢美。这刀的刀柄连护手刀头长六寸六，全是纯金的，加上宝珠镶嵌，外观上是皇霸气十足，无可挑剔！但它的不足也在于追求华美，而忽视了重量。这样一把随身佩戴的金刀，皇帝出去时带着自然是璀璨夺目，可是实际交手起来可是不占便宜！你想哪个皇帝是武功高手啊？这么重实际对敌哪里能尽用招式呢？还好它极为锋利！可以说是无坚不摧！这就是我刚才要拿你宝剑的原因。这样的神兵，可是不能轻易互杀，否则定两败俱伤！"

明塘记得盛思蕊也说过这样的话，点头接着听。

"不过它到了我手里，而且我右臂还伤了骨，只能左手运刀，我就要琢磨怎么将它的锋锐无匹用到极致！我之前也没正经学过兵刃，不过也有人指点过用刃之道，辅以我多年的内力修为终于可以将这把宝刀用得得心应手！你这把宝剑，一看就是古剑，而且材质似乎与御赐宝刀同属一类。你功夫尚浅，可还好这剑够轻，只要了熟法门，也能用得顺手！"

他看着明塘笑道："至少不用像个大虾般就能护住全身！"

明塘听得激动得不知说什么好，就听李白安接着道："你要记住'以劲御剑，以气用招'！"

他接着详细解释道:"舞动宝剑的时候,用的不是你的手臂或全身的力气,而是要用手腕配合手肘肩部的劲力协调。在使用招数的时候,同样不是你用力去挥刺每一招,而是要调动你的内力随招而动!这样,你的剑法舞起来不就顺手多了!"

接着他递还残剑,边走边指点明墉每一招剑法的用劲和用气法门。

这剑法只有不到三十招,二人边走,明墉边学,其间李白安还指点了他一些轻功步法的不足和运气的关窍。

等明墉将这一切都记于心间,一套剑法用下来后,也顿觉流畅。尤其是终于能彻底直起身子用完全部招数,还不觉得身前有任何明显的空门时,李白安的传授才算告一段落。

明墉舞着剑,越用越顺手,心中对李白安的感激之情是无以复加。

他之前虽遇了师父救命传授,可加在一块儿不过三个月,之后就是几年漫漫孤苦的江湖漂泊生涯。而李白安刚带他到紫禁城夜探,就不顾一般江湖门第观,传授他轻功法门,那时他就已对这位侠骨柔肠的英雄无比敬佩。而现在他又如长辈般亲自指点自己,完全不嫌自己武功平庸,倾囊相授。他激动得无以复加,直想把他和思蕊经历的事,都告诉这位直性热血的李叔。可是盛思蕊的嘱咐犹在耳边,他冲动了几次终于没说出口。

等功夫都学完,他们已经出了那段天然通道,回到了孙氏兄弟挖掘的地道中。

明墉抢着把捆得如猪猡般的二人拖到石墙最里侧,然后和李白安快步往回赶。

可他走着走着突然想起一件事,忙问道:"李叔,我突然想起个问题!您刚才传授的,虽然能用气劲弥补力气的不足,可要是遇到对方是个外家高手,力大无穷,猛地用重兵器攻来,又该如何抵抗呢?"

李白安看看他,笑道:"果然没看错你小子,真懂得动脑!我们的这套法门,只适合我们!"

明墉懵懂,不解其意,而后看看残剑,好像是若有所悟道:"您是说,只有我们拥有这样的兵器,才能这样用招吗?"

"终于通了,已经不简单了!对了!就是靠我们的兵器!试想现今江湖哪里去找这般的神兵利器?所以只要我们神兵在手就不怕对方的任何家伙!哪怕是偃月刀、狼牙棒、熟铜棍、丈八枪,只要碰到我们的利器就都不在话下!"

明墉叹口气暗道:这是仗着神兵在手,根本不跟别人拼力气!只要碰到我们的兵器,那还不一触即断!

可他随即又想到一个问题道:"可如果对方的招式,快到我根本来不及招架怎么办?"

李白安笑道:"那就需要你不断练习,提高内力,加快速度,不给对方任何透入空门的机会!"

明墉嘘声,怪不得从不见李叔对敌有过慌乱,原来是仰仗身法步法和速度,再配合宝刀,就可以横行天下了!

李白安却正色道:"我知道你在动什么心思!武学之道,本是学无止境!江湖之深,更有高手隐匿!永远不要抱着沾沾自喜的态度,更不要有满足不前的心态!我教你的,只是借用宝刃保命的法门,若真想独步武林,还需要勤奋不懈地修习才行!"

这番教导明墉是全信的,但他可没认真听进去。

什么独步武林、江湖制霸,对他来说真的好比是无尽的财富一样没兴趣。祁主使武功够高了吧?如果不是醉心复族,现在还不知在哪里逍遥呢?李叔的武功人品在江湖上够高了吧?还不是被什么救国大业羁绊着进退两难?

对他来说这一切都不稀罕,他只求能陪着思蕊走遍天涯海角,看尽世间风华!当然他还求能在危难之时,保住他和盛思蕊的性命那就更是谢天谢地了!

不过这话他没对李白安说,而是郑重地点点头道:"李叔的教导我铭记心间!"

(四)

谁知李白安却突然道:"这一路真是要感谢你保着蕊儿!其实我知道你们经历的远不止这些!"

明墉心里咯噔一下,马上盘算着要不要对这位自己真心敬重的人如实招来。

可李白安转口道:"不过蕊儿的事情,她不想说,我也不硬要知道!只要她在危难时记得还有我这个义父和师父们永远在她身后为她撑腰就好!"

明墉看出了这些师父们对盛思蕊的偏爱,可没想到李白安竟对她爱护到这种程度。他感动之下,又泛起了跟李白安全盘托出的念头,可是想到思蕊要是因此嫌恶了他,那就得不偿失了,只得忍住。

明墉咽了咽口水,小心问道:"我看师父们和李叔对思蕊好像有种别样的宠爱,不知为了什么?"

他问完也就后悔了,这话当面问一定不合适,琢磨着怎么补回。

就听李白安轻叹说道:"其实早在她英伦被袭,我们就猜到了她一定有不同寻常的身世。那既然她不愿意说,又是大姑娘家的,我们也不方便问。此后钱先生也曾想试探问过,可几次又不知怎样开口,也就作罢了!直到你们晚到了几天,毫无音讯,大家都是心急如焚!大家也都统一了,再也不去追问她的过往!你想就算她有什么不愿告人的往事,可那时她不过才是个十岁的孩子,又能有什么错呢?这几年我们相处下来,大家都对她的人品没有怀疑,这就够了!况且还有更关键的一点!你知道是什么吗?"李白安意味深长地看着明墉。

明墉一头雾水,连忙摇头。

"本来在英伦,他们四个都是没了父母的苦命孩子,我们都把他们当作家中的宝贵一员,不分彼此、毫不偏袒地照料着!那时她最聪明,也最淘气,家周围连鸟雀都被她抓怕了不敢来!那时我们可没少教训她!可她总是一副漫不经心、乖张嬉笑的模样,惹得师父们还总是被她气到!可就是这段没有她在身边的日子,我们都觉得很是沉闷压抑,都没什么乐趣。就算潇儿他们归队了,大家还是感觉找不到一点往日的快乐!这时大家都明白了,在英伦六年的苦闷日子,是个机灵古怪的小捣蛋带给了我们本就不多的快乐！直到没了这份快乐大家才觉得无比珍惜！所以这回大家重见了她，都是喜不自胜，只想着有她在就好，谁还会管她有什么不愿提的过往？而且有我们在，想着天下就算有人想加害她，也绝不容易！所以……"

李白安眼神恳切地看着明墉道："所以你要好好保护她，别看她整天满不在乎的样子，可再怎么也是个内心柔弱的女儿家！"

明墉听到这番肺腑之言，感觉浑身血脉上涌，恨不得立刻赌咒发誓一定以命相保！可他又觉这样说会让人觉得轻浮，便用力点点头道："您放心，只要我还在！"

李白安看着他，用力点点头。

"可是，李叔，您对我这般照顾，是不是因为爱屋及乌呀？"明墉尴笑着问了这个问题。

"啊？你嘛！你知不知道，我像你这般大的时候，也是个江湖愣头青，愤世嫉俗，天地不惧！直到碰到了恩师，才走上了正途！所以呢，我觉得你跟我的过往有相似之处，也就另眼相待了！"

（五）

明墉一听李大侠把自己的过往都说了，足见心胸坦荡，这才是传说中大侠应有的气概！

他暗自庆幸了一番，才又接着问道："李叔，我见您和诸位师父们都是心胸豁达之人，可为什么好像都对莫姑娘如此冷淡呢？"

他这算是问得越了界了，可明墉显然对此十分介怀。他如果不能让秦潇放心和莫姑娘在一起，这个和思蕊青梅竹马的师兄对他来说就会一直是个潜在的威胁。

"是潇儿让你来问的吗？"

"嗯……反正他不敢问。"明墉耍个滑头。

"你呀小心眼倒是跟思蕊一般多，但倒都是少年的把戏！我们看着虽然幼稚可笑，但也足见你的一份情谊！"

明墉一听被看出来了，更加尴尬。

就听李白安叹道："这莫小姐我在京城才头次见，的确是色艺绝伦、才华出众，也难怪潇儿一下子就被吸引过去了！为此钱先生对此颇有不满，认为潇儿见异思迁未免太快了，有失君子厚道！"

明墉听了心里咯噔一下，原来师长们都认为秦潇和盛思蕊才是绝配。

"可我倒不这样看，年轻人男欢女爱本就是自由，怎样选择也是各人权利，我们怎好干涉？"

明墉一听李大侠不愧是在西方待过的大侠，竟如此看得开！

"但关键是双方要坦诚相待，不能藏着掖着！潇儿这小子涉世不深，情根'乱'种虽情有可原，但如果对方并不像他想的那般单纯又该如何？"

明墉听李白安话中似乎对莫沁然有所疑虑，就细心听着。

"莫小姐以李大人家亲眷自居，可我们观察她虽然大方得体、优雅从容，可是各方面本事可就与大家闺秀相去甚远！心月曾跟我提过，就算宫里绣织局挑中的宫女，经至少三年的严苛训练，尚且赶不上她的手艺。那她一个养尊处优的大小姐怎么吃得了如此苦头？"

"可她说母亲家是丝织世家，从小传习也不为过？"明墉不想把这仙女般的姑娘往坏处想。

"这还是轻的，她最让人生疑的是深藏不露的功夫！她的轻功无论怎么掩饰，都不是出于中原常见的路数，根本就看不出来历，而且功力绝不下于潇儿！蕊儿也跟我们瞒着她早会功夫的事，可她那些都能看出是中原的一脉相传，而且都是些有过名师指点，但没练到家的皮毛。可莫小姐却截然不同！试问她一个大小姐如何练得奇门武功？可她要不是大小姐又如何对李大人隐秘的家事如此清楚？"

明墉无言以对，这可真是个棘手的问题。

"所以呀我们也不是防备着她，只是大家都是直肠热血的人，实在看不得有人隐藏得这般深！"

"那您们为何不提点一下秦潇？"明墉道。

"谁都经过那当局者迷的时候，说得不当效果适得其反！只能慢慢观察，走一步看一步了！"

明墉一听这群大人原来怀着这般心思，心又沉重起来。

若是他们寻得莫姑娘隐藏的蛛丝马迹，尤其是钱先生，又起来搅和，生生拆散秦莫二人，那思蕊会不会又会回头呢？

"不过！我们还是不愿把个少女往坏处想！只要她不是居心不良，那我们也乐得睁一眼闭一眼，索性成全了潇儿！"

明墉一听这话，心里又砰砰地蹦开了，暗道：李叔，你说话不要大喘气，瞧把我给吓得！

不过他却附和道："李叔，我看那莫姑娘没什么坏心！多半是少年人好奇历险的心态罢了！要知道能有几个能深入北疆，有这样一番见识历程呢？"

"不是最好！不过你倒是提醒我了，等下回去要几人对莫小姐不要那么疏远！毕竟她又给买珍贵皮草，每天又忙着做饭，怎样都要表示些善意，要不显得我们也太心胸不达了！"

二人一路快走说着，很快就回到了木屋下。

（六）

等他们掀开厨间的盖板出去，把正在里面烧水的秦潇吓了一跳。

他极为吃惊，早上起来就不见了他们，钱先生说出去找找，可徐师父却说他俩出不了事，让大家该干吗干吗。

这不盛思蕊一早和莫沁然出去找蘑菇了，周烔去外边卸着冻肉，几位师父在打点行装，而他就在厨间烧水，正好碰上。

等众人听说他们一早发现了土行族打的密道之后，都是又惊又喜。

谁也不曾想到，在他们身下竟一直有一伙在刨洞，而有了这个洞他们就可以不费吹灰之力杀进罗刹营内。

还有最关键的，心月终于不用受这几十里雪路的罪了。

几人刚才还在商量，这雪如此厚，马车行动肯定不便，要怎样才能拉着心月安全快速到达目的地呢？他们直到进入木屋都没有下雪，自然不知道东北边民还有狗拉爬犁这么个办法。可就算现在知道，又上哪里去找狗呢？

现在好了，问题都解决了。

不过他们进了地道，出了罗刹营地，继续往西北，那马和车辆可怎么办呢？

这回周烔自告奋勇，在上面驾着车马靠近，等他们把营地端了再会合。

众人怕他一人不够，直到徐三豹也愿一道陪同，大家才放了心。

这餐还是莫沁然做的，松蘑炖狍子肉。这松蘑她先用炉火烘干，才加上一起炖，她说这样可以去除蘑菇本身的毒性。

也不知是不是李白安跟几个师父通过气了，几人对她的手艺都是大加赞赏，对她本人更是一顿夸赞。

莫沁然倒是一副宠辱不惊的样子，可秦潇却觉得心下飘飘然，自己吃饭都觉得比前几天香了。

明墉惴惴的心可算是放回了肚子里，可盛思蕊却看出了不对劲儿，悄悄问他一早和义父干吗去了，说了什么。

明墉粗略地说了下收拾"土行鼠"的经过，又说自己是因为要去练熟那套剑法，才有此奇遇的。而且李叔还指点了他怎样用剑，现在她可以放心和他站在一起了。

盛思蕊听义父亲自指点他，知道他已完全被大家接纳，心中也是欢喜，饭吃得格外热闹。

几个少年各有心思，但却都谈笑风生起来，完全不似马上要去跟罗刹兵来场血战一般。

几位师父也是兴致盎然，就连心月都坐起来多喝了一碗汤。

众人用完饭，辰时已过。众人依计划行事，他们小心地把心月吊下地道，躺在由莫沁然扎绑好的担架上固定好。

明墉一马当先地会同秦潇前后抬着，李白安、晋先予居前，莫沁然和盛思蕊断后，钱千金则跟在担架旁边。

一行人快步走着，还轻松地有说有笑，完全不像是要去开战的样子。

盛思蕊问道："义父、晋师父，等一下我们怎么开打呀？"

李白安道："应该都不会用到你们两个姑娘！"

晋先予也道："如果从外面强攻还真得谨慎些，可内部开花还有什么好怕的！"

"那义父、师父们也和罗刹兵交过手吗？"盛思蕊道。

"京城时,看见作恶落单的的确收拾了一些,不过我除了英日德兵,其他的军服分不出来!"晋先予道。

"我是在威海卫时老兵告诉我的,俄语救命叫作'爸妈给及',我只要一举刀,听到这句就是罗刹兵了!可没几个有机会说出来!"李白安道。

"爸妈给及,太可笑了!不过要救命时喊爸妈,各国倒都是如出一辙!"盛思蕊笑道。

几人听她这么说,也都哈哈笑着。

不过一边的莫沁然却是脸色有些凝重,盛思蕊一瞥眼看出来了,问道:"沁然,你怎么了?不舒服吗?"

这两天她和莫沁然倒是化干戈为玉帛了,相处很是熟稔。

"那倒没有,可我们这毕竟是去打仗,各位师长们怎么的也要筹划一番吧?"莫沁然谨慎道。

"哎,用不着!那俄国罗刹鬼也是鬼,鬼子兵不就仗着火器厉害吗?我们从里偷袭,杀他们个措手不及!"

"对了!潇儿,你拿上两把长枪,等下专找上面的打!"晋先予满不在乎道。

"好像思蕊枪法也不错,你也一起配合你师兄吧!"钱千金插话道。

"我?就不献丑了。记得沁然的枪法也好,你和师兄双打吧!"盛思蕊边推辞边推给莫沁然道。

"为师觉得你行你就上嘛!"钱千金还不死心。

"也别争了!反正有六把枪,每枪三发子弹,你们三个每人两把枪,我和白安就不用了!哎,明墉,你用什么家伙儿,是你缠着的那把剑吗?"

明墉见晋先予相问,他没打过几枪,正想说有剑在手听候安排。

却听李白安道:"等会儿我们上去了,下面也必须要人照应!明墉你和蕊儿就留在下面,保护心月和钱先生!"李白安道。

这样一说,大家都觉得可行,唯独钱千金还是有些欲言又止。他看看秦潇,看看明墉,又看看盛思蕊,再看看李白安,终于叹了口气,不再说话。

(七)

这一行直到快接近罗刹营地下方,才噤声开始准备。

李白安抽刀在手,晋先予握着宝剑,秦潇和莫沁然各持枪在手。

各人的眼里都很肃杀,唯独莫沁然有些神色凝重。

秦潇以为她对杀这些洋鬼子有些顾忌,毕竟一路过来还没见她怎么真杀过人,于是轻轻拍拍她示意不要紧,一切有我。

莫沁然只是轻轻点点头,没再说什么。

准备停当,李白安和晋先予小心地推开石板,先后如箭般蹿了出去;秦潇紧跟着，莫沁然略一犹豫也跟了出去；心月和钱千金被安置在离出口较远的后面，以保证绝对安全；而明墉和盛思蕊则戒备在出口下方，随时蓄势待发。

上面已经传来了阵阵枪声、砍切声、惨叫声，唯独没听见炮声。

盛思蕊松口气道："看来义父已经把最大的隐患给解决了！这下我们可高枕无忧了！"

明墉道："其实我还挺想上去练一练，好试验一下李叔的指点！"

"还印证什么？义父教你的还有错？"盛思蕊不屑道。

不过她转而问道："路过看到墙上的那个锅盖大小的光圈，你们探的时候就发现了？"

"没错！当时我远看还以为和洞里那个一样大，吓得不浅，用出你教的'荡叶剑'自保，李叔这才看出我用剑的问题所在，加以指点！"

"你说这里离山洞说远不远，说近不近，这光洞是不是也是那些妖魔准备的出口呢？"

"我看也有可能！他们在地下，指爪又锋利，又探出一个也说不准！"

"可是如果说这些妖魔在地下探洞，那洞口的光墙又是怎么形成的呢？为何妖魔就冲不出去呢？"盛思蕊很是疑惑。

"这可真是说不清了！咱们一路遇到太多说不清的了，根本没法用常理去看！你看刚才那个光洞，如此的小，妖魔肯定是出不来的！可就凭它们的能力为何不去拓宽呢？那对它们来说，可是举手之劳呀！"明墉疑惑道。

盛思蕊思索一下道："我在英国图书馆里看杂书，就有记载远古的封印什么的。当时看了以为是编童话唬小孩，没承想还真的见到了！可惜呀！当时读书都是走马观花、毫不细致，要不也能参悟个一二！"

"其实呀除了那光墙光洞，这里的地下通道更是奇诡！就光我们看到的就有三条纵向的，都连接到一条横向的上面。这些通道按施工难度来说，简直都不是人干得出的！就是这样一条，帝陵的修造水平都不知要多少能工干上多久！还有外面那堵深墙，那些巨大如车的石块是怎么能修造起来的，那得需要多少人工呀？"

"你就不兴哪个帝王也想做个震古烁今的巨大工程？秦始皇修的长城不就是一个吗？还有隋炀帝挖的大运河！"盛思蕊推断道。

"那也说不通呀！秦始皇时长城没这般规模，这是多少朝代给完善的！还有那城墙砖怎么着也是常人能拿得起吧？可这巨型墙砖，几个成人都拿不动，更别说层层垒叠修墙了？"

盛思蕊回忆道："我在大英博物馆里看到过埃及木乃伊和金字塔塔砖，还有不少珍贵文物，都是英国探险家从埃及运回来的。当然说是他们发现，还不如说是他们趁人家愚昧弱小给抢回来的！那金字塔砖个头也不比这墙砖小！照样还不是建出来了！"

"那有没有介绍说是怎么建出的？"

"那倒没有，据说考古学家还在研究，都成世纪之谜了！"盛思蕊道。

"那就是了！用这么大的家伙建成城墙或者塔，哪里是能够想象出来的？所以呀这地道里也很是奇怪呀！"明墉有些担心。

"哎呀！别琢磨了！这世上想不清楚的事不知多少？就说我的拳甲，你能想得明白？还是别费劲了！"盛思蕊一想起这要命的拳甲就有些意兴寡然。

"唉，也对！咱们还是自顾门前，把眼前的事做好再说吧！"明墉讪讪道。

这时远处的钱千金突然喊道："你们两个看住洞口，不要在那里窃窃私语分神！要是把罗刹兵放进来那就糟了！"

盛思蕊回喊道："钱先生您放心，义父他们在上边都收拾得差不多了！你听枪声都快停了！"

钱千金的声音又传来："那也不能掉以轻心！须得谨慎为上！"

（八）

而就在这时，洞口突然一阵窸窸窣窣的声音，一人探头进来，明盛二人正要循声去看，就见一杆枪口向里面伸了过来。

盛思蕊大叫小心，拉着明墉向后退。

就听"砰"的一声，地上土石溅起，竟然有个罗刹兵在朝他们开枪！

此时二人已躲进通道里，看不到出口上方，只听见又是砰砰两枪打进来，但都打在了通道边缘。

二人一听，原来还不止一个罗刹兵发现了这里，正在上面进攻！

就在盛思蕊试着探出枪往上打时，一个冒着青烟连着木柄的铁疙瘩从上面丢了下来，而后就是罗刹兵呼叫着躲开的声音。

明墉没见过此物，正要看个真切。盛思蕊却一惊道："会炸！快趴下躲避！"

什么，会炸？明墉脑子飞转，但是脚下却慢了，他眼见那铁疙瘩烟冒得越来越快，心急起来，直接就舞开了手中的残剑。

只听得"轰"的一声，明墉眼见着那铁疙瘩炸开，铁片四溅，直奔他身上招呼！

他把剑舞得飞快，铛铛几声似乎把铁片都切落在地，但爆炸的冲击力还是把他弹飞起来。他手上还不停地舞着剑，无法调息，在空中重重地摔到了地下。

这一冲一摔把他搞得是眼冒金星、浑身闷痛。而他距离炸点很近，爆炸声还震得他耳朵里嗡嗡作响。

盛思蕊忙起身奔过去道："你没事吧？手雷也不知道躲？没伤到吧？"

明墉躺在地上，耳朵里一团嗡响，只看到盛思蕊嘴唇翕动，却听不见声音。他使劲儿地摇头，努力从地上爬起来，又用力地压耳朵、捅耳朵，过了好一阵外面的声音才传进了耳中。他摸摸身上，好像是没有一个伤口，除了被震晕了一下，仿似毫发无伤！

他拍拍土刚站起来，就见到通道口已经露出了一条腿，那是穿着军服马靴的腿，不是罗刹鬼子还是谁人。

他大怒：奶奶的，不知用什么暗器来袭击，差点儿把我炸聋，此仇必报！

他剑随怒起，身前一团剑花就向下来的鬼子扑去。

那罗刹兵丢了手雷，听声音爆了，料想是里面的人都被炸残了。可上面却有人一枪将他旁边的同伴打倒，还有个提着刀的跟飞一样扑了过来，他惊骇至极，直接就钻了下去。

可还没等他脚完全落到地面，就听身后一阵呼呼的风声。端枪一回头，一团钢铁光影就直奔自己而来。

接着他就看到了此生最恐怖的事！

他眼见着自己的枪瞬间变成碎段，而后在还没感觉到疼痛之时，就看到了自己变成几段的手、手臂翻飞起来，而后眼前一黑，来不及发出任何声音就什么都不知道了。

明墉只是一时震怒舞开了残剑直扑过去，并没来得及想是什么结果。但等他看到那罗刹兵变成一堆肉块跌落一地，心下是惊恐莫名，连忙收了宝剑。

他愣愣地看着，只是心扑扑乱跳想着：这残剑竟如此厉害！转眼间竟像切豆腐般把人给切碎了！

这时李白安的身影已落至他身侧道："没事吧，你？这鬼子太狡猾，竟躲起来偷摸袭击通道口！你……"

说到这儿，他也看见了眼前的情景，心中也是大骇！

他知道明墉那点剑法只是仗着宝剑锋利自保用的，可没想到这剑竟锋利若斯！

回想自己用这把宝刀痛宰鬼子的经历，自己的刀无论如何都没锋锐到这般程度！

他看着惊魂未定的明墉，知道他也被自己手上这把剑吓傻了，轻拍他肩膀安慰道："这是好事！不需如此介怀！"

这时盛思蕊也奔了过来，李白安怕她看到如此骇人的一幕，忙道："别看了！快去帮忙把你义母他们一起送到上面去！"

到了顶上，秦潇在收集枪支，打扫战场。此次一役，由于出其不意，己方毫无损伤，毙了罗刹全营三十余人。

除了那个一不留神偷偷钻了空子的罗刹兵往地下扔了个手雷外，对方多数都是来不及抵抗，就被一招致命。

李白安吩咐几人到营寨帐子里看看可还有什么活口，他对稍微缓和一些的明墉悄声道："你那把宝剑不啻于杀神化身，以后使用起来可一定要谨慎小心！"

"那我这把剑比起你那刀来如何？李叔？"

"威力要强上不少！你那剑一看就是个古物，等回到中原找个懂行的给看看，据我所知现在根本就锻造不出如此锋锐的宝器！"

"那您一定用过东瀛刀，与它比起来又如何？"

"简直不堪一击！"

盛思蕊看着那边一直盯着残剑，还有些发呆的明墉道："你也真是的，对方丢了手雷，你就要赶快卧倒趴下！这回没事算你走运了！下次可千万要记得了！"

明墉根本就不知道那个冒烟的铁疙瘩就是什么手雷，只是经此一事他算是记住了。

不过不光是他,很多人都不知道这种古董武器还在使用。手雷又叫手榴弹,盛思蕊他们在英国看军事展览都见过。

不过此物最早是在中华发明的,早期的江湖暗器"掌中雷"就是一种变体。

但由于欧洲的军事科技尤其是半自动武器的快速发展,这种用于壕垒对战的兵器渐被束之高阁,不知这罗刹兵为何还在使用。

(九)

这时晋先予从一间搭建的木屋里,拽出个被绑着的俄国人。

只见此人一脸惊恐,嘴里哇啦乱叫,穿的不是军服,显然捆绑他的就是罗刹兵。

他听到了外面的动静,这时又在外面看到这一票凶神恶煞的大清人,再四顾周遭已经没一个活的俄国兵了,吓得扑通一声跪了下来。

他嘴中叽里咕噜不知说些什么,大家都不明白。

这时徐三豹和周炯已经驾着车赶到了,周炯一见同伴转眼就平了罗刹营寨,十分欢喜。

可徐三豹却为没给他留一个过过手瘾心中憋着气,此刻见到还有一个活的,马上就要拉出去给锤死。

那人见对面黑塔般大汉拿出个水桶般的大锤对着自己,吓得放声叫道:"不要杀我,我不是士兵!也是被他们抓来的!"

几人一听此人原来还会说汉话,就叫他如实招来。

那人自称是在霍勒金布拉格做生意的商人,被士兵抓到这里等着被押回俄罗斯去。

徐三豹嚷道:"谁信你个黄毛胡说八道!他们怎会抓自己人?你定是想活命,故意编出这些来骗我们!"话毕又举起大锤。

那人忙叫道:"我没说假话,我是俄国民意党的,我们是反对沙皇的!我们革命失败后,我躲到大清边界来。没想到沙俄竟出兵占了霍勒金布拉格!我被一个军官认出是通缉犯,就被抓了等着他们押回莫斯科领赏!我们一直反对沙皇的残忍暴行,野蛮扩张行径!也是愿意与贵国和平友好相处的!"

几人一听此人竟是反沙皇组织的,就是与这群侵略的鬼子对着干的呗,况且他还被绑着,显然就不是敌人,那就放了呗!

一直没作声的莫沁然上前问道:"你们组织其他人呢?"

"早就四散藏匿起来了!"

莫沁然听到这个答案脸上露出一丝不易察觉的失落之色。

几人问起他怎样打算,这里就这一个罗刹营寨等问题,那人突然奇怪问道:"你们不是把外面的骑兵消灭了,最后才把他们的营地给铲灭了的吗?"

众人一听还有什么骑兵,都面面相觑,纷纷摇头。

那人一见他们竟然都不知道骑兵，脸色顿时由刚才因为冷怕的僵白变为铁青。

众人见他神色有异，忙问究竟。

那人叹道："沙俄士兵里骑兵才是主力！这营里留守的实际都是些后勤补给人员，你们并没有见到他们的主力部队？"

众人最早也在这里七天了，哪里见过大队骑兵？再问究竟。

那人呼气道："天呐！原来你们不知道骑兵的存在，难怪敢袭击这里！我劝你们赶快走，趁骑兵回来前赶快走！要不你们就都走不了了！"

李白安一听骑兵立刻就想到了蒙古骑兵营，在与西洋鬼子的对抗中，就连最厉害的僧格林沁蒙古铁骑营都惨败几乎被灭，那骑兵在现在这火器战斗中可有什么大不了的？

那人摇头道："你们没见识过！还是赶快走吧！快点！越快越好！多谢你们救了我，我要赶紧逃了！"说完就剥下个死尸的大衣皮靴往身上乱套一气，而后撒腿便逃。

大家见这人落荒而逃的架势，仿佛是真有什么大祸即将临头，都是大为不解。

晋先予问道："白安，这沙俄骑兵真的如此厉害吗？"

李白安摇头道："我是海军，哪里见过骑兵打仗？可现在都是火器战争时代，骑兵真的有这么大威力吗？"

钱千金却道："也别管他真杀阵也罢，假把式也罢，赶紧上路才是正理！"

众人一听有理，都赶快收拾动身。

秦潇见莫沁然隐隐有些忧色，问道："怎么了，沁然？因为刚才的杀伐不忍？"

"这些都是残害百姓的该死之人，不必内疚！"莫沁然张张口，又转而说道，"我们赶快走吧！"

（十）

众人再次上路直向西北，这次行程显然就慢了下来。

一是心月在马车上走不快，二是李白安需要不断观察之前看到的那空中光亮，所以行进甚是缓慢。

都申时过半了，才走了不到三十里，而且李白安却再未见到那突如其来、转眼即逝的空中光亮。

眼见着前面远处又到了一处桦树林，眼见着太阳已经完全沉入了雪线之下，很快就要天黑了，他们就商量着到前边树林里休息一晚再行进。

就在这时忽听地面仿佛开始微微地震动，而后震动是越来越大，再接着就听到马匹的嘶叫声。众人都是一惊，莫非还真有什么骑兵追上来了不成？

大家远望，就见身后雪野中，跳跃涌动着大批深浅不一的影子，而那些影子上都是一团白色。

等再近了些他们才看清，原来那些深浅不一的影子都是马匹，而马上的一团团白色则是身穿统一白色披风的士兵!

等到了这个距离,众人才发现对方的来势非常迅速,而且看上去有不下两三百骑兵。

李白安叫大家别慌,赶快往林子里撤,众人哪敢怠慢,连忙快马加鞭赶往树林。

等众人在林中找好树木做掩体时,那群骑兵已经冲至林外几里处,眼见着一个冲锋就要杀将过来。

李白安又叫众人别慌,把枪支分给众人,在林中列阵,等着骑兵靠近再一起射杀。

他的想法很简单,自己这边刚缴获不少弹药,而对面骑兵在马上不稳,没法发射火枪。自己这边以逸待劳,只要能杀退他们一两个冲锋,天也就黑了,到时再寻机会撤走。

可是没想到骑兵在进入步枪的射程之前却都停了下来,开始有条不紊地布阵。

他们万没想到对方冲至近前,竟然突然不发起冲锋,都是不明就里。

没过多久,就见对方马阵已经前后分出三个方阵,最前面的一批都端上了步枪,后面的都看不真切。

李白安苦苦思索,正觉得哪里不妥,忽听莫沁然叫道:"大家快分散,找个掩体藏在后面!"

众人正莫名间,就听到空中由远及近传来嗖嗖的声音,随后一阵阵爆炸就在树林中响起!

众人都被溅起的土块雪花给轰蒙了,怎么着,不是骑兵吗?怎么动上炮了?

李白安忙飞身过去,将心月揽在怀中一滚就藏身于一个雪堆后,而后指挥众人藏匿。

如此三轮炮击过后,残落的枝干被溅得到处都是,而林子里一些明显的掩体都暴露在外,挡无可挡。

李白安顿时明白了,这骑兵不是简单单纯的骑兵,而是多兵种作战集合!炮击显然是要把他们从树林的掩护中轰出来!他们事出仓促,根本没时间挖掩体,可就算有时间,就这么点儿人能挖多少掩体呢?也是杯水车薪!

眼前只要他们炮击不停,自己这方面迟早要被逼出去!而对方骑兵又在火力射程之外。己方想反击,只要一奔跑接近,就立刻暴露在对方第一阵持枪骑兵的射程之内,结果自然是惨败!

难怪刚才那俄国人怕得要死,原来这些罗刹骑兵布的是个连环杀阵!

他思索片刻,叫上晋先予和秦潇道:"我们从两翼悄悄潜过去,到了近前就是一顿乱枪,先杀他们个措手不及!"

而后又叫徐三豹和周炯道:"你二人守住林子正前方,防止他们骑兵突袭!"

盛思蕊忙叫着:"我呢?我和明墉呢?"

"你们两个保护好心月和钱先生!"

盛思蕊有些不快,怎么又是留守保护啊?不过此刻也不能过多争辩,只得从了。

李白安在左、晋先予、秦潇在右,都是一人扛几把枪,用轻功绕圈子接近骑兵。

等到了近前，瞄准放了几枪，对方果然被打了个措手不及，让他们频频得手。

可还没轮到他们高兴，那骑兵的最后一阵突然左右分开，向他们的两侧包抄过来。

对方都是手持步枪，乱枪齐发，晋先予、秦潇被压制得根本还不了手，只得退回林中。

而那边的李白安也只是多顶了一会儿，也飞也似的撤了回来。

还没等他们反应过劲儿来，炮击再次开始，这次的轰击更密更烈，几人身后的路已经被炸得一片狼藉，无法后撤，只得从前方又出了树林。

这时天色已经明显地暗了下来，只要再等一会儿，西边的光亮就要彻底消失。

而此时第一阵骑兵突然左右分开，第二阵骑兵蜂拥而出。

在尚存的光亮映衬下，骑兵手中挥舞的都是明晃晃的马刀！

五十八、金甲人骑

（一）

　　这一队骑兵约莫上百人，寒森森的马刀闪耀着骇人的光芒，在隆隆蹄声的映衬下，掀卷着白雪呼啸而来。

　　几人原想着，只要这伙人马炮击和步枪两向夹击，他们可就毫无办法，命运堪忧。

　　可没想到对方会在对阵最后一刻直接白刃杀出，心中反而一喜。这些都是练家子，对这个现状都抱有希望。

　　其实李白安虽是经历残酷沙场的军人，可是并未和罗刹兵交过手，也不了解他们的特点战法。

　　罗刹国最具优势的除了他们的火器之外，就是凶猛彪悍的骑兵了。

　　可能自古由北向南顺势而下进攻的民族，都要倚重骑兵，就像蒙古骑兵和大清骑兵，而远在苦寒西伯利亚平原的罗刹骑兵也不例外。虽然枪炮发展已经日新月异，战场上骑兵的优势已经被大大削弱。但嗜血的罗刹兵仍然偏爱这种极为凶残的作战方式，尤其是面对弱小的对手，闪耀的马刀砍劈人的身体，血肉横飞的场景很容易激发凶残的兽性。

　　可这无疑是给了在枪炮压制下，进退维谷中的众人一个透亮的机会。

　　几人互视，李白安叫道："都亮家伙吧！记得对方人多，都从头里杀！"

　　几人都亮起家伙，摩拳擦掌，一天都未曾有过任何施展机会的徐三豹更是兴奋得头上青筋暴露，骨骼都发出嘎巴脆响。

　　"我们还是不能一起杀敌吗？"身后盛思蕊突然问道。

　　"不行！记得你们的任务是保护心月和钱先生！"李白安坚定道。

　　"蕊儿，你就和明小子在后面看着吧！这些都不够我过手瘾的！"徐三豹哈哈笑道，声音中满是豪气。

　　"三豹，别大意，对方人众！"晋先予提醒道。

　　秦潇见莫沁然手中只有一支长枪，自己虽然也没有称手的冷兵器，但等下会从对方那里抢把刀。可沁然没什么家伙不就危险了，他就道："沁然，你也回去保护钱先生和义母吧！"秦潇的心意是让她远离这场杀戮。

　　莫沁然却摇摇头道："大敌当前，焉有言退的道理？我定跟师父们共进退！"

徐三豹听后有些不屑道："你们女娃都退回去吧，这里有我们就足够了！"

"三豹，敌人将至，保持警惕！"晋先予道。

这时罗刹骑兵已经冲至三十来丈远的地方，西洋大马轰隆的马蹄声已经震得地面发颤。

李白安叫道："都听我的号令！等下我取中路，三豹焗儿西路，先予潇儿东路，莫小姐随时策应！听我倒数……二十五丈……二十丈……十五丈……"

等数到十丈的时候，李白安已经刀剑在手，如离弦之箭般直冲了出去。

徐三豹暴喝一声，猛地向前冲出，流星大锤也随手甩出。

晋先予则是舞出了个剑花，身形灵动，就向对面马上之人飘去。

周焗更是爆出前所未有的勇气，扛上一把大刀就冲将出去。

而秦莫二人则在几人身后举枪移动提防着。

对方第一排的并行两人被李白安一刀一剑，干脆利落地毙于马下。

徐三豹的大锤直接就砸飞了一人，晋先予也将一人刺于马下，周焗更是干脆，一刀连马都砍倒了，又对着落地之敌补上一刀。

加上秦莫二人在后面补的两枪，对方第一排杀阵几被全歼。

李白安更是身形如电，接着在敌阵中连杀数人，直接转守为攻。

如果面对的敌人是步兵，可能后续就马上看出遇到了一路杀神，随即放缓进攻脚步。可他们面对的是机动性极强的骑兵，对方第二排骑兵甚至都来不及看清前面的人是如何倒下的，马就已冲到了阵前。

李白安的轻功已炉火纯青，更有宝刀在手，自是遇魔杀魔，一路猛进。

可其他两面就远没有那么快了。徐三豹和周焗使的都是重家伙，每次发招间隙都颇长，虽然杀敌场面十分震撼，可速度就自然慢了。

而另一路，晋先予轻功不及李白安，也没有宝器在手，已是应接不暇。

而身后的秦潇则没有武器在手，仅靠一把长枪打落一人，夺了把马刀，可攻击力也是大打折扣。

身后的莫沁然已经连放了三枪，毙倒三人，又换了把枪，可是骑兵移动速度越来越快，涌来的人马也是越来越多，很快就应接不暇。

不多时几人的防守已经出现缺口，有几个骑兵已经绕出李白安杀出的通路，直奔后面而来。

李白安也发现了这一问题，忙回身来救，可刚砍倒几人，又有骑兵从东西两路突破而出，他只能如灵鹞般左冲右刺，很快便疲于应付。

一旁的徐三豹和周焗也陷入苦战之中，对方骑兵看出了这二人都使用重武器，回转不利，索性用十余骑将他们团团围住，不停奔驰，让二人被困其中，无从下手。

另一边的晋先予秦潇也好不到哪里去，两人的轻功都未经过战场洗练，面对敌众之时，便明显手忙脚乱，疲于招架。

只一阵之间，已有十来骑突破防线，向后猛冲了过来。

（二）

莫沁然和后面留守的盛明二人都有火枪，一阵乱枪之下，却由于面对对方势大而过于紧张，只击落了三四个，因此仍有近十人快马向他们冲来。

钱千金是从未看过战阵的，这是他离危险最近的一次。眼看着对面人骑距离不过十来丈之遥，渐渐昏暗的天色下刀光闪动，他更是浑身战栗不已。

他哆嗦道："不怕！不怕……我等尚有要务，绝不会葬身罗刹兵手下！心月定然没事！不怕，不怕……"

而此刻最焦虑的当属盛思蕊、明埔二人，他们眼见防线被突破，罗刹骑兵的推进竟然如此迅速，都是震惊不已。

两人摩拳擦掌，都想上去阻敌，可是顾及保护师长的重任在身，也不敢轻举妄动。

明埔看着越来越近的罗刹骑兵犹豫道："思蕊，不行我们也上前杀敌吧？要不等他们把我们围了更加糟糕！思蕊？"他没听到对方反应，便扭头看去，这一看之下，却是大吃一惊。

只见盛思蕊面无表情，身形微曲，右拳紧握平举，浑身竟如凝雕般一动不动，只是有阵阵气流似乎在她身上迸发而出。

不会是拳甲要启动了吧？可思蕊为何如定住般连话都说不出了？

明埔也不敢怠慢，忙扔枪抽出残剑，立于盛思蕊右侧，侧头留意她的动静。

对方马队转眼越来越近，钱千金已经在后面惊得快话不成句了。

就在对方第一人马头已距离他们两丈来远时，盛思蕊突然眼睛一立，凶光喷出，完全像是被凶神附身一般。而她的拳甲中光刃爆出三尺余长，她脚一顿地，身形已在空中，向着来人就猛劈了过去。

对方可能见暴起突袭的是个小姑娘，刚开始还没在意，等看到几道晃眼的绿光后，忙举起马刀招架。只听嚓的一声闷响，那罗刹兵连对方的模样都没看清，左右眼光的视角就已经分离。而后便被扫落到地面，再随着滚动看到了自己已成几块的身体。

盛思蕊的拳甲光刃劈头一击，就把对方顿时切成几段。明埔在旁边已经跟上，看到此一幕，更是惊骇难当。只知道这光刃厉害，没想到实际对敌竟恐怖如斯！

他再也不敢怠慢，忙把残剑舞得风雨不透，紧跟在盛思蕊身边。

那边盛思蕊一击之后并未停手，而是脚踏马身，身形扑向紧接着冲来的骑兵。

这人还没看清怎么回事，就看到几道绿光过后，前人就散落到了马下。他还完全不知道发生了什么，那几道绿光就奔着自己扑来！他赶忙举刀招架，而这几道光却突然从横向划过自己的身体。他还没反应过来，上身就已脱离马身掉了下去。

明埔见盛思蕊再起一招，把敌兵横着切成几段，那场景是要多惊骇有多惊骇！他更不敢有丝毫懈怠，见侧面一骑兵已尖叫着急停了马身，似乎要还刀拔枪，忙舞着剑光冲了过去。

他只见眼前一片血肉飞舞，面前骑兵只是惨叫几声，就连人带马都散落在了眼前。他根本没来得及细看一地的散落肉块，就见盛思蕊已经接连又将两名骑兵砍成了数段。

她的身影再次腾于空中，拳甲上的五道光刃在渐暗的天色中发出如幽冥般的死光，端的是摄人心魄。

这一路冲过来的骑兵转眼已有一多半变成碎段落于马下，后面的骑兵已经完全发现了这极其恐怖的一幕。他们纷纷想要调转马头，转身回撤，可是盛思蕊的光刃来得更快，只几个起落间地上又多了一片片碎尸块，只有身在最后的一人骑狂叫着撒马狂奔，远远地奔了回去。

而此时与李白安等人对战的骑兵队仿佛都发现了对面阵营的异端，忙呼叫着向后急撤而去。转眼间，上百骑兵作鸟兽散，战场上就剩下了一地死尸和十几个还在地上哼哼的罗刹伤兵。当然还有回身发现惊恐一幕的众人。

（三）

李白安毕竟经过大战阵，盛思蕊的拳甲他之前还听明墉提过，这恐怖的威力虽然让他一见也震惊，可是很快他就冷静了下来。

他吩咐周炯和秦潇二人将几个受伤的罗刹兵捆在树上，并不时抽打让他们发出惨叫，好让敌营有所顾忌不敢轻易炮击。接着他让徐三豹晋先予二人将能用的火枪弹药都收集回来备用，这才慢慢来到盛思蕊面前。

此刻盛思蕊却仍如同定住一般站立着，一动不动，一言不发。

明墉见他靠得近了，忙叫道："李叔，您离远些，她这功夫可没准，说发动就发动！"

李白安见那几道光刃正在缓缓地缩回去，料想她这次发动可能已接近尾声了，便不远不近地站着思索着。

蕊儿这得的是什么古怪武器，发作起来当真是无可匹敌，威力惊煞鬼神。可她到底是怎么了？怎么如同中邪一般？

这时光刃已经完全消失，盛思蕊就像是被突然被叫醒般猛地一激灵，四下张望。当看到地下一片狼藉尸块时，她不禁大为骇然，几欲作呕。

明墉见状忙上前请扶她的背，好言安慰。

盛思蕊呕了几声，又回身看看身后的一堆堆尸块，不禁惊得是瞪圆双眼，结结巴巴道："这不会是……"

明墉微微点点头，叹道："你不用自责，这威力你也控制不住！况且他们这群作恶多端的罗刹兵本就该杀，你刚才可是为大家解了危局！"

盛思蕊继续惊恐道："怎么会这样……"她不是没杀过人，但何尝想过这般恐怖的杀伐竟是出自自己的手，惊恐之情溢于言表。

李白安叹道："对呀！要不是你这手镇住了罗刹骑兵，现在情形怎样还很难预料！是你将大家救出危局的，蕊儿你可不要自责！"

盛思蕊继续喃喃道："刚才我就觉得着急愤懑，突然好像被一股急气堵了心，自己就什么也不知道了。没承想……没承想……怎么会……"

李白安轻声道："蕊儿你机缘下得到的这宝物可是个大杀器，而且你现在驾驭不了它。之前我听墉儿讲过，这才将你们留在后面。没想到最后救了大家的竟还是你这拳甲宝器！"

盛思蕊已经是完全惊慌失措了，似乎听不到别人说些什么。说实在的，对一个只爱小小玩闹的少女来说，见到自己亲手劈成的人块岂有不吓傻的道理？

明墉只得慢慢安慰着将她引到一边，慢慢说话排解。

李白安走过去看看架板上昏沉如睡的心月，先是摸摸她的脸颊，而后来到了钱千金面前，对着仍在瑟瑟发抖的钱先生道："没吓着吧？"

钱千金摇头就像是在上下抖动一般，他哆嗦道："之前还没被罗刹兵吓倒，可是蕊儿一出手却差点儿把我惊呆过去！这孩子，怎么又弄到了这种利器？不过也多亏了她，我们才得以保持周全！"

李白安摇摇头道："这许多细节我也不清楚，但现在恰恰是蕊儿解了我们的燃眉之急！其他的先都不要说，天已经黑了，我们得赶快筹划着预防罗刹兵的偷袭！"

钱千金定定神道："白安你刚才安排得很巧妙！把那些伤兵错落地捆在树上，让那些罗刹鬼有所忌惮，不敢轻易用炮，我们倒是可以趁黑在这林中休息一下了！"

由于怕被对方炮兵看到瞄准，所以众人都没敢生火，只是将心月围在当中为她御风御寒。

莫沁然给诸人带来的皮裘终于发挥了用场，除了钱千金冻得不得已披了一件外，其他的都裹到了心月的身上。

心月自从被快速撤到这林子里以来，就一直陷入了浅昏迷，虽然呼吸脉搏犹在，却让大家都无比揪心。

其他人都还好，就是盛思蕊受了很大刺激。别看她一贯看上去大大咧咧，天地不惧，可真是见了如此血腥残忍场面竟是由自己造成的之后，就一直惶恐不安。

还好有明墉在一旁一直悉心安慰，她才渐渐地平复下来，只是情绪十分低落。明墉则在一旁尽可能地想段子要她开心振作，可是收效甚微。

秦潇本也想安慰几句，可是见到师妹和明墉的无间关系，心里却突然不是滋味，话也不知该如何开口。他看看莫沁然，却发现她的脸上也有丝丝愁容，甚至些许紧张。

这对一贯云淡风轻的她来说是不常见的，秦潇就问道："沁然，你在担心什么吗？"

"也不是担心，我总是觉得……"她环顾众人后接着道，"我觉得罗刹人绝不会如此善罢甘休！定会趁夜搞些动作！"

徐三豹不屑道："咱们可是有十几个人质在手上，他们还能搞出什么？"

"徐师父说的是！不过我可听说过罗刹兵是残忍成性，真要是被激急了，什么事都能干得出!"莫沁然礼貌答道。

"罗刹兵我们并不怎么接触到,这性格也是很难说,是不是白安?"晋先予道。

还没等李白安对答,钱千金就抢着道:"莫小姐这回说的倒是有理!西欧人都不愿意与罗刹人做生意,说他们是背信寡恩、不识廉耻、凶暴成性、反复无情,总之都是不好打交道的!咱们可得小心防了!"

李白安点头道:"此言有理!他们没有炮击可能不仅是因为这十几个伤兵,定是有其他因素,比如夜深难以瞄准,又比如弹药不足。不过他们人多枪多,如果设计偷袭,也是很有胜算的!"

见众人一下被他权威的说法弄得气氛凝重如夜,他马上补充道:"不过蕊儿之前那一下肯定把他们吓得不轻,在没商量出个子丑寅卯之前,也不太会轻易偷袭!"

大家的心情这才稍缓,都吃了些冷硬的东西,而后由李白安安排放哨,让大家挨个休息。

(四)

这夜是越来越深,昨晚还悬如玉盘的月色此时却看不到踪影了。无月的暗夜中风寂了,可是在树林中却缓缓升起一些雾气来。

李白安看着挺奇怪,但并未理会,只是当这是一种自然现象。毕竟他没到过极北,哪里知道这里的自然有何现象呢?

其他人更是不明就里,好在雾气虽起,有碍视线,但四周却是宁静一片,就连远处罗刹的营帐也安静了不少。

秦潇看未去放哨的几位都睡了,而盛思蕊也在明埔的环护下似乎睡着了。

他见一边的莫沁然却好像一点儿睡意都没有,只是凝神想着心事。

他轻轻问道:"沁然,想什么呢?快睡吧。等会儿我去巡视放哨!"

可莫沁然却黯然道:"如果此时罗刹兵放弃马匹,拿着长枪悄悄靠近我们,从左右两侧夹击,再在前方一堵,那我们可就要插翅难逃了!"

"我们不还是有北方的退路吗?你不要太悲观了!我看罗刹兵也不会放着他们受伤的自己人不顾的!"

莫沁然凄然一笑道:"那你是没见到过罗刹人是怎么对他们自己人的!你没见之前那个沙俄囚徒跑得多狼狈,可见心中的恐惧!罗刹沙皇在残暴方面可是不下华夏任何朝代的君主,对子民尤其是那些民间组织的反帝党派,那更是如同草芥猪狗一般!就像那个逃走的是民意党的,他要是被押回去,受到的折磨不会比大清十大酷刑好多少!"

秦潇一听才明白,自己只知道沙俄是列强之一,但没想到他们的人民也在饱受着皇帝的压榨奴役。

不过他想想问道:"沁然,你怎么对沙俄的事那么了解?"

莫沁然嫣然一笑道:"哪里了解,都是听我私家先生教的!"

"那你的私家先生岂不是也如钱先生般学贯中西？"

"那可没有，钱先生可是有大学问，又追随过李大人，见识眼光自然超拔！"

"不过现在我们多想也是无益，你还是赶快趁此宁静睡上一时半刻！"

莫沁然点点头，紧紧衣衫依着树，她虽与秦潇一路同行良久，却从未与他倚靠在一起过。此刻她像是微微闭上了眼睛，可嘴里却用微不可闻的声音喃喃道："这晚上怎么可能起了雾呢？"

秦潇却听到了这句，他也是疑惑重重，起了身去找周炯换班。

他也在想同样的问题，这雪夜怎么开始起了雾呢？这数九寒天白雪冰封的，无端起雾是很不寻常的，而且周围也没见有湖泊水沼，那这蒸腾而起的雾气是从哪里来的呢？

等见了周炯，把疑问一说，周炯却满不在乎道："哎呀，一路稀奇古怪的见多了，有什么呀？罗刹兵来了，我们就能听见。他们要是还没来，我们就踏实睡会儿！"

秦潇对这个不爱动脑的师弟也是无奈，他觉得明墉倒是个能商量事情的，本想找他说去。可一看到明墉环护着盛思蕊入睡的认真样子，又忍住没去，心里又泛起一阵怪怪的苦味。

而后他安慰自己道：别想了，义父在外面呢？什么事他还想不明白，自己只要认真巡视好就行！

（五）

寂静的雪夜丛林里，万物肃杀，凭空而起的雾气越来越浓，渐渐地弥漫在整个林子的空中。

四周的树影人影在本就无光的幻境里渐渐模糊起来，这种氛围着实让人既感到压抑沉闷，又难免昏昏欲睡。

秦潇也是累了许久，在单调的视觉环境下久了，又没有声音的侵扰，不觉眼皮打架，瞌睡虫上脑。正当他觉得视线已若有若无之时，突然一条身影快速从侧边闪过，他马上惊醒。

这影子没有义父那般快，又是何人呢？他起身悄无声息地快速跟上。

那影子奔到了林子边缘，便迅捷地上到树顶，秦潇也不假思索，跟着上了旁边的一棵树。

等到了顶上，才发现对面树顶的明墉正在看着他，他要开口，明墉却向他摆摆手要他过去。

秦潇轻声飘到那棵树上，明墉小声道："你不巡视，跟着我干嘛！"

"你不睡觉，上树干嘛？"秦潇反问。

"你不觉得太奇怪了吗？"

"什么奇怪？"

"太安静了！这林子里一个鸟雀叫声都没有！"

秦潇其实早也发现了，但一直没有深想。经他一提，才猛地想到自己和沁然自打归队后就没听见过鸟叫！

他问："那又如何？"

"我和思蕊都是许久没听过鸟叫了，自打到了这霍勒金布拉格左近之后！"

"可能是鸟儿在越冬，没有出来？"他从未进过东北，暗想天气如此冷，小鸟躲起来过冬也正常，其他野兽不都冬眠吗？

"不会的！我听说这极北之地很多鸟是既不南迁也不冬眠，而是就那么候着！"明墉也没来过北境，但听阿克金倒是说过不少风物。

"那你的意思是？"秦潇也想不出个所以来，但听明墉似乎知道些什么，于是也就直接问了。

"我怀疑是有什么将这一带的鸟雀全都灭绝了！"明墉皱眉道。

"怎么灭绝，难道鸟也能抓来一个个杀掉？"他觉得甚是荒谬，但旋即想起盛思蕊在英伦曾把家周围的鸟抓了个遍，这往事倒是让他心中暗乐，可随即又是涌上一阵酸苦。

"亏你还是留过洋的？能下药的知不知道？"明墉毫不留情地挖苦。

秦潇一愣，的确呀！现在的西洋科技倒是可以让物种消失。

在英伦时，听说伦敦曾经遭受过一场青蛙雨，数以万计的大小青蛙从天而降，霎时就把本就潮湿水足的大小河流沟壑侵占，一时蛙满为患。

虽然青蛙是有益动物，对蚊虫肆虐的夏季伦敦来说，是天降的除虫大军。可数量实在是太多了，每家用水时都能时不时蹦出只青蛙来。而且青蛙的繁殖速度一点儿不亚于昆虫，很快伦敦就要变成青蛙之城。

所以当青蛙同样成为人类公敌隐患之时，各大学化学系联手研究，推出了一种除杀剂，一经试用，效果显著，于是就在全城推广。

结果全城不仅青蛙被灭个干净，捎带着蚊虫也被消灭不少。正在大家庆祝化学科技成果斐然，解决了伦敦的两大隐患之时，恐怖的事情出现了。先是鸟类开始大量死亡，紧接着这种恐怖的成群死亡就像瘟疫一样，在家禽界蔓延开来。

见到此情景，全城再次恐慌。政府为防止继续蔓延，调动了所有的水龙头昼夜不停洗城。经过一番全城清洗，家畜还算保住了。

可被洗掉的化学制剂都通过下水流到了河中，最终汇入大海，之后的几年里周围不断有鱼类成群死亡的报导，一时间全英国谈鱼色变，几年都没人再敢吃鱼。

秦潇还记得当时教授讲这段历史时曾说，科学的进步的确可以造福人类，可一旦滥用失控，结果可能就是灭绝性的。所以对待科学的态度一定要严谨谨慎，切不可因小利而遗祸无穷。

不过他想到的这个故事似乎不适用于这荒凉的北境，这里哪里有什么科学研究的东西呢？就是想研究，大清也没什么人会。

难道是沙俄？他们的科技可也是发达的，那他们这般做又是为了什么呢？

他不禁把这段事和猜测跟明墉说了，可明墉也不懂科学，无法肯定。

二人这么有一搭没一搭小声说着，越说越觉得这静夜无比古怪。

（六）

渐渐的雾气开始向上蔓延，二人在树顶都快看不清林子里的情况了。

秦潇道："你是担心罗刹兵夜袭吧？可你看这里都快被雾给盖住了，我们身在里面都看不清，他们怎么过来？可能是我们担心过头了！"

明埔正要说什么，忽觉身后有什么猛地靠近，心中一惊，刚要开口叫，就听一低沉声音在耳边道："你们也觉得不对劲儿，上来看看？"

回头一看，原来是李白安，他此刻正轻轻站在旁边的树梢上缓缓起伏，这份轻功比他们高的不是一星半点儿。

李白安叫二人噤声，指指前面，自己的身形先飘了出去。

等明秦两个跟到了树林前面的树顶，顺着李白安的指点往前面雪地望去，只见模模糊糊的，在左中右三路都隐隐地有不少白点儿在移动。

李白安道："看到了吗？这应该就是罗刹兵放弃马匹偷袭！"

明秦二人顿惊，就觉得罗刹鬼不会轻易吃了这大亏，没想到真的来报复了！可眼下人影看不出有多少，反正是绝对不少，而对方肯定持有长枪，自己这边三个可怎么杀敌呢？

他们不由得都看向李白安，李白安缓缓道："也先别惊动自己人！对方人数肯定少不了，又有装备，我们不能力敌！"

他顿一顿道："我们在上面一人一路盯住了，等到了近前发现他们发号施令的军官，以迅雷不及掩耳之势迅速控制，可能才是我们的求胜之道！"

这到底是求胜还是求生，他发音起来十分模糊，但明秦二人已知事态的严重性。

这一把不仅是求胜，更是一举求生，做好了大劫可免，若办砸了，那可能就万劫不复！

三人都在上面紧张地盯着，可是随着那些移动的白点渐渐靠近，每个人的心里都是暗叫不妙。

因为在那些白点后已经可以看见大量马匹的身影，这些马应该都是被罩住了嘴，裹住了马蹄，虽然数量很多，但声音很是轻微，显然罗刹兵是想要倾巢而出，一举拿下他们！

李白安也看到了这变数，心中只是不停地想着破敌之法。

他不是没想过暗夜撤出林子，向北继续潜行，躲开与罗刹兵的正面交锋。

可爱妻没法行动，就算自己背着她，也肯定没有车马床架稳当，如果颠簸过度，那可能走不了多远，心月也就交待了。

再有钱先生也是走不快的，徐三豹和周炯更是跑不过马匹。如果他们倾巢而退，对方的暗哨肯定就会发现，那时骑兵快马追来，岂不是要束手无策？

对方如此忌惮，肯定是蕊儿的奇绝拳甲把他们给震慑住了，不过他们肯定很快能想到，只要他们大量火枪远程压制，这拳甲就要失去威力。所以此番前阵改骑兵为步兵携火枪突袭在先，就是要先以火力压制住我们的反抗，以人数优势将我们一举剿杀。

　　不过现在就算是知道了对方的意图，暂时也是无计可施。这时他却突然想起了土行一族，如果这时那些土耗子在身边，说不准能挖开条地道让他们逃生。

　　可现实呢？这可真是天意难测，总是不按牌理出牌，让他们只能无计可施。

　　不过他也想好了，自己就算拼出一身肝胆，也要生擒住对方的指挥官，到时哪怕自己深陷敌阵，也要保护其他人安全撤出。

　　可接着呢？茫茫雪原，苍苍北境，他们接下去又要往哪里去呢？会不会又要马上被罗刹兵追上？

　　他暗叹一声，现在也管不了这些了，走一步看一步，能多尽一份力就多尽一份力，无论如何心中也无愧于爱妻了！

　　想到这里，他看看两边的年轻人暗想：这些孩子日子还长，不应该和自己赴死！要让他们能有个更值得期待的未来！

　　想及此处他对二人道："等下我发现了对方指挥官，你们不要下去。待我擒住那人，你们赶快掩护义母师父们北撤！"

　　明秦二人一愣，马上表态要和李白安共存亡，半步不离。

　　李白安打断道："你们必须听我的！如果……如果……心月路上发生了不测，你们就帮我掩埋了她，自己赶快找路回到祖国吧！"

　　二人哪里肯干，还要抢白，李白安斩钉截铁道："此事不容商量，在军中就是军令！必须服从！只要记得把心月好好埋了，师父们能照顾到什么程度就到什么程度！这样我也就心安了！"

　　他们听李白安这是在交代后事，显然是已经抱了必死决心。他们哪里肯就此放手，只是不住哀求。

　　可李白安却铁着脸，不容拒绝。

　　就在三人僵持之时，林子后突然有巨大声响传了过来。

（七）

　　三人都是一惊，而最吃惊的当属李白安。

　　他整夜都在四处巡视，林子后面不是他忽略的地方，而是他发现了罗刹兵的异动之后，明白了对方要在前面三方包抄而来。那只要想从前面绕到后面，就一定躲不过他的鹰眼。

　　再加上林子里莫名起雾，这雾是从后面一路蔓延进来的。到底为何会这样，他也想不清楚。可是身在其中，又没感觉有毒，也就放心在前面观察敌情。

　　可此时为何后面却先传来声响，而且响动是这般大呢？听起来好像是树木被什么重物撞折撞倒一般。

　　看前面罗刹兵离林子还有一段距离，他忙带着二人下树回到林中。

此时众人都被这巨大的破木之声吵醒，徐三豹、晋先予忙着拿家伙警戒，而其他人都在看向声音来源。

李白安先是叫上周炯抬起心月的担架闪到一边，而后众人也都往旁边闪过，一起向林后雾中看去。

这断木的声音越来越近，而伴随着木裂声音的，还有极为沉重的马蹄声，以及金属摩擦发出的仓啷声。

这蹄声不快也不多，但是极其沉重，仿佛是打桩一般向他们慢慢接近。

众人几乎都屏住呼吸，目不转睛地盯着雾中，仿佛将有什么怪兽突然从里面冲出一般。

盛思蕊在那里不住地运气挥动拳甲，可这东西却又像失灵一样毫无动静。

明埔小声道："思蕊不如你盘膝运气一阵再试试，我在旁边给你护着！"

盛思蕊气恼道："这拳甲也不知怎么回事！现在我感觉内力充沛呀！可就是一点儿感觉也没有！"

"哎呀，蕊儿，之前发生的惊恐一幕你就不要放在心上，那可是你为救我等挺身而出，斩杀鬼兄！是大义之举何必在乎过程？你可要放宽心，万不可让过往成为心魔干扰你的心神呀！"钱千金着急道。

"钱师父，都什么时候了，别提那恶心的了！我现在可是一心要杀敌呀！可这东西它不受我控制！"盛思蕊急得直甩手。

"蕊儿，你这凌厉至猛的招式好像只有二十几招，对吧？现在简单教我一遍！"李白安听明埔说过这些招式颇为简单，又不多，但威力巨大。他便想临阵学学，或许自己的宝刀也能发挥出些威力也未尝可知。

盛思蕊急道："义父，可不是我不想教，而是这招式根本就没有任何回旋防守，全是近身死战架势，况且还是专门为这拳甲设计的，我也不知刀用起来会怎样。"

明埔见盛思蕊话语如常，知道她已经从被自己的残忍杀招的惊吓中摆脱了出来，心念大慰。

而她这拳甲光刃时灵时不灵也在预料之中，于是他端起残剑往她身侧一站，拉开架势道："你别急思蕊，有什么我先防守，你慢慢来！"

众人被他们这么一折腾，未知的惊恐感倒是减了不少，可那逐渐在雾中接近的声音却越来越重，越来越近。

这时莫沁然突然道："大家先噤声，往那边看！"

众人的目光都落在了雾气中央位置，只见一团金色渐渐现于眼前，慢慢的一个高逾三丈的金盔甲人影现在空中。

那人影全身被金盔甲包裹，但到了腰下却没了，仔细看去，一个巨大的无头马身连着树干粗细的前腿从雾中探出，紧接着是马腰和后腿。

众人都被震得彻底呆住了，这金甲巨人的腰下竟与马身融为一体！

那这是什么巨人？分明就是金甲人马巨人！

再接着在他的身后，渐渐出现了几条巨大的金色影子，都是慢慢从雾中探出，而且都长得一样，腰下紧连着无头巨马！

这时晋先予小声道："大家后撤！"

众人这才看到从他们旁边林后也有巨大的金色影子靠近，忙向后急撤让开通路。

等这些巨型金甲人马都从雾中出现在眼前，大家才看清这些巨人一共十三人骑，当先出来的金盔上似乎有一个图腾饰物，可惜夜黑雾中看不清楚。

那当先的显然是个头领，他慢慢扭过头来注视着众人。

大家这才看清，这人头盔里罩的哪里是颗鲜活的人头，分明就是一具干尸的头颅！

而大家这时也才注意到，那无头马身也是形如干尸般，肌肉全部脱水萎缩，皮肉全扒附在巨大的骨骼之上！

虽然巨人的身体有金甲裹着看不出来，但一想可知与马身也是并无区别。

看见那巨人一眼瞥来，盛思蕊先是被恐怖的容貌吓得一惊，旋即想起这拳甲不是专门为斩妖除魔用的吗？对方都是巨型干尸了，还能行动如常，不是妖魔是什么？

她马上调动真气举起拳甲，可奇了怪了，拳甲上那几个发出光刃的石片只是闪动了几下，却并没有光束射出。

她使劲儿甩着手嘟囔道："这鬼东西莫非堵住了？"

徐三豹一直紧攥着流星锤的铁链，见此刻距离够近，就想一锤挥出，先打下一个再说。

可李白安突然小声道："都别动！这些巨人好像对我们没有恶意！"

果不其然，那巨人头领看到盛思蕊拳甲上的光亮闪动，先是定了一下，而后缓缓扭过头去。

这时就听见林子外突然响起了罗刹语的大叫声，随即一阵密集的枪声在林外响起，紧接着子弹声就嗖嗖地扑了过来。

李白安忙叫："都趴下！"

众人齐齐趴倒一片，而打入林中的子弹倒是有不少都打在了金甲人马身上，不过除了打在甲胄上的发出铛铛声，其余打在马身的都如落入败絮中一般无声无息。

就见为首金甲巨人伸手到腰间猛地抽出一把长刀来，这刀足有一丈多长，古意盎然，刀身极其宽厚，可能经久未用，背刃一片乌涂。

随后后面的十二金甲人马也都抽出刀来，就见当先首领将长刀向前猛地一指，十三人马五十二只马蹄甩开大步，向林外分散着呼啸冲去！

众人眼见十三巨人呈扇形分散冲将出去，林中树木稀里哗啦被一片片撞倒，可并没有丝毫减缓金甲巨人们的冲击速度！

（八）

这时林外的罗刹兵已经放过三轮枪了，正在林外被指挥官吆喝着向林子里压进。

早前见识过盛思蕊拳甲里光刃，且最后成功逃窜的马西耶夫就在第一排其中，他倒霉地被派上识别出用绿光杀人的妖女的任务。

他这一队带了不少手榴弹,等到发现妖女就众弹齐飞,炸碎了她。

这主意是谢尔盖上尉想出的,任务是瓦西里少校下达的,他们都认为就算是有个能用光把人砍成数段的妖怪存在,也绝对抵抗不了手榴弹的乱炸。

马西耶夫可绝不这么想,早前的恐怖一幕在他脑海中久久不能挥去。

那瞬间将人砍成数段的威力,就连他见过的最厉害的屠夫都赶不上。

他惴惴中不免想到了上帝,此刻他倒是真希望有个神父在旁边听他忏悔。忏悔他不该屠杀大清边民,忏悔他不该奸淫大清妇女,希望用忏悔来让全能的上帝保佑自己不再碰见那个可怕的妖女。

他惴惴不安地在迷雾中端枪走着,身后是队长的催促叫骂,他真恨不得回头给队长一枪,来结束这地狱般的可怕任务。

可此刻他想什么都太晚了,他只见林子里突然有一团巨大的金光破雾而出,接着一道巨大的黑影从上劈下,接着他的目光在一阵翻滚后,看见自己残碎的躯体后就什么也看不见了。

他脑中最后回荡的声音是:我是犯了罪,碰到的都是能将人斩断劈碎的!

金甲人马巨刀一出,挡者必碎,这种巨刀根本就不用刃口来发挥威力,只要被斩到的人立时就碎成一片!

这时马西耶夫所在的小队都还没来得及开枪、扔手榴弹,甚至是没有看清冲出敌人的轮廓容貌,就成了一堆堆碎块!

可后面跟着进入林子的其他罗刹兵却是看见了,而且随着金甲巨人马冲出浓雾,最后面的也能看得很清。

那是一团金光罩住的巨人在挥舞着巨大的兵刃。每挥动一下,就有断手碎尸飞到空中。再一看,后面的都吓得凉透了,那巨人来得如此快,原来是骑着匹无头的巨马。

西方人笃信上帝的也必然信魔鬼,他们一见这不是从地狱中冲出的恶魔又是什么?再接着更恐怖的发现是,这恶魔不止一个,前面每个方向都有!

他们就像一台台巨型的剿杀机器一般,挡路者就被劈成碎块,无可抵挡!

他们哆哆嗦嗦放了几枪后,见根本不起作用,也完全无法阻挡魔鬼的杀戮速度,也就不管军令官如何喊威逼,丢下枪掉头狼狈逃窜。

军令官也是兼职督战官,这种情形是从未遇到过,他掏出手枪射杀几人后,发现根本没法抵挡溃军之势,只得长叹一声,想掉头就撤。可这时一团金光在空中奔到眼前,接着眼前暗影闪过,接着就什么都不知道,也不可能知道了。

(九)

李白安他们先是跟着金甲人骑悄悄来到林边,见到了巨人们剿杀的过程,无不心惊胆寒,目瞪口呆。与这些比起来,盛思蕊那种无疑就像是宰杀家禽般不值一提。

众人的心里还没来得及有什么疑问，罗刹营中先出来持火枪悄悄包抄的步兵就已经被斩杀殆尽。

而后金甲人骑就会合在一起，如摧枯拉朽般直冲罗刹后续的骑兵部队，暗夜中除了偶尔传出的呼叫声及金属挥动的风声外，就全是身体碎裂的声音。

就连李白安这种浴血过黄海的将军看了，都不免心中忐忑，觉得此番杀戮确实凶暴之极。

正常的对手交战，或者说人之间的交战，就算强弱有别，但弱者至少还有还手一两下的机会。可罗刹兵在面对金甲巨人时是毫无还手之力，简直如同待宰的鸡鸭般在恐惧中死无全尸。而一直令西洋人引以为傲的火枪科技，在金甲人面前竟不如小孩子的弹弓，丝毫起不到作用。

倒是徐三豹仍有精神，带着周炯去一地碎块的战阵里捡漏，见到还没死的直接就给他们的上帝送去了。

可饶是他们如此积极，捡漏的机会也十分有限，想想也对，但凡碰到巨人的，就被直接击碎，那还有命在的概率又能有多少？

两人过了一刻左右回来，从徐三豹郁郁寡欢的脸色就可看出他收获不多。

不过眼前金甲巨人马屠戮罗刹兵的战斗却已接近了尾声。远远望去，除了那些高大的巨人马，整个雪野已经没有什么站着的物体了。

就见那些人马中当中一人突然将巨刀高高举起，而后其余十二人也举起巨刀，在空中架了个刀阵，之后每人举刀直冲天际。

这些人一路没发出任何声音，可就是那凛冽的刀声，加上无声的气势，让所有人都不敢直视，不寒而栗。

徐三豹突然道："奇了怪了！这帮大家伙为什么不杀我们？"

"你脑子抽筋了！蛮货！还等着人家动手对付我们？你就烧高香万幸吧！"钱千金见他提出这等找死的问题不禁斥骂。

"唉，还真想试试自己能不能接得住这神勇巨人的一招！"徐三豹这回没跟他拌嘴，而是神往地自语道。

"你！你就是个蠢蛮货！"钱千金接着斥道。

他实在不理解世上怎么还有这等练武的蠢货，见到绝顶高手明知不敌还要抢着试试？

他不理徐三豹了，转而问李白安道："白安，咱们要不趁着那群金甲巨人还没回来时，赶快撤了吧？"

君子不立危墙之下，这是他的格言之一，放在这里尤为合适。

谁知李白安却道："不急！"

他转眼意味深长地看看盛思蕊，尤其是盯着她的拳甲问道："蕊儿，你这拳甲怎么个来路，说给我听听。那巨人好像是见了它才放过我们的！"

盛思蕊把经过简单跟大家一说，最后道："那云裳子说这拳甲是他偶得的神物，须得有缘人才能带上。明墉就试了，拳甲根本没反应。可我不知怎么就那么倒霉，好奇一试之下，这拳甲就自动裹在我手上了，脱也脱不下来！"

明墉见她一脸沮丧，忙道："这确是我的不对！自己试过了没事儿，才叫思蕊试着玩玩，没想到会这样！思蕊你别气，总有能摘下的一天。"

李白安却只是听到了"偶得的神物"时，就陷入了沉思。

想了良久，他突然道："有了！"

众人忙问，他说道："你看这队金甲人骑都像是下身和马长到了一起，而且马没有头。钱先生，你博学，古代记载可有这样的人？"

钱千金想了想道："《山海经》中的确有一种神兽叫'英招'，是人面马身，虎纹鸟翼，而且《北山经》里也有不少山神都是人面马身。可那都是神话传说，根本就是道听途说加上作者想象！那时人和马的关系密切，你看西方希腊神话里也有半人马的记载。不过这都是先古神话，净是无稽之谈，怎能……"

他本想说怎能当真，不过这半人马确实如地狱恶煞般就在眼前，还屠尽了罗刹兵，又怎么能说当不得真呢？

李白安却道："不管它传不传说，神不神话，可是我们确实遇到了！再者你们都看见了，这些人马巨人都是全身如干尸般，显然是死去不知多久了！可他们为什么还能厮杀，还能有如此威力？"

这问题谁也答不出，只能大眼瞪小眼。

"答案是什么我也不知道！"众人突然就觉得好泄气。

"可是他们很可能就是远古的先民！试想我们自华夏起有四五千年文明，但文明之前，也就是三皇五帝之前，难道中华大地就没有先民了吗？"

这问题又太深奥，在考古只靠古籍，古物只靠盗墓的当时，历史考证这种事是没什么人会的，钱千金当然也是不知。

李白安见众人听得迷茫，就接着道："这里可是北境之外，自古好像就没什么人居住，也一直都不是华夏领土，对吧？"他看向钱千金。

"倒是没错！清之前都是游牧民族占据，康熙二十八年后又划给了沙俄，这冰寒雪飘之地难道还有上古先民不成？"

李白安朝那边正在缓缓走回来的金甲巨人骑努努嘴道："我们这不是看见了？"

众人除了明墉外都在英伦待了一段，对科普都有所认知，也不信什么鬼怪。可这些明明应该是死了不知多久的巨人，却活生生站在他们面前，还能屠杀敌军，这可让所有人都一头雾水。

（十）

钱千金见李白安突然说起了这些连自己都不愿多想的，他也不知该做何解。只是见那些金甲巨人骑慢慢走回来了，他忙提醒道："白安，先别说了！他们回来了！咱们可得赶快想个对策！"

李白安叫众人噤声，大家都恭敬地闪在一边忐忑地等着。

说是恭敬那是一点儿都没错,没有这群金甲巨人骑,他们此时还不知该怎样对付罗刹兵呢。甚至按李白安最悲观的设想,此时他已身陷敌阵,胁迫军官换取众人逃生的机会呢。而按照罗刹兵残暴的性格,可能对方根本就不怕要挟,己方可能全部都早已归天了。

说是忐忑,每个人都不知这些杀戮机器接着要做什么,如何不忐忑?

等十三位金甲巨人骑经过他们面前时,为首的又侧头看了盛思蕊一眼,盛思蕊本能地举起拳甲就要招架,可是拳甲还是毫无反应。

那巨人看了看她,空洞的眼眶里仿佛放出了神采一般。而后他插回巨刀,率先向林后走去,那十二个都一一归刀,尾随而去。

此时的林子里树木几乎都被他们荡平,只剩下马蹄踩在残枝破干上的咔嚓声。

李白安示意众人悄悄尾随,大家在后面一直跟着出了林子。

这时前面有一处巨大的所在,里面喷出滚滚浓雾,直接喷入树林之中。

众人这才明白,原来树林里凭空而出的浓雾是从这里喷出的!大家之前都没留意,现在倒是知道了源头。

就见那些人骑缓缓地进入了浓雾之中,慢慢地隐没了身影。

李白安道:"我们跟上去!"

钱千金忙道:"白安,不可莽撞啊!里面可不知是什么龙潭虎穴,进去不是找死吗?"

晋先予也道:"白安,不可擅入险地啊!"

李白安却道:"我算是想明白了,这些人骑不杀我们,全是因为蕊儿的拳甲!"

大家也有此感觉,只是说不出为何。

"那些巨人骑是先古之民,而蕊儿的拳甲又是先古神物,那些人显然是认识这物的,所以不把我们当敌人!"

众人通过金甲巨人骑对盛思蕊的态度上确实可以看出这点,不过这和尾随又有多大关系呢?

李白安见众人不解,接着道:"那些人是先古之人,而蕊儿的拳甲又是先古之物,大家想想我们要找的龙是不是也是先古传说中的?"

钱千金嘘声道:"莫不是你认为我们可以跟着他们进入先古之地,去那里寻龙?不过那也是神话……"

一想到神话中的人物他今天亲眼见到了,就说不下去了。

"可我们白天根本就没见到后面有什么呀?"晋先予道。

"对呀!我说过,我查看时就发现空中有一闪即逝的古怪亮光,再看就看不到了,那是不是说先古之藏在一个我们从外面根本就看不到的地方?"

众人又觉得匪夷所思,可又都说不出所以然。

李白安见众人还在犹豫,也知对未知之地的恐惧是人之常情。

他眼见着那喷出的雾气渐渐开始稀薄,忙道:"不管如何,我们此行不远万里,不惧千辛万苦,是来给心月寻药的,但凡有一点儿希望,我都不想错过!现在雾淡了,我怕雾气一消就再也进不去了!总之我一定要进去,大家怎样,听凭自己的选择吧!"

五十九、迷障空间

（一）

　　此事比李白安要寻找偶然看见的空中亮点还要莫名，大家都是面面相觑，一时不知做何反应。

　　反倒是周炯马上道："义父我和您一起抬着担架进去！"

　　他本就心性质朴，在未到达目的地之前，还一直念着远在南方的宋婉毓。可真到了该抉择的关头，却显现出了义无反顾。

　　盛思蕊其实一直在担心她时灵不灵、不受控制的拳甲，会不会突然暴起对大家造成威胁。可是抉择关头，她却满脑子都是义母对她的诸般关爱。

　　她向明墉望了一眼，对方却朝她坚定地点点头，盛思蕊立刻不再思索道："我的这个怪东西虽然不好使唤，但与明墉配合确实还能有些用处。义父我们跟着你！"

　　"其实根据我的推测，我猜那四舆的北境之点也在这里！"李白安补充道。

　　"我要跟着李大侠进去！"莫沁然突然道。

　　秦潇本来一开始就要挺身而出说要进去，可是这一路来他潜移默化地变成事事总要听听莫沁然的意见。如果意见相左，他多半是要从了对方的。

　　当此关头，他正犹豫着要不要先问问莫沁然的意见，蓦地见她倒抢了先，自然也站了过去。

　　余下徐三豹道："也罢！来都来了，岂有到了门口还不进去的道理？管他刀山火海也要闯一闯了！"

　　他转头看着钱千金道："老柴火棍，你去不去？"

　　"呸！我不去，谁来损你？不过白安，我们的这些行李装备马匹可是要一并带着，以备不时之需。"

　　晋先予见众人都应允了，也是默默点头。

　　众人就在雾气消散之前，鱼贯进入了这个莫名的、完全看不真切的境地之中。

　　不一会儿，雾气彻底散去，而东方的天际也现出了鱼肚白。

　　经过一夜恶战的雪原上到处都是残肢碎尸，鲜血将白雪染得斑斑驳驳，就像打翻了红色颜料在巨大白色画布上一般。

　　在初升光芒照射的大地上，在这片几乎被损坏殆尽的林子后，哪里还看得到任何肉眼能见的东西？

几人就像是在这茫茫雪野平白消失了,一点踪迹都看不到。

抉择尤其是在已知与未知、能见与不见之间更为艰难。

好比徐三豹,哪怕是前面有千军万马让他去闯,他也不会皱半下眉头。可这次他却是犹豫了,在茫然未知面前,在对未来根本就不能猜测的面前,他这样的铁汉也犹豫了。

可除了心地质朴不动心思的周焖外,谁不是这样呢?未知代表着无可防备、无可推断,无法在心里树立哪怕只有一丁点儿的信心。

对于任何一个心智健全、生有所恋的人来说,未知都是一块心灵禁地。

可以想想,但绝不能触碰;可以说说,但万不要试试。

或许中华人骨子里的这份保守,加上大清国对子民的桎梏,也注定了他们在那个时代无法超越西洋人,创造改变人类命运的科技。

不过这几个人最终还是踏入了茫茫未知之中,开始了全然未知之旅。

(二)

一片如盘旋阴雨天色的灰霾下,几个人正在一个仿若天神之路的无朋巨大的通道里行进着。

这通道直径应该有百丈之遥,而且越到远处越迷蒙,根本看不清楚。

就算轻功高如李白安都不愿意飞过去瞧个究竟,因为这通道里实在太过幽静,又太过离奇,根本就没来得及去想探探边界。

这个通道呈椭圆形,除了巨大之外,还有很多让人匪夷所思的地方。

首先是自从他们进去后,先是一片昏黑。那时外边应该也没有天亮,所以大家都没介意,而是各去拿取火之物照亮继续前行。

等走了好长一段,环境倒是慢慢地亮了起来,只不过这亮是相对于黑暗的阴沉的亮。

在通道中只觉得四周越远越是模糊黯淡,就连来时的路都仿佛被故意遮掩般看不清楚了。

这很奇怪,要是根据天时变化,此刻应该天明,那环境亮起来也是理所应得,可为什么只有周遭是中灰色的,不管前路来路却都看不清呢?

为此李白安确实想运功疾行到前面看个究竟,可第二个难以理解的事却把大家又给困惑住了。

按理说地面要么是如荒原一般平平坦坦,要么是如丘陵一般沟壑起伏,再不济也是坑坑洼洼也就罢了。可这里的地面却是如同水波般地规律隆起,每个隆起都如同一道平整的小丘,而每两条小丘之间的间距仿佛都是一样的。

这般如同巧夺天工的地势,在走了许久之后却不见丝毫改变,一路看不到头地蔓延下去。

那若是自然形成一定是独特的环境造成的，比如不间断的风沙侵袭、不间歇的流水腐蚀，可这里却连个风丝都没有，水影都不见，拿什么来形成？

如果说是人造的，可造这些极其规范的，又大而无用的东西有什么用？

盛思蕊曾把匕首扎进地面的土里查看，一匕下去却发现地面里比最硬的金属还要坚硬紧密，不仅插不透，还很难拔出来。

再拿匕首刮刮地面，这地面上除了深暗色的土壤外，有的地方还生了些青苔。可除了青苔浮土能刮掉，其他的都刮不动了，只能硬铲。要知道这可是宝器，削铁如泥，可在这里却好像发挥不出作用。

当然奇怪的还在后头，这些波纹隆起不但看不到头，还过一段路程就改变了地势，原本向下的势头仿佛慢慢就转了上。

由于前方四周都无法看清，这地势的转变其实是难以参照对比的。可对诸位练家子来说，还是有感觉的。

而真正让李白安没有贸然运功出去查探的真正原因是，他发现这通道其实是弯曲的！只是由于空间实在太大，弯曲的弧度根本感觉不出。但他可是个老行船的，又做过海军，在茫茫大海上练出了对方向变化的敏感。

不过他没法验证，又没有指北针四分仪什么的，倒是明墉有个微型罗盘，可自打进了这里就是指针乱转，加上完全一致无变化的环境，根本找不到方向。

他听说过民间有什么鬼打墙的传说，暗自揣测他们不是进入到这种地方了吧？

虽然在科技面前鬼都要变成了无稽之谈了，可这种如迷魂阵让人走不出去的地方可确实是存在的。

所以他没敢轻举妄动，而是沿路暗暗用宝刀做下标记，以便识别。

那时间呢？钱千金有一个纯金怀表，当宝贝似的一直戴着。可自打进了这里后是怎么上弦指针都不动了。

难道这里有个巨大的磁场在干扰着？毕竟里面还有在西洋读过科学的，这种设想听来十分有理。可为什么身边的其他金属器都没事？连牵在后面的马上鞍鞴蹬挂等含铁的东西都没事？

要说把马牵进来可能真是个错误，众人还剩五匹马，可进了这种地势马车载人还不如人背着稳当，反而后面牵着马过一道道小丘的徐三豹却是要多费不少力气，开始不住地埋怨。

现在是方向不知道，时间不知道，前面不知道，后面也不知道，唯独知道这里好像什么活物都没有，而且大得离谱。

（三）

李白安此时已和秦潇交换了位置，从担架上腾出手来，这种地势心月还只能被担架抬着才最平稳。他也不是累了，因为他觉得进来好像没多长时间，自己也不累，腾出手来是要和大家商量商量。

他先问身后的钱千金道:"钱先生累不累,要不歇会儿?"

按理说这种不断翻过一道道小丘的感觉应该比爬山还累,换了以前钱千金应该是叫苦了。可他一反常态道:"哎,好像没走多久呀?没感觉累。"

李白安也是一般感觉,虽然环境影响感觉不出时间变化,但自己也觉得没过多久。

但毕竟应该是天亮了,按时候也该停停吃些干粮了。他叫众人还是先歇歇脚,又去给心月喂了干粮,这才和众人一起嚼上了干饼熏肉。

他见徐三豹拿块肉吃得闷闷不乐,就问道:"三豹怎么了?"

"别的倒是没事,就是这几匹马实在是太碍事了,又用不上,又要用力牵着,着实是麻烦啊!"

"就你事儿多,我不也走着呢吗?也没抱怨什么!"

"你个老柴火棍,站着说话不腰疼,你牵牵马试试?"

李白安问道:"大家有没有觉得这通路似乎是弯的?"

众人虽然都觉得走得无措,但还真没发现路是弯的,况且这通路这么宽阔,怎么判断是不是弯的?

倒是钱千金道:"我也感觉出了,这路确实是弯的!"

徐三豹一定然后大笑道:"你个老柴火棍,平时路都懒得走,还说感觉出路是弯的?骗鬼啊?"

钱千金白了他一眼道:"我少走路是有道理的!我年轻时左腿曾经伤过,虽然好了外表看着如常,可走得久了还是不自然地向左拐。所以呢平时我也不多走路,你们也看不出来。但这次我却一直跟在白安身后,没偏向,那还不能说明这路是弯的?"

大家听他这么一说,都觉得好像是那么回事。

因为一群人走路的惯性是按着领头的方向走,而李白安无论经验功夫都是众人推首的,大家都确定他应该是按照直线走的。

可钱千金却因为生理原因走久了就要偏左,可是他并没有偏左,而是一直跟在李白安身后,那就说明是李白安按着向左弯曲的地势在走,而不是走的直线。

不过这都是大家的猜测,因为无法分清方位,所以怎么说都没有根据。

这时徐三豹突然拍手道:"我倒是有个办法,兴许能辨出方位和曲直!"

"就凭你个蛮货,除了自己每天吃多少能测出,还能干这个?"

明埔加入不久,倒是没怎么听过二人拌嘴,此刻听了觉得甚是好笑,只得捂住嘴。

盛思蕊却瞧见了他的小动作,踢了他一下。

徐三豹果真大怒道:"我知道的多了,比如我知道一拳下去你就会变成一饼!"

李白安见二人又呛呛起来,他知道这其实是两人的必备娱乐,但现在不是时候。

他问道:"我一直想上前面去探探,可是不太放心。三豹,你倒是说说,有什么办法?"

"马呀!"徐三豹从未觉得马匹如此碍事,但现在只想把它们抛出去。

"马？"

"对呀！我们把马放出去狂跑，它往前一跑，我们就能看到路了，也能知道曲直了，对了，还能知道前方是否有危险了！岂不是一举三得？"

众人一听，这好像确实有那么一点儿道理。现在可谓是四顾茫然，总不能这么干走下去吧？这马现在确实没用，放出去说不定能探出些什么来。

可晋先予道："你把马放了，要是真丢了，那我们回去时怎么办？"

众人一听也对，回程时马要是没了，真的开动双腿，那可是谁也不愿看到的。

不过徐三豹道："回去？现在连路都看不到，先想着回去？老晋不是我说你，你这瞻前顾后的毛病就得改改，老柴火棍都不像那般矫情了，你还事事想着退路？告诉你，真的到了必有退路，到不了这马也没用！"

"可我们必须设想必备万一呀？"

李白安见众人又要发生分歧，就忙劝道："先予也不比担心，三豹也不用激动，要不然我们放一匹出去探探，不管结果怎样，都不影响大局，大家看如何？"

这方法倒是柔和许多，尽皆赞成。

徐三豹从后面解过一匹马来，管晋先予要了个小火折子拴在马尾上。而后对马说道："老家伙，现在该你表现的时候了！"

说罢他把火折子打开，顺势在马臀上拍了一掌。

马尾毛顿时被火折子燎着，而那一掌更是让马匹吃痛不已。就听它一声长嘶，放开四蹄就向前狂奔而去。

可是没过多远，马尾的火光就不见了，再接着马蹄嘶声也消失了，整个前方又陷入了灰霾混沌之中。

众人还是不死心，又听了好一会儿，一点动静都没传来。好像是马一奔进前方的灰蒙里，立刻就被一口吞没了一般。

众人都惊骇得面面相觑，就算是马匹遇到什么猛兽怪物，也不能像这般无声无息地消失了吧？

徐三豹还想再拍出一匹，他的理由是刚才大家都没准备，可能没看清，这回可要擦亮眼睛仔细看了。

晋先予忙阻止他这般糟蹋东西。李白安见他们又开始争执，唯恐军心不稳。

在这未知的环境中，自己人再起了内讧，岂不是要举步维艰？

他忙道："炯儿你去后面牵着马，换下徐师父。我们先到前面看看到底是怎么回事，再做安排！"

没了马匹羁绊的徐三豹这回可是精神了，一马当先走在最前。

（四）

可是大家一路走下来，连个马影子都没看到，如果按照之前的距离估算，早就该到马失去音讯的地方了。

众人分开去找，可是没多久就都退回来了。

且不说前面是一片混沌，就连两边走得远根本就看不清身后的人了，此种情形哪个还敢远跑。

众人无奈只得再向前走了一段，可是依旧连个马毛都没看到。

"这可就怪了！要说马跑得远了，可它尾巴上还绑着火折子，怎么说烧落的马毛也能见到，可怎么会什么都没有呢？"晋先予仔细检查地面疑道。

"或许还没等烧落马毛，那老蹄子就跑过这里了？"徐三豹道。

"那烧落是一路落下的，还能等它跑远再落？你个蛮货！"钱千金道。

"不过还有更奇怪的！"莫沁然突然抬头道，"这一路大家可看到马蹄印了吗？"

众人这才感觉到一直以来根本没见到马蹄印！这个也并非是忽略，而是这里地面太硬，一路上众人都没有留下脚印，所以都并不以为意，此刻听她一说才觉得奇怪。如果说大家都是在行走，那步伐较轻，留不下足迹也说得过去。可马在奔跑时腿蹄应该很重，怎么也留不下蹄印呢？

大家这才醒悟过来，李白安道："大家回头再去找一找，看看究竟是在哪里看不到蹄印了！"

众人掉头去找，可是走了许久却一个蹄印都未曾见到，甚至李白安还发现自己曾经一路留过的痕迹都找不到了。

这下众人都是陷入了深深的错乱之中，尤其是李白安。

作为一个轻功高手，又是海军中的佼佼者，他对自己的方向感非常自信。他不相信自己走的不是同一条路，可为何到了这里，来路却根本不是原来那一条呢？

他见莫沁然还在低着头仔细查看，就道："莫小姐，你还有什么别的发现？"

莫沁然抬头道："李大侠，我自进入后，为防方向有失，将自己的一个蜡梅花粉香囊刺破，让花粉落到地上，好做分辨。"

"可是现在呢，"她脸现深虑道，"我一点儿花粉的痕迹都没看到。这就是说……"

"我们刚才走过的和这退回的不是一条路！"

大家都被盛思蕊的突然大声接话吓了一跳，都朝她看去，只见她指指明塽道："他在刚才走回头路时就跟我悄悄说了，只是我到现在才信！"

众人又疑惑地看向明塽，他有些尴尬地搓搓手道："对！诸位，不是我想瞒着，而是到了现在我才确认！"

"那你的凭据从何而来？"李白安道。

"我之前跟人去开……啊，不，就是跟人去探过一座南朝的古寺，那寺里有一座很大的没有窗子的佛堂叫'入三摩地'，我们在那里就找不到路了！"

"'入三摩地'，这是什么名字？"盛思蕊道。

"三摩地，又作三摩提、三摩帝、三昧地，即住心于一境而不散乱的意思。'入三摩地'也就是入定。"钱千金解释道。

"噢，原来是个僧人修行的地方，那你去那里干吗？"盛思蕊道。

"唉，要是当时身边有钱先生这般大智慧的人就好了！我们看那里只有一扇小门，又没有窗,还以为是个藏宝的地方!"明墉沮丧道。

"果然又是去……"

"可没有,可没有!"明墉忙解释道,"我们可什么都没拿,能囫囵个出来就是万幸了!"

"怎么,里面有一帮武功高强的僧人把你们一顿胖揍?"盛思蕊想起他说过同伙好死不死去莆田寺里偷宝被擒的事就想笑。

"武僧倒是一个都没有,只是那里面是盘旋起来的一条条环形通道,上面又紧连屋顶封闭着。所以我们差不多在里面转了快一天才逃出来!"

"怎么,里面很大吗?"

"从外观看再大小半个时辰也探完了!可我们在通道里面,明明是沿着一条路走的,可怎么也走不完。想退回去,却还是走不到头,我们就像是两头寻不到路的老鼠般,都快绝望了!"

"那最后呢?"盛思蕊憋着笑,听他用老鼠形容自己确实可笑。

"最后到了第二天早上,一个扫地僧人进来,才把我们引了出去!"

"那你们就没问问僧人到底怎样才能走出去?"

"逃出生天,我的同伴都快吓傻了,一溜烟跑了。可我还是问了一问。"

"那僧人怎么说?"

"他道:'施主以不敬心,妄入三摩地,反为内魔困。放下方清净,空澄心境明。施主未明佛境,不可再入佛地。'"说着明墉还学和尚的样子双手合十鞠了一躬。

盛思蕊笑道:"说了半天,什么意思?你还煞有介事的……"

"真的!当时那僧人就是这么跟我说的。我是之前惊魂未定,所以记得很是清楚!"

却听钱千金似有所悟地喃喃道:"'放下方清净,空澄心境明'。可怎么心境才能明呢……"

"那说了一通,你还是不知道出去的方法了?"盛思蕊没理会钱千金的自言自语继续问。

"我回头仔细想想,那些个通道应该是组成了视觉障碍的迷宫,越是心急就越看不清楚!"

(五)

迷宫?众人都是一愣。

其实迷宫这种东西几个在西洋待过的都玩过,可是由于在大清并不常见,所以众人一时都没联想起来。经他这一提醒,大家才思索开来。

其实迷宫并非西方智慧独有,在亘古中华是早有流传的。在民间最有名的当属诸葛亮在四川夔州布下的八阵图,据传曾困住东吴陆逊的数十万大军。

当然传言加上传记小说的夸张，将诸葛孔明捧成了神一般的存在，更让后人觉得这阵图无比神奇玄妙。而其实这阵图是依据地形地势的变化，辅以巧妙的搭建构成的一座巨大迷宫。

由于这种极为复杂精巧的技艺流传有限，再加上里面有不少玄学的构成在内，又因为战争模式的升级等因素，迷宫就很少出现，而后世对迷宫的研究也就没了兴趣。

其实许多中华传统文化，也正因为被外界传得过于玄妙，简直到了通神御鬼的境界，才让后世大量本有意研究的人望而却步，不敢深究。反而让不少先古秘术最终失传，消失于茫茫时间长河中。

而西方的迷宫发展道路恰恰相反，可能开创者也是不世出的天才，可是传承者却将其最终应用到了娱乐休闲上。比如花园里的迷宫墙啊，公园里的迷宫屋啊，反而让迷宫在人群中广为普及。

几人一听迷宫之说，先是晋先予想过后道："不太可能吧？我就去过四川夔州，见过八阵图遗迹。那可是极为复杂的布局构成，通过各种似是而非的异同点让人在其中产生错乱，那必须要辅以各种障碍、墙壁、通道等。可这里除了空茫一片还有什么？怎么构成迷宫？"

钱千金也捋须道："迷宫说穿了是障眼法，应该是从兵家的布阵中演化而来的。但更多玄学之士认为是《奇门遁甲》中创造的。可是阵法迷宫确实存在，奇门迷宫却存如缥缈，具体是何来历也不好分辨。不过阵法要有兵卒，阵图要有屏障，可这里如此空旷，怎么布成迷宫？"

盛思蕊却搭话道："或许是个大迷宫呢？咱们假想一下，我们只是在其中一个巨大的通道里转了向呢？"

"巨大？那要多大？我在京城可是都没转向，这里能比京城还大？"

"哎呀，徐师父，京城随处可见建筑街巷作参照，自然走不丢，可这里呢却是什么也没有！您说京城要是什么都没有，您还能不能分出方位？"

"可蕊妹这么说也还是有漏洞！"秦潇到了现在才终于有说话的机会，"如果我们是在其中一条巨大的通道中，那也就走不到岔路，根本也就谈不上迷路，最多只是大家在一条大通道里走岔了而已！"

他这次说得在情理之中，盛思蕊不再反驳，却听莫沁然突然道："没准，我们真的就在一座迷宫里，由看不见的屏障构成的迷宫里！"

看不见的屏障？众人都被她这一说法如抛进云里雾里，又是不明所以起来。

明墉倒是点点头道："这说法很有意思！我后来曾仔细想过那'入三摩地'里的情形，那些个墙壁通道看起来是一模一样！长时间了眼睛都麻木了，根本看不出不同，所以在哪里走了岔路，又绕了回头路根本就记不清楚。而那扫地僧却能眼也不眨地带我们出去，就是他根本没被视觉屏障迷惑住，而是靠心进进出出。难怪他会说'放下方清净，空澄心境明'了！"

"可我们现在是什么也看不到呀？这与有混淆参考物体还是有很大不同的！"盛思蕊道。

"不过佛家常说见与不见只存在于心境之间,心境空明可见所未见,难道这通道与佛偈里的心境有关?"钱千金思索道。

"不过佛教传入华夏已是汉代,这里在汉代可还不是版图之内,怎么从南疆万里迢迢传到这里?"他又补充道。

"其实我看倒和佛家没什么关系。这里的屏障只是我们看不到的,比如……空气!我们就看不到,可是确实存在!"莫沁然道。

空气?这些人都大体知道有空气这回事,但空气可怎么构成屏障?

不过她这话却是触动了明盛二人,他们当即就想起了祁主使的掌风,那的确是看不到,但杀伤力却是实实在在的。

盛思蕊突然灵光一闪道:"哎,我记得我们牛津大学的科学家曾经发现了一种新的气体元素,这种元素活跃性低,但已知明显隔音,叫做氩,在希腊语中是懒惰的意思,所以又叫惰性气体!我们没多远就听不到声音了,是不是因为空气中有大量氩气的存在呀?"

"那这种什么氩还有什么作用,比如隔光?"钱千金求知欲强问道。

"我可只读了不到一年大学,这哪里知道?可能还没研究出其他作用呢!"盛思蕊无奈道。

明埔突然道:"如果有什么像思蕊说的又能隔音又能隔光的气体充斥在这里,那我们的确是什么也看不到,听不到了!"

"不仅如此!这些气体还形成了流动的隐形屏障,既看不到去路也找不回来路!"盛思蕊终于茅塞顿开道。

隐形屏障?气体构成?这说法更是脑洞开到天际。

钱千金马上驳道:"这就说得玄了!既然是空气又看不到,怎么阻碍我们的方向?咱们可有谁感觉到了?老夫子我可是书生一个,五体不勤,手不缚鸡,要是有,第一个感觉到的也应该是我!可并没有啊!"

几个习武人都是附和,没错,习武之人可能身体对微小的阻碍有本能的反应,或许自己都没察觉,可身体却已经实诚地回应了。

可钱千金不同,一阵大风都能把他吹倒,有什么细微阻滞他能感觉不到?

"不过确实可能有这种情况!"一直沉思没出声的李白安突然道。

(六)

他回忆起十年前在舰艇学院的经历,那时英国海军正在全力研发一种在深海中行进的舰艇,暂时叫作潜艇,好在敌人视线之外给予幽灵般的打击。

他曾参加过模拟潜艇在深海中,对静止不动的舰船予以鱼雷打击的精度调校。

他当时还不懂科学,面对静止的海面上的舰艇,一鱼雷瞄准打过去就是了,还要精度调校?

可是一试之下他却是大吃一惊，实验池下有模拟的大洋深海洋流，虽然看水面上的舰艇仍是静止不动，可是按照原瞄准的方位发出鱼雷确实会产生偏差！这就是说水面的舰艇看似没动，可是却在深海洋流的带动下悄然无声地一直在移动！

他之后在舰队里对此现象理解更是深刻，也终于明白为何以前在漕运时，小舱船在水中停留时下锚一定要钩底，因为船身轻，河流湖泊的流速不足以扯断锚绳。

而大型舰艇在海中下锚其实就是沉个重物坠底，因为船身太重，如果锚钩底，海底洋流要么会把船身拉斜，要么会把锚链拉断，结果都是很危险的。

换成是现在，如果真的有感觉不到的气体在缓慢又有方向地流动着，以肉眼不可见的方式，那么他们只要是顺着气体流动的方向走，就极有可能被气体按它的流向推动着。这就像是在看似平静的小溪里游泳时，明明自己游的是直线，可是上岸一看却产生了角度偏差。

几个师父对这个说法将信将疑，不是大家顽固地不信科学，而是能让人改变行走方向的气体流动却丝毫感觉不出，实在是太奇怪了。

"不过还可能有另一种解释！"莫沁然突然道，那就是我们在这通道里实在是渺小得微不足道，那样我们本身就像水里的浮萍一样，根本不需要感觉和反应，就已经跟着气流走了！"

她这个说法更加让人难以置信，一群人要在多大的空间里才能被视作浮萍一般？就是在外面的雪地里，几里外看一群人还不只是个黑点儿呢？难道这通道三面都有几里远？

虽然科学的发展并没有限制人的想象，可科学的进步确实也解释不了不断层出的新现象。科学虽然在一路狂奔，但离解开自然浩渺之谜的大门，却总是有着看不见的距离。

不过现在事实摆在眼前，那就是他们不能看远，也不能听远，很可能就是被盛思蕊说的某种气体给隔绝导致的。而这通道里的无比空旷和静谧，也极有可能是因为隔绝导致的错觉。

不过到底是如何产生这种现象的，又是什么在左右着他们的行程，这些是他们无论如何也谈不出所以然的，更别说结果了。

不过这时莫沁然却想出了个办法，她随身还有丝线编成的坚韧丝绳，如果大家四处去探，每个人都拽着个绳头，另一端固定在中央不动，那不管最后探到哪里都还能找回来。

大家一听虽然是没有办法的办法，但也甚是可行。

而就在这时，却听秦潇突然四下张望道："大家谁看到周炯了？"

众人这才反应过来，刚才一直就没听见周炯说话，而且也没有马的声音。刚才大家讨论得都太投入，竟然谁也没发现少了个大活人还有马匹了！

几人四下观望，可是除了周围的一片灰霾哪里有什么？四处喊叫，可声音扎进灰霾中竟如被吞了一般，根本不知传没传出去！

李白安有些急了，他在万千人前都可不惧，但无端少了自己亲近的人却是忍受不了，便提议众人四下寻找。

其实说是四下，但也就是三方，不过钱千金却说如果大家都转了向，那哪里还能分得出哪边是来的方向呢？

不过这点李白安倒是非常自信，作为一名曾经的高素养将领，他对自己回头走的是直线非常坚定。

虽然也不能排除其他可能性，但现在人手不够，怎么分配？

按照莫沁然的丝线连拽法，首先中央定点的人要稳健势沉，那就非徐三豹莫属了。他见爱徒失踪，心下火急，但事到如今也得勉强应下来。而不会武功的钱千金只能留下来。

那剩下的李白安和晋先予一组，秦莫二人一组，盛明两个一组，再也分不出人手去找第四方了。

不过晋先予却道："白安，我们两个老的，犯不着和孩子一般两人同行，难道你还怕我独行会出了危险吗？"

李白安虽觉得还是两人同行更保险，在这一片未知之中有个照应总是好的。但经他这么一说，也勉强答应，这样就分了四组，而到了方向上，几人都有了争执。

明显周炯落在身后迷路的可能性最高，左右次之，于是几人都争着向后去。

最后李白安决定自己向后，晋先予向左，而秦莫二人向右。至于盛明二人则被安排到向前这最不可能发现周炯的方向。

盛思蕊明显觉得这是个被忽视的任务，刚要表示不满，可明墉却碰碰她臂膀表示不要，同时小声道："相信李叔的决定没错！"

盛思蕊只得从了，而李白安看着明墉的举动脸上露出嘉许之色。因为在他心中，前方才是风险最大的，因为大家都没走过，情况是最未知的。以现在几拨人来说，盛思蕊的拳甲和明墉的残剑组合无疑是最具威力的，而就算盛思蕊拳甲一时用不出，光靠明墉乱舞宝剑就足可以御敌了。所以他才把最刚猛的派往未知之地，在他心里这样最稳妥。

安排停当，几人都拽着绳子顶住了自己的方向，而绳子的另一头都扎在徐三豹流星锤的锤头上，由他踩在脚下。

这些丝绳每条都是上百丈长，软软地拖在各人身后。如果走出距离没有任何发现，就先拽着绳子回来，等大家再凑齐商量下一步。

这方法虽看似笨拙，但却是最为谨慎的做法。大家都无异议，准备开拔。

这时晋先予突然掏出几个"升天猴"——分给大家道："有事情马上放烟火通知各人！"

（七）

盛明二人刚走出不远，再回头已看不见一个人影，听不到一点儿人声。

此处虽静谧无声，四周一片灰蒙，但盛思蕊还是有点儿怕，她就想着要多说说话。

　　说话是在幽闭空间的一种有效的减压方式，虽然当时还不懂心理暗示，心理调节之类的，但这却是流传已久的有效办法。比如夜走坟场，那恐怖的滋味不是一般人承受得住的，很多单独一人的都会选择大声自言自语来为自己壮胆。

　　当时西方心理学已有起步，而最早的研究依据就是统计法，以多少统计数据为基础来判断量级。可见不管是何种科学学科，都是以数数为基础的。

　　而盛思蕊见到明墉在做一件好笑的事情，他正在数数！

　　见他数得认真，盛思蕊不禁拍他道："怎么吓成这样！数数壮胆儿？"

　　明墉一脸笑意道："有思蕊的拳甲光刃在，我还需要其他壮胆？胆色早就飞到天际了！"

　　盛思蕊见他贫嘴，轻呸笑道："油嘴！"话虽这样说，但明墉总是好像在不经意间说出对她的夸耀还是让她心中很受用。

　　"那你数数干吗？"

　　"我们的丝绳有一百来丈，而我每丈大约走四步，那就是到了四百多五百步绳子就该用完，我们也该回去了！"

　　"既然都有绳子，到时绳子绷紧自然就知道距离了，还数什么？"盛思蕊不解道。

　　"要是在光天化日自然不用！可这里是危机暗伏，每一步不得不要谨慎小心！"明墉正色道。

　　盛思蕊听他说到危机暗伏，想起自己和他走的是最不可能找到人的方向，而他当时竟然毫无异议。

　　她不禁问道："义父让我们走显然找不到的这端，明明没意思，你为什么不反驳？难道是想着躲清闲？"

　　明墉苦脸道："思蕊你不想想，但凡是你要冒的险，我怎么可能不心甘情愿跟着？李叔这安排才叫知人善任，好钢用在刀刃上！"

　　见盛思蕊不解，他继续道："李叔是什么人，久经战阵、刀头舔血！杀伐决断，指挥作战，怎能不按人的能力分派？"

　　"那我们就是……"

　　"我们，尤其是思蕊你，已经是所有人中最强的了！"

　　"我最强？"

　　"当然，大家都看过你光刃杀敌，那可比切豆腐痛快多了！你不是最强，还有谁是？"

　　盛思蕊一听才想到以自己拳甲在手，现在在队伍里的地位是不可同日而语了，不能再当个爱闹的小孩儿了，而要实实在在顶起大梁。

　　明墉接着道："而我的残剑舞起荡叶剑，那也是坚不可摧的防守，我们合璧，绝对是无可匹敌！"

　　"说你胖你就吹！"她又想起来问道，"那义父为何要把我们放在前面呢？"

　　"思蕊呀，你可是当局者迷了！你想前面虽然找到周炯的概率低，但遇到不测的风险可是最高的！那我们最强，当然要走最危险的路了！"

"噢……"盛思蕊这才明白李白安这番安排的深意,点点头颇觉任重道远。

"所以你就格外小心谨慎,一直要数着步数?"她又问。

"那是自然!思蕊你看我们这一路过来,尤其是接近了霍勒金布拉格,碰到的不可思议的事还少吗?而且从进入雾里走过来,我就越来越觉得不对劲儿!"

"哪里?我看都挺不对劲儿的!"盛思蕊道。

"最不对劲儿的就是我们根本不知道走了多远、走了多久。就连李叔那样久历风雨的江湖高人都说不清楚,你说不怪吗?"

"那倒是,我呀从来没见他如此彷徨过!"

"你还记得我们在山洞里吧?"

"当然了,可和这里有什么关系?"

"咱们感觉就在里面待了不过两天,可祁主使却说在外面等了我们七天!"

"他可能是气糊涂了,晕头转向的!"

"不过按时间推算,我们不应该比约定时间晚到呀!结果呢?晚了七天!"

"你是说我们产生错觉了?明明待了超过七天,却感觉只有两天?"盛思蕊惊奇道。

"如果是一个人错也就罢了,怎么两个都错觉了?而且我们在里面可是只吃了四顿,要是真过了七天之久,那不饿死了?"明墉皱眉道。

"那你是说洞里面的不到两天外面却过了超过七天?"盛思蕊惊讶地张大嘴巴,"这也太不可思议了吧?"

"哎,谁说不是呢!我脑子也乱得很。就刚刚吃饭时,李叔还说感觉着按时候该吃饭了,可是我们都没觉得饿,你还记得吗?"

"好像确实如此,而且也感觉没走多久!"

"还有那位钱先生,一看就是虚弱单薄的体质,连他也没觉得累饿!"

"可能真是我们没走多久吧?"盛思蕊不愿多想,糊弄起来。

"希望是这样就好了!要不然……"

盛思蕊见他欲言又止,不禁微嗔道:"别卖关子!"

"要不然还真不知道怎么走出这个通道!"

盛思蕊听罢觉得心下一冷,心底一阵寒意袭来,她马上转换话题道:"不说那个!换个眼前的。你说周师兄可能到哪里去了呢?"

明墉摇摇头道:"我也不知道,就算是我们碰上了也说不准!"

"那怎么可能!他可是从身后走失的!"

"我看有可能,如果这里真的是一座由空气屏障构成的迷宫,那我们走起来方向错乱是一定的,谁又能确定来路不是前路,而回头不是向前呢?"

盛思蕊听明墉越说越悬乎,不禁拍了他一下道:"你就不能说点儿好的!"

"什么好的?祝周师兄逢凶化吉,平安康泰?"

"又胡扯!"盛思蕊忍不住笑了。

"看见你笑了就好!我只是随口一说,你别太担心。毕竟有我们剑刃合璧,还有何惧哉!"

盛思蕊气得拍了他一下道："还剑刃合璧？我可不跟你这贼人合璧！"

说完她又忍不住笑。

（八）

"不过我之前还有个设想，只是太过大胆，一直没敢说！"

"什么设想还要思前想后不敢说？"

"我以前研究机关锁，师传秘籍中记载着一种转盘机关，甚是厉害，如果我们陷入其中可就麻烦了！"

"什么转盘机关？"盛思蕊一头雾水。

明墉讲的是古书中记载的一种机关，上下由三个转盘组成，每个盘面各有几个大小不一的孔洞。三个转盘由主轴咬合转动，但方向却是各有不同，而且由于三个转盘的大小也不相同，所以将上下三个相同的、正好能够用万用钥匙对齐插入并打开的概率十分的低。

而这也是明墉所见到过的最复杂的机栝开关了，而且还只是在书中看过记载。

盛思蕊不禁问道："那你说的这个转盘机关，比起之前开过的鎏金藏宝盒来哪个更难？"

"这不好比较！如果光论锁匙的复杂，鎏金宝盒已经是登峰造极了！而且这种转盘机关锁是要让它真正按设定好的规律动起来，才能发挥奇效！至今可能都没有让一套机栝一直动下去的办法！所以这也只是书中的记载而已，至于现实中存不存在可就不知道了！"

"你认为我们可能在一套上下转动的机栝轮盘上，而且转动的方向还不可测，所以就会完全失去方向？"盛思蕊问道。

明墉探求问道："你说有没有这个可能？"

"这个恐怕是异想天开了！你说那么小的转盘机关想一直动下去都不可能，那我们可是在如此巨大的空间里！那就算我们脚下踩的是一个转盘，那得有多大动力才能让它动起来？"盛思蕊蹙眉接着道，"而且我们根本就没感觉周遭在动呀？"

"不过……"她突然眉头一展道，"不过教授在课上曾经说过，运动是一种绝对而相对的概念。说是绝对是因为万事万物都在运动着，说是相对则是运动却有相对静止的一面。"

"此话怎讲？"明墉有些迷糊了。

"简单说，地球不但围绕着太阳在公转，自己也在转动，可我们却根本感觉不到任何转动。要不是日月交替的过程，我们都会以为脚下的大地是静止的！"

"对，战国时有个邹衍就说天圆地方，有个道长钟吕还说：'混湾初分，玄黄定位。天地之状，其形象卵。六合之中，其圆如球。日月出没，运行于一天之上、一地之下。上下东西，周行如轮。……'"

"那就是地心说了！哎，没想到你没怎么读过书，还知道这么多？"盛思蕊奇道。

"还不是生活所迫！在古玩行学徒，什么都要看、都要记，这不，杂七杂八倒是学了不少！"

"好，你明白就简单了，虽说运动是恒定的，但感观上却有相对静止的一面。就说如果我们要是在一个运动着的大转盘上，却感觉不到它的运动，那这个转盘要有多大，才能是我们产生相对静止的错觉？"

"不过也不是不可能！你看这三边根本就望不到头！"明埔环视道。

"好了，假如你这个假设存在！那是什么使这么大的转盘动起来？我们大清连火车的蒸汽发动机都要从西洋买，而要带动这么大转盘，要多少发动机产生多少动力才够？那恐怕之前义父的北洋所有舰船的发动机加一起才有可能吧？"盛思蕊耐心解释道。

明埔噢了一声，而后道："还是懂科学好呀！不过我们古代好像有说过什么……"

他作沉思状，突然瞪眼道："对了！诸葛孔明的木牛流马，那时候可没有蒸汽机，不还是有能一直运动的机栝？！"

"哎呀，那都是传记作者给偶像加金身编的，这可怎么当得真……"说到这儿，她突然顿了一下，而后疑惑道，"一说这个，我倒是想起来，回来前大学里有一帮子科学家声称要发明什么不需燃料的永动机！也不知真的研究出没有……"

"你看你也认为有可能！现在假设我们在一个更加复杂的转盘机关组里，这些巨大的转盘不停地缓慢地正反运动，而互相间又以一种我们想象不到的方式紧密衔接。那我们走着走着就随时可能走到另一块不同运动轨迹的转盘上！这也就可以解释为何周炯突然就不见了，而我们也找不到来时的路了。"

两人倒是对这科学问题越说越起劲，各种猜想更是层出不穷，如细胞膨胀分裂般越来越多。一个是科学刚入门，另一个则是半个科学盲，反正二人的观点既得不到有力的佐证，又没法尽数说服对方。

（九）

不过明埔的步子却慢了下来，直到他突然闭嘴脚不动了。

盛思蕊见状问道："怎么着，你找不到理由来证明自己刚才说过的什么'其实不只是下面在动，整个洞壁平行也在动，随时就会把我们引到另一个未到过的所在……'了吗？那可说的是什么呀？"

她见明埔突然回头看了一眼，而后转回头来脸色沉重，凝神不语。

她急问道："你怎么了？有什么不对劲的……"

却见明埔突然脸现奇诡转头道："思蕊，我才想起，我们早已超过距离，已经走了一千多步了！可你看身后的绳子……"

她忙回头，只见两人身后的丝绳还是软塌塌地拖在地上。

她也不禁登时懵了，刚才光顾着争辩，却忽视了此处距离早已超过丝绳长度两倍不止，可绳子却没有任何绷紧的迹象！

她急问道："你一路说话还能记得步数？"

"当然了！我要做某件事，就跟上了发条一般，按惯性就能做下来，就像计记步！可就是谈热闹了忘了距离这一茬！"

二人都有点迷乱，马上开始拉绳子，可拉了半天却拉不到头。

他们镇定下来后马上想起李白安临行前的嘱托，立刻就沿着丝绳往回走。

可是走了不到三百步就看到了丝绳的一端孤零零地断在地上，而四周空空荡荡，了无声息。

两人这回可是真急了，丢的人没找到，去找的人把自己给找丢了。

盛思蕊急得四处呼叫，可是这空间里声音仿佛一响就往远处飘，就被灰茫一口吞掉，哪里有任何回声回应？

她喊了一圈，一无所获，回头却见明墉在那里蹲着拿着绳头仔细看着。

盛思蕊急道："都这时候了，你还有心情看个绳子发呆？"

"思蕊你看看这绳头！"

盛思蕊蹲下一看，绳头的切口并不平滑，而是像被摩擦锉断一般参差不齐。

"这说明什么？"她更加狐疑。

"说明我的转盘机关说法可能是正确的！"明墉焦虑的脸上突然现出一丝兴奋。

"只有两个物体相向锉动才能把绳子磨断成这样！"他更加兴奋道，"也就是说，我们始终走在一个，不，一组运动着的转盘之上！它们缓慢地转动着，不时两两相交，而交错时我们就从一块转盘上被带到了另一块上！也就是说我们现在所在的，与李叔他们所在的，还有周炯所在的可能都已不是原先那一块了！"明墉被自己的发现激动得摩拳擦掌。

盛思蕊却冷冷道："这可有什么好高兴的？如果真是这样，我们就再难以找到对方了！"

明墉也觉得有点儿喜悦过头了，这种生死不明的时候，自己却表现出如捡了金元宝般的兴奋实在不该。

他忙稳了稳道："思蕊，谁说没关系呀？我们既然知道了原理，那就一定能发现找人的办法！这就像我们破解机关，如果根本不知道运行原理，那也谈不上破解。但一旦悟透了机理，那难题也就能迎刃而解。"

"你是说现在我们确定了这是运动中的转盘机关，那就能按照原理找到转盘的边缘，而只要按这个方法一步步找下去，就能找到所有人，甚至走出去？"盛思蕊问道。

"对呀！就是这个理！"

"那我问你，就算知道了，这转盘如此之大，怎么找边缘？我们四周三丈外就什么也看不到了，怎么找方向？还有，说话叫喊都传导不出去，就算是我们和对方相隔只有十来丈，也根本就不知对方所在，怎么找人？……"

这一连串问题确实把明墉难住了，他研究机关锁，大小不过掌间，遇到过的大机关跨度也不过十来丈，而像这般大的机关可怎么找边缘呢？

而此时还有一个更诡异的问题挤进脑子里：到底是什么人造成这般巨大无朋、看上去根本就不像是人力能完成的机关呢？还有，一般的机关都有切实的用处，而这般繁杂巨型的家伙到底是干什么用的呢？

这些林林总总，实在是挤得他脑子里晕晕胀胀。

而那边盛思蕊却在突发的沮丧中抽离了出来，她掏出了晋师父给的"升天猴"，眼看着就要发射。

明墉忙阻止道："思蕊，这可是唯一的一个，先不忙！"

"此时不用，更待何时？这东西的亮度高度你也见过，我们趁大家都没走太远赶快联系一下，说不定有用呢？"

"哎呀，这得留到紧急时候……"

"这还不算紧急时候？"

就这时，二人突然被近前发生的一幕给惊得呆住了。

六十、洞彻之瞳

（一）

盛明二人在抢着"升天猴"，一个偏要射，一个就力阻。

这时旁边的昏霾里突然传出一声极为沉重的闷吼声，两人忙去看，只见空中两团绿光即闪即逝，两人顿时惊得呆住了。

这两团绿光足有绿苹果大小，虽然二人被低吼声吸引转头看见，而且只是在灰蒙中看清了一霎，而后光亮就像转向一般消失了，但他们还是看得甚是真切。

盛思蕊马上从震惊中清醒过来，右手一扬，亮出拳甲，默运真气，贯于右掌。

不出意料，拳甲依旧毫无反应。但不知是因为环境过于灰暗还是怎的，总觉得拳甲上的石片亮了一些。

盛思蕊又挥舞了半天拳头，见还是没反应，只得悻悻地放下手。

明墉道："思蕊，别急！我看对方倒是没什么恶意！"

"这吼声绿光一出，不是妖魔鬼怪就要现身还有什么？"盛思蕊紧盯着绿光消失的方向，左手已摸出匕首。

"咱们想想，在这样我们目不能视的环境里，对面若要袭击我们，不早就乘虚下手了！冷不防扑过来，咱们不早中招了？"明墉答道。

"你说的那是人！那是狡猾的歹人会攻我们不备！要是对面只是个妖兽呢？"盛思蕊驳道，"我知道一些凶猛的野兽可都是先吼叫再动手的！"

"不过咱们想，如果真是个妖兽，那两团绿光就是兽眼，那从位置和大小看，这妖兽得多大个儿？"

"别说多大了！自打见过大个儿后，我对这北境边塞能出什么大家伙已经不奇怪了！蚰蜒都能长那么大，何况别的？"

盛思蕊依旧保持着十万分的警惕，可是面前却又是沉若死水。

"思蕊你说……"明墉突然问道，"那声低吼是不是故意在提醒我们？还有那一闪而逝的绿光？"

"提醒什么？"盛思蕊不解。

"就是对方见我们在通道里完全迷失了，彻底找不到路了，提示我们怎么走？"

"提示？"盛思蕊轻嗤一声，"你当是驯养好的领路犬啊？被主人指派来带我们出去……"

她说到这儿突然顿住了,疑惑道:"你说这里有人?他看我们迷路让驯养的动物来带我们走出去?"

"有没有这可能?而且这低吼绿光出现得也太赶时候了?"

盛思蕊想想,试探着问道:"你是说像聂小倩和宁采臣!兰若寺外小倩引路搭救宁采臣出去……"

明埔忙不迭道:"对对对!就是那段!要我看小倩采臣的故事一点儿都不输给民间传承的四大爱情故事,当真是荡气回肠啊!……哎哟!"

他腿上中了盛思蕊一脚,就见她咬着牙道:"还荡气回肠?是你花花肠子太多了吧?还是你聊斋看多了?再不就是你也羡慕着艳鬼搭救书生的桥段?瞧你那不学无术的样子,也指望着艳鬼来搭救?"

明埔见盛思蕊突然发怒,知道自己这话题是引错了,忙着求饶。

谁知盛思蕊还是怒气未消道:"就知道你们这些男的靠不住!得陇望蜀的本性是谁都不缺!盯着碗里望着锅里的本事是各个具备!见了漂亮的都要叫妹妹!人家不理就涎着脸缠着!每日里想的是不是都是'妹妹群里翻飞,乱花丛中迷醉'?见不到了也要硬想一个,连有些姿色的女鬼都不放过!我说写《聊斋》的曹雪芹是不是眼睛里除了妹妹就没有别的了?十足的下流胚老色鬼一个!"

"《聊斋》是蒲松龄写的,曹雪芹写的是《红楼》!"明埔弱弱地纠正道。

"那个老流氓更坏!除了女人堆他心里还有点别的没?总之都是一路货色!还有那施耐庵,女人在他眼里不是淫娃就是荡妇,这种人就该他一辈子讨不到老婆,断子绝孙!还有吴承恩,女人在他眼里都是什么?妖怪!不是妖怪也是花痴!这都是什么烂男人呀?竟然写的书还被追捧?足见你们男人心里是多么龌龊,多么污秽不堪!"

盛思蕊被刺激到了,完全忘了眼前看不见的隐患,开始一路义愤填膺地数落下去。颇有全天下男人俱是败类,为天下女人鸣冤不值的架势。

明埔一听盛思蕊激怒之下顺嘴就把四大名著及作者狠狠批驳一遍,激扬的架势不下戏文中的任何巾帼英雄。他心知理亏,自己好死不死提女鬼干什么,以前只知道她怕鬼,可没承想一提女鬼反应这么大!再一转念也明白了,这是对师兄秦潇移情别恋的恨意未消啊!正好借此当口一股脑发泄出来。

他一边垂头听着,一边想着:思蕊呀,思蕊,你和你师兄不过是青梅竹马一起长大,那只是你心里一厢情愿给自己的暗示罢了!你们之间有没有什么,人家又怎么能算负你?

其实盛思蕊这种心态在很多怀春少女的心中都有,一起青梅竹马长大的,干吗就不能一直白头到老?

殊不知男人本就是外向动物,自古赋予的狩猎天性使得他们大多不会安分家中,也不会拘泥于小小井沿之下。就算是清朝那般固化的社会形态下,大多数人都没办法去看看一村一城外面的世界,可是本性的心并没有安分。如此囚禁人身的社会形态却禁锢不了男人的旖旎幻想,而又由于阶级固化如钢筋水泥一般难以打破,是以幻想也就多围着女人打转。

明清两朝是传记小说的盛行时期,而流传最广的除了公认笔法还算干净的四大名著外，就属各类艳情小说最受欢迎。而每朝每代对这类能让行尸走肉一般生活的人们看到希望、产生幻想的小说都保持封杀禁止的态度。很简单，只有每日生活在惊恐中的愚民才更好统治，更容易受制于皇权。

可民间的智慧却是无穷的，私印手抄无所不用，这类小说却是在民间长盛不衰。

"还有那孟子说的什么乞丐二妻，都要要饭过日了，还要标配两个妻子，这是什么混蛋写的什么混蛋逻辑！就这样也配称为圣人？我呸！"

明墉一听盛思蕊已经直追回东周列国时代了，再往前数三皇五帝也不会放过，忙想着打圆场。

"再说武王伐纣，明明纣王无道民倒悬是他自己残暴无度，却偏偏把祸根栽到一个女人妲己的身上！纣王有那么多后宫嫔妃，哪个不是千挑万选的美人，怎会专宠妲己一个？就算是那纣王也太过白痴了！怎么不知老者比少年骨密这种简单道理，还要听信挑拨砍腿查看？种种这些行为要是真的，那纣王不仅凶暴还是个白痴，那一帮子男人文武群臣就这样听之任之？纣王他爹就传位给这样的人来祸害百姓？那要说坏也是一帮子男人在铆着劲暗中使坏！华夏历史每到有无道君王丢了江山，就要把黑锅扣到个女人身上！周幽王无信就要怨褒姒，楚怀王糊涂就要怪郑袖，项羽心软就是虞姬的错，唐明皇虚华都要赖杨玉环，宋徽宗放纵全因为李师师！就连说不清吴三桂和李自成谁断送了汉人的江山，最后都要栽赃给陈圆圆！那些个写史写书的无一例外都最后将罪责安放在女人头上！可几千年来，女人不过是男人的附庸，男人在前面做的事她们又哪里管得了！要我看那些著史的统统都是男人皇帝的走狗！写小说的各个都是男人意淫的代表！英语把历史叫做'history'，那可就赤裸裸地说了，历史就是'his'男人讲的'story'故事！对女人来说可不是想怎么抹黑就怎么抹黑！"

明墉见盛思蕊越说越激动，直接上升到了对腐朽恶毒男权社会的批判，当真是振聋发聩，闻者汗颜。他心知这个篓子捅得可够大，司马迁在墓里都要蹦起来骂他怎么招惹了这么个疯丫头发飙！

明墉心里琢磨了好一会儿，见盛思蕊也有些说得累了，这才小心平缓地道："思蕊你消消气！可别激动气坏了身子！都是我说错话，你可千万别往心里去！"

见盛思蕊余怒未消，心想着得另辟蹊径，于是小心道："要我说，男人中也有好的！"

盛思蕊俏目一瞪道："是谁？"

"就是我李叔，李白安大侠呀！你看他为了婶婶心月可是荣华富贵全抛诸脑后，什么名利功业全不在眼里，他可算是好的？"

盛思蕊一听提到义父，叹道："义父当然是重情重义的好男人表率了！"

"还有几个，比如你的几位师父，那也都是响当当的好男儿！"

"那还用说，为了义气不远数千里深入险境，这份情义岂是一般人比得了的！"

"其实除了他们还有一个！"

"是谁？你不会是说……"盛思蕊似乎已经猜到了。

"没错！就是区区在下我！"明墉突然胸口一拔，凛然道。

"大言不惭！就你？"盛思蕊还在为之前艳鬼之说耿耿于怀。

"我虽不及李大侠仗义，不及钱先生博学，不及徐师父勇武，不及晋师父谨慎，但我有对你的一片真心，别无他顾！"明墉坦然道。

"哼！谁信？那你还提什么聂小倩什么的？"盛思蕊嘟起嘴。

"思蕊！那不过是就事论事，顺嘴说了！是我的错，口不择言，你别生气了好不好？"明墉哀求。

"谁知道你说的是真是假？"盛思蕊扭脸不看他。

"我发过誓的！你忘了？那好，我再发毒誓，若我此生对思蕊你有二心，就让我不得……"

盛思蕊马上阻止道："行啦！别要死要活的！也不嫌晦气！"

"那就是不生我气了？"

"生你的气我牙疼！才犯不上为你个小贼气疼自己呢！"盛思蕊撇嘴道。

"我就说，思蕊最是蕙质兰心、通情达理了！"

"告诉你！别以为说两句好听的，就能哄我开心！"

"那你的意思？"

"看你的表现！'路遥知马力，日久见人心'！经不起时间考验的人多了，只是不知你是不是下一个！"

明墉被盛思蕊撇嘴扭头的乖张模样看得痴了，只是在那里一边发晕一边点头。

他觉得在这迷茫的空间里，二人相隔不过三尺，中间却是被他心中狂涌出的浓情蜜意填满。

盛思蕊气稍微顺了，这才想起二人之前要干什么，问道："那现在我们该怎么办？"

明墉也回过神来，暗想：小姑奶奶，这都过去好一阵了，你都把从古至今的男人骂了个遍，现在才想起来正事儿？

不过他口上道："虽然我还记得那绿光的方向，可是这空间要是多层移动的，现在还真不知道能不能过去！"

（二）

就在这时前方的灰蒙中，突然传出一声似是意味深长的叹气声，二人马上警觉，看了过去。

不过眼前依旧是一无所获，明墉皱眉道："这怎么好像是人的叹气声？"

"好像还是个女人！"盛思蕊也惊道。

他们队伍里除了昏迷不醒的心月，在外面的女人就只有莫沁然了，可她不是和秦潇在一起吗？难道走散了？

盛思蕊忙叫道："莫姑娘，是你吗？沁然，是你在吗？"

迷蒙中没有任何回声发出，仿佛那声叹息凭空出现又凭空消失一般。

二人对视了一眼，眼光中都是"莫非我听错了"的意思。

这时忽然有一对绿光由远及近快速闪过，旋即又消失了。

二人这次可是看得真切，明墉对盛思蕊道："要不我们过去吧？"

盛思蕊咬咬牙，说实在的，对这种完全未知的看不见的风险她是排斥的，可目前又实在是没有他法。

坐等肯定是不行的，发出"升天猴"？可是只有一颗，用完了再无人响应，岂不是更加绝望？眼前可能是个机会，但也可能是危险，可事到临头，机会稍纵即逝，难道再次错过不成？

她只得硬着头皮，咬咬牙向明墉点点头，就和他一同步入灰暗之中。

二人越走就越觉得眼前不清，从最初进来时能视物十丈不到，再到五丈，接着是三丈不足，现在是连三五步远都是迷障一片。

虽说周围不是黑暗，但在一片灰茫茫中行进却怎么也看不到前路的感觉也让人感觉无比发毛。

刚开始两人还耐着性子，一言不发，只是侧耳倾听，举目细看。可到了这时，未知的恐惧已将他们心中的沉静击碎了。

明墉先道："思蕊你试试，能不能运出光刃？"

盛思蕊凝神运气，可这气息却怎么也凝聚不起来，她焦躁地一挥手道："看不见任何实物，光是茫然，可怎么运出拳甲光刃？"

"那你站到我身后来，"明墉说着把剑一横，"我来做你的掩护！"

盛思蕊见他认真，心下虽是感动，但嘴上却道："现在我们都分不出前后左右，怎么掩护呀？你还是仔细留神吧！"

不过明墉还是不由分说把盛思蕊拨到身后，自己则是边走边随意拿残剑舞着几个剑花。

这时他突然觉得前方空中两团绿光快速一划而过，紧接着就觉得头上一阵风声刮过。他大惊，忙举剑乱舞，空中似有几缕坚硬的东西落下。他随手抓住一个细看，只见那竟是一段粗如大号钢针般的毛发！

这毛发坚硬异常，不仅粗大，毛尖也极其锋锐，通体透着灰褐色。

他心里大惊：这得是多大的家伙，才能罩着满身最大号的钢针到处走？

再捡起地上掉落的其他几根，发现大小形制如出一辙。他忍不住猜测连连，但猛地反应过来思蕊怎么没说没叫？

明墉忙转身问道："思蕊，你看看这些……思蕊，思蕊……你在哪里？"

他惊恐地发现本来一直跟在身后的盛思蕊竟突然不见了！就如同凭空消失般，一点儿动静都没发出来！

他顿时慌了手脚，脑中大乱。这怎么会这样，自己竟然毫无感觉！

要说他无论轻功内力都不如盛思蕊，甚至在这个队伍里除了不会武功的钱先生和躺在担架上的心月外，他的武功也是最低的。可他有几年在江湖底层摸爬滚打的经验,有着别人难以企及的求生历程,是以警觉性奇高,感觉也十分敏锐。

他连睡梦中都有本能的防备,更别提危险靠近之时。

可现在思蕊竟在他身后毫无感知、无声无息地消失了!

明墉心中的惊骇、恐惧已经到了极点!

他不是为了莫名的威胁感到恐惧,而是盛思蕊的消失。自打他初见盛思蕊一见倾心后,几乎这一路全部的动力都是因为盛思蕊的陪伴。他不知道如果身边没了她,他会怎么样,可现在是真的没了。

明墉疯了一般四下狂喊,也不顾危险了到处奔跑,可哪里还有半点身影、一丝气息、微弱回应呢?

他感觉浑身的血骤然间全都凉透了,冷汗似乎都被毛孔憋住,聚在皮下让他浑身越来越凉,直到冷如置身冰窖般。

(三)

思蕊在身边的莫名失踪,给了明墉极大的打击。

他一阵接近疯狂的呼唤寻找无果后,颓然地坐在地上捂着脸陷入了深深的迷思之中。

他先想到的是这一切的一切都是在做梦,自己只是陷入了一场旖旎诡异又恐怖的梦魇之中,什么盛思蕊什么北境都是假的,都是自己在疯人院被关得久了自己臆想出来的。

他想起自己打听到了师父的音讯,乔装疯癫进了疯人院,一开始在里面也是吃了不少苦头,被打了不少惊悚的药水,灌了不少莫名的药汤。是不是在那个过程中他就被真的弄疯弄傻了?自己到底有没有找到师父?还是自己思念过切,久寻无果,在药力的作用下把自己给逼疯了?而后的所有一切都是想象编造出来的?

可是会轻功的秦潇,美月般的盛思蕊,还有之后的每一个人都是他脑中臆造出来的吗?还有那鎏金宝盒,密道图,几段的舆图以及进宫寻药都是他臆想出来的?就更别说之后的迷族、祁主使、千禅寺、倭寇尸验、怪湖诡洞、离冰大个儿了?

他自问虽读过书,见闻也丰富,江湖阅历也不少,但这般远超想象的经历他怎么能臆造得出?

不!还是得回到本源,才能判断这一切到底是真实的还是虚幻的。

他看着周围如混沌般的灰茫,亦如梦魇中的无所适从。

他先是抬手猛地抽了自己几个嘴巴,脸上一阵热辣辣的疼。而后用力掐了几下大腿,直到疼得龇牙咧嘴。这不是在梦境虚幻中吗?如果这痛也是我幻想出来的怎么办?

他突然想起什么,乱翻大褂,终于找到了个油布小包,翻出师父去世时从他胳膊上挖出的门中至宝万能匙王。这总不会是假的吧?不过也不排除自己太想师父了,完全凭空编造出一个。

在他低头沉思间,颈项下忽有一物闪了几下,他一看自己脖颈上挂着一块椭圆鱼形石头,光滑可鉴。

这是他和思蕊二人在大集上淘的,两人一人一个拼在一起还像个阴阳鱼。当时给他们的老阿婆,好像还一直在做着祝福的动作。此时再看,真是恍若昨日般温馨。不对!他猛地发现了,这物几日前出了山洞时还是碧绿色的,怎么现在却变成了闪耀的朱红?

他一下从地上弹起,连忙看着这石头,只见里面的红色似血液般缓缓在流动,却不时发出绚烂的光亮。

不对!这东西绝不是他臆想出来的!如果说人和事凭他多年行走江湖的见闻还能编造,可他对着一贯一窍不通的石头链子又怎么臆造?

他顿时心中抛却了疑惑恐惧,对的,盛思蕊只是在这空间里丢了,不是走丢的,而是被掳去的!

他摸出那根粗如大号钢针的毛发,想着思蕊定是被这毛发的主人掳去的!就在之前它从自己上方飞过,以迅雷之势截去了思蕊!

可思蕊为何一点儿声音都未发出呢?不过这已不再重要,只要确信这一切都是真的即可!

他抖擞起精神,突然放声大叫道:"不管你是什么,你吓了我一次,险些让我迷惑了!可你再也吓不住我了!你抓走了我的心爱之人,你若是还给我就罢了,否则我定要追你到天边尽头!"

说罢他一脸恶相,直举着残剑向前面慢慢探去,边走边大叫思蕊的名字。

这时他自己也不知道现在所在的方向面向哪边,反正这里要是像自己猜测般的轮盘转动,那自己只要对准一个方向总能走上一圈。而且也不管能不能走到,他只想到处呼唤着思蕊的名字,期望能让她听到自己一直在找她,只要是一刻没找到他就不会停止!

他在灰茫中乱叫着,不时还舞动几下残剑,虽然他面对的只是灰茫的空气,可他却如癫狂般一刻也不肯停歇。

就在他遍寻不着思蕊,也寻不到看不见的对手,双目喷火眼眦欲裂之际,忽然见到左侧空中两点绿光一闪向前而去,他顾不得什么谨慎小心了,忙运功去追。而等到他再次迷失在灰霾中的时候,右侧又出现了一闪即逝的绿光。他先是心惊,这东西行进怎么忽左忽右,而且如此迅捷!难不成是要故意吸引自己前去?可是现在前面哪怕是刀山火海他也要去闯一闯了!为了救出思蕊他愿意付出任何代价!

而事实却真如他预期那般,每等他再也找不到方向参照时,就会有两点绿光现于空中指引他一下,而又旋即逝去。

他心惊这不知是一个怪物还是多个,为何位置总是飘忽不定?但想及可能有危险的思蕊,他索性不管不顾,闷头就追了下去。

直到下一次绿光出现,他正在运功,而身子恰巧在空中。他猛见绿光再逝,正欲转头间,就见前方灰茫中忽然现出了一面墙壁。他收身不及,一下就撞到了墙上。

还好他此时正是一次提气的尾端，去势已竭，要不非把他撞得七荤八素不可。

他爬起来仔细看这墙壁，心中又是惊骇得无以复加。这是一整面金属墙壁，上面看不到任何接口断面，就像浑然整体一般。墙面极其光滑，而且还略微有些弧度。如果此处有光，他定能在这金属墙壁上看到自己的身影。

就在他不能决定是向左还是向右绕时，上方却传来了一声低吼。那正是他和思蕊第一次看到绿火前的那种低吼！

他心道：如果是那个怪物，那它此刻一定在金属墙顶上！它能上去，为何我就不能？

他此时已被激起无比斗志，便跳跃着试图往上爬。可是接连试了多次，由于金属墙十分光滑，根本没有着手的地方，每次都不得不落下。

他可是奇了怪了，那怪物可是有何等跳跃力，竟然一下就跳上去了？

不过他此时更恨自己轻功低微，要是有李叔的功夫岂不是就迎刃而解了？

（四）

正在他猴急乱蹦的时候，他一下用力不稳，身子侧向腾了出去，却感觉头被什么硬物撞了一下，疼得他落地猛揉，感觉上像起了个大包。

他正晕着突然想到这上边怎会有个硬物呢？他也不揉包了，而是探着手一跳再跳小心试探。

果不其然，让他探到了个类似金属横梁的东西。他再运气上跳，想一把抓住，可没承想这横梁却是圆形的且十分粗大，别说是手，双臂都未必能环抱。

他急火上心，本想一次次试，却猛然想起身上还绑着的长丝绳。

以他能用不抛的本能，任何可能有用的东西他都不轻易丢掉。那长绳就是之前拴在身上确定距离用的。

他灵机一动，拿着丝绳一端再次起跃，到了圆柱横梁上猛抛过去。等下落了一阵之后，才见丝绳的那一端缓缓落了下来。

他大喜，将两端丝绳打结绑好，而后顺着丝绳爬了上去。到了顶上之后，这圆柱金属横梁虽然是圆的且光滑，但由于十分粗大，是以在上边活动并不十分艰难。

他四顾着，可是这里的能见度比下边还差，完全不知这横梁的两端上方都是什么。

可事到如今他只能猜测了，他认为这可能是一架巨型的金属梯子，而这根金属圆柱可能就是一级梯阶。

虽然他也知道如此巨大的梯子要给什么人来用，一想起来就让人不寒而栗。但明知山有虎，此刻也只能偏向虎山行了。

他先将丝绳一端绕着金属柱固定绑牢，而后如前法炮制，再次上探。这回运气站到了他这一边，他果然又探到了下一根金属柱。

这回方法摸索清楚了，事情也就顺遂了，在他接连上到第六根金属柱的时候，再向上探已经空无一物了，而他的丝绳也将要用尽。

　　他估算着此时是身在六七十丈的高空，如果自己摔下去没把住任何一点绳子的话，那落地可能就是肉饼了。

　　正当他要把绳子在自己身上多绕几个圈固定好自己的时候，那两点绿光又在他不远处的前方亮起即灭。

　　明墉心中的躁闷已无以复加，这不是摆明了要他吗？那边离自己的距离已经远超剩下绳子的长度。自己要是想过去，那就一定要脱离绳子，只身前往。

　　他往下面一看，灰茫中什么也看不到。他曾见过光明顶的云海，那里站在山顶往山崖下望去也是一片云雾，什么也看不到。

　　他暗道：难道这是当对我胆色的考验吗？要我就这么直接从空中飞过去！这别说我，就是李大侠也不一定做得到！可转而一想，不对呀，如果是攀登用的梯子，那接头一端一定连着顶部啊！

　　他念及此，心下不再犹豫，沿着巨型金属柱就慢慢地走了过去。走了许久，果真看到了柱体转弯。他大喜，加快脚步，不久就到了金属柱连着金属墙的尽头。他再往上看这墙，却隐隐约约看到了边际。他喜出望外，叫道："思蕊，你在上面吗？别怕，我来救你了！"

　　等他用尽千辛万苦终于登上了顶端之后，眼前的一切又让他震惊了。

　　只见这顶端是个圆形的巨大平台，之所以说得这么清楚，那是因为这平台顶上几乎就没有什么灰茫，而是清楚得一览无遗。可平台的周围仍是被灰茫覆盖着，看不到一点事物。

　　这平台之大远超他的想象，他探过紫禁城，里面太和殿前巨型的空场曾让他震惊，可是眼前这圆顶的规模却远在那之上。

　　太和殿前那个大空场是皇帝上朝时，给文武百官跪着用的。可这里的大平台是干什么用的呢？

　　他已来不及细想，只得往前一路快走加速探着。

　　这一路由于没有了视觉障碍，他运功走得飞快，可正当他觉得离中心不远时，一只脚一下踩空。幸亏他最近功夫练得不错，急忙收身回撤，才没掉下去。

　　他稳稳心神，再靠过去看，只见这平台中间原来有一个巨型的空洞。

　　这洞有多大呢，比他之前掉入的那个无底深坑稍小。而顶部的金属平底到了洞边就直接顺滑地延伸了下去，就像是水顺势流进瀑布里一样，根本就没有任何接缝。

　　如果这是人造的工程，那这工艺和能耗都是让人无法想象的。

　　明墉惊异得无以复加，如果不是有之前那么多诡异的事情垫底，他会直接认为这又是在噩梦中。

　　他仔细地凝视着洞里，只见这洞极其圆整，洞底如丹青墨黑，深不可见。但是隐隐地好像有个巨大的圆球悬在里面。那球似乎在缓缓滚动着，不时发出幽邃的暗光。

　　他看那球就好比是个巨大眼球中的瞳仁一般，在幽暗的光里透射出洞彻人心的魔力，使得人看久了就会觉得浑身汗毛倒竖。

慢慢地他感觉出了身下的金属平台，似乎在以极微弱的速度在转动！他刚开始以为是否是自己盯住下面太久花眼了，用力揉揉双眼，再仔细看。

没错！如果平台是不动的，那他看到的巨型瞳仁般的大球就会是有规律地滚动，而射出的暗光也会在一个方向！而他看到的光却是在缓缓地变化着方向！就像是环境光线固定的话，人的眼球动的话，人如果不动，那从瞳仁中反射的光线应该是同一方向，而只有人也在动，那反射光才会变换方向！

他心中一喜，看来自己的推论是没错的，他们就是处在巨型的转动轮盘上！而至于这高处的巨大平台到底和下面走过的通道有什么联系，暂时还不得而知。

不过这个发现就足以解释为何周炯先消失，而后李叔他们就不在原方位了！

可是他没兴奋多久就又黯淡下来，这与找到思蕊又有何关系？思蕊究竟在哪里？难不成被抛进……

他不敢多想，只是向着深不见底的空洞里不住叫着思蕊的名字。

（五）

这时身后突然有个女声如凭空霹雳般传来："别叫了！吵死人了！"

明墉一惊，忙回身四处观看，可除了四顾灰茫哪里有人影？

那声音接着道："你能找到这里，本事也算不错了！"

明墉听这声音不老也不年轻，倒是挺像心月婶婶的年龄般，他不敢唐突，尽力谦逊有礼大声回道："婶婶！我要找人！请问你见过……"

"什么婶婶，叫姐姐！"那声音似乎很是恼怒。

"对不起，我错了！是，姐姐，我实在是太着急了！对不住！对不住！姐姐！"明墉试图努力地表现得像个孩子般道："姐姐，请问您看到个小姑娘了吗？"

"我这是有个小姑娘，可她和你什么关系？"

"她是我……妹妹……"明墉本想说是我心爱的人，但又怕这位只闻其声的古怪姐姐动怒，只得改口叫妹妹。

"妹妹？呵呵，你有多少妹妹呀，是不是很多小姑娘都是你的妹妹呀？"

明墉忙摇头道："不不不，姐姐，我就这么一个……妹妹……不，我跟您说实话吧，她是我唯一心爱的人！"他临时改口决定实话实说。

"唯一，心爱？这世上骗人的男子到处都是，我看你也是他们中的一个！"

"绝不是，绝不是！我是真心的！求求您，如果她在您那里，请您把她放了吧？"明墉垂手做着揖。

"就说两句就让我放了？"

就听扑通一声，明墉已经双膝跪地道："求您了！我给您磕头了！您大恩大德就放了她吧！"说罢一磕到地。

"哼哼，别来'男儿膝下有黄金'那套，那是你们现在玩烂的把戏！我可不信！"

女声冷冷道。

明墉连磕了几个响头,见对方无动于衷,只得站起向着声音发出的地方走去。

他边走边说道:"请您一定行行好!放了她吧!没有她我一刻都活不下去!"

"呵呵,话说的倒是挺美,谁信啊!"

明墉道:"那您就别怪我……"说罢他舞起残剑就向声音方向冲去。

他不是傻子,一直在听音辨着方位,而起身走着判断着距离,等他听到最后一句觉得自己可以上前奋力一拼的时候就如脱兔般出手!

他虽不知对方来路,但把剑舞得飞快。李叔曾经说过,他的剑招只要够快就可以凭着无坚不摧的残剑抵御一切进攻!

而且他还试过近身用残剑攻敌,那效果也是很惊人的!

此刻他再无他法,只得冒险一试。他脚下和剑招一样飞快,只想能快速接近说话之人,不论能否制服都要冒险试上一试!

明墉从剑光的缝隙中仔细向前看去,只见前方的灰蒙中似乎探出了个什么尖锐的东西。他心中一喜,如果对方拿兵刃和他出来对战,那他就有可能有机会取胜!

他脚下不停,手上更是加快了速度,那残剑在他手上第一次舞得有密不透风的感觉。

这时他听到嗖的一声响,而后当的一声,残剑剑身被猛地一击,他虎口差点没被震裂,剑也差点儿脱手而去。

他震惊地看着地上还在嗡嗡发响的东西,原来是支箭,这箭比普通的粗大了好多,而更令他意外的是,这箭通体透着铜光,连箭羽都是铜的!

这世上还有这样的箭,难怪差点儿把自己的残剑震飞!可对方箭术实在太准了吧?自己舞剑这么快,她竟能一下射中剑身,真是神乎其技!不过他还是对对方恰巧射中剑身存着侥幸,马上弹身而起,再次迅猛扑上狂舞残剑。

就听得先有嗖嗖嗖三声,而随即当当当三声,对方三箭连环射出,都正射中残剑剑身,明墉再也抵挡不住这般巨大的冲击力,虎口裂开鲜血溅出,而残剑也被震落到地上。

明墉见对方三箭刻不容缓连中剑身,知道对方的箭术之神妙远非自己能想象的,更别提匹敌了,只能颓然一坐发呆。

那女子声音又传来:"怎么?知道厉害了吧?还有什么手段使出来吧?"

明墉哪里还有什么手段,只得再次长跪道:"姐姐,我们与你无冤无仇,进到此处也别无坏心,请您就饶了我们吧!放了我心爱的姑娘吧!求求您了!"说罢又连磕了几个头。

这下面全都是金属一体的,这几个头磕得是嗡嗡作响。

他突然哭道:"姐姐呀,我从小就孤苦无依,好不容易找到了个能相伴一生的!我们是历经劫难、九死一生才走到今天这步,你就行行好把她放了让她跟我走吧!您的大恩大德永世难忘!来世我一定做牛做马报答您呀!您……"

他边哭边撒泼打滚,要说这装小认怂扮可怜的一套,是他在还没学会真本事时,在底层市井街头练就的幼功。虽然好久都不用了,可他此刻眼泪是真的,差距太大打不过也是真的,所以用起来却好像无比纯熟。

那声音突然道:"住口!没出息!你给我起来!"

明墉马上止住哭声站起身来,乖乖立着。

"听着!你们两个只能活一个!我现在给你机会,你可以马上逃走!"

明墉哪里肯干,要继续耍赖恳求。

"别再来那套!还有第二个选择!用你的命换她的命!"

突然听到女人身后突然传来一声:"姐……"随即声音马上被掐断。

明墉怎会听不出那就是盛思蕊的声音,他忙再次跪爬道:"姐姐,您就行行好,饶了我们俩吧!你说我们才十来岁,世间的艰苦都尝了个遍,可美好还一点儿都没见过呢?您怎么就忍心让我们早夭呢?姐姐呀!您就放过我们吧!我们有什么不是,您责打我就好,我保证一声不吭!您……"

可对方对明墉这般死缠烂打无动于衷,只是冷冷地道:"别再做那些没用的!你也收回你的眼泪,我看见男人哭就烦!我给你三十个数选择,要么跳下深洞,我就放了小姑娘!要么三十个数之内你自己逃走!要么就别怪我把你们都杀了!"

(六)

明墉眼见着对方态度坚决,任他使出浑身解数也没法打动,心里不禁越来越沉。

他听着隐身女子已经开始了倒数:"三十,二十九……"数字冒出的时间间隔虽然够长,但在他听来就是阎罗靠近的脚步声,低沉缓慢却透着无比的绝望。

刚才那几箭已经让他看出对方的功夫自己是难望项背,就算思蕊没有被擒,他们加在一起也难以抵挡对方的三招五式。

其实他早从思蕊毫无声息被抓走就应该想到,对方的实力之强是他无法想象的,徒劳的挣扎也不过是自取其辱。

他望着地上掉落的残剑,心中苦笑,刚有了这宝器不过几日,没承想就要在此分离,可惜了这古远的神器!

长叹口气,他脑海中不禁浮现出和盛思蕊相逢相识结伴而来的点点滴滴,一幕一幕,有苦楚酸涩,有甜蜜激越,有九死一生的配合无间,也有闲暇安定的斗嘴打趣。

此时他仿佛看见盛思蕊就站在他面前焦急地对他叫着你快走,可一晃眼又换成了戏谑的表情说着小贼怕了吧。

他感觉心脏一阵刺痛,忙用手紧紧捂住,隐约间他还能感觉到盛思蕊不顾一切宽衣为他取暖时的幽幽体温。那一刻他是永远不会忘的,他甚至总是会幻想要是那一刻被永远定格了该有多好。

现在斯人危在旦夕,而自己却无力搭救,这与看着爱人缓缓沉入深海,自己悲痛欲绝却束手无策有何区别。

或许这是唯一的机会!可能也是自己最后能为她做的事情吧!

他回念自己的悲苦过往，真正欢乐的日子也就是跟盛思蕊相识后的几个月，他真心渴望这份快乐能长久相伴，可惜天总不遂人愿。

他忍不住又要咒骂苍天，你为何如此无情，刚刚让我见到点儿希望的火光，却又残忍地一脚踩灭！

可他还是放弃了这想法，毕竟之前上苍还是给过自己欣喜快乐的，自己得不到更多只能怨自己福薄命苦！

那自己何不就遂了那恶女，反正思蕊若是死了，自己在这世上剩下的只是悲苦，哪里还能有一丝快乐可言？那不是比行尸走肉活得更加痛苦？

这时倒数的声音清晰地冲进耳中，"四，三……"，明墉神色凛然叫道："不用数了，我答应你！"

"答应怎么干？"

"我跳下去！"明墉突然咆哮道，他甚至感觉出来，他的泪花随着面部剧烈的震动被甩到空中。

"你都想好了？不想想你的亲人朋友吗？年轻貌美的女子到处都有，你就确定如此结束生命？"

明墉猛地擦把泪道："想好了，没有她，我活着也没半分意思！我愿意一命换一命！"

他看着一片迷茫，真想看到思蕊的身影，可是重重雾障里又哪里有呢？

"至少让我在临死前再见她一面好吧？"明墉吼叫着。

对方没说话，明墉却见盛思蕊的面孔在迷茫中突然闪出，还没等他看清及开口说些什么，盛思蕊的脸迅疾消失。

"好了，你的要求我满足了！去跳吧！"

"你这算赖皮！这也叫见？那你让她再跟我说句话！"明墉怒道。

"真麻烦……"对方回答。

"明墉你不……"这回猝不及防传出的盛思蕊的声音，让有些准备的明墉还是仿佛抓了个空。

他怒极失言道："你！你！"

"没事，等你死了，我会叫她给你收尸，那时你就能见个够听个够了！"

明墉见对方如此无耻，知道再做任何挣扎都是于事无补，心中是万念俱灰。

他缓缓地向着中间的大洞走去，可是无论他走得多慢都有走到的时候。他只是不想走得太快，好让自己在脑中一遍遍地回味和她在一起的每一刻，不断浮现着与她相伴的每一幕。

他就觉得自己的眼泪扑簌簌地涌了出来，他已经听到了自己的抽噎声，可是他控制不住，只能让自己泪如泉涌。

死就死了，除了她我没什么好牵挂的！虽说这般就死了好窝囊，好不甘心，可还能有什么办法？

在快接近了中央的大洞时，他突然擦了几把眼泪哽咽叫道："你要是不守信用，我做鬼也不会放过你！"

"你跳下去，她就自由了！"

明塘绝望地看了半晌，长叹一声，又向深洞里盯了好一刻。

这洞之深邃，恐怕远超千禅寺前的深洞，里面那颗犹如巨型黑色瞳仁的圆球还在缓慢地转动着，也有幽光偶尔射出。

这就是自己的归宿吗？不过看起来没有传说中的鬼门关那样可怕！他戏谑地想着给自己勇气。

可他却退了两步，而后开始脱下羊皮袄。

"你干什么？"对方女声疑惑道。

"这皮袄是我们在一起生死与共的见证，不能就随我去了！"

他脱下皮袄，好好地叠放在地上，接着又开始脱身上的褂子。

"你又干什么？"对方语音明显带着怒气。

"我这褂子是个百宝囊，里面是应有尽有！这个要留给她，以备日后不时之需！"

在他把大褂叠放好之后，他的泪水又涌了出来。

他哽咽地对着灰霾喊道："思蕊，我不能再继续照顾你了！你以后一定要好好照顾你自己！你以前性格容易急，不过现在好多啦！但是江湖依旧险恶，人心依然叵测，你万事还要三思而后行啊！你心地虽纯良，但脾气还有些躁，可要事前懂得克制呀！凡事都要看好再做！你睡觉总是蹬被子，你可记得……"

"你别说了！你想婆婆妈妈地说到什么时候！再不跳下去，我可要把小姑娘的尸体扔出来了！"

明塘只得住嘴，再次来到洞边，他抹干泪水，暗道：大丈夫死则死矣！实不能让思蕊受到伤害！

他双眼一闭，双臂伸开，脚下用力一蹬，身子已经腾在空中。

此刻他突然想起什么，睁眼猛地在空中翻身叫道："你以后忘了我吧！还有你在山洞里是吃了……"

可是他的身体此刻已经跌落到了深洞里，后续的话再也听不清了。

（七）

明塘因为要急着说出最后一句，此刻他已经是背部朝下仰面朝天了。

他突然想起要说的是你是吃了金蟾内丹才被拳甲选中的，估计丹劲儿过了拳甲自己也就脱落了。

可是话说到一半他就跌进了深洞，下面的话再说估计盛思蕊也听不到了。

他此刻反而在想，也幸亏了他临终想起此事，此刻他才能背对着底面摔下，至少自己的脸不会被摔得稀巴烂，思蕊再看到时也不会惊恐万状。

她最怕吓人的东西了！这也是不幸中的万幸吧！他此刻心里倒是略微平静了。

死亡到底是什么样子？死后还有没有感知？又能看到什么？他不久就要知道了。

希望思蕊能够好好珍惜生命，长命百岁吧！

他索性闭上眼，感觉着下落冲击出的风声，感觉着自己的衣裙飘飘。

可突然，他觉得像是被一股强有力的气体托住般，身体不再下坠，而是飘浮于空中不动了。

他心中惊奇，不禁睁开眼，可是一睁眼，他又被吓得魂飞魄散。

只见一个足有丈高的兽头正猛地扑向他，那物有着一双发出绿光的巨眼，正是之前在灰蒙中见到过的！

等那物接近了，他看清了！是头巨狼！

还没等他震惊，那巨狼一张血盆大口，一嘴就将他咬住！

他根本来不及反应，但看着眼前足有脸长的獠牙，知道自己根本对抗不了，只能听之任之了！

难道下面是个巨狼窝，我是要被喂狼了！想着被群狼撕碎噬咬的场景他不禁是浑身发抖。

可那巨狼只是将他咬在口中，他也没觉得疼。恍惚间就见巨狼在深洞里张开巨爪跳跃着，借助洞壁，几下就将他带离了深洞。等来到外面的平台上，巨狼口一松，将他放在地上。

明墉惊魂未定，完全搞不清状况，可是一抬眼就见盛思蕊，恍如隔世般正站在自己的面前。

只见她脸上喜中含忧、感中带嗔、目光盈盈、泪痕依旧地望着他。

他呆住了，起身向她慢慢走去，喃喃道："思蕊，我不是在做梦吧？还是……"

却见盛思蕊突然眼泪夺眶而出，她捂住了口鼻，直向他扑来，一把将他抱住哽咽道："你这个傻子，你这个傻小贼！你的机灵都跑哪去了！你……"

明墉先是被这一抱弄得猝不及防，而后猛地伸臂反手将她紧拥入怀中，口中道："我真没死吗？你也没死……"

二人相拥而泣，这短瞬的生离死别对他们二人来讲无疑有如隔世再见一般。

明墉轻轻抬起盛思蕊的脸，见她泪光婆娑，忍不住用手擦拭道："思蕊，你别难过！我若是死了能在幻梦中抱着你也是无比畅快！"

盛思蕊轻轻捶了捶他的胸膛道："死什么死！死了你还能抱着我？你可不能再这样对我，不管不顾了……"

"我没死？"明墉木木怔怔地道。

"对了！小子，你活得好好的！"随着声音，一个足有徐三豹般高大的身影出现在眼前。

这是个女人，看模样二三十岁。女子这般身高足以让人称奇，而她的模样也甚是美貌，眉宇间全是英气。她身后背着巨型的大弓和箭囊。那巨狼见到她，踱到她的身前，顺从地蹲下。那巨狼足有三丈高，就算是蹲坐在地也像极了个火车头般。

明墉见着这如此惊奇的一幕，震惊得说不出话来。

还是女子先开口了："小子，恭喜你！通过了最终的考验！"

"考验？什么考验？"明墉从死到生走了一遭，现在脑子还是懵的。

"洞彻之瞳的考验！"

"就是那洞里的像瞳仁般的巨球？"明墉似乎有点儿抓到线头了。

"对！洞彻之瞳是活的，在深洞里产生向上托浮的气团，人跳下去是死不了的！可不知道的人怎么敢往深不见底的洞里跳？"女人接着意味深长道，"所以，小子！是你的真情实意，为了她甘愿赴死让你通过了考验！"

"那么说，这一切都是为了考验我？为什么？"

"对，就是专门为了考验你，是不是对这小姑娘真心真意、一心一意！为了她能不能抛却生死！"

"可我要是没跳下去呢？"明墉弱弱问道。

"那就是你负了小姑娘的一番情义，就要死！"女子冷冷道，"我最恨薄情寡义的男人，如果存了辜负女人的心就要死！"

明墉一听是冷汗直流，这女巨人不是一般的疯，刚才如果自己有半分犹豫，此刻恐怕早已陈尸当场了。

"可还有我们的同伴呢？"

"他们都在后面等你们！"

"那他们也都通过了洞彻之瞳的考验？"明墉相当震惊，别人怎样不知，可是钱先生怎么会去跳深坑呢？

"他们用不着麻烦，有我聚灵能判别善恶的双眼就够了！"她指指巨狼。

"狼眼能够判别善恶？"这匪夷所思的说法惊住了明墉。

"你们这些现代人，真是不学无术，误解万物！我问你！'狼'字怎么写？"

"犬字边加个善良的良呀？呃……"明墉不禁语塞了。

对呀，从小就听老人拿狼吓唬不听话的小孩，总说再不听话就让狼把你叼去。在几乎所有的故事传说里狼都是凶残嗜血的象征，是人能避则避，能杀就杀的恶兽。可自己从未曾想过这狼字怎么会有个良善的字边呢？

"狼本是灵物，但不受人类驯化，性喜自由独来独往，与愿意困在家里的狗有极大不同。是以世代人们因其不受管束，就将狼妖化。实际上……"她看了一眼沉静时仍凶态毕露的巨狼道，"实际狼眼也有洞彻之瞳，能洞穿人心中的善恶！所以其他人只要我的聚灵看过就可以了！唯独你不同！"

"那是为何？"明墉更是不解自己有何特别。

"这小姑娘喜欢你，却又不放心你是否会花心，只好为她一试了！"

六十一、上古隐民

（一）

"她喜欢我，为试我是否花心？"明墉脑中突然有一股幸福眩晕的感觉。

"你们在通道里说了那么半天，我都听到了。这小姑娘很是为女子争气，将男人的虚伪层层剥下，我很是喜欢。但听她话里话外对你有些依恋，可又不知你是否会变心，那我就帮她一试了！"

明墉听得是百感交集，看看拥在怀中思蕊娇羞的模样，忽然觉得这一切做得都好值。

这时后边有人叫道："你个竖子是走了先天之运，叹也，惜也！"

听声音就是钱千金，再一看众人都已从灰茫中先后走了出来。

盛思蕊听到钱千金的声音，这才猛地发现自己仍被明墉抱在怀中，忙挣脱，红着脸娇嗔地站到一边。

徐三豹哈哈笑着走来，拍拍明墉肩膀道："可真有你小子的！以后你要是敢欺负蕊儿，小心了！"说罢又举起石臼般的拳头。

晋先予只是朝他笑了笑，并未多说。但明墉看见他身上的衣服破了几个大洞，好像是狼牙咬出的。

秦潇和莫沁然站在后面，莫沁然只是对着盛思蕊招呼微笑。而秦潇看着明墉笑得十分尴尬，眼神中净是不自然。

李白安最后过来道："就知道你值得托付，果然没让我看错！"

明墉还在被突如其来的幸福感冲击着，晕晕乎乎地喃喃道："原来是考验我……"

高大女子道："好了，时候也不早了，大家也都经历过'生离死别迷惘道'了，是时候能进去了！"

"什么生离死别迷惘道？"钱千金问道。

"这是我们部族先圣给这里取的名字，他说这里的环境最能试出一个人的本性善恶，意志强弱，再加上聚灵，没有坏人能够走进去！"

"部族先圣？是你们的首领吗？"晋先予问道。

"对了！这大家伙叫聚灵？我走遍大江南北，也试过屠熊搏虎，从没见过这一见之下就把我吓呆的！"徐三豹望着巨狼小山丘般的身影兀自感叹。

"可不是！那时我拉着马走在后面，一转眼你们就没了！我急得好一顿找！直到这巨狼出现,我被吓住不说,把我的马都吓跑了!"周炯还是惊魂未定。

"那为何你只是加试了明墉?"秦潇略有不甘道。

莫沁然只是转了转眼珠,却什么也没说。

还是李白安止住了大家七嘴八舌的询问道:"姑娘,你这是要带我们去哪里?"

其实李白安的身高在众人当中,除了黑铁塔徐三豹之外就数他了,在清朝人中可算是高人一头了,可跟眼前这位高大俊美的姑娘比起来还略矮一些。

姑娘目光温柔地看了看李白安,声音转而甜美问道:"你报号叫李白安,能避过我连环三箭,我还真只遇到过一个,真的算是出类拔萃了!外面管你这种功夫高的人应该叫大侠!我看你也担得起,就叫你李大侠!"

"不敢不敢!"李白安回想起灰蒙中电石火光般射来的三箭,自己要不是仗着功力深厚加上一些对危险的预感,当然更重要的是运气,要不根本就躲不过那三箭。

现在想起他还暗暗庆幸,不过也是纳闷。要说中土箭术高手也是见过,可从没有见过手段这般登峰造极的!就她那纯铜箭支又那么巨大,恐怕要射遍中原武林也是无敌!

他心中存着敬畏,口气上也就更加谦和道:"哪里敢呢?姑娘才是女中真豪杰,巾帼真英雄!恐怕唐代的红线女和聂隐娘与姑娘也就在伯仲之间!"

他这话可是更让姑娘另眼相看起来,她笑道:"你倒是和我部族中人一样,从不像外面人那样看不起女子!我当时要帮那小姑娘设这个考验局,就是听了她一番为女子提气的话!"

盛思蕊一听这是在夸自己呢,当时听明墉顺嘴胡说,勾起了心酸的回忆,是以一阵顺口发泄,没承想给自己带来这般福报!看来自己一直想的都是对的,女子干吗不能站出来为自己辩白说话?干吗要一直任由着臭男人抹黑?只有女子自强,这世上男人才不敢瞧不起!

她看着高大姑娘,越看越觉得简直就是自己心中幻化的偶像,崇拜之情是油然而生。她忙亲亲热热问:"姐姐您让小妹怎么称呼呀?妹妹可要拜您为师,学您这套镇煞鬼神的箭法呢?"

女子一笑道:"我呢是个古姓羽,单名澄!你就叫我羽姐姐好了!我看你古灵精怪的,挺讨人喜欢,你叫个什么?"

盛思蕊一听古姓二字,连忙近乎道:"羽姐姐,我也是个古姓姒,单名个瑞。您就叫我小妹好啦!以后我可缠着您啦!"

羽澄一听喜道:"啊?你姓姒,那可跟先圣同姓,看来是和这里有缘分!"

众人一听二人聊得亲亲热热,简直就把别人都当成了外面的灰霾。再听盛思蕊自报姓姒,也都暗暗吃惊。

秦潇瞄了一旁明墉一眼,意思是:你小子和思蕊到底经历了什么,这些你都知道不知道。

李白安见明墉似是理亏低头,暗想:这小子对我说话都留着一半,思蕊怎么就姓姒了?不过要是思蕊不让他说,看来他也是不敢说!思蕊那性子,倒也为难他了!

钱千金倒是暗暗沉思:姒瑞,思蕊,莫非蕊儿这小丫头自打第一次见我们,在那么紧迫的环境下,就随口编出这样的名字!这小鬼的脑筋可不是一般的灵光!那说是姓盛,当时要抓她的人还叫她什么盛……莫非……这鬼丫头倒是来头不小!

倒是徐三豹见两个女子突然就聊热闹起来了,有些不耐烦道:"哎,羽姑娘,你这是要带我们去哪儿呀?"他瓮声粗气的倒是把二人打断了。

可没等羽澄开口,巨狼却转身龇牙朝他低吼了一下。那一口气直接就把徐三豹的头发喷飞了起来,惊得他连忙噤声。

羽澄忙道:"聚灵噤声!你忘了先圣怎么说的,能进来的都不是凡人,要好好相待!别发脾气!"

她转而对徐三豹道:"聚灵就这脾气,看不得别人对我大声说话!它也是好久没见到外人了,都忘了待客之道!"

大家一听对羽澄大声说话都会遭到一吼回应,更是不敢对这姑娘有任何不敬了。

徐三豹这一吼挨得有点冤,他这次还真是刻意小声些了,只是一直习惯改不了,就算是和颜悦色也还会让外人误会。

"羽姑娘,之前你说你已把我夫人安置好了,不知是不是就是我们要去的地方?"任李白安再怎么保持涵养、收敛脾性,此刻也不得不打断问了。

"没错呀!都忘了刚才你问的了,都是姒瑞你这小鬼!李大侠你来此是不是要为你夫人治病呀?"

"当然了!"李白安躲过那要命三箭后就对着看不见的灰茫说过,他相信羽澄那时应该是听到了。

"我就叫聚灵的孩子把她先送过去医治了!"羽澄轻描淡写道。

"那贵宝地有名医?"李白安兴奋道。

"没有!"

"那可有灵药?"他锲而不舍道。

"也没有!"羽澄连着若无其事道。

"那把她送去哪里,要……"李白安这回有些急了,他不畏千辛来此却才发现他想要的这里一样也没有,那可……

"别着急!我们这里从未有人生过病,要医者灵药干什么?"

"什么?"钱千金惊道,"这不可能吧?简直是匪夷所思!"

"有什么好惊的!你肯定要问,那总会有人不小心受伤吧?"钱千金忙点头。

"我们这里受伤也不需费力医治,只要……这里边的故事长了去了,听先圣说过也都忘了!等你们到了,见了先圣让他说给你们听!"羽澄有点儿不以为然。

"你说你们部族先圣还活着?"钱千金有点不明就里,这"先"不都是故去的人了吗?

"哪个说他死了?他可是长生不死的活神仙!是我们部族精神的最后传承!我们可不能让他死!"羽澄有些不高兴道,"噢!我明白了!先圣这个'先'是你们外面对死去的长辈用的,对吧?可在我们这里不用'老'字,只用'先'表示对长辈的尊重!"

听她这一说，大家才释然，不过，难道这里有长生不死的人？还有什么叫我们不能让他死？难道不让一个人死就不用死了吗？

众人心中都塞满了无尽的疑惑，可越问越是糊涂，索性就先跟着吧，等到了地方希望一切疑团自解。

李白安见她根本没有恶意，而且听她话里话外，他们部族似乎还有别的救治心月的办法，也是满怀憧憬地跟着。

不过眼前是一片望不到边际的灰茫，到底要往哪里走呢？

（二）

这时就见羽澄看了看四周，突然打了个响指，就听巨狼聚灵突然仰天长啸起来，那啸声如直冲霄汉般，让人心胆俱颤。

可随即大家就发现远处隐隐有四点绿光在快速靠近，而一阵车轴响过的咯棱声也逐渐传来。

而大家随着这些绿光也猛地发现，周围一直笼罩的浓密的灰霾正在慢慢地消散，空气中开始隐隐有空气的流动感，而他们所处的大平台也仿佛在慢慢地动了起来。

等绿光靠近，众人才看清，原来这是两匹巨狼在拉着一辆大号的空车。

这两匹狼都比聚灵小了不少，但也巨大得吓人。而那辆车则是全铜打造的，看上去乌青沉沉的。

羽澄道："大家赶快上车！这通道马上就要开始运转了！"

什么通道开始运转？难道这通道是活的还能动？

只有明塘之前推论过这里就是运动的连环转盘机关，只是过于巨大，是以很难发觉。他心中颇有些得意地看看盛思蕊，可没承想盛思蕊却根本没有他，真是满心欢喜碰一鼻子灰。

就见盛思蕊登了这巨高的马车跟羽澄热乎道："羽姐姐，之前那个小子倒是推测过这里是活动的转盘机关，这里到底是怎么回事呀？"

羽澄见了她就心存欢喜，笑道："那小子还真是挺机灵的！不瞒你说，我们这里来过的几拨外人，还真只有他一个看出来了！"

"他聪明什么呀，无非就是亮着胆色胡猜！"盛思蕊虽嘴上略贬明塘，但听到羽澄唯一性的夸奖心里还是乐滋滋的。

"倒不是来我们这里的都不是聪明人，而是大多数都聪明透顶！他们根本就不相信这如山川般巨大的通道怎么可能动起来？"羽澄叹道。

"而有的反应过来则又自负得过了头，认为自己皇气加身，圣君临世所以河岳山川都来朝拜！"羽澄像是想起什么可笑往事般轻嗤一声。

"可当他终于相信了真相后，却又万念俱灰了，从此……"她眼中突然现出哀怨的神色，仿佛想起什么伤心过往。

"那这些人都是姐姐你把他们带进去的吗？"

"我才多大呀！唉！这些呀等你们见了先圣，让他给你们讲你们就都明白了！"

这马车甚高，当然难不住几个会轻功的，可徐三豹却费了不少力气。而钱千金则是由李白安驮着跃上去的，他站稳之后，先是摸摸车身发出一阵惊叹，而后感慨道："羽姑娘这里真是有待客之道，真是招呼备至呀！"

"嗨，你多想了！让你们坐车不是怕你们远道而来辛苦，而是怕你们走得过慢，就出不去了！"

大家还是完全不懂她的意思，只是自打见了羽澄，她说的就没几句能让人听懂，是以就都不再问，只是等着进入之后一起揭开谜团。

羽澄见众人都上了车，她叫了声："都把稳了！"随即拇指食指一捏伸到口中吹了个呼哨，那两匹巨狼就像两条脱困的囚龙一般，放开四爪，狂奔出去。

饶是大家都有心理准备，可还是被这猝不及防的速度弄了个七零八落，跌倒一片。好在这车框够高，才没有跌落之虞。

李白安见这车如脱缰野马般狂奔，车上几人挤挤擦擦，索性离开车身，单手把着车框将身子悬在车外。

羽澄看到这一幕眼中尽是嘉许的意思，看他的目光不禁愈加柔和起来。

这车奔到了如之前测试火车狂奔的速度，众人哪还有余力说话，都是尽力稳住而后看着车外。

大家此时惊异地发现，此前弥漫的厚霾已经全都消失了，脸上只感觉呼呼的风声擦过，而目力所及的远处似乎有巨型的大平面在移动着！

不，还不止是一个！再远处隐约还有，就像一个个巨大的连接在一起的船桨！

李白安马上一惊，暗道：我们走过的不会是巨型的螺旋桨吧？！

这里要说跟现代的大型机器打交道最多的就属他了。他见过北洋巨舰数丈直径的大螺旋桨，那已经让他叹为观止了。可这里如果真是个巨型螺旋桨，那这螺旋桨恐怕要比小山还大！可到底是什么东西要用这么大的螺旋桨呢？当时北洋旗舰用的螺旋桨已经号称是工业文明的巅峰了，那这么大的螺旋桨，远比上百个工厂船坞都要大的螺旋桨到底是怎么造的？

就在他惊愕之时，他发现这转动的螺旋桨似乎在从平铺的状态慢慢直立起来！

难怪羽姑娘说慢了就走不出去，要是真是螺旋桨转动着直立起来，那大家不是被吸过去绞碎，就是掉落跌烂！可自己也算粗学过机械，可从没见过发动用的螺旋桨还能在运动中改变自身的垂直方向！这可是怎么一回事？

而此时车上在英国上过一年大学的盛思蕊秦潇和周炯三人也都傻了眼，这样简直是颠覆科学理念的景致把他们都给震慑了。倒是明塘见了许多不可思议，此时觉得万事还有什么不可能？唯独莫沁然在那里陷入沉思，不时眼光流动仔细看着。

不多时车身渐渐上倾起来，不会轻功的钱千金和徐三豹只得紧紧把住边框，再在众人的扶持下才能勉强稳住身形。

车身上倾越来越厉害，已经快有三十度斜角了，可车速丝毫没有降低，两匹巨狼疯狂地跑动着，车轮都已渐渐脱离地面，浮在空中。

再不多时，车身已经完全上浮起来，众人虽然摆脱了随时可能跌落下去的感觉，但更加提心吊胆，万一此刻巨狼的速度突然降下来，或者来个急刹车，那大家岂不是就要直接跌落下去？

这时钱千金心惊胆战地看看车下，只见是深不见底的暗渊，他吓得双脚一软，手一松，身子就脱离了车身向后跌去。

而此时前方的巨狼已经奔到了螺旋桨的边缘，二狼八足猛用力，发出震雷般的一声咆哮，拽着车身凌空就猛跃了出去。

此刻本已身子脱离的钱千金，则再也站立不稳直接就跌出了车外。

就在钱千金在空中吓得魂不附体，连叫都叫不出的时候，突然一只手猛地拽住他，再一用力，他整个身子就如同麻袋般被抛回了车内！

而此刻车中的秦潇、盛思蕊二人也发现了钱先生跌出，顺势将他接住。

（三）

这时就听到咣当当一阵声响，伴之一阵剧烈的晃动，而后车子渐渐地稳了下来，也逐渐慢了下来。

众人这才抬眼细看，只见巨狼拉着青铜车此刻已行进在齐整的平地上，大家这才放下悬着已久的心肝。

却见羽澄回头眼现惊喜地对李白安道："没想到李大侠竟是这般侠肝义胆，真是让人钦佩，领教了！"

原来刚才伸手施救的正是他，其实说是实力营救，多多少少也有运气的成分，因为他只要踩得稍慢一步，就有可能被转动的巨型桨叶挡在后面，那结果就真是凶多吉少了。

好在他大风大浪，生死关头经多了，哪一次不是没有侥幸的成分？他也没多客气，只是问道："羽姑娘这车行得如此惊险我可以理解，但总要事先告诉我们一下，让我们好有个防备吧？"

羽澄见了李白安奋不顾身救人的一幕，登时倾心，所以连声道歉道："对不住！对不住！我哪里想到如此弱不禁风的人还能找到我们这里，还有胆色到我们这里来呀？对不住……"

钱千金这当口终于顺了过来，他脸色苍白颤声道："我怎知此地如此凶险！要是早知道……早知道……那我也得来呀！"话到最后语中都带着哭腔了。

徐三豹却哈哈笑道："你个老人棍！刚才都快把我吓死了！不过这才是你！虽弱不禁风，但仍不改豪气本色！哈哈！"

钱千金已经虚得没力气反驳，却听羽澄道："我就说豪气干云的李大侠的朋友肯定都不是平常人，今天终于见识了！"

李白安见对方一个劲儿夸自己，想客气客气，可又不知怎么开口。但他突然想到一事问道："羽姑娘，在这里我们根本没法分辨时间，我夫人每天都要服药续命，要是过了时候，恐怕就大大不妙了！请问现在应是何时？"

羽澄问道："那你们是什么时候进来的？"

李白安就把金甲巨人骑的事一说，羽澄点头道："你们是在人马族灵退回后进入的，那按外面的说法到现在该十几天了！"

众人一听十几天，都是差点儿没惊掉下巴。盛思蕊虽说有之前不确定的事垫底，可仍是十分惊讶。唯独明墉却是一脸不出所料的神色，其实他哪里是镇定自若，而是反正也想不通了，索性逆来顺受。

李白安一听急道："可我夫人那里没药！如果真是那么长时间，她岂不是……岂不是……"说到此处他汗都下来了。

"你放心了，虽然是十几天，但你们只感觉没过半日对不对？"

大家互望确有此感，因为根本就没觉得饥渴。

"那就对了！这时间呢只是相对而言，相对于日月星辰的运动变化，人的一生不过就是刹那间的事！所以事事要学着不用俗法解，不用凡眼看，才能理解我们所处的环境！"

钱千金一听这姑娘说话倒是有颇深禅机，他刚缓过气来道："莫非姑娘要说佛法？"

"什么佛法，我们这里只有自己的法，那话也不是我说的，而是先圣的意思！"

李白安虽然绕不清什么外面十几天和里面半天的关系，但是听她讲的也确有道理，再加之现在急也没用，只得安心下来。

其余各人更是比之前在迷障中更加糊涂，索性就都不说话了。

巨狼拉着车走得不紧不慢，可外面的环境却在逐渐发生着变化，先是四周开始逐渐亮起来，那感觉就像是太阳苏醒升起般。

却听羽澄道："你们看，我们这里的一天才刚刚开始！"

众人已经是对她任何让人震惊的话都不意外了，只是默默地看着一切离奇。

倒是明墉道："姐姐，要我看，这里天亮与刚才的机关转动有关吧？"

大家都是吃惊地看着明墉，倒是李白安仿佛明白了他的意思，微微点头。

羽澄也吃惊道："看不出你小子还真不是一点机灵！加上我听过见过的，你可能是第一个说出此间关联的！说说看，你是怎么猜出来的？"

盛思蕊却疑道："羽姐姐，你说什么听过见过，难道来这里的，还有你没见过的？"

羽澄笑道："傻妹子，我才多大呀！能见过多少，我只见过一拨！"说到这儿，她似乎又有了些哀思。

而后她转而笑道："我们这里除了大家不让他死的先圣外，没有长生不死的，更没有长生不老的！要不我怎么不让你叫我祖姑姑？"

盛思蕊虽然一头雾水，但听到最后一句也是哈哈大笑。

这时明墉才得机会插嘴道："我呀是因为以前见过机关发动，通道内的烛火才被点燃。就想着这里是不是也是一个道理，对不对羽姐姐？但是……"

他只能想到这一个点,再往后就完全一团浆糊了。

"能想到这一节也算不错了!你不是从西洋学过科技的吧?"

"你还知道西洋科技?"盛思蕊惊讶地大张嘴巴。

"我们隐居在这里,是因为部族的千古传承使命!可我们也不是不跟外面的世界接触啊!"羽澄道。

一旦她说出什么关于这里神秘的话,众人就完全失去了追问下去的勇气。可唯独明墉、盛思蕊二人之前经历过不少难以理解的,所以还算免疫。

明墉道:"姐姐您猜错了!您旁边的思蕊姑娘和她的两个师兄才到西洋学过科技!我呢,就是底层摸爬滚打长大的!"

"噢?"羽澄回头看看秦潇和周炯,就见二人都是低着头无语。

她转而问李白安道:"李大侠也猜到了是吧?您去过西洋没有?"

李白安一听她居然知道自己猜到了,也不讳言道:"我之前是水师一员,曾到西洋学过舰艇知识,我觉得刚才那通道里实际就是个巨型动力螺旋桨!但为何有这么大的螺旋桨,为何它会有动力转动,这些就完全不知道了!"

羽澄点头道:"难怪李大侠这般本事,原来是文武兼备!厉害厉害!"

李白安也不知道这姑娘为何不住夸他,只得连口中叫着不敢不敢。

盛思蕊道:"是不是这样呢?羽姐姐?"

"至于其中的道理一时说不清,这故事可长了!还是等到了先圣那,让他告诉你们吧!"看羽澄的样子似乎不是卖关子,而是真的不好解释。

(四)

几人行着就感觉天光似乎越来越亮,但根本就见不到太阳,或者说根本就见不到天空。抬头望虽然一片明亮,可哪里有一丝云,或者看到天的湛蓝色。

而且这里是丝毫不觉得冷,按理说外面已经到了东北的数九寒冬,按东北人的说法是"冻掉下巴冻掉腚,撒泡尿做个冰柱"。可这里呢,越往里去就越热,几人都已经脱掉了皮毛棉袄,可丝毫都感受不到冷。

钱千金倒是去过山中的南京的汤山野生温泉,那里就算是冬天,靠近了都不觉得冷。可南京再冷也是江南,环境温度怎么能和极北同日而语?再加上这里也没感觉到热气水汽呀?

大家对这里的感觉是封闭但不压抑,闭塞却不憋闷,觉得都是呼吸通畅,心情也放松了不少。

盛思蕊问道:"羽姐姐,我的妃是古姓。那您的羽姓是羽毛的羽吗?怎么也没听过,不会也是古姓吧?"

羽澄道:"妹子,我这姓可是上古传下来的族姓!说起我们族你一定听说过,羿族听过吗?"

"羿族？"盛思蕊还是小女娃时就出了海外，虽然有钱千金传授文化，但那只是出自一人之口。

俗话讲"读万卷书，行万里路"，读书长的是知识，游历长的是见识，哪怕是每天在外面闲逛也能知道不少人情万物，可惜他们在海外没这条件，那对中华大地上的事又能知道多少？

见盛思蕊苦思，羽澄笑道："说我们的一个祖先，你一定知道！后羿听说过吗？"

"哎呀！原来是射日的后羿呀！是那个羿族呀！"盛思蕊恍然道。

其他人一听是后羿的后代，都十分惊奇，纷纷支棱起耳朵听。

"后羿只是我们祖先之一，但由于他太有名了，再加上当年那场大战之后我们族里人口锐减，很多姓的人都战死了，所以之后出生的女子姓羽，男子姓升！"

"上羽下升为羿，"盛思蕊喃喃道，"可是你们族里为何女子取上面呢？"她的意思是不是华夏自古重男轻女吗？怎么男子的反而要姓下面的。

众人也都好奇这个答案，都侧耳倾听。

"谁说上古之人重男轻女呢？你看我就是族里最后的勇士！当然关于这个讲起来也长着呢，还是等着先圣讲给你们听！"羽澄道。

虽然她面上一点儿没有不耐烦的表情，可每到要多讲的时候，羽澄却总是推说要先圣讲，这让人就不免猜疑了。

终于回过魂来的钱千金对这些远古之事也是倍感兴趣，但见问不出什么，就眼珠一转道："我看姑娘八成也对这些上古之事不太明了，懂了！懂了！不勉强！"

"谁说我不知道！"羽澄倔强地回头道。

钱千金一见对方上钩，不紧不慢地笑眯眯道："那姑娘就说说也好为我等解惑！"

谁知羽澄突然又转过头去道："知道我也不说！一定要等先圣讲给你们听！"

钱千金一看这倔姑娘不上钩，正想换个方式套话，就听盛思蕊问道："姐姐为何一定要先圣讲呢？难道很多事只有他知道？"

此话一出，钱千金默默点头暗道：还是蕊儿机灵，懂得绵里藏针！

他怎知盛思蕊纯粹是见了羽澄就毫无戒心，心直口快顺嘴就说了。

就听羽澄目光中露着茫茫的关爱道："先圣年纪大了，平时也没什么人能跟他说话。上次外人来时离现在都十多年了，也是他最后一次高兴地说了那么久！你说我怎么能忍心夺了他这唯一的兴致呢？"

众人一听既是惊讶又是肃然，原来这姑娘看似勇武，其实内心竟如此为他人着想！

"等等，"李白安突然想到了什么，"姑娘说十年前就有人来过了？"

"哎呀！倒是忘了里外有别，是我们的十多年，那就是外面的三百多年前的事情了！"

虽然之前也听她说过这里感觉也就半日，外面却已经半月了，众人当时是又惊又疑。但一听这里的十年就相当于外面的三百年，无不惊骇至极！

难道他们到了传说中仙境？不是有说"天上一日，地下一年"吗？难道是真的？可这里怎么是一比三十的算法？难不成真实的情况是"此间一日，外面一月"？

钱千金是饱学儒生，又在西洋接受了唯物论的熏陶，怎能相信这种无稽之谈，他轻挑眉问道："姑娘说得是好轻松，你可知三百年前是什么时代呢？"言下之意是羽澄是编的。

"明朝马上就亡了！"

钱千金一听没难住，接着问："那姑娘知道现在是什么时代呢？"

"一晃我这十年，清朝马上也要亡了！"羽澄波澜不惊道。

虽说这几人现在已经对满清的朝廷失望透顶，但谁也不能判断朝廷马上就亡了。虽说八国联军都占了京城，太后皇上都跑了，但总有回銮的一天，这就叫"百足之虫死而不僵"！

一直沉默的晋先予发问道："姑娘，我大清虽然遇到些风雨，可国基尚存，国脉尤固，你怎么如此咒我朝廷？"

他话语中带着些许愤慨，此话倒是由衷而出。还没等羽澄没答话呢，一直伴在车头慢慢奔跑的聚灵忽然回过头来朝他龇牙低吼。

那巨型狼头嘴里龇出的宝剑般的獠牙顿时把离得最近的钱千金吓得差点儿坐在地上。

徐三豹忙扶住他道："你个柴火棍儿，站都站不稳！还有老晋，这操蛋朝廷亡了更好，你还留恋个什么劲儿？"

羽澄意味深长地看看晋先予道："怪不得聚灵唯独对你不太友善，原来你的心思和别人不一样！"

晋先予忙道："谁说的！不，我只问你，你在这封闭的地方，何来的这亡国推断？"

他这一说，别人倒是没把羽澄说的话往心里去，而是等着她进一步解释何来这等预言。

羽澄叹道："哎呀，我都说了，我们虽住在这里，但并不是与世隔绝！差不多不到两年前，我还出去过一次，到过天津，那时洋人都有了……那叫什么……对了，租界！按我们先圣之前的断言，清朝亡国也就在不远！"

钱千金心算着，她说的时间应该是鸦片战争后，还是道光爷时期，那时太平天国还没开始起事作乱，这先圣就推断大清要亡了？

他问道："就凭您的先圣以前的推断就说大清要亡，是顺嘴说的，还是有何凭据？"

"哎呀，一看你就是个死脑筋的读书人，我家先圣可是见识过多少朝代兴亡，没有哪朝能熬过他一觉之隔的！"

众人再次骇然，这是什么人，睡一觉就换了个朝代，那不是比烂柯人盘棋百年还要夸张，简直是直逼庄周梦蝶般的虚幻！

"哎呀，怎么又和你们说多了！反正快到了，一切都听先圣给你们细细讲来！"

众人满揣着无比的狐疑，怀着难以言表的忐忑，开始闭嘴不言。

秦潇想和莫沁然聊一聊，却见她眼神中充斥着迷离，对他投来的目光不理不睬。

周烱则是用心思索良久，才在那里小声喃喃道："要是我在这里待上一年，那婉毓可怎么办呢？……"

明墉自打受了盛思蕊突如其来的幸福一抱后，就再难寻机会跟她说句话。

此刻见羽澄闭嘴不再回答任何问题了，他凑到盛思蕊身边想插空说说心中的波澜，可见盛思蕊和羽澄并排站在车前，脸上是抑制不住的兴奋，他也只能讪讪退后。

众人在一片打开的明亮中沉默着，内心都翻腾着各自的想法，可是谁都没再作声。

（五）

就见眼前已经远远看到了一片通天入地的青铜色，行至近前才发现原来这是一堵青铜的巨门。

这巨门左右足有几十丈宽，上下略低但也不下二三十丈，四周似乎与一望无际的光线连成一体。

就在众人的惊讶目光中，车子终于停了下来，大家依次下车，都是瞪大了双眼看着这扇宏大至极的青铜门。

明墉也是这时才看清楚，这青铜巨门分两扇，上面都是巨型的雷符花纹，工艺难度登峰造极，别说见过，他就没听说过哪个朝代能建造如此巨大的青铜器。

再仔细看看两边，却见这两扇大门实际都只有五丈宽许，只是门侧与旁边连接甚为紧密，所以被误以为一体的。

而两边的延伸则可以被视作青铜城墙，不过这得是何等气派，才能用如此巨型的青铜大门和城墙呢？

往上看却没有见到任何城墙垛，上面似乎成一个圆弧形的整体，青铜墙的边缘似乎与什么无色不透明的物质紧密连接着，再看左右似乎也是如此。

难道那无色不透明的物质就是这通道的道壁？他暗自猜测，不过现在仅凭这些仍然是两眼抹黑，近乎什么也不知道。

不过他至少知道一点，无论城墙还是城门都是用来防御的，可这没有墙垛的城墙如何防御？

正这时，城墙上方突然开了个丈许宽的窗口，有人在里面问道："人都接到了？"

"当然！我都回来了，还不开门！"

就见那窗口一关，立刻就与城墙融为一体。这工艺之高超简直让明墉叹为观止。要知道，没开窗口前看不见，可能是因为青铜年代过久，有青锈色遮掩所以看不真切。可是合上后还是看不出，就足以说明技艺水平难以估量了。

此时众人就听到一阵巨大的铰链声响，左侧的半扇门慢慢向后缩进，而后就缓缓地在城内升起来。

李白安见此很是吃惊，难道远古也懂得机械原理？这明明就是人控机械开动的大门啊！

一边的钱千金也暗自点头：这些远古先人的防御可真是滴水不漏！从内部升起城门进出，则不用担心机栝在外面被破坏。而且上下开合的，一旦发现危险，马上斩断铰链，门就像断龙闸一样坠下足矣阻断后面的敌军！可是这门到底是要防谁呢？

等半扇门升到三丈多高时，聚灵先颠颠地跑了进去。

羽澄叹道："这家伙，都这岁数了，还这么馋嘴！"

盛思蕊问道："这聚灵如此庞大的身躯，每餐恐怕吃下一头牛都不够吧？"

"你进去看了就明白了！"羽澄笑道。

而后一众人就在羽澄的带领下鱼贯而入。

明墉过城门时抬头想看看上面的机栝装置，可令他失望的是，所有机栝除了露出来的铰链外，都被青铜板壁包裹得严严实实，竟然什么都看不到。不过看不到才更令他震惊，这里的人铸造技艺得是何种水平，连机关都能裹死在青铜壳子里！

当时大清都没有金属焊接技术，只能靠锻打，可上古之人怎么可能打成这么一个严丝合缝的巨型青铜机关罩呢？

还有他也没看见城上启动绞盘开城门的人，仿佛都是藏在了青铜壳子的包裹之中。

李白安和钱千金也都看出了这奇景，都是惊得眼睛大睁，其他人更是目不转睛地通过这城门。

等众人都进去了，身后发出噶啦啦咣当的巨响，果不出所料，这大门开得慢但关得可是够快的！

（六）

众人再往前走，仿佛又进入了一个巨大的通道之中，不过与之前那个四周都看不清什么物质的通道比起来，这条路可就灿烂多了。

这条通道下边十分光滑，也是那种无色不透明的，踩上去却极为坚实。但是地上看不到土，两边依次摆着各色的青铜器和竖直的一二十丈高的青铜架子。

铜器里都栽种着尺许粗的藤蔓根茎，而枝叶就沿着青铜架向上蔓延，在几十丈宽的通道两侧形成了绿墙。

大家都很是惊愕，这里人竟然有此等心思来做这繁复精细，又没实际作用的工程。

羽澄看出大家不解，解释道："先圣说过，我们这里虽与世隔绝，但四季如春，怎么着也要让整个部族里面都是一派生机盎然！这里没有土，可却也能种植绿藤美化，这才能让人心旷神怡！"

大家都赞叹这位先圣还能有如此的闲情雅致，唯独明墉一溜烟过去看那些青铜器。

盛思蕊见到了以为他又动了歪心思，也赶过去嗔怪道："你呀！都到了世外桃源，还想着那些龌龊事？"

明墉却指着青铜器惊愕道："思蕊，看出什么没有？"

"看出什么？不就是老旧的青铜器皿吗？除了大得吓人，还有什么？"

"这与我们在洞里看到的那口青铜鼎的纹饰几乎就是一个模子刻出来的！"

盛思蕊仔细看看也道："哎，好像是这么回事！那能说明什么？"

"说明云裳子的那口鼎就是来自这里呗！"

盛思蕊马上想到了斩妖除魔的使命，看看自己的拳甲，不由得打了个激灵。

"说不准，你的拳甲在这里就能卸下来！"明墉言语中透着兴奋。

思蕊戴着这个拳甲对他来说是无比的威胁，也不知什么时候要是惹她生气了，光刃突出，那他不就直接给碎了？所以他比盛思蕊更想把拳甲除下来。

盛思蕊也道："对呀！不过到了这里也不急了！我看这里还挺有意思的，我们赶快跟上看个究竟！"说罢率先跑了。

明墉在后面直摇头，心道思蕊呀这是又见了新奇还不吓人的了，都把正事抛在脑后了！他也只得小跑着跟上队伍。

众人又走了一气，终于见到了久违的土地，大家都很是兴奋。之前还以为这些隐世先民都住在通道里面那样冷冰冰的地方，那就算是当了神仙又有什么生趣？此时再见土地，都很是雀跃。不过他们还发现，这里只是有地却没有天，上面看上去仍然是白茫茫的，只是在远处隐隐露出些色彩出来。

等再走进去，大家更是惊奇于眼前看到的一幕。

众人翻过一条小小的山岗，整个空间就豁然展现在眼前。

只见远处有一高山，山顶被盘绕的浓重雾霭罩住，看不出高处到底有什么。之所以说是盘绕，因为那些如多股白色链条绕成的雾霭团一直在运动着，感觉就像是多条白色巨蛇绕在一起。

而与山顶相交的那块天顶却是绚烂之极的，越往山上靠就越加炫彩纷呈。看上去就像是在如同白布的天顶打翻了多彩的颜料瓶，再混入金属碎末，并让这些混合的色彩掺杂着金属末流动起来一般绚丽闪耀。

而离山顶越远，那些色彩也就越淡，到了他们所处的头上几乎就成了整体的昏白色。就像是天顶只在山头处染了一大块，而染料色弥散到远处也就几不可见了。

这里从山上到下面高度呈梯次递减，这是很不寻常的。因为如果是自然形成的，那高度应该是顺势而下，不可能成阶梯状。

再细看，原来那阶梯状的下势都被整理成一块块平台，望过去都是绿油油地顶着金黄色。

再仔细看，从山顶上仿佛有一道水脉倾泻而下，可是到每个平台处却被引流放缓了速度，以此类推，直到山底那水流恰好灌注进一个巨型水车里，带动着水车转动。

而水车上每个取水斗到中间处最终都灌流到一个巨型的取水槽之中，在取水槽上似乎还隐隐看见不少的管渠接口，通向四面八方。

钱千金先是大吃一惊，瀑布水车水槽并不少见，更是先民的智慧，可再把水引流到各个区域可就不那么多见了，这不就相当于西方的自来水了吗？而且也不出任何人的猜测，那些个水车水槽什么的看上去都是青铜的。

虽然不出所料，可人人都觉得震惊，要知道金属器在中华大地从古至今在农业上生活用品上都是稀有器。而几乎所有朝代都是严控民间金属器，要不中华先人也不会凭自己的智慧和勤劳创造了举世无双的瓷器文明。

当然是由于自古各朝代都严控采掘，令得能使用的金属本就稀少。可这里见过的几乎全都是青铜器，这未免太让人惊奇了。

（七）

几人随着羽澄再往里走，渐渐就进入了街巷，这里的街道布局就如同棋盘般整齐，道路整洁，随处可见青铜器皿栽种的各色叫不出名字的花草。

而更令人奇怪的是这里是山下平原，在街道两边却都盖满了房屋，而这些房屋都是石头构造，虽谈不上精致，但看起来十分牢固。

钱千金大惑不解问道："羽姑娘，我见宝地也有不少参天大树，木屋建造也是自古有之，还防雨隔热，可为什么这里非要费力气用石头造物呢？"

这的确是很奇怪，明明不缺木材，而且木头的优点十分明显，建造也容易，使用也堪称牢固，就像江南殷实的村庄里随处可见上千年的木质建筑。石头建造又困难费力，而且还不防雨，冬冷夏热，缺点十分显著。可为何此地之人全用石头造屋呢？

羽澄笑道："这个问题我就可以回答你了！我们这里没有四季变化，常年如春，所以不用考虑保暖。而最关键的是，我们这里的树木庄稼花草都珍贵无比，怎么可能用来建屋呢？还有您别看这些石头建的屋子有些不规整不好看，那可都是先圣按照那叫什么……对了！建筑几何学设计的，而且全都粘了缝，可是牢固得很呢！"

大家一听又是惊了，怎么这里的先圣还懂建筑几何学？这不是西方的科学理论吗？

其实中华在建筑上一直走在世界前列，木质结构建筑可以说是登峰造极、无可超越。自古匠人们都是仅仅用木头就能建造一切楼堂馆所、民宅宫殿，技艺叹为观止。

可西方的建筑学却是基于砂石结构，混凝技术，利用几何设计来找准受力平衡，这样就可以让建筑式样多样，也可以让建筑叠加更高。

这两者是不能以伯仲来分的，只是中华工匠是将传统技艺创造发展到极致，而西方科技却在建筑上不断探索。

要是推回到西方中世纪的黑暗年代，普通百姓能有个遮风挡雨的地方就不错了，还谈房屋？

不过这里的先圣如何能懂几何学还是让大家吃惊，钱千金试探问道："请问这先圣可到海外游历过？"

"没有！"

"那他怎么懂得建筑几何学？"其实中国自古也有几何学，"勾三股四弦五"就是，可是一直没把这些综合成一门系统学科，所以此词一定是外来的。

"先圣在元朝时曾出去到过大都，在洋人手里买了不少科学书回来研究，这些石头房子也是那时设计建造的，到了明末他又出去买了成山的书回来，才把这种建筑方法叫几何学！"

众人都是惊奇至极，元朝时出去过？那到现在可是六百多年了！难不成这位先圣是像彭祖那样的神仙？

钱千金又有些尴尬问道："那请问这位先圣高寿几何？"

羽澄先是一愣，而后哈哈笑道："你是问他多大岁数吧？好久没听过这么酸文假醋的说话，一时还懵住了！"

钱千金听到酸文假醋的评价，脸上是青白闪现，徐三豹也哈哈笑道："老人棍现在知道穷酸的秀才劲儿讨厌了吧？"

羽澄想想算道："他呀刚刚睡醒出来，到现在应该是一百四十一岁了！"

众人一听这不对呀，这岁数是乾隆年间生的，怎么可能跑元代呢？

谁知羽澄补充道："是我们这里的算法，这里一天抵外面一月，你们自己算他该多大？"

众人掐指就算，还是盛思蕊脑筋快，马上道："那先圣按外面说法应该活了四千二百三十年，现在是公元一九〇〇年，那他不是公元前二三三〇年生的？"

这里除了几个年轻的，没谁对公元有什么概念，也包括明堉这土生土长的大清人，所以都是一头雾水。

可这怎么能难得倒学贯中西的钱千金，他掐指一通细算，惊叹道："那他岂不是在尧舜时代的人？"

"哦！突然想起来，先圣说他是十岁才到的这里，那其实他在这里只过了一百三十一年！"

钱千金一听又开始推算，不过减去三百年，那按照史学宝典《史记》的记载，这先圣还是应该出生在尧舜禹三圣的时代，难怪这里都叫他先圣！

几位师父已经被这算数绕糊涂了，徐三豹摇头不耐烦道："还算个什么劲，等下见到了一问不就清楚了！"

可钱千金却钻起了牛角尖道："这么说华夏五千年，这先圣是经历了一多半，等下见到必要好好讨教讨教！"他边说眼中边放着强烈的求知光芒。

没承想秦潇却说："钱先生，我们大学的老师说过，中华人写史书最喜欢夸大，实际上中华文明也就是三千多年而已，是这样吗？"

钱千金一听怒道："胡说八道！弹丸之国的小民，自己的历史一片空白找不到可吹嘘的，就要贬低我泱泱中华的上古传承！但观世界，历史上的古文明只有华夏一支能够经久不衰、历久弥新地流传下来！那些蛮夷诸国哪个能比得上！就说那美利坚，不过区区两三百年历史，还敢在我泱泱中华耀武扬威，岂不让人不齿！"

他说得是义愤填膺，使得秦潇根本就不敢再辩驳。

可钱千金说这话也确实有点儿亏心，他知道中华大地自古著史的都是官家的史官，汉朝后的史官尤其喜欢"四入五进"，当然这也是为了迎合帝王的虚荣。比如说有四百多，但多多少又说不清，那索性就说成五百。本朝帝王在位三十年做过五六件还算得上能编得圆的好事，索性就写成十大丰功。反正这样帝王高兴，下面的日子也就好过些了。

　　当年的司马迁因为要写些高祖皇帝的黑历史，就受了宫刑这样的奇耻大辱。这也成了以后著史者的反面教材，从此后史官言即帝王言。

　　不过他眼见着终能一解心中的诸多困惑，精神是为之大振，恨不得马上就见到先圣才好。

　　他兴奋地问道："那我们是不是马上就去拜见他？"

　　"那是自然了！不过我们还要走好大一会儿，因为先圣他老人家就住在我们背面的山顶！"

　　众人望过去，果真还要走好大一段。羽澄却看着李白安道："李大侠，你别担心，夫人已经先送过去了！有人照应着呢！"

　　李白安拱手深揖表示感谢，钱千金稍微压制一下热情，却突然想到个关键的问题道："姑娘，我看你们这山上全用大力气被垦成了梯田，用来种庄稼，可明明这里有大片的平原。你们为何要反着来，放着方便耕种的地方不用，却用来盖房。而明明可以盖房的山腰却偏要费力用来耕种呢？"

　　众人一听有理，都等着羽澄的回答。

　　就听她道："这位真算个细心的明眼人，一眼就看出了布局的特殊性！实不相瞒，我呢虽然生得晚，但也听说以前我们是像你说的那样子来的！不过后来火山突然爆发，山上住的人死了不少，于是先圣就把布局调过来了，这样再有火山喷发最起码能保住人不是？我们这里部民可是金贵着呢？"

　　钱千金刚点头，又猛地想起问道："姑娘，我们已经进来这么久了，为何除了你一个人都没见到？"

　　"那是因为呀……"这时，突然从高山方向传来一阵阵密集的鼓声。

六十二、奇异秘境

（一）

众人听到这鼓声沉重又气势宏大，间或还伴着钟角之声，便纷纷询问究竟。

羽澄道："这就是你们没见到人的原因了！大家都去参加收藏大会了！"

"收藏大会？"众人几乎齐声疑道。不是大家不懂收割的意思，而是此时外面已是严冬，哪里来的收割？不过这里的情况的确不能以常理度之。

"对呀！我们部族这里不像外面四季分明，你们外面不是有个春节吗？那是庆祝新一年的开始！前一夜叫除夕，还要放鞭炮吃饺子搞出很多花样庆祝！"

"姑娘真是见闻广博！"钱千金道。他也不是存心讽刺，而是自打进了这里口头上一句上风都没占过，忽见缝隙随口就来了一句。

可羽澄毫不以为意道："我们这里全年都一个样，虽然叫什么四季如春，哪里还分得出哪一天是新的一年开始呀？所以先圣就把第一个收割季叫收割大会，表明一年过去一半。而收藏大会则是一年的最后，收藏过后新一年就开始了。"

钱千金还是不解道："可是庄稼的收割可是要受天气影响的，时间总不能那么准确吧？"

"你说的是外边，这里天气恒定不变，只要按时播种插秧，准是错不了！"

众人都奇异怎么会有恒定不变的天气，钱千金却接着问道："那怎么判断时间过了多久呢？怎么个历制算法呢？"

"你这就问到点子上了。我们这里一昼夜就是一天，三百六十天就是一年。不过先圣有一套从外面带进来的月相历法，以干支纪年，但我们这里根本就看不见太阳，那太阳都看不见怎么看得见月亮？所以他就做了个简单算法，每六年多出一个月，用来全体族民大修整。他说这样的话就不会与外面的时间相差太多！"

钱千金再掐指算来，的确如果按他这么算，倒是跟公历算法没有闰年相似，那这里经过三千多年算出来与外面的世界也就相差两三年，这问题不大。

不过他也知道农历本就叫夏历，是中华最早的月相历法，也是全世界最早的。这先贤既然是在三圣时代就隐匿于此，那用的就是夏历。可这里时间被拉长，也没法根据月亮圆缺判断，更没法用天文仪器测量，是以也没办法根据节气变化调整闰月，所以想出的这办法看似简单，却蕴含着大巧不工的智慧。

他正叹息着，却听周焖问道："那姐姐，你们的大会是不是也会吃吃喝喝庆祝呀？"他是有点儿饿了。

"那是一定的呀！好像我们从古至今都是一样的传统吧？每逢节日必将大庆，好吃好喝的都摆上来！所以说，你们可是有福气呀！这时候进来正好赶上！"

可周烱却对羽澄的盛情并不感冒，因为他一路看过来，所有的房前屋后似乎都没有鸡犬相闻之感，更没有圈养家畜的腥臭味，所以他怀疑这里是不是都吃素。

"可你们这里好像没有什么肉食呀？"他讪讪道。

"啊？哈哈哈！"羽澄却突然大笑起来。

众人再迷惑，就听她道："你这小兄弟是想吃肉了！我们这里虽然和外面的农庄一样以麦稷菜蔬为主，可是这肉嘛……当然也少不了了！"她看着周烱期待的眼神被勾得冒光，才拉长声音道。

这时走过了一个类似小广场，她指着一侧说道："你看那边是什么？"

众人侧目去看，只见远处一处围栏里正有一大群巨大的禽类在直眉愣眼地盯着他们看，也不像常见的禽类那般总是乱叫。

仔细看过去，只见那些大禽类都有六七尺高，粗脖憨脑，头部生了个扁平的巨喙，你说是鸡吧它又有扁平喙，说是鸭鹅脖子又不长。更奇怪的是每只下面都长了四条腿，一边两个，跺起来前后一致，还挺有说不出的意境。这时其中一只突然呼扇了一下翅膀，大家才发现原来此物肋下也是各生双翅。

盛思蕊奇道："这可是什么呀？样子好大好奇怪！"

钱千金思索不语，羽澄道："这叫孪鸟，是先圣在上古时代就有的禽类，一直繁衍着供我们食用！"

"哪个'鸾'？"钱千金以为是鸾凤的"鸾"。

"孪生的那个'孪'，先圣讲此鸟在壳中就是双生黄，慢慢地长到了一起才破壳孵出，而刚出生时也是有双头，我们等它们大了就斩掉一个，只留一个头。"

"那为何不把两个头都留下？"盛思蕊心道这两头怪还没见过，这不可惜了。

"所谓'无头不走'，但双头更是难行，好比这孪鸟，有两个头时会同时左顾右盼，根本就是胡走一通，剩一个头反而更好了！"

钱千金听得出神，觉得这话是别有深意，现在朝廷不就是两个头吗？虽然皇上是弱头，但朝中暗暗支持的也还是有的，庙堂上暗中诅咒太后的不也是有的吗？还真是"无头不走，双头难行"啊！

他随即问道："这都是你们先圣说的吧？"

"那还有谁？这里就数他有学问！"

周烱却抽冷子问道："这孪鸟不会飞吧？"

"当然不会了！我们这里一个会飞的东西都不能有！"

"什么？那蜜蜂、蜻蜓、苍蝇、蚊子什么的不都能飞吗？难道都没有？"这回换成秦潇吃惊了，要知道昆虫可是世上第一物种，怎么可能消灭昆虫呢？他还记得在大学曾有不少学者科学家研究消灭苍蝇蚊子的可行性及办法，可多番努力后，研究还都停留在实验阶段，事实上想消灭这些繁衍惊人、适应力极强的昆虫极无可能。

"当然都没有！我们这里能飞的都不能有！"羽澄斩钉截铁道。

"不过这不可能吧？"秦潇以科学态度发问。

"怎么不可能？"羽澄挑了一眼，"先圣说铲除它们的确费了些工夫，但在这里只要是肯用心用力就没有不可能！"

众人再次竖起耳朵，就听她接着说："先圣和他的祖先刚到这里时，这里几乎是个全封闭的环境，他们也的确带进来不少蚊蝇虫卵。等他们发现这里的确不能有任何飞行的生物后，就开始消灭蚊虫大计！上古的蚊蝇个头都很大，虽然看着凶悍，却反而比小的更容易剿杀！可它们能将虫卵产在土里水边还有污秽之地，杀也杀不尽。于是先圣他们就开始了长达十多年的水土治理和清洁计划，使得虫卵几无藏身之地！如此双管齐下，坚持不懈，终于在几十年前，我们这里就再无蚊虫等任何能飞的东西了！"

众人一听都暗中佩服这群先人的不懈努力，不过秦潇问："那人们产生的生活废物怎么处理呢？"

这可是个大问题，要知道当时在西方也仅有高档居所有排水系统和垃圾处理体系，这里怎么可能有呢？

"你说的是人们的排泄物吧？我们这里水源发达，从山上流下的水会通到每户，每家冲洗后会顺着地下水渠直接冲出去，根本就没有残留，怎么不行？"

"那生活中产生的废物呢？比如剩饭剩菜菜叶碎渣什么的？"秦潇还不放弃。

"粮食在我们这里金贵着呢！先圣常说'天赐我食，粒粒艰辛，寸土之间，不能有费'。我们这里都是吃得干干净净的！对了！还要告诉你们，等下吃饭可千万不能浪费分毫，否则部族中人肯定鄙视厌恶你们！"

"就这样就能解决蚊蝇的问题吗？可是你们再怎么控制，也只能保证消灭你们一地的隐患，外面的你们是禁绝不了的呀。"秦潇继续追问。

"你这算是问到点子上了！"羽澄有些嘉许，"所以我们只有在外面的冬季时才让人进出，天寒地冻的，外面的蚊虫早就不活动了！"

"可万一有人身上附着虫卵呢？"秦潇总算找到机会一显辩才。

自他和义父师父们会合之后，他就觉得莫沁然明显不爱说话了，甚至进到这里后对他都有些爱答不理的，显得心事重重。所以此刻他得到机会，便想努力展示，以引起莫沁然的兴趣。

"所以呀，你们才会在通道里待上半个月，由我来判断你们是否会对部族产生危害，之后才会决定是否接你们进来！"羽澄道。

众人想起他们在里面被幻境迷惑得茫然无措、进退失据的模样，原来都是场考验。

秦潇还不算完，接着问道："那没经过考验的人呢？"

这个问题倒真是问到了大家的心里，就听羽澄慢悠悠道："那就让他们自生自灭呗！"

众人听了都是心寒，暗想幸亏自己平日还算坦荡无愧，要不还真是生死难卜。

可秦潇却接着又问："那为何里面没见到任何骸骨？"

"通道运转起来后，哪里还能有个渣子？"

大家马上想起那巨型活动着的机关,都是心下巨寒,不说话了。

(二)

等大家绕过李鸟圈舍,周炯又忍不住问道:"姐姐,难道你们这里只有这一种肉食吗?我看那尺寸也就够你那聚灵一口吞下的!"

"当然不止了!不过都是圈养在部族的各个位置,由专人负责养护。那些可都是上古就繁衍下来的禽畜,保证你们见了惊掉下巴!至于聚灵嘛!它可是最后一头保持了上古尺寸的巨狼,活了已有六十多岁了,早就通人性是部族的一员了!现在他和我们的饮食规则一样!"

"那你们是何等饮食规则呢?"周炯很关心这问题。

"每七天有肉,就是全族分食一只鸾鸟;每月一次大荤,就是宰杀一头加豚。聚灵也和我们一样,平日吃素。"

"什么是加豚?"

"就是你们外面的公猪,不过体型可比你们外面的牛大上不少,而且模样嘛也是不尽相同!"

众人一听狼竟然能吃素,都很是迷惑,而且也都有兴趣见见此地养的禽畜。

唯独李白安从沉思中警醒问道:"羽姑娘,您这里为何不能有任何飞物呢?我从外面自打进了这片区域就一只飞禽也没见到,是不是与您这里的规矩有关?"

明墉听闻此言是连连点头,暗想所见略同。而莫沁然也是扬起头,双目炯炯地看着羽澄,显然她也在关注这个答案。

羽澄叹道:"李大侠就是李大侠,果然看出了关键!外面方圆几十里没有飞禽,是我们在长达数十年间剿杀的结果,当然是我们这里的数十年!不是我们恨有翅膀的动物,而是这里绝不能有任何能飞的东西!"

"那是为什么呢?"盛思蕊迷惑道。

"那缘由我也没经过,你们还是等见了先圣自己问个明白吧!"

明墉却暗想,思蕊呀你可真是还没明白!一些简单概要的东西羽澄姑娘就会回答我们,可是一旦问及缘由根源原因她就一定会说"你们见了先圣自己问个明白!"干吗多此一问呢?

而盛思蕊突然回头瞪了他一眼,明墉心里咯噔一下暗道:这是怎么回事儿?难道思蕊能听见我的心声?这……难道我们已经心意相通?可我为何没半分感觉呢?

好在盛思蕊很快就回头转而向羽澄问些其他事情了,倒是弄得明墉心中有些惴惴。

而此刻心中惴惴的何止是他,除了几个心思单纯的,每个都在心里噼里啪啦打起了算盘。要说这里并不诡异阴森,也不是险绝惊心,可为何就总感觉到不对劲呢?

还是钱千金猛地觉悟了,要说今天是什么收藏大会,可部族里怎么也不会连个人影都看不到吧?那生产的妇人、吃奶的婴儿总不会去吧?还有步履蹒跚的老人呢?总也不会被拉去参加大会吧?

于是他问道:"羽姑娘,难道村中就没有老弱病残留在家中?全被赶去参加收藏大会了?"

"你的问题还真不少!"羽澄笑道,"我们整个部族从来没有超过一千人!噢,褒家三爷年初去世了,正好全族还有九百九十九人!至于新生产的孩儿可是金贵得很,这三年生的都在先圣那里有人专门照看。而受伤的人也在他那里休养。除了大门有三个留着看守,其他的都去参加大会了!"

"这里还会有人死?还能有人受伤?"周炯吃惊道。他自打进来就迷惑了,听了这许久以为是进入了某个传说中的仙境,怎么还能有人死呢?看着姐姐简直就是英武的天上神女下凡一般,怎么还能有人受伤?

"我们这里又不能长生不老,长生不死!还有你们一路也见到了,我们用的都是沉重的青铜器,一不小心也会有人受伤的!"

"那老得走不动的,总不至于也要去吧?"钱千金还是难解。

"至于已经接近天年行将入土的,"羽澄突然叹口气道,"都被安置到后山等着天命召唤了!"

"什么天命召唤?"周炯不解。

"不会是统一安置等着他们自生自灭吧?"明墒突然冒出一句。

"别胡说!这里可是仙境般的地方,怎会如此?"盛思蕊瞪他一眼道。

"他还真没说错!年过八十的老人,如不能劳作、不能自理,就要自行去后山养生地。在那里会有人专门给送去吃食,他们就只好自己……"羽澄话音渐渐变弱。

"怎么可能这样?孟子云'老吾老以及人之老,幼吾幼以及人之幼',养老送终是中华传统美德,你们先圣怎能允许此等任由老者自生自灭、败坏人伦的事情发生?"钱千金颇有些震怒。

"这就是先圣定下的规矩!其实他七十岁时就想死,只是祖先们不许他死罢了!这也是他不得已而为之,他说过我们这里只能容纳一千人,多了全部族就都要危在旦夕,只得如此!"

钱千金看看四周再想到之前的远望,粗略看只觉这里可是远比一般中原的村子要大上许多,而一千人也不过就是个中等村庄的规模。那地大为何还要严控人口呢?不过你能任老人自生自灭,那也不能断绝年轻人生养吗?这人口也没法控制呀!

他问道:"那年轻人要是生养得多了,人口也会很快超限呀?"

"这里人都很长寿,而人口生养嘛那是很少。你瞧我可是羿族最后的后人了,在我之后就再没人了!"羽澄道。

"那怎么可能……"

"哎,这个问题你还是要去问先圣才能明白!"羽澄叹口气道,"不过所有部族人等都自愿接受这个规则,这许多年来都是和睦至极,所有人都宛如一家!而且不管老幼都不会违逆先圣的意志!"

"难道你们也和外面一样有衙门管束?"钱千金道。

"当然没有!所有人都是自愿的,都愿意维持这得之不易的世外之地的平衡!"

（三）

这些疑团在大家心中就如升起的浓雾般越聚越多、越聚越厚，本来一览无遗的村落看起来都如同云里雾里，更加摸不着头脑了。

这时又是一阵高亢的吹角之声响起，羽澄道："准备已经完成了，收藏大会就要开始了！咱们可得脚下快点儿，要不就看不到全程了！"

说罢她就带头加快脚步，她人高马大步幅甚巨，几个练家子还没事，钱千金就只得在徐三豹的拉拽下亦步亦趋地跟着。

再绕了几个弯，众人已经到了水车边缘，整个大山就尽现眼前。

先看这巨型青铜水车，其规模大小已经让不断接受震撼的众人还是觉得震撼。水车下有各种或明或暗的青铜槽连接着，汩汩水流流进村落。

再望向前面，只见山下被平整出一大块土地，上面被横七竖八地划着线。整块地被划分成若干整块，可能是用来分类摆放用的。

在山前分成几排依次背对着站着约有两三百人，粗一看这些人都如同巨人般，其身量就连黑铁塔般的徐三豹站在中间都如同孩子般。

徐三豹大吃一惊，本以为这高大的羽姑娘在族里是出类拔萃的，没想到和这些人一比那简直是小巫见大巫呀！

他悄悄绕到侧面一看，更呆了，原来这些有男有女的都是老者！他们须发皆白，脸上皱纹累累，身上都穿着兽皮，却都是脸色肃穆，让人望而生敬。有的老者看见他了，只是露出饱经风霜的浅笑，什么都没说。

徐三豹绕回来，用他自认最小的声量问道："你们这里都是巨人吗？"

羽澄道："这些长辈都是祖先们的原支血脉，身材要高大许多，后面的就矮多了！"

钱千金一看这几排显然是为了把山上的东西依次搬运到平台规整安排，这般排列可能是最省时省力的方法。

而且这些都是老人，没法繁重劳作，安排在山下干些搬运活倒是正合适。

羽澄道："我们在这里帮不上忙，等下忙起来反而碍手碍脚，不如顺着边上上山！"

众人随着她向上走，见整个巨大山体果然依山势被修整成一块块梯田，田里种的几乎都是小麦，那粗大的麦穗似乎都散发着金黄的光芒。

而沿山而上，在麦田里等候的人们的年纪就依次减小，在山脚和山腰处都是五六十岁的，而越往上看越年轻。而且也确如羽澄所讲，越往上，族人的身高就越矮，可是就算是像羽澄这般年纪的男性也要比徐三豹高上一截。

钱千金见这种按人员年龄体质分梯次安排工作的方法十分科学，这是在有限的人力内将所有人的能力充分应用。

他不禁暗叹起先人的智慧来，不过想想又问道："这里所有人都要干活吗？"

"当然！除了干不了的和干不动的，都一视同仁！年老者活轻，体壮者活重，无一例外！"

"那你们先圣呢？"钱千金的意思很明显，这人既然是族中公认的老祖宗，活神仙总该有些特权吧？

羽澄一指最上面："不是在那里吗？"

众人抬头望，只见在山上立着一个高台，台子上左右两侧各竖着几张大鼓，每只鼓两面都站着一上身精赤的壮汉，看他们的身高，这鼓面得有丈许来宽。

几人诧异，要知道鼓面都是兽皮做的，丈宽的鼓面要什么野兽的兽皮才能绷得住？

而在鼓手里边两侧也有十来个男女，或前面摆着钟磬，或手执号角，神情都很是肃穆。

那号角都有一尺来粗，天知道是什么动物的角有如此大小。

再看正中靠山的后面隐隐有个两三丈高的雕像，浑身雪白，看不出所以。

钱千金见也没有所说的先圣，就想问问羽澄。

这时羽澄叫："小心脚下！"

大家猛低头，这才见一条人造的灌溉渠正横在脚边，这渠甚宽，如没她提醒不少人就要踩了进去。

大家正忙落间，就听得号角声再次响起，这声音高亢奋进，余音直入云霄般。而后是清脆悠远的钟磬声有节奏地敲起，让人不免跟着跟着数上了节拍。这时十来面双人打击的巨鼓炸裂般响起，鼓声隆隆震震，仿佛脚下的地都被震得颤动。

这鼓敲得是刚猛有力、节奏强劲。钟磬声犹如在鼓拍之间应和，加之不时吹起的号角声，这几样齐鸣，让人有说不出的振奋感。每个人都不自主地血脉偾张，想跟着这节奏摇动起来。

而就在鼓响的同时，整个山上守在梯田旁的人都猫腰劳作起来，一时间是镰刀麦穗飞扬，那景致绝不下任何巨大的盛典。

而平台上的演奏还间或停止一下，就宛如一个乐章终结时稍作调息。而下面劳作的人在此期间都扬起头，口中齐喊着有节奏的号子，只是众人听不太懂。

而鼓乐声再起，众人马上又低下头去劳作。就这样鼓乐号子齐鸣，镰刀麦穗同飞。整个场面看上去是既热情如火，又秩序井然。

尤其是这些击鼓鸣乐的，明明就连一样吹拉弹奏的乐器都没有，却演奏出了无比激昂奋进、激荡人心的乐章！

众人都被这极为质朴亢奋的上古乐风震得是如痴如醉，直如聆听仙乐般。

（四）

没过多久，奏鼓之声开始减缓，大家才从这激扬的演奏中依依不舍地抽回了心神。

就连大老粗徐三豹都道："这音乐可真带劲儿！有个什么名堂？"

"这叫'尧乐鲧奏'！"羽澄边摇晃着脑袋边道。

"尧乐鲧奏？尧，鲧，莫非是那两个先圣？"钱千金喃喃道。

这时周烔怔怔问道："尧是不是尧舜禹那个尧？那鲧是谁？"

钱千金回头白了他一眼道："你和你师兄一路不学无术！鲧就是大禹的父亲，是最早受命治水的！"

秦潇一听怎么还捎带上自己了，忙道："钱先生我可没说什么？"

"那你知道吗？"

"嗯，听说过！"秦潇忙辩解。

"那你知道这'鲧'字怎么写吗？"

"这……"

"还不是一路不学无术！都好好听着别发问！"

"这鲧到底是怎么回事呀？"徐三豹问道。

"其实我也不知道！"一直老老实实的明墉也道。

"我们都是知道点皮毛，钱先生您就给讲讲吧！"盛思蕊顽皮道。

"鲧呢据传说是个私自下界的神主，与后羿都是神，不过后羿是得到天庭许可的！"

他看了看羽澄道："不过见了羽姑娘，我就更坚定史书上写的传说不可尽信哪！不过司马迁说他是黄帝的玄孙，也是第一位带领部民治水的，一治就是九年，深受部民爱戴。都传他从天庭偷了息壤治水，这是可以自行生长的神土。不过我却颇不以为意，那神土真的那么厉害，还要他儿子大禹接着治吗？不过后来据说他抢首领位置失败，一说被流放困死了，一说被尧给杀了。但这两点无论哪个都说明了他根本不是神仙！"

"为何不是？"几个小的问。

"他要是神仙还贪恋什么首领，要是神仙还能被凡人杀了？"钱千金有点儿不屑。

"那为什么传说都要说他们是神仙？"

"哪还用问？是皇权天授找说辞呗！他的孙子启就是夏朝的开国皇帝，说他是神不是更加为皇家找到天神的依托嘛！你们不知道第一块传国玉玺上写着'受命于天，既寿永昌'吗？皇帝怎能不把自己和天神扯上关系？"钱千金深叹道。

"您这说法倒是和先圣如出一脉！"羽澄笑道，"等你见了他很多事情都能问明白了！不过……息壤确实存在！"

"你说什么？！"钱千金瞪大眼睛惊呼。

"就在我们部族，不过也和传说不一样！"众人都是惊异。

钱千金刚刚强势论证了传说不实这一观点，转眼间传说中的事物倒确实存在，而且就在这里！

他不免心中暗忖：这里都透着神秘，就单这姑娘虽说看着二十多岁，可那也是至少经历过六七百年了！自己活的还不够人家的零头，对古事自己知道的又怎能比人家多？还是不要乱摆学问，满口放言。多说面上无光，不如少说为妙。

羽澄见问题最多，最滔滔不绝的也都闭嘴了，笑道："你们呀不如走快些！到了上面见了先圣就都清楚了!"

众人只得一路上行,本来嘛这山真不算太过高峻,也就那么几百米,可能连泰山都不如,可走起来对于没练过功夫的钱千金来说却是困难重重。

这原因就是越往上登山的台阶间距就越宽,他往往需要几步才能上下一个台阶。而每个台阶又过高,每上一级就像是跨上半堵墙。其实这很好理解,此间古人身形都十分巨大,这些台阶是给他们修的。可就算对他们来讲,这些台阶跨度也是过大了!

钱千金暗想:难道这些人平时都是跑着上下山?他们身高虽然有两米多,可这般大跨步上台阶也是太累了吧?

他虽然不解但还是在左牵右架下,气喘吁吁地来到了山顶高台前。

(五)

站在高台边,众人近距离感受着这场古朴热烈的演奏,无不觉得心神激荡,浑身血脉翻飞,都恨不得跟着一起摇动起来。

渐渐的演奏开始慢慢放缓,再看下面的收割也已进入了尾声,已经见到有人开始陆续将捆扎好的麦子向山下传递。可令人不解的是,在各处梯田边上都有连接到下一层类似滑道的设施,明明先民们把捆好的作物顺着滑道滑下去就可以到达下一级梯田平台,而那些滑道显然也是为了劳作方便省力准备的。可为何先民们就愣是视而不见,非要用人力传递呢?这不是放着车不坐非要步行吗?

而此刻所有的演奏也变成了有节奏的擂鼓和和谐的钟磬声交互,体现出了丰收后收割完毕的井然有序。

钱千金此刻都忘了要见先圣这回事了,赞叹道:"汗沁丰悦,鼓磬相鸣,好一番令人叹为观止的收藏大会!"

这时众人忽听一阵低沉如洪钟般的声音在身后响起:"我们这里的'尧乐鲦奏'比外面的如何呀?是不是当得起丰收劳作的乐章呀?"

那声音浑重苍老却极富穿透力,在空中直入每人的耳鼓之中。

大家忙回头,只见居中靠后的白影,也是之前众人一直以为的巨型雕像此刻却缓缓站了起来!

就听他继续道:"孔子说:'有朋自远方来,不亦乐乎?'可到了我们这里就是'有稀客不远千万里、不惧艰辛而来,那不是更乐'?"

钱千金听他话说得不伦不类,但全在理上,就仔细地打量着正在缓缓向他们步行而来的巨人。

只见这人身高至少一丈半左右,按公制换算也是四五米的身高!他一身全白,身上白斗篷还连着个白帽子扣在头上,此刻他又站得高,看不清样貌,难怪之前大家会误以为是白色雕像,这人怎么会有如此高的!

就见他掀开头上的帽罩,露出满头银白,脸上的纯白胡须被气流吹得微微飘起,纯粹的仙风道骨模样。再看他脸上,众人更是惊奇。按羽澄的说法先圣已经超过一百四十一岁了,可他的脸上却没有明显的皱纹,满面和善,眼中透出悲悯柔和的光芒,这传说中鹤发童颜的老仙人不就是这样?

不过对面这位身形过于伟岸,每个人须得仰视才行。可朝见仙人哪里有不仰视的道理?

周炯的老家旁边就有道观,见过大罗真仙的塑像。此刻见了此人方觉得这才是真仙!没承想这辈子还能见到老神仙!

他腿一软,当即就要跪下参拜。旁边的徐三豹当即拦着,但他也不知道该怎样向面前人施礼才好,只是愣愣地站在那里。

这困惑每个人都有,可盛思蕊却眼珠一转道:"先圣祖爷爷,后代姒瑞给您老请安啦!"

"就听说来了个姓姒的女娃,没想到这般出息!你好啊!小娃儿!"先圣微露笑容赞道。

盛思蕊一听先圣竟如此平易近人,没有半分架子,也就放宽了心,笑道:"祖爷爷,来见您一面可是经过了千辛万苦呢?"

她边比画着手边说:"我们可是走过了大半个北疆好不容易才到了这里!"

她这一动手,露出了右手的拳甲,先圣突见眼光顿时一变,眼窝中忽然有晶莹涌出。

他叹道:"没想到这灵石拳套还是落在了自己后人的手中!这就是缘分!这就是天意呀!"

众人中除了李白安和明墉就没人知道这拳甲的来历,此刻听他说什么灵石拳套,又说什么自己后人,都是一脸懵懂。

当然明墉也是糊涂,难道这东西以前就是这先圣的?

盛思蕊也没太懂,问道:"先圣爷爷,这个我无意得到,它叫作'拳甲光刃',怎么还叫'灵石拳套'?"

先圣道:"名字嘛叫什么都成!你说'拳甲光刃'就是'拳甲光刃'!要说作为武器还是你这名字更霸道些!"

盛思蕊见老人和善,就愈发想聊着讨他开心,这就是她乖巧灵善的一面,每每都把长辈老者哄得心里舒坦。作为一个后辈小辈,她如此做法岂不是对长辈最大的敬意和安慰吗?

听她开心地扯了几句,先圣笑道:"我在这里好久都没这么开心啦!谢谢你了,小娃儿!你那个小情郎在哪里?让我见见!"

盛思蕊一听脸腾地红透了,她本想怪羽澄怎么这事她也到处乱讲,可一想却又纳闷了,羽澄明明一路都跟他们在一起,怎么可能讲给先圣听的呢?

她不解地看看羽澄,却见她一脸无奈地望着自己,好像是说可不是她说给先圣听的。

就听老者接着道:"不是澄娃儿说的,是聚灵告诉我的!"

"就是那匹巨狼?它可怎么说……"盛思蕊糊涂了。

"万物皆有灵！更何况聚灵本就是先古神兽的后代，到了它这一代，羽翼没了，可灵气还在！我从它小崽子时把它养大，六七十年过去了，它早与我心意相通！你们来的事它早就跑回来告诉我了！"

众人都是惊叹世上还真有人兽心意相通这回事，可钱千金却觉得这也很正常。与猫猫狗狗相处久了，都能简单传达意思，何况是狼这种本身就有灵性的？

他只是不解先圣何以和巨狼传递这么多信息，就听先圣接着道："让我来说说你们看！"

他一指钱千金道："你就是那虽胆小文弱却有气节的读书人！"钱千金连忙惊骇点头。

他再一指徐三豹道："你就是那直率的勇武之人！"徐三豹马上点头。

再一指晋先予道："你就是那内心矛盾的！"晋先予迟疑未作答。

再看看莫沁然道："这就是个同样有灵气的女娃儿！"莫沁然款款万福。

"至于这三个男娃儿……"他一指周炯，"这个心性太直，不是自家女娃喜欢的。"周炯惊讶之极。

再指秦潇："这个倒是有些潇洒的样子，但跟瑞娃儿心意难通！"

这回明墉再不等先圣主动指了，主动站出来一揖到地恭敬道："先圣爷爷，我叫明墉，也不知是该给您老下跪好还是磕头好！总之我听蕊思的，她怎么高兴我怎样办。"

钱千金暗暗点头，这小子的确不是一般的机灵，这逢场话说得是曲意逢迎，滴水不漏，难怪会让蕊儿芳心暗许！他再看看秦潇，摇头暗道，这就是天意，本存心想撮合这一对儿小的，没想无心插的柳却成了荫！只能怪他福浅吧！

却听先圣道："哎！我这里可不兴外面那套动不动就下跪的！人生在世除了天地父母，没什么是值得跪的！"

一听这话，众人再次吃惊，本想着此人在隐世部族地位尊崇，众人不得把他像活神仙般供起来，每天三跪九叩呢！没承想他却是如此平易，还有这观点跟西方的现代人很类似。

李白安正想着这先古之人是否都是此般气节时，就见先圣一指他道："你是个真正的大侠！可能比我这里来过的所有人都更像个大侠！"

李白安忙作揖道："不敢不敢！先圣过誉！"

"外面都是什么世道！把直性热血的人也变得虚假客套了！"先圣叹道。

李白安在漕帮身居高位后，再在北洋做了高级军官，难免染指了不少客套习气，他有时也觉得心烦，可当这些都成了习惯后，也就习以为常了。此刻听对方一说，心下难免翻滚，只是叹道："都怪我修为不到！根本没法从心所欲！"

"这是句真话！不过当你无欲无求后，又身在世外，是否就能从心所欲了呢？"

李白安听这话颇有玄机，想仔细思索思索，但他又想起了心月，忙问道："先圣老祖，不知我的爱妻此刻……"

"放心，暂时都安置了，等下你就见到了！"而先圣却突然笑道，"也正因为你对妻子的这份挚爱，我才会说你是真大侠！"

众人又都是愕然，却听先圣缓缓道："人若无情哪怕他被后世称颂、史书标榜，但也绝非贤人善类，无非是利欲熏心的败类罢了！"

钱千金一听这先圣给世上几乎所有的帝王名臣都打上了败类的标签，暗想着这上古之人都是这么愤世嫉俗吗？

"你是不是想我怎么这么对世俗不满，对吗？"

钱千金一怔，心下发寒，他怎能听见自己的心声？

"别怕，我不会读心，但也会识人！你是俗世书生，对与俗世价值冲突的说法自然会这般想，不是吗？"

钱千金一愣之下却再陷沉思，对呀！自己以前想事总是就事论事，却从未想过此人在此时就应该怎样想！那是因为不论怎样想都要受现实拘囿，根本无法做到知行合一！

"不过你不必费脑子细想了！我这里会给你的很多疑问解答的！"

钱千金听得此言，马上一揖到地道："钱千金拜谢先圣指点迷津！"

谁知羽澄却突然道："哎呀，可不能再这样了！"

（六）

大家都齐侧头看着她，就听她说："先圣刚刚恢复醒来还没过几天，可不能长久这么站着说话！咱们赶快护着先圣去居所，到了那里再听他慢慢讲！"

先圣道："澄娃儿不必大惊小怪，我就当活动活动了！况且收藏大会还没完！"

"没事！您别担心！有族长主持剩下的就行了！可要是您有了什么闪失，我可交代不了！"

众人都左顾右盼，这平台上哪里还有个发号施令的族长呀？

"别找了，他也在劳作！这里除了我就没有闲人了！"先圣叹道。

"您哪里是闲人？是我们的全部族的信仰好不好？您可别叹气了，赶快回去！来，我搀着！"

看见羽澄如个幼童在老人身边搀扶一样，大家都觉得滑稽。而盛思蕊却心思飞快，马上上前顶住了先圣的另一侧手掌。

看此情景，钱千金又是叹气，暗想如此机灵可人的蕊儿就这样给了明墉那小子，可真是不值。

就这样，众人跟随着，沿阶而上，继续往山上云雾缥缈里进发。

越走钱千金就越明白这台阶为何如此有悖常理，原来都是按照先圣的步幅跨度修的呀！

他虽然老迈，可行走起来却未见什么迟滞，身旁的两个女娃实际就是陪衬！

众人进入云雾中，接着沿着一条修在山壁的石路往后山转。

等转到了山的背面，却发现这面并没有什么雾气，眼见着绚烂无比的天顶，大家明知那不是真正的天，却都看得如痴如醉。

却听先圣道："到了山顶了！你们往左侧看！"

大家放眼望去，只见此地已经不知不觉间在山顶之上了！

就见左边的山峰似乎被什么天崩地裂的重力砸掉了一般，露出里面的山体。而残存的山顶就像个边缘参差的巨锅一样，里面似乎有什么在翻腾，冒出浓浓的白雾。这白雾就是在前面看着缭绕山顶不散的了，可雾气却只向着山前冒出，根本不飘不到山背面。

先圣大声道："我这边天顶是这里唯一漏气的地方，所以雾气聚不过来！"

众人这才恍然，可就这么看着天顶，也没发现哪里漏呀？

"这山是座火山，里面翻滚的就是岩浆！山顶水道有一支流进去，水汽被持久蒸腾才会产生浓雾！"

大家又都是惊骇不已，没承想这先圣竟然住在火山口之上！这可得多危险呢？说不定一觉睡去，人就灰飞烟灭了！

"不过这火山上次喷发是在差不多千年前了！下一次可还远未到时候！"

先圣用的是他们外面的纪年单位，大家听到不会喷发也松了口气，可都不明白为何会如此推论。

"你们再看看那边！"先圣手指山顶一侧。

他们再往火山口另一边仔细看，只见那侧隐隐地有道巨大的人造青铜闸门，这闸门直入岩浆之中，好像是一打开就能将岩浆从一侧放出一样。

大家更不解了，设道闸门备着放出岩浆，这是个什么办法呀？难道是水库原理？水快要溢了就要放水保库？

"你们再往上走就看到全貌了！"先圣喊道。

众人只得跟着向上走。此时山已到了尽头，但由上至下却有着一条昏灰色的通道，看着和外面走过的生死离别迷惘道很类似，就是这回能看出边界了。

先圣带着羽澄盛思蕊领头，众人在后跟着。

他们边走边往侧面看，可一见之下钱千金腿当时就打转了。两边看过去都是空荡荡的天！那他们不是走在天梯之上，向侧面翻滚几下就会掉下去？

先圣接着喊道："别怕！边墙你们只是看不到！放心走好了！"

钱千金听了这话，还是腿肚子抽筋，浑身发软，在徐三豹和周炯的连推带架下才勉强行走。

徐三豹不住地念叨怎么带着他这么个累赘，钱千金已是吓得惊魂不定，一句反驳都没有。

（七）

等到这通道上完了，大家却进入了一个四周皆空的平台。放眼四望，除了空中还是空中，而脚下却是昏灰色的地面。

钱千金终于脚软得忍不住扑通一声坐到地上了，他带着哭腔道："先圣，您不会住在这悬空的地方吧？这得多不踏实呀？"

先圣却呵呵笑道："人呢对于未知往往用眼来求证，用经验判断！却不知很多东西根本不是眼见那样，也根本不能用经验来猜测！不信，你们谁走到那一边去摸摸看看！"先圣指向对着山的一侧。

盛思蕊回头看看明墉，他当即明白，立刻就和她一起走了过去。

等二人走到地面的边缘，伸手去触摸，却摸了个空。盛思蕊马上后退一步道："祖爷爷，这里可是空的！你可不要吓我！"

"我们妳家后人哪有这般胆小的！那男娃，你做个示范，躺倒上去！"

明墉心道怎么艰巨的考验都要先选自己！跳那洞彻之瞳时如此，现在还是这样？不过他实在想不出先圣会害他的理由，于是就在盛思蕊的惊呼之下一闭眼躺了过去！

"哎？怎么是实的？"虽然这是明墉期待的结果，但他还是很惊愕。

此刻他就像是身子斜斜地凌空躺着，看着比戏法魔术还要虚幻。

他摸摸身下惊喜叫道："是实的！"随即又道："可就是看不见！"

众人见他之前在空中躺倒，无不佩服他的勇气。此刻见再无危险，连钱千金都颤巍巍地过去观看。

只见外面的确像有个透明的罩子，仿佛把整个空中平台罩上一般。

大家都是见过玻璃的，可玻璃的通透性怎能好到如透明般？而且在众人的摸蹭之下竟没有什么油花！再仔细看这罩子不仅透明，而且还根本看不到任何边界接口。几个小的都学过科学，知道玻璃想做大何其困难，更何况是如此之大的，还要如隐形般架在空中！无不啧啧称奇。

"不用想了，那不是玻璃！"先圣的声音传来。

大家都更加惊异，他们住在这里与世隔绝怎么会知道玻璃？

谁知先圣又像猜透他们的心思一般道："玻璃是我上次出去时见到的！这词也是从洋人翻译那知道的！况且，我虽隐居此处，但古今中外各种书籍就是我的平日消遣，外面的事还是多多少少知道的！"

钱千金一听书籍立刻来了精神，就要转头去问，可一回头间却见到旁边似乎隐隐露着许多隔间，都盖着透明罩子。

他疑惑地问："先圣，不知那些隔间里都是些什么？"

"都是我收藏的各朝各代古今中外的书籍了！"

"洋文书您也看得懂？"钱千金惊道。

"你要像我活这么久，也没什么看不懂的了！当你时间有的是，空间却不大，那就只好用书来解闷了！不过我也只能看懂意大利语、英语的书，其他的也没那闲时间了！"

可就是这番说辞也让大家惊骇不已，钱千金心痒难耐，就想过去翻书，可碍着主人没发话，只得忍住。

"你们再往山那边看，看到了什么？"

大家这才齐齐把目光移过去，此刻已可俯瞰全山。只见山向西北走势渐渐趋低，从山梁到山脚看上去并没有多远。可在山脚处却平地起了堵青铜的高墙！那墙与其说是修筑的，还不如说是青铜浇筑的。

那墙身很厚，在一侧靠着昏灰色的边界，而这边却在山梁外高高筑起，内侧已经和山梁连成一体，直通到山腰里。在山腰间似乎有个巨型的方正熔炉，一边连着山顶的青铜闸，而另一边却连着覆盖着整个青铜墙顶的半开的管道。在那个熔炉上方似乎有个巨型的机关组吊着几个大铜炉，里面好像隐隐地有些泛着青光的石块。

再看城墙上的管道朝城墙外侧都有缺口，而朝城墙内侧虽也有缺口，但数量明显最少。而在缺口下方却好像各有一组很复杂的巨型机栝，那机栝下连着一条巨宽巨深巨长的水槽。

大家看到这山侧青铜墙的整体结构，似乎是个城防体系，可明显要复杂奇异得多，种种装置都不知道是干什么的。而这里与一般城墙最大的区别在于，这上面一个人影都看不到，也不见墙垛、箭垛什么的。

"看清了吗？那边就是我们整个部族防御的边界！"先圣道。

"可是祖爷爷，那外面好像也被罩在一起，也是你们这里的一部分吧？"

"没错！小娃儿有眼力！"

"那既然都是这里的一部分，干吗还要防御？"盛思蕊不解。

这问题很多人都想问，那复杂的城墙装置怎么用，用来防谁？

"问得好！"先圣笑道，随即他却转了张严肃的面孔说，"也就是因为我们在这里防御着，外面的世界才能不受滔天大祸！"

众人都不知其中缘由，等着先圣解释。谁知他却突然轻松了一般，叹口气道："不过离上次刚过千年，这防御没这么快用上！所以暂时就不说了！"

（八）

众人被调到了兴头上，却见他突然不讲了，无不觉得心里空落落的。但此地奇异实在太多，也没以为意。

这时却听先圣叫道："那位大侠，来看看你夫人！"

李白安一听大喜，忙跃过去，众人也赶快跟着。

就见先圣把大家引到了深处一堵昏灰色墙后面，只见这里有一个巨型的椭圆形槽体，上面还立着个透明的盖子。

这物体不知是什么材质制成，看上去竟像是柔软有弹性一般，再说的神妙一点，就像是活的一般。还有就是它甚是巨大，就算先圣那体型躺进去都十分充裕。

此刻它的里面充满液体，而心月正像和衣躺在个大浴缸之中十分安详。

李白安过去探探她的鼻息脉搏，觉得十分平稳，虽然她宛如睡着一般，但脸色却很是和缓，并无痛苦之色。

李白安随即放下心来，出了这隔间，立刻就向先圣一揖到地道："先圣的大恩大德没齿难忘！但有驱使白安哪敢不从！"

谁知先圣却摆摆手道："你们能进这里都是你们的机缘！我何功之有？况且我也不

懂医理，只是知道巨棺中的液体能够让人恢复身体，至于能不能把她治好我也不知！"

众人听他说巨棺都是心头一皱，再听他说不一定医好，又是心头一紧。

先圣又猜到了大家所想，笑道："我最早是想把它当棺材的，没想到却发现了它竟有这用途！不过你们也别急，让她泡一泡再看情况！"

大家是既好奇又无法，只得跟他出来了。

这时就见外面的石桌上已经摆上了一些青铜容器，里面有不少说不出名字的吃食。

就听先圣道："忙了大半夜，你们也该饿了！大家边吃边说！"

众人这才感觉饥肠辘辘，坐在石凳上拿起东西就吃。

周烔掰开一个足有南瓜大小外皮皱巴巴的东西，只见里面肉状呈丝，透着焦黄色，他咬了一口觉得有点甜丝丝的，不禁问道："这么大的红薯，倒真是没见过！"

谁知钱千金却数落道："什么红薯，红薯，马铃薯都是明朝时才传进中华的，这里是上古之地，哪里有？"说罢他征询似的看着先圣。

先圣道："说得没错！现在外面的很多常种常吃的作物，除了五谷外似乎都是外面传进来的！"

钱千金从英伦没少读书，这就是他从那些书里看到的，除了上面两样，什么番茄、辣椒、南瓜、黄瓜包括玉米什么百姓常吃的作物，都是外来物。

他听先圣一言不禁自得，不过先圣马上道："那这个好吃吗？"

"好吃呀！"周烔从塞满的口中喷出话。

"这可是中华自古就有的，不过我们叫它薯！"

"那为何？"钱千金不解。

"你再尝尝旁边的……"

钱千金一看是足有半尺长的豆荚，打开一看竟是土豆大小的青色豆子。这豆荚除了外面没有毛刺，以及太过巨大外，几乎就和毛豆没什么两样。

"这是……"

"我们叫这个为菽！"

这个古名钱千金是知道的，可为何大有不同？

先圣却悠悠道："这你们就要听我从源头慢慢讲起……"

地隐时移

鲜于冶鉎 著

上海社会科学院出版社
SHANGHAI ACADEMY OF SOCIAL SCIENCES PRESS

六十三、帝起溯源

（一）

众人一听先圣要讲述来龙去脉，基本都停止了对食物的好奇，抱着平生未有的浓厚兴趣，全神贯注听了起来。

不过先圣的整个讲述十分庞杂，华夏上古历史在他的口中时而如雷霆暴击，时而如风雨肃杀。激进处仿似天开地裂，索然处又如同水波微澜。再加之他不停地跳入跳出，将本来清晰的脉络切碎重组，时而以点切入，时而以面带过，让听者无不如同在云雾梦幻中。

当然这些让人十分困惑的感觉的产生，钱千金居功至伟。虽然别人也有提问，但过了一会儿，谁都不知该问什么了。唯独钱千金不时地打断提问，让本就庞大无边的体系更平添了无数的枝节。

当然在获取浩瀚知识的面前，钱千金一向是当仁不让，不过他的困惑迷惘却一点也不比其他人少，反而更如掉入了茫茫历史浩海里的孤舟，随着波浪起伏，但除了孤寂至寒外就是更加怅然若失。

等先圣洋洋洒洒把浩渺博大的溯源讲完了，钱千金也一时想不出该再问些什么了，因为他的心情已经从最初的急切渴望变得无比复杂，不知该从哪里问起了。

羽澄说先圣今天太累了，就扶他先进去休息，而余下人等则是一派的茫然无措。

见先圣走了，大家才想起吃东西，这次人人都是闷头吃，集体沉默。当然既是饿极了，也是脑中无法消化刚才听到的庞大知识量。

等大家都吃得七七八八了，钱千金拍拍手先道："我跟先圣说过了，他允许我看里面的藏书，我先去了！"说罢就要走。

徐二豹　把拽住他道："老人棍？你干吗？自己拍拍屁股就要开溜啊？"

"什么叫开溜！现在大家都是休息的时候，我去看书有何不妥？"钱千金愤愤道。

"那先圣讲的，你都听明白了？"徐三豹疑惑道。

"关于先古的讲述过于庞杂，又跳脱太大！我也只是勉强听懂大半！这不，好多不明就里的关窍还要在书中寻找答案！"钱千金叹气道。

"那光你听懂了，我可什么都没听明白！"徐三豹叫道。

"对呀！钱先生。从上古几大部族开始，怎么又到了尧，怎么又鲧用息壤，可怎么和我知道的先古传说那么不一样……反正我也是一头雾水！"周炯还在蒙圈最初的一些问题。

秦潇见莫沁然默不作声，开始闭目沉思，他也道："对呀，先生！我们先古历史学得都不好，大多数都是完全不明白，有些听也没听过！"

莫沁然显然是在脑中思考着先圣的整段讲述内容，一副充耳不闻状。

明墉看了盛思蕊一下，也是摇摇摊手。盛思蕊就笑道："钱先生，先圣讲的实在是太深太散了，你看我们听了就跟没听一样！完全摸不着头脑！还有先圣是我本家先祖，怎么着也得让我搞清楚祖先到底是怎么回事吧？"盛思蕊颇有点纠缠的意思。

她看钱千金看她时脸上有种复杂的表情，里面似乎还夹杂着些怒气，索性起身到了钱千金身前，用手摇着他的手臂撒娇。

谁知钱千金却轻轻甩开她的手，转头哼道："算了吧！姒瑞小姐，我可当不起你的先生！"话中显然带着气。

盛思蕊立刻明白钱千金这是气自己一直瞒他骗他，忙娇声恳切道："先生，我哪里是有意骗您？这些事是我在关外离开大队之后才发生的，之前我又哪里知道？不信您问明墉。"

明墉在那边连连点头，以示佐证。

"哼！姓盛，叫思蕊！六年前你才十岁，就能随口编出这等圆滑的话来！既保持了原称原名，还藏了个滴水不漏！我真是老糊涂了！还觍着脸当了你六年的老师！就这手段，你该教我学问才是！"钱千金继续气道。

盛思蕊拉着钱千金的衣襟哀求道："师父，钱先生，您永远都是我最敬爱的师父！我本意是与圣族那些一刀两断，永不再见！这才瞒着你们！我可不想让师父们觉得我是个有故事的小孩，我永远想当你们最疼爱的小孩，每天在你们面前撒娇！谁想到祁主使他阴魂不散，竟然这样还能找上我！我错了，师父，钱先生！"她拽着钱千金的衣襟边说边眼波闪闪，似要流下泪来。

几个师父看盛思蕊要哭，都开口相劝。

李白安道："钱先生，其实这些明墉都跟我说了，只是我没来得及跟你们说罢了！蕊儿也并非有意要隐瞒，只是还没来得及说！你就消消气！"

其实明墉一直谨守诺言对他瞒着圣族这段事，但李白安此时这么说无非是要给盛思蕊打圆场。

盛思蕊一听此言还真以为明墉把什么都跟义父交代了，狠狠地瞪了明墉一眼，心道好呀你敢违背诺言！这点秘密都守不住，以后还能指望你什么！可随即她又想，毕竟义父是这里顶大梁的，他知道又无不可，而且有了这个铺垫，他这时还能来为自己说话，所以呢明墉似乎也没多大错。

可是明墉被盛思蕊的一眼惊得浑身发寒，他都不知道用什么表情了，只能不停地用乞求的眼神看着盛思蕊。

他人情世故远比几个小的练达，焉不知李白安是在借由头为盛思蕊辩解。不过他心道：李叔你为思蕊辩驳，可别扯上我呀！这下我可是跳进黄河也洗不清了！思蕊日后得怎么看我！

秦潇心中却是黯然：没想到师妹与这小子相处不过几十天，就能倾情托付，什么秘密都告诉他！我与她也算青梅竹马六年，还不如个刚认识的外人！

不过他一想旁边还有莫沁然，失落的表情也转瞬即逝。他看看莫沁然，却见她仍心无旁骛地在专心思索。

他不由得心下一阵索然：沁然哪里都好，就是对身外事都漠不关心，也没什么乐趣，似乎总有些他猜不透的大心思！这可不如思蕊那般简单直接要好！

晋先予道："哎呀老钱，别和个孩子过不去呀！她都是无心的！就饶了她吧！"

徐三豹拍了一下石桌怒道："我说老人棍，我看你是越来越像个娘们儿了！怎么心眼儿这么小！到了这里什么都大，你的心胸就不能大一些！"

周烱却扑通一声跪下道："钱师父，我替师妹给您下跪磕头了！您就看在她能逗您开心的分上饶了她吧！"说罢还真磕了个响头。

他心思直率单纯，此番行为纯粹发自内心，并无半分惺惺作态。

几个小的一看周烱跪了，也都纷纷要下跪。谁知钱千金喝了一声："都给我起来！"

大家一愣，就听钱千金正色道："你们都没听先圣说吗？人生在世除了父母天地，没什么是值得跪的！我要你们从此站直了身板，谁都不跪！"

大家都对钱千金这一表态感觉惊奇，钱千金却接着幽幽道："说得好！枉我自问读了那么多年圣贤书，却连这个简单的道理还要古人点破！人为什么要给别人跪呢？无非是跟狗一样摇尾乞怜，求人施舍！可你们都活得堂堂正正，也能凭本事糊口谋生，为什么要跪？我们为你们传业解惑，那也是应尽职责，你们要心存感谢也不必看重这些表象。我们可不是教你们做软骨头的奴才！"

钱千金这一番转变倒是惊了所有人，连徐三豹都忍不住问道："老人棍，气糊涂了？怎么……"

"我没糊涂！我终于明白了我们的先人本都是顶天立地、坦坦荡荡的人，我们这见到权贵的奴才相，根本就是几千年来的皇权官僚强行给我们灌输的！让我们以为本该如此，让我们习以为常，终于一代代全都变成了皇帝权贵的奴才！"

大家听他突然愤然说了这么一通，也都不知他搭错了哪根筋，这还是一直固执保守的钱千金吗？这还是在初遇孙文时对他冷嘲热讽的老派文人吗？

"以前我还以为一切都是自古传下，理所应当！今天听了先圣的话才觉暗中见火光！你们都坐下，听我把你们没听懂的说说！"

钱千金看看盛思蕊，一把抓住她的手拍着轻叹道："师父哪是怪你！那是担心你！你怎么有这么大危险都不和我们商量一下，非要自己憋着，自己解决！你当我们是什么，身外人吗？师父可早就把你当亲人了！"

盛思蕊听着眼泪夺眶而出，嗫喃道："钱师父……"

"别哭，蕊儿！以后有什么危险都要告诉师父们，一人计短，众人计长，无论怎样都有师父们给你做后盾！"

钱千金对盛思蕊的偏爱是极重的，他不同于李白安的一视同仁，对这个淘气乖张的女娃有着从骨子里透出的疼爱，而这种情分也是他说不清的。

他又看看明墉道："你小子要敢亏待我的蕊儿，我就……"他想想自己不会武功，就一指徐三豹道:"我就让三豹把你拍成一饼!"

众皆哄笑,徐三豹更是拍手道:"老人棍,你终于会说人话了!这下咱俩儿终于有得聊了!"

(二)

钱千金示意众人坐好,而后他拿起个巨大的铜樽灌了几口水道:"要说先圣讲得实在是浩瀚庞杂,我就挑你们能听得明白的重点给你们顺一遍!"

"你看刚会说人话,又拽上了!怎么我们就听不懂了!"徐三豹不服。

"那先圣说的上古九族的来龙去脉你知道吗?"

"这个……"徐三豹语塞。

"就是嘛!要把这些都说清说透,没个几天都不够!况且这里的几天……"他面现忧色接着道,"所以我只能讲重点,不要提问!越问你们越听得糊涂!如果有心,等我讲完了再问!"

盛思蕊经过了刚才钱千金的推心置腹后,更觉得钱先生无比客气可爱,于是又恢复了跳脱,她顽皮道:"那先生,如果实在是听出了歧义,不问又没法接着听下面的,可不可以问呀?"

钱千金微微瞪了她一眼,随后叹气道:"都怪我授业不勤,教出的学生如此愚钝!也罢,少问便是!要不为师也会被带跑偏的!"

徐三豹突然醒悟道:"原来你这个老人棍也没想明白呀!哈哈!还大言不惭给我们说教……"

"你懂什么!先圣很多事情一言带过,很多事情又和我所知所学出入很大,很多更是闻所未闻,我不也得消化消化求证求证!况且你们就是猴急!本来我想到先圣的藏书山里好好求证一番,你们就要逼着问,那我不也是只能讲个大概!要不我先去求证,你们在这里等着我融会贯通?"

大家一听要去书山求证,那这一等可不知要到什么时候,马上全部摇头要钱千金继续讲下去。

这时明墉把一个铜篸递给盛思蕊,里面放着削成小块的大青豆。

盛思蕊当即明白,马上给钱千金端了过去道:"先生,刚才我看您嫌太大,也没怎么吃,这小块的总容易吃了吧?您先吃点东西,喝点水,再慢慢讲给我们听!"

钱千金看着这篸里的青豆,不免有些感动。他拿起一块吃下,喝口水,而后突然道:"你们可知我们上古的农作物都是什么?"

"不就是五谷吗?哎,你不是不让我们提问吗?你咋先问起我们啦?"徐三豹迷惑道。

"对了!"钱千金也不理他,接着道,"就是五谷稻、黍、稷、麦、菽,这大青豆就是上古的菽!你们瞧这么大个,可怎么到了我们这时却变得那么小了,成了下酒小菜呢？"

众人不解。"其实我也不明白！"大家都是失落叹气。

"不过……"钱千金接着道，"你看先圣如洪荒巨人般高大，到了羽澄这一代就只是比常人高大些了！为什么？"

大家虽知道他是故意吊人胃口，不过也还是好奇地听着。

"这要从远古的先人生存环境说起了……"

（三）

先古之时并没有什么国家之说，只是在江河湖边有充足水源的地方定居着一些先人，他们的人口聚积到一定数量就成了部落。这些部落由因为环境关系，人口增长有多有少，慢慢的就形成几大部落群。

这些部落群几乎都在黄河和长江的上下游分布，虽然南北有别，但基本是以农耕为主，辅以渔猎采织。而最早的五谷之说也是那时流传下来的。

在远古时期，地广人稀，部落间几乎不愁生存发展的资源，是以虽然有些部族有了交集，但都能相安无事、和平共处。

那是一个和平安宁的时代，自打人类学会了用火后，野兽就不再成为致命的威胁。而工具的产生不但使先民在生产生活上有了很大的改善，也使得各个大的部落都能够发展出属于他们自己独特的优势。

以钻研冶炼著称的就被叫作"融族"，以研究水利器具著称的叫"工族"，以精研农耕著称的就叫"农族"，以推演自然变化著称的叫"羲族"。而南方能融汇掌握多种技能的最大部族叫"蚩族"，北方拥有多种优势的最大部族叫"轩族"。

此外还有居于华夏四方的几个部族，分别是居于极西内海边的"羿族"，居于极东海岛上的"娲族"，居于极南丛林中的"蛊族"，以及居于极北大湖边的"巨族"，而先圣就是巨族最后的后代。

这四个部族虽然地处边陲，远离中土，但却都有着其他中原部族不具备的特殊能力。而这些能力加上他们自身形态上的特殊性，以及很少跟中土各大族相互来往，被传得如同神话般的存在。

先说羿族，这是一个身材异常高大的民族，他们最擅长的就是射箭。羽澄就是他们的后人，也是继承了他们神射的基因。而据说先古时期他们的弓箭都比现在威力大上很多，而且羿人几乎各个神箭，百发百中。此外他们还研究出了一种叫弓弩连击的武器，在西部经常有成群猛兽出没的地方，可以说是所向披靡。

再说娲族，这是一个由女性组成的部族，她们都有一个统一的姓氏"姒"。由于常年生活在海岛海边，所以都是一身好水性。由于娲族女子精熟水性常年游水，体型都变得腰长腿顺，再加之她们都喜欢穿着巨鱼皮制成的裹腿裙，所以中土人偶然碰到，远远看去竟像是双腿长在一起，上面鳞纹密布，就像是蛇身一样。当时人出于对蛇这种生物莫名恐惧，见了竟然有蛇身人脸一般的女人，不禁无端由惧怕开始转向崇拜，就有了娲族女子都是人脸蛇身如神一般的传说。

盛思蕊适时发问道："这娲族都是女子，那可怎么繁衍后代？"

她再不懂男女之事，也知道孤阴不生的道理，难道这娲族还真的像蛇一般都是卵生？

钱千金道："这个当时我也没问，但细想一下，在动物的世界里，很多族群确实都是由雌性构成，比如大象！雄象只要一成年就要被赶离象群，可能娲族也是这样的吧？"

"那这娲族不就是我们传的采石补天的女娲吗？"明墡问道。

"可能就是，不过具体的也没来得及问。"

"那我姓奵，岂不就是娲族的后人？"盛思蕊一脸神往。

"这也说不准，上古传说中伏羲婚配女娲，后代都姓奵，这你要自己问问先圣！"

"那有没有可能三皇五帝归根到底都是娲族的后人呢？"明墡帮衬着问。

"上古时期还属母系氏族，子女随母性是天经地义，这些细节都要慢慢问了再考证！你们接着听，少问！"钱千金有些严肃道。

而且娲族女子还有一项极神奇的能力，也让闻者无不拜服，这也是她们被奉若神明的原因。至于到底是什么，先圣也没细讲，钱千金也没来得及问。

接下来就是蛊族，说起蛊族起源一点儿也不比其他族晚，却因为久居原始密林中，又很少出来，所以一直都是寂寂无闻。直到世上那次存亡大战之时，他们才被中土各族所认知。

盛思蕊又想问之前就听过几次存亡大战，但到底是什么？可先圣都没讲，只说这些都不急，那钱先生自然也不知道，所以就住口没问。

最后一大边陲部族就是巨族，他们人如其名，都生得如巨人般高大，以擅驯北方巨兽闻名。此外他们还发掘了当时最大的铜矿，能生产巨型铜器，所以也一直备受中土各族推崇。

这边陲四族虽各具异能，都被当作神一般看待，但都是淡泊安宁，从不轻易进入中土，更加上部族人口并不繁盛，所以就一直安居在边缘四境，与中土几无往来。

本来中土各部族也都是各安本分、各自发展、互通有无、和睦共处。整个上古的中华大地是一派安宁祥和、欣欣向荣。

再加上边陲有这四个神奇的部族，外部没有任何进犯侵扰，中土部族们都是乐在和平之中。

刚开始各部族无所谓谁大谁小、谁弱谁强，人口的发展根本没对资源产生什么影响，大家都能丰衣足食，更是没有兴趣去争抢拼杀。

当时选出的部族首领其实就是最德高望重的老者，由于他的见识远比别人高，所以也就肩负起了传教后代的责任。

在那时没有什么阶级，没有什么强权，没有什么权贵，没有什么官宦，更没有什么欺压，也没有什么抢夺，人人都生活在平等之中。

那时生老病死全在自然，部族的聚居也使得每个人都能依据自身的条件分工协作。

体弱者不必担心两餐不济,身强者也不会多吃多占,那时人人没有私心,家家没有私产。

加上连年风调雨顺,五谷丰登,所以人们的生活就如同后代文人渴望的那样,无忧无虑、无怨无愁。

可这一切都因为那场旷古持久的存亡之战改变了,彻底改变一去不返了。

(四)

那场与魔族的大战之初,除各大部族外,其他人丁单薄的小部族几被灭族,而各大部族也损失惨重,全都面临着岌岌可危的命运。

这时边陲四族的异能就发挥了巨大的威力,不但在本境坚守,还派出族人驰援垂死挣扎的中土部族。

由于边陲四族的参战,与魔族的存亡大战进入了僵持。中土部族觉得再像这样大家各自为战,迟早是死路一条,所以各族就联合推举典为众首领,带领大家一致对敌。边陲四族本就对什么首领毫不在乎,所以各族就在典的带领下一起御敌。

几十年后,在付出了巨大的代价之后,侵入中土的魔族终于被消灭殆尽,余部向北撤退,而巨族从此就肩负起了抵抗魔族残部的使命。

为了让他们的防备更加牢固,羿族和娲族纷纷派人加入协作,而西部另一善战部族人马族也加入了巨族之中。他们共同构成了中华大地坚不可摧的北方防线,而巨族从此也改名为北拒族,是各族共同在北方抗拒侵略的意思。

而此后北拒族就在北方边陲与魔族进行了长达上百年的作战,终于将入侵的魔族消灭殆尽,而残部则被困于北境之下,由后代们世代镇守。

北拒族在这百年间专注于抗击魔族,由于条件艰苦,人员有限,基本就与中原各族断了联系。而等此时战事稍微平定,他们派人去中土传信,却发现一切都改变了。

由于魔族的清洗,北方各族人口损失惨重,而不少妇女儿童都在战时被遣送到了长江以南避祸。而等战事稍歇,北方各族才发现自己的人口锐减到之前的不过三成,而妇人孩子还都在南方,人口难以为继,基本生产都维持不了。

这时典的儿子炎已经是中原的首领了,他就派人到蚩族要求归还战时临时避居的妇女儿童。

可虽然长江以南不是主战场,但蚩族的损失同样不小,谁都知道女人和孩子才是战后恢复生产、繁衍人口的主力,所以就以她们已定居在此为由拒绝归还。

双方往来交涉无果后,大战不可避免地再次触发,只不过这回不是为了生死,而是为了争夺生存繁衍的权力。

直到炎的弟弟黄继位为部落首领后,南北的大战才最终告一段落。

不出意料,拥有着与魔族丰富交战经验的北方部族最终大获全胜,获取了生存繁衍的资源。而此时按理说大家都打了几十年，血都流干了，人人都疲累至极，心向安宁，怎么着也该再次和平相处了吧？可是天不遂人愿，中土的两大河流在之前魔族的破坏下，终于支撑不住全面崩溃。整个中土面临着的是又一场可能波及所有部族生死存亡的大洪灾。

这时新一代带领大家迁移的领袖尧就登上了舞台，开始了躲避洪灾的历程。

尧带领各大部族选址迁徙，虽然暂时避开了洪祸，可人们赖以生存的环境居所没了，赖以繁衍的水土没了，渐渐的部族就陷入了饥寒交迫之中。

这时有个叫鲧的壮年挺身而出，愿带领青壮前去治理水患。而恰在此时，先圣的爷爷正好到中土来，也就跟着一同前往考察。等他们看过水情之后，觉得如果能修建出高墙大坝，或许就能阻挡住滔滔洪水。

可泥土建造的大坝如何才能抵御住洪水的冲刷呢？这时先圣的爷爷就想到了魔族丢落的一种物质。这物质不是固体，也不是液体，倒像是流动着的固态物，北拒族叫它"息壤"。息壤可以使土壤变得无比坚硬，而武器经过它的浸染也可变得坚韧异常。

鲧听后大喜，忙亲自到北境去查看，希望用息壤筑成坚不可摧的大坝。

可结果让他很失望，因为这叫息壤的物质实在是太少，而且极难携带，不禁深感为虑。不过事已至此，已别无他法，只得尽力一试，他就命人装了一铜鼎的息壤上路了。

到了治水的前沿，一试之下果然有效，刚建好的堤坝只要被息壤沾过，就无比坚实，确实抵御了大洪水，而且息壤并不被土壤吸附，所以数量并未怎么减少。

鲧继而大喜，就把尧写出的乐章用他编排的方式演奏，作为激发劳动的旋律。他在黄河南岸大筑堤坝，并用息壤沾附，以期获得万世之功。

不少部民见洪水真的被制住了，开始慢慢回迁耕作，眼看着安贫乐道的欣欣向荣又要回来了。

可是天不遂人愿，这时老天连降了上月的暴雨，洪峰骤增，那些还没来得及被息壤加固的堤坝轰然崩塌，一时间百姓哀号遍野，再次陷入了水患之中。

鲧此刻也明白了，治水光靠堵难免哪里就有疏漏，而一个疏漏就会导致全盘尽溃。不过他明白得晚了，由于他这次筑坝失败，导致了部民死伤不少，他作为治水领袖，难逃罪责，只得自杀以平民愤。

先圣的爷爷一直跟在他旁边，见已无能为力，只得黯然撤回北拒族，安心于他们的北境防线。

这时中土部族的领袖已经由尧让给了舜，而鲧的儿子禹则接过了父亲未完成的使命，开始了长达十几年的水患治理。

此时先圣的父亲已经出生了，他们北拒族也想着要建一座坚固的城防来抵御未知的隐患。所以开始开山取石，深挖地基，花费二十多年，建造了一道入地达几十丈、绵延达数十里的石头城墙，一时防御力量呈鼎盛态势。

就在城墙修造好之后，北方边陲已经日趋安宁之时，先圣也出生了。而与此同时，一个娲族女子也在此生产了个女婴，这就是日后先圣的夫人。

这时北拒族里羿族和娲族都在此有了后代，唯独人马族却再无承续，只剩了头领及十二名金甲骑士。

（五）

听到这儿，盛思蕊再也忍不住了，问道："这人马族金甲骑士，十二加一，是不是就是我们在雾里见到过的十三金甲巨人骑？"

"想想应该如此！但为何几千年过去了，他们明明看上去像干尸一般，却还能杀敌如常，这可就很难理解了！"钱千金叹道。

刚才他一直听先圣讲，很多细节都没来得及问，看来只好等下次了。

"不过之前说的，好像跟神话传说中的都不一样？"明墉疑道。

"可不是！别说传说，和史记之类史书记得都不一样！"钱千金道，"这也是我不得其解的地方，但现在想想也就豁然了！既是上古传说，那既没有文字又没有遗迹，还不是怎么通顺怎么说！"

"什么叫通顺？"盛思蕊疑道。

"听先圣讲直到大禹出现，中华历史都没什么帝王之说，只是推举的部族首领。与我们所有人听过看过的三皇五帝，帝王世代相传的故事大相径庭！那通顺的意思，就是撰史者给后世的帝王们找真龙天子世代统治万民的依据呗！说他们的皇帝位子实际都是远古传承的，都是有迹可考的！总之帝王统治万民那是顺应天命、自古天定的呗！"

众人一听都很有道理，纷纷点头。

这时就听一苍劲的声音道："这位先生说得好呀！这才一言道出了帝王龙起的源头！"

众人回头看，只见先圣在羽澄的陪伴下已经出来了，大家都纷纷起身。

先圣压压手道："都坐下，我这里不兴这个！"

盛思蕊赶快过去笑道："祖爷爷，你不是去休息吗？怎么这么快就出来了？"

"唉，都是澄儿小心过头，怕我吃不住劳累。可我刚起来没多久，怎么还用得着总休息！况且贵客在外，怎能让客人干等安心休息？我这里上次来外人已是快十年前了，这段时间我虽然都在沉睡恢复，可难得终于有外人来了，我更想多说些话！"

众人一听十年前也就是外面快三百多年前有人来过，都想知道是谁，可一想依先圣的脾气，他要说时自然会说，不想说问了也是白搭，就忍住了。

"刚才这位先生，是姓钱吧？"

"对！小可正是！"

"这位钱先生说得太对了！在上古时期，也就是从我记事的时候，根本就没有什么所谓的帝王，而且长辈也从未提过这世上有什么统治万民的主宰！包括各部落首领，只是领着大家耕作生产，只有在抵御外侮上才能体现一呼百应的作用。平时呀跟其他人一样,都要干活,没什么特殊的!而且那时也没什么府第官衙的,大家住的都是差不多的木头石头屋子,哪里有什么差异!"

"那中土也是一样的吗?"钱千金问道。

"我爷爷、父亲都出去帮忙治过水患,按他们的讲述,虽然大部族生产分工更细,首领就直接做指导部署了,也分不出身再去亲自劳作,可大家的日常生息还都是差不多的!直到禹治水成功,所有部民们感恩戴德,推举他为中土所有部族的联合首领后,一切都变了……"

(六)

那一年先圣八岁,正跟着族人们在极北过着天高地阔的日子。忽然一天从中土部族来了一群人,煞有介事地说要向北拒族下达什么旨意。

那时禹作为首领已经不少年头了,而自打水患被治理后,北拒族人就再未踏入过中土半步。他们一向恪守着据守北境的使命,日子过得是自由自在。而他们以前对中土部族只是帮助,从未在形式上和生计上与中土各部有过其他交集。怎么平白无故的中土就来人要下达什么旨意呢?这究竟是怎么一回事儿?

不过当时北拒族的首领,也就是先圣的父亲还是接待了来者。

一问才知,原来禹当上所有部族首领后,这些年管制下来,觉得自己功劳甚大,远超先辈。加上觉得自己渐感身心不支,要各部奉命承认他的儿子启继任部落首领。

这消息传达却是引得北拒族一片鼎沸,虽然他们从未参与过中土的任何推举,但他们知道中土的部族首领一向是由前人首领和长老们公推几个为部族做过巨大贡献的人,而后由全体部民选举产生。这一形式已经延续了不知多少代,深为大家接受,可怎么突然禹就要自己的儿子直接继位了呢?

钱千金觉得此处深有疑惑,就问道:"那传说中的禅让制?"

"我也看之后的史书说过,我们先古的首领都是代代禅让。不过至少据我所知,在禹之前都是公推选举的。上一任首领在年老力衰的时候,无法完成日常的工作,就要由长老们公推出新的人选,选举产生新的首领。可在当时大战之时却有些例外,那时万民涂炭,天下都置身于水深火热中了,所以当时典的儿子炎就直接被推举为新的首领。不过战后等万民恢复安宁了,就继续原来的推选制度!"

钱千金点点头道:"看来所谓的禅让制,只不过就是史书为帝王脸上贴金!意思很明确了,其实帝王可以不禅让,直接传位给自己的儿子!而禅让只不过是帝王的仁义道德之举罢了!"

"钱先生看得明白!不过还有一个关键问题!就是如果日后天下大乱,帝王的子嗣实在是难以号令群臣。那时想坐那龙椅的野心家权臣,又不能推倒一个朝代直接取而代之,那样会惹恼仍信奉皇家正统的文臣,主要就是那些研习儒家圣人学说的人,可帝位不坐实在心有不甘,那他会怎么办呢?"

"那就会搬出禅让之说,直接让小皇帝给他让位!就说这是上古三皇五帝的美德,以此来封住那些迂腐儒臣的嘴!"钱千金恍然道。

"好比后世的王莽、曹丕、司马炎不都是如此吗?"先圣轻叹道。

"所以说史书对某些历史环节的刻意描画,实际既是为给帝王树功德,也为后世的野心家留门路,这般用心,当真是让人叹为观止呀!"

钱千金以前就对史书中保留的禅让制甚为疑惑,如果帝王讲究个程序传宗,世代为主,那为何不索性就在史书中删了禅让制这回事呢?反而还给后世有狼子野心的留了后门?

现在他才明白,史书不但要极力证明皇权天授、传宗有理,还要为日后出了个败家皇帝留退路。哪怕是被野心家篡了位,也能给个合理说辞,这也是先古传承的一种呀!不违背先祖的教导!

钱千金长叹一声,看来自己这半辈子书真是都白读了!这史书不都是为了皇帝传承找合理性的吗?难为自己还耗费日久循迹追根的!

看钱千金沮丧不问了,先圣微微颔首接着道:"其实钱先生也不必如此颓唐,中华历史浩浩荡荡,我们知道的又有几何?除了当世亲历亲见者,真相如何又有谁能知道?就说我讲过的先古故事,也不过就是听我祖辈讲述的,我又没有亲历,那真相如何也未可知!"

"那不是说古人诚不我欺吗?难道出自他们的口述也会有错?"钱千金不解。

"可还有句话叫'真言不过六耳'呀?"先圣道。

"那不是说传授什么绝密心法功夫的,说的意思是要保密吗?"盛思蕊不解插嘴道。

"古人在传授技能上倒真是倾囊相授,毫无保留!只是因为条件环境,不是谁都学得会罢了!我讲的'真言不过六耳'是指,凡是一件事经过三个人的口述传承自然会出现偏差,而传得多了可能就差之千里了!"先圣解释道。

"所以才有了文字,可以把事实记录下来!最早的文字就是为了记事用的!"钱千金补充道,"可是就是文字记录的,现在看起来也不是那么可靠!"

"钱先生你不必如此困惑,你说最早的历史记录叫什么?"

钱千金想想道:"最早的记录都是在绳子上,把它们结在一起就是连贯的历史记录,那叫'编'!"

"对了!你也知道,那叫'编'呀!干吗还自寻烦恼呢?"

钱千金恍然道:"对了!那叫'编'!"

随即他自嘲般笑道:"对呀!编的东西干吗要那么认真呢?"

这时盛思蕊又极为疑惑道:"可是如果历史不可信,那我们所学的源远流长的中华传承不都是不可信的了?"

先圣微笑着看看钱千金道:"小友应该明白了,由你说给她听!"

钱千金喘口气,而后郑重道:"蕊儿,所谓历史的编,只是为了皇家的正统脸面,故意篡改一些内容,好让后世万民始终对世代承袭的皇帝心存景仰敬畏!就好比史书一面说世袭皇位天经地义,一面又说禅让制是德行的表现一样,都是为了历代皇朝的皇权做合理解释罢了!"

"可为何下一个朝代,并没有把上一个朝代皇帝的历史索性写得黑暗至极,好让万民觉得他们这代推翻上朝更是民心所向,天经地义呢?"这时一直没开口的莫沁然突然说话了。

她这个问题问得钱千金一时有些语塞。钱先生之前一直跟坊间一样,认为本朝有意篡改了明史。因为在大清编写的明史中,明朝的皇帝可是没几个像样的,反而不着调的倒是一抓一把,后宫当小贩的、民间追美女的、自己开木匠坊的、一门心思炼丹修仙的,那是比比皆是。

可有个问题,为何索性不把太祖成祖等皇帝的丰功伟业一并抹杀?反正经历过明朝的在大清统治百年后也就死绝了,那些个民间藏书历代评传也完全可以控制。为什么满清不索性把明朝尚有功德的痕迹一并抹除,这还加强了自己皇朝的统治呢?为什么不这么干?

他一直想不出个所以然,只是心想这莫姑娘一直不开口,一开口就是这般刁钻问题!他索性看看先圣,却见他一脸云淡风轻地看着自己,眼神中似乎有着说不出的洞彻。

钱千金猛地醒悟道:"莫姑娘,试想如果清廷真的把明朝皇帝抹黑得一无是处,那说明什么?说明明朝三百年就没有出过好皇帝!"

见莫沁然点头,他接着道:"好吧,百姓尤其是学子们看了这样的史书,都会一致疑惑怎会这样?这一个好皇帝都没有怎能统治三百年?如果有个别的信了,反而日久看到眼前的世道会生出这样的疑问,是不是所有的皇帝都不是好东西?包括现在朝上的那位?我这么说,不知你明白了吗?"

"绝对的赞扬和抹黑都是不可信的,这就好比'水至清则无鱼,人至察则无徒'一样!违背万物运行定律的一定就是谎言!"莫沁然点头道。

"多谢先圣和先生为小女子解惑!"莫沁然坐着给二人施了个礼。

本来她自打进入秘境就一直无话,先圣虽然见到了如此清丽绝俗的女子,但见她都没说话,也没多在意。此刻见她问得深刻,答得巧妙,落落大方,不禁道:"这小娃儿也是聪明伶俐,七窍玲珑,与蕊娃儿倒是不相上下!你有什么尽管提问!"

莫沁然再万福道:"其实我读史书也有诸多疑问,总是不得其解,在浩瀚书海中求证,又觉得各家都是一家之言,不可为证。今天听了先圣和先生的对话,方知自己钻了牛角尖。可信者唯见证!任何史书都会有偏颇的一面,所以尽信书不如无书,万事只求问己无愧罢了!"

盛思蕊却是表示极为赞同道:"其实那些西方人也同样是虚伪,不过由于他们语言的关系,早就暴露出史书不可信了!"

"噢?此话怎讲?"先圣和钱千金都是期待。

"英语里管历史就叫'history',那不就是'his'加上'story'吗?也就是男人讲的故事嘛!"

其他人除了明埔和羽澄外,都没听过她这番高论,顿时都是哄堂大笑,连连点头称是。

先圣笑过说道:"这小娃儿真是刁钻,人家文字里这一点点纰漏都让你给看出来了!不过你们年轻人能这样看问题很好,孔子还说'学而不思则罔'呢?凡事都要自己思考一下为什么,怎么样,这才能无愧无惑行走世间!"

钱千金已然惦记着先圣的讲述,见一下被拐得如此远了,忙道:"先圣,您接着讲您的!我们都少发问!"

先圣沉思了一下:"刚才讲到哪儿了?噢,是禹要求我们接受诏令……"

(七)

听禹的使者这样说,北拒族人都陷入了沉思。

要说禹的确功劳不小,要不人们也不会把那段经历叫"大禹治水"。要知道在上古名前加个大字,就已经是百姓尊崇、万民爱戴了。可他的儿子启是个什么样的人?谁知道?也没有为部族百姓立过什么功勋,万民怎么能服气呢?

于是北拒族的长辈经过商议之后决定不奉诏令,他们给出的理由很简单,他们边陲四族一直来都是各有使命、各司其事,中土部族的事情他们一向不管,也不想管,他们想怎样自行解决便可。

于是任由禹的使者如何恐吓、如何说服,北拒族人都铁了心不掺和这事。

使者们只得悻悻走了,不过临行前却放出狠话,等启统一中原后,一定带兵来讨伐,令他们臣服。

不过北拒族人就当这是一番笑话,要知道当时族里可还有一百多巨人勇士,加上人马族的金甲骑,以及娲族后人的神秘力量,联合羿族战士们的强弩战力,中土各族恐怕没哪个能对北拒族产生威胁。

这事情他们就当个笑谈一样,渐渐地就遗忘了。可一年后,突然有上百流民出现在城墙下。

经他们一问方知,原来禹见各族很多都不服他的意旨,索性就在明里暗里对反对派们开始动手了。一些不服继位安排的小部族很快就被镇压了,而一些大族里最激进的反对势力也开始有人被杀害驱赶了,他们这些人正是一路北逃的流民。

北拒族的族人们听后都大为震惊,没想到禹竟为了自己的儿子能顺利继位对兄弟部族开始杀戮。

有一个与先圣父亲相熟的人,请求他带领北拒族的勇士们去中原主持公道,不过这个要求却让这些巨人们陷入两难了。

首先他们的使命就是在此抵御魔族出其不意的反扑,如果他们倾巢而出了,万一魔族乘虚而来,那整个中土不就再次陷入水深火热了吗?

可中土部族虽与他们往来不多,但毕竟同在一块土地上生活,彼此又曾经有过共同抗敌、抵御洪灾的经历,不出手相救未免于心不忍。

最后部族长老们一起商议,还是先给禹送个信,阐明大家都是同气同枝、血脉相连、休戚与共的关系，为何一定要大开杀戒、同室操戈？为何不大家一起坐下来，商量个解决问题的办法。同时他们又派人去东海去给娲族传信，告知中土的百姓正在罹难，请求她们出手相助。

他们这样做不是没理由的，因为娲族凭借着神奇的力量曾在对抗魔族的生存大战中让所有部族都心存敬畏，由她们出面禹怎么也会有些忌惮。

之后北逃的流民就在北境生活下来，大家都在等着中土的消息，这一等就是一年。

可一年以后，一个更坏的消息传来，娲族竟然被禹几乎给灭族了！

这消息对众人无异于晴天霹雳，作为异能无双的娲族尚且能与凶残无比的魔族单独对战，可怎么会被实力远逊的中土部族给屠戮了呢？

原来娲族在接到中土各部的求救后，派人从东海岛中长途跋涉来找禹，以远远凌驾于中土战士的巨大能力让禹当场折服。

禹毕竟没有亲见过那场存亡大战，没见过娲族的实力，此刻亲眼所见，也是惊得胆寒，当即表示立刻休了刀兵。

他盛情邀请娲族全族来中土，主持各部族的修好一事，并监督各部族推选下一届首领的事宜。

娲族人以善为怀，悯念天下苍生，便当即允诺。

娲族此时的首领是个年轻女子，前辈们在血染疆场的岁月已过去好久了，经历过大战的族人不是战死也都身故了。族中剩下的都是根本没怎么到过中土的年轻后辈，她们受此邀请，都觉得能让中土各族和平共处这一使命重大，万万怠慢不得。

于是年轻首领就带着族中几乎全部有生力量来到中原，希望能以自己的诚心实意加上无上能力为中土部族百姓带来永久的和平安宁。

此刻禹已经是风烛残年，再难劳顿，所以为娲族全族的欢迎宴会就由他的儿子启主持。

其实娲族虽几乎出动了全部青壮，但总数也不过区区几十人。一是因为那场旷日持久大战的损耗，二是娲族本就人丁单薄。不过以她们以一敌百的神奇能力，从没有哪一支部族敢小觑她们。

欢迎宴会上，启展开巧言利嘴，把娲族从首领到部众都夸得如同天仙下凡、人间救星。娲族的年轻人平日都不见男子，哪里听过这般甜言蜜语，都被哄得云里雾里。

此时启就命人开始献酒，他呢亲自给各人一一斟酒祝酒。

其实在中土以前是没有酒的，很简单，粮食何其珍贵当然是用来食用了，偶有丰产也都积存下来备荒。可这一转变却戏剧性地出现在大洪灾期间，当时虽然因洪水破坏百姓也都经常饿肚子，可不少洪水泡坏的、不能食用的粮食，人们都不舍得扔，慢慢就演化出了粮食发酵造酒的过程。

当然在当时酒也是无比珍贵的，除了祭祀庆典之外，人们也是别想知道酒的滋味。这就更别提从海岛上下来的娲族女子了，她们根本就没见过也没听过酒，加上启巧舌如簧不断地频频敬祝，席上人人都不免喝了一些。

而就是这些她们从未喝过的酒，断送了娲族的未来。

当时酿酒根本就没有蒸馏技术，连发酵技术都十分有限，所以就算是喝到吐也根本就醉不了人。

可启却命人在酒里下了剧毒，娲族女子饮酒后几乎人人中毒，根本没法再发挥出她们战无不胜的异能，几乎一次就被启屠戮殆尽。

剩下几个另有任务没能入席的，闻此噩耗也不敢多待，连夜就逃回了东海岛中。

听说禹在听到这个消息后也是十分震惊。他也没想到自己的儿子竟狠毒到直接把中华最神秘古老、最善良勇敢的部族一次性给屠灭了，而且是用了这种极度卑鄙无耻的手段！

据说他把启叫到病榻旁，在外面的人只听见禹的暴跳训斥和启的不住哀求，以及大禹呼喊着"你这样狠毒的人怎么能继任全部族的首领"等。

第二天启出来告诉大家，自己的父亲禹连夜病故，自己根据父亲的遗愿继任为新的部族首领。

很多对禹忠心的人都怀疑禹的死因，而且禹在临终那晚曾喊过启不配继承首领，于是他们就揣着狐疑，想等到把禹下葬后再找出事情的真相。

可启下手实在太快，原来他早就在暗中培植自己的势力，等禹的死讯传出，他马上派人将禹的忠诚旧部一并屠戮。再加之前，他轻而易举地将最具神奇战力的娲族一举覆灭，手段之凶狠残忍是人所未见。整个中土部族都开始噤若寒蝉，没人再敢公开站出来反对启接任首领。

北拒族人听完整个过程后都是不寒而栗，试想如果中土各部交由这样心狠手辣的人来统领，那大家的未来将是何等凄凉。

此刻先圣的父亲决定不能任由这等残暴之辈继续欺凌百姓，决定联合羿族一同出战讨伐不义之人。

而就在他们出师后没几天，魔族果然破巢而出，一时间北境告急，他们只得迅速撤回力战魔族。

在这一战中，北拒族因为先前大部人员调出进发中土，所以城墙防线很快被攻克。虽然他们及时回援，但仍旧损失惨重。先圣的父亲就此战死，而人马族的十三勇士人骑也无一幸免。

盛思蕊听到此刻疑道："先圣祖爷爷，那人马族的十三勇士是不是就是我们之前在外面浓雾中见到的那些？"

先圣微点头道："你们碰见了？就是他们！"

"可他们虽然样貌像干尸一般可怕，可都是能将敌人杀得稀碎的战士！怎么也不像是死了的呀？"

先圣叹口气道："这些勇士一生忠于职守、恪守承诺，应允了要镇守北境，就连死了都要永远守着这里！"

"可人都死了……"盛思蕊突然想到鬼魂转世什么的，身上一寒哆嗦了一下。

"别怕！"先圣凝神道，"这就要靠娲族女子的一样异能才能办到！"

六十四、承袭传承

（一）

众人都是聚精会神地听着，就听先圣沉声道："娲族的一项异能就是能将魂魄封印在已逝的身体之中！让他们死而不朽，成为永世的战士！"

大家一听都是哗然，这不又是长生不死的神话？难道娲族还是神族？可神族竟能被诡计害死，这也太天方夜谭了吧？

见众人疑惑，先圣解释道："是我没说清楚！这也怪我之前没有讲过这段！娲族只是能用自身的异能，将死去的战士最后一点意志留存在他们的身体里而已，让他们能完成遗愿，成为永世的战士，守卫着他们的疆场！"

众人还是惊诧莫名，这可是怎么做到的，真的不可思议！看来中土部族都对娲族敬若神明还真不是虚的！

可盛思蕊又问道："可难道只有人马族的战士有这样的遗愿吗？难道祖爷爷的巨族战士就不想这样吗？为何……"

"你问到点子上了！的确只有他们能！因为与魔族对战后，只有他们能保持完整的尸首！"

众人又哗然，看着先圣那庞然的身躯，那巨族的战士身躯巨大是可想而知。为何就不能保持完整的尸首呢？

先圣又叹道："其实都不是完整的尸首，而是没有尸首，哪怕是一点儿残躯能留下！"

大家更是不解，难道魔族能把死人都……

盛思蕊惊诧问道："难道尸首都被魔族吃……吃了……"

"哎！比那还要悲惨！这等过后再说！"

众人只得抱着不解，盛思蕊却又问："那人马族勇士为何能保全尸首？"

"这回问到点子上了，他们全身穿罩的金甲金盔都是被息壤浸泡过的，所以尸首能不被破坏！"

"可为何当时巨族的勇士不打造经息壤浸泡的盔甲穿上呢？"

"因为他们的金盔甲不知从何而来，世代传承，没人知道如何打造，也打造不出，所以只有他们能成为永世的战士！永远守卫着北境！"

这时钱千金听出不对劲，问道："可我们是从南边进入的？"

先圣点点头道:"对了!那是后话,现在那里是我们唯一的出入口!所以人马族战士就据守在那里!"

"不过先圣,还有个问题小可想问。您说之前都未讲过这段是什么意思?明明您说以前有人来过呀?"钱千金谦恭问道。

"这你可算是问着了!"先圣接着叹道,"我这里以前来过帝王将相、雄心草莽各种各样的!可他们到了这里,要么觉得是个可享受的仙境,要么想取得有用的知识,要么想获取些做大的资本,可就没谁是想知道先古和过去到底发生了什么事的!难怪有言'熙熙攘攘皆为利来,熙熙攘攘皆为利往'!他们这样本来已叫我对外人产生厌烦!幸亏遇到你们几个肯求甚解的,要不我可真对世人失望透了!"

听他这么一说,钱千金露出难掩喜色,盛思蕊也是欢欣满面,其他各人虽面色各有不同但都一直保持认真的姿态。

但晋先予却有些不自然,而李白安心里也是苦笑:自己呢是奔着救爱妻而来,听这些只是顺带。这算不算也是有所图呢?

先圣没理会下边的反应,接着道:"关于娲族的异能以后再讲,先接着说说我们族人当时的状况……"

(二)

北拒族虽然抗击了魔族的反扑,但是损失惨重,再也无力理会中土的启在那里镇压反民,巩固统治了。

而羿族那边赶到了黄河边,却被滔滔洪水截困,被迫撤退,至此最有可能动摇启阴谋得来的首领位子的势力也就再也没有了。

就在北拒族众忙着重新加固防线之时,启正式派人诏会,他将成立一个王朝,而自己则要登基称王,从此奠定万世基业,并要边陲四族出席封禅大会。

北拒族知道他阴谋加害娲族的过往,自然不会答应,便喝退了使者。

没过多久,启亲自率领一万大军前来讨伐,称北拒族为华夏国的叛逆一支,如不归顺投降,必要血洗北拒族。

此刻北拒族已经人丁凋敝,尚处在大战后的复原期,启此次前来显然是想趁其虚弱一举扫平,用心可谓凶险。但北拒族就是北拒族,虽然与魔族作战死伤惨烈,但面对只有普通武器的中土部族还是毫不畏惧的。

可是娲族还有人在他们族中,她们不忍看着同源同枝的部族间自相残杀。在她们的苦劝之下,巨族勇士们倒都不忍出战了。

而此时羿族的强弩机栝发挥了巨大的作用,那些铺天盖地的巨型弩箭让启见到了无法战胜的巨大威力。

迫于此,启提出只要满足两个条件,他们就撤兵。第一北拒族要承认归顺华夏王国,承认启为自己部族的大王;第二,要交出娲族的后人,由他们带回去供奉为国母。

对于第一个条件,没有任何野心、只想一心守卫北境的北拒族倒是无所谓,如果承认了能满足启的野心,让他从此不再杀戮征伐,也不啻为一件好事。

可第二件,北拒族是万万不会答应的。此刻在这里只有一个娲族女子和她的孩子,这可能是娲族最后的血脉,如何能交给阴狠毒辣的启?到了此时,北拒族不惜一战来保护娲族最后的骨血。

可娲族人岂是为了偷生而眼见着血流成河的?女子把孩子托付给北拒族,自己就毅然出城跟着启走了。

而城中唯一的娲族小女孩哭得如同泪人,伤心欲绝。先圣看着心里难过,暗下决定要保护她一生,而这女孩后来就成了先圣的妻子。

至于被启带去的女孩母亲,之后就再无音讯,也没听说华夏国有过什么国母。想必是启害怕娲族的族人复仇,将她秘密杀害了以绝后患。

不过这还没完,启此后又派人要求他们拆掉北拒城墙,称都是一国了,要城墙干吗?防谁呀?难道防备着大王?

北拒族为保住这得之不易的和平,只得拆掉城墙,隐居到这里来了。

(三)

听到这儿盛思蕊脸现凄苦叹道:"可怜了娲族女子明知前途凶险,仍然为了百姓的安宁慷慨赴死!真是让人心酸!"

先圣却意味深长地看看她见红的眼眶道:"其实你伤心是对的!因为你也是娲族的后代!"

众人听了都大惊,盛思蕊也迷惑道:"我是娲族后代?难道就因为我姓姒?"

"并不是这样!那时我们很多部族都姓姒,包括那夏启也是!"

众人再惊,先圣解释道:"在先古时期,大家都是有名无姓。但部族都是尊重信仰母亲,而姒这个字就是以母亲命名的意思,所以大家以姒为姓,表示对母亲的无比尊重!"

大家都是长哦了一声,盛思蕊却道:"那您又是如何肯定我是娲族的后人?"

"我说过娲族男子一成年就会被赶出部族自食其力,但身上都留着娲族的血脉!这份流传的血缘就是证明!"

盛思蕊更糊涂了,经过几千年了,血亲难道能从外表看出来?不过她突然看看右手上的拳甲,喃喃道:"难道是这拳甲……"

"没错!它就是我夫人的遗物!这拳套是娲族开采的奇石打造,是一件极富神异的奇兵利器,非有娲族人血脉里的灵性异能根本就穿不上去!"

盛思蕊惊讶地看着拳甲说不出话,可一边的明墉却皱眉想道:明明是思蕊服用了金蟾内丹后内力狂增,才被拳甲选中!怎么和娲族的血脉还挂上钩了?

盛思蕊看着看看又猛然道:"可这拳甲在我之前,还有个登峰造极的武林前辈曾使用过!难不成他也是娲族后裔?"

"我说了,娲族由于族规要求,男子在成人后必须离去,那繁衍那么多年,可不知有多少人都在外面开枝散叶了!而且你说的那个人在上次大战中我见过,的确也是符合娲族后人的特征,尤其是他能戴上这摆在我族里根本就没人能用得了的拳套后,我就更确认了!"

"噢?"明墉惊疑道,"那先圣请问这有娲族的血脉究竟是何特征呢?"

他这一问很有点儿捣乱的意思,那是非要打破砂锅问到底呀。一般与人辩论要让对方哑口无言时经常是这样步步紧逼的追问。

可他这一问,却招来盛思蕊的白眼,显然她也觉得这简直是强人所难,虽然她也很想知道答案。

先圣看看明墉像受了斥责般一脸窘态,微笑道:"就跟我夫人一样呗,有天生的灵性,对异能掌握极快。嗯……就是外面说的绝学心法什么的。还有都有慈悲天下人的雄怀!"

听这一说小的倒都窃笑了,秦潇道:"蕊妹灵性不浅是真的,但慈悲天下她可没有吧?"

谁知先圣也不恼道:"蕊娃子,你是不是变得越来越不愿意见血腥,也不忍杀生了?"

盛思蕊想想,自己好像自从进入了极北之地确实有些变了,那天不知情之下削砍了罗刹兵之后还差点把自己给吓坏了。

她迟疑道:"好像是有点儿,但这也能看出来?"

"这就是第二个能确认的地方,你挂的那个石坠也是娲族灵石所制,一般人戴上是什么变化都没有,只有在娲族后裔的心念之下才会变色!你的那个是不是变色了?"

盛思蕊忙拿起颈下坠子细看,马上道:"对的!这个之前是半红半绿,现在是全碧绿色了!"

"对了,这就是你的心境越来越清澈的象征!"

众人一听这玄妙,都是齐声称绝。

可明墉却不识趣地拿起自己那块问道:"先圣,我这里也有一块,是和她那个一起得的。我这个也变色了,以前也是半红半绿的,现在都一片丹心了!"

"对呀!你一路是不是伴着蕊娃子左右,寸步不离?"明墉使劲儿点头。

"那你是不是对她至诚一片?"明墉更是把头点得像鸡啄米。

"你的心念被她的灵力感应到了,再加上离得近,所以石头也变色了,就像你说的'丹心一片'!要不是这个色,你倒是该被怀疑了!"先圣正色道。

明墉忙感激坐下,不敢发一言。原来这东西简直就是试心石呀!看来自己以后可万万不能有二心,否则根本就藏不住!

盛思蕊听了这番对话也不知是该窘好还是该羞好,但她想到另一件事,忙问道:"那我以后碰见此类人,或者能戴上这拳甲的,就都是一族同脉了?"

先圣笑道："中华自上古就是那么多部族，数千年繁衍，也不知有多少是同族了！所以中华自古本是血脉融合的一家，何必再分彼此！"

钱千金用力点头道："先圣高论甚是！本就血脉相连，何必分个你我？可惜世人哪里能懂得这些道理，数千年来厮杀不断，都是本族相残，真让人扼腕哪！"

先圣点点头道："实际百姓都是浑浑噩噩的，但也是心存善念的！自上古来都是如此，人们只是被权势熏心的野心家利用左右罢了！这也几千年没变！"

（四）

"那启建立了夏国后，你们就一直待在这里？夏启也没来再找麻烦？"李白安问道。

"我进来那一年是十岁，之后就一直待在这里。至于夏启，当然一想起我们，就如鲠在喉，总是除之而后快的！"

"此人如此歹毒，肯定不知想到多少诡计呢！"盛思蕊道。

"没错了！就算我们封锁出口，但他还总是变着法子派大队人马前来滋扰。这般举动不但令我们不胜其烦，也让中土劳民伤财呀！"

"那先圣你们就没想什么应对之法？"李白安问道。坐困囚城，怎样才能让围困的敌军放弃滋扰，这很让人好奇。

"对呀！我们都感念这娲族的献身求和，也根本不愿同族杀戮，但更不想让夏启总这样骚扰下去！这时南方蛊族给我们送来一件东西，让我们终于能吓退夏启的人马！"

"是什么？"众人几乎齐声问道。

"那是一个黄金打造的盒子，蛊族人对外宣称这盒子里藏着能让夏国王朝土崩瓦解的力量，一旦开启就能让夏启的世代帝王传承的美梦化为泡影！而且他说得明白，这盒子一共有四个，分别藏在边陲四族的隐秘所在，不论毁掉哪一个，都能让夏启世代为君王的美梦顷刻破碎！所以如果夏启再这样对他们纠缠不休，那四族就可以随时令夏启王朝覆灭！"

"那夏启的人就这样相信了？"李白安追问。

"其实他们是半信半疑，但只要是听说过在存亡大战时蛊族那惊天动地能力的人，都不敢不相信！"

"那蛊族究竟有什么让人听了就恐惧的能力？"盛思蕊忙问。

"这我也只是听老辈偶尔说起过，但基本都被神话妖化，甚至是说者都惊心动魄！我自然也不敢编造，总之没多久夏启就撤兵了！"

"那他这就算是结束了，能这么甘心就此不闻不问了？"李白安追问。

"他当然不甘心！没多久，他就对边陲四族再下旨意。大概意思就是你们四族从此将被抛离于华夏之外，再也不是夏王国的一支。而且他命令将中土所有关于我们边陲四族存在过的一应事物全部销毁,包括所有的记录!并命令我们从此不得再谈及和中土和夏国的任何关系!"

"也就是他把边陲四族存在过的证据都给销毁了?"李白安惊道。

"这不稀奇!"钱千金道,"帝王为了抹去对自己不利的东西,可是什么都干得出!你看秦始皇焚书坑儒,实际上并不是想把儒生一网打尽,也不是想把百家古籍付之一炬,就是要销毁一段他不愿被后世知道的事情!"

"那是什么事?"很多人好奇道。

"都说销毁了!怎么还能知道?"钱千金不屑道,"不过秦灭赵国时曾在邯郸城内海捕捉拿过一些人,想必是和他在赵国流亡的日子有关!"

钱千金说到这儿,不禁摇头笑道:"不过这欲盖弥彰一般的行径,倒是给后世野史留下无数的素材!本来呢说清楚了也没什么无端猜测,藏着掖着那就让人怀疑。秦朝在时还好,亡了那就再也管不住人的嘴了!那还不是风言风语满天飞,花边轶闻炒上天!看来后世写小说的倒是可以好好发挥了!这就是不但留了恶名,还留了遐想空间,始皇帝可是得不偿失了!"

说到这儿,他才觉出跑题了,忙对先圣深深一揖道:"请先圣饶恕小可忘形!"

先圣却一挥手道:"哎!你说的对呀!当年夏启也是这么做的!可结果呢?我们边陲四族几乎都被百姓传成了神话般的人物!什么盘古开天、女娲补天、后羿射日、夸父追日……哪一个不是让我们先古族人在百姓心中像天神一般?而且他夏启也没落下好下场,自己王朝被灭掉之后,就连遗址也被铲除得干干净净,这不是自作自受又是什么?"

(五)

听先圣说到这盒子,李白安等几位长辈心里都是咯噔一下,看来边陲四族就是《撼帝四舆图》标识的四个点,而真正能撼动帝王基业的秘密就在这些神秘的盒子之中。

不过见先圣讲到王朝交替的关键,而几个少年都听得出神,便暂时按捺住好奇,继续听下去。

北拒族人虽然被夏国清除出先古历史,但好在没了夏启的频繁骚扰,从此可以安心于防卫魔族了。

他们此刻已将魔族的出口压制在秘境之下,但为恐魔族在地下来回游窜,再从别处破土而出,所以就在先前防御城墙的地基之下广挖截断地道。

而这繁重的工程耗时多年,仰仗着各族的集体智慧方才能修造完成。

整个截断地道几乎覆盖了北境之前修建的全部城墙下,并且还深入到了较软的山脊之中,而地道的所有薄弱环节都由娲族最后一个女子用异能气化灵石进行封禁。

从此魔族的出口就只在北拒族防守的阵前,只要对方一有异动,族人马上就能展开防御。

李白安想到了他们在地底穿行进入罗刹要塞时看到的城墙地基和遍布的地道，惊叹这工程的浩大。

　　而明墉则想到的是那个山洞中的光墙，按先圣这般讲，那里不就是他们封禁魔族的出口？而从里面探出抓走祁主使的那些不就是魔族的手爪？

　　盛思蕊当然也是记得，可她现在只是想着那些绚烂的光墙，难道那就是娲族女子异能的封禁？这怎么听起来都像是神话。

　　不过先圣却没给他们提问时间，而是不停地讲述着。

　　在北拒族忙完这一切之后，所有人就在秘境中安顿下来。当先圣二十岁时，一同进来的娲族女孩也成人了。他们青梅竹马长大，一路共担艰辛，自然也就结成了连理。

　　直到他们的儿子三岁之后，外面还是太平无事。族人料想着也十来年过去了，夏启怎么着也该把他们给抛到脑后了吧？这才从秘境中出来，到处打听中土的情况。

　　不探还好，一问之下，原来外面的世界已经过了四百多年！夏朝都被个叫汤的推翻了，现在中土已经改朝换代叫商了！

　　族人都极为吃惊，怎么自己也就觉得过了十几年，外面却已历经数百年翻天覆地了呢？

　　而在族中智者长老们的共同探究下，最终才发现秘境一天，外面一月这一奇异的现象。

　　可他们却并没有为这样在外人眼里能长生不老的事而兴奋雀跃，反而却陷入了深深的失落之中。

　　没承想，都四百年过去了！残暴的夏启开创的王朝竟然绵延了四百年！他当然不可能活了四百年，而是他的子子孙孙竟然统治了中华所有部族这么多代人！什么推举制，什么万民平等就子虚乌有了，所有百姓竟为一家王朝当了四百年的奴隶！

（六）

　　不过夏朝被推翻，还是让当时流亡至此的中土部族人感到大快人心，不过继而一想自己的亲人朋友此刻恐怕早已白骨成灰，又都黯然。

　　他们决定都回到故土去看看，毕竟暴君不在了，换了新的朝代，可能日子就此变好了也说不准。毕竟人言道"故土难离"，谁不曾梦中闻到家乡泥土的芬芳呢？

　　北拒族人也无法挽留，只能送他们离开了北境，看着他们开始了漫漫的返乡之旅。而北拒族人依旧是按部就班，过着自己以守卫边疆为责的日子。

　　他们在过去那些年中，在秘境中发现了个蕴藏丰富的铜矿，并精进了制铜冶炼技术。他们制作了大量的青铜器皿，并以自然中的风雨雷电、日月星辰等为参照做成各式纹路装饰器皿。当时中土族的归民也都带了一些，等着回家让家乡里一直用着陶器的民众见识见识。

而就是这些流出的青铜器皿,让北拒族再次出现在王朝的视野之中。

本来这些流民回到故土,可哪里还有故土故人?还哪里有人知道他们呀?所以物人两非那是一定的。

可关键是土地,按理说王朝更替的大战过后,自然是白骨荒丘遍地,人口锐减,应该有大量土地可供百姓耕种。

不过事实并非如此,等他们回去,却发现土地都被官兵把守了,号称"普天之下,都是王土",这都是大王的土地,百姓想耕种可以,但要给大王交地租。

这可让从未经历过王朝的先古流民们傻眼了,他们有的据理力争,结果不是惨被殴打就是被下了大牢。而余下的只得和夏国剩下的百姓一起,给大王耕地种田,自己呢能在繁重的地租之余勉强糊口就是万幸。

有些人就想着要逃回北境去,可谁知百姓此时不但没有耕地,连人都是大王的了。所有人都被登记造册,由官府管制,不准离开住地。

而日常的工作除了耕地还有被官兵逼迫进行的修桥铺路、修城造府等繁重的劳务,官府管这叫"徭役",凡天子之下百姓必须服从。

可这过了没多久,大王的土地就被分封给各路诸侯功臣,转眼间百姓又成了给他们劳作的奴隶。

也有些被封了地的,觉得这样租地收租过于麻烦,索性就把部分土地拿出去卖,买下的当然也要按人头交租,但总是低了不少。而且买了大量田地的,还可以雇人去服徭役,总之好处不少。

那时的百姓都是家徒四壁,哪里有钱买地,只得认命。但从北境来的先民却有,因为他们都随身带着精美的青铜器皿。等他们想用青铜器皿去买土地时,却引来了轩然大波。当时连大王用的器皿都没这看起来高贵华美,这些贱民竟然会有?

于是在官府官兵的拷问下,北拒族就又出现在商朝的视野之中。

北拒族人万没想到,他们安宁平静的生活,会被自己制造的铜器再次扰乱。

等商王派的大军抵境时,他们除了无奈就是叹息。怎么历史还会再次重演,他们不想惹上王国的是非,可是非却总是找上门来。

不过北拒族毕竟是北拒族,相同的一幕也再次重演。

商王的大军仗着刚经历过改朝换代的战争,刚开始不可一世,全面进攻。可很快就被连弩机梧和北拒族勇士以及人马族不死战骑,打得是溃不成军,全线撤退。可是他们也发扬了和夏启军同样的传统,开始了无休止的滋扰。

北拒族人本就生性淳朴,一心只记得自己的使命,加上还有个娲族后代在,所以根本就不想杀戮,于是只得派人谈判。

幸好商王也不想要这么远的土地,他的目的只是要那些精美的青铜器皿!

北拒族人听到原来商王竟为了这些家伙,不惜百姓的血肉血汗,无比气恼,都觉得这新朝的大王比夏启也强不了多少,都是为了一己之私什么都干得出的。不过他既然是这样的,就更不会在乎自己治下百姓的生命,不管牺牲多少人都要达成目的!

北拒族无法,只得达成协议,每三十年给商王进贡一百件青铜器皿,当然不用他们来取，而是会定时放在孤竹边境前。而此次，他们就一次交出三百件铜器，给士兵带回了。

其实这次谈判能和平达成，也是托了老天的福气。那一年冬天来得尤其早，而且极为寒冷，很多商朝士兵都差点儿被冻死，人人都盼着早些离开这极北寒地，所以拿了东西就赶快撤走了。而带队将领回去给商王的汇报定是那里极寒，实在不适合耕种征战，要不商王怎么就此再也不来滋扰了呢？

刚开始，北拒族人按约定每年，当然是他们这里的每年外面就是三十年，都会到孤竹去送百件青铜器。

可几年后，北境密地发生了重大变故，族人自己也就应接不暇，再也没法继续铸造青铜器了，从此也就不再给商王进贡。

可不知为什么，两三年过去了，商王好像也忘了这回事，再也没有派兵来讨伐。族人都是见识过外面的世界已经天翻地覆，他们早期经过的淳朴岁月也已荡然无存，自然也没有人想出去看看究竟。

可这里唯独有一个例外，那就是先圣唯一的儿子。

说到这里，先圣不禁慨叹一声，双眼中现出悲色。

他眼色迷离地看着天顶，悲痛道："他虽然是我和娲族夫人的后代，却继承了拒族所有的外貌特征，也是族里最后一个巨人了！"

众人见他这副样子，都大体猜到了此人定是悲惨结局，也都默不作声不便再问。

可徐三豹听说还有巨人出去过，忍不住问道："那他出去了，干了什么惊天动地的事情？"

"惊天动地倒也算有一番，可是不是什么好事……"

（七）

先圣的儿子自小便生长出巨人身魄，而且也继承了母亲娲族的灵力，部族长老都说他是难得一见的、能有先古英雄异能的人。所以就以天之骄子的"骄"字为音，为他命名为"娇"。

而他不但身有强能，还心系着天下苍生。

他自小便听族中老人给他灌输先古时百姓如何安居乐业，没有欺压也没有强权，便立志要为天下苍生做些什么，要让这天地翻覆，百姓重新过上人的日子。

那时先圣见中土百姓被王权压制得民不聊生，也是大大地鼓励他。

等他长到十八岁时，便决定出秘境进中土，为百姓谋福祉，为苍生求翻身。

当时他母亲舍不得他去，便要阻止。其实她更是慈悲心肠，怎会不这样想？只是之前的娲族被灭族加上之后的一系列事情，让她觉得当权者阴险可怕，这怎么能是个血气方刚的青年能应付得了的！

不过既然娇主意已定，再加上先圣也想让他闯闯天地，也就同意他去了。

但他也答应了族里，在临行前与女子完婚后，直到女子有了身孕这才被获准离去。

族中的一位智者还被委派与他一同前行，好帮着明辨是非，出出主意。

娇跟祖辈学习，也精通驭兽之术，就驾驭了秘境中的几只巨兽随行，也算是为自己壮壮声威。

就这样他们上路了，先圣的妻子每天都是惴惴不安，隐隐总是有不安在心头。而无论先圣怎么劝，她的焦虑感却日渐加剧。

秘境里真的是不知时日过，好像没过多久，智者就满怀愧疚地带回了娇巨大的头颅。

先圣的妻子当时就哭死过去，而先圣也在巨大的悲痛中听智者讲述了整个过程。

娇一行刚到孤竹，就听说中土此时已经大乱，有一伙义军在周武王的带领下正在讨伐商纣王。

而等他们进了中土，却发现情况已然恶化，到处是狼烟滚滚，到处是交战后的废墟和流离失所的难民。

两方都是大王。一方举着讨逆的大旗，号称保境安民；一方则要推翻暴君，声称救民水火。这让年纪轻轻的娇陷入了深深的困惑。

他本意是来帮助百姓的，可现在两边说的似乎都是要帮百姓，那自己可该怎么办？

不过双方此时可都是发现了这位身带巨兽的巨人，都觉得是股有生力量，便都派人过来拉拢。

娇在两边的邀请下，也是举棋不定，就问智者。

可这智者是和先圣他们一起进的秘境，都没来过夏商两朝，根本不知道谁说的是真的，也拿不定主意。

直到双方都抛出了最后的筹码。周武王代表保证在推翻商纣后，让耕者有其田，并请娇过去加入他们的队伍，武王一定亲自相迎，请他加入伐纣大军。而纣王代表则表示只要他能成功抵抗叛军，就将整个东北都交给北境部族管理，可以让他们恢复先古的制度，不加任何干涉。

娇此刻却牢牢记得母亲讲过的历史，帝王的邀请绝不能赴约，那是无底的陷阱，亡命的宴席！

以此为鉴，娇此时便毫不犹豫地站在了商纣一边。

娇以其神勇异能不知帮纣王消灭了多少武王的得力干将，一时名声大振，连纣王都到处宣称战无不克的娇是他的儿子。

可是还没等娇听到这一传言，他终于中了武王麾下的埋伏，最后寡不敌众，被义军将领斩杀分尸了。

智者费劲万难这才抢回娇的头颅，一路狂奔回来报信，他终了还说："中土的局势复杂，哪里是他们这样整天困于秘境中的人能看得懂的！"

全族闻此噩耗，无不悲痛，族中人同仇敌忾请求组成队伍去中土为娇报仇！

先圣禁不住怂恿,加之内心悲痛愤懑异常,就亲自带队出征了。

可等他们到了中土,情况又变了,此时商纣已彻底灭亡,周朝建立文王继位,他除了大封功臣之外,还真的施行了政令兑现了对民众的承诺。那就是井田制,用此九格划分法,还真的在形式上实现了耕者有其田,也保证了公粮的供应。

百姓得到田地,无不感恩戴德,沿途随处可见跪拜山呼万岁的百姓,这让想来找周朝复仇的先圣没法再继续了。

娇的目的不就是让百姓脱离困苦吗?他虽然死了,但好像他的目的在形式上实现了?那又何乐不为?

于是先圣带着族人悻悻而回。而文王接着大赦天下,允许百姓各处行走。中土上下更是无不感激文王的大德,一代仁主就在百姓心中树立起来。不过或许只有经历过先古的人才明白,其实周朝可能比前朝对百姓要仁慈,可根本上却一点儿没变!

文王是武王的儿子,领导权也就是王位仍在一家一姓手中代代相传,整个天下还是一家一姓的天下,所有百姓仍是生在底层世世为奴!

不过他们也知道这个事实似乎已经改变不了了!历经三个朝代的更替,一家承袭统治万民的局面一点儿没变!

百姓们根本就不知道在先古时他们是不用三拜九叩,终生为奴的!是不用整日摇尾乞怜,等候施舍的!是不用将大半的辛苦所得都交给大王,自己还要感恩戴德的!但是他们根本就不会去问为何我们非得要大王统治呀?那大王到底是比我们强在哪里呀?为何我们见了层层统治者都要下跪呀?为何我们拼命劳作一年最多只能吃个半饱呀?为何统治者只是欺压我们但却都是锦衣玉食呀?

历经三朝,此时的王权已经被神化,帝王就是老天的儿子,是神的化身,是受命于天代代统治百姓的!

如果天之子有错,糟蹋百姓,那百姓只能自认命苦,而且他们不是完全没有希望。因为上天迟早会发现这个儿子有错,会派另一个正直的儿子来取代他,百姓们要做的只是在苦难里拼命忍受。等着代表正义一方的出现,再献上自己的血肉生命来帮他登上统治者的位子,这样所有人才能有好日子过!

(八)

先圣他们回了秘境,都觉得深深的疲惫和失落。但先圣并没有绝望,因为娇在临行前还留下了骨血。娇的寡妻不负众望,也生了个儿子。

先圣的孙子就算没能继承巨族的体型,但也是生得十分高大勇猛、气概堂堂,也是很被族中人看好。

族中一般都是选年富力强的人来担任首领,那先圣的孙子也自然被列入考察之列。

这里要说的是,先圣自从进来就一直未当过首领,而此刻自己的孙子如此出息,他也是颇为老怀宽慰。

而这个孙子也确实是志存高远,每每总是说自己要像大鹏一般振翅于天,所以就给他取了个名叫"羽"。

自从接受了娇惯懂无知而惨死的教训,先圣决定要让羽接受教育。

可真正的问题出现了,部族里自从上古就隐居于此,虽然人人都保持着生性的纯良,可除了些上古的故事还能教些什么?而且他们此时就连像样的文字都没有,很多记载仍然是象形文和图画一起刻在壁上的,那又怎么教人?

眼见着羽一天天长大,越来越向武夫发展,先圣就日渐焦虑,最后决定再赴中土,找些能教导孙子的办法。

等他们再出去,世间又不一样了。

此时由于文王有个后代后来被称作幽王,此人为了博美人一笑竟然频繁地用御敌烽火戏弄各路诸侯,引致王权威严不再,各路诸侯都蠢蠢欲动,开始图谋自己的霸业。

这时按后世的司马迁讲是进入了东周的春秋时期,各路本来在周文王时就被册封的本姓王异姓王们开始了互相厮杀兼并,都纷纷想出各种办法谋求做大,称霸天下。

但与此同时,也有很多有志之人就开始勤于苦学拼命思考,以寻求让天下太平、百姓安生的解决办法,这就是后世说的诸子百家的出现。

当然先圣没时间也没机遇找到那么多学说名家,他第一次出去遇到了个学问高人,此人叫老聃,自创了一套学问叫《道德经》,信者甚众。

先圣把他请回秘境去给羽教学,当然自己和族人也一起做回学生。

这《道德经》的内容乍听起来言简意深、玄妙无比,听得人如云里雾里。但经老聃一番解释,众人才恍然大悟,都觉得所言是字字深刻。

听到这儿,钱千金是心里如同千抓万挠,再也忍不住问道:"请问先圣,老子到底是怎么解释他的《道德经》的?"

要知道,这短短几千字的书不但衍生出了中土的一大教派,更是让后世演化出无数种解读,换了谁不想知道老聃自己是怎么说的?

先圣轻笑道:"老聃贤弟说《道德经》一书说的其实就是帝王统治的本质!"

钱千金一听惊得连嘴巴都合不上了,忙问:"是说这个?"

"当然!我还记得开篇第一句是'道,可道,非恒道。名,可名,非恒名'。"

"不是'道可道,非常道。名可名,非常名'吗?"盛思蕊不解。

"这个我倒是知道些,据说那是当年为了避讳汉恒帝改的!"钱千金道,"不过,这断句……"

"对了!自古在没纸之前,字都写在竹片上,为了省地方,更是为了节省携带的重量,所以古人用字都是极度精炼且没有标点的,这就导致了很多后世解读不知该如何断句!当然还有另一更重要的问题就是后世学子以为古人都是那么说话,所以语言上也大受影响!当然这个先不谈!"

"那这么一断句,说的又是什么?"钱千金话音都有些发抖,也不知是激动还是忐忑。

"老聃的解释是能够冠冕堂皇说出的道理,不一定就是世间真正的规律。而表面上可以说明的事物,不一定就是事物的真正面目!"

听了这话,钱千金几乎就要腾身站起,他努力压制自己才勉强道:"这,这……"

"老聃对此作了进一步解释,帝王所谓的统治之道就是王为代天施政,奉天命统治万民,这就是道。可老聃却说这根本不是世间的道理。帝王能说得出的什么爱民如子、仁政爱民,那事实却恰恰不一定是这样!"

众人都极为震撼,尤其是钱千金更是惊得牙关打战,哆哆嗦嗦说道:"请问先圣,此言可有何佐证?"

"当然有!"先圣道,"老聃说'天地不仁以万物为刍狗'。首先,天地赐万民生养,何来不仁?其次,如果说天子是代天巡狩,那天地就是不仁的,因为他竟委派了一些世代传承以万民为猪狗的人来统治!"

钱千金听着觉得从未曾从这个层面看过《道德经》,不禁有些微微流汗道:"还有吗?"

"那可是太多了,当时老聃才四十来岁,血气尚盛,种种在其著作中是不胜枚举!再比如他说的'古之善为道者,非以明民,将以愚之。民之难治,以其智多。故以智治国,国之贼;不以智治国,国之福'你说是什么意思?"

钱千金以前一直也对《道德经》上的很多话极其困惑,难道古时的先圣大贤就是劝告君王愚民的吗?可此时他再也不敢确定什么,而是一揖到地求教。

"老聃是说自古那些所谓明君在治民上都有一套,而他们最明智的做法就是愚民!当然他还有进一步的解释,'不尚贤,使民不争;不贵难得之货,使民不为盗;不见可欲,使民心不乱。是以圣人之治,虚其心,实其腹;弱其志,强其骨。常使民无知无欲。使夫知不敢弗为而已,则无不治'。这一大通说的都是那些自古明君治国愚民的办法,总之从古至今从无二致!"

众人都万没想到老子一直所说的内涵竟是这样的,都是惊骇到沉默。

钱千金还是困惑问道:"那他的学说是让帝王就此效法吗?"

"那倒不是!他根本就不想与权制为伍!说这些只是给后世人一些警示,尤其是给读书人,告诉他们帝王和王朝的本质如何!其实我倒是记得后世不少帝王还公开封禁过老聃的学说,因为他们有够聪明,明白这些话要是都让百姓明白了,难保江山不稳。不过也有自以为是的,比如后世明朝的嘉靖皇帝。竟还以道教为国教,捧着本明明就是痛骂挖苦他们当皇帝的《道德经》整日看,竟还常常以书中'治大国如烹小鲜'来自比,当真是可笑!"

钱千金想想道:"难道老子的意思是帝王治国都如做道小菜般的随意,任性而为?"

先圣用力点点头道:"看来你真是懂了!"

钱千金颓然松在石凳上,可见这言论对他以前的勤学钻研有多大的震撼。

不过盛思蕊关心的却是先圣的孙子,她问道:"那您的孙子爱学老聃这些吗?"

先圣叹叹气摇头道:"根本就不爱!而且还钻了牛角尖,觉得凡天下帝王都该挫骨扬灰,王宫都该烧成灰烬,以平民愤!"

（九）

送走了老聃，先圣又请来了正带着学生到处游历的孔丘。

孔丘的大名此时在中土已是如雷贯耳，先圣更是对他能教好羽抱着极大的期望。

谁知孔子一来，整个课堂却变成了他和门徒的答问会，每次孔子一说什么，就必然有学生问来问去，搞得一句话往往要解释个好久。有时就连先圣都听得不耐烦了，那个叫颜回的还有子路的学生还总有问题，但孔丘的修养确实不错，解答完了还不停赞他们聪明。

不过孔子的言论的确是博大至极，涉及众多领域，所以大家都有疑问也很平常。

而且孔丘讲课时常妙语连珠，幸得下面有子夏、子游等弟子一直在不停地记录，要不连先圣都担心他讲过的什么以后会被遗漏掉。

等孔子知道在他这里一天等于一个月后，就说什么也不待了，说是要在有生之年周游列国，遍播思想。

所以孔丘虽然来了一场，但除了让羽看到儒生们总是叽叽喳喳讨论，以及都是满嘴的仁义大道理之外，并没有什么收获。

接连来了当时的两位圣者教羽，可似乎不但没让他产生好印象，反而认知上还有了偏差。于是先圣就决定把他们曾经留在这里的抄本先自己研读明白，再择其重点慢慢教给羽。毕竟老聃的真知灼见和孔丘的修养之道都很值得羽认真学习。

当时北拒族部落是没有中土那般成型的文字体系的，他们还是传承着上古以象形文辅以图画的记事方式，所以先圣的学习之道可想而知的艰难。

不过他还是排除万难，终于学成了七七八八。而就在他信心满满、准备教导羽的时候，一连的突发情况打乱了他的全部计划。

那一次他们去了长江南岸，这是他们第一次到南边这么远，当然也带着羽同行了。

可到了之后却发现处处是刚刚发生过大战的迹象，一问才知，原来吴王阖闾已率兵正在一路高歌猛进，打得楚国毫无还手之力，眼看着郢都都陷落了，楚国灭国在即。

他们很是失望，本来想一看风物，没承想又赶上战乱，只得悻悻而回。

在途中他们搭救了个逃出吴军追赶的人，一问方知他叫孙武，是吴国的大将，此次灭楚就是他策划指挥的。

众人都很吃惊，这是吴国大大的功臣呀？战后怎么着也得被裂土封侯，怎么还会被自己人追杀呢？

孙武无奈说，他早就料到这一天了。经此一战，他功高盖主，吴王阖闾又少了最大的对手，那他还有什么用？再加上他练兵之初，还是个没人信服的毛头小子。为了树立军威，他不惜杀了吴王阖闾的两个爱妾。大王当时虽然表面大度，没有追究，可仗打完了，怎么不会找他算账？

他还说，为将者就是帝王的猎犬，等猎物被打光了，那猎犬的下场就可想而知。而他也早就料到这一天了，所以等到郢都破城之时，就赶快开溜。而这一路，他不断变换行藏，并将毕生心血著成的兵法沿路丢弃，这才能逃出生天。

先圣就劝他跟自己回北境去，可孙武却说自己是中原人，离不得故土。不过作为回报，他把兵法中的一章"奇胜篇"相赠，里面说的都是以少胜多、出奇制胜的办法。

告别了孙武，先圣他们回返，却发现羽对于战争极为痴迷，对于那篇兵法也是极感兴趣。于是在回到秘境安顿后，先圣就给他讲读这兵法的内容，而没想到羽这回是学得津津有味、兴致盎然。

先圣教着教着就隐隐感觉不妥，这是兵法的一章，说穿了只是个残卷。说的就是怎样出其不意、用险取胜，可到了真正的战争中哪里都能是这种情况呢？

不过他还是没多在意，毕竟北拒族与外族交战的可能性是微乎其微，学了也不是坏处，万一哪天哪位中土大王抽了风，又惦记上他们部族，说不准也可以此为战。

（十）

时间荏苒，转眼羽就二十岁了，按族规怎么着也要给他娶亲了。

不过羽性格十分执拗，声称非人间绝色不娶，可秘境中这几十年繁衍的后代都是有数的，哪里有能入得了他的眼的？

就在大家为他的婚事焦急之时，从南边来了一批逃亡的贵族。

大家了解才知，他们是从楚国逃出来的，现在楚国已经被秦国给灭了！

先圣他们不解，上次出去，楚国不是差点儿给吴国灭了，怎么这次又是秦国呀？

为首那人哭道，那都是几百年前的事了！现在是秦国正在一统华夏，楚国是最后一个被灭国的诸侯，接下来整个天下都姓秦了！

先圣这才想起身在秘境，都不知外面时日了，没承想绵延数百年的周王朝也走到尽头了，现在要换成秦王当家了！

对于中土来的逃难者，部族一直抱着同情，来者不拒。但他们挺疑惑，怎么楚国人会万里迢迢地跑到北境呢？

他们说本来早就和燕国约好，等事情不利逃去他们那里，可刚出发，燕国就被灭了。而秦国大军一路凶狠南下，横扫中原，他们也实在没别的地方可去。以前听说过极北住着上古部族，就拼命赶来试试运气，没想到还真的找到了！

先圣安排他们住下，可楚国一个姓项的带头的见到了羽儿，顿时惊为天人，眼中冒出了星星火光。

其实到了羽这一脉，巨人的身影已经不再了，他只是比中土人要高大威猛得多罢了。可在中土人眼里，先圣就像是个图腾的存在，而羽儿才更像是他们人群中不世出的英雄形象！

从此那姓项的有事没事就和羽泡在一起，经常教教他枪法剑法，并经常夸耀他的功夫在中土一定是天下无敌！

　　而羽对这一切都很是受用，慢慢的二人竟然以叔侄相称起来。

　　对这一切，先圣的老妻有所察觉，疑惑那姓项的是不是有什么不良居心。

　　本来她一向以善念待人，可自打儿子死后，她太宝贝这个孙子了，难免会对可能对他产生危害的情况提防。

　　不过先圣却不以为意，就算是有歪心思，又能怎样？别说族人了，就是二十出头的羽儿都能将他们全部轻而易举地杀掉！

　　一次先圣亲见那姓项的跟羽儿说楚地美女遍布，到处都是绝丽佳人时，羽儿眼中泛着激动的光。

　　他也觉得不好，赶快在族中物色对象，要羽儿赶快完婚定性。

　　可人刚找到，羽儿和那姓项的就都不见了。

　　看守城门的说，羽儿拿着先古传下的最短一支长枪，说是要和姓项的出去练练枪，就这么走了。

　　他们左等右等都不见羽儿回来，这才大急。先圣的老妻都快急疯了，不停地哭，说是预料到了羽儿要和他父亲一般遭遇不测。

　　族中马上派人出去寻找，可不久后就传来消息，在楚地有一支反抗暴秦的义军，而军中头领是名举鼎拔山、身材魁梧的盖世英雄，他叫项羽。

　　听到这，其实早有猜测的盛思蕊大惊问道："难道西楚霸王项羽就是您的孙子？"

　　先圣点头长叹道："他用了那楚人的姓，幸好还记得自己的本名！"

　　"那后来怎样？"盛思蕊此言一出立即后悔，谁不知道楚霸王自刎乌江边呢？难道还有别的故事不成？

　　先圣黯然道："就和你们知道的差不多了！他学会了仇恨帝王，就灭子婴全族，烧了阿房宫；他不喜儒生，就听不进任何意见；他学过奇胜，就专爱以少胜多，出奇制胜；他爱绝色女子，就随虞姬自刎而去！他学的一点儿都没浪费！"

　　他的话里充满了自责苍凉和无奈，就像是被掏空后的无力和绝望。

六十五、分合不休

（一）

　　先圣接着苦叹道："听闻他的死讯，老妻哀伤过度，没过多少日子竟哭死了！从此我巨族再无后人，只剩我一人孤孤单单存在这世间！"
　　见先圣悲苦，众人心中也都充满难言的苦涩。没承想这历史上不世出的第一英雄，竟然还有这般身世传奇，而他的死竟然会导致一个先古密族绝后！
　　徐三豹一直很神往项羽的传奇，叹道："难怪楚霸王最后都不肯过江东呢？原来他的家是在这极北呀！"
　　不过他转而想到这神羡已久的英雄，就算是不能一睹真容，能见见遗物总是能弥补一下内心的空落，便问道："那请问先圣，霸王的遗体遗物什么的……"
　　钱千金马上瞪了他一眼道："蛮货！净说些不合时宜的！"
　　他转头向先圣揖手道："请先圣莫怪这厮无礼！"
　　"其实问了又有什么？都那么多年过去了！"先圣轻叹，眼中现出空茫。
　　"不过当时传讯回来的是他最后收纳的两个小兵，他们只是带回了羽儿的一套故衣！"
　　"是不是楚霸王从这里出去时穿的？"莫沁然突然道。
　　先圣向这一个一直没怎么说话，但看样子就极是灵澈通透的姑娘看了看，点头道："女娃儿说得没错！就是羽儿的故衣！他临终留话'时不予分身难留，遥念亲兮衣还乡'！"
　　"'时不与分身难留，遥念亲兮衣还乡'！"莫沁然浅念着这两句，接着叹道，"看来一代霸王终究还是难以忘却家乡和亲人呀！照此看，先圣老人家也该有所宽慰了！"她对着先圣深深做了个万福，而后又像触动了什么心事般神色黯然，再不言语。
　　先圣看着莫沁然点点头，而后问徐三豹道："你要是有兴趣，等下可以带你看看！"
　　徐三豹听了就是套故衣，难免兴致陡减，不过毕竟能一睹天下第一猛人的遗物也是难得，忙抱拳称谢。
　　钱千金却问道："有两人把令孙的遗物送回，那他们……"他其实是想问这二人是否健在。因为作为亲历者，他们确实可以解开楚汉相争时的诸多疑惑。
　　"说起他们，可就头疼了！"先圣苦着脸摇头道。
　　"难不成是他们在这里偷盗？"盛思蕊一下脱口而出，她都不知道什么时候，偷盗会被她当成头疼的第一联想。

一边的明墉只得窘着脸低头不语，心道：思蕊呀思蕊，要怎样你才能相信我已改邪归正了呢？

却听先圣说道："这二人要是这么简单就好了！"

噢？众人心中都是一般的疑惑，难不成这两个还是外面的细作？

"当时我们痛失羽儿，都沉浸在悲痛中，都没好好想想，二人知道羽儿被分尸，那他们是羽儿的亲兵，怎么能逃出来呢？而且故衣这种东西是不可能经常随身带着的，那如果他们是被羽儿提前安排赶来的，又怎能将羽儿的死状说得如此真切？不过当时我不但痛失孙儿，连老妻都撒手去了，自己也实在难以承受这打击，身心俱溃、万念俱灰，也不想独活了！我见这里有个大小合适的深槽，还有个盖子，就像是为我定制的棺材般，只是里面充满了液体，就毅然躺了进去，命人合上盖子，躺在那液体里，不知不觉就像死一般睡去了！"

"那可是我夫人现在躺的那个？"李白安忙询问。

"正是！那槽体上有个触点，一按下去，盖子就合上了，而我就无知无觉地在里面躺着，刚开始我也认为我死了，可不知过了多久，我竟然醒了过来，而且身上也仿佛充满了精力！而那盖子此时也自己打开了！等我出来，族人都是惊诧莫名，见我死而复生，容貌却如刚躺进时一样，而且看上去精力充沛，都把我像圣人一样捧着！而我一问才知，我这进去一睡，就整整睡了十年，外面也发生了巨变！"

李白安听到先圣躺了十年才醒，心中咯噔一下，难道心月也要在里面待上十年？那可……

先圣仿佛看出他的焦虑般，对他说道："李大侠不要急！我躺十年是因为合上了盖子，而十年后盖子自己打开了！现在盖子没合上，尊夫人不会如我一般的！关于这个，等下还会说到。"

众人都知这秘境里想不透看不懂的实在太多，还不如等先圣一点点揭开，李白安也索性继续听下去了。

"等我出来，族人除了惊喜，还有深深的忧虑之色。我便问怎么了，他们道这些年秘境一点儿也不太平！"

"是不是因为那两个来报信的小兵？"盛思蕊抢先道。

"对了！正是那两个人闹的！还有之前逃进来的那些中土的贵族！"

（二）

那两个人送回羽的故衣后，就在秘境住了下来，本来族人一向不排外，也就没理会。

其中一人姓东，他一来便醉心于向先民们四处打探先古的传说，对于蛊族用四个金盒置于四极来要挟夏启的故事尤为感兴趣。并根据问出的情况不时描绘，画了张舆图，而后到处让人去指点堪误。不过先民出去过的较少，大多都是由祖辈传讲听来的，但他们生性纯良，没有心机，都是言无不尽，让东姓人收获不少。

除此之外此人还对春秋时老聃和孔丘在此讲学留下的笔记书卷十分感兴趣，每日干过农活后就不辍研读。

而另一个姓王的，则是对族中记载先周的各项制度非常感兴趣，觉得周制才是真正的王道，如君王推行，百姓必世代顺从。

这二人在读书修研时便经常切磋，而且还会辩论争吵。

一个说治国之本就是神化王权，并辅以道德阴谋和仁儒阳谋，才可保万世之基。

另一个就说什么阴谋阳谋都是坑害天下百姓，只有恢复周制，率土之滨皆为王有，井田均地人有耕作，才是巩固之道。

两人谁都不能说服谁，两年过去了，东姓人的舆图绘制完成，便率先出去了。

他和王姓人击掌盟誓，他出去就要宣扬这套理论，让帝王依此施政，保传承江山永固。

王姓人也不服气，说如果他这套真施行了，那他出去后就要把这一切推翻，按自己的方式重建江山。

当时族里人都当这两个是痴人说梦，就当他们是胡说八道，根本就没人理会。不过他们都觉得王姓人更靠谱一点，因为此人对巨族流传的驯兽之术深感兴趣，留下不走也是要学习这一秘术。

过了没多久，秘境外就不断有小股骑兵军队前来查探，要不是秘境特殊的隐藏和进入方式，那些人可能就发现秘境了。

当然秘境能保存还在于此时这里已是游牧民族的天下，这些边少族民其实都是先古一些小部族的遗民，本以游牧为生。但历经了夏商周三个朝代的统治后，他们发现了中土皇朝统治待他们实在是如同猪狗，而且实际管治又鞭长莫及，索性就不再服管，各自为政。而且他们凭借着骑兵的彪悍，还经常骚扰中土去抢掠游牧难以得到的物资，反而让中土皇朝十分头疼。所以在东周时期，北方诸侯各地就广修长城，来抗击游牧部族的骚扰，还给他们起了个蔑视的名字叫"匈奴"。

也正是因为这些游牧民族的存在，中土才没办法派大军来寻找秘境，这对于北拒族人来说倒是因祸得福了。

不过王姓人不这么看，他觉得秘境频繁被扰，一定是东姓人向当朝皇上透漏了北境的存在，而皇朝也一定对他们居心不良，妄图灭绝北境。

此言一出是人人自危。此刻的北拒族人都是老实本分的农民了，从未想过还会打仗，这万一有一个知道北境具体位置和进出办法的人带大军杀戮过来，可怎么办呢？

王姓人叫大家不要慌，他呢愿为北拒族人出力，愿意带着秘境中藏着的巨兽出去，御敌于千里之外。

开始北境人很宝贝这些先古遗兽，不愿如此。而且过了一两年就再也见不到中土的侦查骑兵了。

不过王姓人却并不死心，为了能带走巨兽，他除了不断游说外，还私下联系之前逃来的战国贵族。

这些贵族们由于平时一贯养尊处优，谁还劳作过，更别提干农活了！可是在这秘境中人人都有等量的田地，人人须得亲自劳作才能有饭吃。而且族里只能以物易物，他们私逃时带来的大量金银财宝到这里就如同废品一样，根本不能使他们得到一点儿优待。所以他们在这里的几年，就只能靠随从和侍妾的劳作侍奉，那生活是温饱不足，而且下人们也已开始有了怨言。这一切都让这些贵族们整日惶恐，如坐针毡。

而王姓人却先给楚国贵族出了个主意，原来此人带来了六个侍妾。楚国盛产美人，他的这些女人都是风采不可方物，早把部族中的女人全比下去了。

王姓人的主意就是用女人来贿赂几个部族长，用以交换更多的土地。

贵族一开始还不明就里，就算土地多了，自己还是没法耕种，要那么多干嘛？

可王姓人却一语道穿了秘境最大的问题，那就是土地只有那么多，而现在外人渐多，总有田地不够的一天。

贵族依计做了，当时秘境中最先部族巨族人已经没了，首领已由一商末中土难民的后人担任。

此人根本就不知先古的传统，而骨子里却隐藏着身为领袖应享乐在众人之上的念头。之前只是因巨族的先圣在，而部民都无欲无求，才不得不遵从这里的规矩。

贵族的进贡立刻就让新首领如沐春风，他抱着楚国美人，大手一挥，就划给了贵族一大块土地。

有了这个先例，贵族依法炮制，便势如破竹了。他送出去四个侍妾，却成了秘境最大的地主。

这时又有人逃入秘境，可能耕作的土地却越来越少，分给他们的田地已不足以让他们吃饱。不得已，这些新来的只得从贵族那里租地耕种，交粮食为地租，从此贵族又过上了他不劳而获的日子。

而事情还没完，从中土新涌入的人日渐增多，以往以物易物的交换形式也慢慢被打破，大家渐渐接受了金银等稀少金属的交换模式。

此刻贵族的春天终于来了，他带来的大量金银就派上了用场。

在丰年他大肆地收购粮食，而到了欠产年头，他对于手上有金银的就按金银卖出粮食，对于没金银的就用地来抵换粮食。就这样，不但钱全部回流到了贵族手里，他的土地还越来越多，俨然就成了秘境中最大的势力。

此刻秘境已经人怨沸腾，民心已开始叫苦，谁还有空去管王姓人带走巨兽的事情？于是在东姓人出去的三年后，王姓人驱赶着大批先古巨兽出了秘境，只留下了一个行将倾覆的秘境在身后。

此后部族首领在贵族的不断的金银贿赂下，竟然联合起贵族对族民们开始了全族改革。

部族以前的公正公平平等平均再也没有了，他和贵族以及几个部族长一起形成了权贵阶级。他们不用再劳作，生活有人服侍，而其他部民就成了底层的贫民，要用辛勤的劳作来养活他们。

这时个人财富产生了，都是以金银和粮食计量。

而贵族发现这里竟还有储藏丰富的铜矿，就和首领们商量要铸造发行铜钱，而每家能分配到的铜钱就按实际粮食存储和房地综合算出。但铜钱与金银的兑换比例奇高,而金银此刻都掌握在贵族和权贵手里,所以实际上他们只用那些又不能吃又不能穿的金银,就霸占了部族的全部土地和粮食。

在先圣出来前,秘境中淳朴的农民已苦不堪言,有些人也暗中想过要推翻这些蛀虫的统治。可权贵们棋高一着,早就用钱雇用新来的难民组成了卫队。这些人同样不用劳作,主要就是来镇压贫民的反抗。

(三)

先圣醒来听完这些讲述是大吃一惊,没想到就是区区十年,秘境已被这些贵族和抱着贵族心思的人,折腾成外面的颠倒世界!

不过他毕竟经世长久,没有慌乱,而是隐匿了他苏醒的消息。

此刻他安睡的地方已经成了圣堂,平日没人过来,只有个老族人负责打扫看管。他就让老族人偷偷四处联系原始遗民的后代,尤其是还能战斗的年轻些的后代。

这一找只找来十几个,人数虽少,不过大家的信念很是坚定,一定要还上古部族一片清清白白的土地!

这时的部族已经发生了巨大的变化,由于土地被垄断在少数人手里,使得贫民各人能耕种的土地反而更少。加上人口的增加,原来人人住在田间的模式已被打破。现在只有穷人才在山下的田间住,而权贵们早已在山上建起了大屋居住。

而先圣所在的圣堂就在最高处,他得知权贵们的住所有上百卫士保护,知道只凭他们十来人是很难取胜的,就偷偷带着他们潜到山下。

是夜他们到处游走联络,希望部民们都能积极响应,拥护先圣将这些剥削者赶下台。可让他没想到的是,竟然响应者寥寥。人人都惧怕了凶神恶煞的卫队,人人都觉得现在还能吃上饭也不错,干吗非要冒死反抗?

这让先圣他们一干组织者都是愕然,但随即也是怅然。

这就是中华人血脉里的共性,如果不是这种共性,别说当朝皇上,就是当年的夏启也别想踏实做他的大王!

可现在情况就是如此,仅凭他们十来人,很难与整个权贵势力对抗,如果硬拼,那结果定是惨淡收场。于是他们就商量着先把先圣藏匿起来,等候时机。可也有不同意的羿族人说只要能启动先古留下的巨弩机栝,别说一百多人,再多也不在话下。

谁知当夜却有了另一场完全意想不到的事情,出人意料地发生了。

盛思蕊一直聚精会神地听着,到这里她忍不住问道:"是什么?难道也有人想揭竿而起?"

"蕊儿呀!"钱千金摇头道,"为师也教过你们不少了,早就告诉过你们,在泱泱中华,只要百姓能饿不死,就不会揭竿而起反抗朝廷!那时秘境里不过产生了权贵阶层奴役百姓,但人人也都还饿不着。按中华子孙的惯性,没人响应才是正常不过的!"

"钱先生说得没错!"先圣叹道,"其实这些年我一有空就会思索一个问题,到底是中土先民的个性成就了帝制剥削,还是帝制剥削限制了百姓的个性?"

"那您的答案呢?"钱千金道。

先圣摇摇头道:"各占一半?不过这说法太讨巧了,答案还是你们后人去找吧!"

"那当时到底发生了什么?"盛思蕊急道。

"什么叫人算不如天算!当晚竟然发生了山崩!"

众人都是心惊不已,难道还真有天意?山崩?!

先圣接着道:"这些年我看了不少书,这山崩按西洋的说法就是火山爆发!也就是我们下面的山头是个火山!"

众人这才明白为何山顶被浓雾覆盖,原来是火山岩浆蒸腾产生的水汽!

那大家现在岂不是坐在个火山口上?不过当他们看着先圣神态自若的样子,也不便失态,只得继续听讲。

那晚的山崩来得太突然,又发生在夜里,所以山下人人都被惊得不知所措。

就见大量巨大的石块从山顶滚落砸下,山上那些权贵们新建的大房首当其冲受到打击。

在自然的蛮力下,再精美坚固的物事都是不堪一击。山下贫苦的部民们眼看着那些权贵的房屋化成一堆瓦砾。

而后呼救声哀号声次第传来,贫民们都是纯良的性子,还有不少要上山去施救,却被和先圣一起谋划的人拦下。

他们登高而呼,虽然先圣和先民们都是秉承善良,可这是什么,是天谴!老天看他们为害部族都看不下去了,故此才给他们这样的惩罚!这完全是他们咎由自取,这也是上天的旨意,谁要是去救就是违背天意!就是逆天而行!

善良的贫民经这一说,本来想去救人的果然就停住了,眼睁睁地看着这场天谴。

先圣虽然并不赞同这样束手看着他们殒命,但在当时的局面下,这可能是还部族秘境一个干净的最好办法。

当山崩过后,满山狼藉,几乎所有房屋都未能幸免。而从残存的哀号声中判断,山上住的权贵和他们的卫队已经十去其八,余下的也再不足患。

不过当贫民们在山上看到权贵屋中露出的大量金银后,很多人就再也不淡定了,他们开始纷纷搜罗抢掠,甚至不少还相互动起手来。

先圣暗叹这就是权贵那套带来的影响,当人把钱当成重要的事后,那原有的一切平衡就会被打破,那样人心就会再次沦陷!

想到此节,他就让人强令将金银都搜集到一起,全部投入火山口中,包括各家的铜钱。

不过此举也招致了平民的反对,那铜钱都是自己辛苦攒下的,怎能和权贵的混为一谈?

先圣当即公布以后恢复旧制,钱就是一堆废物。而后他根据人口将土地重新平均划分,并留出部分空地。接着他把权贵们囤积的粮食和农物全部平均分给平民,大家这才平息了怨气,相顾而安。

于是山崩后的秩序重建开始，秘境花了半年多时间，终于恢复了原始的样貌。

而且从此之后，山上除了先圣居住的圣堂外，就再也不能住人了。

而他们也根据山上的山瀑水流开垦出方便灌溉的梯田，从此耕种面积大增，秘境再也不用为粮食不足发愁了。

（四）

听到这，钱千金忍不住问道："那请问先圣，尚还存活的那部分权贵，你们拿他们怎么办了？"

这是一个在别人眼里可有可无，但对钱千金来说很重要的问题。

历代王朝被推翻后，当权派都是下场凄惨，不知先圣这里是如何处理的。那些先古遗民会不会跟外面的人一样痛下杀手呢？

先圣道："就知道你会有此一问！这世上的事在很多方面都有着无穷的共性。比如一群豺狗，新迁移到一处草原森林，而这里又没有比它们更凶残的动物，那它们很快就会成为这里的主宰。秘境里也是如此，在我长眠期间，几乎所有的外来者都成了权贵阶级或者是他们的家奴、随从、卫士，而我们先古遗民也无一例外地成了被剥削的贫民。并不是我们先古遗民身体不够强壮，技能不够强大，而是我们守着千年来良善的传统，不与同支同气的血脉同胞为恶。所以说并非是人弱被人欺，恰恰是人善被人欺才对！这千古传承的道理，据说到了西方也是相同的！对吧？"

"你是说白种人登上美洲大陆，逐渐侵蚀消灭了印第安人原住民？"钱千金马上道。

"对了！虽说人不应常有歹念，但必须保持戒心！后世有句话叫'非我族类，其心必异'！说的也是一样的道理！但当时我们确实不知道怎样处理那些苟活下来的权贵一族。我们不想如外面的世界那般残忍，将他们杀掉。但如果继续将他们留在秘境，又难保不会重蹈覆辙。"

"那要是赶走，又怕他们会泄露秘境行藏。毕竟那时先圣你们应该不再欢迎外人大举迁入了。"钱千金猜测道。

"说得一点儿没错！"先圣嘉许地看着钱千金，"但总要给他们个生计！所以我们就把他们安置到了山北之处，就是现在那堵青铜墙的北面。"他指指远方的山脊。

众人想起那座青铜高墙，不禁打个寒战，那不就是让他们自生自灭？

先圣看出了众人的胆寒，淡然道："那时还没有青铜墙，所以说他们还可以和我们族人交换劳动所得！"

众人这才放下心来，盛思蕊道："那他们的后人还健在吗？"

"当然都没了！几年后，魔族突然从北境来犯。我们之前哪里知道，魔族会在那里出现。所以他们首当其冲遭受屠戮！经过那场惨烈的大战，他们都死光了，我族人也损伤惨重！所以在击溃魔族后，我们就浇筑起了青铜城墙，当作我族秘境的第一道防线！当然这关于和魔族的大战以后再说，毕竟那些惨痛无比的战斗，我都不知道还能不能再赶上，更何况你们这些客人了！"

众人见先圣一提到与魔族的大战就会回避，显然那是他记忆中最深最痛的伤疤，既然他不愿意提，就不好再问了。

在这次外来人通过手段，妄图改变秘境千古传承的制度，让先民饱受其害的变故后，秘境再也不欢迎外人随意前来投靠了。但是先圣却并不想让秘境彻底与外面隔绝，他派人堵住了除生死离别迷惘道外所有的入口，仅留下这一个让真正能通过考验的能人进来。

而他仍然会定期到外面走走，去感受中土帝国发生的变化。

等他再次进入中华帝国的世界，已经是东汉末年了，那时天下大乱，汉朝传承岌岌可危。层出不穷的布衣英杰辅佐着各自的主公，开始了天下割据再统一的势头。

而这一切的始作俑者，竟然是从秘境中带走巨兽的王姓人。

等王姓人出去时，他发现那姓东的已经死了，不过他改头换面改姓董后，向汉武帝推销了一系列让王权巩固的措施。

当然这些都是他在秘境中，通过研习儒家典藏，再自我修改的，使儒家学说真正成为能为帝王效命的工具。

并且他还曲解了儒家学说中的种种观点，宣扬"皇权神授""天人感应"，树立"三纲五常"等让帝王长治久安，传承绵长的思想。并以"唯儒家能为帝王治功"为由让皇帝终于罢黜了百家，独尊儒术。

他的影响极为深远，以致到了汉朝天下时，已经无生不学儒了。

王姓人自然十分不服，这种篡改先贤本意的成功无异于倒行逆施，助纣为虐！

他改名为王莽，经过多年的努力钻营，终于将西汉王朝篡夺到手，并自立为皇帝，改国为新，全面推行周制。

当然了，幸亏刘邦当年还算狡黠，亲戚孩子一大堆，同姓王经过后世几代就封了几百个。这些遗留的贵族们哪能让王莽平白占了天下，于是一番混战后又推翻了王莽。

不过这王姓人也不是草包，仗着当年在秘境中学的御兽术和带出的巨兽，愣是让双方打得两败俱伤才收场。

最后东汉虽然成立，恢复了刘家的皇室正统，但汉朝的国力却也大为衰败。而且历经这次重大战乱，皇朝的中央集权受到了极大影响，再也没法在各路豪雄中树立绝对权威了。

此外王莽还开了个篡位成功的先例，也为后世朝堂上的野心家提供了借鉴。

先圣到了一看，整个中土已是乱作一团，百姓都被各路诸侯当作重要的战略物资，经常被强令整体随军迁移，就是想躲避也不可以了。

看着中原百姓再次流离失所，惨被鱼肉，先圣只是有苦难言、有心无力，只能悻悻地退回秘境。

隔了几年他再次出来，发现天下终于一统了，而统一后的王朝竟然叫晋，根本不是曾经中土的任何一方霸主。一问才知又是个篡位的,他心想这王朝一定长久不了,就退了回去。

果不其然两年后再出来,天下已经再次狼烟四起,各地诸侯再次割据,中土百姓时隔不久再次陷入了长久的水深火热之中。

先圣就觉得对中土皇朝最后一点幻想也破灭了,已经完全心灰意冷。回到秘境,就再次躺入那个槽棺之中睡去了。

(五)

这一睡又是十年,等他再睁眼时,却被告知魔族即将来犯。

他带领族人一起又一次抵御住了魔族的疯狂反扑,而这次大战中竟然来了两个外人相助。

那是两个道士,是师兄弟,他们无意中发现了魔族在外面被娲族后人封禁的出口,并察觉出了里面有妖魔异动。

他们秉承着济世救人的雄怀,不畏百死,一路杀将进来,竟然就进了秘境之中。

那次大战最为惨烈,族中还能战斗的族人已经十去八九,如果不是此二人舍身相助,那秘境还真就危在旦夕了。

不过虽然暂时击退敌军,但魔族却仍异动频繁。

其中的一个叫云裳子的道长就发下重誓,要终其一生死守封禁出口,绝不让妖魔踏入中土半步。

先圣感怀他的恩情和大义,就让他试试亡妻的那个灵石拳套。没想到那拳套竟自己就包在了云裳子的手上。

先圣知道这是拳套感应到了娲族后人的异能,自愿相随,就以其相赠。并提出为了感激他们,请他们在秘境中任取事物。

最后云裳子选了个铜鼎,并在得知这里有息壤其物后,将随身佩带的古剑浸透后一并带走。

而另一位道长叫黄冠子,他只是觉得这圣堂天顶有一块穹镜中有幻影,这与他久在钻研的易学奇术有呼应之感,便要求留下仔细研修。

就这样黄冠子待了几个月,就盯着穹镜看,终于一日他大笑道终于懂了,完全懂了,就心满意足要离开。

先圣仍要以礼物相赠,可他却坚决不收,并说他在穹顶上已看到了数千年兴衰的预言,这就足矣了。

并为了感恩,他得知秘境中并无学医懂药之人,就以他的一位道友"妙应真人"抄送的药学著作《千金方》相赠。

而后他还说当朝的唐太宗得了一幅汉朝的古图,里面就标注了秘境所在。皇帝知他常云游四方,就命他顺路来寻。不过他到了此地后,决定永不跟皇帝说起此地存在，只说根本就寻不到了，以此保证秘境先民的平安。

听到此处，大家都明白了那《撼帝四舆图》的前后来历。应该就是那东姓人在此地通过先民口传绘出，带出后献给汉武帝。而这位黄冠子也就是李淳风，曾奉命来寻，也进入过秘境，但为了不让先民被扰，所以就在图下写了遍寻不着的话来敷衍唐太宗。而这图几经辗转竟然到了清朝皇帝的手中，最后却无心插柳让他们给凑全了。

钱千金凝思道："这么说李淳风流传后世的《推背图》就是从这里的穹镜中看到的预言幻象了？那穹镜在哪里？能否一观？"

"就在后面，可我这么多年什么也没看出呀？"先圣道。

可李白安却听到了"妙应真人"和《千金方》，他忙问道："不知这妙应真人是谁？《千金方》是否就是《千金要方》？"

钱千金猛地反应过来道："对呀！孙思邈修道，道号就叫妙应真人！《千金方》不就是《千金要方》吗？"

不过李白安听了此人就是孙思邈之后反而有些泄气说："要是孙药王的书，太医院的黄御医怎么会没看过？里面想必也不会有什么奇方。"

钱千金却两眼放光道："白安，到了这里许久，难道你还没明白，后世流传的著作典籍都是被删改过的！这里有的可是李淳风送的原始手抄稿！那可不知有多少被后人刻意篡改隐匿的东西在里面！"

不过盛思蕊疑惑道："这各家学说根据帝王需要刻意篡改也就罢了，可是药方那可是救命的呀！怎么会……"

"这就是你不懂后世人心了！"钱千金道，"想当时这些医药的著作人都是有大智慧、大勇气、大胸怀的人，他们自然希望自己的研究能够泽被万民！可学生们就不见得了！一旦有了私心，就会刻意把重要的关键的藏匿起来留为己用。这就是人心不古，人皆为私了！所以说那原始手抄本中定会有所发现！"

钱千金兴奋地朝先圣一揖道："先圣，不知在下可否翻阅一下此稿！"

"当然没问题！不过李夫人现在还算稳定，那书稿要看也不急在一时半刻。等我讲完了，你们再去书山里找如何？"

这回李白安也起身向先圣深深致谢，先圣挥挥手道："不必客气，要不是我这里根本没人生病，也没人学医，要不李大侠也就不用如此麻烦了！不过我等此事平息，又去了一次中土华都，却险些生了场大病！"

"您也会生病？什么病？"盛思蕊几乎和钱千金同时问出。

"被富贵气熏的眩晕病！"

（六）

先圣再次出去是李淳风走后的两年，他这次带了个年轻族人，这也是族里为了培养新的族主挑出的候选人。

他们刚一到黄河边,就被举国欢庆的欢喜劲儿给感染了。

他们越接近洛阳就越是一派万民欢腾的气象,家家户户都如同过年大婚般张灯结彩。

到处都是红黄一片的富贵欢喜气象,而万民的生活在他们的眼里也确实比前面所有朝代都要富裕得多,甚至超过了先圣见过的后面历朝。

百姓人人脸上都洋溢着幸福之色,尤其是女子,个个都是喜笑颜开。

打听方知,原来中华大地上第一个女皇帝武则天就要受禅登基了,以后这大唐就要改国号为大周了。

先圣很是惊异,之前还听道长们说是大唐天下,现在一个篡位的君王为何百姓却如此拥戴呢?而且还是个女人?

并不是先圣看不起女子,在秘境之中他们可是保持着古风、尊重女子、男女平等的。可这是上千年男权的世道,一个女人当了皇帝,万民却洋溢着由衷的喜悦之色这是为了什么?

通过百姓的交谈他们知道这位女皇帝是减税降赋、大兴民利、惩治贪腐、与民生养,是真的爱民如子。

不过他经历多了,还是相信眼见为实,所以就决定一睹登基大典。

也正是这次大典,几乎把他晃出了眩晕症。

那是那一年九月初九,秋高气爽、阳光普照,洛阳城外被黄菊的海洋给覆没了,而城中则到处摆放着盛放的牡丹。

那个季节正是菊花开放的时节,所以黄菊炫目并不新鲜。但牡丹却早已过了花期,此刻在城中芬芳遍布却是十分稀奇。

百姓都传是因为女皇登基,花仙为了表示恭祝,便令城中牡丹盛开。这可就奇了,如果真有花仙,为何不让百花齐放?偏偏就是牡丹?百姓都说女皇就喜牡丹雍容华贵,所以花仙此举是投其所好。

可是历经诸朝的先圣如何不知这是皇家玩的噱头?这与圣君临朝黄河清有何区别?

不过只是令牡丹在秋季开放,难度也要低于漂清黄河水,消耗也不算太巨,看来女皇此举也算是省公帑惜民生的举措了。

可百姓又说他们刚来有些遗憾,原来女皇登基前还修筑了个百丈高的巨型佛塔,样貌就是按女皇塑的。可惜眼看着就要封顶竣工,偏巧一场大火就把佛塔烧了。所以说先圣他们没见到如此恢宏高耸的建筑确实遗憾。

就在他们打听闲聊时,女皇的辇驾巡游已经开始了。

女皇坐在三十二人高抬的极致奢华的凤辇上,在护卫的簇拥下,接受着百姓山呼海啸般的朝拜。

先圣他们见人群是心悦诚服跪倒高呼万岁,也不知该怎么办好。可就这一迟疑,先圣那鹤立鸡群般的身高却被女皇发现。

她也没顾护卫的拦阻,而是把先圣他们叫到凤辇前,和颜悦色地询问。

先圣只得推说是从极北而来，无意赶上女皇登基，请万岁恕罪。"

可女皇兴致很高，并没有生气，反而让他们一路跟着去亲眼见证天朝的盛事盛景。

先圣只得跟着女皇的车驾一路前行，在途中他终于有机会仔细端详一下这位中华历史上的第一任女皇。

虽然当时她已年过六十，可气度之雍容、神情之威仪、圣光之闪耀，确实是他见所未见。而在全城红黄相间的衬托下，他甚至恍惚间觉得女皇的头顶真有一团祥光护罩般让人目眩。

而之后的登基大典更是让亲历的他感到了前所未有的震撼。

殿上除了东瀛、高丽、大光、暹罗、寮国、安南、柔佛、吕宋、天竺等周遭诸国，甚至还有远道而来的大秦、波斯、佛郎机等西方诸国派出的使者携带礼物表书前来朝贺。

登基场面是空前宏大，让所有人都感到了东方上国的无上国威。而之后的大庆更是让先圣他们看得眼花缭乱、目眩神迷，真正领略到了什么叫作盛唐的繁荣昌盛、国力宏大。

以至于那些场景直到现在还经常盘旋在先圣的记忆中，久久不散。

而据他说从古至今就未曾见过中华大地有哪个王朝能如盛唐般国盛民欢的。

（七）

钱千金对这段讲述虽然神往痴迷，但却并不意外，他叹道："先圣，其实在海外，华人多愿以唐人自称，这就可见盛唐无疑是最值得华人骄傲的一段时光！"

先圣眼光跳跃望向远方道："的确！盛唐当时虽改朝换代为大周，统治的君王也变成了女皇武曌，可却并没有造成如前朝般的分裂战乱，这也是中华历史绝无仅有的！说实话，就是到了现在我还是希望当时的武曌能一直带领着新朝走向极致辉煌！那样可能中华的历史就不会是现在这样子了！"

"您说您差点害了病？"钱千金问道。

"对呀！从那次回来，我就经常会看到眼前金光闪耀，繁华不尽的影子总在眼里挥之不去！还真以为自己得了幻症！所幸当时女皇见我是个异人，给了不少赏赐。而我回来时就把赏赐换成了书籍典藏，让我可以身在此间仍能浸淫在大唐大周的风骨之中！"

钱千金见他说的瑰丽，自己也是十分神往，只是叹气生错了时候地方。

"那之后呢？您见大周如此繁盛，国富民强，就没有想过要……"盛思蕊狡黠点道。

"你个小女娃，还真是懂我的意思！"先圣笑道，"当然了！我的确是动了真正让我族依附到中土的念头！我回到秘境后三年，眼前才没了那些绚烂的景致，而且这几年我读了那些带回的书，对盛周更加向往！于是我就组织族老们商量，大周确是个可以依附的朝廷。虽说我们有远古的承诺要守卫北疆，但我族勇士日渐凋敝，迟早可能孱弱到守也守不动的地步。还不如早作打算，将这一切上报皇朝，由皇上派兵戍守，而我族人也可结束了这无根可依的孤苦状况，岂不是更好？可族中人等却是足足商量了两年，经过了上次外人险些颠覆秘境的事后，族人对中土人都怕了，都恐惧自己稳定的生活会再次遭到破坏！终于五年半后，我们小心谨慎地派出了人再入中土，希望能够秘密地先做些联系。可派出的人没过多久就回来了，原来中土已经一片大乱，战乱再起！"

钱千金掐指算算道："那应该是安史之乱了！"

"对了！原来女皇的王朝只有她一代，之后又还政于唐了。虽然盛唐的景象还在继续，但后来的李隆基却又犯了前朝昏君的通病！"

"是宠爱杨玉环吗？"盛思蕊语气有些不善，她很恨为何王朝一乱就要归罪于女人，没想到先圣似乎也是这个意思，不禁愤愤。

"不是！而是无尽的奢靡！是无度的享乐！"先圣叹道。

钱千金也叹气，虽说安史之乱绝不能归罪杨玉环。但其复杂的成因中，唐玄宗的放肆无度却是导火线。再反观各朝各代，哪一朝不是因为个败家子挥霍，而导致王朝由盛转衰的呢？就说本朝吧，无论朝廷如何给乾隆爷抹白，高唱赞歌，可但凡有见地的谁不知道大清走向衰落的元凶就是他呢？

（八）

此事之后，先圣他们又等了几年，先圣是盼望着他从未见过的繁华不要这样就成过眼云烟。可再怎么渴望也抵不过滔滔大势，唐朝亡了，中土再次被权贵分裂成十几个小国，互相厮杀吞并，百姓再次陷入人不如猪狗的境地。

先圣的心情经历了从高峰到低谷的滑落，情绪无比低落。而最后派出的人告知他中原终于统一了，国号叫宋。但整个长城以北都被契丹人占据。

先圣只得长叹，自古无法统一北方的王朝，宋朝还是第一个。而如不能统一北方，则这个王朝将面临巨大的危机，更没法做到长治久安。

就这样他隔一段时间就派人出去打探，希望宋朝能一统北方，可次次都是让他失望，而契丹人在北方建立了辽国，和宋朝从此在中土分庭抗礼。

他觉得身心疲惫欲死，就再次躺入了槽棺之中，那盖子一合上，他就再次毫无知觉地昏睡了十年。

等他再次精神饱满地醒来，中土已经没了宋朝也没了辽国，取而代之的是由蒙古人建立的地域极度广大的元朝。

先圣也按惯例带人去元朝都城大都领略方物，这次的国都最近，没多久就快到了。可在他们领略了几天后，却差点儿还被元兵抓起来杀掉。

后来他们才知道元朝直接就把百姓分成几等人，像他们这般说着汉话，穿衣习俗又很汉人的北方人就是第三等汉人，虽然比最低等的南方汉人高一等，但对于元兵来说他们都是一样的低等人。

他们回到秘境，先圣就直摇头这元朝的皇帝实在是蠢得离谱。

哪朝哪代不是把人分三六九等，可哪朝哪代又把这写到明面上了？而且最低等的人却是数量最多的，你从字面上就把他们视作猪狗，那你的统治还能长吗？

所以先圣决定等等，这朝代等不了三五年就得亡！

四年后他再带人出去，这次他吸取了教训，向东坐船到了中土大地。

果然被元朝视为最低等贱民的汉人恢复了天下，国号叫明，定都在南京。

他慨叹这口头上就与民不善的朝代果然过不长久，可他却也吃惊地发现明朝的百姓几乎都是灰头土脸，一副食不果腹的样子。

他想可能是江山刚定，而元朝贵族之前不知把百姓盘剥到何种程度，百姓还没从惨痛的战乱中恢复过来，这情有可原。

于是他先回去，等了两年再出来，这时明朝已经换了个叫朱棣的皇上，他把都城迁到了元大都的旧址北京。

这位朱棣意气风发，不仅收复了全部北境，而且将整个疆域再次扩大，按说明朝此时应该达到了鼎盛。

可先圣却发现外面几十年过去了，百姓的面貌仍没有任何改善，人人都是衣食不周的样子。

而最令他吃惊的是历朝都很风光的商人，人人都不见绫罗绸缎外在光鲜，就连绸缎庄的老板都穿着布衣。

他很疑惑，就详问。原来朝廷禁止除了官员外的一切男人穿着丝绸，而且商人的地位很低，饱受朝廷盘剥，也就是勉强活着。

对此先圣不知该说什么了，无商不利这是最基本的常识，难道明朝皇帝就不懂吗？

还有他更见识了明朝官吏对百姓的凶狠，简直就和元朝一脉相承，这都让他一度怀疑自己到错了地方。

他心里空落落的，很是失望，就折返回了秘境。

之后他又出来过一次，那时外面已经是在嘉靖年间。在先圣的眼里此时的百姓已经只能用苟活来形容了。整个中土都笼罩在一种极致的压抑和悲愤之中，几乎人人都苦不堪言。

他只得再次感叹，束手无策回去了。

此后他就再没出来过。一是年纪实在大了，再也不方便了，二是这些年他实在是经受了太多的失望了，也不想再受打击了。

他在秘境中总在反复琢磨一个问题，为何这历代皇朝总是这样的循环？

为何百姓处在水深火热之中，到了生死的边缘，整天企盼，无数人做了炮灰化为白骨，换来的新朝代却几乎是之前的翻版？

没有最坏的朝代，只有更坏的朝代，难道这就是中土百姓挥之不去的惨痛噩梦，世世代代的宿命轮回？

他把这几千年发生的事花费大量时间整理了一番，有了如下结论。

首先自打启建立夏朝，开始了家天下起，中华大地每次朝代更迭都是由一个家天下取代上一个家天下。所更换的只是朝代名、执政人、满朝文武和不同的权贵势力，可作为最底层的百姓除了在朝代更迭战乱频发时死伤无数外，没有任何变化。

其次，每一个朝代之初帝王似乎都在努力打造一个繁荣昌盛的景象，但后世必定有一个或者一连串的不肖子孙把他祖辈亲手缔造的一切完全毁掉。

再次，每朝之初就算有些出身于平民百姓的功臣，但他们的后代无一不成了权贵阶级，和王权的家天下一起盘剥百姓。

最后，无论百姓被剥削压榨成什么样子，只要大多数能够苟活于世，就绝不会起来推翻这种统治。

他不禁想到最初当启自立为全部族首领后，自立为王成立朝代时，当时所有原始部族的百姓除了极少数反抗被杀外，其余的都慢慢接受了。

他又想到上次中土逃命的人伙同战国贵族妄图改变秘境体制那件事，那时自己的部民对他们的剥削压榨几乎也都全盘接受了。

这一切到底是为什么？究竟是因为对死亡伤害的恐惧，导致了他们根本就不敢反抗强权阶级？抑或是强权阶级通过不断的蚕食恐吓，让百姓慢慢地习惯了被统治压榨的地位，从此就逆来顺受？

他也不禁想起老聃在时曾跟他说过，君主就是用愚民来实现自己的统治的！

可这一切的周而复始、循环不休到底是因为什么？

（九）

他越想越想不出个端倪，只得自己在圣堂中不停地看书，希望从书山中找到答案。

他在明朝两次出去时，曾在洋教士手中买了不少西洋书。当时的洋教士为了传教，还亲自做了翻译。可惜当时的确有不少科学神学著作进入中土，但都没能解开先圣心中的疑惑。

就在他要抱着遗憾再次进入槽棺中时，有一个外人竟然突破了生死离别迷惘道，进入了秘境。

这是个粗犷高大的年轻人，他打小就听老辈说在极北之地有个宝地，里面都是宝物，所以就不惧万难只身前来。

先圣也很好奇，为了寻宝，只身就敢深入数千里到这无人之地，这可不是一般的胆色和勇毅。

于是先圣就问他："你有这样的勇气，干什么都能活得好，干吗来寻这可能根本就没影的宝物呢？"

那人豪气回道："我就是为了组成义军，推翻这个吃百姓骨头、喝百姓血的狗朝廷!"

先圣听他这般说，倒是来了兴趣，问道："那你推翻这朝廷后，想干什么，自己当个皇帝？"

"那倒不是！我就想把官仓的粮食分给百姓！把狗皇帝和狗官狗地主们的土地分给百姓！让人人都有田耕！人人都有粮吃！我要把那些剥削百姓的通通杀掉！让以后都没人能再压榨百姓！"

先圣听这年轻人说的虽然空洞，但是也被他这份热血感动，就留他在此，要他喜欢什么就带走什么。

那年轻人见这里并非是遍地财宝，开始也很失望，可随即发现这里都是青铜器，又听了来历，也就兴奋起来。

不过他一个人凭此时能力根本就带不走多少，索性就留下锻炼体魄，争取能一次多带些出去。

当时族里已经是人丁衰弱了，很久都没有这样的年轻人出现了，自然引起了不少年轻姑娘的注意。

说到此时，一直在先圣旁边照应着的羽澄突然脸色凄然，而后说道："我去外面看看！"随后转身走了。

钱千金还不以为然，李白安却心念一动："莫非羽姑娘……"

先圣看着她的背影摇头道："这许多年过去了，澄娃儿还是放不下！"

钱千金这才反应过来问道："莫非羽姑娘和那小伙子……"

"对了！当时澄儿还是青春少艾、情窦初开，从没见过中土的儿男，而那小子也确实不俗！此二人在这里日久生情也就在所难免了！那小子也出息！不过半年，竟能拿动总共两百斤的铜器了！他估算着这些夏前的古器卖出去，足够他武装一支队伍了！就这样，他丢下澄儿一个人走了。临行他说只要解救了天下百姓就会回来，而后和澄儿在此厮守到老！"

"之后呢？"盛思蕊急切道。

"之后我到了时候又该去槽棺大睡，后面的也就没亲历，但你们看澄儿现在就知道那承诺没有兑现。"

钱千金拧眉问道："那年轻人是谁？不会是……"

六十六、上古之战

（一）

"没错，就如你所想的，他叫李自成！"

先圣顿住，看着羽澄正在瞭望空冥孤独的背影道："如你们所知，他也根本没有履行承诺。至于结果怎样，你们也早该知道了。"

众人也诧然，没承想一代造反的巨枭竟然也来过秘境，还发生过这般不为人知的故事。

这时羽澄转身走了回来，眼中尽是怅然。

钱千金为免大家尴尬，忙道："难怪都说李自成是盗墓发家起兵，原来这第一桶金是从这里带出去的。唉，都是往事了，不提也罢！"

大家都是识趣之人，也都不想再提了。唯独徐三豹对于这位传说中的枭首颇有兴趣，还是问道："那他就没从这里带出件神兵利器什么的？"

钱千金瞪他一眼道："好不识趣的蛮货！就知道打打杀杀！"

徐三豹不服怒道："你个柴火棍！难道这天下都是你们这些酸书生说出来的？"

先圣却道："这位壮士说的倒是有理！历经这么多朝代，哪一朝不是经过血海滔滔的征战厮杀，最后才由分转合的？"

钱千金听先圣说话了，也就不再多话。

"我算是见识了由夏至今，虽然其间每隔十年左右进槽棺歇息十年，但每睡每醒之间，这中华大地都要经历惨绝人寰的战乱，这天下都要改朝换代，江山都要易主，分分合合、合合分分！倒是应了我看过的《三国演义》开篇写的天下大势了！"

"您也看过《三国演义》？"盛思蕊问道。

"当然了，那是在明末，我还没进槽棺昏睡，那时这书就已经在民间广为流传了！当时整个山海关以北已经是建州女真的天下了！这些被明军叫作建奴的，刚开始对汉人极为残暴，可是随着他们在战场上优势日渐明显，对汉人也开始怀柔了，书也就能看到了。"

"那最后关于吴三桂向清军献山海关，是否真是因为陈圆圆？"盛思蕊对千古背负骂名的女性极有热情。

"这我怎么知道？李自成走后我就进入了沉睡，日前才醒，也才听说这大清统治中华都两百多年了！又从澄儿他们的口中得知清国的现状，再看了些他们带回的书，不出意料的话,大清亡国也就在须臾之间了!至于你说的吴三桂为了陈圆圆那事,我也听说了。好像传闻还说他'将军一怒为红颜,开关助清定江山'!要我看这纯粹是无稽之谈。要么就是吴三桂为自己投降故意找个理由,到处宣扬;要不就是明朝遗老为了丢了江山,故意编个说辞。反正把江山被人取代归到个女子身上这事,根本就不足信!可惜呀!不少百姓似乎还一厢情愿地相信了!"

盛思蕊一听先圣的说法与自己的不谋而合,心下大喜,向明墉挑了一眼。而后问道:"那先圣祖爷,您猜实情到底是什么样的呢?"

"那好,你小娃问到,我就说说!中华历朝历代都受着游牧民族的侵扰,在对抗的战役中也是名将辈出。但到了宋朝之后,举世闻名的将领就越来越少,你说为何?"

盛思蕊摇头不知,钱千金却道:"那是从北宋开始,武将要受文官节制,所以就少了很多建功立业的机会。"

"没错!到了明朝也是如此!曾经的抗倭名将戚继光就镇守过山海关,可由于文官督军巡抚都以自保为上,所以留给武将创立奇功的机会就不多。"

钱千金想着来时见过的燕山隘口水上长城,遥想戚继光苦守燕蓟的岁月,不禁神伤。

"到了吴三桂时,他那时上司的文臣都已经降清。虽然表面上有崇祯封赏,雄关将士战事也都由他指挥了。可李自成的大军已经眼看攻克北京,清军又大举压境,周遭关隘都已陷落,他仍然困守孤城,已是四面楚歌了。这时摆在他眼前的道路本就有限,是弃关回援崇祯,还是加入李自成,又或是索性降了清,这也就是他仅有的选择了!在这时他还是会有犹豫,毕竟后两者都将是遗臭万年的,作为一般人能名垂千古的都不会先选后者。所以他还是回援了,可是没等到达,北京城破,崇祯身死,明朝实际上已经亡了!他只得撤回雄关,这时他面对的只有后两种选择。归顺了李自成?我想当时他肯定也动过这心思,毕竟这样不算做了汉奸!可他派人潜回北京,一定发现了这种景象。那就是北京已变成了一个哀号鬼叫、尸骨遍地的人间地狱!"

见盛思蕊眼现疑色,他解释道:"历代的起义造反都是一样的,所过重镇必遭掳掠洗劫,更何况到了金银遍地、美人无数的都城?李自成就算自己不想过过草菅人命的瘾,也决计管不住那些如狼似虎的凶兵!那时的都城在外人眼里是什么?穷凶极煞的鬼城!吴三桂得知这消息,必然惊骇!而他的将领中家小在京城的定有无数,此刻能幸免于难的定是寥寥无几,所以对李自成一定是恨之入骨,同仇敌忾!而此刻至少在李自成那边看已是大事已成,开始开朝封赏了。那吴三桂要去归顺,是绝不会有什么好果子吃的!但反观清朝,他就是不可多得的人才,更有着一座极为宝贵的关城!如果献城投敌必将得到重用,而自己的将士也会得到保全,实力也不会受损!那对他来说,要解决的事情只有一个,如何说服手下所有人心甘情愿做这个汉奸!自古羽儿和虞姬的故事就千古流传,不管真假,反正被传为佳话。英雄气短、儿女情长也是世所理解!那吴三桂能说服将士和他一起开城的理由,只有归结儿女私情上,只能找出'冲冠一怒为红颜'的理由才能让所有人接受!所以那时就算没有陈圆圆,也会有陈方方、辛圆圆出现来当这个借口!自古战罪都要找女人来当挡箭牌,这也是千古继承的传统!"

听完此话，盛思蕊顿觉腰杆背后被人猛撑了一把，她早想过先圣应该是这般看得透的，果然没让她失望。

先圣接着叹道："所以呢中土几千年的混战不休，说穿了都是踩着百姓的血肉白骨争权夺利！就算是蒙古人、女真人不也都是中华的部族？哪一次不是前朝的皇族权贵们把天下败坏完了，把民心糟蹋光了，再由另一伙皇族权贵推翻接手？中华大地这几千年来的分分合合，就是权贵们换手轮流坐庄，最后苦的只是百姓罢了！"

（二）

众人陷入深思。盛思蕊问道："那自古的战争就没有真正的正义之战吗？"

"有！好比抗击匈奴、抗击倭寇、抗击洋夷，这都是外族妄图侵略中华，打回去无可厚非！如果呀真有那么一批人愿意为了百姓的福祉，为了推翻权贵的统治压迫，发起一场覆灭皇权的战争，那也一定是正义的！只是我还没有看到。"

李白安此时想起孙文的革命主张来，就简要地向先圣说了一下他的革命主张。

先圣惊道："噢？还真有这种人？不过王族权贵的势力盘根错节，官僚势力更是铺天盖地，他这理想可是难上加难呀！如中华大地没有一次彻底消灭皇权继承的武装革命，还有从根本上改变百姓心中皇权至上的思想，那这革命也很难算得上真正成功！总之你这位朋友要做的可是与几千年皇权统治对抗的事，壮哉壮哉呀！"

听先圣这样一说，钱千金就觉得在他心里，这种革命听起来虽然让人热血沸腾，但要做起来可就感觉是痴人说梦了。

李白安也听出了端倪，问道："那先圣，这革命难道不能成功吗？"

先圣摇头道："不是不能！想那李自成刚开始还信誓旦旦地要均富天下百姓，可他打下江山干的第一件事是什么？还不是马上就称了帝？接着就还是想干前朝那些事儿？所以说千古江山的诱惑不是谁都能抵抗的！就算他能，那他的手下呢？亲随呢？谁不想世代光耀呢？如果百姓还都相信权贵能世代压榨他们，那这革命就很难成功！"

对此，李白安也曾想过。就算是孙文真的推翻了清廷，就算他不想当皇帝，成立了什么合众国，难道就能保证不再出了哪个野心家又一次推翻重来，自立为帝？按先圣的说法，世代成为权贵的诱惑如此大，那再出个皇帝也定会有不知多少当权派拥戴！而百姓也都昏昧无知，到时也不知会有多少人重新跪倒在地，山呼万岁！

盛思蕊听得气馁，叹气道："唉，我们中华难道就没什么全体族人不分你我、不分彼此、齐心合力、共赴艰辛的时候吗？"

"怎么会没有！这就是上古的那场存亡之战！"说完他站起身道，"之前你们一直问，我都没说。那是要等现在带你们去看看！"

盛思蕊疑道："怎么还能看得到？"

先圣微笑道："小娃儿，那时我的祖父都还没出生，我知道的都是来源于先古的记载和口口相传，当然还有大量的实物佐证。要不那场到了现在还都没打完的大仗怎么能让你们信服呢?"

众人都觉得先圣说的有理,就都起身跟着。

先圣边走边用眼光扫过四周和穹顶,而后向众人问道:"你们可知道在外面为何看不到秘境?这秘境虽亮却为何见不到阳光?还有你们看远处,为何外围都仿佛有如壳子罩住一般?还有这秘境到底是什么地方?"

大家都摇头,这一路猜下来,人人都猜不中什么,索性等着先圣给出解答让他们震惊也就好了。

可明墉却道:"先圣别的我不知道,但之前那生死离别迷惘道好像一个巨型的桨叶机关,而那洞彻之瞳则像是这机关的核心!嗯……或者说是动力的源泉,是也不是?"

先圣笑着看看他道:"你还有些鬼机灵!"

"不过那不是机关!"明墉顿觉刚涌上的喜悦火苗又被浇灭,直想着不对就说不对呗,干吗还夸人聪明,让人白欢喜?

"那是整个秘境的驱动装置。这里之所以看不到阳光,还能这般明亮,全都是靠它的运转。"

什么驱动、运转?

"其实这整个秘境就是在一艘当年被击落的魔族飞船里!"

什么飞船?

"因为当时族人都看到它是从天上飞下来的,又觉得外形就像是船一般,就把它叫作飞船了!"

这时大家想到了在巴黎见过的飞艇,但明墉和莫沁然没见过,满脸都是狐疑。不过更让人震惊的是,上古时期就有能飞上天的机器了?这也太不可思议了!

先圣边走边说:"这飞船被击落后,底部撞击到了山顶,就像条巨鱼被剖开肚子般,最后敞着落到地面。所以秘境中才有土地,那都是原来撞击时被整个罩进去的。这飞船上的魔族虽然被诛杀干净了,飞船却并没有完全毁掉,反而像是有生命般,每隔一天它在生死离别迷惘道里的驱动装置都会启动一次。当然它再也飞不起来了,而每次启动,都会给这秘境里带来半日的光照。而等它停转,秘境中就是夜晚。我们这里就是根据它的一启一休当作一天,而后来发现这一天刚好相当于外面的三十天!在我们住进来后的一百多年里,这装置从未停止过启动!而在它提供的光照里,农作物都能生长!而且在这飞船之中四季如春,并无寒暑,所以我辈族人才能在这里世代繁衍居住。"

(三)

不过这情况可让大家都产生了困扰,如果说这里就像被密闭在一个不透光的巨型罩子里,白天能有光线而晚上没有。可这一天却相当于外面的一个月,那这半个月的白天人可是怎么过的？难道要吃几十顿饭而且不睡觉？这人怎么可能受得了？

还是钱千金逻辑清晰，他仰头问道："先圣，那您们白天用餐几次呀？有没有定时休息一说？"

先圣低头看他道："当然如外面一般，天亮则食，如遇重活则劳作中有一餐，一般劳作完下午再餐，之后就是入夜休息了！"

众人大惊，难道一个月只吃两餐，睡一次？那怎么可能？

先圣指指羽澄道："她可没昏睡过，现在二十八了，看着可与外面二十八岁的女子有何区别？可她要按外面的时间算可是八百四十岁了！都快被外人称作千岁了！"

大家虽然吃惊，但不得不接受这个事实，羽澄曾经与李自成两情相悦，那还不是老祖奶奶级的！

"再看我，自从十岁进了这里，已经过去一百三十多年了，那不就是外面的快四千岁了？"

众人都仰头，看着比李鸿章看起来还要年轻的先圣全都无语。

"所以这里的时间规律和外面全都不一样，根本就不能以你们的常理度之！"

看着众人还是一脸的懵懂，他又道："那你们知道你们进来到现在有多久了？"

众人都没留意，倒是钱千金掏出金怀表看看疑道："我们出了通道时我看了一下是七点，现在怎么是一点？莫非我们在这里过了三个时辰六个小时？"

先圣一笑道："你就没觉得那表的指针不转了？"

钱千金仔细看看道："哎？表针不动了！不可能呀！我这块可是最先进的瑞士表，上满发条可是能走三十六小时的！难道……"

先圣笑道："你们在秘境中已经待了一个半时辰，就是三个小时了！那相对外面就是九十个小时，也就是三天零九个时辰了！你说你的表还能转吗？"

钱千金一惊之下赶快上发条，可是上了一圈，就感觉表针嗖嗖开转，他大惊，忙不再上发条了。

"还有你们就吃了刚才那点儿东西觉得饿了吗？"众人都摇头，"所以说到了这里后，很多东西慢慢就习惯了！"

这种认知性的改变对于没怎么接触过西方科学的几位师长看来，还容易接受。毕竟小时候听的神话传说多了，天上一日，地下还一年呢。可是对几个小的来说，就很难理解了。那时的西方科学别说量子物理，连理论物理都尚在起步之初，被很多科学家认为是歪门邪道。总之一切不能学以致用的东西，不能马上转化为生产力的发明都是垃圾。

当时西方科学虽一日千里，可也没人想过会不会有个地方，在那里时间的运行模式和日常的不一样。就连西方最具想象力的科幻小说作者，都没想过这问题。那就更别提他们了，只能对这些远在当时科学认知之上的事感觉迷惑不已。

而且与上古先民交战的魔族竟然来自天上？这简直是天方夜谭嘛！

虽然说自古传说就有住在天上的神仙，也有法力巨大的魔头。《西游记》里不是随处可见能呼风唤雨、飞天遁地的神仙魔怪？可那是小说，而且也都说作者吴承恩是借此书来讽刺朝廷。没看里面那些作恶的妖魔，哪个不与神佛帝君有着莫大的关联？而且就算是某位仙佛的坐骑下凡间,都能掀起一阵血雨腥风。而那位在开篇就被渲染得神通广大的孙大圣,取经路上都被斗得苦不堪言,最后还不得是本主出现才能将自家的祸害收服?

这作者说的根本不是妖魔有多大法力,而是只要他们和高高在上者有着千丝万缕的干系,那任凭孙悟空本事再强也束手无策。

可到了这里,这远古的存亡之战要是真的,而那些魔族又是坐着飞船降临,那他们是哪里来的?莫非在遥遥天际还住着我们并不知道的异族?

大家都是满怀着疑惑跟着先圣,就见他转过一道弧度极为自然、似是天然又极为规整的、仿佛影壁墙般的圆滑墙体。

众人跟过去,就见此处就像是一间椭圆形的隔间一般,在里面树立着不少块大石碑。

先圣说道:"这里的九块石碑记述的就是那场远古大战的过程!当时我们还没有成型的文字,只能用一些图画辅以一些象征性的符号刻在石头上以铭记!"

他走过去,先指着第一块石碑道:"这就是战争将到未到之时的状况,不知你们看出什么没有?"

先圣总喜欢让众人猜他们基本上猜不出的,盛思蕊隐隐觉得这好像有点西方启发式教学的味道。而先圣之前就说过孔子教他的学生们也是不停地问道,或许先圣也受了影响吧。

她在众人中算是矮的,看着由上古巨族刻画的石碑,那是仰视到都快把头翻到背后了,累得不行。

她灵机一动,索性跟明墉说:"借你肩膀用用不在意吧?"明墉当然不住点头。

盛思蕊脚尖一点,人就站在了明墉的肩上,好在她有功夫在身,明墉并未觉得压肩,只是这样子让他在人前觉得尴尬罢了。

秦潇见师妹竟然玩出了这一套,而先圣看着却是不住微笑,并没有任何反感之色。

他觉得自打归了大队,莫沁然就不爱说话了,总是一人沉思,甚至对自己有时也是爱答不理的。在心里他感觉,莫不是沁然觉得受了大家的冷落排挤,心中不快?

见盛明二人此举反而显得亲密无间,他不免心动。于是他笑对莫沁然道:"沁然,这石碑太高大,要不你也站到我肩头来看?能清楚一点!"

谁知莫沁然只是向他掠过一丝笑意,而后果断地摇头,接着就目不转睛看向石碑。

秦潇讨了个好大的没趣,只得也把目光心神都放在石碑上。

(四)

盛思蕊在高处看得最清楚,只见石碑上面为天,下面为地。

地上粗刻着一些人正在地里耕作的景象，而天上却画着一轮好不巨大的太阳。

这太阳刻得是巨大得有些夸张，但再看就觉得这里面另有深意。

原来在太阳四周刻着几个比太阳稍小的光球，与太阳周围刻着的四散的光线不同的是，这些光球都刻着拖尾般的光束。而在石碑的左边刻着一处山崖，崖上站着几个高大的身跨长弓的人，他们在那里伸手对天指指点点，其中一人正在弯弓搭箭，欲意射向光球。

"这是不是就是'后羿射日'的传说？"盛思蕊问道。

"外面就是这样传的，而这幅石刻出现最早。据说上古之时天现异象，天上出现很多火球拖着火尾向地面极缓地落下！当时先民只知道天上有太阳月亮星星，也有长老听说过天上有星星坠落，可是谁见过一次有这么多？羿族一直有在高山峻岭上箭射猛禽的习俗，所以这异象他们发现得最早！他们试图用自己极为强劲的弩箭去射，可哪里够得着？于是他们就给各大部族画像传信，告知危险！由于当时我们各族信奉最大的数是九，所以画出来的除了太阳一共是九个火球，其实数目远比此多！到了后世不知怎么传来传去就变成了十日为害人间，后羿射九日还天下安宁！这传说里都是帝王的影子，想必是那些帝王们为了印证王权天定故意编造的吧！"

"那之后呢？"盛思蕊问。

"当时的羿族每日面对的是凶禽猛兽，也是最擅长射猎搏杀的部族。他们感觉到了大敌就要来临，大祸即将临头，所以就开始研究制造强弩机栝，以抵御强敌！而中土部族一直都以农耕渔猎为生，慢慢的生性就变得平和无争，对未知的危险并没有什么反应，于是继续过着自得其乐的日子。"

"那其他边陲三族呢？"盛思蕊问。

"蛊族一向不与中土接触，就不得而知。但巨族却与羿族一直互通有无，所以对这发现极为重视，开始铸造武器！至于娲族嘛，则早已预感到整个中土都要大难临头，便派出族人开始在莽山深海中采集灵石，以备使用！"

"就是我拳甲上的灵石吗？"盛思蕊接着问。

"对了！不过她们采的要巨大许多，你这个只是边角碎料制成的！"

盛思蕊吐吐舌头，难以想象那些大号的灵石会有什么功效。

钱千金在下面一直仰着头，此刻早已颈项僵直，他动了动脖子道："传说就是从这里来的，可是被帝王们改得面目全非！要说这不居安思危的传统，可是在中华人身上继承了下来！每次民族存亡大祸临头前其实都有征兆，可偏偏都被大多数人忽视！其实这本怨不得百姓！管子曾说'仓廪实而知礼节，衣食足而知荣辱'！我们百姓自古都在为衣食奔命、为糊口发愁，在灾年能不饿死就是万幸！谁还管得了什么外在的威胁呢？"

"你说得对！要说管仲可是中华历史上第一位治国大贤！他的话说出了国家的根本！一国如果百姓的衣食尚且难顾，其他什么礼义荣辱就算说了还有何用呢？不过后世君主却只顾着一味地压榨百姓，变着法地盘剥百姓，那百姓又怎会与这朝荣辱与共呢？说穿了不是君主权贵不懂这个道理，而是任何道理在他们的自身享乐、奢靡无度面前是一文不值！反正中华的百姓都像羔羊一般任其宰杀，那只要羔羊饿不死还能生养，他们又何惧之有呢？而且中华自古四邻虽凶残如豺狼，可能动摇皇朝统治的却没出过几个，所以王权贵族们索性就高枕无忧般可劲儿吃羊！当时辽国兴起，北宋就不住地割地求和、朝贡纳岁，还不是因为只要自己有足够的羊吃，丢点土地又算什么？到了南宋，都丢了半壁江山，也没见皇族权贵有何收敛，反而是变本加厉！说穿了还不是自己下面的羊太老实，个个都是任其宰杀？这就是为何我说，现在的大清也必将离亡国不远！虽然满清本是边境少数民族，一统后又将各边塞民族纳于麾下，看上去中华大地是万族归一，没了边境外患！可那是按以前的眼光来看！我们北面冰封、南面林莽、东去大海、西有崇山，看上去国门边境加自然条件可令朝廷固若金汤！可在明朝时我就见过洋夷的海船到了中华，那时他们虽不是坚船利炮，但能不远数万里从海上而来，那岂是关门吃羊的皇权朝廷能想象得到的？到了现在，我看书说西洋已经在大清国土上各有割据势力了，那离整个吃掉大清也就不远了！"

虽然先圣的推论和大家对大清的认知有所不同，毕竟他是刚刚醒来，对外面的事只是就事而论，说不上什么高妙，可大家对大清此刻都不报什么指望，也就没人异议，只是沉默地听着。

这时盛思蕊道："哎呀，祖爷爷，您就别岔开话题了！还有钱先生，没事怎么又扯上治国这不着边际的了？忘了我们现在是要了解远古大战的了？"

先圣见众人都仰着脖子，一个个倒是形若木鸡，他拍了下手笑道："太久没进来，倒是忘了你们这样看着太过疲劳！澄儿！"

"知道了！"羽澄应话而出，不久就搬进个铜架子来。

李白安在队伍最后，见她一人就搬了这般大一个东西，忙过去帮忙。不多时又和羽澄搬进了另一个。

羽澄对他甜甜一笑致谢，而李白安只是拱手还礼，羽澄忍不住要捂嘴笑，眼中却闪动着光亮。

"现在好了，你们都站上去，就可以看着听我一个个讲了！"

明墉终于摆脱了做脚垫的心酸境地，心下大悦，却也不敢表现出来，而是跟着盛思蕊站了上去。

（五）

再看第二块石碑，就见上面的天如着了火一般，好像整个天际都烧了起来，向地面砸落下来。地上的人们都在惊惶地到处奔走。只有一些身材颀长的女子站在高处，摊开的双手似乎凌空支撑着一张张由石片构成的大网，似乎正在用这些大网阻住燃烧下落的天。

"这不会就是'女娲补天'吧？"盛思蕊惊道。

"就是外面传说的女娲补天！但情况却是完全不一样！当时那些燃烧的火球离地面越来越近，个个都是奇大无比。而且到了大家能够看清的程度，像是把天上的云都烧着了一般,看上去整个天都在燃烧!娲族是离中土最近的,她们当时也没时间做好充足的准备,但也毅然带着由灵石编成的大网离开海上前往中土!她们就用一族之力,当然也是自身的异能,催发了灵石巨网,试图用这来阻止天上异物的砸落!而中土部族的人因为根本就没做什么防备,只得惊慌失措地逃窜!不过这也怨不得他们,一般每日辛勤耕作、勤劳谋生的人怎会想到祸从天降?而就算想到,也根本没有任何的抵抗经验,只能是四下奔逃!当时的这一幕见到的人特别多,所以这也就变成了神话流传下来!虽然已经跟实情差之千里,但毕竟娲族的不世功绩还能让后世以另一种方式记住!"

盛思蕊听先圣话语中略带悲音,回头去瞧,却见先圣的眼中有水光闪动。

"那结果呢?"她小声问道。

"结果……结果娲族女子编的灵石大网确实有用,的确是能阻止天上的火球,很多火球在接触到灵石巨网后就相继爆掉!但却因为她们人单势孤,而火球的体量过大、数目太多,所以……你们看下一个石碑就知道了!"

众人看过去,只见此时天上的云似乎都烧光了,可还有大量火球从天而降。再看地上已经是一片焦土。之前那些撑住灵石大网的女子都已倒在了地上,而那些大网也都破碎了,地上还有一片被毁的火球残骸。

这石碑上刻的就不言而喻了,娲族女子的灵石大网虽然毁了不少大火球,但是她们势力单薄,远远不是前仆后继的天上来物的对手。就这样这些抗击的先头队伍就全部阵亡了,而中土的防线也就彻底被撕碎了。

难怪先圣说起来会双眼湿润,试想这样一群女子为了众生的安危,奋不顾身全力一搏,却都杀身成仁了,怎不让人悲伤?

再看着中土的一片焦土,想必是中土部族的家园都被毁了吧!

"由于娲族大网的抵御给了中土百姓一定的逃生时间,所以不少中土人就开始四散奔逃。而当时向南避难的最多,所以娲族的传说,就这样流传下来!不过你们看到的还仅仅是个开始,真正的灾难还在后头!"

大家把视线转向第四块石碑,就见天上依旧如开锅般沸腾着,可地面上却已经没了人的踪迹。反而被密密麻麻模样怪异、前圆后细长的飞船占据,在飞船边上站着一些如同直立行走的巨型昆虫般的东西。他们有的手里似乎端着长枪,有的则在搬搬抬抬。在一片焦土的大地上,这种景象让人说不出有多惊悚。

"这就是魔族了?"盛思蕊眼现惊栗,喃喃道。

"直到现在我也不知该怎么准确称呼他们,族人从一开始就叫他们魔族!还没等那些飞船落地,几乎也不用他们动手,飞船上就有像现在的大炮般的武器纷纷开炮,将还没来得及逃走的部族民众轰得粉碎了!当时他们选择的降落地点正是现在的直隶河南山东江苏一带,也正好是当时中土人口最繁盛、部族最密集的地方!由于那些飞船从出现到娲族抵御,再到最后降落,中间隔了相当一段时间,所以不少部族的人都逃难了,也有些部族举族迁离,这样在中原的部族才没有被一举消灭!实际你们没仔细看,再细看看,那些魔族人在搬什么?"

大家仔细看去,盛思蕊惊呼道:"是人的尸体!"

"对了！魔族以中土所有的动物为食，当然也包括人！当然我们祖先只是见他们把死人活人都搬到飞船里去，而再也没有一个出来过！等飞船移动后，就会看到遗落的一地白骨！那不是被吃了又是什么？总之只要是魔族飞船降落的地方，就一个活物都留不下！当时还在中原的遗民，能侥幸不死的，都藏到了山洞或者地洞里去了！不过随着那些魔族人开始到处搜索，慢慢地不少就被抓了出来，命运可想而知！总之当时整个中土是毫无还手之力，部民都是任人宰割的羔羊！"

"那就没有人要反抗吗？"盛思蕊声颤问道。

"当然也有了！不过据说魔族的武器只要对准人一放，人当时就被打碎了！哪里有办法反抗！你看下面那些文字符号上写的，'中土各部人去四五，余人死七八'。"

大家看看那堆难懂的符号，只是听得沉重。

"不过那些刚开始没逃也幸免于难的人，有的就继续沿着黄河或长江向上游撤离，有的就不远几千里投奔我们巨族而来！"

"那他们为何不去其他三族呢？"盛思蕊问，不过问完她好像也明白了。

"东去娲族有大海阻隔，西去羿族则要跨越重重高山，南面此时已是魔族攻击的重点，只有北面最容易，你说他们不向北又到哪里去？"

"那他们都到了吗？"盛思蕊觉得奇怪，要是那时有那么多人投奔过来，现在的秘境里怎么说也该是人满为患了，怎么就这么点人口。

"你倒是问着了，他们绝大多数还没到现在的京蓟，就被阻住了！"

"是魔族的飞船吗？"盛思蕊眼前仿佛又见到了一场大屠杀。

"不是，是他们当时的首领！"

"是你说过的典吗？"

"还没到他出现的时候！"先圣指着下面第五块碑说，"当时那位年轻的首领名字已经没人记得了，过会儿你们就知道为什么了！那时他号召大家不要逃离故土、舍弃家园，而是要组织起来与魔族奋力一战！夺回属于自己的热土！当时羿族已经造出了巨木制成的强弩机栝，而巨族也造了些兵器和投石机，这两方强援的赶到，给了中土部族难民极大的鼓舞！他们在首领的鼓舞下，怀着对夺回故土的强烈愿望，开始了第一次反击！"

（六）

大家看这面石碑的上半段显现的是一片混战的景象，里面画着巨人操作投石机，或挥舞着巨大兵器砍杀，也有羿族用强弩射向敌人，还有成批的中土部族人举着各式武器冲向魔族。

这画风极其古朴写实，给人扑面而来的强烈的热血燃烧之感。

而到了石碑的下半段，画风却突然变了，左侧是一片残尸败器，而右侧则是一个人领着一大群人跪在那些可怖的魔族人脚下。

大家都是不解，就听先圣道："这就是那首领的名字没被记住的原因了！当时羿族的强弩虽巨，却除了弩头都是木质的，对魔族的飞船和人造不成什么伤害。而当时巨族的投石机虽然甚巨，但也不能造成什么太大的破坏。还有那些挥舞着巨型武器的勇士，他们的武器在魔族面前似乎不堪一击！至于中土用这原始武器的部族人，就更是不堪一击，很快就溃不成军！他们从一战大败后退下来，巨族勇士已经没剩几个了，羿族也是差不多，中土部族人更是死伤无数！这战果让所有人沮丧绝望！这时羿族和巨族商量着先行后撤，结合两族的智慧和能力造出对魔族更具杀伤力的武器来！而尚且苟活的那位首领却动摇了，他悲观地认为魔族根本就是不可战胜的！与其大家一起求死，还不如直接降了魔族，大家都活下去，还能为各部族留个血脉不是？巨族羿族是坚决反对！他们认为北方和西方的地域十分广大，大家只要撤到深处，魔族不一定有那个人力能追剿上来！到时大家积蓄反击的能力，修造反击的堡垒，组织流落四散的部民，组成声势更大的反击力量，总有打败魔族的一天！可是那首领却是怕透了，悲观极了！他第一次在战场上和死亡擦身而过，再也没勇气举起刀枪面对强大的魔族了！他不住地煽动游说，大量部族人都跟着动摇了！可大家放不下心的只有一点！要是魔族如传说中那样把他们全吃了不就更糟糕了！关于这个，当时的确有人眼见魔族人就像妖魔般吃人，所以那首领的提议还是没人真心响应！可就在这时，魔族却派了几个被俘获的中土人来劝降。他们说魔族吃人是因为他们经过了极为漫长的征程，刚到这里饥不择食！可现在不会了，只要大家肯回去，甘愿为魔族人驯养牲畜，就像供养父母那样奉养他们，他们可以保证不再吃人，而且可以让他们耕种生活！这话一出首领当时就喜上眉梢，而动摇的人见同族没事，也就不再怀疑了！于是不论剩下的人如何苦劝，大多数人还是跟着首领到魔族那里投降了，并甘愿做魔族的牛马被驱使！"

众人听到这里，都是无言。只有钱千金叹道："历史真是何其相似！每次家园遭到入侵时，多少百姓都是在权贵的带领下投降。原来上古也是一般！"

先圣道："人呢外有皮肉，中有筋骨，而里面都是柔软的脏器！那人的软弱就是共性，无论是谁，不管他外表有多强健，但内在的软弱都是无法避免的！当时我们巨羿两族都是远在千里之外，而我们退回去就是回家！但中土族众呢？他们远走就是离家逃难！我们两族说要后撤，说起来容易，但中土族众做起来却难，这是无法避免的！再加之面对的是无法打败的对手，实力相差可谓天壤之别，那百姓的怯懦也就无可厚非！这时如果再有个有声望的登高一呼，全体投降就在所难免了！"

"那历史上有没有过抵抗到底誓死不降的事呢？"盛思蕊问。

"当然也是不少啊！而且是数不胜数！要不评弹中哪来那些佳话！男的就不说了，说说你感兴趣的女强人。就说明末的秦良玉，那可是铁骨铮铮的铁娘子呀！"

盛思蕊听过此人事迹，不禁神往起来。

"如果身处绝境退无可退，那誓死以捍卫尊严确实是值得敬畏！但是如果面临着仍有回旋余地，仍可避其锋芒，徐图缓进的情况，死战到底就是不智了！"

"那是为何？"秦潇周炯都是热血年纪，都幻想过保境为民驰骋沙场，哪怕是力战而死也是无上的荣耀。听钱千金如是说，自然齐齐发问。

"那不只是不智,而且是草菅人命!"一直在盛思蕊面前如绵羊般柔顺的明墉突然说话了。

盛思蕊听了不禁瞪眼道:"噢?誓死不降是草菅人命?你这可是汉奸的说法!"

而莫沁然却在一边默默地点点头。

明墉被盛思蕊一训,登时就没话了。而钱千金却道:"明墉说的没错!如果还有战略回旋余地,莫不如避其锋芒,等准备充分再战!这样以卵击石,那不就是草菅人命?"

"可保家卫国为的可是百姓呀!如果将士都跑了,那城中的百姓可怎么办?难道眼看着他们死在侵略者的刀枪之下?"秦潇道。

周炯也点头表示附和,盛思蕊也觉得这回师兄说得有理,也猛点头。只有明墉和莫沁然一副欲言又止的模样。

"噢?你这样看?据为师所知,春秋之时各国打的都是文明仗,交战双方都要到秋收之后、农闲之时,再选个地方拼个高下!那时大战就像是武林高手决斗,一方临时有大事,还可以改时间,很有气量!可到了兵家出现后,战争变成了诡道至上!形式也就万变了!战争也就不再是单纯军事实力的较量了!直到以扩张吞并为目的的攻城战时,所有百姓才被牵涉其中。但交战双方无论哪个攻下对方城池,都不会以杀民为乐!很简单,这里就是他们的国土了,那百姓也是他们的百姓,为何要杀?这才有了'朝秦暮楚'这典故的产生!一旦对方攻来,百姓换了大王旗就是了!直到后来有了极为艰巨的攻防战后,屠城才开始出现,而被屠戮的城池几乎都是让攻城方损耗极大的,这些将士屠城纯粹为了泄愤!好比后来曹操几屠徐州,赵匡胤屠了太原,清军屠了扬州,但如果当时守城一方提前就撤退了,不再拼死守城,那这般惨绝人寰的屠戮还会发生吗?所以说为了成就一己之忠、一人之名,害了全城百姓难道不是草菅人命吗?"

几个少年听到如是说,都觉心头堵塞,但无言以对。

不过这时李白安说道:"这要看对面的敌人是谁!"

大家马上把注意力聚回到他身上。

"如果是商纣那无道昏君的百姓,周王义军一到开门纳降无可厚非!可如果面临的是像魔族般残暴的入侵者,投不投降都难免一死,与其跪着被砍头,还不如拼死一战来得壮烈!"

羽澄闻言,看他的目光有些灼灼,明墉和莫沁然都在默默点头。

见大家都无语了,先圣道:"或许之后的事会印证李大侠的说法!"

大家目光重回他身上。

"那首领带着众人投降后,其余人等就跟着巨族余人撤回北境再作准备!据后来逃出来的讲,首领的确是受到了优待,他仍是作为部族的首领,当然是为魔族效命的首领!可百姓就没那么好的运气了!你想,饲养牲畜哪里有那么快的?魔族越聚越多,很快就跟不上供应了!那时就只好有人不时被选出去……"

"给魔族吃?"盛思蕊颤声道。

先圣点点头:"这些归降的百姓在魔族眼里根本就不是人,而是与牛羊猪狗一样随时可食用的牲畜!"

大家又都陷入沉默,想着那身在魔窟,随时可能成为案板上的肉,那种恐惧到生不如死的心态得让人多么毛骨悚然啊!

"不过据说那首领活得倒是好好的,他甚至还得到了魔族的充分信任,不时被派出去劝降一些飘零在外的小股部族人!所以魔族在那段日子显然是食物充足,都没想过要打北境的主意!可巨族却知道给他们留下的日子不多了,务必夜以继日打造杀器!"

(七)

先圣让众人看第六、七、八块石碑,那上面记载着真正意义上的生存之战!

巨族和羿族结合他们双方的优势,日夜赶工制造巨型青铜弩机,这次包括箭身都是用极粗的青铜铸造。经他们实验,确实有碎石开山的力量!

而巨族锻造的青铜巨武,也可以有劈山断石的能力!

但一个关键的问题摆在眼前,魔族使用的不知是什么武器,人一经击就全都变成碎块了。如果不能防御住这种武器,那再强的攻击也是无济于事。

巨族也曾造过青铜巨盾巨甲,但与魔族一交手却显得不堪一击,这让他们一等莫展。

这时娲族适时赶到,原来她们在初始一败后就着手改进灵石的战力。

她们不但将灵石编成了更为牢固的防守大网,还能用她们自身的异能催动灵石发出攻击性的光刃。此外她们还用灵石的残料制成了极具近身攻击性的拳套,只是可惜这拳套只有娲族女子才能催动得了光刃。

三族多次实验,终于将三方优势结合在一起,成为可远攻也可近战的组合。

见准备已经充分,三族就派中原族人绕过西边去南方给部族余部传信,而后就带上所有装备浩浩荡荡向中土开进。

可是他们把有中土人辅佐的魔族想得太简单了!

还没等到今天的燕山山脉脚下,魔族就驱使着大量的中土部族人前来防御。魔族都藏在后面,将中土百姓摆在前方举着粗陋的武器防御他们的进攻。

虽然此时三族的武装可转眼间就把这些百姓打败,可那都是血脉相通的人,他们怎么能下得了手呢?

就在三族犹豫不前时,魔族却开始了偷袭。

三族的秘制武器还没使用上,反而被魔族乘虚打了个毫无防备。等三族回过劲儿来,魔族又藏在中土百姓中让他们无从下手。

一时间双方胶着起来,三族明知道能打得赢却无从下手,更是焦躁不已。

这时娲族有几个灵力最强的女子想出了办法,她们将泥土塑成人形,而后用异术使这些土人看起来与中土百姓无异。

趁着夜间她们将塑成的土人摆在阵前,并派人偷偷过去传讯给那些早已吓破胆的被魔族奴役的生不如死的百姓们,告诉他们只要偷偷把土人搬回去就能当成自己的替身,而后他们将泥土抹在脸上就可以逃了。

不少百姓眼见是死,还不如冒死一试说不准有生路,便试着做了,果真全身而退。

此后,娲族日夜开工,天天拿土人置换活人,日子久了竟换回上万中土百姓。

而此时魔族也发现了情况不对,率先开始进攻。三族再无顾忌,一阵猛守强攻下,竟将这小股魔族人通通剿杀!

这下人人都备受鼓舞,而娲族女子能将土人化作活人的传说也不胫而走。一时间百姓们甚至都说娲族能够捏土造人。

这回上万百姓加入到了反攻大军,当时可说是人声鼎沸。

大家都相信,一场存亡大战即将开始!

这一路上不断有飞船过来袭击,可灵石光刃大网加上极强的青铜巨弩却将它们一一射落。而遇到魔族的小股抵抗,也被三族配合阵型杀了个干净。

三族率大军开拔到黄河北岸时,魔族更是派出大量飞船过来袭击,可都被三族大军击溃。

这让三族有些始料未及,因为他们知道的魔族应该远比这要凶残呀,飞船的攻击没理由这么容易就被击退。

问了逃出的人才知,原来那些飞船在中土找不到替代的原料,所以船身的武器大体都用不了了。

众人恍然,那还不正是趁机将其一举歼灭的大好时机?

百姓用极大人力造船,又在黄河最窄处搭建了巨型浮桥,让这些巨大的机器渡过河去,与魔族在河对岸拉开了决战的架势。

其实这时对双方来说都没有绝对的把握。三族这边虽然巨族的巨武并非消耗品,但此时也是受损严重;羿族的巨型青铜弩箭虽一路回收,但也损耗不少;灵石不是消耗物,但听娲族女子说此物并非耗之不竭,包括自己的灵力也是。

三族此次出战,几乎是倾族而出,后方并没有什么供给,只求速战速决。但现在己方是只有损耗没有补充,苦耗下去,难免枯竭。

而听逃出的人说,魔族现在也不吃人了。不是因为他们变善了,而是他们发现吃人过多会降低他们的战斗力,尤其是催动手上怪异武器的能力要大打折扣。

于是双方就僵持上了,都等着能赶快恢复元气,好把对方彻底剿灭。

三族这方不断派人玄南方寻求支援,因为只要中土部族从南方夹击而来,那他们的胜算就会更大。而且这补给,尤其是武器补给尤为需要。为此他们已经派出大量的人到处找铜矿开采,用来打造青铜巨箭青铜巨武。

时间就这么一点点消耗下去了,但似乎魔族并不太着急。他们反而隔岸观火一般冷冷地看着这边,好像在等待着什么。可他们还能等什么呢?他们已经控制不住中土人的逃跑了,阵营日渐萎缩。他们吃人会降低战斗力,食物也是越来越少了,那他们为什么还要这样干耗硬等下去呢?

这一耗就耗了两三年,三族这边已经是人心浮动了。

而就在这时,三族终于等到了第一批武器补给。

那是一批自愿去北境帮忙的百姓造的,由于巨族的铸造工具都十分巨大,所以他们操作起来都十分不便。就这样,花了许久才造出了第一批武装补给,立刻就给送来了。

这无疑让军心大振,三族决定不再等待了,就趁此机会发动总决战!

可就在他们部署进攻的当晚,魔族阵营中却有了要撤退的迹象,这到底是因为什么?

六十七、血星恶兆

（一）

就在此时，留守西陲的羿族人前来送信，他们发现天上有不少跟魔族飞船一样的物体正在接近。

这时大家才恍然大悟，原来他们也有援兵！魔族并非是一道倾巢而来的，还有先有后！

了解到这一点后，大家都是毛骨悚然！就这一批已经让中土几乎覆灭了，还要再来一批？

他们当即决定，不管付出多大代价，都要全歼了这批魔族！

那是一场无比惨烈的大战，在第八块石碑上的刻画就可以看出。

双方几乎倾其所有，正义的一方固然是勇不畏死，但邪恶的魔族却也是极度凶悍。好在怪虫般的魔族人数量不算多，也就与三族的勇士打个一比一平手！

最后还是娲族技高一筹，在巨羿二族的配合下，终于将这批魔族打得七零八落！

此时南方有个首领典也带着部族的大军赶来，在双方的围攻下，这批魔族终于被全歼了！

饱受欺压的愤怒的百姓们把魔族怪虫的尸体都给焚烧了个干净，以发泄这许多年来压抑的仇恨。而族人日久重聚又让他们喜不自胜，哭抱在一起。

可战后的三族却来不及喜悦和流泪，他们面对一个更为艰巨的问题，这些飞船如何能尽毁？

这些飞船虽然能被巨弩近距离的冲刺击中击落，却是火烧不掉，人打不散，怎么都没法毁掉。

典这时过来就说这飞船如此巨人，又麽么结实，而现在中土的房屋都毁了，不如就留着给大家当居所也好。

不过三族知道这魔族留下的东西来自天际，这毫不可知的东西将会遗祸无穷，必须把它销毁。

面对这等两难局面，还是娲族提出了个办法。

她们知道在东海之边有个叫"漼"的无尽深渊，那里是海的尽头，就连鲲这样的巨鱼都不敢靠近。不如就将它们拖到那里去扔下，也就一了百了了。

虽然典还是有点儿舍不得这现成的坚固居所，但他也见识过魔族的可怕，所以就留下一批族人继续寻找销毁魔族残尸,一边恢复生产生活。

而另一批上万人就拖着飞船残骸来到东海边,造巨船拉拽着飞船的残骸丢到"潷"里面去。

这些工作又忙了整整几年,此时的巨羿两族毫不闲着,而是退回北境加快铸造迎战利器。毕竟魔族的飞船又要来了,就在上空慢慢接近,还不知要落到哪里去,只有积极准备,充分备战。

而娲族在结束了丢弃飞船残骸的任务后,又回到海岛潜心研究怎样改进灵石巨网,增进各项性能。

中土各地部族也都已陆续归来,开始了新的耕作生活。

(二)

听到此时,盛思蕊不禁纳闷道:"不对呀!明知道还有魔族就要打来,为何不干脆就全员备战?还恢复什么农耕,重建什么家园呀?那不是做无用功吗?你们说对不对?"她看向几个年轻人,这几位都是齐齐点头。

"这就是你们不懂我们中华百姓的根了!你来给他们说说,钱先生。"先圣语重心长道。

钱千金虚望半空开口道:"我中华百姓,历来都是以土地为根,以家族为传承!这与中华最早进入农耕社会是分不开的!想我中华煌煌数千年来,都是一成不变的农耕社会,百姓多以务农为生。而土地开垦耕作最需要的就是能够持久的劳动力!所以早期在生产能力低下时就以部族为单位,集体耕种为生。而到了后来单家单户已经能够完成单块土地的耕作并维持生计,这时耕作就以家庭为单位了!由于所有的生计都依赖着土地,所以也就养成了人人都对土地有着强烈的依赖。当然说这是眷恋也对,总之在每个人心中在土地上耕种是活着的必需,是生命延续的保障!由此,就算到了现在也没有百姓会放弃耕种土地,哪怕是朝廷的苛捐杂税已经把百姓的收入盘剥得所剩无几,可百姓还是不会放弃耕作!"

"钱先生,"盛思蕊道,"这与我问的不一样呀!当时面临着魔族的飞船就要再次降临,家园会再次被毁!那先古的百姓们为何不换个地方去暂避祸端,而非要回到原地去重新耕作呢?"

"其实没什么不一样的!"钱千金眼光深邃道,"这还是对土地的依恋!有句话叫'故土难离',你看很多百姓明明耕种的是一块极为贫瘠的土地,但他们仍不愿离开。还有在黄泛区,黄河几乎年年都要决堤泛滥,淹毁农田,可百姓却仍固执地年年在那里耕作,为什么?"

"那是因为朝廷的管制严控,不准许他们离开故地?"盛思蕊答道。

"这是一方面,可到了现在大清明显已经对百姓没了绝对管控的能力,沿路上我相信你们也见到不少闯关东的,可为何大多数人仍固守在那片近乎绝望的土地上呢?"

"那是因为大多数人都没胆子,怕被官兵追杀,所以不敢!"盛思蕊继续答。

"这也算一方面,但还不算根本!"

"那什么是根本呢?身体都孱弱,走不了,走不动?还是……"盛思蕊不住地猜测。

"都不是!"钱千金摇头打断,"那是因为长期不变的生活模式养成的惯性,还有内心那一点希望的火苗!"

几个少年都凝神听着,钱千金仰天叹了口气。

"也不知这算是中华百姓的纯良优点还是先天缺陷!"

少年们都对这模棱两可的话表示迷惑,纷纷摇头。

"这惯性呢,就是习惯了这一成不变的生活,不愿改变,也不想改变!就像是每天洗漱吃饭一样,养成了习惯轻易怎么改得了?当然这惯性里还包含着思考上的惰性,由于不用改变所以就不用思考,一切如常照旧,虽然艰苦却毫不复杂,只要按部就班就可以延续下去!只要不是战祸临头,天灾降临,都不会轻易地挪窝,离开自己的土地!而等到这一切过了后,又会再次回来,继续原来的生活,世代相传!也就世世代代,习惯如此!

这里给你们讲两个极端的例子,或许会更清晰!在湘西,那可是'六山三水一分田',而当地的人口密度又大,靠稀薄的农田显然是不能维系所有百姓生存的!结果怎样呢?当地百姓就养成了'忙时为农,闲时为匪'的习惯!农忙时走进田间地头,闲时则拦路抢劫,甚至杀人越货。可当地的百姓千百年来都没有走出土地贫瘠的湘西,仍是世代居住于此,放下镰刀就捡起大刀,务完农活就守伏道路。世世代代都没变过!这第二个例子,却在欧洲。维京海盗都知道吧?虽然我们没去过北欧,但可想而知那里自然环境恶劣,人们是难以耕种为生的!再加上欧洲在中世纪长期处于黑暗时代,百姓的生活不见得比中华百姓好多少!而北欧维京人就做起了海盗的生意,在海上到处杀人越货,可他们最后还是会回到那块故土上,并不远离!这也是一种惯性!"

"可西欧南欧那么多国家却都是通过海上疯狂扩张,没看大清都被蚕食了多少地方?"秦潇不解地问道。

"那是他们那时已经结束了传统的农耕社会,开始走在向工业文明迈进的路上!"钱千金道,"就像英国,在农耕社会时,生产能力十分有限,但就算是个弹丸小岛,却也能满足生存的需要,所以那时也没人想去外面的世界扩张一下,战争也多是局限在英伦诸岛间有限土地资源的争夺!在农耕时代,别说权贵,就算君主,他们的目光也多是局限于眼前的领地,而不想去外面扩张!"

"可古波斯帝国、罗马帝国、奥斯曼土耳其帝国呢?那时不也是农耕时代吗?怎么就到处侵略扩张?"秦潇接着问。

显然这个问题是挺有深度的,连一直没什么表情的莫沁然也不禁朝他点点头。

"这样有极端野心的君主,在整个人类史上能有几个?"钱千金道,"而这些动辄号称横跨多少大洲的帝国,又有哪个延续下来了?因为那是想从根本上改变其他国家百姓的生活习惯,也可以说是生活惯性,没有一个会真正成功的!"

秦潇点点头，像是明白了，可又不太明白。

莫沁然却突然道："可先生，大清建国可是改变了汉人的生活习性，那怎么就成功了？而且还一直延续了两百多年？"

这问题不禁令钱千金都点头认可，众人也都等着他的答案。

"那是因为大清并没有从根本上改变汉人的生活习惯！所变的只是一些细枝末节，像男子蓄辫、长袍马褂、戴瓜皮帽，这都是末节，并没有使农耕社会的传统生活方式有什么改变！"

听到这儿，徐三豹就不服了，嚷嚷道："怎么没变？我们汉人自古就把头发看得珍贵着呢？受之于父母，削发如杀头，那清廷鞑子让削发蓄辫不就是改变了祖宗的传统吗？"

"听你的话，像是红花会遗部说的！是不是还想着反清复明啊？"钱千金道。

徐三豹呸道："就你个老人棍总愿意向着朝廷说话，要我看你们读书的都是朝廷的走狗！"

见两人又开始习惯性地吵嘴了，李白安道："你们二位这也算是惯性！三豹，听钱先生把话说完！"

钱千金瞪了徐三豹一眼道："留辫子不还是有头发吗？要是让男人各个剃成秃瓢你再看看结果！满清虽然改变了一些汉人的生活习俗，但并未触及汉人农耕生活的本质，百姓仍然是务农为生。而且得了江山后，皇帝们也要求权贵子孙汉化，还分给八旗子弟农田耕作，虽然这些纨绔也没有种，而是都租给汉人百姓种了，但这也就是当朝最聪明的地方了！你看元朝一来就要把中华大地变成蒙古人的牧场，结果呢没过几十年就被推翻了！这就是违背百姓生活惯性的结果！"

先圣听到此也点点头，钱千金接着道："当然这惯性最糟糕的，就是养成了思维的惰性！当习惯了一种生活不去改变，思维就会惰化！这惰不是指懒得思考，而是惰会慢慢地削减百姓的要求！"

大家都摇头表示难以理解，钱千金接着道："举例来说，当一个人开始因为懒惰变得不愿意沐浴洗脚，那他可能就会进一步变得不愿意洗脸刷牙，进而连换衣服都懒得做！百姓也是一样，当思维惰性产生，开始被加重点田租不觉得怎样，慢慢的就对重税习以为常，到最后连田地一点点被蚕食都听之任之了！这就是思维惰性的恶果！很多朝廷都是这样一点点地、温水煮青蛙般地盘剥百姓，比如大清。盘剥够了本，隔个几十上百年来一次减免税赋，百姓还得跪倒痛哭，感恩戴德呢！"

大家这才明白了他说的这一切，都纷纷点头。先圣也以嘉许的目光看着他。

"那再下面就是百姓心中残存的希望了！不管日子过得多糟，收成有多差，糊口有多难，可毕竟曾经有人过过好日子！那人心里就会有这么一点希望了。说不准我们这样熬下去，也能过上好日子呢？现在虽然是苦，可日后我的儿孙们就会享福呢？这样的思想也在百姓的脑中根深蒂固，所以就算耕种再艰苦，活得再提心吊胆，每日再面临威胁，人人还都有希望存在！以上就是百姓为何难离故土的全部原因了，不知我说的对不对，先圣？"

先圣点头道："钱先生不愧是先生，将这缘由说得是透彻无比！您不会就是做先生的吧?"

"岂敢岂敢!劣徒就眼前几个!都难登大雅之堂!与莫小姐大家传授是远有不及!"

先圣见他来上了书生的酸腐气,就打住说道:"接下来就是这第九块石碑上所载的内容了!"

(三)

大家看到的却是极为混乱的交战状况,只是这次并没有从刻画上看出哪一方是真正占了绝对上风。

先圣解释道虽然这次中土各部族齐心协力,又早有准备,加上娲巨羿三族又在加工生产更强的御敌武器,看上去中华全族此次应该胜券在握。

但事实上,魔族这次来的飞船数量更多,那些昆虫般的士兵更是如潮水般杀出,双方交战之初就进入了拉锯。

而交战的激烈程度也远非画上记录的那样简单,而是血腥残酷无比又极为漫长。

慢慢的人类部族渐渐落于下风,眼看着就要支撑不住了。

可盛思蕊却见这第九块已经是此间最后一块石碑了,不禁问道:"那后面的记录呢?"

"没了!"

"没了是什么意思?"大家都是大惑。

"后面南陲的蛊族终于来援了!而他们一出手当真是让天地变色,几乎就在转瞬就让魔族的虫兵和飞船灰飞烟灭!"

大家听得咋舌,这是什么力量呀!可为何他们早不过来呢?

"蛊族的首领说,这是他们集齐自然中最极端的毁灭力量,此举一出,虽然消灭了敌人,但也必将会导致山河崩坏,大祸临头!可值此危难,却又不得不用!他们反复告诫,消灭魔族的经过不能有任何形式的记载传承,如果让后世心术不正的异人哪怕窥见一点儿门道,那中土必然会再临灭顶之灾!所以我们后世,对蛊族到底用了什么样的惊天动地的手段都是一概不知!但都知道蛊族确实掌握着毁天灭地的力量!这就是后来夏启被蛊族用四个金盒一吓,就再也不敢打我们边陲四族主意的原因了!"

大家一听这才恍然,唯独莫沁然听到毁天灭地的力量时显得尤为激动。

"那之后呢?魔族就再也不来了,也消灭干净了,对吗?"盛思蕊道。

"哪里有这么容易!等中土的情况安定了,我们四族也就各回边陲。可过了一段时间,又有一艘最大的魔族飞船就在我们北境降落了!"

"还有一艘?"大家都吃惊。

"对了!就是我们现在的秘境所在了!"

"那就这一艘应该没什么可怕的了吧?"

"哪里!就是这一艘就把我们搅和得上百年不得安宁!现在还是全族的隐忧呢!"

大家又不解了,其他地方都没事,怎么这一艘魔族飞船还纠缠了这么久?而且还消灭不掉呢?并且他们还就住在这里面呢?不怕危险?

先圣问道:"大家觉得我们秘境如何?"

大家不知怎么回答,只有钱千金道:"物产充足,四季如春,竟然还有光照和黑夜,真是个宝地呀!"

不过先圣却似乎并未太领情,而是慢慢道:"你们也知道我们是为避祸躲进此间的,却不知当时为了对付它和魔族虫兵付出了多大牺牲……"

(四)

当时呢中土已经安宁,巨族回到北境,部分羿族人由于几十年来长期和巨族一起抗敌生活,已经难舍难离,便一并留下了。此外还有几个娲族女子见北境莽山中有不少奇异的灵石,也留下来采集。而一直在中土英勇作战的人马族此刻已经族人凋敝,也就留在了北境。

就在大家都是一片安静祥和之时,魔族飞船不期而至。

本来以前魔族飞船接近,都能看见并提前预警,可这次这艘不一样,它似乎是根本就看不见的。

当它突然从空中向族人发起攻击时,打了所有人一个措手不及,人人都没有任何防备,而且对方又看不见,只有干挨打的份。

幸好飞船的攻击不久就过去了,之后魔族的虫兵就被放了出来。

此刻仓促应战的众人也已经排好了阵势准备迎战,可敌方却大大出乎所有人的预料。

那些魔兵不但是前所未见地敏捷残忍,而且这些魔虫竟然打不死!

他们不管是被武器劈断,或被巨弩刺穿刺碎,抑或是被拳甲刃砍成数段,都不会死!而且他们破碎的肢体都会重新组合在一起,再次冲杀战斗!

无论族人此时经验再丰富,武器再进化,可是面对着看不见的飞船和杀不死的对手却都是根本无计可施!

他们只得退守到山林之中,紧急商议。

众人得出的结论是,这艘肯定是魔族首领的飞船,要不不可能会能隐身这般神奇,而且还配有打不死的兵士。

可面对这样的敌人,又该怎么对付?

对于这个飞船,似乎还有应对之法。之前巨羿二族曾共同制作了一套连发机弩,但由于需要连绵不绝的弩箭支持,所以没能用在中土大战。可此刻巨族的铜矿和冶炼设备都在,可保证弩箭的供应,这就可以趁着飞船在空中发炮攻打地面时,用巨型连发铜弩辨明方位，将它击落。

可那些打不死的魔兵怎么办？这些东西竟然能在被分尸后还能组合在一起，而且是不分哪个是哪个，随意组合！总能保持数量不变，这可怎么打？

娲族女子想了许久，才沉重地说，其实她们族里还有最后一项异能，就是自爆术！那就是在被敌人围困得再也无法求生脱身时，通过自爆将对方人众炸为齑粉！魔兵都成了碎末，总没办法再组合了吧？

巨羿二族和人马族人听后那是坚决反对，这种与敌人同归于尽的法子怎么能用？坚决不许！

可娲族女子却说，她们生来就被教导，为了所有人的安宁牺牲自己是不足为惧的！

不过其他族人还是坚决不同意，并说了关键一点，到时交战时大家都混战在一起，那她们自爆了岂不是连自己人都炸成粉末了！

于是在一片反对声中，娲族终于不再提这个计划了。

虽然大家那么说，其实都是不想眼看着娲族女子作出如此大的牺牲！

等所有准备好了，就发动了一次决战！

这次由于计划周详，果真是出了奇效！

魔族此次抢光了牲畜动物就回到飞船上，而飞船就一直停在空中。这给了他们准备连发强弩的空间，还有时间做了一系列的准备。

通过诱攻，那隐身飞船在开火时被确定了方位，在连发巨型青铜弩的打击下，它摇摇欲坠地被一座山峰剖开坠落到了地下。

而后魔兵却从飞船中倾巢而出，向族人扑来。不过他们全落到了族人们事先挖好的环形陷坑里面！

这是族人趁夜沿着外围挖的，如圆环一样的极深陷坑，不管魔族从哪里冲出，都会陷落进去！

见魔族中计，族人便到了陷坑边上，用上所有家伙，如砍瓜切菜般杀向魔兵！

不过也是不出意料，那些魔兵就算被砍碎，仍能组合在一起再战，而且由于他们堆积的数量众多，眼看着就要冲出陷坑！

一看这次突袭就要失败，但既然击落了飞船，以后就还有机会再战，巨羿人马三族就决定保存实力，先行撤退。

可就在这时，三个娲族女子口中念念有词，而后身子凌空飞起，周身就像笼罩了一圈光环一样。

她们大叫着让众人退后，而后身体就落入坑之中，瞬间就被魔兵吞没！

如此突变出乎所有人的预料，谁也没想到娲族女子果真会如此奋不顾身，用自爆来消灭魔兵！

任何人都没来得及阻拦，就只有眼睁睁地看着娲族女子落进了魔兵堆里！

之后就见坑里有三个在快速膨胀的光球，那光线越来越耀眼炽热，而后就是如同炸雷般的三声巨爆，爆炸的冲击把众人都掀出了好远。

等爆炸平静后，大家在一片烟尘中再看过去，此刻已经多了三个圆形巨坑，而坑里仅剩下了一堆堆的细小碎屑，随风一吹，就都散布在了空中。

盛思蕊听得眼光都湿润了，她擦把眼睛问道："那三个娲族女子就这样尸骨无存地都死了吗？"

先圣沉痛地点点头道："都化成尘灰，这可真是'尘归尘，土归土'了！"

大家听到如此惨烈的英勇行径，不禁都在心中对娲族肃然起敬。

"之后仍有很少在后面并没有跌进陷坑的魔兵逃了出去，可族人此刻已经没心思再追击了！当时我们其余族人都十分悲痛，但也都满怀敬意。我们巨羿、人马族人在最后一个娲族女子面前起誓！我们共同组成北拒族，要世世代代守卫北境，绝不许魔族再踏入中土半步，绝不会负了娲族的英灵！那最后的娲族女子就在北境生活了下来，最后她也在对抗魔族中壮烈而死！她就是我老妻的奶奶！"

大家听了这等渊源过往后，无不交口赞颂。

"那魔族就这样灭了吗？"盛思蕊擦干眼泪问道。

"要是能那样都灭了就好了！这些杀不死的魔兵原来还另有古怪！这也让我们世世代代都头疼不已！"

（五）

那次大战过后，少数魔兵逃窜躲藏起来。

因为事先族人为了对付魔族挖了环形深坑，反而现在被魔兵作为藏匿的地方。

他们碎能重组的不死能力又有了进化，就是慢慢的他们竟然能把比如猛禽、巨兽的身体部分和自己的组合在一起！

此时娲族只剩一个女子了，大家都不忍她再参加战斗，所以沿着陷坑剿杀魔兵的任务就由其他三族来完成。

这任务听起来轻松，只要两边同时下进陷坑，相背而行不就行了？可事实远没有听起来那么简单。

首先他们要分出一半人，在下面两拨清剿的同时，在上面铲土填坑，断了魔兵的后路。再有此刻魔兵经过进化，甚至是地里原有的巨虫断肢都能让他们重组到自己身上。再加上此时已没了娲族拳甲光刃的帮助，想把魔兵切个稀碎都十分困难。

因此，清剿魔兵的战斗变得极为漫长，而等到大家费时极长终于将陷坑中的魔兵都清出去之后，残余魔兵竟直奔着被击落的飞船逃去。

这时娲族女子在此展现了神奇的异能，她用灵力制造了一道光墙封禁截断了魔兵退回飞船的道路。

而魔兵从入口进不了飞船，索性就钻到被飞船压塌的土层里，试图从地下进入。

之后众族人只得冒险进入飞船。历经千辛万险，终于进入了飞船的内部，也就是现在的秘境之中。

飞船被击落时底部被山峰全部划开，断层已经把大片的土地包括山头都罩了进去，形成一片极大的内部自然空间。

在这里他们倒是没发现魔兵的残余,但却感觉到在山后的地面有魔兵破土而入的迹象。

幸好娲族女子及时封禁了那片缺口,飞船内才暂时安全。

此刻剩余的魔兵都转到了地下,地面上倒是再也看不到魔兵的身影了。

北拒族人分两头,一边忙着恢复全族的旧貌,另一边则是看守飞船内的封禁及到处搜寻魔兵。

而魔兵的第一次破土而出,攻进飞船内部已经是很久后的事情了,大家虽然都加着十二分的提防,却仍被魔兵的阵势惊得骇然。

原来魔兵的数量不减反增。原来整个的魔兵都碎成了若干块,而后拼上鸟兽巨虫的尸身,再成为一个新的魔兵,这样原来的一个,现在却变成了若干个。

幸亏被飞船罩住的山体本是矿脉和熔炉所在,族里早就在此布下了连击强弩。

魔族的此次反扑虽未成功,但族人也未取得大胜,反而为以后魔兵杀也杀不尽而苦恼不已。

可事已至此,别无他法。他们一方面开始加固飞船内的防御工事,沿着山脊修造了一道青铜城墙,而后把连击弩机部署在上面,形成坚固的防御体系。

另一方面,鉴于现在魔兵已经能够在地底挖洞了,他们还必须要在外围修建工事,以防止把这些能够把任何活物残躯随意组合再生的魔兵放入中土。

就这样,他们在北境外修造起了坚固的城墙,并在墙下深挖拦截地道,在所有可能的薄弱点由娲族女子以光墙封禁。

(六)

这工程持续了二十来年,最后甚至扩展到了周围所有山洞的山体里,以娲族的光墙封禁确保魔兵不会外逃。

而此时娲族女子的女儿也长大成人了,后续的封禁都是由她来完成的。

她的母亲见北境已经趋于安宁,就只身返回族里了。她说之前用自爆和魔兵同归于尽的三个女子的一点灵光还存在她身上,她要将她们安置回自己的故乡。

这要求简直要人动容,不过族人还是隐隐担心只剩了一个娲族姑娘,她能不能有自己母辈那般的力量。不过接下来的发展却让众人松了口气,这女孩的一切都不比母亲差,看样子只要是娲族女子都承袭着一样的血脉。

而且除了飞船内还偶有小股魔兵侵扰外,整个北境边缘都不见魔兵的踪迹。似乎魔兵并不想离飞船太远,而只是非要回到飞船内部去。于是大家就决定在内部好好探查,到底是什么能令这些魔兵死死纠缠不放。

通过详尽的探查,他们发现在飞船里有一块如巨头形状的暗红色晶石。这石头被泡在一池像是固体般有形的液体里,总是隐隐地跳动,似乎还是活的!

大家都觉得极为惊奇,难道这晶石竟是个活物?

众人都觉得，那些魔兵应该是奔着这血红的石头来的！

所以大家就决定毁了它，可无论是使用何种方式，都没法损坏这晶石一分一毫！大家穷竭所有智慧，想尽无数办法，都没有任何能销毁这晶石的办法！

这时娲族女子就提议不如由她把石头带到大海，扔进"潼"里面去。

可只要这石头一离开飞船，地下的魔族仿佛就跟有知觉一般在下面跟着，而且压抑不住地蠢蠢欲动！

最后为了天下苍生的安全考虑，族人决定还是把它放在飞船里最为安全，至少地上和地下都能够看得见、摸得着。

而且大家也发现那些似乎有形的液体有着奇异的功效。

任何金属器经过在里面的浸泡，都会变得无坚不摧！这或许是一个意外惊喜吧！

当然这飞船中还有其他的惊喜，他们发现被飞船罩进去的土地上，植物作物竟然都能照常生长，而且里面四季恒温，十分舒适。

只是每次有人探查里面，或换班值守，只要在里面一次都会过去好长时间，而身在里面的人却并无感觉。

当然这些在当时都不足道，毕竟时间在那时对所有人来说都像是一个并无太大意义的东西，无非就是表示着一个人还有多久好活而已。对于信奉生死自然的先人来说，这也没有多少意义。

不过既然大面上已经安宁了，大家也就都过开了自由平淡的日子。

在这段时间里娲族女子生了个女孩，而先圣也出生了，部族承袭着世代的繁衍，就这样生生不息着。

（七）

就在此时，中土的禹派人来了，告知他要让位给自己儿子的决定。

此时北拒族几十年来都忙于与魔族的战斗，忙于坚守北境，早就对中土发生的事不再过问了。除了曾经派出过人去帮助治理水患，部族对中土首领的更迭更是毫不关心。

而面对这使者的威胁，他们更是毫不以为意，就像是听笑话般听过就算。

直到中土的流民前来，说出了事情的始末，并言及启加害娲族的经过，北拒族都同仇敌忾，再也坐不住了。

他们决定为娲族讨回个公道，还中土百姓个太平，于是北拒族联络大部仍在西陲的羿族，决定出兵联合讨伐不义的启。

而就在他们出兵后不久，魔兵像是得到了消息般倾巢而出，不仅夺回了飞船，而且进一步南下，向着城墙防线猛攻。

北拒族人及时回援，虽然收复了失地，最终把魔族又压制回了飞船地下。可是族人经此一役，损失惨重。

人马族勇士全部阵亡，虽然娲族女子经要求将他们残存的精魄封在了躯壳中，使他们成为不死的战士，但人马族也从此断族。

巨族和身在北境的羿族同样折损了大量勇士，从此再也无力去管中土的是非了。

就在北拒族黯然地恢复旧貌、弥合伤口之际，启派军队来了。

之后的事情就不消多说了，娲族女子为了北拒族全体，也为了中华大地上不再自相残杀，毅然牺牲自己平息了这场争端。

在此之后，北拒族人觉得启这般阴险，一定不会说到做到，而是会趁着族中虚弱暗中捣鬼。于是他们就动了全族迁入飞船中居住的念头。经过了充足的准备，他们决然地进入了这个由外面看犹如隐形的秘境之中。在里面，大家继续着农耕生活，仍是保持着原始的生活习惯。

慢慢地，大家发现了秘境里时间和外面的不同，发现了此间日夜的运行规律，也发现了很多原有的能够为之利用的地方。与所有勤劳智慧的民族一样，他们用自己的才智将这里慢慢地建成了世外桃源般的秘境。

这里不知寒暑，没有冬夏，而魔兵们似乎经过上次大战后也沉寂了，双方就在这样的无争中又过了不少年头。

直到先圣和娲族最后一个女子的儿子娇成人前，秘境都十分太平，原来参加过对魔族战争的勇士们已经开始相继离世。

很多人都认为魔族可能早就在地下自生自灭了，也没必要经常如临大敌了。

而就在大家都松懈的时候，魔族再次从地下卷土重来，不过这次由于族中仍有不少勇士加上娇那般神勇的少年，魔族的此次反扑被成功遏制了。

此后也不必多说了，娇怀着理想出去拯救世人了，结果惨死在外。

娇的儿子羽也被骗出去了，结果和他的父亲一样下场。

先圣此时已经经不起身心的折磨了，他选了个巨型水槽躺在里面，就当作自己的棺材想等死。

可意料之外的是，他不仅没死成，还发现了槽棺能让人恢复精力体力的神奇能力。

时间再次推移，先圣经过了两睡两醒的间隔，外面的世界已经来到了盛唐，武曌即将临朝。

而此刻地下的魔族再次倾巢而出，这次反扑的规模是前所未有的。因为魔族不知在哪里的山洞中竟发现了酷喜黑暗的巨型蝙蝠，而后这些有着巨翅的动物也经重组令魔兵有了飞翔的能力。

这次交战空前地惨烈，秘境防线几乎失守，而北拒族所有原来遗留的勇士几乎全部阵亡。

最后幸得有两个外人相助，大家才最终合力将魔兵再次驱赶回地下。

可是他们撤退下去时，却抓走了不少北拒族人还没来得及抢回的勇士尸身。

之后的事情大家也都知道了。不过那个黄冠子对星象占卜有着极深的造诣。他通过之前秘境的记录和自己的实际观测，发现了其实每次魔兵倾巢反扑，实际上都有预兆。

那就是通过这圣堂观天镜上看出的血星连珠。通过他们之前的记载，前两次包括这次魔兵突袭前都有血星连珠的迹象。

而且他还从这观天镜上看出了不少的异象，可做预测天下大势、兴亡交替的预兆。

这就是一人技短，二人技长。在云裳子和黄冠子的建议下，为消除魔兵下次倾巢而出时，能飞在天上的隐患，二人帮助族人开始清除整个北境的飞禽。

而为了确保万无一失，最后就连所有能飞的昆虫都一并给除灭了。

而这项繁重的任务在他们走后几十年都一直没停过，以保证秘境中甚至北境中没有任何能飞的活物。

既然魔兵的出现已经有了能被发现的预兆，那族里就派人专门值守在观天镜边随时观测。

据黄冠子所言，这血星连珠的出现应该是有个能观察到的过程，那从发现到准备迎战就应该有充足的时间。这样一来，原来在城墙上日夜巡逻的人力就可以被撤下来，投身农耕生产。

到此时，秘境中才开始了真正安居乐业的日子。

而那血星连珠也没再见过端倪，日子太平久了，整个防御体系也就松懈了。不过所有的技能都代代相传着，族人的血脉也都世代继承。

唯独最初守卫北境的巨族，由于连续大战导致所有勇士都已阵亡，巨族最后只剩下先圣一个人孤零零地在世上。其实要不是他偶然间发现了槽棺能补益精力的异能，他也该去世了。

而他的所有亲人都相继离世了，他也确实不想孤零零地苟活于世间。不过所有的部民不同意，他们认为先圣就是整个北拒族最后的象征了，也是秘境最后一个活着的图腾。无论如何都要让他活下去，作为精神象征活下去，并尊崇他为"先圣"，是秘境中地位最崇高无上的人。

（八）

讲到这里，先圣很无奈道："中华古语道'家有一老，如有一宝'，他们现在就像是对宝贝一样待我！可就算是魔族再来，我也没能力再上战场了！这般活着岂不是与废人无异？"

羽澄马上道："你老人家可千万不要如此说！您就是我们的精神支柱，要是没了您，北拒族也就散了！"

众人见先圣悲观，虽知道他内心悲苦，但也知他对这先古遗族的意义十分重大，是万不可想不开轻生的！

于是大家都是交口宽慰，说尽了好话才使得先圣微微舒缓了郁结。

此刻徐三豹却道："您老人家何不带我们看看你们大战时用的兵器，我可是心痒半天了！"

钱千金正想斥他不识趣，却听先圣道："就知道你按捺不住了！不过那些家伙你可不一定拿得动！"

其实大家看先圣的身量就知道巨族的兵器得是多么巨大的尺寸，也早有心理准备。

可徐三豹自持勇武过人，还是不服道："那也得亲眼看了，亲手试了才知道！对不对？老人家！"

先圣哈哈一笑，带着大家来到下一隔间。

这里也是十分巨大，沿着四周上下摆挂满了各种兵器。

最先吸引大家的就是迎面看到的一把倚靠在墙面的大刀。

说它是刀只是外形上有些像下的马上战将用的大刀，实际上这把刀的刀柄虽然也有一丈多长，但却是不像交战使用的。因为它的刀身却有两丈多长，没有明显的护手，只是刀柄部分短窄浑圆，而刀身则是宽长扁平。这把大刀周身都泛着青黢黢的光泽，按理说都过了上千年了，可这种微暗却散发着逼人杀气的幽光却让观者无不胆战。

徐三豹上前，摸了摸那刀身上足有两三寸宽的刃口，问道："这大刀如此巨大，又这么钝，怎么杀敌呢？"

先圣微笑道："你拿起来向那边的石块砍一下就知道了！"

徐三豹双手紧握刀柄，试探了一下，觉得光这刀就有至少五百斤重，要举起砍下，那不得用上千钧之力！他这回没有冒失硬举，不是不敢，只不过不想让先圣一下看扁了，也不想被钱千金嘲讽。

接下来他瞄上了旁边的一把剑，这外形同样的古朴厚重，只是要明显小上那么一号。而且说是剑，实际上与刀比起来也就直那么一些，与现在的宝剑还是明显不同。

他这回倒是攒足了气力，猛地一举，没想到也就是不到两百斤，远出他的预料。他举剑猛砍向石头，就听哐的一声巨响，石头被砍碎一地。

他看着巨剑，莫名道："这，这，怎么这么厉害！"

"那把刀实际上是我们最初对付魔族的兵器，杀伤力大但也是过于沉重！而且魔兵很难被彻底杀死，所以我族勇士用起来也很吃亏！后来我们改进了制作方法，制成了这种半中空的宝剑，再辅以'息壤'浸泡，就是现在你手中用的双刃剑了！怎么样，威力还够吧？"先圣微笑。

徐三豹几乎是喜不自胜，自己要是有这么一把家伙在外面，那不是要横踏武林了！但转念一想，自己要是拿这么个大家伙一亮相，那还不得被当成疯子？

周炯看师傅试得起劲，也不禁跃跃欲试道："师父也让我来试试！"

徐三豹回头看看他道："这个你是能使得动，但用不了几下！你拿那边那个小的试试！"

周炯看那边果真还有个更小一号的，而且这把剑竟然还有护手，看起来也更像剑了。他过去一举，那也是有一百多斤，虽然用着吃力，但也总算能用一把巨族的兵刃，脸上也是有光，不免得意。

却听先圣道："那是我们族里女子和孩子用来防身的，一般不用作与魔兵的对抗！拿着它硬拼正面冲突，是要吃亏的！"

周炯一听这是女人和孩子用的，当时就蔫了，而盛思蕊则忍不住掊着嘴笑。

可徐三豹却拍拍周炯道："哎！炯儿，可不能气馁！这可是巨人用的家伙，就算是孩子也比你要高大得多，你能用它已属不易！等你到了师父这功力，自然也就能用得了那大的！"

这时李白安却看羽澄在看着墙上的一面青铜强弓出神，那把大弓比羽澄用的不知要大上多少，显然先古的羿族战士身躯也是十分伟岸。

他说道："羽姑娘，想起先人了？"

羽澄向他一笑道："对呀！估计我这辈子也没法用那样的大弓了！"

"羽姑娘不必自轻，你的连环箭我是领教过的！要不是我侥幸，早就归西了！你那套箭法在当今中原武林已几近无敌了！我们不能跟先人去比较！就说读书的，自打孔孟之后，还哪里出过圣人？再说习武的，自打霸王之后，还哪里出过霸王？自从吕布之后，又哪里有过奉先？前人再怎么辉煌，那毕竟是他们那个时代的事，我们要比只要比比当下就已经不枉此生了！"

羽澄听他说时，目不转睛地看着他，直到说完，才眼现流波，款款道："谢李大侠指教了！"

"什么指教不指教的！'沉舟侧畔千帆过'，时代不断前进，过去的再怎样也都是过去的事，对我辈来说，放眼当下才是要紧的！"

李白安这话既是把羽澄当成了同龄的江湖儿女，其实也有说给自己的成分。经过了这么多风雨磨砺，见识了诸多丑恶叵测，他心中更是坚定了治好心月后就隐居山林的念头。

不过这话对羽澄的触动可不小，她念叨着："放眼当下！放眼当下……李大侠说得对，我心里一下就轻松了！"说罢一笑嫣然却不失英姿。

这时钱千金见先圣还没有说及正题的意思，心痒难耐就催问道："先圣，我们是否可以一观您的书山了！"

先圣一听，像是才想起来般轻轻拍头道："差点儿都忘了，我们这里还有个有学问的先生！好好好，我们这就过去！"

（九）

再转弯走了一段，眼前豁然开朗。

这里好像是整个圣堂的中心，高高隆起的穹顶散发着白光，倒是给人一种极为空灵的感觉。

在穹顶的一处有一块透明的圆形镜面，应该就是之前听过的观天镜了。

从地上到镜面只见有一条旋转的阶梯直通上去，阶梯上是个平台，平台上摆着一套石桌椅，此刻正有一个身影趴在石桌上。

羽澄一见正要喝叫，先圣却挥挥手，他带着众人上了阶梯，到了平台。

大家这才发现原来此刻正有个人在睡觉，还发出有节奏的鼾声，显然睡得十分香甜。

先圣过去拍拍那人肩道："怎么，没睡好要补觉？"

那人已经噌地蹦了起来，而后大惊失色道："先圣，不是，我……"

大家这才看清这只是个孩子，只是身型较外貌大很多。

羽澄厉声道："小汶，我见你之前受了些轻伤，才安排你在此看着观天镜！你是不是好彻底了！要不要去值守大门呀！"

"不是，澄姐姐！"他忙走出来。这一走，大家才看到他确是一瘸一拐的。

"值守观天镜虽然轻松，但关系着全族的安危！你怎么能玩忽职守呢？"先圣语现严厉。

"不是的！先圣！您看看就知道了！"

大家抬眼看，就见透过镜面，看到的是一片灰突突。仔细看才发现这看上去就像个圆球的一面，只是上面坑坑洼洼的，而且此物好像还在微微地转动。

"先圣，这都七天了！观天镜里看出去就是这个，都没变过！我刚才看得眼晕了，只是小歇了一下！可真不是偷懒！"

那孩子很惶恐，继续补充道："不信你去问朴伯！"

这情况先圣羽澄他们也都知道，那孩子显然没有说谎，所以二人就教训了几句要用心什么的也就放过了。

但这镜中的事物却引起了大家的好奇，钱千金认为这可能就是魔族飞船用来观测用的。

先圣也表示同意，但到底是观测什么的呢？可以肯定的是这看到的不是外面的天空。

盛思蕊抖机灵道："是不是就像望远镜似的？这看出去的是茫茫的星河呢？"

他们去过英伦的都去过天文馆，见了天文望远镜，可哪里见过看出去如此清晰的呢，也都议论纷纷。

先圣道："后来我们根据黄冠子的提示也仔细回忆过了，在魔族反扑的几天前，确实能看到血星连珠的景象，而等血星连成直线，当先第一颗奇大如斗，像是要扑面落下时，就是魔兵攻击的时刻！"

大家看了半晌，见景致毫无变化，就是那灰突突的大球的表面，而且在不停地转动。众人看得眼都花了，心想也难怪那小孩儿能睡着了，这般枯燥的景致换了谁都得看晕。

而就在这时，盛思蕊好像眼前一花，猛地发现观天镜里似乎一片红光，就像是无数面红旗在空中飘摇。而等她揉揉眼，想仔细看清楚时，画面又回到了之前的一片乌突。

明墉见她神色有异，问道："思蕊，怎么了？"

"我好像看到了什么奇怪的景象，但一转眼就不见了！"

"你是不是看太久也眼花了？"明墉很是关切，"眼睛疼不疼？"

"你花了我还没花呢！"盛思蕊不屑道。

众人听她看到了什么，都伸着脖子用力去看，可是什么都看不到。

先圣眼前一亮道："莫非蕊娃子看到了那黄冠子所说的预兆异象？"

盛思蕊把看到的画面跟众人说了，钱千金之前就猜测到黄冠子也就是李淳风，很可能将他看到的编成了千古第一预言《推背图》。可那图里还都是些有形有质的，像一片红旗飞扬要预言的是什么呢？

他开始搜索枯肠，拼命联想，可就是想不起个所以然。

这时外面突然传来了铃声，羽澄道："这一天有客人来，过得是真快呀！你们看转眼就是下午要吃午饭了！咱们时间大把，先吃了饭再接着看！我们这里可是饭不等人，过了点儿就没吃的了！"

经过刚才一顿挥舞刀剑，徐三豹是真觉得饿了，忙招呼着周焖去吃饭，众人也跟着往回走。

这可是苦了一心想看书山的钱千金，他早就是百爪挠心了，这眼看着就到书山，可以一睹古籍的真本绝本，可偏不巧就到了饭点儿！

他犹豫了半天，是为书舍却一餐，还是回去吃饭？要是年轻时，这根本就不是问题，肯定是看书呀！但是现在尤其是这里，更加上羽澄说过了饭点儿就没吃的，让他极为彷徨。

这里可是一天相当于外面的一个月，一天又只是两餐，那自己要是错过这顿，岂不是要等到半个月后才有东西吃！虽然说在这里只是半天，可自己却不由自主地往半个月那边想，越想越是恐惧。

他只得跺跺脚，跟上众人，心中暗道：等下我吃得快些，要赶在入夜前挑上一本中意的书看！

这餐按羽澄说已是节日加上贵客的礼遇了，但在他们几个外人看来却很是寒酸。除了极大个的面饼、白薯、青豆外，就是每人都分了个鸡腿，还有就是众人面前摆的一大盆肉。

不过说寒酸，那是数量上的，光是那跟猪腿大小的鸡腿，就足够每人饱食了。

别人虽然也都饥肠辘辘，但还都能保持着一定的仪态。而徐三豹却是狼吞虎咽般塞完了硕大的鸡腿，而后还意犹未尽地跟钱千金说："哎，你个老柴火棍，这么大个你肯定吃不完！分我一半！"说完就要亲自动手。

本来要是他不说，钱千金只想胡乱糊口就直奔书山的。见他动手要抢，钱千金自尊爆棚用手护住道："谁说吃不完？今天我就吃完给你看看！"

"嘿！你来劲了不是？"徐三豹就要明抢，钱千金却上了倔劲儿偏不让。

"好了，二位！哪有贵客来还不让吃饱的道理？那不还有一盆肉吗？不够这大汉吃？"先圣道。

徐三豹不好意思放手问道："老先生，这是什么肉呀？"原来他是看不出究竟不敢吃。

"噢，这个……"

这时就听那个孩子极其惊恐的声音由远及近传来："不好了，不好了！血星连珠了！"

六十八、斩妖除魔

（一）

大家听到这呼声都愣住了，几个都咬着鸡肉一脸迷惑。

不是刚从那边过来吗？根本什么也没发现呢！

先圣却是极为紧张，立刻腾身站起。这时那孩子已经惊慌失措地一瘸一拐地颠了过来，大声道："不好了！就在刚才……血星连珠了！"

"怎么会这样！"先圣话音未落就大步向外走去，全然不似之前一直保持的从容气度。

羽澄忙跟着，其余人众也都赶快跟上去想看看这血星连珠到底是什么样的预兆，怎会把先圣这般经遍历史的老人惊成这样。

周炯放下鸡腿刚要走，却被徐三豹喊住，他把鸡腿递给周炯道："边走边吃！"

"这不好吧？师父？"周炯觉得这样在人群中有些突兀。

徐三豹却挑了个小点的铜碗装了一碗肉道："不吃饱等下怎么有力气拼命！"

"拼命？等下？"周炯不解。

"还不明白？那血星出现，魔兵就要出来了！那不是要跟他们拼命吗？"徐三豹往嘴里塞了块肉。

他虽然还没从先圣那里知道这是什么肉，但觉得除了肉质纤维粗硬外，还是很有嚼头的。

周炯见师父把拼命说得如此轻描淡写，不禁问道："师父，这里的人都远比我们高大威猛，难道还用我们拼命吗？"

"你个炯小子，刚才听了那么半天，还没明白？这里现在已经不比以往，参加过战斗的勇士都死光了！剩下的都是身型巨大的农夫而已！要说对敌交战，恐怕都没我们有经验！所以呀我们参加抗敌那是一定的！"

周炯听徐三豹这么一说，顿时大悟，也来了精神道："师父说得对！路见有难，怎能不拔刀相助？更何况面对的是我们民族的公敌呢？等下我定要手刃他几个！"

"这就对了！咱们师徒不比他们，用的是外家功夫，耗的是力气！不吃饱怎么能成？所以拿着快吃！"说罢他又往周炯怀里塞了一碗肉。

周炯嚼着硕大的鸡腿，就如捧着猪腿在啃一般，他边吃边说："师父，那些魔兵长什么样，多大个，用什么兵刃，我们都不知道！等下交手要怎么打呢？"

"我也不知道！但看之前巨族的兵刃和老头的说法就知道，对方一定很难对付！"徐三豹微皱眉道，"可我辈学武之人，要么是征战沙场，要么是行侠仗义！现在这个鸟朝廷已经不值得为它征战了！那就剩行侠仗义了！要路见不平为民除害哪里不行？这里也是我们的同胞，怎么就不行？"

"可是……"周炯有些迟疑。

"怎么？害怕打不过？"

周炯点头，的确，比自己强的人都认为是难以战胜的敌人，那自己又怎能是对手。

"只打能打得过的，那也叫行侠仗义？"徐三豹提高声调道。

"不过若是对方实在是太强了，我们根本就望尘莫及，那不是去送死吗？"周炯努力理顺着逻辑关系。

徐三豹双目直勾勾地盯着周炯道："怎么了？你小子胆怯了？"

"也不是……就是……"周炯一时找不到合适的话来表达此刻内心的忐忑。

其实他最初就是个热血毛头小子，对祁主使那样的对手，都敢不知死活地硬接一掌。而这一路下来，见识了人外有人，天外有天，血中躁气渐消。再加上已经和宋婉毓有了情根，心中更是添了牵挂，所以这次在面对可能的生死考验时不免心中犹豫。

徐三豹看看他，突然放下碗，把油手在身上擦了擦，而后一手罩住周炯的头，轻轻摸了摸道："炯儿，你记住！大敌当前时，有打未必输，但不打却一定输了！人这一生要经历许多事，如果你遇到的对手不是一次比一次强，那你就一定是在走下坡路了！而你面对一次强敌，如果胆怯了，退缩了，那你以后也一定要走下坡路了！胆怯谁都有，这世上变化太快，也会有层出不穷的事或人出现让你胆怯，让你畏缩不前！这时你只有无惧地面对它，用自己的力量尝试克制它，你才有可能往上坡走！"

"可我又不想当官、当将军什么的！"周炯道。

"人的上坡不只是这些！对耕田的就是多种庄稼，对做生意的就是把生意做大，而对我们学武之人就是要再上一个境界！咱们大清为什么是现在这样，你还不明白吗？那就是一次次胆怯，不敢面对列强，所以就越来越弱，到了自保都难的地步！人也是一样！你越退缩就会越弱，总有一天你会退到连个孩子都不敢直面的地步！所以不管对手如何，我们就要坦然面对，都要和他迎头一击！两军相逢还勇者胜呢！放下畏惧，挺直腰板，面对面用你最大的能力给他致命一下！这才是男儿应有的本色！"

徐三豹之前从未跟他讲过什么长篇大道理，这第一次说确实让周炯热血重燃起来。

他腰背一拔，慨然道："师父说得对！等下我定要好好会会那些魔兵！"

徐三豹又拍拍他的肩头道："不过你毕竟还小，到时跟着师父！我们勇武无畏不等于是要白白送死！明白了吗？学武之人同样要懂得动脑！总之你跟定师父，我们师徒定要杀他个痛快！"

周炯狠狠点头，往嘴里塞了一大把肉跟着师父昂首阔步地出去了。

（二）

等到了观天镜那里，所有人早都登上平台去看了。

其实哪里还用登到上面去？在下面就可以把那高悬于穹顶之上的圆镜看个分明。

只见镜中是一片漆黑的底子，而在中间，有几颗血红色的硕大的圆球，连成一条纵线。每下一个圆球就像前一个的虚影一般，在后边露出个轮廓。而当先的大球冒着血红的妖异之气，就像要朝着他们喷薄而出一般。

这就是"血星连珠"？周炯看这景象不就是串成一串的大号糖葫芦吗？

却听先圣在上面还在问那小孩道："你确定这是刚刚看到的吗？"

"先圣我怎敢骗您！之前被您抓到睡觉确实是我的无心之失！这的确是刚出现，要不晚上值更的朴伯怎会没看见？"

为了日夜查看观天镜，故早晚要有两人换班。这工作又不耗劳力，所以多由年老体衰却眼力尚好的人来担当。这孩子是因为伤了腿，干不了农活才被暂时安置在此的。

先圣觉得他此言应没有假，不禁脸色剧变，沉思起来。

盛思蕊却不明就里，问羽澄道："羽姐姐，这血星连珠一出现，魔兵就要破土而出吗？"

羽澄只是面有难色道："我也没经过呀！反正就是这么说的！"

"那现在是真的串成一串了！是不是就是连珠了？还是要等它们变成一横串才算呢？"盛思蕊问道。

她这一问倒是让钱千金想到了什么道："古时也有说什么'九星连珠'灾祸降临什么的，其实这都是观星术的内容。这观天镜就是个极为先进的天文望远镜，它望出去的可不是我们双眼能见的！不过连珠的记载都是很模糊的，也没说什么颜色，好像更没记载到底是横着连的还是纵着连的。不过数字说得那么清楚，那就应该是……"

没等他继续讲述下去，先圣却打断道："各位贵客，这次确是不巧，让大家赶上族内大难！我马上安排羽澄带你们离开秘境！至于李夫人嘛，如果那槽棺你们能拿着就一并拿着！我们能做的就只有这些了！"

大家见先圣一脸决绝，知道非同小可，盛思蕊不敢再乱发问了，钱千金也不敢抖书包了，大家都是一脸茫然。

李白安问道："先圣您让我们先撤，那您的族人呢？"

"我们都是有誓言在身的！必须要舍命留下！这次的连珠比上次要大上许多、近上许多！而且又是突然出现！想必是之前被什么遮盖住了，没有被发现，但一出现就已是连珠形态！据以前的经验，如果推算不错，魔兵倾巢而出也就是在今夜了吧！以前我们尚有日夜的城防，早做了准备。可这次因为确定了连珠预警，城防都要临时启动，这时间可是大大不够！而且我族中能作战的勇士已经寥寥无几，所以此次魔兵一出我们势必将被灭族！而秘境也将不复存在！但我们世代坚守的承诺绝不可废！我已想好，等无力抵抗之时，我们全族将与魔兵们同归于尽！不过贵客们都是外人，用不着为了我们白白牺牲！所以你们就先撤吧！澄娃子，你还不快带诸位贵客先下去准备出去！"

"先圣……"羽澄极力要说些什么。

"不要多言！等出外门时一并拉响警报！"

"慢着先圣，请听在下一言！"

就见李白安朗声道："我是学武之人！学武之人学武干什么？难道还真是'学得文武艺，货卖帝王家'吗？且不管别人怎样看，但我的初衷绝非如此！而相信大家知道了这帝王的来龙去脉，也都对帝王是什么货色心知肚明了！习武之人如不能急危救难，如不能拔刀相助，那要这一身武艺又有何用？我的授业恩师都说过，要不欺压良善，要救人水火等，那现在不就正是时候？秘境中住的都是我中华血脉相连的先民，要我眼看着自己的同胞百姓有难，却撒手不管，那岂不是愧对自己的良心！我的恩师也会从棺材里起来骂我是贪生怕死之徒，愧对他老人家的教诲！我是绝不会走的！我必将与族人并肩拼死一战！倒时哪怕不敌，也必将与魔族拼个玉碎！"

他看向众人道："我这里有宝刀在手，占了个便宜！所以诸位去留随意！"

他的话还没完，底下的徐三豹就叫道："白安，你是说到我老徐的心坎儿里了！我和炯儿都留下，反正那些巨大的兵器我们都还有能用得了的！"

周炯在旁边猛地点头，而后道："钱先生，您若出去见到婉毓妹子，给她报个信，若我一年没回，就说我祝她一生幸福！"

钱千金还没等说话，就听盛思蕊猛地一拍手道："看来我经历了这许多，莫名其妙带了这脱不下来的拳套，又到了这祖辈待过的地方，就是天意！我也要留下！先圣祖爷爷，您是没见过这拳甲光刃的厉害！我都没亲眼见过它砍杀活人！"

众人都莫名，怎么她还没亲眼见过，还说厉害？

只有明墉知道每次出手时，盛思蕊都跟被人附体一般，而后又被吓得不得了，自然没亲眼见过。

"那你呢？"盛思蕊突然温柔地看向明墉。

"你再厉害不还得我给你守住空门吗？你忘了，我们可是'孟不离焦，焦不离孟'！你在哪儿，我就在哪儿！况且我的残剑也不是吃素的！"

二人四目相对，好似有无边的情意在蔓延渗透，有着说不出的两情相悦。

秦潇见明墉虽说得轻描淡写，但流露着无比的坚毅。他本想着说些豪言壮语，但话到嘴边却看向莫沁然。这一路来，几乎都是莫沁然给他拿主意，而她的主意却几乎都是最正确的。慢慢的秦潇自己都变得凡事都要听莫沁然的引导了，仿佛没有她的肯定自己都不知该做什么。

却听莫沁然轻笑道："难得能和大家并肩对敌！我的枪法也不赖，相信也能派上用场！秦少侠就更别提了！枪法出神入化，也是杀敌干将！"

秦潇忙跟着附和点头，他之前还真怕莫沁然说出相反的答案，心中这才放下了疑虑。

而晋先予却犹豫再三才道："大家都留下，怎好少了我！钱先生不如就先撤吧！"

"你们都说什么呢？"

钱千金这才得出机会插进嘴来，气呼呼道："你们巴巴地把什么豪气干云的话都说尽了，到了我这里却让我先走？都是何居心？我钱某是那般贪生怕死、舍弃朋友之辈吗？还有你个小周烔！谁都没空给你传什么狗屁话！你最好自己活着回去亲自说！别指望别人！谁说我是读书人，就不能打仗了？你们谁又比我更懂兵法？以前你们跟痞子斗殴似的，胡打一气也就罢了！这次我非得好好给你们参详一下，好好排兵布阵，全力迎战！"

徐三豹本听钱千金也说要留下，心中正高兴。又听他说什么痞子斗殴，不快道："你个老人棍儿，就不会说点儿好听的？"

"怎么着？让你们巴巴地鄙视了我半天，还不让我反口啦！"

羽澄听众人都是热血沸腾，都表示要协同抗敌，心中很是欣喜。尤其是李白安那番热血沸腾的话，更是让她激动万分。

她热切地看着李白安，却见他目不斜视地看着众人，一种凛然之气仿佛就在升腾，看着看着她不觉有些痴了。

先圣见大家群情激奋，不免动容地说："各位的盛情，老朽深表感激！可诸位是没见过那些魔兵的厉害，大家都还有大把的好时光，何必……"

谁知周烔抢先说道："有打未必输，不打就一定输了！"

徐三豹见他现学现卖，不禁嘉许地拍拍他的肩。

"我们也不是吃素的！对不对？这里就你知道这光刃的厉害！"盛思蕊边说边捅明埔。

"对！当然对！"明埔被捅得吃痛，马上叫起来，"到时思蕊让他们来一个变五块，来一双变十截！我负责把他们绞碎！"

大家被这话都逗笑了，也想起先圣说魔兵能破碎重组，都附和道："对了，要绞碎，绞碎！拍成肉泥！"

先圣还要说些什么，李白安却道："先圣，我们主意已定！您就赶快部署吧！"

这话把先圣惹得长叹一声，随后他长揖道："老朽先替全族感谢诸位的大恩了！"

他本是巨人，这一揖都比别人高上许多，就像是大人在低头跟小孩说话般。

"先圣，事不宜迟，赶快带我们去看城墙防御吧！"钱千金道。

他被感染得豪情骤起，也跃跃欲试要大展身手。

"好吧！澄儿去敲钟聚集族人！小汶，你去通知族长开炉！我们直奔城墙！"

钱千金问道："开炉？开什么炉？"

"我们这城防都是依靠着青铜冶炼炉！事发突然，就算现开也只能是略尽人事了！"

大家这才想起之前在透明外罩看出去城墙连着山体这一段，确像是个冶炼的熔炉，但还是不知能对城防起什么作用。

"哎！先圣，你们先走！我和徒弟去挑两件趁手的兵器，不介意吧？"

"请随意！就是不要一味贪大，魔兵数量众多，兵器一定要使得顺手才行！"

（三）

几人跟随先圣下了圣堂，一路蜿蜒就到了青铜城墙边。就见这铜铸的城墙，其实在防御上已是十分先进。

城墙虽然在远处看不出什么，但上去了才看出是外墙高，内墙低。沿着外墙有一条深槽，每隔两三丈远墙面上就有个缺口直通深槽。

先圣解释说，等熔炉烧开了铜水，就会把滚沸的铜汁倒进槽中，而铜水顺着缺口就会流下城墙，浇烫那些上攻的魔兵。

大家往墙外一看，这墙下不知被倒过多少铜汁，都已经隆出了个斜坡，正好方便魔兵上攻。

钱千金不解道："先圣，为何不把这斜坡给铲了？这不是又能回收铜，又能避免对方轻易上攻吗？"

先圣道："其实这只是我们防御的一部分，而真正厉害的就是要等到他们攻上斜坡才能发挥重大作用！而且这两部分都是要魔兵在斜坡上才能发挥威力！你想如果他们只在城底，那铜水只能浇到先头一部。而等他们全上了斜坡，铜水不就能斜向喷到他们全部？"

钱千金想想道："不过这样一来，魔兵岂不是就离城上更近？那一个不留神，不就让他们攻进城了？"

"这就要看我们最具威力的防御利器了！"他一指内城下道。

大家看过去，只见下面是青黢黢的一排机械组。仔细一看，原来是一排连在一起的巨型弓弩组！

"这就是羿族和我们共同打造的连发青铜巨弩组了！在当时与魔族大战时曾所向披靡！我们后来把它改进了，用作城防，你们看那边的瀑布水中间！"

众人看去，只见一道瀑布激射而下，在山中段有个装置将水引到了这机弩组下方的一个巨型水槽中。而瀑布的引流处还有一个类似巨型齿轮的装置立在旁边，这齿轮由大铜轴连着机弩组。

"那就是整个连发机弩组的推动器了，等一切准备停当，将它移到瀑水下方，由瀑布的激流带动！"

大家看着那巨型齿轮，都叹服先民的智慧。要不是用这激流的水力，哪里能让这么巨大的齿轮组动起来？

钱千金又问："那要等什么时候才能准备停当？"

"你们看那连发巨弩组里可有弩箭？"

大家低头细看，只见每个连发机弩组都有一圈固定的弩机，中间绕着滚轴。就像是一个只有天神能用的左轮手枪一样，只不过每个弹仓都有一套击发装置。

从这套装置就能推测，等齿轮组被带动后，这些机弩轮盘也就会像左轮手枪一样转着发射。大家不禁再为先人的智慧折服，这不就是西方的半自动武器吗？而且构造还要简单得多。

不过钱千金却怎么也没看见一支弩箭在上面,他不禁问道:"这箭呢?"

"对呀!如果是早收到血星连珠预警,我是断不会如此绝望!谁能想到观天镜竟被个转动的灰星遮挡了这么多天呢!这些弩箭是要由熔炉现烧现造的!"

"这怎么可能?"钱千金疑惑道。

"我给你说说整个原理你就清楚了!这套机弩组是靠瀑水的动力来驱动,驱动的前提是熔炉已经将铜水烧开,而后通过那边的斜槽引到机弩组里来。"

大家一看那边果然有一道倾斜的槽体连着山体,在每个机弩组下都有倒入铜水的缺口。

"每一套机弩组盘由八个单独机弩构成。等机栝启动,铜水就会灌到一个空弩槽之中,而机栝的运行刚好是到这个弩槽灌满铜水之时。这时下一个空弩槽就被转到注铜口下继续接铜水。而已经灌满滚沸铜水的弩槽就会被一下下带动,等到稍微定型时,就进入了下方的水槽中冷却。等轮盘被转了一圈时,最先被灌注铜水的弩槽就在最上方的发射口了!此刻铜水已经完全被冷却成型,而弩槽的击发装置也已经被冷却到恰好疾速收缩的状态,这时一支强力的青铜巨箭就被发射出去!之后只要水流不止,装置就不会停!而只要是熔炉不停,就能保证足够的弩箭射向魔兵!"

大家听了都是叹为观止,没想到先人仅仅是利用了自然的力量,就能造出如此强劲的武器,真是让后世望尘莫及。

可晋先予却问:"可每一箭发出后,不是都要像弓箭一般重新拉上弓背才行吗?这样子哪里能重新拉动击发装置呢?"

"这就是我们两族实验了很多次的结果了!我们的击发装置是内置由多种材质特制的,与青铜的受热和冷却度都不一样!等一箭射完后,铜汁一旦注入,击发装置受强热就会自行被推到原始状态,而后随着冷却到了发射口,就会收缩到极致击发而出!这是我们两族人经数十年才实验修造出的,准确性都不亚于西方现在的机械!"

这回众人真的是彻底心服口服了,都是连连表示厉害。

盛思蕊却问:"那怎么还不开炉烧铜呢?"

问到这里才击中了先圣的软肋,他把最难的问题讲了出来。

原来冶炼熔炉不是用的一般的火,而是要用火山里的岩浆!每次开炉都要用大量人力绞动岩浆才能达到足够的热力。

而这个还不是最难的,最大的困难在于铜矿石。这光是去杂取铜就是个长工夫,要立刻就有大量现铜哪里有那么容易!

这时族长跑来跟先圣汇报说,已经把族人分成两组全力以赴,一组去转动搅浆机栝,一组则往山上运铜。可是铜量不多,现在已经让各家回去拆掉所有铜具运过来了。

先圣皱眉想了良久道:"这些还不够!去把各处摆放的铜器都运来,扔到熔炉里去!"

明埔一听上古的铜器就要被化掉,当时大惊道:"这不好吧?那可都是记载了几千年兴衰的古物呀!"

先圣还没说话,盛思蕊就道:"还想着古物!命都没了,那些东西记载了几千年又有何用!"

先圣这才点头道:"物都是人用的!如果为了物而放弃人,那不是跟草菅人命没什么区别?"

明墉这才若有所思点头不语。

(四)

先圣随后就去着手安排族人准备,而钱千金这边就开始了排兵布阵。

他将盛思蕊和明墉一组放在了最右路。盛思蕊光刃的厉害除了使用者自己外,几乎人人都见识过。

把她放在最边路是考虑一旦她像被杀神附身了,杀得兴起不管不顾,极有可能威胁在她右边的自己人。她左边的明墉却刚好可以用残剑抵御住她可能危害队伍的行为。

而左路则是由已经选出趁手重武的徐三豹和周炯负责。此二人虽然有了重型兵器,又都是外家功夫,但据形容魔兵数量甚巨,长久对战势必吃亏。所以就由秦潇和莫沁然用火枪在后面为二人做掩护,以策万全。

至于中路则是李白安和晋先予二人。晋先予始终没能在族里找到称手的兵刃,虽然他的箭法也不错,但是羽澄那般强弓对他来说是太重了,只能退而求其次选择火枪。好在李白安的宝刀,加上他的轻功身法也应该能独当一面。而晋先予就在身后用连发火枪呼应。

这时忽然一个声音叫道:"怎么没算上我?"

大家一看,原来是羽澄。就见她背着巨弓箭囊,将长发盘在头上,一身紧身打扮,配上颀长身材着实显得英气逼人。

钱千金道:"羽姑娘不是要保护先圣吗?"

"如果魔兵攻上来,谁都没法独活!我们的人还用得着什么保护?"

钱千金一听有理,就问道:"那姑娘想协助哪一路呢?"

"就李大侠这路好了,他这里人最少!"

盛思蕊马上叫道:"羽姐姐,你看错了!是妹妹我这边人最少!"

羽澄笑道:"我也听过这拳套的厉害!妹妹你一人就独当一面了!"

明墉嘟囔道:"她厉害?没我她左边都是空门!"

盛思蕊瞪了他一下道:"别小气,我知道你重要不就行了!"

明墉顿时觉得浑身舒泰,再不言语。

李白安却道:"姑娘就在后面策应好了!我这剑法到时上蹿下跳,也碍着姑娘射箭不是?"

谁知羽澄却往他身前一站道:"怎么?李大侠还看不起女子一起参战?"

李白安忙道:"绝不是!姑娘想怎样就怎样!"

羽澄看着他眼中满是明媚的笑意道:"我定会助大侠一臂之力!"

李白安却笑笑,没说什么,但或明或暗地回避着羽澄的眼神。

大家安排停当,就有人送上吃喝来。大战在即,各人都再不做作,放开大吃。

这时秘境中已经开始慢慢地暗了起来,这里靠的是飞船提供的光照,等全暗下去后应该没有半点光亮才是。

这时先圣走过来递给羽澄另一张弓和一袋子箭,而后将一个火把递给她道:"生火吧!"

羽澄接过,将箭头一把点燃,而后一支支箭如流星般射了出去。

一阵连珠箭过后,整个山下都亮了起来。

原来在外壁边和延伸山脊下的右侧,树立着许多根巨型铜柱,柱顶上都有火盆。羽澄的箭无一落空,都落在了火盆之中,一时间火光腾然而起,照亮了整个山下。

这时秘境中的光线更加黯淡,眼看着这里的夜晚就要降临了。

羽澄一指下面道:"看到没,那就是被封印的出口!"

大家就见远处地下有一块像是流动的炫彩的盖子般,只是看上去极为宽大。

盛思蕊道:"既然知道他们要从那里出来,我们何不就在那边上守着?"

先圣摇头道:"你是没见过他们出来的阵势,山呼海啸般!就我们这些人瞬间就能被吞了!"

盛思蕊吐吐舌头,转而道:"要是有大炮,轰进去不就好了!"

众人也觉得她这说法有理,但现在哪里有炮?

先圣见天色行将全暗,长叹道:"我在这里帮不上忙,只会让你们分心!等下你们记得只要听到我们叫快撤,就是连发强弩已经准备发射了!到时一定要赶快撤回来!千万不可恋战!连弩一经启动便不会停了!切记切记!免得被强弩所伤!"

大家答应了,先圣见众人神色都颇为轻松,也就放心去了。

李白安叫钱千金找个掩体保护好自己,而后众人各就各位。

他倚着墙边,拿着宝刀,正在测算等下是应该站在外面还是下到下面。

羽澄却靠近他道:"李大侠一直都是单身作战吗?"

李白安只看了她一眼,就转头笑道:"多数是!轻功就是个独门功夫,讲究的就是一人灵动!"

羽澄却道:"那等下你看了我射箭就知道我的箭法和你的功夫,那可算是相得益彰了!"

李白安不知道怎么接茬,也不知该不该接茬,索性就一门心思盯住出口。

徐三豹和周炯拿着大家伙,率先就跳到城墙下的斜坡上了。

徐三豹还在教着徒弟:"你拿了把剑,我这是刀!按理说你该是用刺,我呢横扫!不过说打配合,我们呢就索性一左一右都扫过去,反正在这斜坡上也算居高临下!但记得千万别后退!不行,还是你在我后面,隔开一段,你负责从我这里漏网的!哎呀,还是不太保险,你呢……"徐三豹绞尽脑汁地想着怎样保护徒弟万全,却全没看出周炯眼神中透出的一丝悲凉。

秦潇和莫沁然各拿了两只长枪,也都数好了子弹,就是弹药少些,倒是得每发必中要害。

秦潇见莫沁然不语，找话问道："沁然，你害怕吗？"

莫沁然向他微微一笑，也不答话，而是反复拉着枪栓，像是防止卡壳一样。

秦潇继续找话："其实我们在最后面，倒是不用太担心！"

莫沁然这才轻叹道："最后面就安全吗？'覆巢之下，安有完卵？'别想太多，到时集中精神，让每颗子弹都发挥出应有的作用！"

秦潇得了个没趣，也就悻悻不作声了。

（五）

此刻秘境的夜晚终于来临了，这是一种完全不同于外面黑夜的黑暗。

如果仅仅看着穹顶，那是一种如墨水被浅浅稀释过的混沌的黑，就像是在一间密室中被抽去了所有的光源，而屋中没有任何东西可以反光的黑暗。

但此刻山前的空地已经被铜柱上的火光照得是一片大亮，那炫彩般的封印出口就在外罩边缘。好像是那些魔兵为了进入秘境而挖进来的，而另一边延伸的山脊却逐渐走低，隐没在光线照不到的尽头。

身处最右的盛思蕊和明墉二人一直在这黑夜中沉默不语，盛思蕊却将注意力转到了山脊尽头。

她突然嗤笑道："这山可真够奇怪的，竟然是个宝剑形状！那边看不到头的就是剑身。你说那山到底延伸到多远，这秘境也就是飞船那边的边界到底有多大？"

明墉叹口气道："我的好妹妹呀！都这个时候了，你还有心情管那些？我可真服了你了！这叫什么来着，乐观无畏！对！就是这词！你说你除了妖魔鬼怪还有什么怕的？"

盛思蕊先是扑哧一乐，随即正色道："什么妹妹的，都让你叫名字了，还不够？你们这些臭男人呀专爱叫姑娘妹子呀什么的，肉不肉麻，要不要脸！告诉你，别以为大家都给了你好脸，就轻飘飘了！你要走的路还长着呢！"

明墉只得悻悻地连声说是，而后他叹道："为什么那两个都能叫你妹妹，我就不行？"

"他们本就是我师兄，叫师妹合情合理，你呢？"她见明墉有些气恼，推了他一下道，"别那么小气，我不是和你在一起吗？"

这话倒是让明墉转怒为喜了，他又叹："要说人真是不能贪心太多，现在这样我本就该知足了！仙女相伴，夫复何求呀！"

盛思蕊听得心里涌起蜜意，但随即看向一片空茫也叹道："哎，现在这样可谁都说不准了！还真不知道能不能再见到秘境里的白天！"

"我还以为你没把魔兵什么的当回事呢？"明墉道。

"怎么会呢？只是大家都这般昂扬，我总不能说些丧气话吧？"

明墉点头道:"其实我看大家心中其实都是打鼓的!没有人不担心,也没有人不怕,更没人有底!"

"对呀!你看先圣他们族人是多么高大勇武,对付魔兵尚且还几乎全军覆没了呢?我们呢?只是略通些功夫的凡人罢了!"

见她突然说得消沉,明墉安慰道:"其实也没什么,兵来将挡,水来土掩就好了!而且这里还有这么厉害的防御机弩,说实话,我可从没见过中华有这么先进的战争机械!看起来比洋鬼子那些机枪也不差了!"

"那些要是真那么厉害,那先圣也不会谈魔兵变色了!"盛思蕊叹道。

明墉心里也跟着一沉,实际上大家都想到了这个问题,只是谁都没说。

要是这套城防体系真的是能保秘境固若金汤,那先圣的确不会第一时间就催促他们离开。

没承想盛思蕊突然问道:"明墉,要是你葬身于此,你会不会后悔一路跟来?"

明墉坦然一笑道:"有什么好悔的!以前都活得浑浑噩噩,都不知为了什么而活,只是为了活着而活着。直到遇见你,我才慢慢地知道了活着的意义!那跟你在一起的每一天都比以前那么多年有意义!子曰'朝闻道夕死可矣'是不是就是这个意思?所以就算我这次死了也没什么遗憾!"

"倒是你!"他目光灼灼地盯着盛思蕊道,"你不应该受这样的磨难,得这样的结果!要是真的两个只能活一个,我死也要护着你!"

盛思蕊听着感动的泪水在眼眶打转,她咬咬嘴唇,轻推了他一把道:"别胡说了!大家都想着怎样能活下来不好吗?没事说些死的活的!"

明墉心道:这可是你引出来的!不过他只能一脸尬笑。

这时整个青铜城墙开始发出了微微的嗡嗡声,那声音就好像是大地在缓缓地撞击着墙体一般。

众人都是心惊,可还没等大家惊讶,整个墙面都开始轻微地抖动起来。

随之就看到那些青铜柱上的火焰开始摇曳起来,大地也随着开始颤抖。

大家这才齐齐惊愕,难道是要地震了?难道那些魔兵的来势竟会这般凶猛?

再接着抖动更加剧烈,而一阵阵犹如鬼哭狼嚎的声音也从地下钻了出来。

正此时,众人就见从圣堂方向有一道血红光线,突然穿破黑暗直射到封印的地面。

大家更是惊异,难道这血星连珠完成后,就会有红光透过观天镜射下来,直射到被封禁的魔兵的出口?

这时再看那炫彩的封印光盖,在血红光线的照射下,开始慢慢地扭曲变形,不时像有什么东西从里面把它撑起撑破一般。那些从内不断冒出的撑顶终于把封印穿破了个窟窿,而随后那窟窿就跟地陷般越来越大。

此时地面的震动加剧,每个人的身心好像都跟着抖动起来,那种压抑到鼎沸的感觉让人说不出地憋闷。

而就听一阵如大潮破堤般的轰隆巨响过后,在已被破掉的封印里魔兵如潮涌一般喷将而出!那些魔兵就像前赴后继被卷在一起的巨球般,成团地向外汹涌而出!

大家这时才明白为何不能在封禁出口边等候截杀，此刻如果站在旁边，肯定马上就会被这魔兵的喷涌吞没。

洞口魔兵喷涌的势头不减，而先前出来的已经分散开来，如潮水般向着城墙席卷而来！

只看到一片片一层层的丫丫叉叉的魔兵在飞速向城墙袭来，这些魔兵数量之多难以计量，而外貌也根本无从分辨。

（六）

李白安立身站到城墙边上，大喝道："大家都记好了自己的位置！等撤退的号令一出立刻回撤！切不可恋战！"

他又向所有人扫了一遍道："今日各位都是保我中华民族的英雄！但绝不可以命相搏！我还等着跟大家一起饮庆功酒呢！"

话到此处，徐三豹率先拖着巨刀往前一站道："白安，我们师徒没轻功，先走一步了！"

钱千金在后面呸道："蛮货！净说些不吉利的！那叫先行杀敌去了！"

徐三豹回头哈哈笑道："柴火棍儿！等我回来再跟你斗嘴！"

说罢招呼周炯率先跨入斜坡之中。

李白安看看羽澄，就见她杀气凛凛，已经把弓盘在手臂上，弓弦上搭着三支铜箭。

他见女英雄已经蓄势待发了，朝她点点头道："一定小心了！"

随后向明墉叫道："照顾好蕊儿！"随后身影已在墙外。

盛思蕊还不服气叫着："我用他照顾！"

还是明墉机警，马上道："思蕊，快运气，把光刃调出来！"

这里只有他们真的知道这光刃实际的可怕力量和使用难以随心的无奈。

可盛思蕊甩了几下右手，光刃并未出来，她一急不管不顾地蹦出城墙道："我就不信！碰到了真的妖魔，你还要跟我耍无赖不出来！"

明墉见状，忙操起残剑紧跟出去。

钱千金在后面一边心惊一边嘟囔道："也不知是真不怕死还是怎的，这时候还开得出玩笑！"

他一瞥眼，就见莫沁然已经把好了位置开始端枪瞄准，神色是极为专注毫无旁骛。而秦潇却先看看她，见没话可说，又让让晋先予，这才找了个位置蹲下端枪瞄准。

钱千金摇摇头暗道：这小子是越活越回去了，这叫什么？"孺子不可教"吗？我看是彻底迷糊了！

他从城墙看出去，就见潮水般的魔兵已经快涌到了城墙斜坡边上，很快就要和自己人交上手了。

魔兵跟喷涌而出一般,数量实难估计,但绝对是极难应付的。

他此刻都想让莫沁然帮着念几遍经文,可他也知道,这临时念经要是有用,那还要军队干什么,还要武器有何用?

再看看山那边,只见山脊、山顶上大量族人忙乎起来,而且也能见到熔炉那里人头攒动,也有巨大的声响传来,可就是没见到滚热的铜水流出。

他此刻就祈祷着熔炉赶快启动,赶快把铜水给熔出来。

而这时一个念头突然从他心里冒了出来:不对呀!不对呀!这秘境里还有一支极强的力量,为何没被先圣提及,也没派上用场呢?

他想的就是从外面浓雾中见到的金甲巨人马,那些可是极其凶悍的真正死士!可为何没有排出来防守呢?

越想疑惑越多,他心中也更是心惊胆战。

他来到城墙边向下一看,本就乱跳的心肝更是被吓得要蹦出体外一般!

(七)

率先与魔兵交上手的是李白安和羽澄。

这城墙顶上约有百丈宽,但随着山体的走势向下却逐渐收窄。到了山脚下,城墙斜坡已经只有三十来丈宽。

李白安心知如果让魔兵登到开阔处,那就凭他们几个人是无论如何也难以守住。所以他边向下冲,边呼喊着众人要尽量到下面与魔兵决战。

而就在他与迎面而来的魔兵有二十来丈的距离时,身后突然激射出三箭。这三箭就像是首尾相连一般射出,到了外面却分成了三路射向魔兵。

这箭法当真是奇绝无比,就算李广在世也不得不叹服!

但这三箭射进了魔兵阵营就像是泥牛入海般毫无动静,根本就没见任何魔兵倒下!

李白安大惊,随即明白这是对方数量过密,这三箭虽厉却不能造成有效打击。

他忙叫羽澄在他身后,专挑那些被他漏掉的魔兵下手。

羽澄也是第一次与魔兵对阵,心中难免惊恐。刚才那三箭与其说是先发制敌,还不如说是心虚手滑直接就射了出来。

她见并无一个魔兵倒地,也知李白安所言不假,只得暂时收住步子,眼光警惕地看着对面。

李白安此刻已经飞跃而起,举起宝刀向迎面的魔兵上路猛扫过去。

等感到宝刀如摧枯拉朽般切下了对方的头颅时,他才稍感安心。

幸亏这些魔兵不是刀枪不入,要不这般规模可怎么能抵御?

可这念头刚刚飘出,他立刻就被他宝刀削下腾在空中的头颅惊得心脏乱跳!

原来那是一颗巨大的人的头颅，看大小应该和巨族的相仿！这人头早已经破烂不堪，一些碎肉还挂在骨头上，显得极为狰狞。

他想到了先圣的话，立刻就明白了！那头颅是巨族勇士尸身上的，被魔兵给重组起来作为自己使用！

可他虽然惊骇，手脚却未停。他在魔兵上方飞来窜去，转眼就斩下了十几颗头颅！

这些头颅中人头只有一个，而其他的有巨型昆虫的、野兽的，都是极其狞恶恐怖。

但真正让他无比吃惊的是这些没了头的魔兵却并未倒地不起，而是用躯体上如同魔爪般的双手在地上四下乱摸。好像是想把头找到，再装在身体上一般！

李白安可是被惊住了，如果是这样，自己无论杀了多少魔兵都杀不死！等对方找到个头往躯干上一安，又再能作战！

他这时才明白为何先圣提起与魔兵对战就说要把他们切碎甚至化为齑粉，才能彻底消灭他们！

可仅凭自己一人一刀，如何能做到？

他手脚不停，脑中飞快旋转，突然想到了个法子。

他向着羽澄大叫道："等我把头砍下，你把头射飞！"

羽澄想了一下，当即明白。

而此时，李白安又左挥右砍，将几颗魔兵头颅斩到了空中。而就见几束箭光转瞬而至，将几颗头颅直接射飞了出去。

而那几个没了头的魔兵果然停下了脚步，试图在四下搜索，但被后面涌上的直接扑倒在地。

盛思蕊和明墉一路却是让人极为揪心，原因还在盛思蕊的拳甲上。

当初她不管不顾，不等光刃出鞘就跳了出去，杀向魔兵，原指望着拳甲见到真的妖魔能自己射出光刃。

但直到距离魔兵也就十丈来远了，光刃还没出来。

她是越急光刃越出不来，而且距离魔兵近了，她见到魔兵那一张张狰狞的面目，心中更是胆寒了。

她哆嗦着抽出短匕交到左手，颤抖着说："这光刃故意做鬼，是要我死在这里呀！"

明墉那边见势不妙，已经挥舞残剑使出"荡叶剑法"，他还抽空叫道："思蕊，没事，到我身后来！"

盛思蕊心下是又惊又怕又急，甚至还感觉到了委屈，她气急败坏地一跺脚道："算了！就这样吧！"

说罢，就举着短匕冲入了敌阵。

明墉一见她这不要命的打法，当时吓得魂都飞了，这把小匕首刺杀还行，要是交战都够不着人家身体呀！

他忙紧随其左，更是试图将盛思蕊罩在自己的剑光中。但毕竟剑招覆盖的范围有限，他就是急破心脏，也无计可施。眼看着当先的魔兵就要跟盛思蕊正面接触了，他大急正要飞身扑过去。

　　就见盛思蕊手下五道光刃猛地亮起，随即对面魔兵就被劈成了五段。

　　再看盛思蕊仿佛被一层杀气笼罩，刃不虚发，间不容缓，转眼间身边就已经多了一地碎尸。

　　他长出口气暗道：这光刃是极沉得住气！不到眼前都不舍得出来！是怕浪费吗？

　　虽然脑子在动，他手脚却没停，紧守在盛思蕊的左路，把残剑舞得是密不透风。

　　可随着身前的碎尸不断增多，他突然发现了一点要命的事！

　　按照他们这一刃一剑切敌的速度，按理说早就该在魔兵阵中杀出条血路了。可实际上他们几乎被压得脚下纹丝未动，仍留在原地！那对方魔兵的数量得有多少呀！站着杀上半天都杀不完！

　　而盛思蕊似乎又是杀神上身，完全没了自己的意识，只是不断地将来敌砍削成一地。

　　明墉心中虽惊，但也丝毫不敢松懈，只是奋力舞剑，但心中却不断叫苦。

　　对方数量如此之多，而他们的力量终有耗尽之时，那时可怎么办呢？

　　不过他因为没办法飞高，所以也是错判了形势。对方数量虽巨，但不是他感觉到的那样。

　　原来他们这一路如碎肉机一般将魔兵的来势阻住，直接切碎。但魔兵却可以随地重组，他们不能向前前进分毫，也给了魔兵重组进攻的机会。对方先被砍碎的那批，得到时间重组后又后续扑过来，所以反而让他们有杀都杀不完的错觉。

　　其实这二人临敌经验都不足，如果他们仔细看，就会发现对面再来的魔兵已经有不少肢体不全的了。

　　可惜明墉一边忙着舞剑，一边还要抽空照看思蕊，就跟个流水线的工人一样，根本就没交看待加工的肉块有何变化。

　　而盛思蕊则是完全失去了自主意识，更发现不了。

　　要说仅仅凭六个人就挡住几十丈长的战线，那无论他们功夫多高，只要对方有足够的人，他们是无论如何都挡不住的。

　　可奇怪就奇怪在这点上，当先一批魔兵扑上来就对几人最强的反击点集群猛攻，并没有分散到别处。仿佛是要把反扑的路上这些阻碍先扫除一般，魔兵就是对着这几个点猛攻，却暂时没有其他分散的去上攻城墙。要不然仅凭他们几个就算杀了再多魔兵，城墙也迟早被攻下。

　　这一点李白安发现了，但却想不通为什么。不过这样一来，却是给上面北拒族人防御体系的准备留了宝贵时间。

　　李白安虽然不明白魔兵此举为何，是因为智力低下，根本就不懂得兵法推进？还是因为自恃过强，一定要先扫除障碍？

　　不管怎样，这状况也是他现在乐于看到的。

　　对于这一点，徐三豹和周炯也发现了，可现在二人却是左支右绌，叫苦不迭。

这二人率先冲出城墙，但速度慢些，反而最后跟魔兵交上手。

徐三豹把一把巨大的手刀如开山斧般舞开，但凡是沾碰到的都立刻就肢体飞落，倒下一片。

可这每一下扫出，几乎都是用了徐三豹的全力。

起初他见如此钝刀却有这样大的威力，还欣喜不已。甚至想着，此战过后，他要向先圣讨了这把刀带出去，那在中原武林使大家伙儿的还哪个是对手？

可用了十数招，他就发现这并非长久之计。

因为内外力耗费极大，使得他想到再这样几十招下去，自己非得脱力不可。

而他见周炯也有样学样的，按他的法子在那里挥剑。虽然威力也很惊人，但周炯的功力照自己差上不少，此刻已经有了力亏的迹象。

他叫周炯先到他的身后，这样自己用十招八招，换上周炯挥个三下五下，也好给他们一个缓力的机会。

可他们太低估了魔兵的冲力和数量，只见周炯刚要收力撤回，对面魔兵就迅疾扑上将他围住。

周炯只得猛挥举剑破开血路，而再要收力，又被魔兵扑上围住。

眼看着周炯都要支应不住了，徐三豹几个横跨就站到了周炯面前，挥舞着巨刀让周炯后退。

可周炯只要退出一步，那些魔兵的攻击就猛地全压到了徐三豹身上，让他只能拼命支应。

周炯不肯眼见着师父被困，在旁边左右抵挡，眼看着就要不支了。

徐三豹叫道："你个傻小子，想跟师父一起死吗？快退回去！"

周炯却拼着气叫道："我不能扔下师父自己走！"

徐三豹看了周炯一眼，颇为感动叫道："为师这么多年，最骄傲的就是收了你这个徒儿！"

周炯都快上气不接下气了："徒儿……也骄傲能当……您的徒儿……"

两人眼看着就要被魔兵吞噬掉，都互相说起诀别的话来。

这时就听城上有人喊道："胡说什么临终遗言！要死还早着呢！炯儿快上来，我给你好东西！"

六十九、烈土安魂

（一）

钱千金在城墙上一直观看着这场生死大战，看的是胆战心惊、双股战战。

他从未看到过如此让人恐惧惊悚的恶战！其实他也并没有见过什么真正的恶战！

可是这次，却让他亲身经历了北拒族人抵御魔族的战场。

面对这杀不死的，凶神恶煞且数量如此庞大的魔兵，那不是仅凭着勇气就能战胜的！

他见下面的几人都在拼命捍卫着防线，不让魔兵突进一步，让他由衷地感到自豪。

可眼见着几人都已经是在勉力支撑，眼看着就要顶不住了。

他见此刻身边几人都太远，而自己手无缚鸡之力，根本就帮不上忙。

钱千金心中无比焦虑，到底能怎么帮助自己人击退魔兵呢？或者是让眼看就要支撑不住的能留下一条性命呢？

他搜索枯肠，不停地想着自己看过的兵书阵法，可没一样能派上用场。再仔细思考看过的交战，到底有什么能起到作用呢？

他看过的真实阵仗不多，他猛地想起了在巴黎曾见过的力大无穷的巨人海德。

对了！海德的变身药！

对了对了！最后俞灏德就把剩下的两针药给了自己！

他忙翻开一直随身的小包袱，里面都是一行人的紧要之物。包括银钱、证件、心月的药盒，赫然他就看见了那个铁盒！

他哆哆嗦嗦地打开，里面两剂黯绿色的药水就完好无损地摆在里面！还有个注射器就在旁边！

他也不多想了，忙叫道："谁会用注射器！"

"我会！"答话的是莫沁然，她正在为帮不上忙而心焦，闻听此言忙答道。

钱千金看着她暗想：这丫头可真是无所不会呀！

不过他也管不了许多了，赶快就大叫让周炯撤回来。

那边周炯听了话，还在发愣，莫不是钱先生想让我保命，故意这么说的？

徐三豹却叫道："炯儿，你快回去！"

说罢，大刀一横为周炯辟开条去路。

"我不走，师父！我不能扔下你自己一人对敌！"

"你这孩子怎么这般倔强！能留下一条性命总好过两个都死！"

周炯叫道："我就是不走！"

这时钱千金又叫道："不是让你撤回来，是要让你有神力杀敌！"

周炯还是当钱千金骗他，眼都快红了叫道："我就是要和师父在一起！"

钱千金这回急道："是让你能变身成巴黎那个力大无穷的怪物！明不明白！快回来！老徐，你慢慢顶着向后撤，不消多久，强援就来了！"

周炯一听巴黎怪物，他恍惚间知道。但是他当时还躺在病床上，没有亲历，所以印象不深。

见他还在犹豫，徐三豹骂道："还不快滚回去！赶快变身来帮老子！"

其实他也没到巴黎见过什么怪物，都是听人说的。

那变身怪物到底多厉害，谁知道？但此刻只能如此了。

听师父训斥，周炯只能一路撤回去。

等到了城墙上一看，莫沁然正拿着个注射器，见他来了，将针头插入个盛着黯绿色液体的小瓶里。

周炯一蒙："就是这个？这怎么看起来古里古怪的？"

"都这时候了！还犹豫什么！你师父的命就在你手里了！沁然，赶快给他打针！"

莫沁然听到钱千金叫她沁然，显然是已经把自己当成一家人了。

她心中一喜，一撸周炯的衣服袖子，一针就打到了胳膊的肌肉上。

周炯眼看着那绿液一点点注射到自己的身体里，刚开始也惊得脸色发绿。但见注射后无碍，脸色也就如常了。

钱千金道："脱衣服！"

"脱衣服干吗？"

"你要变身，衣服就要被撑破！我们可没什么衣服好换，快脱下来！"

周炯见莫沁然在旁边，颇为不好意思扭捏起来。

莫沁然极为通情达理，拿着枪就回城墙边了。

周炯不情愿地把上衣脱光，而后问道："这回我可以去帮师父了吧？"

"等着！一会儿变身了再下去！"

周炯也不知道这变身是什么样，何时能变身。但现在光着上身，只得把衣服披着到城墙边观战，而此时战局已经发生了变化。

少了周炯的徐三豹已经是独臂难支了，只好边打边往回撤。这一撤，原来的一平战线就有了个缺口。

可令人奇怪的是，中路和右路的魔兵都跟李白安盛思蕊他们缠斗着，也不过来。

但自己这方面的魔兵却全线压上，有的此刻已经绕到了徐三豹的侧翼。

徐三豹断喝一声，猛挥两刀，将两旁的魔兵砍倒。

但此时他确实已经快到了强弩之末，本来依着他的性子，是宁可战死也断然不会撤退的。但他确实也想看看自己的徒弟变身后，到底能有多大的本事。做师父的能看见弟子的成就，那是一件无比自傲的事情。

他想到此节，便也慢慢地向后撤退。

当然他暂时后撤还有另一个原因，那就是他实在是不想死在这般丑陋肮脏的对手手里。

他的回撤带动了不少魔兵向着城墙方向攻来，如果让魔兵接近城墙，那整个战线也就崩溃了。

就这时，城墙上枪响了，上面的晋先予、秦潇和莫沁然齐齐开枪。可这步枪子弹打在魔兵身上就像是小孩子用弹丸打大人般，根本起不到作用。

秦潇气道："怎么办？这帮鬼东西根本就打不动！打到头上都没用！"

莫沁然微思了一下，马上从旁边抄起一杆猎枪，那正是凯特送给秦潇的温彻斯特M1895霰弹枪。

她问道："这枪子弹呢？"

秦潇忙翻找起来，边找边说："还是沁然机变！知道这枪威力大！这儿呢，不过只有十几发弹药！"

莫沁然不答话，接过子弹迅速填弹，上膛瞄准，对着一个魔兵的脚就来了一枪。

就见这魔兵的一只脚被轰了个血窟窿，顿时倒地，难以行进。

秦潇叫好道："真是好枪法！好办法！让他们走不了！拖慢他们的速度！"

他笑盈盈地看向莫沁然，却见她熟练地将这杆枪后压回环上膛，再次举起瞄准。

秦潇心中一奇：这枪在欧洲都是新式武器，要像查理那样的人家才有！这枪上膛不同于一般步枪猎枪，没用过的都不会！一路上这枪都跟义父他们在一起，我们也没用过。而且我也根本没教过沁然上膛呀！她怎么会用得如此熟练呢？

但这念头也只是一闪而逝，马上大家的目光又转移到了魔兵身上。

这时晋先予琢磨出一个方法，就是用步枪连射攻击魔兵诸如脖子、脚脖等薄弱地方，也可以起到效果。

秦潇试下来，果然有效。就这样，三杆枪在尽最大可能拖慢魔兵上攻的速度。

可最要命的是，本就弹药有限，如此一来消耗更大。饶是三人都枪法如神，百发百中，弹药仍不免马上就要耗尽。

钱千金一边看着周炯身体的变化，一边留意着山上熔炉的动静。那边虽然有大量人手在忙碌，但却不见有铜水熔出。

看看徐三豹在那里拼命地挥舞着巨刀，一下比一下沉重，一次比一次缓慢。他的心就像是堵在了嗓子眼，憋闷得十分难受，想喊却又喊不出来。

徐三豹此时已是强弩之末，他现在最后悔的就是当时选了这快两百斤的巨刀。

威风是威风了，可重也真是太重了，此刻才明白什么战场上"一寸长一寸强，一斤重一份力"都是扯淡！真的交战，面对数不清的强敌时，只有能长久经用，而且能长久用得动的兵刃才是至理！

现在他觉得当初应该选那把女人孩子用的剑了！要是那样，自己还能再多撑个一时半刻！

不过现在也是来不及了，他感觉自己再挥几下巨刀就要脱手了。

唉！不甘心呀！徐三豹想着，还没见到徒儿扬威，还没见到心月痊愈，还没见到大清亡国，就这样死了？

当然他最不舍的就是没能跟老友再扯扯闲淡，告诉他要早日娶个媳妇，叮嘱他要这个那个。

不过看起来都晚了。他见两个魔兵正在他右侧要绕过去，狠狠咬牙猛地一刀就挥了过去。

可这回一个魔兵伸手臂一挡，他的巨刀竟没砍下去！而且他的刀还被对方的巨刀一扳，再也握不住了，眼见着巨刀向空中飞去。

他再吃惊地看着那魔兵手臂，只见这是一条人的手臂，上面套着臂甲。

难怪砍不下去，原来是北拒族战士的手臂，上面还有盔甲！

虽然明白了这个，但也晚了，他眼见着那条手臂要向自己劈来。

到了这时他已经是双臂麻透，再也举不起来了。

他只是想着：能死在人的手臂下，怎么说也好过死在魔兵的爪下吧！

就在他将要闭眼等死的时候，突然感觉到地面猛地震了几下。随后他就感觉自己像是被什么巨物抓住一般，身子凭空而起。

徐三豹身在空中，看着地下刚才抓向自己的魔兵正抬着头，傻看着自己的方向。

他暗暗嘘了口气道：好险！差点没命！

但随即就反应过来：这是怎么回事？他往身周一摸一看，原来自己竟然是被一只巨手抓到了空中！

他还没来得及挣扎回头，那巨手就将他平稳地送到了城墙边上，而后手一松，将他放到地上。等他抬头看这手的主人，眼睛都瞪了出来，差点都合不上！

只见那是个比先圣还要高大许多的巨人！这巨人赤裸着上身，浑身疙里疙瘩的虬肌像要炸开一般！

巨人一回头看了自己一眼，那小平头下鼓胀着凶蛮的脸上，似乎还有一丝稚气，而那面容隐约还有着周炯的模样。

他不禁回头看向钱千金，只见对方点头道："这就是周炯注射了变身药的效果！"

他再回头，只见洪荒巨人般的周炯已经冲入魔兵阵营，他如钢铁巨兽入无人之境般，但凡挡在眼前者一律被撞飞。

就见他随手抓起个魔兵，那丑鬼还拿什么往他身上扎，可他像刀枪不入一样不为所动。他两手抓住魔兵的两脚，随手一撕，魔兵顿时被撕成两半，下水稀里哗啦落了一地。那场景就如撕鸡一般，只是过程却极为恶心恐怖。

就见他开始左冲右撞，被他捞起的魔兵不是被撕成两半，就是被远远地抛飞。

巨人般周炯的现身，使得战场上的局面立刻转折。

原本都在苦苦支撑的三路防守人马，得此强援，立刻都是精神大振。

一时间李白安是左右飞舞，又连砍数魔头颅，而羽澄的神箭也没闲着，紧跟着就把悬飞在空中的头颅射飞。

那边盛思蕊仍然是如毫无知觉的杀魔机器般，根本不为所动，只是光刃闪过，肉块横飞。

而一旁的明墉虽然看到如此强援，但出于边上这位实在过于狠辣，必须打起万分精神狂舞残剑。

由于巨人周炯的参战，一时间魔兵竟被几人压制得向后收缩了一点儿，而众人竟也收复了最初的战线。

徐三豹在后面见此情景，不禁大声叫好道："这太带劲儿了！炯儿这小子可是厉害大发了！"

钱千金却道："什么厉害大发？他现在自己可能正迷糊着呢？"

"这是什么话？"徐三豹疑惑。

"你是没看他正在变身那会儿，完全就是只剩下一点儿理性的疯魔！"

"可他还去救了我呀！"

"那就是说你这个师父，也在他残存的一点儿理性之中！"

听到此处，徐三豹仿佛深受感动，他擦了把眼睛道："真是个好徒儿呀！我此生无憾了！"

随即他转头对钱千金道："这药还有没有？给我也来上一针！我怎能看着徒儿单身作战！"

谁知钱千金头摇得像个拨浪鼓一样道："不行！"

"为什么？"徐三豹瞪开了环眼。

"这药对各人的效力如何很难说，而且不受控的程度也很难说！到时你要是挨上一针，发狂了怎办？"

"那你怎么给炯儿打了？"

"那是形势危急，不得已而已！现在形势稍缓，就不要再冒险了！"

"你这个……"徐三豹刚想骂他，可觉得他说得也有点儿道理，就住嘴了。

钱千金又道："况且谁知道这药有什么副作用？炯儿还年轻，可以慢慢消化。你呢？都经过半辈子了，难道想有何不测？"

徐三豹听出他话中关心的味道，满怀深意地看了他一眼，不再多说了。

这时战场上的局面又发生了变化，就见盛思蕊拳甲上的光刃已经渐渐缩短，眼见着也就只有一尺多了。

而明墉舞剑的速度是越来越慢，几乎都快连不成招了。

城墙上几人都是心急，知道此二人这一路是杀得最狠最厉的，但也定是消耗最大的。

盛思蕊拳甲光刃什么原理他们都不知道，但眼见着光刃在缩短，也知道她的功力快耗尽了。

其实李白安也从瞥眼间看到了此景，可他的消耗也是甚巨，加上自己这一路魔兵众多，冲击不休，根本就无暇旁顾。

这时身后的羽澄喊道："我只剩三支箭了！"

李白安心惊，眼看着己方就要耗尽，这可怎么继续下去？

再看巨人版周炯那边，他也从最初的神勇状态渐渐平复下来，陷入了被魔兵围困的境地。

钱千金在上面是又奇又急道："怎么巴黎那小子变身能撑上好久，炯儿怎么这一阵就弱下来了呢?"

却听莫沁然突然道:"这药效肯定是根据能量消耗来的!消耗得越大,药效发挥得越短!你看周炯师兄一人已经连扔带撕了上百魔兵,恐怕药效也快耗尽了!"

秦潇却奇道:"沁然,你也没见过怪物变身,怎会知道得这么清楚呢?"

莫沁然却淡淡说:"常理推断罢了!"说罢仍继续端枪瞄准。

钱千金可是急坏了,眼见着刚刚有些转机的战局,瞬间又要逆转回去,他怎能不急?

这变身药是他急中生变想起来的,也是众人最后的法宝。如果再不顶用,那……难道要被迫让老友用上最后一剂?

他急得左顾右盼,山上虽人声鼎沸,却依然不见铜水流出。

他暗骂:这先古族人也实在是太慢了!这么久都没能熔炼出铜汁!真不知道这效率怎会如此低下!

其实他也有点儿错怪了先古族人,从他们开始正面对抗魔族到现在,如果按秘境里的时间来说,也就过了不到一刻,刚刚就半小时。是因为战况太过惨烈,让大家产生了时间飞逝的错觉。

不过钱千金心里还有个问题:为何那金甲巨人骑还不出现?如果他们只是防守入口,那现在里面可是生死存亡之际!无论如何也该来助阵了!那怎么……

不过他急也是没用,既不能左右战局,又不能解决问题,只能是干上火。

这时眼见着远处被破掉封印的洞口处,已经不再有魔兵涌出,钱千金倒是稍微松了口气。

(二)

可就在此时,从魔兵的后面突然传来一阵极为凄厉尖锐的叫声。

这叫声如尖刃划过玻璃般刺入人的耳膜,搅动着众人的神经,让人觉得无比难受,听得大家纷纷捂耳。

而魔兵听到这声音却突然停住了攻击,而后竟然像退潮般齐齐向后撤了回去。

大家都是纳闷地面面相觑,这明明是魔兵已经占了上风,怎么还先撤退了?难道是召唤他们出来的血星连珠已经结束,一切过去了?

再看从上面直射到出口的红光,那血红的光束不仅没有减退,反而是更加红得邪魅了。

此刻正勉力在魔兵头上穿梭的李白安终于能将身形落稳到了地上。

他先回头看看仅剩一张空弓的羽澄,就见她头发都已被汗水打湿,此刻正弯着腰喘气。

见他看过来,羽澄勉力笑笑道:"八十一支箭全射完了!他们再不退……"

李白安明白她要说什么,叫她赶快歇息。他自己非常疑惑,眼见着对方再过一会儿也就成功了，怎么撤了？

周烔此刻正在渐渐恢复知觉，等他完全清醒过来，看到自己赤裸着上身，站在一堆蠕动着的碎尸边上，先是吓了一跳。

他喃喃地盯着自己的双手道："这都是我干的？怎么自己一点儿都不知道？"

而他想要再举起双臂，却发现酸痛异常，分明就是脱力之象。

那边的明墉见魔兵退了，而盛思蕊居然没有追上去砍杀。他虽然觉得奇怪，可顾不得多想了。他再也拿不动手中剑了，残剑咣当一声掉到地上。

他猛喘粗气问道："思蕊……你还好吧？"

连问了几声，才听到哗啦一声过后，那一直紧缚在盛思蕊手上的拳甲脱落掉在了地上。

而后就见盛思蕊一屁股坐倒在地上，她像是猛地醒了一般，先看看双手，见没了拳甲，她有些庆幸般哼道："终于脱下了！"

而她眼一扫见到眼前堆积一片的，仿佛都在活动着的碎尸时，当即就直接从地上蹦起来，而后忍不住捂嘴呕了起来。

而后她忍住胃部痉挛惊恐地问道："这……这……都是我干的？"

"还有我也堆了一些！"明墉自己此刻已经都像散架般动不了了，但见盛思蕊仍动若脱兔般。

他心中暗叹：这金蟾内丹的功效是还没耗尽呀！

盛思蕊却仍是奇怪地问道："他们怎么撤了？"

"谁知道！反正他们再不撤，我们就要玩儿完了！"明墉试了几次想把残剑捡起来，都没成功。

盛思蕊过去一把把剑捡起递给他道："这就累得不行了？你可得好好练功了！"

而后她又将拳甲捡起，看了看塞到怀里道："这回我可再不把手往里送了！"

"那你掏匕首时也要小心，别碰着！"

盛思蕊又气又笑，刚想捶他两下，但见他如一阵风就能吹倒般，又不忍了。她过去扶住他有些喜悦道："这回好了，都结束了！再也不用逞能了！"

就这么结束了？好像大家都想是这个结果，但又谁都不太相信是这个结果。

（三）

这时就听城墙上先圣的喊声传来："英雄们，赶快回到上面来！连发弩已经准备好了！"

大家都是一愣，魔兵不是撤了吗？还要准备什么？

就听钱千金在上边急猴似的跳脚叫道："赶快上来！你们还愣着干什么？不看看后面！"

大家顺势望去，就见远处如一道道翻滚巨浪般的魔兵向这边咆哮而来！

这次他们的声势尤其浩大，行动更为凶猛迅捷，仿佛是要像奔腾的洪水般将城墙一举吞没！

李白安忙叫着众人后撤，他扶着羽澄，盛思蕊架着明墉，而徐三豹也冲出来抓住周炯，连滚带爬向城墙上撤去。

这时先圣站在城墙上，第一排强弩已经在启动装置的带动下相继升到了城墙上方，发射口倾斜向下对着斜坡。

就见魔兵们已经不是在跑动了，而是像滚动的浪潮一般，急速涌上斜坡。

而几个一线抵御的勇士正在跟跟跄跄地上爬，双方的距离是越来越近。

钱千金急得直跳脚，莫沁然却叫道："秦潇快跟我去救人！"

她身形先一步出了城墙，几步赶下，一把拽住羽澄就运功向上飞起。

李白安顿时就省了力道，他从旁和盛思蕊一齐托住明墉向上猛跑。

而秦潇也已赶到周炯身边架住一齐发力，这几人就在第一支巨弩射出前跳回城墙里。

周炯是最后进入城墙的，他就觉得好像魔兵的手就要抓住他的脚踝一般。

他眼看着巨弩就在眼前正欲发射，忙低头扑倒在城墙上。

他耳边就听到嗖的一声巨响，而后头上就好像有一股燃烧着的火流冲将出去！

第一排二十几支巨箭相继如破空的火蛇一般射了出去，几人回稳找了个空隙观看。

真的是好险，潮水般的魔兵都要堪堪把住城墙了！

当先的魔兵被这势大力沉的、尚且还烧得通红的青铜弩箭瞬间射飞出去。

这些滚烫的青铜弩箭，只是稍微冷却定型，却是温度极高！有的在空中就直接变成了火箭，扎进了魔兵的体内，后顺势燃烧起来。

而还没等魔兵继续翻滚登上城墙，第二排巨弩又相继把登城的魔兵射飞了出去。

就这样，连环弩的机关启动之后，铜汁源源不断注入，巨弩就击发不停。

一时间，虽然魔兵前仆后继，如浪潮般一浪高过一浪，但始终没法攻上城墙。

钱千金看着先圣面有忧色，不禁问道："离魔兵撤退还有多久？"

先圣摇摇头道："很难说！我也是第一次见到这么强的血光！"

钱千金心里一抖又问："那这些连发弩能撑多久？"

先圣又摇摇头道："这回矿铜准备不足，现在就开始融铜器了，想必坚持不了多久！"

钱千金一听心下顿时凉透了："那此消彼长，也就是过不了多久魔兵就会攻上来？"

"放心！"先圣看看他勉力笑道，"有了诸位英雄为我们争取时间，我们还有最后一招取胜！"

"是什么？"钱千金很急切地想知道这绝境求生的法子。

"不过那样，就要毁了我族先人被魔兵占据的尸身！"先圣有些沉痛道，"不到万不得已，我们是不会那样做的！"

钱千金这时都想骂先圣了，怎么没受过腐儒的教化，人却这么迂腐呢？在全族的安危和先人的尸首面前,要选哪个还不是一目了然!

他们在这说话琢磨,可是城墙上的人却一点儿没闲着。

几位在一线抗敌的此刻都已快累得虚脱了,只得一边饮水休息。

而剩下原先在城墙上的三人,则用上能用的家伙,全力将企图趁间隙登上城墙的魔兵捅下去。

盛思蕊恢复得最快,很快也加入进去了。

明埔试了半天手臂都跟灌了重铅一般,只得作罢,在身后不停吆喝着思蕊小心云云,惹得盛思蕊还得不时回头嗔他。

而李白安却是十分焦躁,他眼见着从那出口还有魔兵不时涌出,而下面也已有不少魔兵碎尸重组起来,继续攻击。

他十分清楚,要是再这样此消彼长,那城墙被攻破也只是时间问题。先圣到底还有什么致命武器,藏着掖着顾忌着就不使出来呢?还有现在铜水已经熔出来了,先民们为何就没人上城迎击魔兵呢?就在那里眼看着魔兵攻上,秘境覆灭?

他正想着,就见从右侧山坡上突然金光闪起,一队骑兵如疾风般冲下山来,杀进魔兵的后阵。

盛思蕊也看到了,她不禁兴奋地惊呼道:"那是金甲巨人骑们!他们终于来助阵了!"

就见这些不死的人马战士举剑在魔兵阵营中来回冲杀着。

那场面就如同在敌后突袭的铁骑,杀得敌人措手不及,气势是威风至极。

可魔兵却仿佛并不想跟他们恋战,而是一窝蜂地向城墙上扑。

就听先圣长叹道:"他们怎么来了?我不想要他们来送死!"

钱千金一听就生气了,且不说是全族的生死关头,就说自己人都是全力以赴,几乎要把命搭上了!可他们为何就不能送死?这可是他们族里的事,难道拼死一战还有什么不对吗?

他气是气,不过还是压压怒火,缓和口气道:"先圣,都是存亡的当口了!我们本就该同仇敌忾,拼死一战!我们尚且活着的都情愿赴死!何况是他们都已经死了的呢?"

这话即暗藏着责怪,又夹杂着提醒,他相信先圣能明白。

却听先圣叫道:"不一样!他们不一样!他们为了北境已经全族死光了!这最后一点英灵是封在这残存的肉身里!如果肉身没了,那人马族在人世间的最后一点儿残留就全都灰飞烟灭了!我曾在亡妻面前发誓,要让这点英灵永存于世!我不能眼见着他们就这样丝毫不存!"

钱千金一听他的誓言,当即就没话了。

北拒族人世代在此抗拒着魔兵,就是因为当初他们在娲族面前立下的誓言。要不怎么会如此坚定执着忠诚地守护着魔兵侵入人间的大门呢?

可见这誓言在他们眼里心里是何等崇高,不容丝毫亵渎!

这时魔兵们在斜坡上都已经堆起来好高,再过不久就算是巨弩再强,他们再拼尽全力,等魔兵滚到城墙般高时,那所有的防守都是无用的了。

此时有个族人擦着汗跑到先圣面前说:"先圣,都准备好了!山体已经挖开了!就等着一声令下,大家就能开启缺口,放注岩浆了!"

众人一听原来先圣的必杀后备是开山放岩浆!那滚烫的岩浆倾泻下来,魔兵还能有什么下场?当场被岩浆烧灭呗!

大家精神振奋,都等着先圣发令。

却见先圣神色沉郁,只是念叨说:"他们怎么来了?他们不该来呀!要怎么把他们叫回来?好像不能,这怎么办……"

钱千金知道先圣是不想违背誓言,毁了人马族不死勇士的肉身。

此举虽是迂腐,但对于重守承诺的部族来说,这却又是让人钦敬得五体投地的地方。如果中华各人都能像这般信守承诺,那世间得是多么美好!

因此他在思想上站到了先圣一边,反而能用异常平静的心态坦然面对任何结果。

盛思蕊从二人的谈话和战场上的变化上,也看出了先圣的顾忌和不忍。

她问羽澄:"姐姐,你应该总和人马族勇士接触,有什么方法通知他们撤退吗?"

羽澄惨然摇摇头道:"不死勇士们只有一灵在心,就是要誓死捍卫北境的安危!除此之外我根本就不知道怎么和他们交流!有时他们会听听我吹的小曲,但也仅此而已!"

盛思蕊只得叹气,就这时莫沁然突然飘身到先圣面前道:"先圣,这些不朽的战士的愿望就是能誓死守卫北境!如果他们知道因为他们却让魔兵攻克了北境,那他们的心里得是怎么想,是不是会永远闭不上眼,死不瞑目?"

先圣听了一震,但仍是痛苦地说:"可是这是我的誓言!也是我们全族的誓言!我们不能让他们什么都留不下!"

"自古英烈都有英魂!"莫沁然道,"尤其是勇士们的英魂不是要留在世间的,而是要留在人的心里!勇士们只要知道他们的事迹会被后人记住、纪念,这就是他们最大的宽慰!勇士们在沙场征战,最想看到的是被他们保卫的疆土能生机勃勃,最想看到的是被他们保护的人民能安居乐业!而他们最想的就是能在身死后,得到永久的安宁!'但得一曲牵魂引,魂魄安兮回故乡'!您就不想他们的魂魄能够得到真正的安宁吗?"

先圣闻得此言是无言以对,只是眼光湿润地看着还在来回冲杀着的人马族不死勇士。

"我曾学过一曲《猛士还乡》,是蒙古铁蹄横扫欧洲时,为那些战死在异乡尸身无法还乡的战士们吹奏的!这曲子就是他们的安魂指路曲,能让远在万里之外的英魂得到安宁,能够魂回故乡!我这就吹上一曲,您看看这些勇士们是否安心,再做决定好吗?"

见先圣沉默点头不语,她问羽澄:"姐姐是用什么给人马勇士吹曲子的?"

羽澄从兜囊里掏出个椭圆带尖的东西说:"就是这个!"

莫沁然一看道:"原来是埙!幸好我会吹!可否借来一用?"

羽澄忙递给她,莫沁然看看先圣点点头,而后站到城墙边上,眼望着冲杀中的金甲巨人骑,轻启朱唇,吹奏起来。

虽然此刻战场上声音嘈杂,各种击打摩擦的声音不断,可是莫沁然的埙声却传到了每个人的耳中。

李白安一听不禁暗奇:没想到,这姑娘的内力如此惊人!竟能将如此小的乐器发出这么大的声音!

可随着曲子开始,他也慢慢和所有人沉浸到了乐曲之中,恍惚间仿似身外无物,只剩下了这悠悠的曲声。

这曲子没有任何高亢急促之处,悠然间仿佛清风拂面、白云淡淡,让人如置身在茫茫草野中,闻着青草的幽香,感受着土地的温暖。

那曲子掠过每人的心田,就像是母亲的轻抚、父亲的呼唤,有如孩子的小手拉上来时的柔软。

随着乐曲的飘扬,人们仿佛沉浸到了一个宁静的世界,在那里没有苦难,没有激愤,没有离愁,更没有杀戮。

人们似乎都见到了久未谋面的爹娘,感受到了许久未有的安详。

那种安宁和宁静让人忍不住热泪盈眶,因为那里就是心的故乡。

众人都沉浸在这轻扬舒缓的乐曲中,不禁都是眼角湿润。

盛思蕊已经趴在明墉的肩头热泪不止,而莫沁然的眼角也流下了两行泪来。

再看战场上的人马族勇士们,都齐齐地放下了巨剑。而后他们默默地聚到了一起,围成了一圈,互相搭扶着肩膀拥抱在了一起。任魔兵从他们身边冲撞穿过,却再也不分开了。

看到这一幕,大家都忍不住哭了出来,盛思蕊和羽澄已经痛哭失声。

而这乐曲在莫沁然的吹奏下还没有停,好像这世间只剩了在曲中相拥的勇士们。

先圣不禁老泪横流,他嘴角翕张了半天,才猛地叫道:"先人勇士们,你们一路走好!"

随即他举起手向下猛地一落,身旁的族人看此发出一阵呼号声。而后就听到一阵阵如山崩般的巨响,大地颤动,岩浆倾泻而下!

(四)

莫沁然的曲子仍没有停,滚滚的岩浆浇下,鬼哭狼嚎的声音不绝于耳。

但大家却仍沉浸在她的曲中,完全没受外面如地狱恶鬼般惊悚声音的困扰。

莫沁然还在默默流着泪,而最怕妖魔鬼怪的盛思蕊因为这曲子的抚慰,丝毫没有流露出惊恐的神态。

慢慢地岩浆的刺啦之声渐渐住了,而魔兵的声音也渐渐消失了。

莫沁然这才又吹了几个缓音,结束了全曲。

盛思蕊抽抽搭搭地走过来道:"姐姐,小妹谢过你了!"

莫沁然轻轻拉着她的手道:"你才是盛姐姐,小妹何德何能被叫姐姐呢?"

"不是你的曲子,我肯定要在刚才被吓昏过去!不谢你谢谁!有德有能才是姐姐,今天开始你就是我思蕊的姐姐!"

盛思蕊也是七窍玲珑的人,怎会不知莫沁然坚持把曲子吹到这最后岩浆灭敌结束,是何用意?
所以她第一时间过来致谢,也算是两人从此再无心蒂瓜葛了。
秦潇这时走过来道:"这就好了!姐姐妹妹亲亲热热的,多好!"
盛思蕊却狠狠白了他一眼,而莫沁然更是当他不存在般,让秦潇好不尴尬。
明埔在旁边看着,暗中摇头:这秦潇怎么越活越回去了?之前在疯人院还挺聪明的,怎么现在跟个傻子般不识趣?
这时外面的沸腾就消止了,岩浆也早就不再泄出了。
大家来到城头向下看去,只见下面已如被燃烧过的焦土一般。
正在逐渐硬化的岩浆中,到处都有残肢露出,而那些残肢也再不能被魔兵重组在一起了。
再看那出口,此刻从空中射出的红光已经渐渐淡化消散,而出口处的炫彩封印似乎又要像合上了一般。
盛思蕊还拉着莫沁然的手,看到此情问道:"先圣,莫非魔兵都被消灭了吗?"
先圣摇摇头:"哪里呀!若是已被消灭,那封印也就会消失了!"
他看盛思蕊神色又是紧张,接着道:"不过他们此番遭受了重创!很难再成气候了!"
莫沁然在旁边叹道:"还好!这也算不枉了勇士们的一场牺牲!"
先圣沉重地点点头,而后向她恳切道:"我也得好好感谢你这女娃儿,是你的一番话和神曲打开了我多年的心结!之前我们就研究出这个岩浆破敌法,但是苦于不舍先人的残躯和人马族勇士,一直犹豫着没有使用!这次心结开了,这决胜的方法一出才能重创魔兵!你是功不可没呀!还有……"
先圣回身向众人环圈作揖深深鞠躬道:"感谢诸位英雄舍命相救!我们才能得出时间布置防御!诸位的大恩大德,老朽无以为报,但有驱使,必当无所不应!"
大家连忙还礼,口中都是客气一片。
徐三豹更是将话说得甚是轻松,仿佛这场恶战只是举手之劳一般,就像他根本没在临死的当口被人救出一般。
而盛思蕊突然想起什么,掏出了拳甲道:"先圣祖爷爷,还您夫人的遗物!"
先圣不想接,盛思蕊却道:"你要不要,我也不要!这鬼东西就像长在我手上似的,戴上了就拿不下来!现在好不容易脱手了,你还让我戴回去?"
先圣摆手道:"我族人已没人能戴得了它,你也见这物神威了,留下以后或许还有用呢!"
盛思蕊把头摇得如小鼓般,手一滑,差点又套入拳甲里,吓得她就像是手被烫了般赶忙把拳甲丢出。
没承想,钱千金却在旁边一把把拳甲接住。
徐三豹叫道:"老柴火棍儿,从未见你身手这般好?"
钱千金瞪了他一眼道:"就你事多!话也多!"
随后他转向众人道:"既然双方都不要,那这宝贝也得有个新主家不是?我看就白安收着吧,毕竟这次你出力最巨也最为勇武!"
李白安正要推辞,徐三豹却不服了:"白安是功劳大!那我就不够勇武了?"

"还好意思说!"钱千金继续白他,"你都快死在下面了!况且就你那熊掌,这拳甲还不被撑破了?"

大家也都劝李白安收着,李白安只得将拳甲揣在身上。

钱千金见这生猛的大杀器又落到自己人手里,而且是最靠谱的自己人手里,不禁心中得意,忍不住笑。

这时,一直在山上全力挖山熔炼的族人们都赶了过来,纷纷向众人致谢。

李白安也是此刻才知原来大家都在拼命地挖山干活,觉得之前自己的恶意揣度实在是小人之心。他心里有愧,所以更加客气起来。

先圣见大家谦让不止,说道:"今晚全族大庆!庆祝几位英雄击退魔兵!"

众人哄闹着将一行人拥到了圣堂,而后去准备酒食了。

也难怪他们兴奋,这次抵御魔兵来袭是最仓促的,也是魔兵进攻规模最大的,可却是族人损失最小的,除了几个在熔炉旁的因慌乱被烫伤外,几乎全员无损,大家怎能不大喜过望?

除了先圣还在感怀人马族勇士外,大家都是喜笑颜开,着手准备吃食,那热闹劲儿远超收藏大会了。

等再次围坐一堂,众人的感觉都是恍若隔世。

李白安先端起一碗酒起身道:"请先圣容我无礼!这第一碗让我们先敬勇士的不朽!"说罢就欲将酒洒到地上。

众人都是跟着举着碗看着先圣,而先圣却是端着酒碗沉吟不已。

就听先圣苍凉道:"人马族人战死之时,我们族里还没有酒,他们都没有酒来壮行送行!我知道外面将酒洒地是对故人的缅怀,但在我们这里酒甚是珍贵,如果勇士们知道我们如此浪费粮食,也定会不许!不如我们今天也做虚的,大家都痛饮一番,以此缅怀先烈,岂不是更好!"

大家一听先圣言语中竟是如此古朴至诚,也都纷纷响应举碗就干。

这大铜碗已是这里最小的了,但盛思蕊莫沁然举着仍然像端了个花盆,喝酒时脑袋也几乎都进到了碗里。

这古法土酒没有蒸馏技术提纯,虽然不烈,但却是又涩又辣,呛得两个小女孩都是咳嗽连连。

虽然如此,大家还是频频邀酒,气氛好不热烈,就连先圣都被感染得暂时忘却了悲苦,喝了好几大碗。

而秘境中这一晚也注定是不眠夜,到处都是一片喜气欢腾,人声鼎沸。

火把将全境照如白昼,人们的喧嚣是久久不散。

(五)

第二日晨,李白安破天荒地起晚了。

作为练家子,卯起练功是家常便饭,可昨天的战斗他实在太累了,几乎消耗了全部的能量。

而且这一路来,时时担忧、夜夜焦虑,他也根本没睡过多少好觉。可现在心月的情况稳定了,他也就能踏实地睡一晚了。

等他起来,见整个圣堂里还是悄然无声的,料想众人可能都还没醒,便轻手轻脚地想到后面巨槽里看看沉睡中的心月。

可没想转了个弯,就碰到了腋下夹着几本书的钱千金。

他疑道:"钱先生怎么这么早就醒了?"

"你们昨天大战消耗大,可我在后面也没干什么,自然就不累!况且这里可有一座古本原本真本的书山等着我,你说我能睡得着?所以我早早就去翻查了,你猜我找到了什么?"

李白安见钱千金眼神中闪烁着兴奋,料想他可能找到了哪位圣人不一样的原本。可自己又不是读书人,哪里明白许多,就摇摇头。

钱千金有点小失落,随即眼现喜色道:"白安呀,白安!我们可真是运气呀!心月也是福气呀……"

还没等他把话说完,就听那边有人脆声叫道:"李大侠,你们起得这么早,休息好了吗?"

二人转身看去,就见羽澄早已穿戴停当,身上还挎好了大弓箭囊。

两人都没想到羽澄已经都装束完毕了,忙施礼。

钱千金道:"羽姑娘昨日也是鏖战苦耗,怎不多休息休息?"

"我们这里日子都习惯了,到时间就睡不着了!"

羽澄顺手将脑后溜光水滑的大辫子甩到了胸前,那姿态极为飒爽利落。

其实他们族里人都是早起工作的,就是不耕作者也各有其职。羽澄早就连进入的铜门都巡视过一圈了,这才赶回来看他们。

看着这条爽洁的大辫子,李白安不禁想到了和心月初识之时。那时她也像这般爽朗明媚、飒爽练达,可惜现在只能在病榻上躺着。

想到此处,李白安才想起了正事,就要去看心月。

谁知钱千金道:"我都代你看过啦,都好着呢!心月也睡着呢!"

羽澄也道:"早起我也看过,李夫人很稳当呢!"

李白安一看这二人对爱妻的事比自己还上心,不免惭愧又要谢。

钱千金却道:"客气什么?说回刚才的,你知道我找到了什么,看到了什么?"

就这时,先圣迎面走了过来道:"李英雄,钱先生都起得早嘛!"

二人只得打断交谈,相互施礼。

中华是礼仪之邦,后世总说周礼周礼,都以为礼仪是从周朝开始传承下来的。其实中华先民自先古就崇信好礼,说话办事都是礼貌有加。周礼不过是将一些礼仪固定化、程序化,并辅以明文的形式加以确定而已。

所以李白安等人进了先古秘境,却发现古人虽不像他们那样礼仪烦琐,却也个个礼仪有方。

他们这一说话，其余众人也都纷纷走了出来。

晋先予一切如常。徐三豹虽脸有倦色，但却是精神振奋。周烔打着哈欠，一副没歇够的样子。这也难怪，变身的消耗毕竟不是一般人能想象的。明墉和秦潇都是拖拖拉拉，像是在等着要等的人出场。而盛思蕊和莫沁然却是手拉着手，有说有笑地一齐现身了。

她们这一出来，众人眼前顿时一亮。

只见二人都换了身新衣裳，看款式都是以前莫沁然亲手制作的。

这两身衣裳色彩搭配流畅，剪裁针工熨帖，加上这二人本就身材相仿，穿在她们身上就如同姐妹仙女一般明媚照人。

盛思蕊的头发还被重新梳洗盘整过，她和莫沁然站在一起，一个清逸、一个灵动，一个婉约、一个洒脱，直如双生璧人般，青春韶华之美尽显一处。

明墉怔怔地盯着盛思蕊，眼中流露着无比的惊叹和倾慕。

盛思蕊却是走向他，拍了他一把笑道："怎么，不认识了？"

明墉怔怔地道："就是没见你这样过！"

"怎么，看傻了？"盛思蕊调皮地眨眼。

明墉点点头又摇摇头。

"那是我现在好看还是以前好看？"盛思蕊眼神轻佻问道。

明墉马上不假思索答道："都好看，都像仙女下凡一般好看！"

盛思蕊对这个答案很满意，可口上却道："贫嘴！"

说完她就又回到莫沁然身边，和她挽臂而行。

秦潇走过去谄笑道："太美了，瑶池仙宫来了两姐妹！"

可他又接着道："这多好，两姐妹开开心心的，有说有笑的！"

本来前一句还没什么，可盛思蕊听到后一句不禁脸色微沉，瞟了他一眼没说话。而莫沁然则看看他，轻轻摇摇头便不再理睬。

秦潇顿时就懵了，怎么这二人转眼间都不理自己了呢？

就在他愣着时，明墉过来道："走吧，大家一起去用餐。"

秦潇怔怔地问道："你说这是怎么了？怎么都不爱搭理我了呢？"

"你呀！不会是路上被拍傻了吧？"

"怎么这么说？"秦潇不解。

见他那糊涂样，明墉也摇头道："用一句东北话真是'越活越回旋'！还不明白？慢慢想吧！"

说罢自顾走了，剩下秦潇在那里懵然愣怔。

早饭此时已经摆在石桌上了，众人围坐下来，气氛极为轻松。

钱千金给李白安使了个眼色，那意像是说等下一切都听我说。

李白安恍惚间明白钱千金要说什么，他呢也有此意，但不知怎么开口，此刻正好遂了钱千金的意，闭嘴听着。

就听钱千金和先圣互说了一通客套话后，钱千金开始入题了。

钱千金先赞叹道："先圣此番运作，大智大勇，此番击退魔兵，想必那些妖魔再不会大举进犯了！"

先圣点头道："这次对魔族确是史无前例的重创！不仅击退了攻势，还毁掉了大量残肢！想必就算是血星再临，魔兵也绝不会有这般大势了！"

说到此，先圣又向众人拱手作揖道："此番要不是有众位英雄舍命相助，部族必遭灭顶之灾！老朽再次拜谢诸位！但有差遣，定当从命！不知钱先生有何要说，尽管说来！"先圣哪里是糊涂人，早就明白钱千金的意思，索性明说了。

这倒是弄得钱千金有些不好意思，但他还是叹道："可惜呀！先圣一族危机已解，我等的心病却未除呀！"

先圣道："莫不是担心李夫人的伤情？诸位大可放心，李夫人在槽棺里想恢复多久就待多久，直到痊愈为止！"

钱千金接着叹道："虽说您那宝贝槽棺有恢复的奇效，但毕竟并未治愈过伤势如此沉重的人，怎能就此定论呢？"

"哎！我这么说是有理由的。"先圣回忆道，"那一年，炜伯筑铜器时被砸成重伤，呕血不止，骨头都断了好几根！结果在那槽棺里躺了不到一月，就痊愈了！所以只要时间充足，李夫人的病一定能养好！"

钱千金又叹道："先圣您只知其一，心月受的是沉重内伤，与外伤治愈还有不同，所以不能一概论之的！再说就算您那个槽棺真能将心月的伤势治好，那可得等多少时候？一个月，两个月，半年，一年，还是更久？"

先圣刚要开口，钱千金马上接着道："就算经过很长时间，心月真能将伤养好！那好吧，我们这些老的，包括白安，都可以在这里等着。那这些孩子呢？他们可是正青春年少，难道也让他们这样等下去？您这里一天就是外面一月，试想如果心月用了一年才养好，那到时白安和心月要出去看看孩子们，他们都已经年近五十了，是管尚且年轻的李大侠夫妻叫父母呢？还是他们要叫孩子长辈呢？您看这对于外面的人，是不是有违纲常呢？"

下面听着的盛思蕊看先圣被问得一脸窘色，就一扶桌子想开口说："我可以在这里等着义母治好呀！"

这时右手边的明墇突然拉了他一下，而左手边的莫沁然也按了她手臂一下，并朝她微微摇头。

盛思蕊一纳闷随即马上想到：莫非钱先生是要……

先圣听闻此言，沉默良久道："听先生的意思，莫非你们还真要取龙肝入药？"

见李白安一脸不得不为的难色，先圣皱眉道："我跟你们说过，这可能是世上最后一条龙了，你们要它的命？也不是说我不肯，而是你们没见过它的大小。就算是有十个那位小英雄变成的巨人，联合去屠它，都一定不能得手！"

谁知钱千金却把早上翻出的书拿出，打开说道："谁说我们要杀龙取肝？根本就不用那么残忍，你看我发现了什么？"

先圣凑过去看了看，脸色顿时由忧转喜。

七十、神殿孤龙

（一）

就见钱千金拿起那卷书说道："这就是当年黄冠子李淳风留下的妙应真人孙思邈原抄本《千金要方》！里面有一段就记载着治愈沉疴内伤之法！"

他翻着念了起来："凡武者，内外受损俱是常情。外伤易医，内疴难疗。但聚中华物灵精华，百兽凝练，亦有可为矣！古法载取千年奇兽脏器可愈，实则未必。兽活千年，吸日月至精，取自然集萃，周身上下俱为至宝，焉何暴殄天物，空毁至灵？余曾取东海巨龙鳞片入药，已可有回天之力！告诫后世，万不可轻害生灵！"

放下书，钱千金笑道："听到没有？药王孙思邈都说了，取巨龙鳞片，就可以起死回生了！"

而后他转向先圣道："先圣，我们去见了真龙，根本不必杀伤它，就取个鳞片出来，还不行吗？"

大家都是惊喜，本来听说只有这一条龙时，大家都是不忍。就连李白安都不知该如何开口。可现在听说只要鳞片就行，那还不都是喜出望外？

先圣也是面现轻松道："那自然是无不可了！就那条龙，估计一个鳞片磨碎了都够李夫人吃几十天的！"

大家一听都吓了一跳，这得是多大的龙呀？于是大家就让先圣给讲讲那龙的来历。

先圣嘘口气道："中土有四方灵兽之说，大家都知道吧？"

"当然！"盛思蕊道，"东方青龙，西方白虎，北方玄武，南方朱雀！这里的龙就是玄武吗？"

"其实这四方灵兽的传说，就是从我们上古边陲四族来的！"先圣道。

边陲四族最早都是上古巨兽的栖息地，南方先圣没去过，也说不准。

但西方的羿族是他们生死与共的战友，自然清楚。所谓的白虎，是上古的一种巨兽，外形有点儿像现在的老虎，但不知要大上多少。这种浑身灰白的动物实际上是最早被异族驯化的，用来帮助捕猎猛兽。传着传着就被神化了，也成了图腾了。

而从先圣的娲族妻子口中得知，青龙的样子就像是巨头的有爪长蛇，只是模样与现今的蛇有极大不同，更像是被皇家神化的龙。

这青龙是娲族女子探查深海最亲密的骑驾，常与娲族女子伴游。

至于这玄武嘛，极为巨大有力，当年他们支援中土存亡大战时，所有的沉重武器都由它运送，所以就被叫作"武"。而后把它给玄化虚化了，就叫玄武了。

盛思蕊来了兴趣，问道："这大家伙长什么样子？"

先圣却神秘一笑道："你们不是要去吗？等见了就知道了！你们也不用怕，它温顺得很，不惹怒了根本就不伤人！"

几个小的一听，都异常兴奋，等下要去看上古神兽，还是温顺的巨兽，那不是跟到动物园看大象一样有趣。

"不过……"先圣犹豫道，"不过你们最好不要接近神殿！"

神殿？众人都惊疑。没想到先古之人还有神殿？

盛思蕊就问："先圣祖爷爷，您们也信道拜佛呀？"

"哪里呀！小女娃！我比佛道两教出现得都早，怎么会拜它们呢？"

"那是什么神殿？莫非是……"

"难道是那个可以撼帝的神秘金盒摆放的地方？"钱千金脑子飞快回顾。

"也对也不对！"众人再次聚精会神听着。

"我们上古也有信仰也拜神，但拜的是天地之尊！"

在上古之时，人们虽然糊口求生都很困难，但面对茫茫的未知，都和现在一样迷惑。

忙碌了一天，人们在睡不着的时候会想：我们到底为什么这么活着？我们死了又会到哪里去？我们所处的地方是什么样子的？我们以后又会是什么样？

在面对不时而来的各种自然的暴力，人们除了恐惧逃难，还会想为什么这些会出现？为什么我们不能避免它？

凡此种种，人类的疑惑越来越多，但现有的智慧却远远没法解释这些问题，于是神就产生了。

但在先古时期，这些上古部民的神就是天地！他们相信他们所遇到的一切都是天地安排的！

是天地让他们能有阳光土地雨水去耕种，是天地让他们有万物来维持生养，是天地造就了山川河流和平原牧场，更是天地给他们日月星辰来周而复始。

人能存活于世，都是天地的恩惠，怎能不拜谢天地的恩德！

但天地也经常会折磨世人，它们有雷霆雨暴，有洪水地震，还有没法说清的灾祸不时降临。

人们认为这都是他们中有人或很多人，违背了天地的意志，有悖天地的德行，这是天地的惩罚。所以人们就为天地设立神殿，经常参拜，以求天地能饶恕人们的罪孽，并以此来告诫人们要奉行天地的法则。

要避免去做坏事、做错事，避免天地的责罚。而且还要经常祝愿祷告，乞求天地能给世人风调雨顺，五谷丰登。

天地之尊的地位就在先民心中奠定起来，牢不可破。

盛思蕊问道："那中华为何现在就没有什么天地的神殿了呢？"

先圣道："还不是因为那次魔族来袭，中土差点儿就遭受了灭顶之灾嘛！在那以后,包括我们北拒族,都开始认为天地根本就是不仁的!我们这般勤勤恳恳,与人为善,但却要遭受这般灾祸,那岂不是天地无眼!那以后,中土就没有了信仰,直到千年后,才由老聃的学说衍生出了道教。而再过几百年,佛教才从古印度传入中土。到此无论是达官贵人还是平民百姓都有了可以具象化的信仰,而此后的大食教、拜火教,和现在的景教纷纷进入中土,百姓可有的信仰就更多了。而最早的以天地为尊,却只有我们这里保存下来了!"

"那您还相信天地真神吗?"盛思蕊一直就对信仰很迷惑,不禁问道。

"怎么说呢?"先圣琢磨了一下道,"我信!可是……"

先圣摆手道:"我说我信,是指我们信仰的本身!"

大家听这说法新鲜,都注目倾听。

"其实每一种信仰,不论是我们先祖没有具体化的天地,还是具体化很多神佛的佛道教,抑或是信仰真主上帝的大食景教,都有共通之处!那就是都宣扬着善良、正义、宽容、自省、无畏、执着、希望、和平等,凡此种种都是合乎常法人道的大道!都是正道!人们信仰这些,只要是能坚持这些正道,就是归于大道!这也就是佛法中说的'见性成佛'!但若是背离了这些大道,那不就总会孽障缠身,痴妄成魔吗?所以我信!我信人间的大道!更信人间的正道!"

听了先圣这番话,众人都频频点头。钱千金更是赞道:"很多时候我也跟年轻人讲这些,可总是没有先圣讲得这般通透。"

盛思蕊道:"如此说来,我们也得信点儿什么了?"

周炯插嘴道:"对呀!回头出去,我也找个庙磕磕头,问问前程。"

先圣道:"这世人都有迷惑,都不知祸福。你看那庙里磕头磕得最响的,实际就是对前途心里最没底的。无所谓磕不磕头,只要合乎大道至理,那佛祖自在心间。如果心存歹念恶念,就算是磕碎多少金粉泥塑,也都是没用的。茫茫天数既不可测,那也不可定!万物虽有定律,但万事只在人为!与天地比,我们如灰尘草芥,那天地之外是否另有天地呢?那我们所处的天地与外面比是否也是如沙粒水滴一般呢?所以无论世间茫茫,只要坚持人间正道,也就能行得泰然,活得自在!"

先圣一席话,却是将众人的迷惑都给解开了一般,一时间大家都在仔细回味。

这时先圣道:"大家已经吃得差不多了,时候不早也该上路了,毕竟龙的居所离此还有一段路程。"

众人这才醒悟,纷纷道谢准备离开。

"那里路不好走,我让澄儿带你们过去!"

大家一听更是拍手叫好,羽澄却是先看着李白安一笑,而后到莫沁然身边,摸着自己的大辫子道:"太好了,妹子!正好有时间让你教我怎么编发辫了!"

先圣却接着嘱咐道:"如果你们一切顺利,那还是要回到我们这里来,才能治好李夫人然后出去!但万一事有不测,李大侠你记住,尊夫人在槽棺中躺着不能超过六十天!"

"那是为何?"李白安紧张道。

"因为这棺盖不受我们控制,如果有人躺进去不动超过六十天它就会自动合上,而合上后外力无法打开！那时要等它再自己打开，就要十年后了！那时……"

李白安听了一阵犯寒，这里十年，那就是外面三百年后，那可……

不过钱千金却道："哪里用得着那么久？我们去去就回！"

（二）

再上路时，一行就多了个羽澄。

她虽然总是和两个小姐妹在一起说说笑笑，但眼睛却总是瞟向李白安。

盛思蕊没了拳甲的羁绊，心情尤其舒爽。她不时地甩着被解放出来的双手，东指西点的，玩得不亦乐乎。

莫沁然却仍是温文尔雅的淑女派头，就算是被盛思蕊带动也显得十分矜持。

李白安按羽澄的指引走在前面开路，晋先于和徐三豹分别伴在左右。

钱千金走得慢跟在后面，而最后就是背着行李的三个少年了。

由于事先说过，往里面走不能骑马，所以大件行李就放置在秘境中。但据先圣讲此行往返最少四五天，所以光吃食就是几大包，几个小子只能是分担背着。

由秘境后下了城墙向后继续走了半日，大家才发现这秘境的规模是远超他们想象。或者说这魔族飞船的大小实在是令人咋舌，简直都有个城市大小。

沿着连绵低垂的山势行到了将晚，大家才看到有一座高耸的山峰影影绰绰立在眼前。

据羽澄讲她小时候陪先圣来过一次，隐隐记得那时是连翻了两座山才到。

大家一看路途确实是远超想象，也就急不得了，当即露营。

众人生起篝火，吃了干粮，几个年轻人就在一起说笑。

而李白安却开始四处巡视，这是他多年的习惯，到了陌生地方就要戒备一番。

可他走出没多久，就听到后面有脚步声，他回头看，原来是羽澄跟了过来。

他笑笑道："羽姑娘，你回去休息吧！我四处看看！"

"李大侠不用这么戒备，秘境里谁都进不来的。"羽澄笑道。

"可能是以前在军营待的，习惯了。"李白安道。

羽澄惊道："你还当兵打过仗？"

李白安只得把北洋从军的事简要说了，可是那些辉煌事迹什么的却一字未提。

"没想到李大侠还是个上阵杀过敌的真英雄！"羽澄赞道。

李白安奇怪，自己也没说上阵杀敌那段呀？

却听羽澄道："我出去过，也知道北洋水师一战覆灭的事，再加上几个孩子有口没口偶尔提到，就猜出了。"

李白安释然，他说："姑娘不用总是叫我什么大侠，就叫白安好了。"

羽澄心里虽然高兴，嘴上却道："那怎么好？"

"要不叫李大哥吧！"说这话时李白安却是忘了想想，羽澄的二十八岁可是相当于八百多岁。

羽澄当即道:"那好,就叫你李大哥!你呢也别叫我姑娘了,要不就叫羽妹!如何?"

见李白安犹豫,她又道:"叫妹子也成!"

李白安只得应承。他不是扭扭捏捏的人,但他似乎有点觉察到羽澄和自己离得太近,总觉得不妥。

羽澄有一句没一句和他闲聊着,二人走着,李白安偶尔说些外面的风土人情,羽澄都是一脸羡慕之色。

李白安见她挺大的姑娘,识见还不如盛思蕊那小丫头,知道她是被困在这里,心里也苦。

他就说:"等我们出去,带着妹子一起领略一下中华的风土人情!我夫人那时也好了。她做菜可有一手了,到时给你做点儿好吃的。"

羽澄兴奋地拍手,不觉间手竟握住李白安的手道:"那可说好了,大哥到时一定要带我出去!"

李白安根本没想到她会直接握上来,被她一把抓住,心中十分尴尬。

而羽澄却像是不谙世事一般,抓起还就不松手了。

李白安正要想办法脱手出来,就觉得前方树梢上有什么动静,他赶忙叫道:"是谁在上面!"

羽澄一惊松手张弓,回身就是一箭!

李白安还没等喊出不要,那箭迅雷一般就射了出去。

他心道:好冒失个丫头!这要是射中了自己人,可怎么是好!

他忙飞身过去,可找了许久,什么都没发现。

他奔回营地,大家也都在。听了李白安的话后,人人却都警觉起来。

钱千金问赶回来的羽澄道:"那些魔兵不会又出来了吧?"

"不会呀!没有血星连珠,根本出不来!况且受了这样的重创,想出来也要等上好久!"

"那你们这里有没有什么飞物?"

"更没有了!早就被铲除干净了!"

"那有没有猴子一类能上树的动物?"

"也没有!这里的动物要是上了树,能把树压倒!"

那能是什么呢?大家也找了半天都没有发现任何踪迹。

不过李白安相信自己就算在黑暗中也有感觉,而羽澄更是确认自己也能从动静中分辨人,那个影子肯定不是自己人。而且速度飞快,就连她的箭都能躲过去。

羽澄的箭法大家可都是见识过的,连李白安都不敢说一定能躲过,那那个黑影到底是谁?

这一出意外,导致大家一夜都没睡好。

可是第二天天明,又没有人发现任何踪迹。

几人只得再次上路,可这次却都是加快了脚程,想尽快赶到。

可山上是完全的原始状态，连人都没来过几个，根本就没路，所以行进十分艰难。尤其是钱千金更是痛苦异常，徐三豹要背他他又死活不肯，搞得二人又是嘴上往来一路。

李白安见此说道："可能真的是我们看错了！本来什么事都没有，是我精神太紧张，自己吓自己！"

他这么一说，众人的焦虑情绪才有所缓解。

而他悄悄叫过羽澄道："这事我们知道就行，不要再提了，要不非得把大家吓坏！路上我们先行，到处留意就好了！"

他是把对方当成个好帮手了。的确羽澄论功夫能力都不在他之下，那一手神箭确是能让人心惊胆战。

有他的轻功配合羽澄的神箭，还真不知有谁能是敌手！

而羽澄更是乐不得和他一起，二人走在前面，一路探查，一路聊天，距离转瞬就拉近了不少。

（三）

羽澄的父母都是羿族人，在上一次大战中，年纪尚轻的二人都是英勇作战，身负重伤。虽然二人在之后的十来年间，结合生下羽澄，但终没熬过太久，就先后离世了。

而羽澄作为羿族最后的血脉，就一直被先圣抚养长大。

她七八岁时，就背着弓箭，每日和巨狼在一起巡视大门，算起来长这么大，与狼待的时间最多。这也使得她心性十分单纯，但也造就了她和狼一样辨人善恶的灵性。

据她说自己从未看错过恶人，就是看差过一个，不过那人那时还真的不是个恶人。

李白安知道她说的就是只身闯进秘境中的李自成，也不想再让她想伤心事，也就把话差过去了。

他还发现虽然羽澄的身世要放在外面的女子身上，可谓是有些悲惨。但她却是极为乐观开朗，李白安也不由得对她刮目相看。

而且李白安知道的悲苦人很多，自己也是父母早亡孤身漂泊，更是能理解她的遭遇。所以一路上，李白安对羽澄更是多加关照，处处担心，就像是对待自己一位身材高大的亲妹子一般。

而羽澄更是被李白安的胸襟气度折服，很快便不想离开他左右了。

两人脚程快，加上一路聊天竟忘了队伍，翻过一座山就把队伍给抛下了。等李白安再回身，后队已经都没影了。

他忙要羽澄再次稍等，自己要赶回去接应。

这时羽澄却一把拉住他道："大哥，我能不能提个要求？"

李白安一怔道："当然行了！妹子你说！"

羽澄咬咬嘴唇，她觉得这可能是自己最难启齿的一次，但还是鼓起勇气说了出来。

"等你治好了大嫂，我能不能和你一起出去？"

"当然行了！我不是说过，我们会带着你去领略方物，尝遍美食吗？"

"我的意思是……嗯……能不能以后就一直跟着你！"

李白安又一怔，什么叫一直跟着？

他本就对男女之事所知不多，但此刻也猛地醒悟：难不成她的意思是跟着我……

"我就是想，这辈子能有幸遇见大哥你这样的英雄，是我一生的幸运！可不知道我能不能有这样……继续有这样的幸运……能和大哥你一起走遍天涯海角，直到白头呢？"

羽澄低头说完这番话脸被憋得通红，她抬眼看看李白安，眼中全是渴望和殷切。

李白安顿时手足无措道："这……这……我已经有了你嫂子，而且我一直都当你是妹子的！"

"没事，嫂子我以后会敬她做大姐！我们永远都会和和气气的！我知道，你们外面男人不是能三妻四妾吗？"

羽澄这时鼓起了这辈子最大的勇气，说出了这番话，话说完，她虽然脸已经像个熟透的大苹果般，可眼光却更坚定了。

李白安完全已经不知所措，他心中只深爱心月一人，本要开口拒绝。但想到羽澄的经历遭遇，自己如果断然拒绝了她，那她以后可怎么面对这世界呢？

他左思右想都想不出更好的、更委婉的措辞，正茫然无措时，就听后面徐三豹的声音传来："白安，你们慢些！是要把我们累死吗？"

李白安忙道："我去看看后面先……"说罢一扭身就消失了。

害得羽澄一个人直僵在了当地，咬着嘴唇，进退失据。

徐三豹搀扶着钱千金赶了上来，钱千金呼哧带喘地说："你们不管不顾地在前面走，却忘了我这是双肉腿！怎能追得上？"

徐三豹笑道："你可得了！还肉腿，那就是两条柴火棍儿！"

钱千金刚要瞪眼回嘴，向前看看却问道："先予呢？他不是走在我们前面吗？"

李白安掉头回来接应时也没见过晋先予，就问："你们走散了吗？"

"不是，他说先走一步去追你们。"

"这就怪了！难道掉到我们没见到的深沟里？"钱千金奇诡。

"你可得了吧？他轻功那么好，能掉沟里？定是到哪里耍去了！"徐三豹道。

正在大家不明所以的时候，晋先予从一处林中走出。

徐三豹叫道："老晋，没事吧？"

"有什么事？"晋先予被问得一惊，而后舒缓面色道，"噢，刚才腹中疼痛，去林子里解了个手！"

"那你可小心了！别被什么地底下蹿出的怪物掏了肚肠！"徐三豹道。

晋先予拍了他一下，一阵哈哈搪塞。

大家都没注意到，他的背部有些发鼓。可这时大家都是关心同伴，哪里会注意许多？

盛思蕊和莫沁然手拉着手也赶了上来，按说她们功夫都不弱，什么也没担却落在后面，完全因为盛思蕊到处贪玩。

而莫沁然竟也由着，而且她从刚进秘境时的俏眉不展也变得神色开朗起来，看来盛思蕊的感染力确是不俗。

盛思蕊却有些不满地问道："羽姐姐，你走得那么快，有些事还想问你呢？这一路走来为何都不见任何野花，也不见野果，这里的气候按说应该是鲜花常开的呀？"

这时羽澄也恢复了脸色的平静道："为了防患魔族，我们花费良久将开花的作物全清除掉了。没有花蜜吸引，我们这里能飞的昆虫才被慢慢消灭光。而且没有飞虫授粉，花不长，野果自然也就没了。"

"可秘境里还有果实和作物生长呀？那也是需要授粉才能结实的！"莫沁然终于问出个问题，这实在是难得。

"那是你们没见过，每到农作物要授粉的时节，我们都会人造旋风，帮助授粉结实！"

大家都是惊诧，没想到这里还真先进。

羽澄笑道："其实你们在秘境里只待了一天，才看到了皮毛！我们这里你们想象不到的新奇好玩的多着呢！想不想都看看？"

盛思蕊马上拍手叫好道："那太好了！等取完龙鳞回去，我非得好好住上一阵，等义母全好了再出去！这里多好呀！又宁静又没侵扰！"

不少人也都附和，可羽澄却看着李白安问道："李大哥就不想多住一段吗？"

李白安只是讪讪地笑笑，没接话。

（四）

接下来的行程是再翻一道山，这座山可是矮小了不少。

这回大家都走在一起，李白安则是借故总躲着羽澄。

羽澄见怎么都没法靠近他，也有些气了，索性就和女孩在一起了。

大家很快就爬到了山顶，不过这山顶前方有块巨型的凸起山体斜冲出去，就像是一只洪荒巨兽的斗角一样斜斜地挺立着。

钱千金奇道："这怎么这么像是一只兽角呢？"

大家也都有同感，羽澄道："你们往前再走些向下看看！"

众人依言而行，就见左下方有个近乎圆形的巨坑，里面看不出深浅，但四周边缘却是微微隆起的。

钱千金疑惑道："莫非……"

盛思蕊抢话道："这山是个巨兽的头颅化石！"

此言一出众人再惊，莫沁然却想起了之前经过的牛鼻山，那山就跟个断了板角的牛头一般，莫不是这座也是？

羽澄道："你们再回身看看之前那座山，两个联系在一起是什么？"

大家仔细看去，只见之前那山虽然高耸，却没有挺立的山峰，倒像是一个巨型挺立的脊背。

羽澄这才说："这两座山实际就是上古巨兽的一座尸骸，这个是头颅，那个是身体！"

大家听了就惊异难述，爬了大半天，这才翻过一具远古巨兽的尸骸！那他们要去找的"武"得有多大呀！

羽澄道："先圣说这具尸骸是他小时候就有了的！据说也是北境最大的一只！以后族里就再没有这么大的了！不过据说先圣的儿子娇出去时带走过几只大的，但都没有回来。"

莫沁然就把牛鼻山的事情说了，羽澄道："那就是了，先圣说这巨兽后来被叫作'咒'，有板角和斗角两种，但早已经绝种了。"

大家都是惊叹不已，羽澄接着道："这也就是先圣为何犹豫让你们进来的原因，因为'武'也是最后一只了！"

大家都表示请姑娘放心，大家只是来寻个鳞蜕，怎么着也不能伤了巨兽的。

徐三豹更直率道："况且像两座山那样的大家伙，我们可怎么伤得了？要我看就一片鳞，我们也得切碎了大家一起分着才能拿得出去！"

羽澄却道："这只武呀，据先圣说，被罩进秘境时还是个只有十几岁的幼兽。魔族飞船被撞落时，它仅有的族里父母都在撞击中死了！它就这么孤孤零零地在秘境里待了一百多年，当然是外面的几千年了！而且它也没有这么大，不信你们再往前看看！"

大家站在山缘边，远眺出去。只见远处有一宁如平镜的巨大湖泊，湖中隐隐有一长厚身材的巨兽待在里面。

由于巨兽看起来就像是不动的一般，所以这一切都如画作般静止。

这时莫沁然突然提出个问题道："这些都是在秘境里，也就是在魔族的飞船里吗？那这飞船到底有多大？"

"没错，都是在秘境之中！要不'武'也不能活这么久！那片湖泊的尽头就是秘境的边缘，这飞船的大小大家也都算看全了！据先圣讲，这一艘是所有魔族飞船中最大的，就像是舰队的……什么来着……"

"旗舰！"李白安答道，他当过海军无比熟悉，最大的当然就是旗舰。

"而且指挥核心和统帅也就在旗舰上面！难怪那些魔兵这么久都不放弃对这里的反扑了，想必先圣说过的无坚不摧血红脑状巨石一定与指挥核心有什么联系。"

"看起来这里还有很多魔族的秘密等待被挖掘出来！"

羽澄看他眼光闪烁道："李大哥倒是和先圣说的如出一辙呢！他也说这里知道的都是皮毛，真的核心还是茫然无知！那许多未解之谜，他是破解不了了！族人又对这些根本没兴趣！李大哥当世豪杰，难道不愿解开这重重谜团？也好最终尽灭魔族，还天下太平呢！"

李白安看着她充满着热切和希望的眼神，犹豫了一下又马上转开。

羽澄难掩失望之色，默默地陪众人下了山。

再往前走就是神殿的领域了，因为这里有个好像被人工平整出的入口。

两侧各树立一巨型青铜石柱，上面全是各色花纹，看得明堭是目不转睛，啧啧称奇。

羽澄止住了脚步道："我就不跟你们进去了。现在距天黑还有两个时辰，你们顺利的话应该能取到龙鳞。天黑了你们不出来在里面扎营也可以，但是最好不要生火，那样'武'会受惊！虽说它远不及先辈的身躯，但你们看过就知道了，它要是惊到你们很难善后！所以我倒是劝你们，不如等明早再进去，那样更稳妥些！"

大家都到了门口，焉有不进去的道理，就像是小孩子去动物园，明知还有一会儿就要闭园，也要缠着大人买票进去看大象是一样的。

见众人气势高昂，羽澄也只得作罢。

不过她盯着李白安，那眼神中分明是说，你要我进去我肯定陪你进去。

可李白安却只是一味地躲着，羽澄终于神色黯淡地叹了口气道："好吧，你们去吧！我就在外面，有事及时通知。"

大家满口胡乱地应承着，纷纷向里走去。

此刻每个人的心态都是不同的，李白安自是激动间有一丝紧张，既想赶快找到龙鳞又怕找不到。

钱千金态度也差不多，但更夹杂了一丝朝圣般的心情。

徐三豹是直人一个，就想看看大家伙。

几个年轻的都是猎奇心大于一切，兴奋溢于言表。唯独莫沁然脸上有着些许的担忧，神色也较为警觉。

可是晋先予却是跟在众人身后，脸色阴晴不定，脚步踯躅，不知在想些什么。

众人一一跨过了青铜柱拉出的界限，向里将是又一个神奇陌生的世界，可能有更多未知的冒险在等着他们。

（五）

接下来是一马平川，众人用了不到半个时辰就来到了湖泊边。

这湖远看如凝固一般，到了近处才发现湖面有微微的波澜，而且湖面之开阔一眼看不到边际。

钱千金遥望远处没有尽头的湖水，看着水流的走向道："这湖被秘境括起来的只是一小部分，应该外面还有！"

李白安道："那是一定的，要不然水流从哪里来？而且这湖水清澈干净，定是一方活水！"

他又说："而且你们看湖中的颜色如深墨绿，就算是深海中也难见这般深暗的水色，显然湖中水位极深！再者你们看这湖面整个都是由四周向中心水色渐深，越往中心，颜色深的层次就越明显！显然这湖底就像是个漏斗形状，也不知怎样的自然造化才能有这样的形状！"

钱千金道："我在书中看到，在南海有一处海域叫作海眼！此处就像是突然在海底出现了个无底巨洞！往来船只都视之如地狱的入口，无一敢接近！但凡是有大风暴，船只被卷入其中，也是无一生还！你看这里是不是也像有个湖眼一样？"

李白安没去过南海，但也听过这事，他点头道："的确！这里确实也像是有个湖眼一般！但据科学的说法是，无论是海眼还是湖眼，最下面都是跟地下湖海相连。也就是说掉进了里面，实际上是被吸入地下河或地海之中。只是由于从未见过有人能生还出来，所以根本也就没法证实。"

在一边的徐三豹惊道："这地下还有大海？难道这大海还不够深？要在地下再来一个？"

钱千金瞥他道："你呀根本就是个不学无术的蛮货！你不知道我们生活的只是地球的表面，往下还深着呢！"

"那有多深？"

"这我哪里说得准，书上写的我又记不得那么多！反正地球就是个大球，这大球的半径有多少，地下就有多深！"

大球，半径？对于在西方几乎是虚度几年的徐三豹来说，这些简直太陌生了。

他摇头道："反正我和炯儿都不识水性！等下要下水捞鳞片，你们去，我们就在上面接应！"

李白安看着远方的巨兽，此刻离得仍然十分远。而且这野兽好像十分聪明，此刻正在湖中这漏斗的另外一侧，想要接近看起来不是什么容易之事。他便想着是不是要先出去，取木造条木船再进来。

这时就见几个少年已经沿着湖边，自顾自地向前走了出去。

那几个真是少年不识愁滋味，有的还脱了鞋在湖里蹚出一片片水花儿来。

尤其是盛思蕊，强要明墉下水，她光着脚在湖里蹚着。

这湖里都是被千万年冲刷出来的巨大鹅卵石，她走在里面，右边架着明墉胳膊，左边还拽着莫沁然，玩得不亦乐乎。

看到这一幕，几个大人都是又好笑又摇头，笑的是难得她还能保持着这份童心，摇头的是这小鬼不分时候都能玩起来。

不过也没人想训斥阻拦了，毕竟这段时间大家的神经都绷得太紧，好不容易能放松，何不就由着她？

况且这可是众人的开心果、小蜜糖，没见大家都被她带动得情绪高涨吗？

李白安这时要和大家商量商量造船的事，就听见"扑通"一声。

原来盛思蕊是一个不稳摔进了湖里，幸得被明墉接住大半个身子，衣服才没全湿。

大家是又好笑又奇怪，笑她终于玩到坑里了，可奇怪的是她的轻功可是有目共睹，怎么还会无端摔跤呢？

就听盛思蕊兴奋地高叫道："大家快过来看！"

原来她刚才光着脚踩着巨大的鹅卵石玩，觉得这石头是光圆无比，而且还没什么青苔，也不是太滑脚。就是每块都太大，两三步才能跨过一块去，这让她觉得实在不过瘾。

她索性就直接运功松开旁边两人，想直接跳到下一块上去。

可是脚刚接触到下面，就感觉像是踩到了没有平底的巨型圆碗里一般，而且这圆碗随着她的脚力还在做圆弧形滑动。

她一脚踩得是实不实虚不虚，再加上毫无防备，差点儿就摔进水里。幸亏自己功底扎实，加上明墉手疾眼快，才没摔倒。

她气恼之下，就仔细去看踩中的东西，可越看就越是奇怪，转而就兴奋地大叫起来。

大家过去时，就见她已经把踩中的东西在明墉的帮助下抬了起来。

众人看上去，就见这是一块椭圆形浅圆碗状黑黝黝的薄片，说是薄，也是相对于人体的身板来说的。

就见这薄片被水冲刷得光溜溜的，但细看之下背面全是粗粝的纹路，而上面的碗兜里却像是附着一层被泡得柔软的厚膜。

也难怪盛思蕊会摔跤，这东西看上去比巨型的西瓜皮都滑，又是在水里，谁不经意踩上去都说不准。

却听盛思蕊兴奋道："大家就没看出这是什么？"

众人也觉得形状眼熟，只是个头太大，一时没敢说。

"这不就是龙鳞吗？"盛思蕊兴奋得嗓子都有些哑。

大家一听还真就像那么回事，如果这鳞片足够大，那确实可以这样猜测。不过毕竟还没见到本尊，谁也不敢下断言。

李白安见了这物，心中扑扑乱跳。

他目测了一下湖围的距离，飞身就沿着一侧湖边，向远处的武飞奔过去。

就见他脚下在水中点起点点水花，沿着湖边的弧度飞驰，身形有如掠过湖面的巨鸟般。

莫沁然叹道："李大侠的正统轻功都能练到如此境界，实在是令人叹为观止！"

她这"正统"二字被秦潇听在耳中，觉得好像有什么不对劲，但转瞬也就过去了。

再看李白安身形已经接近了武，他沿着武的一侧飞驰了两个来回，而后就飞一般地回来了。

等他身形站定，却是轻喘着笑道："没错！就是这个了！跟巨兽'武'身上的一样！"

大家一听都是大喜，齐齐欢呼。这次的呼叫声特别大，连在远处几乎静止不动的巨兽都缓缓回头看向这边。

众人都兴奋着，历经千辛万苦、九死一生，终于将救命的至宝寻到！

而且让大家都没想到的是，这寻宝全不费工夫，就让小丫头的一脚给踩出来了！

这等意外之喜让大家极为兴奋！

等兴奋劲儿过去了，李白安这才问道："钱先生，你说这龙鳞确实能治好心月的伤吗？"

钱千金捋着胡子点头道："想来差不了！没有看到药神孙思邈的原著手稿之前，我还不敢确定！毕竟那些野狐禅的传说都没什么根据，更别提个二把刀的老满御医了！他也是从前辈那里道听途说而来。而我们当时是确无他法，只得冒险来此一试！说句实在的，在进入秘境之前，我都是抱着蒙大运的想法，万一传说真的让我们碰到了呢？可现在实物就在眼前，药神的手稿也言之凿凿，就不由得不信了！至于这么大的东西，该怎么入药，那等我们回到圣堂，我到书山里去翻阅，总能找到办法！"

"那之前那个萨御医不是说他先人配出过有龙肝的吗？"李白安问道。

"那估计是他的先人也从不知哪里找到了个什么异兽，为说着好听，更为皇帝主子高兴，才说是什么龙肝的！不信你看，这一片鳞甲如此巨大，那龙肝得是多大？别说是入药，就算一村人都够吃几个月了！"

众人都觉得言之有理，而且先圣也说传说中的四方神兽其实都是上古巨兽。这武也见了，除了大还真没看出什么异能。

这下好了，龙鳞有了，虽说大，但比预想的还要小很多。这也不用再砸碎了，两人一组换着抬，都能囫囵个地带出去了。

大家此刻万险历尽，终达目标，多数都显得分外轻松，都恢复了进动物园的心态，嚷嚷着要从近处看看巨兽"武"。也算是最终不虚此行，为此万难之旅画上完美句号。

（六）

可这时李白安突然道："刚才我在飞回时还看到一处所在，就在我们前面，大家想不想去一看究竟？"

众人大体都明白了他说的是神殿，但这回倒是没人接话。

钱千金犹豫道："先圣之前说了，那里也算个禁地，最好不要接近。现在我们已经有了龙鳞，也算大功告成，没必要再去了吧？"

晋先予马上接话道："就是！现在有了药还不赶快回去给心月治伤？在这里耽误这么久干什么？要知道多耽搁一分，就多一分变数，还是早回去为妙！"

这回徐三豹也是附和道："这话在理！毕竟为心月治伤才是我们此行的目的！干吗非得为不相干的耽误，早早回去没错！"

周炯和秦潇本有兴趣，但听师父们一说，也不想反驳。

盛思蕊也道："外面那么多庙观，看来看去还不是一样，的确是没什么看头！"

明墉本是随着盛思蕊的，听她这一说就算自己再想去也只能跟从。

可莫沁然却突然道："我看既然来了，错过了不是可惜！下次我们再来，不，我们也没下次再来了！这里可是上古的神殿，里面还有能决定帝王基业的秘密，大家难道就不想一看吗？"

听她这么一说，秦潇也小声附和道："师父们说得有道理！可不去看看也确实可惜！"

李白安道："其实当我知道了这舆图的标注点竟和寻龙地重合时，心中就有这样的念头：是不是有些事情是冥冥之中注定的！如果心月没受伤，我们现在在干什么？"

徐三豹想也没想到："回李大人府上呗！"

钱千金道："如此国殇之后，李大人一定被委派议和，那是明知卖国条约也要去议，也要去签，你还跟着吗？"

徐三豹马上摇头道："那肯定不会！我可不会让人指脊梁骨骂我！"

"就知道你没大人那份大担当！那你还能去哪儿？"

"那就去唐先生府上呗！"徐三豹想想道。

"到那里你能干什么？看家护院吗？"

"我怎么能和那些瘪三混在一起，肯定不能啊！"徐三豹急道。

"就是，我都不能去，更何况你了！"钱千金道。

"你不去是因为你和他不和！"徐三豹气道。

钱千金被顶得怔了一下，但接着道："就算如此，我就是不去！你还能去哪里？"

"那你都不去，我去干吗？"徐三豹嘟囔道。

"哎，别光问我，你能去哪里呀？"徐三豹反应过来。

"我……我要知道就不问你了！"钱千金被问到这个问题，才发现原来天下之大，竟已无容身之所了。

却听晋先予道："那还不容易！此时朝廷正是用人之际，我们要是去找门路投靠，肯定能受到重用！"

钱千金和徐三豹齐齐白了他一眼，异口同声道："不去！"

见他们说了半天都没个方向，李白安才道："如果没有这件事，我和心月倒是早就想好了！我们去跟李大人辞行，而后就归隐山林，从此再不问外面世事！"

钱徐二人听后，都点点头，意思是此计尚可。

可李白安接着说："不过我们这一路来，可有看到这世上还有哪里是能安居乐业、与世无争的地方？"

众人回想着一路的经历，只得默默点头。

"那就算心月治好了，我们还是要面对这样的问题！之后我们去哪里？"

现在的情况已经摆明了，房地契钥匙都归还李鸿章了，下人也遣散了，英伦是回不去了。

李鸿章那里和唐季孙那里都去不了，朝廷更不想投奔。

那接下来这些人要去哪儿，还真是个大问题，总不能像个丧家犬似的到处游荡吧？

"那我们留在秘境呢?"盛思蕊突然插话。说实在的,她确实很喜欢这里。这里不用提心吊胆,不管外面是非,多好呀!

她看向明墉,就听他答道:"你在哪里我就在!只要你能受得了这里一成不变的沉闷。"

盛思蕊一听也犹豫了,的确这里是世外桃源,可什么好吃的好玩的都没有,每天就是田间床头两点一线,这日子自己能过得了?

就在大家都默不作声之际,莫沁然又开口了:"我觉得李大侠说得对!我们能来到这里看似是历经千辛万苦,经过九死一生,有无数的偶然。但实际上却都是冥冥上苍安排着的必然!那既然大家都前路未卜,何不顺着上天的意志继续走下去,看看上苍到底给了我们什么安排!那神殿就叫天地神殿,那岂不就是上天指引的终点!或许我们进去了,一切都会豁然开朗,大家说是不是?"

众人都吃惊地看着她,按所有人的观点,这里面要是有人知道去处,那只有她了。

官宦人家的大家闺秀,出来历险一圈,此刻还是毫发无伤,那不是说回去就回去了?这也是大家与她有隔阂的缘故,他们都如世上的浮萍草芥,而这却是个大小姐。阶层不同,观念不同,道路不同,道不同不相为谋。

所以大家对她这番话都很是不解,倒是钱千金隐隐好像发现了什么关窍,却闭嘴不言。

莫沁然看大家如此,以她的七窍玲珑,焉不知众人所想。

她叹道:"其实我根本就不喜欢什么官宦出身,也不喜欢朝廷官场那套!现在朝廷腐败透顶,百姓民不聊生,说实在的我都耻于自己生在官宦人家!我更想能在这皇朝垂暮之时,挺身而出,为百姓做些什么!这难道和诸位的初衷背离吗?我说的都是肺腑之言,天地可鉴!"

这时李白安看着她坚定地点点头道:"沁然也是一心为民、心系苍生的自己人,我认为她说的有道理!路该怎么走下去,我们现在是两眼一抹黑,不如就进去看看,或许能得到上苍的指引也说不准!"

大家虽说不上同意不同意,但也都觉得无不可,所以都默默点头。

可晋先予却急迫道:"现在时间可是不等人的,很快就天黑了!到时我们还没拿着龙鳞出去,该怎么办?难道还在这风险未知的地方过夜不成?还有你们总说着什么天意,真是笑话了!我怎么从来不知白安你还信命,信天意!说穿了,你就是想帮乱党头子孙文打开那先古密盒,想动摇大清皇上的统治而已!我说得对不对?"晋先予气吼吼地道。

"哎,别乱扣帽子!"钱千金道,"白安也只说去看看,没说要毁了密盒!"

"对呀!我说老晋,你怎么突然这么敏感,吃错哪门子药了?"徐三豹道。

"晋兄,要是这朝廷腐败透顶,用不着我打开盒子,它自然会完蛋!要是它勤廉为民,我就算是打开了它也完不了,是不是这个道理?"李白安诚恳道。

"白安说的没错,大家都不要争了!趁天亮快去看看再说!"钱千金最后定论。

大家这才不再纠结,在李白安的带领下向神殿而去,而晋先予沉着脸走在最后。

（七）

众人走了不久，就看到水边立着一栋恢宏的石头建筑。

这说是恢宏，是与外面比较而言。但要是相对秘境中的巨大，它还真不算什么。

只见这神殿面向湖水，当面有四个石柱顶着前檐，上方却是平的。

这倒是让大家都很奇怪，因为众人都是看多了飞檐的屋顶，还从未见过平顶的神殿。

这倒是与古西方的一些建筑类似，不过又不像那些博物馆里的四面都是空的、仅靠石柱顶着的神殿。

这神殿似乎除了前门外全是封闭的，而从殿上有些阶梯状的石条直接延伸到湖水里。

大家转到前面，才看出那些石条说是阶梯，还不如说是建筑的一部分，只是做成了阶梯形状。

而仅就工程难度而言，整体的巨型石条要和建筑合为一体，这是十分困难的。就算古人用大智慧修这些工程，也是难度极高。但从实用性来看，这也完全没有必要。

到了跟前，明墉率先跳上了殿口，他先仔细地看看石柱，又到处摸来摸去，口中啧啧有声。

盛思蕊不耐烦道："又看上宝贝啦？这可都是大石头，你还想运出去不成？"

明墉回头正色道："思蕊，对这个神殿，你可要敬重些！这看上去可比秘境里所有的东西都要早！而且我告诉你，这神殿就是个大机关！这可是我见过的最早的机关，比我派秘籍上记载的墨家机关要早不知多少年！"

大家一听这神殿竟是个机关，忙问究竟。

明墉摇头道："我只是模糊地看出有些问题，这大门是机关开关的，再有，这些一体石阶应该也是机关的一部分。但它们到底是如何运作的，又是干什么用的，完全是不得而知！"

"那有没有什么危险？"盛思蕊道。

"至少从外面看不像是灭杀机关，倒像是不让人随便进去而设的。"

他蹦蹦跳跳地来到前面雕刻的石面旁，指着道："你们看，这就是大门！但你们没看出这有什么古怪吗？"

李白安眼力最佳，看后道："好像是上下两截的！"

"对了，还是李叔眼亮！这就是大门的厉害之处了！应该是第一道机关能将下半段分左右开关，而第二道机关则是能放下上面的断龙石！那可是千斤巨石，一旦放下，便再不能打开！"

他边说着边四下踅摸，不一会儿，就听咔咔一阵巨响，那下面的半截石壁分向左右打开。

明墉一躬身道："欢迎诸位进入神殿！"

盛思蕊还是不放心，问道："那那个断龙石会不会随时落下？"

"当然不会！我还没找到开关呢？放心进去好了！"

众人见状，都一齐拾阶向着神殿大门走去。

天色已经开始有了渐暗的苗头，湖水颜色渐深，而一直在远处的巨兽却缓缓地向着这边游来。

七十一、悲为羊牯

（一）

大家拾级而上，正要陆续进入神殿内部瞧个究竟，就听明墉蹲在门框边，发出了"咦"的一声。

盛思蕊问道："怎么了？这时候你又看出什么不对了？"

明墉抬起头，满脸都是困惑道："我怎么看这神殿之前就没人进去过呢？"

这怎么可能？几人闻言都很是惊异，就相继蹲下看明墉所指的地方。

他说："你看，这两扇石门呢，是向内开启的。而下面虽然没有我们常见的门槛，但门与地面还是有一定接触的！照理来说，只要是开门，石门和地面就一定会有摩擦，开合之间一定会留下痕迹。可你看这里，连这地上的石块修造时没被抹平的毛刺，都是刚刚开门被磨掉的。而且仔细看，也没发现之前曾有任何摩擦的痕迹，那不就表明这里从来没被开启过！"

大家也觉得说得有道理，开始议论纷纷。

钱千金站起看着打开的两道石门道："你看，这两扇门上刻得像是什么？"

大家把目光聚集过去，就见左一扇上刻着各种的自然天象，包括日月、云霞、雷电、雨雪等，还有一道画得极为逼真的旋风。

再看右一道上刻的则是江河、山川、五谷、百兽等，而聚焦其中的则是一个圆形的物体。这东西有点儿像个圆石，更像个大号的蛋，而里面还隐约刻画着模糊的人形。

钱千金道："要是我想的没错的话，这两扇门实际就是先民们拜祭的天地之尊了！"

"怎么会？"徐三豹嗤道，"对着两扇门拜祭？那不是拜门神吗？"

"什么也不懂就别在这胡说！"钱千金哼道，"你知道门神是什么吗？"

"这个我知道！"周炯却插嘴维护师父道，"师父告诉过我，门神就是唐太宗驾前的两名武将秦琼和尉迟敬德。师父说武人自古被当成神仙崇拜的没几个，除了关二爷，就数两门门神最有名了！"

说罢周炯看了徐三豹一眼，徐三豹则是嘉许般深深点头。

"那你们就是只知其一。最早的门神传说是商周神战中的哼哈二将！到了唐朝，那两位被唐太宗亲口说像守门神，才被民间广为崇信的！还有武人的神哪里少了？天上的星宿正神大多都是武将！还有最厉害的五岳正神哪个不是武将？"

这一掉书包，没人是钱千金的对手。听他又要滔滔不绝，徐三豹马上道："服了你老柴火书虫还不行？赶快说正经的！"

钱千金道："如果这就是先圣口中的神殿，那这两扇门可能就是他们祭拜的至尊了！为神佛修庙塑金身，那是到了两晋后才有的，那之前怎么拜祭？要我看有个屋檐能挡风遮雨，有个刻像能供人观瞻，也就差不多够了！这两扇门按雕刻的确是代表了天地的意思，那先民拜这两扇门也就行了！"

大家听说对着门下拜这事，都觉得新鲜，但想想也有道理。

毕竟要按先圣的说法先古之时首领都没有办公所在，更没有华丽的殿堂，那天地之尊，能立在屋檐下让人拜祭也就说得过去了。

不过更大的疑惑就在眼前，既然拜祭只需要对着两扇门就行，那还修个这么大进深的神殿干吗？

对此钱千金也是不解，毕竟先圣对此什么都没多透露，只是让他们进来取了龙鳞就走，根本就没有让他们进神殿的意思。

钱千金问明墉道："墉儿，这机关好开吗？"

明墉先点头又摇头道："也好开也难开，毕竟是先古时的布置，那时的人应该没这么多花花肠子！不过还有很奇怪的一点是，这开门的机关我是一下就找到了，可是上面的断龙石机关外面却是没有丝毫痕迹，这就太怪了！"

见大家迷惑，他解释说："断龙石设在门口，一般都是为了把强行进入其中的人给困死，那机关就应该在外面。可如果外面没有，那就在里面。那就怪了，难道是想打开机关人把自己一道困死？这断龙石是绝户机关，只有单向，落下就再不能重启！那就更加奇怪了！这不就是个神殿吗？难道还有什么至宝不成？非要用绝户机关？"

他这一系列疑问的确也让众人疑窦丛生，盛思蕊干脆建议大家索性就出去，干吗非得进这疑阵重重的地方！

她是对什么历险寻宝、解密求索的事情再没兴趣了，好不容易脱离了拳甲的控制，可不能再轻易入坑了！

明墉虽然对寻宝一类事情兴致浓厚，但此刻经历了长久的身心折磨，也是疲惫不堪。而佳人在畔，已是生无所求，自然就响应着盛思蕊。

而还有一层更重要的就是，这是先古的秘境，外人没见过根本就不会相信。

别说是看到拿到什么奇珍，就是把这些经历说给外人听，他们一定会当他痴人说梦，说不准都会当他失心疯！试想如果真的见识了什么极了不得的东西，却既不能给人看，又不能说给人听，那感觉得是多难受。

所以到了此时，任务完成，他也就心中懈怠不想进去了。

见他二人打了退堂鼓，徐三豹也接茬了："哎呀！非得急吼吼地进去干什么？墉小子既然说这里有古怪，那就多一事不如少一事！反正该看的都看了，不如就此打住。况且这龙鳞这么沉，你们就打算让我扛着跟进去？"

这龙鳞自打出水后，就一直是由徐三豹一人扛着，此刻他正好借此为由。

见这三人确实没有想进去的意思，李白安只得道："那其他人呢？还有没有不想去的?"

钱千金道:"到了这里,我怎能不一看究竟?"

他问明墉道:"你确定没人能从外面关上这断龙石?"

明墉表示确认无疑,徐三豹就道:"你要是担心,我就在外面守着,肯定没人能关了它!"

李白安再看莫沁然,他心中知道秦潇现在是唯莫沁然马首是瞻,问了也没用。

莫沁然坚定道:"李大侠,我是一定要看个究竟的!"

秦潇果真是点头附和,李白安暗中叹气:怎么就几十天,自己这徒儿就完全变成另一个人了呢?

周炯犹豫了一下道:"我还是跟着师父等在外面吧!"

而晋先予则说:"我也跟进去看看是什么龙潭虎穴!况且我也懂些机关变化,有事还可以随时协助。"

各人主意已定,那就分头行事。

为保万全,钱千金还是央着徐三豹守在了门口。

而此刻盛思蕊已经急不可耐地要去各处,看看这难得一见也再难一见的景色。

钱千金嘱咐了几句,就看着她蹦蹦跳跳地拉着明墉跑了。

钱千金是又无奈又欣慰,这小丫头总是长不大般,还留着小孩般玩闹的天性。可是经过了这许多的磨难,她还能保持着这样的天性,足见品质纯良,十分难得!

再看看明墉四处维护的背影,他很是无奈。明明师兄妹,青梅竹马,天作之合般的良缘,就被这横空杀出的小子给抢了去!不过他更是叹气,这能怪谁?还不是秦潇这小子不争气,见异思迁!

而徐三豹却好像是看出了他的心思一般,嘿嘿一笑道:"怎么?还不服气哪!你呀,说你什么好!就是老糊涂了!你没看蕊儿现在多开心吗?这不比什么都好?怎么还想着日久生情、瓜熟蒂落那套哪?你过气了!你不想想,要说认识早,谁有你更早认识心月,接触更多,结果怎么样?这缘分呀都是天定的,强求不得!你就认了吧!况且明墉那小子也不错,至少是个一心一意的!"

他二人话声虽小,但还是被秦潇不小心听了一耳朵,秦潇不由得眉头一皱,看看莫沁然,脸色十分难看。

而莫沁然却是充耳不闻,只是专注地看着周围各处。

徐三豹接着对钱千金道:"老人棍儿,治好心月出去后,你也得为自己筹谋筹谋了!你可真是老大不小了!按你们读书人说的'不孝有三,无后为大',你再这样下去,过了几年肯定就无后了,那你可怎么对得起自己的祖宗呀!"

"别说我了!"钱千金反驳道,"你不也是一样!好像自己比我年轻似的!"

"对呀!"徐三豹叹道,"老的终于能白头偕老了,小的也双宿双飞了,也就剩我们老哥俩儿了!"

"嘿!"钱千金促狭道,"怎么着,还文化上了!拽文?"

"你就不觉得少点什么?"

"有你整天烦我还不够?"钱千金假意瞪眼道。

"要我看，你就是少人烦！以后我们都讨房媳妇，就住邻居，整天烦死你！"
钱千金假意凶狠，却掩藏不住眼中满满温暖的笑意。

（二）

剩下几人再不耽搁，昂然就进了神殿。

这里面通体就是巨型石块所造，尤其是地面，全都是巨石铺就，间隙的缝隙极大，根本就看不出一丝精致来。

李白安一边提醒着众人小心脚下，一边当先往里走。

按理说，此刻外面虽还是明亮，但里面是四处无窗，应该越走越暗才是。但奇怪的是，往里走去，整间石殿却越发金光弥散。

按理说，一般的神殿应该是拾级而上，整个应该是越走越高，而中心应该在最高处。而这间石殿在里面也有延伸的石阶，却是越来越低。

这每道石阶都是巨大的未经仔细雕琢的石板，极宽极长，每一阶都要跨出几十步之遥。

在每块石阶边上都分左右依次树立着巨大的石碑。

他们先走向第一块在左面的石碑，就见上面刻画着极为原始但却形象生动的图案。

这块碑上刻画着天和地，不过天象十分混沌，没有日月星辰。

而地面上则是荒凉一片，只有一块圆形的石头，而石头里刻的是婴儿的轮廓，与外面石门上看到的如出一辙。

钱千金思索道："这好像说的是天地混沌未明，人呢就像是在石头中蛰伏，等待着出生一般。"

莫沁然却点头道："外面也刻着这石蛋一般的东西，看来先古人认为人最早应该就像其他动物一样是破卵而出的！"

秦潇道："对！那是那时的人认识愚昧，根本就不知道人是哪里来的！哪像现在，一部进化论就解释清楚了！甚至名著《西游记》里面的孙悟空就是从石头中蹦出来的，看来我们先人对人从哪里来的猜想几千年都没变过！"

"噢？"莫沁然似乎听出他话里有对古人不屑的意思，就平静问道，"那照你说，西方科学可以解释一切了？"

"那是自然！"秦潇在英伦是笃信科学的。

"那你看看这石刻里，地下是万物皆无的，那这个石蛋也可以说是对生命起源的猜测。那我就不禁要问你，是先有鸡还是先有蛋，究竟是哪个决定了哪个的出现？"

"嗯……"秦潇没想到莫沁然会这般问，支支吾吾道，"当然都是进化产生的，是由细胞慢慢地裂变产生生命……"

"噢？那我再问你，细胞又是如何产生的呢？"

"是……自然演变……然后细胞就合成了,然后……"说到这儿,他也说不下去了。

对呀!他看过细胞的构造,作为进化论中生命的起始点,本身结构是极为复杂的。而且其复杂中却包含着极为完整的科学美感,如果这是自然形成的,又是从哪里来的?

当然西方的生物学都是以《进化论》为基础的,根本就不会有人质疑这基础是不是对的。不过细想起来,物种起源里的许多观点也似乎生硬而含糊,确实有许多难以自圆其说的地方。比如莫沁然说的先有鸡还是先有蛋,那到底是进化先产生了鸡呢还是先产生了蛋呢?

这问题以前他从未想过,但听莫沁然这样一问,不觉疑窦丛生,脑子越来越乱。

莫沁然却淡然道:"信科学没错!但科学不能解释一切,至少现在不能!要不我们还四处求索干什么呢?索性科学家说什么就信什么了。"

钱千金点头道:"沁然说得没错!如果说现有的科学就能解释一切了,那还要发展干什么呢?科学中更要有存疑的态度,要不和我们自古笃信四书五经不是一个样子,殊途同归了吗?"

秦潇听得是微微冒汗,没想到看一块石碑,就让他对自己的所学产生了动摇。

不过他又想,自己大学才上了一年,等以后有机会回炉重造不一定就不能解释这些问题,于是心态又缓和了些。

到了第二个石阶右面的石碑,只见上面已经有了日月星辰,地下却依然空空茫茫。而之前那个石蛋已经碎开了,在上面的一整块蛋壳下,蜷缩着一个人。

此刻天上是雷电交加,一个接一个的闪电火球击向蛋壳下的人,而人却只能在壳下蜷缩着,毫无办法。

钱千金皱眉道:"这图画说的应该是天地初分,日月形成,而天上到处雷火交加,人只能蜷缩着任其肆虐,毫无办法。"

莫沁然道:"对了!先生说得是!联系上一块石碑,这可能就是先古对于天地万物和人的产生和进化的描述,可能是那时人们对这一过程最早的观点!"

钱千金点头道:"没错!虽然这可能不太合乎科学,但却是远古自成一体的认识!我们看看下一块的接续,就知道了!"

说着几人就来到了下一阶梯左面的石碑前,只见这上面天上雷火已停,地面上也有了河流山川。但好像山在崩塌,地在开裂,而人已经从一个变成了几个。可他们都是在地缝里挣扎着,仿佛随时都会被地裂吞没。

钱千金点头道:"没错了!大地形态形成,肯定离不了造山运动的变化,地壳变动都是常事!"

"可你看先生,连着两面石碑上,人都是岌岌可危的。这说明了什么?"莫沁然问道。

"那时人怎能抗拒自然力,就是到了现在天灾地祸也是躲避不了的!这倒有点儿像老子说的'天地不仁以万物为刍狗'了!"

"看来古人对天地的敬畏就是原始有之,人没法抵抗天地的意志,从有人那一天开始！"秦潇插嘴。

"其实我们最早关于天地的神话，都是有人参与甚至主导的，像'盘古开天辟地'不就是？虽然他是以神的姿态被流传，可神不就是故意将人拔高臆化出来的？"

莫沁然道："虽然我不知道神是不是真的，但如果能恰逢时机，哪怕只是那个点时，站在天地间，也会被当作神一般看的！"

"沁然这话有理！我们虽然不能就这样否认神的存在，但神和人之间的联系肯定是存在的！不过宗教是比玄学更为莫测的！就像是西方世界，一地出三教，三个当今世界信徒最众的宗教，其原教义同出一脉。但经过几千年的解读演化，其中两教却成了水火不容的死敌！这情况当时创始的人肯定是始料不及！"

"您说的就是西方的圣城耶路撒冷吧？"莫沁然问。

见钱千金长叹点头，她笑道："要不先生您有机缘去那里住住，顺便研究一下如何解决这问题？"

钱千金笑道："怎敢僭越呀！那可是人家自己的事，我们外人跟着掺和什么？况且自己国家的事还都研究不明白呢？别的不说，就是先圣这里的书山，如果我能在有生之年看懂一半，也就算不虚此生了！"

莫沁然突然道："容小女子妄言！先生想过没有，就算您学富四海，在这世道里又能干些什么呢？"

钱千金似乎也想到过这个问题，但没想莫沁然会有此一问，他皱眉沉思道："对呀！能干什么呢？还不是到头了也就像老夫子说的'朝闻道夕死可矣'吗？"

见他似乎沉思过去了，李白安叫道："钱先生，来看下一块吧！"

钱千金闻言方才醒悟此刻不是深思的时候，就带着如跟随在他身边的学生般的莫沁然，一同走了过去。

只见这块石碑上天地终于消停了，但是上有猛禽、下有凶兽，追得画上已经多了的人群四散奔逃。

钱千金道："这是百兽出现了！人类根本就不是各路凶兽的对手，只能仓皇求生了！"

"不过，您不觉得很奇怪吗？"莫沁然疑道。

"如何奇怪？"

"为何在这四块石碑上都没看到，或者说根本就没描绘人是如何反抗反击的呢？"

她这一问倒是把钱千金问住了，对呀！怎么人在刻画里就像是待宰的羔羊一般，根本就没有任何反击呢？

钱千金想不出所以然，示意大家看下一块碑去。只见这块石碑上地上原野林间燃烧着熊熊大火。而且不但是各路猛兽争相逃窜，人也在里面仓皇逃命。

钱千金皱眉道："按说人能战胜数倍于自己的巨兽和凶狠远超自己的猛兽，一是因为工具。但最关键的就是对火的使用！人就是因为火，才能开始征服百兽之旅！无论在东方西方火神的地位都如此尊崇，可这画上人怎么还是一副饱受欺凌的样子？"

莫沁然琢磨道："是不是先人想说，无论是哪种自然情况下，人都是会被随意践踏欺凌，毫无还手之力呢？就像您说的，完全是待宰的羔羊一般呢？"

"有这个可能！不过这说法也太悲观了！毕竟除了天地灾祸外，人还是在万物中慢慢占了上风的！"

"那这些画的意思是不是就说，每到一个进化的过程开始，人都会像待宰的羔羊般呢？"

"也不是没这个可能！"钱千金思索着说道，"再看看下一个，有没有改观！"

（三）

到了这块石碑前，画面就无比熟悉了，分明就是从天而降的魔族在大肆屠戮人类。不过与先圣的口述和在圣堂里看到的石碑不同的是，这块碑上的人们毫无还手之力，只能任魔族宰杀。

秦潇忍不住道："这碑上一路记载下来，人就没有过什么好事，就连先民和魔族英勇抗争的事都没提，这也太以偏概全了吧？"

钱千金道："这些石碑肯定是要表达某种不一样的意思，只是刻碑人单纯从自己的出发点考虑去记述，这不能说是意识不对，只是角度不同！"

莫沁然点头道："没错，这些刻碑者显然不是先圣一族或是北拒族。如果这里没打开过，那先圣估计都不知道里面有什么！"

"就是这样！先圣说当时启围困北境，是蛊族用个有魔力的金盒吓退了来犯之人！那这里八成就是蛊族人建的，先圣讲的东西那么庞杂，有个什么没提到也不足为奇！"

"可那些蛊族人，为什么会刻下这样的石碑呢？"秦潇问道。

"按说法这里藏着能毁灭帝王根基的力量，那这些碑自然就有其用途。"莫沁然道。

"应该是的！现在我们还看不出，再往下看看。"

这时大家就来到了最下面一道石阶的碑前，只见上面画的是洪水滔滔，人们被大水卷走的画面。

"还真是这样！这就是大洪水泛滥期间了，治水的过程是一点儿都没见到，到处都是人们悲苦地任由命运摧残！"秦潇道。

"你可算说到点子上了！"莫沁然道。

"先生，你看这六块碑无一不是说人类惨遭命运的摧残！无论是天地出现之时，万物出现之时，甚至是学会了用火之时！那就别说天降魔兵之时和后来的洪灾泛滥之时，总之人类悲苦的命运就从来没有改变过！"

钱千金连连点头道："这么说就对上了！虽然刻画着有些偏颇，但说的也是在理，无论哪种情况出现时，人只能像羊牯一般任由宰割！"

"而且您看！"莫沁然回头向上看，"我们是一路看下来，随着时间的推进，人从少到多，但受到的摧残却在加剧！以前还只是天地自然，到后面天降横祸不断！那刻画者一定是悲观地认为人就同羊牯一般，命运只能愈加悲惨！"

钱千金点头道："大概是这么个道理了！那按这样演化，下面又是什么？"

大家此刻已经来到了阶梯的底部，在正对面立着两块石碑，而那弥漫着的金光就是从石碑后面射出来的。

到了底部，巨大的石块间的缝隙更大，而且石头上似乎都泛着潮气。

李白安先落脚下去，觉得很是湿滑，就提醒着钱千金道："钱先生，你一定小心，可不要滑倒！"

而莫沁然很自然地在钱千金一边架住他，慢慢往前走。

大家到了左边石碑前，看到的却是另外一种景象，就见有一队人手上拿着武器，在四处追杀着逃窜的人。

这画风虽然粗粝，但看着十分传神，画里散发着极重的戾气。

而那些被追杀的人的哭叫声仿佛从石刻中飘出来一般，让人胆战心惊。

钱千金叹气道："这就对了！自然和外敌折磨完人之后，就轮到人自己自相残杀了！手无寸铁的人还是像羔羊一般，任人宰割！"

莫沁然也面色凝重道："这画的时期应该是在夏朝成立前，启的军队残杀不服从者的画面。看来没有自然践踏人时，人自己就开始践踏自己了！"

钱千金叹道："这一路看下来，倒像是推演预言一般，一幕接着一幕，人的命运就是无法改变，反而到了自相残杀的地步！"

"对了！说到此，潇儿你说，自然界还有哪个种群是自相残杀的？"

秦潇想想学过的自然，摇摇头道："好像是没有了！"

钱千金叹道："人呢，还号称是万物之灵，却能干出连猪狗都不会的自相残杀的事！人到底是万物之灵，还是万物至厉呢？"

莫沁然却摇头道："先生我倒不是这样看，您看这自相残杀为了什么？还不是有人有野心想统治万民，想当万民的主宰！那万民也就自然成了他的羔羊，那他自然也就当万民是羔羊一般！说穿了，主宰万民高高在上的王根本就没把人当成人看！"

李白安此时拍手道："沁然这话说对了！"

钱千金道："这还有一块碑，我们过去看看这最后的画面。"

就见这块碑上面刻着一群人围绕着中间坐着的一个，那人身量最大，头上戴着个圆冠，而周围的人对他都是恭谨的样子。

到了下面只见这上面的所有人都用脚踩着下面一个几乎要溢出石碑的巨羊。仔细一看，这羊原来是由无数的人手脚相钩、头脚相连构成的。

上面坐着的人正拿着刀子在切割羊肉，而旁边站着的，已经有人手上分到了大小不一的肉。他们都恭敬地站着，等着坐着的人分肉。

看到这里大家似乎全都明白了般，不约而同地叹了口气。

秦潇道："这就全清楚了，皇朝开始了，皇帝和他的臣僚们开始分食众人了！"

钱千金长叹道："看到这儿，整个石碑想表达的意思也就全清楚了！人从被自然欺凌，到被外族宰杀，最后到被王权分食，这就是个悲苦的过程！而且随着日久，遭受的苦难就越重！"

"这倒是可以解释人为何生而哭泣,分明就是不愿来这受苦的人间!"秦潇道。

"可是王子降生也会哭,他也会受苦?"

"这些碑刻只是用残酷的方式讲述了人间的历程,也是人如羔羊般悲苦的命运!不同的是,人知道悲苦,可羔羊不知而已!可问题是,刻碑者把碑刻在没人能看见的地方是干什么呢?"钱千金若有所思道。

这的确是个问题,这些人如此激烈地表达着自己的观点,可却放在了一个没人能见到的地方。

这无论如何也说不通呀!就算是不想让世人轻易知道,但至少总要选个能被世人发现的地方吧?

这里?如果不是能进秘境,就来不了这里,那从古至今能进来的又有几个?

钱千金提出的这个问题也很困扰他自己,他接着分析道:"费了这么大力气,总是有想让它大白天下的时候!可在这里没法大白天下,就连北拒族人都没进来过!那他们可要给谁看?"

"先生您说谁看了这些会火冒三丈?"莫沁然问道。

"别的不好说,但帝王们看了肯定会!"钱千金道。

"这就对上了!蛊族说这里藏着能动摇帝王根基的秘密,那谁最会不惜一切找到这里?"

"你是说……"钱千金踟蹰道。

"还不就是帝王本身,哪个皇帝不怕自己的千年江山被毁了?你看我们是通过汉武时绘制的舆图找到的这里,而这也传到了唐太宗的手中,最后还被藏进了清宫。试想如果哪个皇帝想花大力气来这里寻找,那可不一定找不到!到时进了这里,一看这碑刻,肯定会勃然大怒,而后……"

"而后会怎样?"秦潇追问。

"这接下来的而后,可能就是刻碑者想看到的。"莫沁然笃定道。

"可哪个皇帝会自己不远万里来这里呢?"秦潇问。

"不用他自己来,他的臣子将军谁来都一样,只要之后要做的事情一样就行!"

"那勃然大怒之后,那些人会做什么呢?"秦潇接着问。

"别忘了这里还有个金盒,那所有的谜底都在那盒子里!"

钱千金这时才沉吟道:"推论的有些道理!百说不如一见,现在我们就去看看这盒子!"

(四)

说罢几人就举步向碑后走去,只见背后有一巨型石台。

台子上摆着个三尺见方的金盒,此刻盒身正散发着炫目的金光。

这盒子仔细看原来是个八面体,看上去每一面上好像都刻着不少的纹饰。这些纹饰又像是道家的符咒般，样子非常怪异。

秦潇见此就要飞身上去拿下来，却被莫沁然一把拉住。

钱千金也道："怎么变得这般冒失了，也不看清楚就要动手！"

"先圣不是说不能打开吗？我们拿了看看没事吧？"秦潇辩解道。

其实他也被自己突然这么冲动感到奇怪，自己应该不至于呀？难道是自打进了秘境他就没什么表现的机会，而莫姑娘也确实没给他什么好脸色，所以到此就想表现一把。

钱千金却道："先圣那也是听说的！这里谁都没来过，实情怎样谁知道？所以一切都要小心为上，万不可造次！"

谁知李白安却目不转睛地盯着金盒问道："那钱先生你说，打开金盒会不会就会毁掉千古皇朝的根基呢？"

钱千金沉吟半晌，捋着胡须道："我看未必！这只不过就是先古的虚传！当然也可能是蛊族在借自己于众生面前的神秘，来恐吓当时的夏启。蛊族虽已在时间长河中不见踪迹，但蛊术却是实际存在的。现在的川湘赣滇等山区的少数民族里，据闻仍有蛊术的传承。你要说能把邪虫怪草为基的蛊术来迷惑人、毒害人，甚至控制人，都能让人相信。甚至说要用蛊术来赢取一场小型战役的胜利，这都有可信性。毕竟我在英国的报纸上，就看到不少各国科学家研发化学武器，还有以细菌作为武器的构想。这不是与蛊术如出一辙，只不过边民不知道这就是化学细菌而已。但你要说就凭一个盒子，哪怕里面真的装有什么毁灭性的武器，就能把远在数千里之外的皇帝给灭了，这我不信！更别提要动摇数千年来传承的帝制了！"

"可先圣不是说，蛊族的盒子在边陲四族里各有一个吗？那会不会四个都打开给毁了，帝制就能覆灭呢？"李白安问。

"这怎么说呢？白安，你该听说过风水龙脉之说吧？"钱千金道。

包括李白安，大家都点头。

可不是嘛，作为中华民族数千年文化沿袭的传人，谁能不知道呢？

就好比《易经》一直被作为百经之首，被传得是无比的博大精深、精妙绝伦，能解天下之难，更有神鬼莫测的什么能量。而且到了北宋，官方更是把易学当成了一种官办的学科，还设置了学究这样类似资格证书似的考核头衔。《水浒传》里的智多星吴用，没入盗伙时，就是个乡村教书匠，常自称为学究，可是他本人还没考上过学究，可见当时官学对《易经》推崇之甚了。

易学尤其是经过北宋二程即程颢和程颐的解读之后，估计周文王在世都不一定能看得懂。可是到了后世没有哪个王朝再设立过专门研究易经的学科了，为什么？北宋皇帝们无比推崇，举国研究，竟然也没算出他们只经过八个皇帝就灭国了。所以说作为一种极简至深的古朴哲学，《易经》确实可为百经之首，但要说仅仅依靠研究它来推算吉凶祸福，那可真是吉凶难定了。

而风水之说更是一种融合了易学、奇门、遁甲、六壬、星象、地理等诸多被官方认可或仅被民间传承的学问，广泛应用于建筑学之中。比如有钱人家建个大宅、商人修个铺面，都要请到风水师傅，当然风水最主要的还是应用于阴宅的建筑之中。古人崇尚葬俗好厚葬，一般对外的说法都是让逝者能死后如生般风光。但有一个极重要的内因也是人所共知的隐因在于，人们希望通过安葬先人到个宝地，以此来保佑后人能够一帆风顺、升官发财。

而所有这一切民俗传承的始作俑者就是皇帝们，他们是想尽一切手段，无所不用其极要让自己的子子孙孙都能永享荣华富贵，永远统治万民。

"可是结果呢？"钱千金说到此自问道，"哪里见过一个王朝不被推翻的？哪里能有万世可享的荣华？那些帝王的后代们哪个不是最终断子绝孙？他们自己的陵寝不被刨开，尸骨不被鞭尸暴骨，就是万幸了！可真应了那句'始作俑者其无后乎'，帝王们哪个不是这样下场？再说龙脉，差不多每个朝代都有龙脉所在。好像从昆仑山到北邙山，从骊山到白山，差不多像样的山头都被冠上了龙脉之称。可又有哪条龙脉能保住哪怕一个王朝呢？这风水术数以前我和师父游历时曾以此为生，到处给人家看卜解数，就连你刚见到我时，我还总喜欢装模作样地卜上一卦。咱们英国那大宅，就是我用风水秘术布的局。可是到了英国日久后，接触的科学日多，看过的书籍日多，我就渐渐不再宣扬这些了！风水很多时候就是一些建筑上的通常道理。比如房子坐北朝南就是采光好干燥不易生虫，不正对马路就是避免各种嘈杂，那家宅也会安宁。说穿了凡此种种，都是一些朴素的至理，本就没什么玄乎的！所以要说仅仅凭几个盒子，就能撼动数千年传承的帝制，我是不信的！"

莫沁然和秦潇听完都是大大点头称是，可李白安却仍在盯着那盒子。

他沉默良久道："其实不瞒你们，我这两天一直都在想一个问题。自从我们得到这舆图后，我就想到了既然汉武帝和唐太宗都得到过此物，包括本朝的雍正，可为什么谁都没有想要来找寻此物呢？到这里之前，我本以为此地是虚幻的，可进来后才发现是真的！而且听先圣讲此处是可能进来的，而上述三位在时却没有想要大举动用人力来此寻找。要知道这三位在时，国力可都是最强的，就算是国家贫弱些，军力也是最强的！多了不说，只要派上三万大军，插秧似的搜，秘境肯定被发现，此处一定会被毁掉！可为什么对这三位皇帝来说轻而易举的事，就没人真的去做呢？"

秦潇道："可能是他们不想耗费国力……"

"这纯粹是谎话！汉武帝穷兵黩武是出了名的！唐太宗修乾陵可是挖空了整座山！就算雍正真的那么节俭，他大可让那个喜欢炫耀的儿子接着来！可为什么都没这么做呢？"他看看思考着的众人。

莫沁然突然接口道："那是他们怕动了这盒子真的就会动摇了帝王的基业！"

李白安嘉许道："没错！可对这几位来说，仅凭些风言风语就会让他们怕了？就会留下个隐患在世间？"

"那是有高人给他们分析过，或者求证过，此地此物万万不可碰！"莫沁然淡然道。

"对了！就是这个道理！"李白安点头，"这就是说，不管盒子里面是什么，动了都有极大可能会动摇皇帝的根基！"

钱千金捋须微点头道："似乎是这么个道理！"

"那我们还等什么？既然都来都来了，大家对这帝制这朝廷都恨透了！索性一不做二不休就把它给打开然后毁了！"

秦潇一听极为惊讶，他虽说不上要维护皇帝朝廷，可是就这么贸然毁了，接下来怎么办？这自己都没想好以后要做什么，要不要报效朝廷建功立业？这一下说毁就毁了，自己可还没做好准备！

他忙道："义父，此事非同小可，可得好好商议谋划一番，可不能就贸然行动呀！"

钱千金也劝道："白安，先别急！等我们再参详参详，想个万无一失的法子再说！"

"贸然行动？"李白安眼光扫过秦潇，秦潇立刻就吓得不敢直视了。

"万无一失？"他转而盯着钱千金道，"我们国人毁就毁在了凡事都要想个周全上！我们遇事总想先趋吉避凶，先把自己置于凶险之外，先把自己放到安全之地！每到了决策关头，总想着要选一个四平八稳、最稳妥的办法！每到了十字路口，都想着要挑一条看上去障碍最少的路去走！"

他深叹了口气道："殊不知每每这样想，便正中了野心家的下怀！狼最厉害的是什么？就是利用人的恐惧和求安！明明几个壮年，只要一拥而上、奋力一搏，未必就斗不过恶狼！可人人都想着自保，人人都想着安全，人人都怯懦不前，人人都想了再想，反而给了恶狼拖垮众人，各个击破的机会！结果呢，几个人都会丧生于狼口！面对民族的存亡，百姓也都是一样！蒙古铁骑再凶残又能有多少人，满清鞑子再厉害又能杀得了多少？可百姓们呢？人人求活，最后却人人生不如死！就说启想霸占权位，百姓要是一拥而上，他哪里还有生的机会！可是结果呢？百姓一次次的委曲求全，最后换来了几千年为奴为仆、任遭践踏的命运！我们还要想什么？还要想多久？现在机会就在眼前，管它奏不奏效！反正做了就比不做强！我不管你们怎么想，但我是绝不会放弃这千载难逢的机会的！"

钱千金见李白安身形要动，马上抱住他的腰道："白安，你说的我都懂！很多我也感同身受！虽然对百姓一节说得有些过火，有些不近人情，但是我理解！不过兹事体大，我们定要好好合计合计，谋划谋划！"

这时秦潇也过去跪下抱住他双腿道："对呀！义父！虽然我也赞成孙先生推翻帝王的说法，但毕竟不是一蹴而就的，我们……"

"你们给我放开！"李白安叫道，"要不小心我……"

正在此时，就听石台上莫沁然的声音传来："别争了！盒子我已经拿起来了！"

三人转身一看，就见莫沁然抱着大金盒子正站在石台上。原来就在三人纠缠之际，莫沁然已经跳上石台把盒子端了起来。

她在三人各有复杂的眼神的注视下平静道："如果打开或毁了这个，真就能断了帝制的根基，小女子愿率先一试！"

她抱着这三尺见方的八面盒左看右看，而后疑道："这盒子连个缝都没有，怎么好像根本就没有盖子，怎么打开？"

李白安忙招呼她下来，等莫沁然把盒子往地上一放，几人围住观察摸索，好像真是连个缝都没有。

钱千金倒是长吁了口气,他是见识过蛊毒的,最怕里面有什么菌呀虫呀的,见到打不开,才松了口气。

他道:"也好,说不准有什么机关!咱们等会儿把明墉叫来参详参详。"

秦潇却被莫沁然此举给吓着了,他搞不明白明明朝廷大员的亲眷,怎么就这么想把朝廷给毁了。

见此情景,他更是松了口气道:"沁然,你也不看看这里面有没有什么绝杀机关,这也太大胆了!"

莫沁然却看也不看他,对李白安道:"李大侠,该怎么办,听您的!"

李白安不假思索抽出宝刀道:"还等什么机关?我们眼力都不俗,连个缝都没有还谈何机关?我直接用刀把它给剁开!"

钱千金大惊道:"这……这……这可太冒险了!"

秦潇也苦劝:"义父,还是等到外面再说……"

就在此时忽然听到身后入口处,有一声清脆的石头断裂的声音传来。

跟着过来的是晋先予的声音:"你们这么想灭了大清王朝,皇上的江山,那就一起在这里陪葬吧!"

大家这才反应过来,原来晋先予刚才一直没在!

可他此举是?就听他阴笑着接着道:"这一路我苦口婆心地劝你们,要求也不多,就是希望你们别跟皇上作对!可你们……枉费了我多年的心血和感情呀!你们就在这里等着吧!希望你们身后有知,能够看见我大清在皇上的统领下再次复兴!"

几人刚要责问,就听到大门前咣啷一声巨响,好像有什么尘封已久的东西被启动了一般。

几人心里都是猛地一沉,不是吧,晋先予竟然开动了断龙石,要把他们困死在这里!

晋先予早就说过自己是唐门传人,在英国时他还用机关布置过大宅。可是这么多年过去了,他就再无显露身手的地方,大家也就慢慢忽略了。而明墉出现后,更是包办了一切机关开锁,大家甚至打心里都忘了自己身边还有个机关高手!

难怪他自打回国就处处显得怪异,难怪他话里话外总是维护朝廷皇上,原来他是打心里惦记着皇上的!而此刻他不由分说骤然发难,全然不顾多年的情分,这让众人一时间怎么承受得了?

(五)

盛明二人没选择进入神殿,而是沿着湖边一边赏景,一边漫游起来。

盛思蕊根本就不想进去,她实在是不想再知道任何秘密了。

她根本就不想知道任何秘密,所以远远躲着,可还是什么都没落下。

她不想知道族里的秘密,也不想知道自己身上复族的秘密,可是没躲开;她不想知道山洞的秘密，也不想知道什么斩妖除魔的秘密，结果没躲开；她甚至不想知道秘境的秘密、魔族的秘密、上古的秘密，可是哪一个都没躲开。

到了此时，终于能选择知道还是不知道的时候，她毅然选择了后者。

她对任何秘密都不感兴趣，只是机缘巧合让她一个都没落下，那最后一个一定要躲开。她就是想过着且自逍遥没人管的日子，现在还有个能与她生死与共、能对她一心一意的人在身边，还要知道什么？

这回她学乖了，怕在水中再次出现不可测的情况，于是穿着鞋子和明埔一起走在岸边。

明埔就是喜欢她这样，偶尔闯点儿小祸，或许偶尔冒失一把，却懂得吃一堑长一智，从不犯两遍错误。

这比谨小慎微，从不犯错误更让人喜欢。因为一个人如果什么都没碰过，心中或许还总存着点儿幻想，抱着点儿侥幸。可碰过了却再也不去碰，那足见此人心中的尺度。

明埔心中宽慰，嘴上却说："怎么不光脚踩水了？"

盛思蕊拍了他一下道："你当我傻呀！明知能踩到东西还踩？"

这话让明埔听着是无比畅快，可他还是试图再问问其他的。

"我们从这里出去后，你想要到哪里去？回族里吗？"

这话可是捅了马蜂窝，盛思蕊蹬了他一脚道："你是不是有毛病？千辛万苦逃出来，还回去？"

明埔明知是这结果，还是要问："我是说，现在咱们任务结束了，接下来大家可能都四散了。祁主使也没了，那你回族里也是个选择！"

盛思蕊继续蹬他道："你当我也和你一样有毛病？他强迫我我都不回去，难道没人逼着了还自己跑回去？"

"可毕竟你在那里还有复族的使命呀？"明埔决定问到底。

"那帮子老人家在痴人说梦呢！就算大清朝完了，也轮不着他们再抢一块封地！外面都什么时代了，中华大地肯定也要变了！"

"那你打算去哪里？"明埔这才露出狼子野心。

"我？"盛思蕊眨眨眼，仿佛明白了什么，故意顾左右而言道，"当然是陪着义父义母他们了！"

明埔有些着急道："可李婶的伤可不是一时半刻就能好的，万一在这里治上个一年半载的，那外面可都过去好久了！到时……"

"到时怎么样？"盛思蕊眨眨眼，似笑非笑道，"倒是挺好的呀！我刚过了一岁，可外面那些族人长老可能都仙去了，那我不就彻底放心了！"

明埔一听这话就没了脾气，但他还不死心道："那之后呢？我是说李婶好了之后，你要去哪里？"

"跟着义父义母他们呗！又有人照顾，又有人给做饭吃，挺好的呀！"盛思蕊接着狡黠笑道。

明埔有点儿急了："你就没觉得你跟着二位长辈，是影响人家的生活吗？"

"怎么会？他们一直当我是女儿，疼爱得不得了！"

明墉更急了："可是你总会更大，他们总会更老，那到时他们照顾不了你了，你又该怎么办？"

盛思蕊故意大大咧咧道："更不会了！他们才这么年轻，日子长着呢！况且那么多年以后的事，我现在就操心干吗？"

明墉都快急得跳起来了，他抓耳挠腮道："那我呢？我总不至于死皮赖脸地跟着两位长辈吧？"

"不会呀！"盛思蕊摊摊手道，"你都管义父叫李叔了，叫的多亲呀！还不是一家人了？我看正好，就给二老养老送终得了！"

明墉是彻底没脾气了，他颓然道："好吧！只要你高兴，我就给他们养老送终！"

盛思蕊这时调皮地笑道："怎么？听你的口气，还挺不情愿的！"

明墉直视着她的双眼道："为了你，没什么不情愿的！况且李叔也算我半个师父！"

看他一本正经的样子，盛思蕊忍不住笑出声来。

她笑了半晌才道："哈哈，你想的倒是美！义父义母是何许人也？要你给养老送终？人家不要自己的孩子啦？"

"那说正经的，你到底要去哪里？"明墉也被逗笑了，继续纠缠问道。

"你说去哪里好呢？"盛思蕊似乎在琢磨。

明墉想想道："我知道你在英国没念完书，要不我们去西洋，继续你的学业？"

"算了吧！那儿读书贵着呢！"盛思蕊有些无动于衷。

"钱不是问题呀！"明墉立刻一拍胸口。

"你是不是又想说凭你的手艺，赚钱轻而易举？"盛思蕊突然正色。

明墉觉察不对，马上赔着小心。

"跟你说不管以后如何，你都不要再干这缺德的事了！就凭你那手开锁的本事，在哪里还愁吃饭呀！"

她又想想道："况且，我也能赚钱哪！"

"你？给人当打手？"明墉故意道。

盛思蕊摇了他一拳道："胡说！我懂科学，有文化，我可以教书呀！专教小孩子！"

明墉眼前顿时闪现了学堂里，课堂上一群小孩在盛思蕊的助威声中，如一群猴子般上蹿下跳的画面。

想到这里，他顿时打了个哆嗦，猛地摇摇头。

他赶快说："不用了！我赚的就足够了！"

"那可不行，我要自己闯天下，怎么能不自力更生！"盛思蕊顽皮眨眼道。

明墉差点儿没气背过气去，这绕了半天还不如原地打转呢！

他索性摊开了道："思蕊，你跟我走好不好！我把心都掏出来给你看了，你还不信我！你要怎么才能……"

"哎，哎，说反了啊！是你跟我走才对！"盛思蕊一挺雪白的脖子道。

七十二、情离地裂

（一）

明墉一听当即大喜道："好好好！你说去哪里我就跟到哪里！"

看他高兴地搓着手，盛思蕊笑道："姑娘我就准你跟随了！可去哪里好呢？"盛思蕊望着远方开始出神。

"要不就去英伦吧！大清眼看着就要乱了，那里最起码安全些！"明墉建议道。

"不想去！你是不知道，那些西洋人真够不知廉耻，博物馆里画廊里到处都是裸体画！街上的男女没事就亲吻，哎呀！真是如未开化的蛮夷之邦似的！"盛思蕊摇头叹气道。

明墉一听原来这样好，那为何不去？可他转而就平静下来：胡想！现在都有了思蕊，还想些乱七八糟的，实属该死！

盛思蕊接着道："那里吃得也不习惯，做些什么都不是熟的，菜要生着吃，肉也要带着血丝的，真是茹毛饮血！"

明墉一听也是摇头，这日子的确是过不了！

"国外不去，那我们到上海？"明墉接着给选项。

"上海嘛，除了洋人的租界，还哪里有什么能待的地方？"盛思蕊皱眉道。

明墉这几年总在上海，对此倒也深有感触。对呀！如果想在洋人的地方待着，干吗不直接出国呢？

"那广州？那里倒是热闹，吃喝尤其好！"明墉道。

盛思蕊看着远处道："你还记得我们之前说过什么吗？"

明墉一懵问道："我说过的多了，到底是什么？"

盛思蕊气得连连捶他骂道："就知道你是个油嘴滑古、满嘴跑马车的坏贼！"

"那不能怪我呀！你也没给个提示！哎呀！疼疼……"明墉没敢躲开，而是满嘴委屈。

盛思蕊哼了一下停了手，再次眺望远方幽幽道："也不知谁说的，要带我'行遍天涯海角、千山万水，见识最美的景色，吃遍好吃的东西'！"

明墉一怔，瞬时想起来这正是在她生死一线之间，他哭着说的。

明墉心中一阵热潮翻滚，满怀深情激动得有些结巴道："真没想到你还记得？"

盛思蕊瞥他道："我又不是七老八十，就这么健忘了？倒是你像老糊涂了！"

明塘控制不住一把抓住她的手说:"没忘,都没忘!一点一滴都在心里,一幕一幕都在脑中,只要你记得就好!"

盛思蕊这次却并没有挣开,只是任他握着自己圆滑温润的手掌低声道:"也不知是谁,以前满嘴甜言蜜语,就像是开了蜜坊一般!现在可倒好!干干巴巴都变成砖石场了!"

明塘是再也按捺不住了,一把就将盛思蕊紧紧地抱在怀中。

盛思蕊挣扎几下,又捶了他几下,可慢慢地把手放下了。

她脸上桃红一片,眼睛都不知往哪里放,想躲开又忍不住想看过去。

明塘动情地说:"思蕊,我答应你,要带着你行遍海角天涯、千山万水,历遍最好的风景,尝遍世间的美食!只要你答应,我这一生一世都不会改变!"

盛思蕊红着脸垂着头,轻轻点头像是默许。

此刻光线已经渐暗,秘境中没有日月,湖光山色间,只有两个相拥的人影默立着。

此刻没有夕阳晚霞为这一抹景致添色,但这景致却已是人间的至纯绝美。

二人在这水墨般的氛围下相拥静立,仿佛自己也融入了这静谧画中一样。

明塘心潮澎湃,正想着偷偷摸摸有下一步动作,谁想盛思蕊却一把推开了他。

她整整衣衫局促道:"可别被人看见,那可就羞死了!"

明塘被这一把推得胸口直疼,可那疼中带着甜蜜。他一瞬间甚至都想到,如果以后受伤了敷点儿蜂蜜会不会就止痛了?

不过他还是笑着说道:"这里可是'千山鸟飞绝,万径人踪灭'!哪里有人?"

盛思蕊却嗤道:"还拽上文了!以后可别装文豪啊!姑娘不喜欢!"

而此时湖里突然传来一阵类似巨大呼噜声的连续巨响。

两人都吓了一跳,连忙去看,却见那巨兽"武"不知什么时候,已经到了离他们不过十来丈远的地方。

两人见此巨大如宏伟建筑般的巨兽突然悄无声息地出现在身后,都是惊得倒退了两步。

其实武一直就在向湖岸这边缓缓过来,就这体形,行动时都好比巨轮行进,焉能听不到?只是之前二人太投入,已经身外如无物,自没有发现。

盛思蕊见这巨兽挺着粗长的脖子,顶着憨乎乎的巨大头颅,正在用一双比火车轮子还大上不少的巨眼,好奇而懵懂地看着他们。

再看它的身躯,就像是被一个巨型的壳子套住般,那样子有点儿像巨大的龟壳。只不过这家伙的头颈太大,估计水中的四肢也是极大,所以倒像是个身上套着壳甲的巨兽。

它裸露在外的表皮上都泛着层层的鳞光,细看满身覆着的都是巨大鳞片。

盛思蕊道:"这野兽也不知是什么,竟然有壳还有鳞?"

而明塘只是一味地震惊着喃喃道:"这家伙实在是太大了,怎么形容呢?"

盛思蕊眨眨眼道:"你知道英国伦敦有个议会大厦和大本钟吧。"

明塘摇摇头,又点点头道:"好像在租界的明信片上看到过。"

"你看这家伙的头颈像大本钟,身子也好像议会大厦那般大,而那两座地标也正好是连在一起的!"盛思蕊边说边乐。

明墉不禁被她的奇思妙想逗得大乐,而二人这一笑,巨兽武却歪起头盯着他们,更是憨态十足。

盛思蕊接着笑道:"英国尼斯湖里盛传有个怪物,虽然从没有人刻意去找时见到过,但却总有人目击到。我当时还想这肯定是为骗人去旅游干的,现在我倒是有点信了,毕竟我们见到了真的存活着的先古巨兽!但是那尼斯湖水怪的画像和这只'武'却是不太一样!"

盛思蕊见此巨兽看上去并没有什么恶意,就跑到湖边向它招手笑着叫它过来,而巨兽也像是听懂一般向她走来。

这时神殿方向传来巨响,巨兽武好似猛地警觉,掉头大步向那边奔去。

而感觉到不对的盛明二人则飞身向回赶去。

(二)

这时神殿中霎时静得可怕,大家都被惊得一时反应不过来。

钱千金浑身发抖道:"老晋,你,怎么会……怎么会……"

神殿极为空旷,此刻又出奇的静谧,使得他本来不高的声音在殿中回荡。

再听晋先予的声音传来:"白安你别想动,你身法再快也没我咫尺间的手快!我只要一扭,断龙石下来,你们就别想出去了!现在也不怕说给你们听,其实我本是皇上派在李鸿章身边的卧底。皇上身边有这么一只老虎,虽然老了点儿,但也难以让人心安。我就负责监视他的一举一动,随时密报。可谁知阴错阳差,竟然跟你们搅在一起了这么多年。现在有了这份功绩,我终于可以跟皇上复命了!你们可真是不知死活,竟然要动摇皇上的基业!好嘛,我好劝歹劝都没用!那就只有各为其主了!这可是你们自找的!别怪我不顾往日情分!"

这时他话音突然住了,随后传来一声:"你……"

而后咣当一声巨响,断龙石被启动了!

就在刚才晋先予说话交底的时候,李白安已经在电石火光间做出了反应。

这里离出口只有他不到几个起跃的距离,他是绝不会在此等死的!

等他第二跃时身子已经出现在了地面之上,晋先予见状大惊,忙扭动机关启动断龙石。

此时李白安离他还有不到十丈远,见他身子一晃就出了石门,而断龙石却眼见着从上面疾落而下!

而此时门外传来徐三豹的声音:"老晋,你怎么这么快出来了!他们呢?"

"这是……我顶住!啊!你……"

虽然李白安不知道这几声到底表示发生了什么,但他看到门外的断龙石已经在半腰被徐三豹硬生生顶住了！而此刻徐三豹身形却在晃，仿佛受了重伤般。

李白安忙招呼其余三个赶紧出来，自己则身形挪到了徐三豹身边。

一看之下，他不觉大惊，原来徐三豹胸腹间中了晋先予一剑，从伤口中还在汩汩冒血。他扛着千钧巨石，本就十分吃力了，此刻还有伤在身，更是摇摇欲倒，身子每一微动，就有大量鲜血涌出。此刻断龙石被他扛在肩头，眼见着压着他的身形越来越低。

他猛地吐了口血吃力而含糊说道："快……老人棍……他……不懂……"

话没说完，他又是一口血喷了出来。

李白安此刻顾不上去追晋先予，忙飞身回去，却见莫沁然和秦潇正在钱千金脚边低着头，而钱千金则是一脸沮丧。

"怎么了？还不快出去？"李白安急道。

"白安，我的脚被卡住了！"钱千金哆嗦道。

原来这神殿地面的石块都十分巨大，缝隙也是很大。刚才听到要跑，钱千金慌不择路，没留神脚下，竟一脚就卡进了石缝里，拔也拔不出来了。

李白安见两个小的都已经满头是汗，但仍没有任何起色。

他叫道："你们两个带宝盒子出去，帮徐师父顶把手，他一个人撑住断龙石，又受了重伤！"

二人领命赶快飞身就走，钱千金此刻也已经汗如雨下。

他听到徐三豹身负重伤，"啊"了一声，而后关切道："蛮货伤哪里了，要不要紧？"

李白安此刻哪里还有心情答话，只是忙着给钱千金抽脚。

这还真是不凑巧了，钱千金的脚卡进去的位置正好在三块石头的丁字接缝当中。三方同时挤压，是越用力拔就卡得越紧。

钱千金已经疼得浑身冒冷汗，见李白安弄了几下，都毫无起色，反而疼得他如骨头断裂般。

他一面惦记着徐三豹的伤势，一面又责怪着自己拖后腿，到了此处已心灰不已。他颓然道："白安，你自己出去吧！别让蛮货死扛了，要不他也会死的！"

李白安却边使劲边说道："你要是出不去，他还不跟我拼命！"

"这是什么话……"钱千金话带悲音。

"你二人虽天天拌嘴，却比亲兄弟还亲，当我看不出吗？"李白安继续使劲。

"可……我也不能拖累大家呀！"钱千金已快哭了。

"别管我了，在这样下去，那蛮货会死的！"此刻他最担心的反而是徐三豹。

他见李白安突然哼了口气，随即亮出宝刀。他心中一寒，莫非白安要卸了我这条腿？

钱千金哭道："白安，别别，给我留个全尸，我们读书人讲究……"

就这时他见李白安刀光一闪，随即是呛啷一声。

他心彻底一凉：完了！这下成独腿老书生了！

可随即他却并没有感到肢体分离的剧痛，反而腿上一松，脚竟然抽出来了！

原来李白安见动手拔出已无可能，干脆就抽刀削向石块。他出刀很准，一刀就把钱千金的脚给解救出来。

不过钱千金此刻已经走不了了，李白安索性背着他一路飞到出口。

此刻就见断龙石已经被那金盒顶住，换下了徐三豹。可眼见着金盒正被一点点儿压扁，而石下缝隙也就剩两尺多了。

他将钱千金先送到缝隙底下，这时才看见四只手正在把住断龙石的底部向上死命地抬，可是一点儿也没能阻止断龙石下坠的势头。

李白安忙把钱千金先送了出去，而后自己则轻身而出。

只见外面把住断龙石的是周炯和秦潇，而徐三豹已被平放在一旁，莫沁然正在照料。

钱千金几乎是爬着到了老友身边，不住地摇动徐三豹哭道："蛮货，我出来了！你怎么了？你醒醒啊！"

莫沁然起身看看李白安，轻轻地摇了摇头。

李白安心知徐三豹已经没救了，心中悲痛莫名。

此刻已经腾出手来的周炯忙跪在师父身边哭道："师父，这是怎么了，我去解个手的工夫，怎么了这是……"

这二人跟徐三豹感情极为深厚，一个似亲兄弟，一个形同父子，自是十分悲痛。

正在众人悲痛难当之时，就听见一阵巨力挤压的咣啷声过后，断龙石终于无法阻挡地全部落下，将神殿封死。

而那个被当作底垫的金盒也已被挤扁，冲外的两面也破裂开了！

谁都没想到这承载着覆帝秘密的金盒子就这样被压扁压裂了，都很是惊愕。

就见盒子中噗地冒出一缕白烟，看上去好像被气体喷起的灰尘般不起眼。再从裂口处看看金盒里，空空如也，哪里有什么呀？

钱千金从众人的眼神中已经猜出了盒里什么都没有，他再仔细看徐三豹。

只见他原本挺阔的双肩，一侧已经被彻底压塌，双腿都已被压折，露出了连带着血肉的森森断骨。

秦潇和莫沁然出来时，徐三豹就已经被压得快神志模糊了。别说他有伤在身，就是完好的人都顶不住这般的千钧巨力！他仅凭着要救出里面老友的强大意志，在那里死命地撑着。

秦潇上去帮手，可他根本就不擅长外家功夫，哪里能顶上用。

周炯在那个当口正好去解手，等回来时看到这一幕，当时就傻了，直到秦潇用力呼叫他才上去死力帮忙。可此刻断龙石已经沉到了三尺多高，从这个高度想把巨石再顶起来，已是难如登天，恐怕就是徐三豹完好时都未必能做到。

幸亏莫沁然当时行为果断，用金盒挡在了底下，众人才能费尽全力把人事不省的徐三豹那巨大身躯给抽出来。

钱千金看到此情此景，摇着徐三豹放声大哭道："老蛮货！你倒是醒醒呀！你不是答应过我，出去后，要一人讨一房媳妇，住邻居吵到老死吗？你怎么就先去了！你醒醒呀！"

这时徐三豹突然猛喷了口血，悠悠转醒费力道："老人棍……你出来……你出来就好了！"

钱千金见徐三豹转醒，由悲转喜道："蛮货，别说话！我们马上出去！到了圣堂，自有办法救你！"

众人都是黯然，他已经伤成这样，此刻就是大罗神仙来也怕是不顶用了。

徐三豹一笑，顿时就被血卡了一下，轻咳道："别费劲儿了！我……跟你……说几句话……"

钱千金忙凑过去听，徐三豹吃力地说道："记得……别老……那么……清高……很累的！"钱千金猛点头。

"记得……讨房……媳妇！不孝……无后……为大……"钱千金哭着点头。

"别总……和人……争……没人……让着……你了……"

说到此处，徐三豹忽地身子一缩，而后像被抽掉了全部筋骨一般，四肢猛地一瘫，而后就盯着钱千金动也不动了。

钱千金已经再难抑制了，扑到徐三豹身上号啕大哭。

跪在一边的周烔见师父都没来得及和自己再说上一句话就死了，也是悲痛地放声大哭。

这几年徐钱二人从对头变成莫逆，徐周二人从路人变成师徒，都有着极为深厚的情感。而其余人众也都对这位直爽豪迈、性情坦率、义薄云天的汉子极有好感，此刻也是悲痛不已。

莫沁然也流下了几行清泪，但她迅速地平复下来，默默地跪倒在徐三豹的身边，闭上眼，默诵起心经来。

（三）

这时盛思蕊和明墉从远处疾速奔来，见此情景，都是惊呆在了当地。

盛思蕊眼中泪水霎时涌出，她哭着道："这是怎么了？徐师父……怎么了？"

她一向最是淘气，平时没少气徐师父，可徐师父性子憨直，也是最拿她没办法的一个。而且每逢盛思蕊闯点小祸、惹点麻烦时，徐师父和义母都是最先给她说情的。她如何不知道徐师父虽外在粗犷，却是最古道热肠的。

可是就是一晃眼的工夫，故人已去，人鬼殊途，就连最后一句话都没说上。

盛思蕊最是忍不住悲痛的，她全然不顾浑身是血的死者，扑倒在徐师父的身上痛哭不止。

这三人哭得是惊天动地，众人也都在身后站着默默垂泪。

过了半天，大家才将哭得死去活来的三人强拉了起来，一一抚慰。

此刻心中最痛的反而是李白安，他虽然没流多少眼泪，但是心中的苦郁实在难压。

多少风风雨雨,多少艰辛坎坷,大家都一起闯过来了。可谁知事到如此,离终点只有一步之遥,自己最亲密的朋友却被自己身边的伙伴给害死了!

如果徐三豹没中那一剑,断然不会就这样死去!

那个晋先予,真是知人知面不知心!在一起六年,亲如兄弟般地在一起六年,他竟能下得去这手!

钱千金被搀扶起来了,他已经哭得有些神志恍惚了,他看着被压成一堆的金盒,突然仰天长笑道:"就为了这么个东西,就为了这么个里面什么都没有的东西!一个死了,另一个跑了!就为了这么个东西!值得吗?哈哈……"

众人都是肃然,而李白安现在心里感觉如熊熊烈火在烧,他要马上抓住晋先予,要好好地问个究竟,要他在三豹的灵前谢罪!

他怒道:"你们先在此安葬了三豹,我去把晋先予这个混蛋给抓回来!"

盛思蕊在莫沁然的劝慰下止住了哭泣,可她听李白安这么说,很是疑惑。刚要开口问,却被莫沁然给拦住,而后在她耳边耳语几句。

盛思蕊听后脸色大变,直瞪着莫沁然,完全不敢相信这是真的。

李白安刚要走,忽然面前有一座山迎面向大家罩了过来。

大家都是大惊,仔细一看,原来是水中巨兽此刻已经来到了这侧湖边,正在向他们接近。

大家见到这大山般的家伙,顿时就不知该怎么办了。

李白安心念一动,莫非这大家伙闻到了死人的血腥味,想来吃尸体?

他忙叫众人动手把徐三豹的尸身往后抬,可是那巨兽却全然不为所动,就是像山一般靠压过来。

盛思蕊却是奇怪道:"这家伙怎么了?不是一直挺温顺的吗?"

莫沁然问道:"什么温顺?你怎么知道?"

盛思蕊一脸不解道:"刚才我和明墒还逗它玩呢?明明一点儿脾气都没有呀!"

这时巨兽已经逼近到距岸边仅有数丈之遥,就见它抬起一条前腿,轰地一下落到了岸上,带出的湖水霎时就浸到了石阶上。而后它第二条前腿也蹬到了岸上,众人身上都被溅到了水花。

大家都不知道这巨兽到底想干什么,此刻钱千金沉浸在悲伤中已经无法自拔,口中只是悲惨地叫着:"羊牯啊!我们都是羊牯呀……"

而别人被这猝然的发难完全摸不着头脑,也只能一味地向后退着。

盛思蕊却不管不顾地冲到了前头,对巨兽摆着手道:"嗨!大朋友,我们怎么惹你生气了!刚才不还好好的吗?有事我们静下来谈怎样?"

如影子般不离她左右的明墒急道:"你怎么犯糊涂了!它是动物,怎么能和你谈!快走!危险!"

"什么糊涂?这可是活了几千年的灵兽,怎么就不能懂人性?大家等着,我跟它好好沟通沟通!"

而巨兽见了就横在面前的盛思蕊,也是怔了一下,头又是一歪看着她。

盛思蕊一见有门,继续道:"哎,这就好嘛!干吗动这么大肝火?"

可那巨兽这一歪头，却从侧面看见了一直被众人身影掩着的门下金盒。它见金盒已经被压扁，突然发出一声巨吼，而后跨起大步就逼了过来。

本来凭盛思蕊的身手只要一闪身就可以躲过去，可她就像赌气般动也没动。就在明墉的惊视下，那大脚跨过了他们两个，从空中过去了。

盛思蕊耸耸肩道："怎么样？至少它对我没恶意吧！"

明墉见她此时还要任性测试，也是没办法，忙拉着她闪到一边劝说："你说的都对！可下次不能这么干了！"

而此时巨兽已经踩到了神殿前的石阶，头却猛地向断龙石撞去。

大家完全不懂这大家伙的意思，而要说对战，就算他们捆在一起，又怎么能动这山一般的巨兽分毫呢？

大家只能一味地闪避到一边，就见巨兽头一甩就撞了断龙石一下。

整个大殿都跟着摇晃起来，可断龙石是何等厚重，并没有破，而石殿也没有倒。

此刻莫沁然突然脸色一变道："我想明白了！巨兽是听到断龙石机关开启过来的！而它见断龙石落下才上了岸，此刻见我们已经破坏了金盒，这才发了狂！莫非它就是……这神殿里最后的致命武器？！"

致命武器？这说法没人能一下明白，但巨兽发狂却是真的！

大家只能抬着徐三豹的尸身向后撤，完全不知该怎样做。

李白安心念一动道："先不管别的了！炯儿、潇儿抬着徐师父的尸身，莫姑娘搀着钱先生，思蕊、明墉抬着龙鳞，我们立刻出去再做打算！"

大家一听，这的确是目前的上上策，忙分头实施。

（四）

可众人还没走出两步，就见一条人影正迎面飞奔而来，此人惶然如丧家之犬，奔逃如仓皇惊兔。

大家仔细一看，竟然是杀人后遁走的晋先予！

这发现太惊人了，本来以为他逃得远了，再也追不上了，没承想竟然自己又跑了回来！

晋先予看到众人虽然吃惊，但脚下丝毫没停，而是不停地惊恐叫着："有魔鬼在后面……魔鬼……"

大家齐向后看，却什么都没发现。

李白安此刻已是愤怒至极，没想到这么快就碰上了害死兄弟的仇人！

他顾不上太多，握紧宝刀，迎面就将晋先予抓个正着。

李白安用刀架着他的脖子，眼中冒火道："你，给我到三豹尸身前跪下谢罪！"

按说李白安的功夫实在晋先予之上，可是也绝没有理由这么轻松就把他一把抓住了。

只见晋先予嘴里仍稀里糊涂地说着:"有魔鬼!魔鬼……"

李白安怒不可遏厉声道:"你才是魔鬼!你碰到自己的分身了!也被吓住了!"

这时钱千金刚刚清醒了一点,却突见晋先予出现在了眼前。

他拨开人众,跟跟跄跄地扑上去,就用自己瘦弱的手臂拼命地拍打着晋先予。

他边哭边打说道:"你为什么?为什么要这样对三豹!他可是我们的兄弟!"

而晋先予则是被钱千金抽到脸上的一巴掌猛地扇醒,他惊恐地看着众人道:"我……我这是为了当今皇上!"

钱千金继续捶打着哭道:"就为了那个昏君,你就要对自己的兄弟下毒手!"

"我……我不刺他不行!他要是顶住了断龙石,你们不都出来了!"

晋先予惊恐地看着面前怒火中烧的众人,惊愕地道:"怎么他中了剑,还能撑住把……把你们救出来!"

李白安揪住他的衣领厉声道:"他是义薄云天的好兄弟!宁可为救我们而死!你呢?你这个卑鄙小人!枉我还把你当兄弟这么久!"

晋先予辩道:"我……不是……如果你们不去动那盒子,我们还是兄弟!谁让你们非要毁了皇上的基业呢?是你们咎由自取!"

李白安听他到了此时还振振有词,怒极道:"你还诡辩!信不信我杀了你祭奠三豹!"

谁知晋先予却突然来了骨气道:"杀呀!杀呀!我为皇上效命,杀你们这帮贼子是理所当然!是为皇上尽忠!你们呢?你们这帮子逆臣贼子,就是千刀万剐也不足惜!我杀你们是大义灭亲,你,你李白安这贼子凭什么对我动手!"

钱千金眼色迷离道:"你就为了那昏君,竟能这样狠毒!"

"对!逆贼有何足惜!还不是早杀了还圣驾太平!"晋先予吼道。

"羊牯呀!羊牯……你身为羊牯还自以为是鹰犬!悲哀呀!悲哀……"

钱千金叫了几声,而后因愤怒过度,竟一下子晕了过去。

李白安大怒道:"你这不辨是非的混蛋,滥杀兄弟的小人,我不跟你废话了,直接就宰了了事!"

晋先予却冷笑道:"杀吧,杀吧!有魔鬼在后面,我们谁都别想活着出去!哈哈,哈哈……"

他口中一直说着魔鬼,可大家一眼望过去,空旷中明明连个人影都没有。

李白安正要下刀,腰间的软剑突然翘了一下。他想起这是晋先予专为他打造的,又想起这过去几年朝夕相处的点点滴滴。这些年大家都成了亲密的兄弟、伙伴,要自己下手,事到临头却又怎么下得了?

他终于明白了,钱千金一直喊的羊牯是什么意思了。

晋先予自以为是皇上的鹰犬,其实也是皇上的羊牯。那他们呢?一直以来兜兜转转,冥冥中不也都是形形色色的羊牯吗?自己就算杀了晋先予,那自己不也成了另一种羊牯?

他这一犹豫却被莫沁然看出了。她走过来道:"李大侠,你们都和他有旧情,实在难以下手,不如就让我……啊,不……就让明少侠代劳吧!"

明墉一听怎么把这脏活往他身上揽,这个小女子可真是不简单,下手都不用刀啊!

他平时口上说的虽然硬气,却从未主动动手杀过人,这活他哪里敢接?

他忙摆手道:"可不成!我晕血!杀不了人,杀不了人!还是姑娘亲手吧!"

"明少侠太过谦了!身在江湖就是讲个快意恩仇,哪里有不沾血的!"

明墉忙道:"不行就是不行,姑娘自便吧!"

盛思蕊看了明墉一眼,眼光中倒是对他这一举动颇为赞许。

"磨磨蹭蹭干什么?要杀就杀!"晋先予突然道。

莫沁然眼光中突然露出一丝冰冷道:"晋师父错了还嘴硬,临死还要装硬气,那好吧!谁能借个刀剑一用,我来让他自己了断!"

听她这一说,大家又都不明白她的意思了,难道是要把刀剑给晋先予,劝他自杀?那不是授人刀柄吗?这提议不知冰雪聪明的莫沁然是如何想出来的!

莫沁然见大家不解,接着道:"我倒是有办法让他……"

这时李白安突然打断道:"不用了!我亲手来!"

他再次举起宝刀,其实这刀他只要轻轻一挥,晋先予就会人头落地。但他不知怎么的,突然泛起了强烈的反胃感,而后是深深的疲惫。

他看着晋先予在想:我这是怎么了?从没这样妇人之仁过!难道是我怕变成另一个晋先予,不过这说不通呀……

想着想着,他脑中便乱起来。

晋先予见他还不动手,又硬气喊道:"来吧!我这是为了皇上而死!虽死无憾!"

这时空中突然传来一阵阴阳怪气的声音道:"本来把他赶回来,想让你们自己报仇!可你们却这么婆婆妈妈……"

盛思蕊明墉二人听到这声音,就如同脑子里一阵炸雷响起,顿时吓呆了。

(五)

大家都四下观看,却还是什么都没看到。

就听那声音接着道:"既然你们这么为难,我就代劳了!"

他话音刚落,就见晋先予的胸前突地进出了个血洞,众人急避才没被溅到一身血。

而后晋先予呆呆地低头看了看,傻笑着喃喃道:"见到了吗?魔鬼!你们……都走不了!我……为了皇上……"话没说完,就一头栽倒在地。

众人就见他背后是一个更大的血洞,却没见任何兵刃暗器。大家都惊讶,这是用什么杀的呀?这不是匪夷所思……

盛明二人见此情景,更是吓得脸色铁青,双腿都在发抖了。

李白安心想这就是晋先予口中的魔鬼吗?真是厉害得匪夷所思!

不过他还是当前而立，朗声道："来者是何方高人？为何不现身相见？"

"现身？怕你们也被吓傻！"那声音忽近忽远，让人毛骨悚然。

莫沁然警觉地看着四周，悄悄地从腰胯皮囊里掏出那把左轮手枪。他们的长枪早在对抗魔兵时就已经弹药耗尽，现在只有这把手枪里还有子弹。

"高人帮我们除了此逆，在下感激不尽！请高人现身相见！"

那声音又传来："见与不见又如何？大家又互不认识，彼此也无亏欠，还是不见的好！"

莫沁然一直试图听出来人的方位，好举枪便射。但这声音就像一直在他们身边游走一般，根本就没个定点儿。

她此刻冷汗已经顺着后颈流下，在传统的武学江湖，她还没见过轻功高过李白安的，而此人显然已经高到了难以企及。

盛明二人一直在互使着眼神，交流着对话，但都看出了无计可施。

这时可能只有跟大队在一起才是安全的，明墡已经把残剑握在手上。但他们知道，之前用盛思蕊的拳甲光刃加上残剑都不能伤到他分毫，更别说现在只有一把剑了。

周炯背着已经昏过去的钱千金，秦潇抱起了被吓傻的盛明二人丢在地上的龙鳞，两人都是完全不知所措。

这时身后是巨兽武撞击神殿的咚咚声，而前方的一片空旷中却传来如此诡异的说话声，众人都陷入了进退维谷之中。

李白安握刀道："高人如不现身，我们焉知是不是和人在说话？您不现身，我们又怎知高人用意？还请高人现身！"

他话说得极为客气，一是对方武功深不可测，二是江湖经验告诉他，对高人的尊重礼遇极有可能就让他对自己这群人网开一面。毕竟是高人嘛，自尊都是极强的。

果不其然，那声再响起时，众人就见一团黑影猝不及防就出现了面前，好像是凭空出现一般。

而此刻莫沁然的枪却响了，这突兀的枪声惊动了众人。

莫沁然见来人现身，电石火光间就开了一枪。她确信如果来人没有恶意，定不会这样故弄玄虚。而除了没有恶意外的任何情况，先发制人都是明智的。

可是这一枪发出，那团黑影只是以肉眼难见的速度微微动了动，似乎就完全避开了。

莫沁然大惊：难道已经有人修炼到这么近距离枪都打不到的地步了？！

那黑影朝她嘿嘿一笑道："小女孩长得俊，心肠却是够狠的！"

李白安没想到莫沁然突然发难，但事已至此，他怎能不管。

他忙侧过一步挡在莫沁然面前道："小孩子家不懂事，得罪高人了！在下替她赔罪了！请高人海涵！"

莫沁然也连忙万福道："小女子一时惶恐脱了手，还请高人恕罪！"

那人哼了一声道："看在你还算识趣，我就不计较了！"

谁知那人接着却看向盛思蕊道："瑞儿，没想到吧？祁大哥又来了！这回不会再躲了吧？"

明墉却鼓足勇气站到盛思蕊面前道："祁主使，我们是不会跟你走的！"

"对，不会的！"盛思蕊在后面道。

"那由不得你们！"

盛思蕊突然道："你浑身黑乎乎的，我们怎么知道你就是祁主使？"

"对呀，对呀！"明墉接茬。

"好吧！"那人身形在瞬间就近了丈许，就见他掀开了头上罩着的黑布道，"这下看清了吗？"

众人这才看见此人的脸，就见上面横竖都有几道极深的抓痕。

那些伤痕都在凝结的过程中扯得五官移了位，看上去果然如魔鬼般狰狞。

盛思蕊看了一眼就吓得缩回去道："祁主使，你怎么变成这样了？"

"那还不是拜你们所赐！"祁主使冰冷地阴笑道。

李白安听着他们的对话觉得奇怪，这鬼魅般的高人是谁？听着看着好像是英国袭击过他们的那位。不过那人功夫虽高，却跟此人没法同日而语呀！而且他怎么还和思蕊明墉他们相熟？

其实盛思蕊和明墉再见到大队时，都以为祁主使已经被光墙后的妖魔抓走了，那一定是必死无疑了，所以祁主使这件事他们就没对任何人说。

等到大战魔兵，他们知道了抓走祁主使的就是魔兵，那更没生还可能了，这事也就安心地烂在肚子里了。

所以此刻祁主使出现除了他们，大家都是不明就里，当然也包括他们。

祁主使怎么还可能活着呢？换了别人一定没可能。但祁主使是个武学奇才，而且功夫臻近登峰造极。

那日他中了计，被魔兵掳进了洞里，在未防备之下，被魔兵抓花了脸。

可祁主使就是祁主使，等他反应过劲儿来，就用尽全身的功夫向里面魔兵少的地方急撤。终于让他找到了一处位于洞道顶部的藏身之处，他就蛰伏了下来，暗中等待着出去的时机。

慢慢他就发现了这通道里的魔兵并不是固定的，于是就寻机找出口。

不过他更是沮丧地发现，在每个出口处都聚集了大量的魔兵。

他自认轻功高强，可是也绝无把握通过那么多魔兵破口而出，于是他只能待在了通道里。

这里面没有日月，也不知过了多久，好像是并不长。但他有伤在身，亟须吃东西来补益。于是他就挖洞抓虫子为食，这里的爬虫都是极大个的，可他毕竟是他，为了伤愈，什么苦吃不得！于是几只巨虫就下了肚，可让他意外的是，这些虫子竟然对他的功力也有增益。

他大喜之下，开始了挖虫吃虫练功，没过多久甚至感觉一直并未突破的障碍都打通了！不过他自问还是没到能杀光魔兵逃出生天的地步，于是接着继续练功苦等。

终于有一刻，他觉得通道里如沸腾一般，魔兵都跟开了闸的洪水般向着一个方向喷涌而出。

他等魔兵走尽了，慢慢向出口靠近，等到确认周围再无魔兵了，再潜身而出。

出去时，正赶上山上放岩浆烧魔兵，他看着城墙上，隐隐约约有盛思蕊的影子。

他先是大喜，而后便是沮丧。找到了她，复族大业便有希望，可现在自己脸已经被毁了，以后就算当了一方霸主，可谁想看个面目狰狞的妖怪呢？

不过他很快又平静下来，没事，脸毁了还可以戴面具嘛！复族靠的又不是脸，如果这世上的事情靠漂亮脸蛋就能解决的话，那大家完全可以交易脸蛋漂亮的就好了！

于是他先藏匿起来，趁夜就潜入了秘境中。

当他正想不费吹灰之力，趁夜擒下盛思蕊的时候，他又猛然惊觉。这里这么古怪，又这么大，抓了她可怎么出去呢？况且，他之前在那些人谈话中还听了一耳朵，好像这些人要去解开什么帝制的秘密。

这个他十分好奇，成就霸业，然后不就是身登极位嘛！这秘密自己必须得知道！于是他劝说着自己不要着急，慢慢跟着等着看着。他一路极有耐心地跟着这群极满的人，终于来到了神殿。

其实李白安他们在神殿时，祁主使也在。他见盛思蕊去溜达了，但他自信在这里就算先放他们跑上半天自己也能抓到。于是他就耐心地进了神殿，别人根本就没发现。他功力彻底入了化境，自己不想被人看到，谁也别想看到。

等他听完争论，就赶上晋先予放断龙石，他出去了一路尾随着，出其不意亮了几下身手，就把这个内鬼吓得半死，回身就跑。

祁主使逼回晋先予，最后还亲自杀了此人，这原因一是为了先礼后兵，二也是想来个施德于人。他知道这些人很难杀了这多年相处下来的内鬼，毕竟凡人都是为情感所累嘛！虽然这些人根本就不在他眼里，不过既然要成就霸业，多施点儿恩德，多收买收买人心也是必要的。

毕竟这些都算是盛思蕊的亲人，以后总还会相处嘛！而且要是盛思蕊死命不从，以命相胁的时候，他们还可以做做说客。

被困在魔洞的时间里，祁主使的确是想了很多。所以他一出场，就改变了以往的行为方式，换上了他自认最为谦和的姿态。

（六）

就听祁主使道："好了！我大人不记小人过！只要你跟我走，这一切就一笔勾销！"

盛思蕊哆嗦着道："我是不会跟你走的！"

明墉也道："对！绝不会跟你走！"

李白安此时倒是可以确认此人就是自己在英国时交过手的那位，可这人功夫进境如此之快，已达化境，却是他无论如何都想不通的。

但他还是客气道："这位祁高人，小徒不愿和你走，你又何必强人所难呢？"

祁主使道："她本就是我们族里的人，跟我走叫什么强人所难？"

"可就算她是你们的族人，但选择还在她自己手中，她不想走，不就是同'牛不喝水强按头'一般，结果是'强扭的瓜不甜'吗？"莫沁然道。

盛思蕊见莫沁然一直维护着自己，不禁向她投去感激的目光。

祁主使最烦和别人打口水官司了，此刻他强忍着说道："这不是她一个人的事，而是我们全族的事！"

"还不是你想成就野心，别的族人可不是这么想的！"莫沁然见大家维护，也就大着胆子道。

祁主使马上就要失去耐心了，他冷冰冰道："给你十个数考虑，不自己出来我就亲自动手了！"

这时就听后面咣啷啷一阵巨响，巨兽终于把神殿给撞塌了！

大家就感觉地面一阵震动，而且震动越来越厉害，整个地面都开始摇晃起来！

众人皆大惊，难道要地震了？

这时祁主使叫道："时间到了！"而后就向着盛思蕊大步走去。

李白安伸手想拦，却被祁主使几乎身形未动般给晃了过去。

李白安惊得是汗毛直立，从未见过这般厉害的高手！这……这快得简直已经不是人了！

他开口叫道："蕊儿，你们快跑！我来想办法拖住他！"话毕，他就再次扑向祁主使。

可只两下，整个人就被祁主使甩了出去。

这时就听"砰砰"两声枪响，再见莫沁然端着冒烟的枪站在原地发呆。

原来她见祁主使身子正背向自己，就决然开了最后两枪。可没想到这背后的两枪竟然也没能伤了他分毫！

祁主使都没回头，身子就已在莫沁然身侧，他一出手就掐住了莫沁然的脖子道："小姑娘，你师父就没教你别在背后暗算人吗？"

秦潇见此情景，忙扑了上去，却被祁主使只轻抬手就弹了出去。

再看盛明二人，此刻已经跳进了湖中，向对岸仓皇游去。

这两人刚才用目光一合计，都不约而同看向水里。他们还记得祁主使是不通水性的，只有到了水中才可能有生路。

见二人入水，祁主使冷笑了两声，拉着莫沁然就往水边走。

秦潇和李白安都全力去拦，都被他身都不动地化解掉。

就在祁主使要接近水边时，身后突然有一串连珠箭射了过去！

这一串箭足有十几支，都是夹带着劲风呈扇形射向祁主使背后。此刻他无论是向左还是向右去躲，都会被箭射中！

可是就见祁主使身子猛地拔地而起，就像是真的旱地拔葱般抓着莫沁然凌空而起躲过了连珠箭！

不过下一排连珠箭，已经向着他腾身的方向射了过去！

祁主使还不忘在空中叫一声："好箭法！"而后袍袖一挥，那些巨大的青铜箭矢就全被他扫落在水中。

而此时射出这些箭的羽澄,在后面也是大惊失色自语道:"怎会有这样的人?!"

羽澄在外面听到了巨兽撞击的巨响时,就察觉不对进来查看究竟。到了近前正好看见李白安等在缠斗此人,她不及多想,就用上了全部功力,连发了两组各十八支的连珠箭!

这可是她羿族的真传绝学,也是她的极限了!

可见到此人就像没事人一样轻松化解了,她也不禁吓呆了。

这时地面震动越来越厉害,就这么一会儿的工夫,神殿到湖边的地下就裂开了条口子,湖水猛地灌进了裂口之中。

正在奋力游水的盛明二人忽然觉得水流向后急拽他们的身子,他们得需用尽全力才能保证不被疾速的水流吸走。

这时那条地下开裂的口子越来越大,地面就像是个巨型筲箕般抖动着,没人再能站稳了。

而那猛灌入裂缝的湖水,此刻却形成了个巨大的旋涡,猛力地搅动着,湖水更是向裂缝里倾泻而下。

盛思蕊和明墉实在是撑得筋疲力尽了,二人被水流带着流向漩涡。

明墉是怎么努力也快抓不住盛思蕊了,就这时忽见一只大手一把将盛思蕊拉了过去。

明墉一惊定睛一看,原来是李白安,他仗着水性纯熟下水来救盛思蕊。

他费了九牛二虎之力终于将盛思蕊拉到了裂缝上,而明墉也费了吃奶的劲儿才爬了上来。

就这时,众人却听空中有声音传来:"瑞儿,你赶快跟我走!要不你的朋友就要被丢下去了!"

大家抬头都是大惊,只见祁主使掐着莫沁然就像悬浮在空中一般!

莫沁然被祁主使掐住了脉门,根本就动弹不得。

见祁主使作势要抛,秦潇忙叫道:"不要……"

他知道这对手实力太强,自己连沾身的可能都没有,只能向盛思蕊哭喊道:"蕊妹,对不起!要不你就……"

明墉立刻打断大骂道:"你他妈的秦潇还是不是人!这话你都说得出口!"

李白安也骂道:"潇儿,这是为人师兄该说出的话吗?你不觉得可耻吗?"

盛思蕊听到这声"蕊妹",心中先是一软,而后听到师兄竟然让自己去换人!

她心下猛地一沉,仿佛很多尘封中的美好瞬间被深渊吞没了。

她环顾四方,见大家都是束手无策,再见此时的祁主使已经不是人了,而是高高在上的恶神!如果自己不答应他,这里所有人都可能被他扔到水漩里去!

她索性看向明墉凄然一笑道:"今生恐怕是没机会和你共赴天涯海角,同游大好河山了!"

而后她对祁主使叫道:"放了她,我跟你走!你答应我,不要再为难任何人!"

"听你的!"祁主使冰冷声音道。

明墉此刻距盛思蕊有几丈远，他奋力地向盛思蕊爬着，边哭叫道："不要思蕊！不要！"

此时却见盛思蕊的身子猛地凌空而起，明墉此刻就差两步就爬到了，他奋力探身，结果抓了个空！

盛思蕊的身体越飘越高，此刻她就像是凌空的仙子一般，衣裙飘飘，宛如飞天般优美，可她实际投身的却是恶魔的怀抱！

就见她在空中回过脸来对明墉粲然一笑道："你要好好的！"那笑容是明墉从未见过的圣洁端庄，也让他前所未有的心碎难当。

明墉再也顾不上别的了，用尽全力向上跃起，向着盛思蕊抓去！

可他的功力哪里能到呢？还没到一半，身子就向下坠去。

这时他觉得一股大力将他猛地再次抛向空中，回头看原来是李白安腾空而起将他顶了上去！

明墉精神一振，再次奋力伸手够向盛思蕊。

就在他的手指就要触到盛思蕊伸出的手掌时，就听上面一阵让人寒彻骨髓的笑声响起。随后就见一个人影快速落下，是莫沁然被抛了下来。而后盛思蕊的身子被猛地拽上了一大截，明墉的手再次落空。

祁主使的声音又道："玩叠罗汉是吧？我看你们能救哪一个？"

见莫沁然疾速落下，秦潇大惊，忙飞身去救。

就在他身体将要越近旋涡的时候，就见莫沁然的身形猛地转向，向着坍塌一地的神殿方向飘去。

他吃惊：怎么这力道还会转向！

还没他反应，就听李白安叫道："潇儿，搭把手，让为师借一下力！"

原来李白安在下坠中看见明墉没够着盛思蕊，就想着此时在空中，如果能让秦潇飞身过来借一下力，自己就可以再将明墉推高，于是就喊出了口。

可秦潇见到莫沁然身子飞向别处，心下犹豫，一咬牙，就奔着莫沁然去了。

李白安顿时心里一凉，这小子此时竟如此凉薄！可如果没有空中借力，他再不可能把明墉送到那么高了。

这时就听脚下一人道："我来！"就见一高大身影高高跃起到了水漩之上。

原来是羽澄，她见状心急，也不管自己不会轻功，就奋然跳出。

李白安先是一惊，而后镇定下来：没事，等我将明墉推上去，再回来救羽澄。

于是他蹬了羽澄肩头一下，全力提气向空中飞起，再次将明墉推上高空。

而后他身子急坠去救羽澄，却见羽澄此时已经掉进了水漩之中。

原来羽澄除了力大身子灵巧，是一点儿轻功都不会的，刚才李白安那一蹬算是直接把她踩进了水里。

李白安身子也落进水中，他抓住羽澄的手道："别怕！我水性好！一定能将你带上去！"

这时地震地裂仍在继续，从裂口突然有一巨大石块坠下，李白安躲闪不及，被正中脑部，他当时就人事不省了。

而明墉再次被抛上空中，却仍没有抓住盛思蕊，他力气已然用尽，在盛思蕊的急切惊呼中也落入水漩中。

那边莫沁然一直被祁主使掐住脉门，一被抛下便立刻浑身酸麻，什么力道都用不上。但等到她因祁主使的暗劲身体转弯后，劲力渐渐恢复。等她落稳身子却见秦潇追了上来。

她头一次发怒道："你为何不去帮他们！"

"我是担心你！"

莫沁然猛瞪了他一眼抛下一句："男儿大丈夫还有你这样的！"

然后她就飞身进了水漩，秦潇木然了一下，觉得心一下子被刺到了，他喃喃道："我怎么不是男儿大丈夫！"

想到此他一咬牙，也飞身跃入水漩中。

这一阵地震持续了好久才停下来，等到水漩也恢复了平静，巨兽却晃着巨大的身躯走到裂口旁歪头看去。

只见里面已是一潭静水，哪里还有半个人的影子？

夜幕很快就完全降临了，整个神殿领域又恢复了往日的宁静。

早已把昏迷不醒的钱千金拖到远处的周烔，望着一头巨兽孤零零地站在黑暗中，完全惊呆了。

七十三、虽远必诛

（一）

明墉跌落到水漩之中后，就觉得这旋涡中心有巨大的拖动力在把他向下拉。

他水性本来还不错，可一是他之前全力上蹿扑救几乎耗尽了全部真气；二是这股向下的吸力实在是太大了，他根本就没办法抗拒。

在旋转中他只能看着奋身来救的李白安被石块击中头部，昏迷不醒。而后反而被羽澄拉着，打着旋向下一起沉。

而这时突然一个身影跃进漩涡中，直奔李白安而去。

仔细一看，原来是莫沁然！

明墉见她正在全力扑救李白安，心中对她原本的那一点怨尤也消失了，剩下的也全是钦敬。

要不是她被抓，思蕊也不会那么容易就被祁主使要挟，对于此明墉心中是有点儿恨。可此时她却是奋不顾身下水来救人，对此明墉自问换作自己也未必就会这样决绝！

这样的姑娘难道不让人钦佩吗？想及此处，他也被振奋了一下，想攒把力气一起去救昏迷中的李叔。

而就在这时，秦潇也跳了下来，这混蛋还回头问他道："你没事吧？"

明墉见了他顿时就气顶上脑，恨得咬牙切齿！

就是这个自私的混蛋！关键时候竟然说出那种话来动摇思蕊的决心！要不是他，此刻大家估计还能和祁主使周旋一会儿！

想及此处，他大骂："你个混账王八蛋！你下来干什么？滚回太平地方做你的缩头乌龟去！"

秦潇虽然心里有愧，但见他如此骂自己，也不禁还口辩解道："我那时也是情不得已！况且来人那般厉害，简直就像魔神！我们怎么也不可能是对手呀！思蕊迟早还是会被抓走的！"

他这一辩解更刺激了明墉，他接着骂道："你放屁！我和思蕊不知跟他周旋过多少次！每次都能成功脱身！这次怎么就不行了？你他妈就是个软蛋孬种！"

这话有夸大的成分，盛明二人一共和祁主使周旋过四次，每次不是机缘巧合就是九死一生才逃脱出来，远没他说的这么轻松。

不过此刻明埔眼里已火光迸射,哪里管得了别的,只顾着接着大骂道:"幸亏思蕊最后没看上你,要不哪天被你这王八小子卖了都不知道!谁他妈的看上你,准是倒了八辈子血霉!成天被你哄着,被卖了还得替你数钱!真是亏了思蕊对你心中还有的那份情义,你轻轻松松就把它给踩了个稀烂,还他妈往上吐痰!你他妈就是个彻头彻尾的白眼狼!谁选了你就是瞎了眼!"

秦潇论骂战,哪里是在市井中摸爬滚打多年的明埔的对手,只有张口结舌被骂的份儿。

而明埔骂到此处,感觉自己好像无意中捎带上了莫沁然,对这姑娘自己必须得尊重些。

于是他叫道:"莫姑娘,我并没有针对你!你有怪莫怪!只是提醒你小心这个白眼狼!"

此时莫沁然已经被反拖着向漩涡中心滑去,如果仅仅是李白安一人,凭她的本事还有可能救上来。可连在一起的还有个羽澄,这位大姑娘的水性就和她的性子一样,纯而直。不过到了激流里,这就变成了纯粹直落。

莫沁然从打算一救一,现在完全变成被二拖一了。

这二人身形都是高大,莫沁然只能被拖着一点点接近旋涡中心。

她看见这两个小爷们儿这时候了还不忘嘴上过招,只能叫道:"你们都住嘴!赶快过来帮忙!"

两个这时才没有异议,奋力扑游过去。

这时水中漩涡的涡流又加剧了,仿佛形成了一股巨大的吸力漩流,将水和水中的一切都向下吸去。

等二人游到莫沁然跟前,众人都已接近了漩涡中心。他们想拉住对方,却连手都拉不住了,都被漩涡卷得不住地打转,完全无法自控。

秦潇道:"沁然,你放手吧!要不也会被吸走的!"

莫沁然怒道:"都这时候了,你还能说出这种话?"她正用尽全力抓住两人,这一说话,立刻就呛了一大口水。

水呛入肺,她立刻咳嗽不止,手被迫一松,昏迷的李白安和惊叫着的羽澄立刻就被漩涡吸了进去,转眼就见不到人影了。

莫沁然大急,想张口呼叫,却又被呛了一大口水。

她剧烈地咳嗽着,人在剧烈咳嗽时都会浑身发软无力,她也不例外。这对抗水流的力量一泄,她整个人就被湍急的漩流带到了漩涡中央。

明埔见形势危急,心中大急。之前眼见着思蕊被祁主使掳走,自己无能为力。而且他心里明镜一般,自己的武功和祁主使比那就是地下天上,此生恐怕再也不能把思蕊救出。但这莫沁然可是个好姑娘呀,怎么能眼睁睁看着她就这般完了?

他急扑向涡流中央,想助她一把。可这次却是被秦潇抢了先。

秦潇在一旁先被明埔痛骂,而后竟被莫沁然斥责,这让他极为羞愤。自己明明是担心沁然的安危才说出这番话的,怎么她还不领情!

他一怒之下就扑向了下沉中的莫沁然,可就在他的手碰上莫沁然的那一刻,却被她给甩开了!

她还在不住地咳嗽着,也不知是有意还是无意,甩开了他的手。

秦潇一怔,这是怎么了?难道竟然生我的气了?怎么会这样?

他自认为一路来对莫沁然言听计从,都快成了她的傀儡。而且自己处处替她着想,处处维护她,怎么到了关键时候她还不领情了?

秦潇生气还委屈,他倒是还拧上了,非要抓住她的手不可!

可莫沁然却好像是有意无意地在躲着,让他抓不着。

这时明墉到了,一把就拉住莫沁然往外边猛拽。

秦潇一看彻底怒了:怎么着,我来抓你就推着不让我抓!他一伸手,你就顺过去了!这当我是什么!

醋意上脑,让他犯上了从未有过的拧劲儿。

他拨水过去,想让他们两个的手松开,可明墉哪里肯松,于是二人竟然在水中撕扭起来。

这时莫沁然终于止住了咳嗽,她突然脸色惨然道:"别打了!我们都出不去了!"

扭扯着的两人经她一说才反应过来,原来此刻三人都已到了漩涡的中心。

这时一阵巨大无比的吸力,猛拽着三人向下而去!

三人突然眼前全被水覆满,飞速地向水底沉去。

(二)

明墉水性好,他睁着眼,眼看着他们穿过水道,向下坠去!

他还是第一次看到水流在眼前成条状连在一起将他包裹住的样子,真的就像是水帘一样!

不过他根本不知道还能不能再次见到,因为这向下的水道好像是没底一般!

不知过了多久,水流渐稀,他才看到也在下坠中的秦莫二人。

就见秦潇终于抓住了莫沁然的手,在相伴下坠。

他此时想到了思蕊,心蓦地剧痛。此时如果能和思蕊手拉着手,哪怕是深坠万丈深渊也是件多么痛快的事!

正当他思绪游走间,他感觉身子猛地砸到了水面上,轰地就沉到了水里。

可这水流仍是极为湍急,他挣扎了半天,才从水中潜出把头浮了上来。

他眼见着前方水道有两个分岔,还没来得及细想,就直接被冲到了左边那条。

明墉好像隐隐看见右边那条奔流的水道里的远处,似乎有两个人影在上下浮动。

可能就是李白安和羽澄,可此时他身在这边,完全是不可能游过去了。

而此刻他身侧也有两个人从水里冒了出来,竟是莫沁然和秦潇。

他们三个都被冲进了同一条奔流的水路之中,都只能随波逐流,完全无能为力。

按照他们落下的速度来看,这里不知在地下多深,反正凭感觉,比明墉曾经掉落的深坑不知要深上多少。

这是地底,怎么地底还有这么湍急的河流般的水道?

再看上面四周,他们仿佛是置身于一个巨大的极长的水洞里面。

两壁和顶端不时有闪亮的晶体一簇簇地探出石壁,明墉知道那些石头中的结晶应该就是水晶。由于这些闪亮且颜色各异的晶体,所以水道里并不是十分黑暗。

此刻三人心中都有一个问题,这地下河流到底要把他们带到哪里去?

这时明墉突见眼前有一物横在水面上,到得近了才看清,原来是段枯死的树干。

他忙招呼二人,等三人接近时,三人都是手攀脚蹬,爬到了树干上。

等三人在树干上坐定了,明墉这才看清这树干极粗,一端斜倒在水面上,而另一端则连着长进侧壁中的树根。

他走看右看,试想了多种办法,但都没法从上面攀缘回去。

而摸遍了石壁,更让他失望了,这里的石壁十分坚硬,且好像是一个整体,整个石壁上都很光滑,并无能攀爬的手脚支点。

他不禁失望地往树干上砰地坐下,沮丧道:"完了!没路出去,要么就顺着水流下去,要么就在此等死!"

莫沁然此刻缓过劲来道:"这先不急,我们得想明白到底是发生了什么?为什么会有这样的变化?这一切是注定的必然还是突发的偶然!"

明墉见到了绝境,盛思蕊又决计再难救回,此时已有了点儿心如死灰的感觉。

但听她这一说,不禁疑惑道:"什么注定的必然还是突发的偶然?这话挺绕的,但跟我们现在的处境又有何干呢?"

莫沁然道:"怎么没关系?现在我们在哪里,你应该能猜出吧?"

秦潇赶忙抢着说:"地下的河流呗!难道这河流最终还能流到地上?"

他见莫沁然并不理他,更要见缝插针,多抓住机会跟莫沁然说话。

谁知莫沁然看也没看他,明墉瞪了他一眼道:"地下河流怎么会再流回到地上?水往低处流,没听说过?亏你还学过科学!"

秦潇登时醒悟,暗恼自己怎么没头脑说出这样的话,一下子就跌了身份。可他模糊中记得地下水的原理,好像通过什么运动也可以回到地上来着。

就在他搜索枯肠时,明墉接着说:"我是听说过地下暗河的事,不过也是第一次进入。按说万流归海,我们最后的处境会是被冲到大海里去!"

莫沁然沉思道:"这里根本就看不出方向,但却不一定会直接到海里去,你没看见之前还有分岔的河流吗?"

这一说提醒了明墉,他马上从衣服里翻找,取出了那个微型罗盘。

他放平摆弄了半天,极为疑惑道:"真是怪了,这水流竟然是一路向西!"

中华大地大海都在东南面,这水流向西就肯定不是入海,可怎么会有这么奇怪的事情呢?

"这就是'水往低处流'了!中华的江河不都是从西到东奔流入海的,这地下想必也是一样!"莫沁然道。

明墉疑道:"不过水流向西,流速这么急,我们没法逆流!要是顺着水流方向,岂不是要进入茫茫的外蒙地下！"

"这就是我问的这是必然还是偶然了！"莫沁然道。

明墉没大明白，接着听她说。

"我们在上面时，因为拿出金盒，引来巨兽猛烈撞击神殿，神殿坍塌，而后地震、地裂，形成涡流，将我们吸进来到了地下河流中。这一切是有必然的联系还是只是偶然的？"

明墉想想道："我和思蕊没跟你们进神殿……"一提到思蕊他就心痛得想哭。

他强忍住继续说："我们是先看到巨兽武的，它没有什么攻击性，看起来十分温和，思蕊还想……"他的眼泪又不争气地涌出来。

他擦了把眼睛，吞咽了几下接着说："之后神殿那边传来巨响，巨兽好像是急了一般就赶过去了！我们也赶快回去看个究竟！"

"好！下面我们就遇到了！你们的速度比巨兽快，所以先到。等巨兽来了时，刚开始它只是要上岸，我还记得思蕊……对不起！"

她看着明墉又要呜咽，忙致歉。

"你接着说……"明墉使劲儿抽了抽鼻子。

"我还记得思蕊跟它打招呼来着，那时巨兽还停了停，歪头去看她。"

"对！"明墉边抽鼻子边说，"之前思蕊逗它的时候，它也歪着脑袋看来着！思蕊还说它憨态可掬呢！"

"对了！到这时我们都没看出巨兽要冲击神殿，它只是个野兽，活了再久也是野兽，不会是一开始就要冲击神殿，可是看到思蕊逗它还停下来看看！"

"应该没错吧！它脑子应该没那么多绕！"

"这就对了！那巨兽应该是听到巨响，看到断龙石落下，上岸要看看。可是这一歪头，它就从我们大家的身后看到了什么，所以才发狂的！"

"那看到了什么？"明墉问。

莫沁然思索道："我在神殿里就一直在想一个问题，这断龙石的机关开关为何设在里面？"

明墉道："这不稀奇！墓室什么的绝户机关开关都在里面，而且是一次性的！就是要把盗墓贼放进去，而后一网打尽困死他们！嗯？"

说到这儿，明墉也卡住了。对呀！那是墓室，里面是死人，盗墓贼碰上绝户机关被困死，谁都出不去。可这是神殿啊？从里面开了机关要困死谁呢？

"所以我想，这断龙石在里面开关一定另有其意！"

明墉惊讶地看着她，等着她说下去。

"试想蛊族造了这个金盒，宣称里面有能毁灭皇权的力量！把它放在这个隐蔽之处，是不想被发现。但奇了怪了，如果一心毁灭皇权，不是应该能让更多的人发现才好？"

明墉沉思道："不过也说得过去，就像很多古墓是很容易被掘开的，但一般盗墓贼都会对这样的里面的宝物期望低。这是一个道理，越难寻到的，往往才越是珍贵！"

莫沁然道："好吧，就算这样，那放在这里，谁最有可能来寻到呢？或者说，谁最有能力来寻到呢?"

秦潇终于得着地方插嘴道:"当然是帝王了!就数他们能力最强!"

可莫沁然还是不看他说:"我之前在神殿里就说了,这舆图辗转至少可以确定经过三位帝王的手!而这三人当朝时国力都很强,可他们却都未派人进入秘境来排除这个隐患,为什么?"

"他们觉得这里面有蹊跷,还是不动为妙!"秦潇想起了神殿中的讨论,接话道。

"那这里面能有什么蹊跷呢?如果加上断龙石考虑?"莫沁然接着问。

明墉想了一下猛地道:"你是说,神殿就是给帝王们设下的一个陷阱?"

"我猜想是如此!而且它还不是针对后世帝王的,仅仅是针对夏启的!"

明墉点头,莫沁然接着说:"当时蛊族是看着夏启残害各路不服的族人,才借助自己在中华中有神秘力量的传说,来布下这个局的!蛊族就是借这个神秘感,来让夏启上钩!"

"不过这说不通啊!明知道这里有能毁灭自己权力的力量,为什么还要来?"

"这就是帝王心术了!"莫沁然愤愤道,"你看帝王们为何动不动就要灭明明没有反抗力量的跟他们对着干的臣子的全族,至少也要把男丁都杀了?还不是为了斩草除根,以绝后患!那这个金盒就是永远的后患,帝王怎么会摆着这样的可能随时被人打开的隐患在里面呢?"

明墉又点头,莫沁然接着道:"所以蛊族可能就是看出了帝王的这个心理,所以在四境都设了这样的陷阱,等着夏启自己钻进来,然后让他有进无出!"

明墉又皱眉道:"可是夏启并没有来呀,而且以后的帝王也没人来过呀!"

"别忘了这盒子有四个,我们只知道他们没来过北境,怎么知道他们没去过别的地方?"莫沁然道。

明墉再点头,可是又摇头道:"不过皇帝不一定自己来呀!他完全可以派兵派大臣,那这断龙石陷阱不就没意义了?"

"这就是蛊族设计的高妙之处,别忘了还有个蕴藏什么力量的金盒!如果来人把金盒带出去,回去交给夏启,夏启再忍不住打开,那里面的力量就足以致他死命!"

"不过我们拿出的那个被断龙石给压裂了,里面没什么呀?"秦潇道。

"或许当时金盒里确实有什么神鬼莫测的东西,比如蛊毒什么的,可这么多年过去了,早就失效了!"

明墉听她这般解释,似乎很说得通,但还是没和他们的遭遇关联上。

莫沁然接着说:"这只是之前的两重保障,最后一重就是巨兽了!"

"就这只?当时不是说它还是幼兽吗?"明墉问道。

"可当时秘境里还有很多成年巨兽呀!"莫沁然提醒道,"所以蛊族人可能就在秘境中训练了巨兽,让它们只要见到金盒裂开或被割开,就去撞击神殿,好让来人尸骨无存!"

"这个算姑娘解释得清楚,也说得通,那和我们现在的处境有何关系?"明墉问道。

"这就是我说的必然和偶然了!上面我的解释连起来是个必然,可巨兽撞塌神殿后并没有袭击我们，那必然也就到此为止了！"

秦潇明白了，可连着受莫沁然的冷遇，他觉得没了自尊也不想开口了。

明墉皱眉道："姑娘的意思是，我们之后的遭遇都是偶然？"

"没错！像那个神鬼莫测的高手、地震、地裂、水漩产生，将我们吸进地下河，这都是偶然！这些都跟蛊族的设计没有必然联系，都是突发的偶然！"莫沁然一口气说完缓和了一下。

"可这些偶然也把我们陷进了绝境呀！"明墉不解。

"不，如果是蛊族的设计，那结果必然是往绝境走！但如果仅仅是偶然，那结果就是不可测的，不可测的就一定能找到机会！我们看上去是被困在绝境，那是因为我们谁都没进过这样的地方，既然都没来过，又谈何是绝境呢？"莫沁然笃定道。

明墉本来觉得救出思蕊希望渺茫，又见到了此处绝境，已经有了心如死灰之感。但听了她这番精辟分析，仿佛又见到了拯救思蕊的一线曙光，心气大振。

（三）

秦潇自从连着被莫沁然无视后，就一直郁郁不乐。

他就不明白了，自己在当时并没有做错，为何大家都这般记恨他！

还有他明明是处处护着莫沁然的，一心想救她，可她竟然也不领情！

见这二人说得严丝合缝的，他觉得心里苦闷，就索性不听了，来到这树干的另一端。

这端距离对面的石壁还有两三丈的距离，他自问一跃也可以过去。

正当他看着湍急的地下河水，判断着要不要过去时，突然一片水花掀起惊了他一下。

随即他却是喜上心头，他看得清清楚楚，那是一尾大鱼掀起的浪花。

他心道：你们还在那里谈空的，想成功出去，没吃的就先饿死了！你看我，竟然在这水里发现了鱼！有鱼就饿不着！不如抓他两尾上来给大家果腹，到时你们就该感谢我了！

虽然在回国之初，他显出了过人之处。但随着明墉和莫沁然的相继加盟，他的优势就越来越不明显了。尤其是跟莫沁然同路后，他甚至都觉得不用动脑了。

等大家再相逢时，他却隐隐地感觉明墉和盛思蕊都已真正地成长了不少，而自己似乎还在原地打转。

看着别人从身到心都在发生着明显的变化，他很彷徨、很迷惑，不知自己走向何方，又要怎么走。毕竟他还只是个十几岁的少年，心中渐渐感到的空寂无助，慢慢就会像瘟疫般蔓延开来。这感觉就像是置身于茫茫星空，总会看到光亮的，总会期望温暖的，可是既摸不到，也碰不着。尤其是莫沁然对他的态度，随着这二人渐熟，他们的关系反倒让他感到越来越扑朔迷离，也越来越淡漠。

这是他一个未经世事的少年无法理解的，更是他不知道改变的。

他与周炯的心思单纯不同，更与明墉的看遍世事不同。他有理想，尤其是当他听过孙文的主张后，但他不知道这理想合不合适。他有坚持，毕竟他拒绝过凯特的盛情邀请，可他却不知道这坚持对不对。

这所有的一切都让他看得无比困惑，难辨真假。

而就在他以为莫沁然是真的时候，莫沁然却开始对他爱理不理。

这让他怎么承受？

他并不是个决绝的人，因为从没有什么处境需要他决绝。他甚至不是个果敢的人，因为他还要试图分析得失利弊。这些矛盾盘旋在他心里，纠缠在他脑里，慢慢地让他迷失。

不过不管怎样，现在看到鱼却是真的。他想抓鱼上来，却发现自己并不会捕鱼。

这又让他产生了学了多年本事，却仍一无是处的挫败感。

他决定无论如何也要抓上条鱼来，四顾之下，他发现了工具。

这树干一段还有些光秃秃的枝杈，自己掰下一根，不就可以用来抓鱼了？

于是他探身去掰树枝，不过这些枝杈久受水汽侵扰，根部变得很韧。他只能不断地用力，再用力，这时咔的一声轻响，一根枝杈被掰了下来。

他正自得间，却听见了一声令人汗毛倒竖的断裂声。

随之而来的是一连串的咔嚓声，而后整个树干就带着惊叫着的三人一头栽进了湍流中。

树干在水流中翻滚了几次，才又找回了平衡，再次变成落汤鸡的三人才在树干上稳了下来。

明墉向着秦潇怒道："你干什么了！"

"我就是要弄个树枝给大家抓鱼吃！"秦潇觉得前所未有的惶恐。

"谁要你抓鱼了！你很饿吗？"明墉吼道。

"算了，算了！"莫沁然打圆场道，"反正我们的出路也在前方，就这样了！"

明墉怒气冲冲地闭了嘴，秦潇则委屈地不再说话。

莫沁然此刻十分虚弱，见树干上不是很稳定，就试图用双手去抱住树干。可这树干十分粗大，她哪里抱得住？

明墉见状拔出残剑，这已经是三人所剩唯一的利器了。他用剑削着树干，很快就把顶端削出了个坑状的平面。

莫沁然终于能坐稳了，向他投来感激一笑，而明墉只是木然地点点头。

树干顺流而下，几人坐在上面沉默着，随波逐流着。

其间，明墉用残剑叉出了几条鱼，分给众人吃，这令秦潇心中十分不堪。

这里是半点儿火星都没有，鱼也只能生吃。幸好这地下河中的大鱼，肉质坚实少刺，吃起来没什么腥气。

明墉麻木地嚼着鱼，却想起了和盛思蕊在洞中吃离冰冻鱼的情景，不禁心头酸楚，潸然泪下。

也不知漂流了多久，树干忽然猛地一震，让都在沉静中的三人瞬间警醒。

就见树干底部刚刚刮过一条横棱，莫沁然道："这里地势将有变化，大家注意了！"

果不其然，就见前方不远处出现了一条急弯，明墉忙用剑在树干上挖了几个深口让大家把手。

等树干经过那条急弯时，树干左右摇晃，不时就会撞上两边石壁。

幸好大家早有准备，才没被甩下树干。

而再往前，顶端陡见开阔，水流到前方却好像突然终止了，而从下面却传来巨大的隆隆声。

明墉叫道："不好！前面就是瀑布了！"

而莫沁然却指着上方叫道："你们看上面！"

两人齐齐抬头，就见在突然开阔的上方，似乎隐约地看到一个洞点，而有一股水流好像是从底部在被吸上去。

三人对望一眼，明墉道："这就是我们出去的机会了！"

莫沁然和秦潇也点头，可是那里距此这么远，远在瀑布的外侧，而且看此处到上吸水流的距离也有四五十丈，可怎么过去呢？

三人脑子都飞快地转着，明墉突然道："有办法了！"

只见在断流的前方一侧有个窄口，水流是奔腾而下，极为湍急。

明墉叫道："我们想办法把树干竖过来，让那股大水流把我们冲出去！而我们借助冲力飞到那上升水流处！"

这计划十分冒险，这里根本就看不见下面瀑布到底有多深。如果下面是个万丈深渊，这一下要是到不了，那几人可就要跌落深渊了。

莫沁然仔细看了一下道："从水瀑边到上升水流大概有十丈，试一下没准可行！"

秦潇却道："你疯了吗？要是掉到深坑里不就完了！还是在水瀑边先到石壁两边，观察好了再作打算！"

"那时我们就连这树干都没了，有打算也晚了！反正我是要冒险一试了！"莫沁然坚定道。

见莫沁然如此坚持，秦潇也无法，只得听从了她。

她从皮囊里掏出两捆丝绳来，明墉一见，就是她以前编过的那种。

他问道："姑娘也会把这些东西留着呀！"

莫沁然点头道："这么好的材料，岂能轻易浪费！"

她飞速把丝绳解开，而后从每一捆里各拿一端绳头，分别交到秦潇、明墉手中道："你们一人押着一端，我们想法把树干摆直了！"

而后她对明墉道："借剑一用！"

明墉递过剑，就见莫沁然手起剑落，剑花纷飞，很快就把树干的一头削尖了。

明墉见莫沁然的剑法精妙，似乎比盛思蕊还厉害，不禁佩服。可他一想起盛思蕊，心头又是一阵痛。

等莫沁然把剑往尖头前一插，将两捆丝绳的另一端都绑死在了剑柄上。

她说："顺没顺过竹排？"二人都摇头。

"现在你们都拉紧绳子,分左右前后站立,听我的口令,就使劲拽绳子!"

二人见她胸有成竹,便按计而行。

等树干被前方暗坎颠动一下时,莫沁然立刻叫道:"右边用力向后拽!"

秦潇刻不容缓,使出全力拉动绳子。

没想到刚才那一颠让树干被颠起一点,秦潇这一拉,尖头一端竟然就被顺直了!

明墉在一旁大喜,这莫姑娘果然是深藏不露,这都懂得!

而此刻树干已经被拉成了直线,顺在河流中间,顺流而下,速度快上好多。而那个缺口却在左侧,离此尚有距离。

就听莫沁然叫道:"右侧停手,左侧用力!"

明墉依言全力拉动绳子,果然树干的尖头就向那缺口位置靠近了一些。

而后莫沁然不住地左右交换着叫着,而树干就在水中一步步地位移到了激流水道中。

三人见计策成功,都大喜。

可还没等他们庆祝,树干陡然加速向前冲去,三人站立不稳差点儿摔倒。

最前的莫沁然拔出宝剑扔还给明墉,而后叫道:"等下就看大家的运气了!全力一搏!"

她站在最前,所以也是第一个冲到瀑布口的,就见她借助这股冲力,在树干下坠的一瞬双脚猛蹬,就向上升水流飞去。

而后是秦潇,而明墉站在最后,那树干从前往下沉,树干后都被翘了起来,反而给了他更大的弹力上跃。

此刻他才明白莫沁然安排的用心,知道这里他轻功最弱,没有明说,而给他排了最好的起跳位置。

可此刻明墉已经来不及感慨了,他眼见着那二人先后都落到了水流里,先后被吸了上去。

他大喜还真的可行!可自己脚下却终究是少了一步!

他眼见着就要落下去,正在暗叫着这下完了时,却见水流中飘出了两股丝绳!他见这绳子飘到了手边,忙一抓一荡就进了上升水流中。

此刻他对莫沁然的钦佩已经无以复加,能考虑得这般周详,而且把同伴的安危一并考虑在内,他自问是做不到的。

三人的身子都在前后的上升过程中,他们憋着气,瞪着眼,看着自己被水流向上带动,却谁也不知道会被带到哪里去。

(四)

莫沁然是冲在最先的,她水性一看就相当不弱,且头脑极为清醒,在如此关头尚能把之前甩在外面让后来的明墉借力的绳子收盘起来。

不多时,她就第一个被喷出到了水面上,而放眼四看,眼前的一切却让她诧异不已。

秦潇和明墉相继浮出水面,看着四下也都是吃惊不少。

就见他们是置身在一个圆底之中,四周都是层层砌起的青砖,直通向上。那些砖头都极为粗糙,显然做工是很低劣的。

难道他们上升到了一口井里?这发现可是让他们莫名。

且不说为何会有被凌空抽上来的水流,光是按之前判断的地理位置,此时应身处渺无人烟的外蒙,难道这里还有人家村舍?

还有这水虽然源源不断地被抽取上来,可井中水位却未明显上涨,显然是这井底还有其他的水源出口。

不过此时这些细节已经来不及多想,三人都在水里泡了很久,赶快出去才是正事。

这次秦潇自告奋勇,率先运功而行,很快身影就出了井口,可怪就怪在他上去了却并没有发出什么呼叫声。

莫沁然和明墉虽然错愕,但也只能先后上去了。

出于对莫沁然的感敬之情,明墉让她跟在后面。

等他一出井缘,立刻就被眼前的光亮耀到了眼睛。他赶忙遮住眼,这是他待在黑暗中太久的自然反应。

不过让他微感奇怪的是,这光线好像并不像阳光般的有角度照射,而是像四面八方都有很均匀的光。

这不就是秘境里那样的吗?整个外壁都是光源才能产生的效果。莫非又回到了秘境?想到此他虽然无比狐疑,但还是满心欢喜。要是那样就太好了,自己马上就可以狂奔去寻找思蕊!

可还没等他睁眼,颈边一凉,像是一把刀架在了脖子上,随后一个凶狠低沉的声音在耳边响起:"别动!敢动敢叫宰了你!"

明墉一惊,随后就明白了为什么秦潇上来后没发出什么动静。他此时已经能睁开眼了,一瞥间秦潇果真被人用刀架着脖子。

他暗骂:这个脓包怂蛋!竟然中了埋伏也不通知一声。

此刻他蓦地想起了还没出来的莫沁然,刚想开口叫唤,就听又一个声音道:"别动!敢动敢叫宰了你!哎?怎么还有个女的?"

明墉一听另一人以几乎同样的口吻说出同样的话,就是多加了个问句,知道莫沁然也出来了。

他只是想着:莫姑娘呀,莫姑娘,你可真是处处争先!这下想通风报信也来不及了。

他只是看着秦潇就生气,暗中咒骂着怂货云云,但他也忘了自己三人要是不出来,难道还能继续在井里泡着?或是掉头回去?

不过事已至此,只能听天由命。

这时,用刀架住秦潇的问道:"你们是哪里的细作?一共多少人?"

明墉见此人说话干脆,行动利落,穿的又像军服,看着就是个军人。

不过此人的军服那是十分特别,一身土黄,头上还戴了顶赭色的皮帽,下面一根带子系在下颌,脚蹬翘头短靴。不过此人的一身装束都十分陈旧甚至有些破烂,显是行军在外已经很久没有缝补了。

再看他手中的刀,青黢黢的,样式十分古朴,竟像和他的残剑一样都是古物。

秦潇不说话,那人一揪秦潇的领子,恶道:"小白脸,哑巴了?信不信我宰了你?"

而此刻就听莫沁然道:"军爷,没别人了,就我们三个!我们也不是细作!"

这时走来一位穿戴着盔甲的,看样子是个军官,此人过来扫视三人道:"两个瓜娃子,还有个挺俊的瓜女子,说的还是汉话,这倒不像是细作!"

明墉听此人满嘴陕西口音,心想难道我们奔流了这么远,都到了陕西了?

他混迹销赃圈,少不了接触陕西这盗墓大省的土耗子们,自然听得出口音。

可那人接着道:"可不是细作到这鸟不拉屎的漠北来干啥?在这地界突然出现为啥?"

莫沁然急道:"将军!我们真的只是落难了,被冲到了这井下,这才逃生上来,您可千万别误会!"

那人接着道:"落难?冲到井下?你们在匈奴的地界落难?当我是啥?瓜皮吗?"

三人一听匈奴的地界,顿时傻了眼,这匈奴不是汉朝时的称呼吗?这怎么错乱了?

却听莫沁然问道:"什么?军爷们莫非是汉朝大军?"

这几个当兵的都白了她一眼,那将军道:"模样挺俊倒是个憨瓜!好像你不是汉人似的!"

明墉和秦潇都傻了,这是哪里跟哪里呀?怎么从水里出来,竟然到了汉朝!

还是莫沁然反应快,马上施礼问道:"我们兄妹三个当然都是汉人!不过在外太久了都不知道现在是什么年号了,哪位皇帝在位?"

那群军士齐声道:"大胆!敢对天子放肆!"人虽不多,气势倒是惊人!

不过那军官却摆摆手道:"看你年纪轻,不怪你!当今的大汉天子的名讳岂是随便能叫的?现在是元狩四年!呃,不对!应该是元狩六年了!"

秦潇对这些具体年号是两眼一抹黑,全然无知。

可明墉还算通晓历史,元狩年间,那不是汉武帝时期?妈了个巴子的,怎么我们竟然到了西汉?

却听莫沁然强压惊诧,轻声问道:"那现在是汉武帝刘彻在位时期了?"

那军官一听到刘彻的名字,顿时手握刀柄大怒道:"都说了当今天子的名讳是不能随便说的!"

可想了想,又把手松开疑道:"你说啥?啥汉武帝?"

莫沁然当即就明白说错话了,皇帝的谥号那是死后才给加上的,他们还在武帝年间怎会知道?

她忙道:"这位将军,我们真的不是坏人,真的只是落难的兄妹!"

一个军卒从明墉腰间抽出残剑叫道:"不是坏人还带着利器!不是来刺探就是来下毒的!"

那军官眼睛转了转,而后道:"也不跟你们废话,到了司马那里让他一问便知!"

这时却又从远处走来一人,看样子顶盔掼甲也是个将军,他问道:"这是怎么回事?哎,还真从水井里抓到人了?"

第一个将军不无得色道:"那是当然!我们军曹司马可是懂兵法的,他说水井里敌人会潜入进来,让我带人守候,这不是来了!"

第二个将军却道:"哼,等了快两年才来!"

"那也是来了!"前将辩道。

"好了,我不跟你废话,带他们到施军侯处问话!"

"啥?俺们抓的人,干啥去军侯那儿?当然去赵司马那儿!"

"哎呀,不跟你争,反正他们现在都在大帐,一起过去!"

三人被押着一路走,不是三人打不过这些军士,而是他们根本就不知身处何地,不敢贸然出手,否则就更加进退维谷了。

明墉边走边向上下左右看,他基本可以确定这就是个像秘境一样的地方。也就是在一个魔族的飞船内部,可是这里看过去就要小很多,而且要亮很多。再有就是穹顶不像秘境里那样是圆的,而是呈椭圆渐收缩状,到了最顶归于一个看不清的洞中。

他看看莫沁然,发现她也在观察,看表情显然是和自己的结论一致。

不过他不明白的是,当时先圣不是说秘境那艘飞船是他们见过的最后一艘了吗?怎么这里还有?而且武帝驾下的军队怎么还在里面?

此刻大家已经看到了一顶大帐,说是大帐,其实就是个土屋子上面给罩了个顶而已。

三人被推搡进去,而后就被押着跪在地上。

那军士们都是手脚粗野,对莫沁然这样的天仙美人也毫无怜香惜玉之情。

秦潇急道:"你们怎么这么粗野?"他倒是有怜惜之心。

军士抽了他一巴掌道:"闭嘴!"

秦潇被抽得大怒,这几天他自觉受了不少委屈,憋了不少闷气,被这一抽双膝离地险些爆发起来。

这时莫沁然却看着他道:"哥,不要急!看看怎样再说!"

这一声哥好比一汪春水,顿时浇灭了秦潇的心火,他只得悻悻地跪了下去。

这时三人抬头,先看到帐后立着的两杆大旗。

(五)

只见左手边的大旗是杏黄色,上绣斗大的"霍"字。

右手边的大旗是玄黑色,同样用斗大的字绣着"李"字。

汉初的文字已经由篆书向隶书演化，所以这两个字三人都认得。

这大旗一般都是树在军营里的，可不知为何这里却被放到了帐内。

再看帐中案前，有两把狼皮罩着的大椅，当然按他们的眼光，这勉强算是椅子，确切地说是有点靠背的石墩子，椅上坐着二人。

上首位一人看起来年纪轻轻，还颇有书生气质。一身铁甲穿在他身上显不出阳刚，倒有些不伦不类。

而下首位坐着个中年的将军，虎气眈眈，显得杀气十足。

上首位那位先开了口："果不出本司马所料，匈奴还是从井里潜来了细作！"

不用问了，这就是赵司马。

下首位将军哼道："司马大人倒是远见哪！提前一年就设伏了！"

赵司马好像没听出施军侯的讽刺一般，继续道："下面三人，你们是奉命进来投毒呢？还是暗算？看来匈奴气数已尽，竟然派了三个这么嫩的，还有个女的？你们从实招来，本司马保你们不受皮肉之苦！"

后面的军士齐声道："快说，快说！"

这猛地一喊，倒是把三人都惊了一下。

明埔以前听传西汉初年治军严谨，尤其武帝尚武时期，更是军容整肃，看起来是真的。

莫沁然不慌不忙答道："我看司马大人也是个读书人，必通情达理！而这位军侯大人悍勇之气溢于言表，定是员虎将！不知二位怎么就觉得我们兄妹三人是细作的？"

莫沁然这马屁拍得恰到好处，哄得二人开心，所以赵司马言语就缓和了不少道："你这小女子倒是能言善语的，那好，你说说你们是哪里来的？"

这问题极难解答，说是两千多年后大清来的，不被当场杖毙才怪！

可莫沁然却是不慌不忙道："两位将军现在只要知道我们是大汉子孙便好！至于详情，因为过于离奇，等我容后再说。"

她说的没错，中华民族以汉族为正传，说的都是汉语，写的都是汉字，怎么不是大汉子孙了？

赵司马是个文人，显然在这里很久没听过有人这样斯文地讲话了。

他语气和缓不少道："那小姑娘你想说什么？"

"正因为我们的历程过于离奇，所以乍一说难免二位将军不相信！"莫沁然和缓道。

那二人互使眼色，等着她接着说。

"但我相信二位将军和士兵们肯定也经历了极为离奇的事，对不对？"

那二人再次对望了一眼，接着狐疑地看看莫沁然。

"我相信，我们的离奇还能说得明白，因为我们知道了始末。但将士们经历的离奇可能就说不明白了，大家还都如在雾里。"

赵司马问道："你怎么知道的？"

"这个问题我们暂时放在一边，不如我先说说二位将军的顶头上司，李广将军和霍去病将军率军抗击匈奴的事如何？"

赵司马来了兴趣："你这小姑娘还能知道这么多？"

要知道汉朝时女性地位很高，要不像个小女孩跟将军这样说话，那不是犯了大不敬。

莫沁然道："我不仅知道这么多，还知道二位都不知道的！不知将军们可容小女子慢慢说来？"

赵司马毕竟文人出身，对这些极感兴趣。他当即就命手下端了个石墩子让莫沁然坐下，而那两位当然还只能在下面跪着。

莫沁然又叫了口水喝，这才娓娓道来。而果不其然的是，那两位将军是越听越惊讶，最后嘴都合不上了。

中华征伐匈奴的历史是来源已久，可以追溯到周朝甚至更早。最初的长城烽火台，就是为了防范匈奴而造的。

而到了西汉时期，对匈奴的战争才进入了白热化阶段，也就是在汉武帝时期，汉人才终于将匈奴远远驱逐到漠北之外，轻易不敢再犯边境。

长期的对匈战争中，涌现了不少杰出的将领，但其中名垂后世的有三位，分别是李广、卫青和霍去病。

因为这三人在后世历史的记载上有些龃龉，而且说不清理还乱。所以莫沁然见这帐中只有李字和霍字旗，为免帐中军士激愤，就略过了卫青，专说其他两位。

关于李广的故事在后世都流传不少，出名的李广射虎、飞将遁逃等。

除了是位后无来者的箭神外，李广还是杰出的军事家。

在长期与匈奴的对抗中，他用兵如神，屡破匈奴大军，并将漠北的平安边境确立在了内蒙宁城一带，并在此长期驻守下去，致使匈奴兵此后都不敢来犯。

据载李广为人清正廉洁、谦虚平和，对兵卒宽缓不苛，常与士兵同甘共苦，还把俸禄分给穷苦之人。后世司马迁评价他"桃李不言，下自成蹊"，就连敌手都尊称他为"飞将军"。

而霍去病则是更具传奇性的少年神将。按照中国的亲戚关系谱，他可以被汉武帝叫作外甥。

此人十七岁初次征战，就敢率领八百骁骑深入敌后数百里，将匈奴兵杀得四散溃逃。

在两次河西之战中，霍去病再次大破匈奴，夺走匈奴祭天金人，直捣祁连山。

其实后世对李广、卫青、霍去病三人的比较争论都不少。

可在莫沁然看来，一个"飞将军"，一个"龙城飞将"，还有一个"少年战神"，根本就不用比较。都是当时也是名垂史册的杰出将领，都建立了不世的功业，都给予外敌以致命打击。

那三人孰优孰劣，孰强孰弱还重要吗？

再加上莫沁然看出，这里从将军到士卒似乎是分属李广和霍去病的。

作为当时名望最高的新老两位将军，他们的下属互相较劲儿也是平常之事。毕竟作为征战多年的士兵，谁不想跟随着自己的将军建功立业呢？

所以她很聪明地放弃了比较，排除了可能引起负面效果的人物。仅仅就从最后一次漠北大战开始讲起,再从中穿插着二人的生平事迹。

(六)

  元狩四年,汉武帝派卫青和霍去病各带五万大军出击,发动漠北大战,势要全歼匈奴主力,擒获匈奴单于。
  本来汉武帝嫌李广年老,运气不佳,不想让他参战。可李广觉得这可能是他最后一次建功立业的机会了,就誓要请命参战。
  没办法,皇帝只得同意,但把他编入卫青的大军做前将军,但实际上却命令他从右路绕远进击,而且走的还都是根本不熟悉的道路。
  李广凭着一腔愤慨和满腔热血,还是出兵了。
  再说那路的霍去病,却是一路在十万步兵的配合下,高歌猛进,深入漠北,寻机歼灭匈奴主力。
  他率军猛进两千多里,翻山越河,与匈奴左贤王决战,歼敌数万,并俘虏了大量匈奴高官。而随后他乘胜追杀,几乎将匈奴主力杀得片甲不留,涤荡了整个北境。
  至此以后,匈奴再也没有能力大举进犯汉朝了。
  "后世陈汤对此的评说是'犯强汉者,虽远必诛'!"
  赵司马听到这里,拍手叫好道:"'犯强汉者,虽远必诛'!说得太好了!这人我们没听说过,这话你是怎么知道的?"
  "说了都是后世了!我先问将军,你们是怎么到这里的?史书记载李广将军明明不和霍去病将军同路,怎么你们这里会在一起?"
  那施军侯道:"我们李将军一向宽厚待人,霍将军来此道路不熟,故要借些熟悉地形的老兵。以李将军宽厚的性子,怎会不答应?于是就派几队人跟来了,我带着这一队就是陪着赵司马寻地方的!"
  "寻什么地方?"莫沁然问道。
  "当然是霍将军想名垂青史,寻个他能祭天封山的好地方呗!"
  "哎,这话过了,我们霍将军也是代天子施为,这是向天宣告当朝天子的功业,怎么能说是霍将军的意思呢?"赵司马不满道。
  "噢,也就是说你们是有几路人马来寻山了?"莫沁然问。
  "没错!"赵司马道。
  可转而他咦了一声道:"小姑娘,你怎么什么都知道?你是什么人?"
  "我不光知道之前的,还知道以后的呢?"
  "什么?!"那二位将军都齐齐站起。
  不过细想一下,他们被困在这里已经很久了,难保外面有了新的变化。
  "之后怎样了?"赵司马问道。
  "首先你们的寻山工作,有别人完成了。霍去病将军最后兵锋都指向了贝加尔湖,并在狼居胥山完成了封禅大典！"

"就是那个？"施军侯疑道，"当初我就说那里就挺好了，你非要继续向北看看，你看现在！"

赵司马辩道："漠北外蒙这边山丘都不显著，我哪里知道北面就没有高山了，当然是继续向北找找了！"

"那你说霍将军最后打到了哪里？"

"贝加尔湖！噢，就是当时的瀚海！"莫沁然道。

"那我们还没到瀚海呢！将军为何不来解救我们？"

"他早就来不了了！"莫沁然轻描淡写道。

"为什么？"

"因为他早就死了！"

"什么？！"

七十四、一日三秋

（一）

两位将军闻言都是大惊。

赵司马道："这怎么可能？霍将军才二十三岁，神勇无匹，怎么可能就死了？你不要满嘴胡言，动摇我军心！"

可莫沁然却是深色平静道："我说的都是真的！他被加封为大司马后不久就病死了，死后被谥封为侯！"

"那李将军呢？"施军侯非常关心这个。

"李将军在东去追击单于的路上迷了路，没能赶上大战，单于也跑了。而后……"

"而后怎么样？"

"据记载他就羞愤自杀了！"

"什么？！"施军侯猛地一拍桌子厉声道。

"我不会骗你们，史书是这样写的！"

施军侯痛苦地捂住脸颓然坐下道："我就说嘛，等了这么久，就算是霍去病不来寻我们，李将军也一定会派人来！他爱兵如子，怎会丢下我们不管？"

帐中有些军士是李广的部下，闻此言，都是痛哭失声。

"而且他终了也没被封侯，后世还感慨说'李广难封'！"

施军侯也是忍不住了，哭道："为什么不给李将军封侯？这几十年他立下多少汗马功劳？连家都不要了，就跟我们吃住一起，就是为了能杀尽匈奴！他等决战等到头都白了，皇上还是派两个皇亲来抢功！这对李将军公平吗？"

哭着的士兵齐喊："不公，不公！"

见群情突然激愤，颓唐着的赵司马突然一拍桌子道："你这个小丫头，就是在此信口开河，动摇我军心！"

没等他说来呀，莫沁然就抢先道："还没说完呢！后来天子刘彻也死了，谥号为武帝。但因他过于好战，耗尽了国库，从此之后，汉朝就开始疲弱下来。而且霍将军的后人还权倾朝野，架空了皇帝！这都是后话了。"

赵司马愣了一下又要拍桌子，莫沁然又抢着说："我说了，我们的经历过于离奇，说了也怕你们不信！我们是两千多年后的人了，现在外面是大清的天下了！"

这信息量有点儿大，赵司马和施军侯都愣住了。

赵司马反应还算快，问道："你让我怎么信你的满嘴胡言？"

莫沁然不慌不忙道："别急！让你们看样东西！"

说罢她伸手进腰挎的小皮囊里，掏出一件东西来。

这是个类似小首饰盒的东西，莫沁然打开，只见里面都是小孔，而盒子里有几个亮晶晶的小珠子被固定到一起。

她说："你看这每个孔旁边都有小字，上面刻的是历朝历代的有名君主。小时候家人就是用这个来让我记住历史的，现在这下面被我用来装针线。她把盒子递过去放到桌案上，两位将军看去，果真小孔上从前往后有周文王、秦始皇、汉高祖、汉武帝、汉光武帝，再往后还有唐朝、宋朝的君主名字，那他们更是一个都不知道了。

再看盒子下面，一排排绣花针，细的只如两股头发丝般，那肯定是汉朝造不出来的。

见两人还有疑惑，明墉突然说："我这儿还有证明！"

说完他往衣襟里摸，摸到个小袋子打开，里面是个极小的册子。

他起身递过去道："这是历代帝王的大陵寝小介，你可以看看！这儿呢，汉武帝的茂陵！"

汉朝还没有纸，这小册子他们更没看过，只是定睛一页页翻着。

不过让莫沁然他们奇怪的是，明墉身上怎么带着这玩意儿。

他们哪里知道，作为一个曾经的盗墓行从业者，这就像是个小指南一样，行内人人都有。

见那两人还是狐疑不定，莫沁然道："那我再猜猜你们，你们就会信了！你们是被突发事件困在这里的，对不对？"

见二人没表示反对，她接着道："而且被困之后，发现这里既看不见日月星辰，也没有寒暑冷热。"两人微微点头。

"而且这地方外面就像是个不透明的壳子，怎么打都打不开，怎么出都出不去！"二人再对望一眼，接着点头。

"而且这里的黑白交替是固定的，还不时有些怪东西来袭击你们，对不对？"

二人这回是没话说了，只是呆呆地望着她。

"现在你们相信我们是两千多年以后的人了吧？"

"不过……不过……这也太……"赵司马还是满脸不可思议的表情。

"这不怪你们，我们之前进过一个和你们这里类似的地方，只不过比这里大得多！那里的人啊，都是夏朝之前的！"

二人再次惊愕到无以复加。

这时再也没人押着秦潇跪着了，他也站起来道："也就是说其实我们'同是天涯沦落人'了！"

莫沁然却道："现在二位将军该告诉我们你们到底发生了什么事吧？"

赵司马他们虽然还是觉得太过天方夜谭，但也不得不勉强相信了。

赵司马就开口将他们的经历讲述起来。

（二）

赵司马叫赵信，施军侯叫施实，二人是奉霍去病的命令带队来找适合封禅的高山的。

本来以他二人的级别，是根本不至于带着两个小队的。但霍去病要每组都有个笔杆子，能看到高山写出祝词。而李广出于热情，特意给他派了个高规格的军官。

二人各带一个小队共一百来人，翻山一路北行。

其实他们都经过了狼居胥山，可赵信还是想再往前看看。施实无奈，毕竟自己只是协助，就不便多说，只是跟着。

又行进了两天，施实觉得不妙了，再往前就是瀚海了，那里连自己做斥候的时候都没去过。在这茫茫漠北，说迷路就迷路，而真迷了路可不是好玩的。

可赵信一听有海却精神大振，坚持要过去看看。

众人又走了一天，此时匈奴主力已被歼灭，剩下的早已逃窜，所以他们并未碰上敌军，路上就显得很轻松。

这时他们来到了一处山谷里，而这谷里靠近山高的一侧下方，竟然有个小土城。

这是让人始料未及的，没想到这地方竟然藏了个小城。

看这城里城外都是静悄悄的，像是没人的模样。赵信就想到城里住一晚，而施实出于安全考虑，就建议还是继续赶路，到空旷的地方后再露营。

但毕竟赵信官阶高又是主官，他的命令施实也不得不听，于是大家都驻扎进了城里。

这城一看就是仓皇间被丢弃的，城中粮食草料一应俱全，仓库都是满坑满谷。而且城里还有一圈活羊，竟还有个金库，里面金银倒是不少。

当时赵信还嘲笑施实太过小心，险些错过了这等发财的机会。此地根本就没人知道，等下每人分些金银私藏了，等大军到时，再把城一上交，这也是意外的大功一件。

每个军士听到能分点儿金银，都很高兴，当夜大家就生火宰羊，尽情放松了一晚。这也是赵信和李广的士卒最融洽的一晚，大家都其乐融融。

可还没等到第二天天亮，就有一股匈奴马队突袭而来。

这突如其来的敌人让大家措手不及，忙手忙脚乱地关城迎战。

这队匈奴兵大概两百多人，个个都是弓马娴熟，立刻与汉军展开恶战。

赵信没上过战阵，吓得不轻。而敌军攻击虽猛，但汉军占着城防优势，倒也没损失多少。

双方从天亮打到了天黑，不分胜负，各自也就退回等待再战。

当晚，天上突然刮起了大风，风棱如刀，而且风力是越来越大。

施实心中知道这漠北要是刮起飓风来，可是非同小可。不过好在他们此刻在城中还有些遮掩，而对那些在外面的匈奴兵来说，可就不好受了。再这样子下去，那些人准得撤兵。

于是城中人就在等待，可这风却是越刮越大。很快飞沙走石，人眼都睁不开了，马也在拼命地嘶鸣着，试图挣脱缰绳。

这令施实十分不解，这可都是饱经战阵的战马，这点儿小事怎会惊成这样？

可是没过多久，他就知道自己猜错了。

很快天上就开始雷电交加，那蓝色的电光好像是从翻滚的云层中劈下，每一响都惊心动魄。

这时一个巨闪，一下子劈到了他们身后的山顶。

这山的形制很是奇怪，山前有座小山峰和周围的山势一起构成了这个山谷。而小峰后有一座高山，顶峰看起来就像是被削掉了一般，是个平头。

这个巨闪，一下子就劈到了平头上。

可是怪就怪在，明明大家都没看到平头上有什么，可闪电却像是凭空劈到了平头上虚空的部分，而且还劈出了大量的火花。

大家都很奇怪这个奇景，纷纷出来看。

接着那些闪电就像是被牵引了一般，一闪接一闪不断地劈向平头顶上的虚空。

一时间火花四溅，如果此时不是危机四伏，人人几乎都要沉浸在这空中火花喷溅的场面中了。

这时就听到空中传来一阵阵咯吱咯吱的巨响，那声音听得人头皮发炸，纷纷捂住耳朵。而后他们就凭风声感觉有什么极大的物体向他们压来，众人赶快四处找掩体护身。

大地巨震，尘烟四起，可是随着这物体的压下，风却是好像住了。

可是等声音过去了，大家好像一下子置身于白日之下，周围是煞白一片。明明刚才还是黑夜，怎么一下子就天亮了？

大家很快都察觉出了不对，这哪里有太阳呀？而且光源是在四面八方，照得连个影子都看不到。更令人奇怪的就是，这里明明很亮，却根本看不到远方有什么。仿佛这山谷中的山体被什么圆形的物体从上到下直接罩住，截断了一样。

每个人除了疑惑就是惊遽，这到底是发生了什么？

可没等他们多做反应，外面的匈奴就又开始进攻了。

汉军很是气愤，这群鞑子也不算算时间，哪里这么快就天亮了？可是他们除了迎击也别无他法。

就这样在又一次击退了汹涌的攻势后，主要的军官都聚在一起商量到底发生了什么，该怎么办。

说是主要军官，实际上他们只有两队一百来个骑兵，把什长、队率都算在内也就是十来人。

不过在这种情况完全莫名的事态下，没人能说出什么让人信服的。

最后的结论只有两条，第一得赶快收拾了外面那群匈奴兵，第二得在破开包围后，赶快找路出去。

于是众人就等着夜晚，对露宿的匈奴兵进行偷袭。

不知怎么的，这一天的白天感觉十分漫长。

而且由于没有了太阳光照的变化，众人都对时间变化没有了任何感觉。

幸好赵信还有个小沙漏，他拿出一摆，顿时目瞪口呆。原本在上端应慢慢漏下用于计时的沙子，竟眨眼间就漏完了！

他惊愕之余连试了几次，都是一个情况，显然是沙漏坏了，还坏得不可思议。

没了计时工具，众人只得傻等天黑。

匈奴倒是好像学乖了，窝在简易营帐里不出来。

不时还能听见帐里有什么动静，但就是不见人出来。

不过这可能不是他们的本意，因为有个圆形的透明物体正好就砸落在他们的后方。

那东西看上去里面模模糊糊的，好似空空如也，又好像内藏乾坤。可是谁会管它呢，现在只要能趁夜偷袭，全歼匈奴兵就好。

在之前几十年与匈奴的对抗中，李广手下的士兵已经变得极为骁勇善战，再也不会对凶残的匈奴兵有恐惧感，反而各个都会越杀越勇。他的训练方法也被传带到后方军中，作为骑兵训练的日常基础。所以霍去病手下的那一队也是极为勇猛善战的，再加之也多次对敌，遇到匈奴兵都有杀之而后快的感觉。

就这样，终于等到了天色渐暗。而在这让人感觉无比漫长的白日里，他们只吃了两顿，就不觉饿了。

黑夜似乎是稍有过渡就一下子降临了，没有星月光，但四周却不是漆黑，而是暗灰一片。

这倒是给了汉军还算能够进行偷袭的视觉条件。一队人悄声潜出城，握着马刀就向敌营匍匐前进。

而另一队则是装备齐全上马等候指令。

施实就带着第一队。虽然那个文人主官也嚷嚷着要杀敌在前，但他可不放心把这样艰巨的任务交给个小白脸。而且赵信的姿态摆得也是假到谁都看得出的地步。

他慢慢地匍匐着带队接近，说不紧张那是不现实的。虽然与匈奴大小交战了数十次，可施实在面对这群穷凶极恶的豺狼时还难免会心脏扑扑乱跳。

是李广的身先士卒、甘苦与共，将他们这些戍边卫士训练成了无畏的勇士。可他们并不是杀人的机器，面对残暴的嗜杀者时都不免恐慌。可他们还记得自己的亲人乡里被屠戮的惨状，正是有这样仇恨的种子深埋心间，才让他们有了杀尽匈奴的无畏和决心。

营帐接近了，大家都是悄无声息，而奇怪的是匈奴兵竟然没有一个在外面放哨的。

这令他十分惊讶，难道匈奴在此设了埋伏，专等他们来偷袭？可他转念一想，两方距离这么近，要是设了伏早就看出来了。

想罢此节，施实不再犹豫，举手为令，汉军就几人一组，迅疾无声地杀进了帐中。

施实带人举刀进入一帐，刚要挥刀杀敌，可眼前的一切却让他们呆住了。

就见帐子里匈奴兵七倒八歪躺成了一地，有人还微微地扭曲几下。可是几刀下去，匈奴兵毫无反应。再一探鼻息，竟都没气儿了。

大家都是云里雾里，这半天前还挥着刀猛砍猛杀呢，怎么到了晚上自己就全断气了？

等他出去一看，每个营帐中都是这情况，帐外全是那些完全摸不着头脑的自己人。难不成这些匈奴兵晚上集体自尽了？这根本说不通啊！

不过不管怎样，现在结果也是这样了。

他马上给城中的赵信传信，等他带着马队过来时，看到此景也是惊诧不已。

不过不管怎样，匈奴兵都死了，还不费他们吹灰之力，这更是好事。

于是众军士进帐给每个匈奴兵尸身上都补了几刀，确认活不过来了，这才放心出来。之后就是大家合力刨了个大坑，掩埋尸体。

这是汉家出于入土为安的习惯，也是李广将军坚持的人与禽兽的区别。只要是战死的敌军，如尸首不能被同伙带走，那就统一掩埋，也让他们入土为安。

很多人都说李广这样太迂腐，根本没必要对残忍的侵略者这般容情。

可据施实的说法，李将军此举一是为了获得对方的尊重，也好让他们善待己方将士的俘虏或尸首。而二也是最重要的是，死尸暴露在外容易产生疾病。

汉军把尸体都给掩埋好了，这个罩子里就大亮了。

大家都觉得这夜也太短了，好像是刚进去就出来了。

不过铲除了匈奴兵还是让他们很亢奋，但人人都没想到，他们掩埋尸体这一举动将给他们带来无穷的祸端。

不过既然天光已亮，围敌已除，剩下的就是赶紧找路出去了。军士不顾困顿，用过饭后就被分成几路四下寻路。

可是陆续禀报回来的结果，却让赵施二人再次陷入了焦虑。

根本就没有路出去，整个山谷仿似都被大罩子死死罩住一般，连个缝隙都没有。

赵施二人不死心，亲自带人到土路边缘深挖，可是挖了十几丈深都碰到了坚实的岩石，还是一点儿出路都寻不到。

大家只得悻悻地回了土城，晚上偷袭取得战果的兴奋都被浇灭了。众人只能埋头吃了饭，就都沉郁地休息去了。

可是到了晚上，令人极其惊恐的事发生了。

就在他们深埋尸体的土堆上，突然发出了如巨型油锅沸腾的声音。

也幸亏训练有素的汉军在大胜之后仍没忘了传统，依旧是安排人手值守。那些守城兵卒就看见土堆里好像开了锅一般，大量的匈奴兵从里面滚涌而出。

这些滚涌出来的敌军，就像是滚着雪球一般朝土城扑来。

所有人都被惊醒，上了城楼。

就见那些早就应该死了的匈奴兵，各个狰狞至极地翻滚而上。

守城士兵都被这一幕吓坏了，怎么死尸复生了？还比以前更加凶残了？

那时的人都很迷信鬼神之说，一些人被当场吓得不住地跪地祷告。

可像施实这样久经沙场的怎能信鬼，他当时就斩了一个怕得最厉害的稳住了军心。

之后双方就展开了残酷至极的攻防战，由于那些死尸势头虽强，但汉军却是极为骁勇。所以对方那样的攻击竟然也没能攻破城防，反而被汉军砍瓜切菜般砍下去无数。

而这里的夜极短，只一阵罩子里就亮了，那些鬼兵立刻就如潮水般退却了。

大家再看城下，却都是呆住了，竟然连一具尸身，哪怕是残肢都没留下。

赵施二人见敌军退却，清点人数，发现一共阵亡十名士卒，而掉落城下的也一样没了尸身。

大家又惶恐又惊讶，赵施二人安排人分头去休息，可此刻还有谁能睡得着？人人均想着那些死尸是不是什么时候还会出来，当天没人敢出城。

到了晚上，人人严阵以待等了一夜，却任何动静都没有。大家又是集体懵了，完全是六神无主。

次日天亮，施实就带人去勘察那个之前埋尸的土坑，可哪里还有任何东西的影子？

大家经了此节，惊魂未定，又在土城里猫了几天，可是早晚却都没有动静。

人人都疑惑，这些家伙怎么不进攻了呢？

不过再怎么疑惑，事还是要继续做。每日白天还是派人去找路挖坑，可都没有任何收获。

可就在差不多十来天后的夜晚，那些恐怖的尸身却又从四面八方涌向了土城。这次有了充足的准备，汉军还是将来敌击退了。

就是如此，汉军一直苦苦寻找出去的路径，还要不时防着尸身怪物的偷袭。

紧张和压力会让时间感觉过得很快，不知不觉间，就过去了六百多天，而怪物们一共袭击了四十多次。

（三）

莫沁然问道："那你们是如何记住具体时间的呢？"

赵信道："有我就当然记得住！"

他带她到了屋侧的墙边，一指："就在这里了！"

莫沁然看去，只见上面用正字法计日，六个字就是一个月。

赵信还标出了具体的月份，可是看起来都是用不上了。

"到今天过去了六百七十二天，就是二十二个月零十二天！"赵信道。

莫沁然默默地算算，就说："那就是说，外面的三年相当于这里的一天。'一日不见，如三秋兮。'诗经中'一日三秋'的说法还真不是形容啊！"

赵信似乎已经完全信任了莫沁然这个优雅脱俗、风姿卓绝、学识渊博的小姑娘了。

他说："姑娘你可真是博学呀！就是男子都不多见，更何况女儿了！"

"噢？不见得吧？我听说卫子夫可是姿绝华溢、当世冠绝呀！"

"天子夫人谁见过？姑娘你也不差呀！"

"您过誉了！小女子不过略读些诗书罢了，赵司马不必如此抬举。"莫沁然淡然道。

"哎！姑娘要在大汉可会是当世一绝人物，不知多少公子要倾慕失魂呢！"

"这我可不稀罕！人活于世，要对得起才情，对得起自己，必是要有一番举动！何必庸附什么豪门望族！"

"姑娘气量也是令人钦敬！"

秦潇听这赵信言语间竟是巴结奉承的意思，暗想这姓赵的莫不是对沁然动了非分之想？你这个都两千多岁的老怪物了，还敢打沁然的主意？

想到此，他挺身道："沁然，我们也该商量商量接下来该怎么办了？至于赵司马，知道了这些，您是否也该和属下商讨一下呢？"

谁知赵信却道："还商量什么？我们待了这么久都束手无策，还有什么好商量的？"

秦潇见他还是不离莫沁然左右，有些生气就道："男女授受不亲，赵司马和我家妹子也离得太近了吧？"

"近吗？难道外面的世道变得如此迂腐了！在我大汉，男女可是同等对待的，没什么授受不亲的！"

秦潇正要生气地上前把莫沁然拉回来，就听咚的一声。转头一看，就见明墡已经仰头栽倒在地，人事不省，嘴角还沾着血。

赵信马上惊道："姑娘，你这同行，不是有什么重病吧？"

他吃惊是有道理的，军中最怕传染病，一旦有人发病，就要立刻隔离。

而这明墡刚才还好好的，突然就吐血倒了，任谁都会怀疑。

而莫沁然走过去，探探明墡鼻息，突然明白了，有些不忍叹道："他是太伤心了！找个地方让他休息休息就好！"

没错，明墡之前听到不到两年就是两千多年时，就已经心里骤紧。等算出一日三秋的结果后，更是悲痛得无以复加。

自己在这里也快过了大半日，那思蕊岂不是落在祁主使手里两年了？

那她不知受了多少罪，她还等着我去救她呢！可我……可我……

想及此处，他心脏突然如被攥紧般骤然停了，而后就感觉喉头一热，一口血涌了出来。而后就觉天旋地转，一栽歪晕倒了。

昏天黑地间，他不知晕了多久才悠悠转醒。

这一醒才发现自己躺在个土屋里，身上被盖着个毡子。旁边放着一壶水、两张干饼，竟还有块肉。

他也顾不得许多，几下就吃喝完了，然后就走出营帐。

这里还是白天，帐外也没有人把守，看样子汉军已经完全信任他们了。

他见天色还是亮的，以为自己只是昏迷了一会儿，就信步走起来。

这些汉军对自己完全不设防，偶尔见到了也就是示意下，并不多言。

可明墉心情非常沉重,这里要真是一日三秋,那他可是多一刻都不想耽误下去了。每当他想到要在这里待上一阵的可怕画面时,都会浑身汗毛倒竖。

他强迫着自己不去想,现在只是一心专注于寻找出去的路。

到了城边,他在军士目瞪口呆的注视下飞身上山。

他沿着外罩的边缘仔细看,细细查找,就像他在墓里在藏宝室破解机关那样。几乎都到了一寸寸摸索的程度,可是沿着外缘几乎走了一半,他的心更凉了。

这罩子就像是焊在山上一样的牢靠,一样的严丝合缝,根本就没发现任何能有哪怕是一指宽的缝隙。

他试着用残剑砍,罩壁比他想象的还要刀枪不入。试着插进去撬动,可哪里能动得了分毫?

他百爪挠心间,突然想起了个很重要的问题:自己没有找对方法!

如果这是一艘跟秘境一样的飞船,那么他们现在就是困在飞船的内部。

不过这有一点说不通,秘境的形成是因为魔族飞船被击落,在下落过程中被山顶划开底部,罩住了山体和大块土地形成的。

而且秘境的入口其实就是飞船尾部的动力装置,而那个洞彻之瞳就是中心动力轴。当启动时,中心轴连着扇叶转动,就像是船底的螺旋桨一样。而产生的动力就会为秘境中带来光照,而当这动力装置停止,那秘境就陷入黑暗。

这就是秘境区分白天黑夜的依据,实际有动力就是白天,反之就是黑暗。可是秘境中的黑白交替时间阶段是大体相当的,而这边却是白日远远长于黑夜。

有个问题在秘境中他就一直没想通,为什么这飞船竟被击落了几千年,到现在还能有动力? 这是个极为重要的问题,可当时要顺着思悠没时间琢磨。

他就算没学过物理,也知道动力必须要有燃料,或者是自然原动力。就好比是洋人的火轮船和古时的帆船,一个靠的是烧煤产生推动力驱动螺旋桨推动船前行。而另一个则是依靠着风帆力和人手划桨的动力来前行。

可秘境的飞船和这个又是哪里来的动力?

他看着这透明的罩体,这飞船的动力产生了照明,但也仅仅是能产生照明,要不它不也能飞起来了?

动力这是一个关键问题,虽然不知道飞船的动力从何而来,但是有一点是明确的。

秘境那艘飞船的动力装置,每次启动和停歇的时间段都是差不多的。而这里启动的时间,却远远超过了停歇的时间。

再说秘境里的一天相当于外面的一个月,而这里的一天却相当于三年。

同样是魔族的飞船,那个很巨大,这个小得多,但应该都是在先古时过来的。按军官的说法,他们是看见了一顿暴雷劈到了虚空,产生了如烟火般绚烂的火花。汉朝没有烟花,他们自然形容不出来。而火花过后,这飞船就被劈了下来,而后倒扣在这山谷里,把他们给彻底罩住了。

那也就是说,这飞船原本就是半截的,要是整个的,落下来早就把他们给压扁了。虽不知是什么原因,但一定是半截地落在了山巅之上。

而从它还能产生动力来看，剩下的就是有驱动装置船尾的半截。这样被雷连劈，才从山顶落下扣住了这里。

可如果是同样的飞船，为何启动停歇的时间不一样呢？

明墉苦思半晌，这时却突如一道灵光击入脑中！

是闪电，没错，就是闪电！

他看过最早发现电，就是从闪电开始的。而在租界中他也看到了大量电力作为动力的应用。

没错！这艘破成一半的飞船，一定是因为被连续的闪电击中，而后可能获得了极大的电力。

这就是为什么它的驱动装置，要比秘境里运行时间长了。所以它这里的一天的时间也会延长！

想到这儿，他不禁又疑惑了，秘境里是一日三十天，而这里是一日三年，整整差了三十六倍！这怎么可能呢？是什么造成这样巨大的差距呢？

他苦思不得其解，这时他倒是希望那在西洋学过科学的秦潇在身边，能给他好好解释解释这问题。不过一想到他那怂货样，就打心里生气。

算了，那软蛋想必更是个不学无术的，问了也白问，我自己来！明墉愤愤地想着。

他继续沿着山体勘察，直到把土城背后的山体全查了一遍，这才暂时停下来。

严丝合缝到了鬼斧神工的地步，外力实难打开！

这是他得出的结论。

他看着山谷对面的山体。听将军说，那些不死怪物找不到踪迹，而且有时偷袭。

那这些怪物应该就是魔兵了！杀死匈奴兵的是他们，可他们是怎么鸠占鹊巢，占据并指挥匈奴兵的身体呢？

这个他可更是想不出来，不过他看着连绵的山脉，想着那些魔兵恐怕也是藏在什么难以勘测到的地洞里。如果是那样，那边的山就不要过去，毕竟自己一人涉险还是太危险！

目光再转回来，他沿着山体向上看，就见的确土城背后只是个小山峰。

而再后面高耸的山体，在山腰处就被飞船外罩截断了。

如果能想办法从那边山体开个口子，不就能出去了？

明墉被自己这个突然想法激得一阵兴奋。

他放眼四望，脑中盘算着，很快就找到了个适合的位置。

那里的山体似乎凹进去了一块，看上去极有可能利用内外深度差，挖出一条通路。

有了合适的地点，当然就是刻不容缓，明墉拎着残剑就动手开挖。

可是挖掘了半天，终于悻悻地停了手。

这山体根本就挖不动！按理说残剑已是极为锋利坚韧，在之前的数战中都展现了碎人如削豆腐般的能力。

可这山石里却是夹杂了一种极为坚硬的晶石，而且石块都是极大且被严密地压实。残剑虽能破进去，但却是很难扩大口径。

明墉认得这种晶石，应该是玛瑙。这种矿石虽然色彩缤纷且艳丽，但因储量较高，而且市面上通货很多，所以并不值钱。而且出于硬度高的原因，很难有匠人愿意精细雕琢。可是如果有这一整座山上的玛瑙，那对于任何一个玉石商人来说也是横财一笔。

但他不是石商，更没心情估计其价值，只是对这一发现很是沮丧。

不过他转念又想，如果把下面那些汉军全叫上来一起挖，人多力量大说不准真能破开一条通路。

可他往下一看，顿时也断了这念头。

他是用轻功才能上到这位置的，在下面有大段近乎直立的山壁。四周皆无手攀脚踏之处，让那些普通士兵怎么上来？

再加上此刻的高度已经距离光罩穹顶不足二十丈，这种高度一般人怎么能作业？

就算是自己加上莫秦二人分班联合来挖，看这样子没个十天半月也是挖不出去。十天那就是三十年，那我还挖出去干什么，不如在此等死了事！

想着想着他心中便悲哀起来，想着自己的束手无策，想着这已经过去的两年思蕊不知受了多少折磨。

不觉间他又心如刀绞，为平复心情，他只好望向穹顶那洞口。

其实看距离那里离所处之处也就是三四十丈的距离，如果能飞跃过去，问题就全解决了。

可是李叔都绝对没这个本事，当世他认识的人中能做到的大概只有祁主使了！

他看着穹顶洞口下绝对的空旷，不免再次叹息。

明知道出口就在上方，也明白该怎么出去，可就是无论如何也够不到，那就怎么也出不去！

什么叫造化弄人？这不就是吗？

要说他们进这里干什么？既给了自己一个看得见却实现不了的希望，又给了那些汉军巨大的精神打击。现在也不知下面的汉军怎么想的，莫沁然他们又在干什么。

那些人本来自以为仅仅是熬过了两年，还有希望回归故土。可是现在呢？两千年过去了，家乡亲人早已化成黄土深埋地下了，他们现在还能有什么指望？

正想着，就见罩内的光线已经慢慢变暗，明墉知道是动力装置停工了，而此刻也应该是能从上方出去的最好时机。

可是摆在眼前的现实却是一百米无可逾越的天堑。

（四）

就在他在将临的黑暗前感伤之际，忽然听到上面洞顶有声音传来。

他忙定睛去看，却看见有个人影嗖地从上面掉了下来。

随着一声"Oh, my god！哎呀"的大叫，而后那人影却仿佛是挂在了空中。

之后又是一声惊呼："吓死我了！"而后就见那影子在空中微微地荡来荡去。

此刻天色已暗，明墉看不清那人的样子，但听声音像个小姑娘。仔细看，原来她是被两根粗带子挂在了空中。

他见那姑娘在上面挣扎着，忙叫道："你被乱动！你离地面有上百丈，掉下去就摔死了！"

那姑娘果然听话，立刻就不动了，叫道："先生救救我！"

明墉也是惊奇莫名，怎么从天上掉下来个小姑娘，会洋文，汉话还挺溜，但开口"先生"，应该是从海外来的。

不过他也不及细想，马上叫道："你别动！我来想办法！"

这时土城中的人都被惊动了，不少兵士已经点燃了火把，从下向上照着。

而此时两条人影却先后飞一般，向山上蹿来，正是莫沁然和秦潇。

之前明墉上山没人知道，而此刻二人运功上山却是在众目睽睽之下。大家就见他们如山中巨鸟般鹰伏鸳落，无不惊讶。尤其是莫沁然的姿态优美至极，宛如仙子般飘在空中，更是让人看得目不转睛，嘴巴大张。

莫沁然在三人中实际功力最高，她很快就来到明墉身边道："怎么回事？"

"天上掉下来的！"明墉看看她又道："她能进来，我们就能出去！"

莫沁然立刻会意，眼光流转开始思索起来。

秦潇也赶到了，斜倚着山壁叫道："你先别动，我们来想办法。"

"谢谢你，先生！"女孩虽然害怕，但言语中却还很冷静。

秦潇接口道："别叫先生了，我们大不了多少，叫哥哥姐姐吧！"

女孩儿道："好吧！谢谢哥哥姐姐们！"

汉语说到如此标准，必是汉人无异了。

这时就听上面隐隐传来嘶啦一声。那女孩叫道："不好了！我背带绳要断了！"

秦潇安慰道："小妹妹你别急！我们很快就好，再等一下！"

再看莫沁然正在从皮囊中拿丝绳，明墉立刻会意，马上帮她接起绳子来。

转眼间绳子接好，莫沁然见总长约有三十来丈，就对二人说："我们三个两人把住绳子两端，作为固定，中间一人将绳子绕在身上。等下我们两端人在山崖上稳住，中间人趁她掉下时，跳过去接住她，而后两边再用力把下去的拉回来！"

秦潇正点头，明墉却道："不行不行！这里离中间下落点有快二十丈了，这样分成两段长度恐怕不够！"

"那该怎么办？我也没丝绳了！"

"只能两人把住一端拉住，而另一人抓住另一头去接人！"

"不过这样就算是接到了，去的人也会掉下很长一段距离，一个失手那可就危险了！"

"难道还有更好的办法吗？"

"别急，等我想想！"莫沁然皱眉道。

这时上面又传来嘶啦一声，女孩叫道："哎呀！这下可真要断了！"

明墉此刻已将丝绳一端系在了腰上，说道："快想，要不真来不及了！"

可就这时，就听到又一声更大的嘶啦声，女孩声音惊叫道："这回是真的要掉……啊……"

女孩的话声被尖叫打断，显然她已经掉下来了！

明墉不及细想，飞身踩踏着山崖就向下扑身过去。

按理说三人中他功力最弱，但他也不知怎么来的勇气，根本没及细想就扑了下去。

他脑中只是浮现着盛思蕊在空中自己与她擦手而落的画面，只要再多一点点，当时自己就能抓到她了！

他全身的真气都被激荡着，这一跃用出了所有的力量！

按理说，他平常自认的功力就算是加上抛物线也决计跃不出这么远。可这次他竟然一下就跃到了女孩落点身下，伸手猛地抱住了她！

这一抱他感觉凭体重这是个小姑娘，比思蕊还轻不少。

可毕竟是加上了下坠的重力，这力道还是把他的身子带得猛地下沉。

这时他就听莫沁然叫他："把她向右一掌拍出来！"

明墉顿时领悟，忙一掌将姑娘推出，而他借着这一掌，身形向后面的崖壁飘去。

这姑娘自打落下来就一直闭着眼，刚才觉得略稳刚要睁眼，就觉得自己又在空中飞了出去。

她忙闭紧眼，接着大叫起来。

而此刻就见莫沁然的身影飞至，将她凌空抱住，而后借力一扭身，顺势又将她向侧面山壁拍了过去。

而莫沁然则借着回力，在空中腾挪几下稳稳地抓住了山壁。

这姑娘就觉得自己像个皮球一样，又被抛了出去，难免惊得大叫。

这时她就觉得自己的身子再次被一人抱住，而且这次是抱稳了，自己再也没有下落的感觉，而是真正稳住了。

她这才缓缓睁开了眼睛，她看到的是一张英俊的脸，这张脸虽然那么年轻，但却有些略染风霜的意味。

她怔怔地道："哥哥，是你救了我吗？"

最后接住她的正是秦潇，而到了他这一手，女孩的下坠力基本被卸空了，他才能将女孩接稳。

秦潇微笑道："妹妹，是我们二个 起救的你！现在没事了！"

其实事情没他说得那样轻描淡写，因为事发突然，大家没想出万全之策。而明墉却奋不顾身跳了过去，幸亏他早就缠住了丝绳。

莫沁然见状，知道如果仅凭她和秦潇的力量，是很难抓住下势凶猛的两人的。于是她发声让明墉拍出女孩，而他好借后坐力靠向崖壁稳住身形。她自己则做了接力的第二棒，借扭转彻底化掉女孩的下坠力。

而后再转手到秦潇处，让他接稳。

这救人的过程听起来简单，但最后达成救人的结果实际是靠明墉的奋不顾身加上莫沁然的机智，最后再辅以一点运气才能实现的。

不过这被救的女孩哪里知道这些，还以为前两个都没把她接住，到了第三人才成功救下她。所以她眼光呆呆地看着这个俊朗的大哥哥，竟一时说不出话来。

这时三人招呼着下到了土城平台，下面的汉军早已被三人的空中接力表演震得是无以复加，见他们下来，忙围过来纷纷表示叹服。

赵信道："姑娘真乃仙子一般，无论是文韬武略、博学见识都远非赵某能比！此刻又见识了姑娘的盖世神功，更是钦敬得无以复加！请受赵某一拜！"他这番恭维纯粹是发自肺腑，没有任何邪念。

他的那队人也都在身后向莫沁然拱手施礼，秦潇看了这一幕却是脸色难看哼了一声。

而施实也被他们惊住了，尤其对莫沁然也是很佩服。

但他毕竟只是个低级武将，大老粗一个，哪里如赵信般能懂得这么多风雅学识。

他本也想说些好话，但见天色马上就要进入全黑，忙命令道："怎么都没事了？城不守了？傻围在这里干什么？赶快分班次守城去！"

（五）

军士慢慢散去，就剩下莫沁然他们三个围住了获救的女孩儿，这孩子此刻已经从惊吓中回过神来，眨着扑闪的大眼睛看着三人，不知该说什么。

秦潇见她是一身洋装，但是那种极为爽利的猎装打扮，脚穿着长筒靴，身后还背个背包，就问道："你是从哪里来？"

而莫沁然问的则是："你是怎么进来的？"

明墉则是一脸严肃问道："外面现在是什么年月？"

女孩看着三人，不知该先回答哪个。

莫沁然理解地指指明墉道："先回答这哥哥的问题，现在外面是什么年月？"

"现在是一九〇五年七月。"

"一九〇五年？我问你是大清光绪哪一年？"明墉不怎么用西方公历，一时没反应过来。

那女孩噢了一声，从口袋翻个小本看看说道："现在是光绪三十一年。"

明墉马上算道："我们进秘境时是光绪二十六年，在秘境里待了四天，就是四个月。出来到了这里，满打满算也就过了大半天，怎么就过了五年呢？"

他的嘴不由得颤起来，手也忍不住发抖。

"其实你昨天昏过去，已经昏睡了一整天啦！"秦潇插话道。

"什么？我竟然昏睡了一天！"明墉不相信似的惊愕地看着他。

见他点头又看莫沁然，见她也不忍般点头，他突然颤着哈哈苦笑道："五年了，思蕊不知在受什么样的苦，不知受了多少折磨，我竟然睡了一天……"

说到这儿,他噗地喷了一口血,眼一黑又昏了过去。

那女孩看着他貌似癫狂的一幕,惊道:"这哥哥怎么了?不会是刚才碰到头了吧?"

"不是!"莫沁然黯然道,"他只是太想另一个姐姐了!他想得太苦,太痛了!"说罢她就俯身为明墉擦拭嘴角的血,还想叫秦潇一起把他抬到土屋里去。

就这时,明墉忽地猛然起身道:"我想出来了!"

莫沁然就在他身边,被他突如其来的惊醒倒是吓了一跳,稳了稳后问道:"想出什么来了?"

明墉却像是突然灵光附体一般,朝莫沁然哈哈一笑道:"你就没想出来?"

莫沁然一愣,随即点头道:"可能是个法子,倒是可以一试!"

"那一定是个法子!也是唯一的法子!必须一试!"他噌地起身道,"时不我待,莫姑娘你带我去见赵司马,咱们合计合计马上动手!"

莫沁然也被他感染了道:"好,我这就陪你去!"

说完她回头对秦潇道:"我们去找赵司马商量出去的法子,这小妹妹就由你来带着吧!"

说完她就跟着大步流星的明墉,飘飘而去。

秦潇又被莫沁然扔在了一边,心中别提有多憋屈了。

在土城里过去的一天多,他都是这样被晾在一边。

如果说赵信刚开始还是抱着看到小仙女的感情,和莫沁然套近乎。可慢慢地他就被莫沁然的学识和气度折服,再也不敢有亵玩之心了。

可以说刚开始知道他们已经被困在这里两千多年时,军士多是半信半疑。有的相信了也是极为沮丧,而多数人都是彻底地迷惑。

是莫沁然用自己博古通今的识见、无所不通的能力、卓绝超凡的谈吐,以及优雅大度的气质,在与汉军们一次又一次的恳谈中将他们折服了。甚至那个对文化知识毫不感冒的施实,也对她军法上的造诣赞叹不已。

就这样,整整一天,除了稍事休息外,莫沁然都和汉军将士们相处在一起。在她的带动下,原本弥漫于城中的悲观颓唐的气氛被一扫而空。取之而来的是人人都恢复了些希望,又有了些盼头,而莫沁然在汉军中的威信眼看着遥遥直上,就要逼近两位带队的将军了。此番展现绝技救人,更是让她在汉军中的声望爆棚。

秦潇这一天里,虽然没人撵他,但他对莫沁然说的很多都是一无所知,根本就插不上嘴。甚至感觉自己的学识甚至都不如那个两千多年前的赵信,为此他深受打击。

他很不明白,莫沁然不就是个小姑娘吗?怎么会让这么多大老爷们如此信服?还奉为上宾?

其实他不知道,在中华的汉唐时期,女性的地位是很高的。虽然汉代朝中没有女官,但绝不影响女性与男性几乎平等的社会地位。

东汉时"举案齐眉"的故事被后世广为流传就是个例子,这故事要是放在后世的宋明清那是不可想象的。

所以秦潇被冷落,莫沁然被追捧,在这汉军占据的土城里也就不稀奇了。

但秦潇却感到了无比的压抑和委屈,这感觉都快把他给憋炸了。此刻见莫沁然又去了军营,他明显感到了就要压抑不住的不快。

而就在他想着要不要爆发一下时,小女孩突然说话了:"大哥哥,难道就没人想知道我是怎么来的吗?"

秦潇这才想起这里还晾着个人呢,于是讪讪道:"小妹妹,那你就说说吧!"

本来他是郁郁在心的,可随着这女孩的讲述,他却渐渐地被吸引过去了。

七十五、脱困在天

（一）

这女孩儿叫顾卿卿，今年十四岁，是个英国出生的第三代华侨。

她的父亲顾铭理也是在英国长大的，在理学上成绩斐然、造诣不凡。现任曼彻斯特大学的教授，也是最早的华人教授。

那时的大学教授都是兴致盎然，研究方向也是极为广阔，对自然科学和人文科学都有着强烈的探索欲。

她父亲也是，平时除了迷恋各种发明外，最感兴趣的就是到各地考察探险了。

顾卿卿生母早亡，自小就跟着父亲到处走，足迹已踏遍欧洲。

她有这样学识渊博的父亲，根本就不用上学。

而且她父亲说，现在的教育模式，是越来越把小孩子向成熟的资本家雇员方向发展了。

所以他到哪里就把顾卿卿带到哪里，说读万卷书，行千里路。边走边教更能让她成为一个自己想成为的人。

顾铭理一直对英国有些探险家打着探险的旗号，到世界各地去挖掘人家的古迹很反感，认为这无疑是偷盗。可他一直无力阻止，为此深以为憾。

可不久前，他听说有批所谓的欧洲探险团，开始打上了中国甘肃的主意。

他再也坐不住了，无论如何中国都是他的祖国。眼看着自己的祖国要面临这群欧洲强盗的洗劫，他很痛心。

他将这消息第一时间告知了大清使馆，但等了很多天，又通过各层关系，才看到相关官员。而从那位傲慢的官员嘴里只得出八个字"大清国事，与你何干"！

那答复的大概意思就是告诉他，别狗拿耗子，多管闲事。

为此他相当愤恨，自己组织了一队志气相投的科学家，想赶在这群强盗之前阻止他们。

那时欧洲到中国内陆是要先走漫长的水路再辗转，当然还有另一个途径就是走古丝绸之路。

但此时，因为之前去使馆交涉，耽搁了时间，那群人已经离开快一个月了。

于是顾铭理就想到了个冒险的办法，横跨欧洲大陆，直接进入中国的西北。

而他用的手段，就是自己潜心研究多年的加强型热气球。

与普通热气球的行程短、载重小、篮顶无遮拦不同的是,他对热气球做了改善。

首先是加大了氢气球的体量,增加了载员载重。其次是为气球下加装了棚顶,能挡风遮雨。而最重要的是他将自己制造的燃油发动推进装置装在了棚篮后。

这既为热气球提高了动力,也为长行程做出了保障。

那时这种平行推动装置尚属首创,顾铭理不顾很多大公司要来购买专利的请求,一心把它用在了这次探险的航程上。

由于此行过于漫长艰险,为保安全,顾铭理本不想带着小女儿参加这次危险的旅程。

可是顾卿卿与父亲一起多年,早已分不开了,哪里肯听?

顾铭理无奈只得答应,但他还煞费心思给她制作了个带可打开气囊的降落装置,让她一直背着,以备不测。

当时尚未有正式的降落伞,不过很多科学家都在研究这东西,只不过性能都没有经过实际测试而已。

保证了女儿,顾铭理就带队上路了,为有效节省空中行程,尽可能将危险降低,他们原来是选择在莫斯科起飞。但听说此时俄国境内是乱糟糟的,很不安全,于是就改道先去了土耳其的伊斯坦布尔。在那里众人才支起气球,开始上路。

本来呢开始时还算顺利,出发时正好赶上了西北季风,行进神速。

众人都信心满满,可是到了亚洲上空,尤其是接近了大清的疆域,偏不巧夏季已至,东南季风起。

这东南风一吹,立刻就将他们的既定航线吹偏了,这时顾铭理研发的燃油平行推动装置就发挥了决定作用。虽然这推动力不能保证巨型热气球继续向东南行进,但还是可以让它继续向东飞行。

就这样他们就来到了外蒙俄国的上空。

这时燃油也快耗尽了,热气球上的补给也快用光了,大家就商量可以降落,而后再找路进入中国。毕竟都是科学家,钱还是很充足的,实在不行用钱开路。

可就在大家在寻找合适的降落地点时,顾卿卿却突然从上空发现了个奇异的地理现象。

见风和日丽,她就推开棚罩上的窗子让大家来看。

只见下面有座不大的山脉,山脉下的延伸像是被突然切断了一样,而且这种切断就像是在整个山脉前后罩住的地方挖了个大圆。

而圆里灰蒙蒙的什么都没有,更奇怪的是这山脉最高的山峰竟然像是被削掉了峰顶一般,是个秃头峰。

大家也都很奇怪,又都是科学家,就纷纷讨论起来。

有人说这是马尔式火山爆发后的火山坑,几百万年的演化才变成这样。

也有人反驳这山脉就没有看出火山形成的可能,这是个矿石山,怎么能有马尔式火山?倒是像个巨型采矿场,俄罗斯穷兵黩武,把这里的矿脉采尽了又荒废一点儿也不稀奇。

但更有人反驳说依俄国现有的条件,还不具备在如此偏远的旷野采矿的能力……

一时间科学家们议论纷纷,顾卿卿不想掺和,就趴着窗户看着。

这时她突然感觉有一阵强劲的气流从地下那山脉中直冲而上。她还没反应过来,热气球就被直接吹得侧翻了过去。而正在窗边的顾卿卿就在父亲的惊呼下,直接掉到了外面。

她一落下来,刚开始还有气流在向上推动着。

她还没好奇完,那股气流就突然停止,而她就直接摔落下来。

幸亏她按父亲吩咐随时背着那降落气囊,她在空中手忙脚乱把气囊打开时,她已经落到了个灰黑色的空洞里。

而她落了一段,顿时又觉得眼前空旷起来。

她低头一看,就快摔到地面上了,忙闭眼大叫。

而此时气囊终于被上方的什么东西勾住,她这才停在了空中。

(二)

之后的事情秦潇都知道了,她反问着秦潇道:"这是哪里?刚才那哥哥说什么五年了,然后就吐血了,到底是怎么回事?"

秦潇叹口气道:"这个呀!说起来也挺长……不过你既然懂科学,那理解起来可能不会过于困难,我就说给你听听!"

而后他把三人从进入秘境到这里的经过简要说了一遍,只是将盛明二人的关心说成了好朋友。

顾卿卿听完张大嘴巴惊讶无比,她缓了半天才慢慢道:"那个哥哥还挺可怜的!姐姐被人抢去了,眨眼间就过了五年,难怪他会吐血晕倒!"

秦潇一听心中更加酸楚了,怎么人人都认为他可怜?这小家伙是这样,沁然也是这样!明明从思蕊被掳去到现在不过才过了两天多,至于那么要死要活的吗?

他说这话时完全忘了,对他们来说这五年只是两天多,可对盛思蕊来说就不一定了。

就算是最好的局面,盛思蕊和祁主使还没离开秘境,那也过了两个多月了。况且以祁主使的神功能力,被困在秘境里的情形是微乎其微。

不过顾卿卿好像是看出了秦潇的不快,马上改口道:"不管他了,反正这种奇异的事情一般人哪里能遇上!我们能到这里简直就是命运的奇迹!还想那么多干吗?"

秦潇见她一派乐天,不觉心绪也开朗了些。

顾卿卿道:"大哥哥,不如你带我到处去转转吧?"

秦潇见那边的事显然是忽视他,沁然又漠视他的存在,反正也无事可干,不如就带着女孩到处转了起来。

其实现在已经是黑夜了,还真没什么好转的。

不过这小女孩的天真烂漫还真是感染了他,让他想起刚到英国的时候,两个师妹还总是缠着他问这问那的。

可惜那段日子一去不回,现在有了个小妹妹也算不错。

他二人转着转着就来到城墙边,他刚想指着下边告诉顾卿卿,那里藏着魔兵,就见守城的兵卒正在目不转睛盯着前方,众人都神情紧张严阵以待。一个队长还示意他们嘘声蹲下,他们忙照做,而后齐齐向前方看去。

只见远处的山梁上突然传出一阵窸窸窣窣的声音,就好像是一堆野兽在里面穿行。

秦潇紧张起来,把顾卿卿往身后推了推。

顾卿卿一愣,随后明白这是在回护自己。

她睁眼就看见了这救他的帅气哥哥,到现在他还不忘维护自己。小女孩心中不禁掀起一阵涟漪,顺从地倚在了秦潇的身后。

众人就在这声音的肆扰下,神经紧张地渡过每时每刻,不少军士都屏住了呼吸,紧攥着刀剑。

可等了一阵后,对面还是没有魔兵现身,而那些动静也渐渐小了下来,直至消失。

队长先长呼了口气,随后骂道:"这帮鬼尸体,他娘的总用这种滋扰法!"

秦潇问道:"将军,怎么,那些魔兵经常这样扰得大家精神紧张吗?"

"可不是!最近几次都这样!不时就来吓我们一下子!"

秦潇一听这里的魔兵和秘境中的不同呀,那边可是几十年都不出来一回,这里却总是要提心吊胆。但他随后又想起,秘境里是因为有娲族人封印了出口,而这里没有。不过这些将士两年来跟魔兵对战,竟然没有多少损伤,也算是万幸了。

他接着问:"这些战斗,将士伤亡大吗?"

"还好吧,第一次最厉害,以后我们有了防备,再加上天黑的时间短,就好多了!现在呀,还剩八十多兄弟。"

"那你们的粮食够吃吗?"

"这里仓库有存粮,我们人少,不过也快吃完了。其实最重要的是肉都快吃光了!"

"难道以前剩下的羊还有?"

"早就吃光了!现在是以前匈奴的马,我们自己的马也几乎都被吃了,就还剩下两位将军的最后两匹了!"

秦潇觉得纳闷,要是按此算法他们光是马就吃了不下三百匹。可是他们也才过了两年呀,不至于这么好肉吧?

"可为何不少吃点儿肉呢?"秦潇试探问道。

"少吃?不是我们非要吃!你说战马都像我们的同伴一样,谁能轻易去吃?但是这里没多少草料,根本就养不了那么多马!不吃它们迟早也饿死了!"

秦潇这才反应过来,他们进了这里,的确是发现这个被罩住的山谷里寸草不生。没有草,怎么能喂马呢?

他再一想,这些汉军竟然在这样没有一丝绿色的地方困守了快两年!这可是何等的耐力呀！他心中不禁也对这些守边的勇士表示钦敬。

"你们平时都没什么菜吃吗？"

"吃菜？"队长苦笑道，"你当我们守的是哪里？漠北边疆！有粮吃就不错了，还吃菜？就说那赵司马，一来就不适应，说是没菜没菜，叨叨了好多天！可他还能咋整？总不能去吃马料吧？最后不也忍过来了！要我说你们这些白面后生呀，真应该都到前线来当当兵，那以后就没啥不满意的了！"

秦潇好奇道："那将军你是怎么当的兵？"

"怎么当的？还不是家人乡亲被匈奴给杀了，为了报仇才参的军吗？我们的兄弟都差不多！"

顾卿卿突然探出头问道："兵哥哥，那你们杀多少人才算报仇呢？"

"匈奴兵嘛！当然杀光才好！"

"那他们的孩子和亲人们，就不想也参军来报仇吗？那样子不是杀来杀去，永远都没完？"

队长一听这话愣住了，看看顾卿卿的眼睛。

秦潇一听她就是受了西欧的一些反战思潮的影响，他回国前英国就有了这样的民间团体。

他们倡导爱与和平，还试图影响政府。可在这乱糟糟的世道，谁会听他们的呢？

他见队长目光不善，马上转口道："小孩子，啥都不懂，你别介意！"

谁知队长道："这就是命！就是我们边疆百姓的命！我们生在边疆，亲人在这里，土地在这里，我们离不开这里！匈奴来犯了，杀我们的亲人，奸淫掳掠，我们恨哪！我们就是贫苦百姓，为啥那些匈奴就是不肯放过我们？那次我亲眼见了一家爹娘下跪，苦苦央求匈奴兵别杀他们的孩子！可结果呢？匈奴兵手起刀落就宰了那老爹和儿子，当场就奸杀了母亲，把小女儿给掳走了！我当时恨得眼睛都出血了，这才当的兵！当兵后，李广将军就告诉我们，匈奴兵就是豺狼，就是魔鬼，我们不杀光他们，我们的亲人就要世世代代受这样的罪！所以杀光匈奴兵就是我们的使命！就是我们的命！我们一代接一代人活在这里，就是为了杀光匈奴兵而活着的！"

"那你们为什么不换个没有战乱的地方居住呢？"顾卿卿突然探出脑袋插话道。

秦潇一听，就想责怪她乱讲，虽然他对很多国内的东西都一知半解，但这土地问题还是明白的。

平民百姓世世代代就靠那块地养活，离开了土地让他们怎么生存？就像是遇到过的那些闯关东的，要不是在那块土地实在都要全饿死了，谁会轻易背井离乡？

中国人世代就有人离乡贱的传统，又是世代聚居。

这些人群就好比是一棵大树，树根就是世代传统，树干就是亲戚关系，一根树枝想离开大树谈何容易？就是离开了，人人心里想的恐怕都是今后是没根的散枝了，活得也会惶恐。

可队长也没气，反问道："小姑娘，你说换就换呀！朝廷是会允许我们背井离乡做流民的吗？再说就算朝廷允许，我们先人的祖坟都在这里，宗庙也在这里，我们怎么能离开？"

"可那些都是死的，人才是活的，而且人活着不是为了求生吗？"顾卿卿奇怪道。

秦潇心道这小丫头看着是个华人不假，可是在国外出生，怎么会明白中国人骨子里的根性？就知道一味地胡说添乱，等把当兵的惹急了，看不打她屁股！

谁知队长还是没恼，反而道："求生要看怎么求生！我们都是边民，朝廷不允许搬迁。再者我们要是都溜走了，这边关谁来镇守，百姓谁来保护？所以生在这里就得守住这里，面对豺狼来犯就得杀光它们，这就是我们的命！"

秦潇听着这队长的宿命论，也不知应该反驳什么，只觉得心中一阵苍凉。见小丫头还要继续提些离经叛道的问题，他忙阻止了。

这队长此刻佝偻着身子，凝聚着前方，这身影看在秦潇眼里，仿佛在他心里萌生出了这样的念头：他们才是守土保疆的城墙！

（三）

这时大帐那边传来一阵喧哗，声音中有两位主将的，也有莫沁然明墉的。

不多时，施实大步走了过来问道："怎么样，那群贼尸们今晚没动静吧？"

"有！"队长施礼答道，"还是像以前那样，故意制造动静滋扰！"

施实叹道："这帮杀不尽的贼尸学精了，现在每次都是这样，进攻前一两天先来滋扰！"

随即他又皱眉道："这真是个麻烦！"

随后他大声命令军士："就快天亮了！城上所有留守的兄弟，赶快回去睡上一会儿。等天明我们还有大动作。而且你们的铺盖也都要没用了。"

"军侯，啥大动作呀？"队长问。

"现在说了也无妨，咱们已经商量好了，明天就准备出去！"

秦潇听了心里咯噔一下，没想到明墉和沁然这么快就和这两个将军拟订好计划了。而且还是在没有自己参与的情况下！这也太目中无人了！这也太视我于无物了！这也太……明墉这样干也就算了，沁然怎么还当我不存在一样！

他是越想越憋气，越琢磨越揪心，感觉浑身都要打起战来。

不问我的意见也就罢了，连唯一从外面进来的人的情况都不听听吗？

他不断地为此二人抛下自己独断专行的行为找各种砝码为内心的抑郁平衡重量，好不让自己在压抑中倾斜爆发出来。

这时就见莫沁然从吵吵嚷嚷的人群中走来道："秦潇你也去休息一会儿，到了白天我们就准备出去。小妹子，你跟我走，我带你安顿。"

秦潇一听，怎么着，这就把我打发了？此刻他只感到气郁如洪水一般就要破坝倾泻。

他是再也憋不住了，也顾不上一直在莫沁然面前温文尔雅的表象了，大声问道："什么白天就准备走了？你们问过我没有？"

莫沁然微微一怔，而后浅笑道："对不住了！刚才事发突然，我们忙着商量对策去了，却也忘了叫上你。再说这新来的小妹子也得有人照料不是？"

"忘了叫上我？怕是你们不想叫上我吧！"秦潇的气更大了。

"我再不济也和你一起出生入死过，难道忘了？"秦潇直视着莫沁然的双眼，似乎要从她眼里看到些许的温情，也好平复一下内心。

可莫沁然似乎并不想和他对视，只是抬着头看看穹罩说道："其实大家的目的都是一样的，而商量也不过就是让两位将军下定决心！你说事到如此关头，我们的心思难道还能有什么不同吗？"说完她平静如水地看看秦潇。

这话倒是把秦潇给直接憋住了，他想了一下才道："那至少也该问问这妹子，外面现在到底是个什么情况吧！"

"从她进来到我们要出去的时间又过了一天，那外面已是隔了三秋！她的话还那么重要吗？她从天而降只是证明了我们能够出去而已。"

顾卿卿听她话的意思是说自己的存在就是证明了一个观点，其他都不重要。她很不高兴地嘟起小嘴，但对面这姐姐看起来气质优雅却极为强势，她就没敢多说。

秦潇还要反驳问些什么，却听莫沁然道："好了，都是英雄好汉了，江湖绿林有那么多把兄弟，别那么小气了！赶快去休息吧！小妹子，你跟我来，你叫什么名字……"

看着莫沁然拉着顾卿卿的身影，秦潇只是觉得五脏都搅在了一起。

我小气？我怎么小气了！什么拜把兄弟江湖好汉，那还不都是你给我安排的？

秦潇怎么想内心都无法平复，等他回了和明墉一间的土屋，却发现对方已经倒头睡了。他躺下却是脑中反复翻滚着莫沁然的话，根本睡不着了。

就这样，他翻来覆去像个烙饼样也没多长时间，天光就已大明。而此时土城中却吹起了牛角集合号，外面顿时沸腾起来。

秦潇明明记得昨日早上根本就没吹什么号角，可见今早是有大事发生。他一回身间，却已不见了明墉。

他相当吃惊，在他的印象中，明墉的轻功是不如自己的。可为什么他出去，自己竟没察觉？到底是自己的功力退化了他的功力大进了，还是自己走神竟到了连身边的动静都发现不了的地步？

他忙出了土屋，这时就见兵士们在指挥下将各人的铺盖衣物全都抱着，往大帐前的土台子上堆。

而此时明墉正在那衣物堆里翻看，凡是布料粗韧的，他就全掏出来堆在一旁。

而此刻也有个士兵进了他的土屋，将被褥一卷就给抱了出来。

秦潇抓住他问："兵哥，这是干什么？"

"司马说了，凡是有布的都要用，况且这些明天我们也用不着了！"

秦潇并不是个糊涂人，他略一思索，再看看穹顶，大体也猜到了明墉想到的计策。

可他看看约百丈高的穹顶，不禁皱眉暗想：这是个计策不假，不过也太大胆了！真的能实现吗？

他信步走着，就见军士们个个都是行色匆匆，有抱衣被的、有搬刀剑的、有抓着箭矢的,而所有的目的地只有一个。那就是前方的土台,而这些东西可是这些汉军的全部军械物资了,他们此时正将所有的东西往土台上分门别类地堆放。

秦潇此刻看见了莫沁然的身影,见她正跟赵信施实走在一起巡视,那二位主将都是在她身后半步左右跟着。

看着那两人一路听莫沁然说着什么,一路点头称是的模样,似乎十分恭谨。

秦潇暗惊道:怎么才一夜的工夫,这二人仿佛就成了莫沁然的副将般,开始对她唯唯诺诺了?

却见莫沁然的态度一如往日的从容优雅,但举止间却多了一分爽利和决断,好像是正要指挥作战的将军一般,看得秦潇暗暗吃惊。

这时一个娇小的身影向他跑来笑道:"大哥哥,你在这里呢!让我好找!"

秦潇哪里还有心思跟她说话,只是看着眼前这一切。

他觉得不管是他自认为熟悉的还是陌生的,不管他自认为是亲近的还是疏远的,此刻都好像是离自己好远好远,根本就看不清楚。

(四)

这时就听又是一阵号叫响过,兵士们都在土台前列队,整齐地站定。而这些兵士与以往不同的是,他们身上都没了武器。

就见土台上,此时明墉已经分拣好了应用之物,站在一边。

而赵信和施实分左右站着,拱护着中间的莫沁然。赵信是一脸的尊崇兴奋,而施实却是面色有些阴郁。

众兵士看见自己的两位主将竟然将才来不到两天的小姑娘奉在中间,不免有些微议。但莫沁然这段时间常混迹于他们中间,而且各方面都让人钦服。再加上昨晚上演的飘飘仙子一幕还深刻在众人脑海,所以这议论很快就停止了。

就见施实先踏出一步大声道:"兄弟们,我们困在这里快两年了!大家厌了没有?"

下面军士齐喊:"厌了!"

"大家想不想出去?"

这回下面倒是没那么齐整,有不少人犹犹豫豫地没开口。

施实环视众人叹道:"我明白你们是怎么想的!其实一开始我和你们一样!突然就从井里上来三个人,告诉我们外面已经过了两千年了,我也不怎么相信!可是就在昨晚前,天上又掉下来一个!这……我也不得不信了!我知道你们心里想的可能和我一样!两千多年了,我们的家肯定没了,亲人们的坟冢可能都没了!我们的将军没了,军营没了,圣上没了,连朝代都没了!"

听他这么一说,下面竟已有不少人掩面哭了起来。

"那我们还能上哪里去?我们又是谁?是不是在外面也早就没了?"说到此处施实

话音竟哽咽起来。

赵信万万没想到这个平时看起来的大老粗，此刻竟煽起情来了。而且这煽情极为不合时宜，极为不看时机。

他忙站出道："施军侯刚才的话，确实是有感而发！但是他有一点说错了！那就是我们还在！还活生生地存在着！"

他边说边举手下压，下面又安静了一些。

"只要我们活着就有希望！只要我们出去一切都能重新开始！"

有些小战士停住了抽泣，看着他。

"不要悲观，我们是历经千险百战的铁血将士！我们活着，就一定能为自己开创出未来！"

他这话可能是从莫沁然处学舌的，下面不少人都没听明白，纷纷露出丈二和尚摸不着头脑般迷茫的表情。

见下面人好像是并没有听懂，赵信努力解释着："大家不要以为，我们是无家可归的孤魂野鬼！更不要以为，我们是无处可去的散兵游勇！"

他这两句话不说还好，话一出口立刻就挑起了兵士的思乡之情，纷纷又哭起来。

赵信搓着手急道："我不是那个意思！"

却听旁边如玉珠落盘的声音传来："赵司马的意思是，现在大家有了新生的希望！有了重来的机会！"

莫沁然说罢看看赵信道："是不是司马大人？"

赵信见解围的到了，忙道："没错！没错！莫姑娘说得对！下面大家都听着莫姑娘示下！"

秦潇一听愣了，怎么转眼间沁然竟好像成了赵司马的上司一般，要示下了？

不单是他，兵士听到此言也是齐齐发呆，而后再次交头接耳起来。

就听莫沁然接着款款道："赵司马言重了，小女子只是有些真心话想跟诸位说一说！大家知道外面已经过去两千年了，心中怕不怕？"

士兵们闻言，有人默默点头。

"那大家怕的是什么？"

见无人接话，她接着朗声道："大家怕的是再也见不到亲人故土，再也不知自己的归属，是不是？"

更多人在下面点头了。

"可大家想没想过，为什么大家会有今天的处境？"

"因为我们被困住了！"有人大胆道。

"对！可是我们为什么会被困住？"

"还不是那场炸雷，天上就掉下个看不见的壳子，把我们罩在里面！"

"也对！可是你们都没说出根源！"莫沁然突然上前一步扫视众人，"归根结底是你们要追击匈奴！为了追他们才会到的这里，才会被困住！"

大家一听对呀！虽然本次出发的目的是寻找封禅的高山，可还不是被匈奴兵围住了才会被困住！那说到底还不就是为了匈奴兵，他们这么多年征战不就是为了这群豺狼？兵士想明白了就开始纷纷附和。

"不过我们告诉你们，现在外面已经没有匈奴兵了，你们想给家人乡亲报仇的目标就要没了，你们甘心吗？"

其实很多人都想到了这一点，两千多年，汉朝都成黄土一堆了，更何况匈奴？

不过这里的兵士都是边疆农民出身，每个都与匈奴兵有刻骨之仇，如果说此后没了报仇的目标，那大家岂不是立刻就没了盼头？就连赵信带来的军人也都是以歼灭匈奴为毕生军旅的目标，没了敌人，那存在还有什么意义？

所以军士们都纷纷摇头，表示这情况无法接受。

莫沁然接着道："不过我告诉你们，外面的这个朝代就是鞑子建立的，整个天下就是鞑子统治汉人的天下，你们会怎么想？"

秦潇听她此言，心里咯噔一下。沁然怎么会如此说，她不是官宦家的千金吗？还是李大人的亲眷，此言为何？

实际在汉朝时也有"鞑子"这个称谓，只不过当时匈奴最为凶残，所以汉武帝时的主要目标就是驱赶匈奴。可兵士都知道这称谓就是野蛮民族的代表之一，跟大汉天下也是势不两立的，所以闻听此言很多人都是愤愤不已。

可秦潇却想到了曾经听过孙文的纲领中就有"驱除鞑虏，恢复中华"，他疑惑地看着莫沁然心道：莫非她背着家里偷偷信了革命党？

莫沁然接着道："这个天下是鞑子趁着上个朝代腐朽，民变内乱，加上汉奸的出卖，才轻易地抢占了汉人的江山，奴役汉人两百多年了！"

人群中已经传出了喘粗气的声音，那是愤怒的标志。

"你们觉得自己已经是无根无依，不知道自己出去后该怎么办，可是你们不知道外面有四万万汉人同胞还生活在水深火热中，等待着拯救！"

此时施实突然说道："莫姑娘，不是我泼冷水！我们就是这么几十个，你不会是想我们出去推翻个朝代吧？还有现在已经是两千多年后了，外面的情况我们什么都不知道，连这国家是什么样都不知道，我们怎么干？"

下面有人开始附和。

"没错呀，我们几十个能干什么？"

"对呀，这朝代更迭的事我们怎么能明白？"

"秦朝还是汉人吧？可是残暴也被咱汉朝推翻了不是？"

……

秦潇是越听越心惊，只是注意着莫沁然接下来的说法。

"施军侯说的也没错！光凭我们几十人是没法推翻个朝代，没法跟整个朝廷对抗！而且表面上这个朝代与你们又有何相干呢？"

她突然提高声音厉声道："可你们知不知道这是个什么朝代？这个朝代强行令汉人削掉头发，留一根猪尾巴一样的小辫子，否则就杀头！"

汉军听此无不哗然，有的看向明墉和秦潇。

"他们两个是到了关外才割掉的辫子，现在才长出头发！"

不错，他们割辫子时间较长的秦潇头发也只长出两寸来长，跟古人那飘逸的长发有明显不同。

古人看待头发无比珍贵,"身体发肤受之父母",那是绝对碰不得的。

不少古时的领袖君主,为了笼络人心以身作则,做了错事都是"削发代首",以示决心。东汉末年的曹操就是精于此道摆弄人心的代表,不过也的确证明了头发在古人心中的地位。

果然此言一出,加上两个小伙儿的印证,汉军们都是同仇敌忾。

有人喊:"这外面汉人怎么这么没骨气,头可断血可流,头发不能削!"

"也不是他们没这个骨气,而是鞑子们卑鄙到用家人老小的性命威胁,大多也只能就范了!"莫沁然叹道。

军士们对此看来是深有体会,都默默不作声了。

"鞑子们要是这样也就算了,他们满人还使汉人为贱民,抢夺汉人的土地,让汉人生生世世为奴为婢!"

土地在古人心中是比性命还重的东西,因为它关乎着世世代代的存活繁衍。

此言一出,汉军情绪就更加激愤了,有人喊道:"那外面的汉人都是孬种吗?为什么不造反,推翻他娘的鞑子天下!"

"对!为什么不造反?"顿时一片附和。

"他们也想,不过鞑子狡诈早就料到了这一点,他们把各家除了菜刀铁锅农具外的所有铁器都收缴销毁了,让汉人没有任何武器!而且他们还建立了庞大的军队,控制汉人,只要有哪里有一点风吹草动,就会惨遭灭门连坐,所以汉人不敢反抗!"

秦潇在下面听着莫沁然滔滔不绝地历数着清廷的罪状,就像他曾经见过的孙文那般激情亢奋。

他边听边不住暗自苦笑。她说的这些都发生过,但是那是在早期,等到天下稳定了,清廷就采取了怀柔政策,百姓并不像她说的那般水深火热。而且他听钱先生讲的明史,觉得明朝比本朝要不堪得多,被推翻是顺应天道的事。

不过这一路来他看到的又是百姓的食不果腹、流离失所,听到的又是关于历史的种种谎言,他此刻已经完全不知道该相信什么了。

别人说的跟你从书上看到的你不信,可你亲眼见到的还能不信吗?就算你亲眼见到也不信,那你亲身感受到的也不信吗?

这更像自己曾经确信的体系,被自己从根部一点点挖掘出谎言,剥开了腐朽,再挖下去就会彻底坍塌。而崩塌后将仅剩一片荒芜,那时自己可就什么都没有了。

他心情极为复杂,极为迷惘地看着莫沁然,这个让他一直痴迷奉若仙女的姑娘。

她好像是那么不真实,就像是她突然有一天揭开了自己的画皮一般。虽然还是那么美,但就是不知道是该信还是不信。

这时莫沁然的煽动已经进入了尾声:"以前这个朝廷就算再腐朽,汉人再受苦,可是百姓斗不过军队,打不过刀枪,只能默默认命!可现在不同了,这个腐败朝廷的外壳已经被洋鬼子给打破了!皇帝连京城都不要了,皇宫都不敢待了,仓皇出逃了!而对方区区一万人,就把这个貌似坚不可破的朝廷给戳破了!现在人人都知道朝廷腐败透顶,都盼着这混蛋朝廷早点儿完蛋!在白山黑水间,已经有不知多少仁人义士都盼着能推翻这个狗朝廷，还汉人江山！他们什么都不缺，就是缺少一支能横扫千军的力量带头，带着他们让汉人百姓重回安居乐业，重新取得自己应得的土地！而我们就是这支力量！我是见识过清军作战的，更知道现在的清军的战斗力都不如汉朝的孩童！我可以毫不犹豫地说，就凭我们几十人，就可以轻松打败上千清军！"

秦潇听这话说的又是极度夸大，虽然这些汉军骁勇，但清军再弱也还有火枪，怎么也不会被汉军以一敌百吧？不过他看着土台上的莫沁然，她的举手投足间都展现着无比的勇毅和决心，就像一个宗教领袖在给她的信徒布道般充满着蛊惑力。

台下的汉军此时已是群情激奋，纷纷欢呼。

赵信在一旁看得也是心潮澎湃，满脸的兴奋洋溢。

而施实却是面色微沉，一言不发。

莫沁然最后道："将士们，所以我们要出去！我们要出去给自己给所有的汉人同胞打下世道安宁！我们要一步步用自己的力量，从鞑子手里将属于汉人的江山夺回来！"

赵信在一旁忙举拳大喝道："出去驱逐鞑子！还我汉人江山！"

下面的军士群情沸腾，纷纷举高手连声高叫道："出去驱逐鞑子，还我汉人江山！"……

莫沁然也跟着喊了几声，见效果已达到，她就压压手道："好！大家有这样的决心，何愁不成就番事业！到时一样可以光耀千年前的祖先，宽慰深土下的英魂！"

（五）

见大家眼里都闪着光，她接着道："大家现在先分成两组，弓箭好且能攀高的站在左边，其余人到右边。"

要说弓箭好，很多人都能做到。但对大漠上的骑兵来说，能攀高的倒是不多，只出来了十来个。

莫沁然就叫这些人带上弓箭，找些锹镐跟着自己，而其他人都听明埔的吩咐。

明埔此刻早就等得发慌，见终于能开工了，他就叫所有人把他挑出的坚韧布料撕成布条，之后再做其他的。

莫沁然要做的是带人攀上山去，在距离顾卿卿掉落遗留在上面的两根绳带的最近处凿出支点，以便放箭射向那两根绳带。

而明埔的任务就是带着士兵撕布条，编成三根百丈开外长的长绳。

这些看起来很是烦琐，但架不住训练有素的军人。

军人的群体力量之强大，就在于快速完成一些艰巨且漫长的任务。

很快第一根布条就编成了，只见这布条的前端是二三十丈长的细绳，后端连着百丈开外的粗绳。那些绳结编得不用刀砍，都很难断掉。

这时一个支点已经凿出来了，这山体明埔用残剑都很难砍动分毫，却在兵士的齐力下，愣是凿出了个两寸来宽的口子，不过再往里一点就再也凿不动了。

这宽度其他人是根本没法站稳拉弓射箭的，只有莫沁然自己来了。

只见她站在上面，张弓搭箭，箭尾拴着那根绳子。

她此刻立于峭壁之上，动也不动，兵士们都被这宛如仙子般美妙的身形吸引住了，大气都不敢喘。

秦潇只知道她枪法如神，还没见识过箭法，此时也是为她捏把汗。

就见她端弓瞄了一会儿，随后又将弓箭放下，好像是在犹豫。

秦潇知道，这可不比一般射箭正中靶心就行了。她这箭射出，就好比是一根针要射出去，在丝线上射出个小孔穿入那么困难。试想，如果离得远了，将线穿入针鼻都是极为困难，何况是反着来？而且这一箭射出，要是无意将绳带射断了，那可就是损失大了。

所以莫沁然此刻犹豫斟酌，完全在情理之间。

他见有些兵士小声交谈，忙阻止，让他们不要干扰上面射箭。

这时一直跟着他的顾卿卿小声道："大哥哥，莫姐姐这箭射得中吗？"

秦潇忙回身向她嘘指，而此刻就听蹭的一声，莫沁然已经一箭射出！

就见这箭连着细绳一下子就射穿了一根绳带，而且箭身刚刚穿过绳带。细绳顺带着穿过去时，箭竟然全然没了后劲儿，顺势就落下了一截，将细绳稳稳地挂牢在绳带之上。

军士都是欢呼一片，有人还说"李将军神箭也不过如此"！

就连施实这等常在神箭李广左右的，此时也是不住点头，眼中全是惊异之色。

要知道李广和春秋时的养由基，被并称为不世箭神。后世有射箭好的，像是水浒里的花荣叫"小李广"，而方腊手下的庞万春则被叫作"小养由基"。

而以施实的眼光看来莫沁然这一箭绝不在李广将军之下，不由得再没有任何小觑之心了。

他不知道莫沁然能把箭射得如此精准，除了箭术，主要是仰仗着内力的控制，所以和武将的箭术还不可同日而语。

不过这一箭射中了，却是给所有人极大的鼓舞。

下面的人都像是打了鸡血般加快速度，直到白日过半终于又凿出了两个点，编好了另两根绳子。

众人此时信心满满，兴高采烈地用过了一餐，继续工作。

可是接下来另一个绳带，莫沁然却是连射两箭都未射中。

这不意外，本来像这种精度极准的传奇性的射法，本身就带有很大的运气成分。就如同李广射石，再射就怎么也射不中了。

莫沁然每发出一箭都连着绳子，而剩下的绳子只有两条，所以这两箭射完，要等很久军士才能将箭绳再捡回来。

明墉上了山，对莫沁然道："我先用这一根绳子试试，如果可行，就用不到姑娘再辛苦了。"

莫沁然点头道："你可小心了！"

她这么说不是客气,而是这下一步极为惊险。没有人会蠢到相信就凭这一根虚飘飘的绳子就能爬上去,而且关键在于下一步如何系牢。

明墉的意思是先连接成线,再上去将绳带连着绳子在上面驱动装置里找个地方扎牢。

这方案一开始莫沁然并不赞成,因为如果是驱动装置里有螺旋桨转动,那可怎么进去绑住呢?而且顾卿卿下来时是螺旋桨停转的时候,而白天转动了,谁知里面的连接是不是已经被切断,两根绳带只是虚挂在外面呢?

可是明墉是多一刻都等不了了,莫沁然懂得他心中的焦虑,只得由着他来。

就见明墉此时腰系一根绳子,后面有军士虚拉好。

而之前射到绳带上的绳子,则是由兵士在后面拉得笔直。这直度是他亲自测试过的,绝不能太紧,否则就前功尽弃了。

他见准备做好,完全没有任何思索,踏上绳子,快速向中心走去。

这就是他的测算,如果之前那两根绳子并没有能将顾卿卿给拉住,而是断掉让她掉了下来,完全是因为时间太久。那么只要能尽量缩短时间,就应该能趁着绳断之前抓到上方支点!

就见明墉如灵猿般在绳上快速行走,秦潇很是诧异,这小子的轻功怎么如此高了?

其实也不是明墉的进境有多神速,而是他之前没学过正宗轻功,所有的本事全是在实践中摸索出来的。所以当李白安传他正宗步法心法后,他便如鱼入深海般进退自如了。

其实这跟李白安的经历差不多,他也是半路才被老帮主收为关门弟子的,但也却是胡进锐最好的弟子,所以说实践出真知是一点儿不假。

明墉很快就像走钢丝般到了绳带边上,而后猱身向上攀去,眨眼间就没入空洞中了。

大家都是在下面眼巴巴地看着,感觉气都要喘不上来了。他的成败决定着众人的希望,每个人都握紧了拳头,手心都是汗。

众人等了好久,直到天色都快暗了下来,才见明墉露出头叫道:"向我身边射箭!"

大家都是齐声欢呼。原来他进去时驱动螺旋桨正在运转,根本寻不着间隙。他好不容易鼓足勇气才提心吊胆上来,怎能再下去,就一直等到了现在。

射穿绳子困难,但射到他身边可是容易多了,一般兵士都能办到。可莫沁然为求稳妥,还是亲自射了这两箭。

要说她的劲力拿捏确实出神入化,那箭到了明墉身边速度已经降低到伸手毫不费力就可抓到的程度。

明墉自然轻松一一接住,而后向她投去感激一笑。

这次的冒险计划能够成功,全仗着这二人的通力合作。如果把莫沁然换成盛思蕊,以她的脾气性子一定做不到。可是如果盛思蕊在明墉身边,他还要着急出去干吗?要是明墉换成秦潇,以他犹豫再三的性子,这件事也根本不能成型,或者就干脆变成了莫沁然一个人的冒险。

所以二人这次珠联璧合般的配合，博得了全体由衷的赞叹，赵信几乎都拿莫沁然当天人看待了。他脸上简直写满了"但有吩咐，敢不从命"这几个字。

但有一个人却是开心不起来，那就是一直被边缘化了的秦潇。

他怎么也想不通，没有自己参与，这二人竟将这看似不可能的任务给完成了！

他一直没吭声，也没动手，就是在等着莫沁然的召唤。一度他甚至在想，如果沁然让他冒险走绳道上去固定都干！只要沁然招呼一声，就证明对方心里还有他，那他又怎么不敢冒险了？

可当看到明墉走绳道惊险至极时，他又暗自庆幸自己没能被召唤。毕竟他自己衡量功力，恐怕是完不成这样的任务，须得好好谋划才行。

可现在这二人竟然将工作全部完成时，他又觉得无比失落，怎么自己就没能参与上呢？或许自己全力协助，沁然还能对自己更加关注一些。可是现在说什么都晚了，这一切看起来都要完美收官了，再没他什么事了。

这种失落他从未有过，他一直在队伍里也算个重要人物，不可或缺。可眼下简直就是个可有可无的边角，有了不多没了不少。

（六）

正在他兀自寻思感怀时，明墉已经将两根绳子都绑好固定了。

他在上面对着拽着绳端的士兵叫道："去找能绑结实的坡点，而后一个一个爬上来！"

他叫去找坡点是有原因的，这些骁勇的汉军没几个善于攀爬，如果从地上往上爬，都不知有多少能真的爬上来。

汉军固定好绳子，打好了死结，却听赵信在下面叫道："大家都来饱餐一顿吧！我把自己的坐骑杀了煮了！"

可却是没多少人响应，莫沁然叫道："现在马上就天黑了，赵司马，你找军士把肉背上，我们出去吃！"

赵信恍然大悟，忙去安排。

可施实却是看看天色，神情有些犹豫。

他叫过几个自己的兵，吩咐了几句，而后他们就飞奔去了。

等第一队士兵上爬时，明墉在仔细计算着时间，等那两人到了顶，他安排他二人去绑绳处看紧，而后愁上心头。

这些汉军爬得实在是太慢了，如果照这个速度，天亮都不一定能全部爬到上面。而他通过观察也看出这些士兵为何爬得慢，那就是在高处的恐惧。一般人都是这样，到了高处往下一看，难免手脚发软，腿肚子转筋，更何况到了近百丈的高空一看四下什么都没有呢？这是人之常情，无法避免，但必须改善。

他思索了一下道:"派两个能爬的上来,记住要蒙住他们的眼睛!"

此言一出,两个正要爬上绳子的兵士吓得差点儿从山腰上溜下去。

他们脸色大变喊道:"这看着还害怕呢?蒙上眼不更吓死了?"

明墉叫道:"你们怕什么?这上面又没有敌人向你们射箭!你们只要抓住绳子专心爬、快速爬,根本用不到眼睛!都遮起来!"

那两人怎么肯,磨磨蹭蹭更不敢上手了。

莫沁然道:"你们让马冲破火阵,为什么要蒙住马眼?"

"那是怕它们见火害怕呀!畜生都怕火!"

"那就对了!它们只要冲过去,根本都伤不着!受伤都是因为害怕!这跟现在的情况有什么分别,蒙上不用怕!"

见这二人在上面磨磨蹭蹭不敢,施实在下面叫道:"妈的,两个怂包!咱们李将军手下的兵,死都不怕,还怕蒙眼爬绳子?都给我蒙上!"

那二人虽还是胆战心惊,但军侯的命令又不敢不听,只得蒙了眼,一咬牙一铁心上了绳子。

果不其然,看不到位置,加上看不到东西的双重恐惧,让他们爬得飞快,很快就被明墉一一接住上到了洞顶。

这二人掀开眼罩一看上来了,都兴奋至极向下叫道:"果然蒙上眼睛好多了,下面跟着的都一起蒙吧!"

有了这两个先遣的鼓励,后人果然胆色壮了不少,开始撕布条蒙眼了。

明墉见此时通道已基本稳定,而且已经有了两个在此接应,他就对莫沁然喊道:"莫姑娘,我先出去把外面下去的绳子固定好!"

莫沁然答应着:"我们外面见了!"

明墉一扭身就进了洞里,再也不见出来。

莫沁然没想到明墉在心急之下提出这么大胆的计划,最终竟然还成功了,也是十分欣慰。她见上面一切安定,索性就飞身下到了土城。

她见顾卿卿正瞪着大眼睛目不转睛地看着自己,就微笑道:"顾小妹,等下你让哥哥赶快带你上去!你爹爹估计早就找你找疯了!"

顾卿卿礼貌感谢道:"谢姐姐!你那手箭射得真棒,能不能教教我?"

莫沁然笑道:"等出去让哥哥教你也是一样!"说完就要去城墙看看。

可是秦潇却一下拦住她道:"沁然,能不能说两句!"

莫沁然虽是不愿,可也不忍就此拂了他,就跟他走到了一边。

秦潇转头叹口气看着她道:"沁然,我是不是做错了什么,你不想再理我了?"

"怎么这么问呢?你没见我一直忙着吗?"

"可为什么你什么都不叫上我?"秦潇有些急道。

"这不是叫上不叫上的事情,而是想做不想做的问题!"莫沁然收起了笑容。

"我怎么会不想做,只要你叫我一声……"秦潇急辩。

"秦少侠!"莫沁然有些冷淡地打断他道,"我想你没明白我的回答!如果你一心想脱困,也一心为大家着想,那不用任何人叫你,你都会做,就像明墉那样!"

"他是为了早点儿出去见思蕊，才这样积极的！"秦潇不服。

"噢？如果是这样，刚才他本就能出去，根本不用再回来帮军士过绳桥！"莫沁然淡淡地看着秦潇。

"那是他觉得回来更稳妥一些，这我也做得到啊！"秦潇更急了。

莫沁然轻轻摇头道："对！你是应该能做得到！当初第一个人走绳桥上去固定，我本不放心他去。我认为你的轻功更高些，更能胜任！可是你没有动，就连想上来的意思都没有！那我能怎么办，只能让他放手一试！我当时还想，如果他有个什么不测，那我可就是罪过大了，要一生难安！可幸运的是，我没想到他最近进步如此快，竟然成功了！这就是皆大欢喜！"

秦潇继续辩道："可是你当时没有叫我，哪怕就是向我看一眼示意一下我就……"

莫沁然又打断了他："我说了这是意愿的问题！你没有这种意愿，我不会强求！"

"可你不问我，怎知我就不愿意呢？"秦潇接着争辩。

这回莫沁然看着他，突然眉头一锁摇头道："秦少侠，我想你还暂时不明白，我和我们的区别！我想你也暂时还不明白，我在我们中的位置！等你想明白了这些，咱们再说不迟！"莫沁然说完就要走。

秦潇岂是笨蛋，马上开口道："你的意思就是我私心重，对吗？"

莫沁然回过头来看着他，四目相对间秦潇却感觉有一种看不见的隔膜，将他们的目光隔开了。

秦潇见她不答，激动道："难道明塘就没有私心吗？他就不是为了自己吗？"

莫沁然看着秦潇，眼神突然变得十分陌生，她摇摇头刚要开口。

这时，却见身后面的城墙突然像开了锅般，而后就是一阵大叫声："不好！那些鬼尸出来了！"

图书在版编目(CIP)数据

覆帝记. 地隐时移 / 鲜于冶鉎著. —上海：上海社会科学院出版社，2020
 ISBN 978-7-5520-3026-6

Ⅰ. ①覆… Ⅱ. ①鲜… Ⅲ. ①长篇小说-中国-当代 Ⅳ. ①I247.5

中国版本图书馆 CIP 数据核字(2020)第 013881 号

覆帝记·地隐时移

著　　者：	鲜于冶鉎
责任编辑：	王　勤
封面设计：	叶　茂
出版发行：	上海社会科学院出版社
	上海顺昌路 622 号　邮编 200025
	电话总机 021-63315947　销售热线 021-53063735
	http：//www.sassp.cn　E-mail：sassp@sassp.cn
照　　排：	南京理工出版信息技术有限公司
印　　刷：	上海盛通时代印刷有限公司印刷
开　　本：	890 毫米×1240 毫米　1/32
印　　张：	13.25
字　　数：	576 千字
版　　次：	2020 年 5 月第 1 版　2020 年 5 月第 1 次印刷

ISBN 978-7-5520-3026-6/I·390　　　　　　定价：69.80 元

版权所有　翻印必究